ROSEMARY ROGERS

DIE WILDNIS DER LIEBE

Roman

Aus dem Englischen
von
Ursula von Wiese

WILHELM HEYNE VERLAG
MÜNCHEN

HEYNE ALLGEMEINE REIHE
Nr. 01/8896

Titel der Originalausgabe
THE WILDEST HEART

3. Auflage

Printed in Germany 1995
Umschlagillustration: Pino Daeni / Schlück
Umschlaggestaltung: Atelier Ingrid Schütz, München
Gesamtherstellung: Elsnerdruck, Berlin

ISBN 3-453-07199-9

Prolog

1

Indien 1872

«Wildes Blut! Es ist erbliche Belastung. Wie ich gehört habe, kommt bei den Dangerfields in jeder Generation ein solcher Menschenschlag vor. Man nennt ihn den Dangerfield-Teufel.»

Mrs. Leacock fächelte sich ungestüm, während sie fortfuhr: «Diese ewige Inzucht – was ist dabei anderes zu erwarten? Melchester wird hinter seinem Rücken der ‹überspannte Earl› genannt, aber wenigstens hat er hier bisher nichts Schlimmes angerichtet. Ich finde es nur empörend, daß er Rowena ihren Willen läßt! Das Mädchen wird ein böses Ende nehmen – *ich fühle es.* Eine solche Unbeherrschtheit ... Wissen Sie, daß sie einmal einen Stallknecht fast totgepeitscht hat, weil er vergessen hatte, ihr Pferd abzureiben? Und sie ist die einzige Weiße in der Provinz Dschanpur, die einer öffentlichen Hinrichtung beigewohnt hat. Mein Mann erzählte mir, daß er höchst erstaunt war, sie dort zu sehen. Keine Miene soll sie verzogen haben!»

Mrs. Leacock ereiferte sich. «Es muß etwas geschehen! Mein Mann mischt sich ungern ein, aber ich will ihn bitten, mit dem Gouverneur zu sprechen. Wir können hier keinen Skandal brauchen, am wenigsten einen, in den eine Engländerin und ein eingeborener Prinz verwickelt sind!»

Bei den Engländerinnen, die ihrem Mann in die kleine Provinz Dschanpur gefolgt waren, herrschte der Brauch, jeden Nachmittag zum Tee zusammenzukommen. Die Teegesellschaft fand gewöhnlich entweder bei Mrs. Leacock, der Frau des Bischofs, statt oder bei Mrs. O'Bannion, deren Gatte die englische Garnison befehligte, und dabei herrschte strenge Etikette. Es wurden delikate Torten mit Zuckerguß, Früchte und winzige Kanapees gereicht. Die Gastgeberin thronte hinter einem silbernen Teeservice und machte aus dem Einschenken eine elegante Zeremonie.

An diesem Nachmittag nun fand die Zusammenkunft bei Mrs. Leacock statt.

Nachdem sie die letzte Tasse gefüllt hatte, sprach sie mit gesenkter Stimme weiter: «Was die Disziplin betrifft, so muß ich gestehen, daß sie nicht nur den Eingeborenen fehlt. Das Benehmen des Mädchens wird mit jedem Tag unmöglicher.»
Seit der Earl von Melchester, der britische Gouverneur von Dschanpur, seine Enkelin zu sich genommen hatte, bildete Rowena Dangerfield eine Quelle des Klatsches in der kleinen englischen Gemeinde.
«Du liebe Zeit!» rief Mrs. O'Bannion und setzte sich kerzengerade auf. «Sind die Gerüchte wahr?»
«Ich hörte von unserem Stallknecht, Mohammed Khan, daß sie den Prinzen trifft, wenn sie ausreitet. Sie erinnern sich doch, wir sprachen erst vorige Woche darüber, wie froh der Maharadscha sein muß, daß sein Sohn so lange zu Besuch geblieben ist.»
«Sie glauben, das ist der Grund?» fragte die kleine Mrs. Loving, deren Mann ein sehr junger Subalterner war, mit weit aufgerissenen Augen.
Mrs. Leacock lächelte herablassend, um zu zeigen, daß sie die Unterbrechung verzieh.
«Jeder weiß, daß Schiw die Fleischtöpfe von Bombay und Delhi viel mehr liebt als die Provinz, die er einmal erben wird. Wie sein Vater hat er in Oxford studiert, aber das macht bei diesen indischen Prinzen keinen Unterschied – sie folgen der alten Lebensweise, sobald sie hierher zurückgekehrt sind.»
«Aber, Marion», sagte Mrs. O'Bannion sichtlich erregt, «das *muß* der Gouverneur doch wissen. So sonderbar seine Anschauungen auch sein mögen, ich kann mir nicht vorstellen . . .»
«Du weißt genausogut wie ich, Amy, daß er dem Mädchen die Zügel schießen läßt. Erlaubt ihr, in den Palast zu gehen – sogar in die Frauengemächer! Es ist unchristlich, geradezu heidnisch, daß die indischen Fürsten an ihren alten Sitten festhalten und mehrere Frauen haben dürfen. Ich bitte, der Prinz hat schon mindestens fünf. Die beiden ersten wurden mit ihm verheiratet, als sie noch Kinder waren.»
«Oh!» hauchte Mrs. Loving, und die älteren Damen warfen ihr einen verständnisvollen Blick zu.
«Sie sind noch nicht lange genug hier, meine Liebe», be-

merkte Mrs. O'Bannion mit überlegenem Lächeln, «um eine Ahnung von der Primitivität dieser Menschen zu haben.»
«Natürlich», pflichtete Mrs. Leacock bei, «und Sie haben den Gouverneur noch nicht kennengelernt, nicht wahr? Mein Mann, der gütigste, nachsichtigste Mensch, ist am Rande der Verzweiflung. Ich meine, man kann doch vom Gouverneur erwarten, ein Beispiel zu geben; aber er ist jahrelang nicht mehr zur Kirche gegangen, und seine mutwillige, anmaßende Enkelin geht natürlich auch nicht. Schließlich leben wir unter Heiden, sagte ich dem Gouverneur selbst, und wenn unseren Kindern nicht die eigene Religion gelehrt wird, solange sie noch beeinflußbar sind . . . aber er schnitt mir das Wort ab! Er sah mich mißmutig an und sagte kurz angebunden, er wolle nicht, daß seine Enkelin durch ein Dogma geistig beschränkt würde. Wahrhaftig, da war ich sprachlos. Manchmal bezweifle ich, ob er selbst überhaupt ein Christ ist.»
«Du wolltest uns von Rowena erzählen», drängte Mrs. O'Bannion.
«Ach ja.» Ihre Freundin seufzte. «Meiner Meinung nach ist ihre Erziehung an allem schuld. Sie ist nie zur Schule gegangen, und als ich einmal erwähnte, meine Marcia besuche ein empfehlenswertes Pensionat in England, zog er seine buschigen Brauen in die Höhe und erwiderte: ‹So? Ich will aber nicht, daß die geistige Entwicklung meiner Enkelin auf Klavierspiel und Aquarellmalerei beschränkt bleibt. Bildung bringe ich ihr bei.› Er hat kistenweise Bücher herkommen lassen, manche aus Frankreich und Deutschland. Wenn das Mädchen nicht ausreitet oder auf Tigerjagd geht, steckt es die Nase in diese Bücher, von denen viele für ein Kind sicher nicht geeignet sind.»
Mrs. Leacock machte eine Kunstpause, die Mrs. Loving zu einem abermaligen Einwurf benutzte: «Ich wußte gar nicht, daß Rowena noch ein Kind ist. Ich hörte nämlich, sie wäre fast achtzehn . . .»
«Rowena Dangerfield ist siebzehn, aber das würde man nicht annehmen, wenn man sie sieht. Es kümmert sie überhaupt nicht, wie sie angezogen ist, und manche ihrer Reitkleider sind viel zu eng und zu kurz. Sie reitet in den heißesten Stunden aus, ohne Kopfbedeckung, *ich bitte Sie,* und

es ist ein Wunder, daß sie noch keinen Sonnenstich bekommen hat! Meine Marcia hatte immer einen Hut auf und trug einen Sonnenschirm, aber nur mit Hilfe von Buttermilch und Gurkensaft konnten wir ihr die reine, helle Haut erhalten. Rowena ist richtig sonnverbrannt, und mit ihrer schwarzen Haarmähne, die sie bestimmt nie kämmt, kann man sie leicht für eine Inderin halten. Ich möchte nicht hartherzig erscheinen, aber es ist *shocking* ... ein fürchterliches Beispiel für die Eingeborenen. Und nun das!»

«Bedauernswert», murmelte Mrs. Carter. Sie warf einen mitleidigen Blick auf Mrs. Loving, die den Klatsch von Dschanpur noch nicht kannte, und fuhr fort: «Wenn man allerdings das Milieu ihrer Herkunft bedenkt – den schrecklichen Skandal –, wundert man sich nicht, daß der Gouverneur sie hergeholt hat und selbst nie mehr nach England zurückgekehrt ist.»

Mrs. Loving machte wieder große Augen, die eine Mischung von Entsetzen und angenehmem Kitzel verrieten. «Skandal?»

«Mein liebes Kind, wo haben Sie nur gelebt?» fragte Mrs. O'Bannion ungläubig. «Vor Jahren hat man in London über nichts anderes getuschelt.»

«Vor fünfzehn Jahren, um genau zu sein. Rowena war noch ein Wickelkind, als er sie hierher brachte.» Mrs. Leacock schüttelte bedeutsam den Kopf. «Eine haarsträubende Affäre! Aber Guy Dangerfield war von jeher ein Taugenichts. Der jüngste Sohn – natürlich verwöhnt von seiner Mutter. Zweimal wurde er von Oxford relegiert, weil er dort Unheil gestiftet hatte. Um die Sache noch zu verschlimmern, lief er fort, nach Amerika, um sein Glück zu machen, wie er sagte. Und dann, einige Jahre später, kehrte er zurück wie eine minderwertige Münze. Sein Bruder William, der Erbe, war nämlich bei einem Jagdunfall ums Leben gekommen, und so blieb nur Guy als Erbe des Titels übrig. Ich glaube, der Earl ließ ihn kommen. Plötzlich, als die Leute ihn fast vergessen hatten, war er wieder da und noch dazu verlobt! Mit Fanny Tolliver, einem hübschen jungen Ding, erst siebzehn Jahre alt und kaum aus der Schule. Eine recht gute Familie, aber natürlich ohne viel Geld. Wir waren damals auf Heimaturlaub, und ich erinnere mich noch gut, wie ich die Anzeige in der Zeitung las und zu meinem Mann sagte: ‹Merk

es dir, ich habe das Gefühl, aus dieser Verbindung wird nichts Gutes entstehen!› Und natürlich bekam ich recht.»
Mrs. O'Bannion machte eine Atempause, und Mrs. Leacock fiel rasch ein: «Ja, das stimmt. Fanny Dangerfield war ein oberflächliches kleines Ding, gar nicht gewillt, ein geruhsames Leben zu führen. Sie soll geradezu hysterisch geworden sein, als sie feststellte, daß sie in andern Umständen war. Sie überredete dann Guy, sie bei ihrer Tante in London wohnen zu lassen, während er mit dem Kind in Melchester auf dem Lande blieb. Zu seinen Gunsten kann ich höchstens sagen, daß er seine Tochter abgöttisch liebte und seine Frau vernachlässigte. Er hätte sie aus London zurückholen müssen, als sie dort über die Schnur zu hauen begann. Ließ sich von andern Männern öffentlich begleiten – lauter Soireen in anrüchigen Kreisen. Als er sie endlich holen wollte, überredete sie ihn, zu bleiben. Daraus entstand auch nichts Gutes. Er gewöhnte sich das Spielen und Trinken an – besuchte alle die Lasterhöhlen in Soho. Und dann . . .»
Mrs. Leacock machte um der dramatischen Wirkung willen eine Kunstpause. «Und dann», wiederholte sie frohlockend, «erschoß er beim Kartenspiel einen Mann! Wie ich gehört habe, laufen alle Männer in Amerika mit einer Pistole herum, aber für Guy Dangerfield wurde es eine böse Sache. Nicht nur tötete er den französischen Spieler, sondern er erschoß auch einen Wachtmeister, der ihn festnehmen wollte. Niemand weiß, wie ihm die Flucht gelang, aber er reiste noch am selben Abend mit einem Schiff nach Amerika. Ich kann Ihnen sagen, das gab einen schönen Aufruhr.»
«Du meine Güte!» seufzte Mrs. Loving und schlug ihre Händchen zusammen.
«Fanny Dangerfield machte die Sache noch schlimmer, indem sie sich scheiden ließ. Danach ging sie nach Frankreich, und als sie zurückkehrte, war sie mit einem Lumpen verheiratet – Sir Edgar Cardon –, zwar einem Adligen, aber sein Geld hatte er nur als Kaufmann gemacht. Er genoß einen sehr schlechten Ruf. Begreifen Sie jetzt, warum der Gouverneur seine Enkelin unbedingt wegholen wollte?»
Mrs. Leacock wäre noch entrüsteter gewesen, wenn sie gewußt hätte, daß Rowena Dangerfield in diesem Augenblick

ohne die Begleitung eines Stallknechts auf der abgebröckelten Mauer einer alten Ruine saß und mit dem Prinzen sprach.
«Schiw», sagte sie mit ihrer weichen, ruhigen Stimme, «du bist dumm! Warum sollte ich dich heiraten und deine Frauensammlung vermehren wollen?»
«Ich habe dir doch schon versprochen, alle andern aufzugeben!» antwortete der schlanke junge Mann eindringlich und warf eine dunkle Haartolle zurück. «Ich will keine andere außer dir, und du wirst überall in der Öffentlichkeit mit mir auftreten. Du wirst mir in der Regierung helfen. Ich will alles tun, was du verlangst, mit Ausnahme der Bekehrung zum Christentum.»
«Lieber Himmel, manchmal weiß ich selbst nicht, ob ich eine Christin bin. Aber das ist unwesentlich. Ich kann dich unmöglich heiraten, Schiw, selbst wenn ich es wollte. Aber ich will es gar nicht. Ich glaube, ich werde nie heiraten. Wozu auch? Um das Lieblingsschoßhündchen eines Mannes zu werden, um wie ein Kind ohne eigenen Verstand behandelt zu werden, um über alles, was ich tue, Rechenschaft abzulegen, selbst über mein Geld? Oh, lieber wäre ich tot!»
«Rowena, wie kannst du nur so reden! Frauen sind dazu geschaffen, zu heiraten, Kinder zu bekommen, ihren Mann glücklich zu machen. Nicht nur in meinem Lande, auch in deiner Heimat. Magst du mich denn gar nicht?»
«Dann wäre ich nicht hier. Ich unterhalte mich gern mit dir, Schiw, und du verstehst etwas von Pferden . . .»
«Pferde!» Er schlug sich mit der Hand an die Stirn und stöhnte dramatisch. «Ich rede von Heirat, von Liebe, und du sprichst von Pferden! Von englischen Pferdenärrinnen habe ich genug. Keine von ihnen interessierte mich, auch in England nicht. Du bist die erste wirklich intelligente Frau, die ich jemals kennengelernt habe – die einzige, mit der ich mich unterhalten kann. Und . . .» Er sah sie mit einem schmelzenden Blick aus seinen braunen Augen an und senkte bedeutungsvoll die Stimme. «Und du bist sehr schön, obwohl du es verbirgst. Du bist die einzige Europäerin, die einen Sari ebenso anmutig zu tragen versteht wie eine Inderin, und deine Haut ist unter unserer Sonne golden geworden. Wenn deine Haare offen sind – wie damals

am Lotusteich – und du goldene Ohrringe und Fußreifen trägst ...»

«Hör auf, Schiw! Du hattest kein Recht, mich damals zu überrumpeln. Ich hatte mich nur deinen Frauen zu Gefallen so angezogen, und dann kamst du herbei und starrtest mich an wie ein Tölpel.»

Er lachte laut heraus. «Ich bitte dich, kleine Lotusblüte, warum sollte ich meine Frauen nicht aufsuchen, als ich gerade von einer langen Reise zurückgekehrt war? Ich werde nie vergessen, wie ich dich zum Erröten brachte – dunkelrot wurdest du. Da kam mir blitzartig der Gedanke: Das ist meine wahre Frau! Ich will ihr den goldenen Ehethali um den Hals binden, und sie soll für immer mein sein!»

«Du hättest Dichter werden sollen», erwiderte Rowena trocken, «nicht Erbprinz. Erinnere mich bitte nicht an meine Verlegenheit. Und ich wünschte, du würdest aufhören, von einer Heirat zu reden, denn ich kann dir nur immer wieder sagen, daß sie nicht in Frage kommt.»

Sein Gesicht verdüsterte sich. «Weil ich Inder bin und du dem britischen Adel angehörst?»

«Das solltest du besser wissen!» Ihre blauen Augen blitzten, und trotz seiner Verletztheit und Enttäuschung blickte er sie sehnsüchtig an. Wie lieblich sie war, wenn sie es auch selbst nicht wußte und sich eher häßlich fand. Sie sah aus wie eine junge Göttin, wild und ungezähmt, mit ihrer schwarzen Haarmähne und dem schlanken Leib, dessen Muskeln vom Reiten gehärtet waren. Sie ritt auch frei und ungebunden wie eine Göttin; die schmale Taille war in kein Korsett eingezwängt. Ihre Augen, mochten sie zornig blitzen oder nicht, waren das Schönste an ihr, groß und ausdrucksvoll, von dichten Wimpern umrahmt. Und ihr Gesicht – es wäre oval gewesen ohne das eckige Kinn, das ihm Charakter verlieh. Wenn sie lächelte, waren ihre Lippen voll und üppig – ein sinnlicher Frauenmund.

Er hatte sie fast liebkosend betrachtet, aber Rowenas gereizte Stimme brachte ihn auf die Erde zurück.

«Schiw! Was hast du? Du bist mir doch nicht böse, weil ich dich nicht heiraten mag? Du solltest lieber froh sein, denn ich wäre dir niemals eine pflichtgetreue, gehorsame Frau.»

«Du bist noch nicht erweckt. In gewisser Weise bist du noch ein Kind. Vielleicht kann ich dich eines Tages dazu bringen, dich in mich zu verlieben, und dann wirst du Indien nie mehr verlassen. Du wirst erkennen, daß du hierher gehörst, und du wirst mir gehören.»

«Ich werde keinem Mann gehören!» Sie sagte es in entschiedenem Ton, ihre Stirn hatte sich gerunzelt. «Niemals! Wenn du mein Freund bleiben willst, mußt du dir das merken.»

«Wir werden ja sehen», antwortete er neckend, doch dann sprach er eindringlich. «Natürlich möchte ich dein Freund bleiben. Mit wem kann ich sonst hier reden? Mein Vater gehört einer älteren Generation an, und er spricht nur von Pflichten. Die Engländer, mit denen ich zusammenkomme, sind alle langweilig und fühlen sich so überlegen mit ihrer weißen Haut, wenn sie es auch nicht zeigen. Nur dein Großvater ist anders, genau wie du.» Er ergriff für eine Sekunde ihre Hände und sagte nachdrücklich: «Meine Familie ist ebenso alt wie deine, vielleicht noch älter. Dschanpur ist klein, aber seine Maharadschas entstammen einer langen Königsliste. Rowena, wenn du deine Meinung ändertest, würde uns dein Großvater sicher nichts in den Weg legen. Bitte überleg es dir.»

Der junge Erbprinz von Dschanpur war ein schöner, stolzer Mann in seinem untadelig geschnittenen Reitanzug, den der beste Schneider in London angefertigt hatte. Das Mädchen, das ihm gegenüberstand und eigensinnig den Kopf schüttelte, war auf seine Weise ebenso stolz, obwohl man es nach seinem schäbigen, altmodischen Reitkleid für eine Zigeunerin hätte halten können. Ein ferner Vorfahr von Rowena war tatsächlich mit einer Zigeunerin durchgebrannt und hatte sie zur Gräfin gemacht. Rowena hatte die Geschichte unzählige Male gehört.

Sie dachte in diesem Augenblick nicht an ihr Äußeres. Das tat sie überhaupt selten. Sie schüttelte den Kopf über die Hartnäckigkeit des jungen Mannes, die sie lästig fand; aber er hatte, ohne daß es ihr bewußt wurde und er selbst es wußte, ein Saatkorn in ihr Denken und Fühlen gepflanzt – die Saat der Erkenntnis, daß sie ein Weib war.

«Wir sollten jetzt lieber gehen», sagte Rowena ruhig, und diesmal widersprach er nicht, weil er sie nicht abschrecken wollte.

Später, dachte er, als er ihr in den Sattel des Rappenhengstes half, den sie Teufel getauft hatte. Ich habe natürlich zu früh gesprochen. Wie alle Engländerinnen ihres Alters und ihrer Herkunft ist sie noch scheu. Ja, trotz all ihrer Bücherweisheit und ihrer Klugheit ist sie noch jungfräulich und fürchtet sich vor Männern. Aber die Zeit wird kommen, wo sie bereit ist . . .

Rowena fühlte sich seltsam erleichtert, daß Schiw wieder die Rolle eines guten Freundes übernommen hatte. Sie gab dem Hengst die Sporen und drängte ihn zum Galopp.

«Über beide Mauern und über den alten Zaun!» rief sie Schiw über die Schulter zu, während die donnernden Hufschläge ihre klare junge Stimme beinahe übertönten. «Ich will mit dir bis zum Palast um die Wette rennen und dann nach Hause reiten.»

2

London 1873

«Mein Gott, Edgar! Wie kannst du nur so gleichgültig sein? Lies das hier!» Lady Fanny Cardons Stimme, die stets etwas quengelig klang, hatte sich zu einem lauten Jammern erhoben. «Schlimm genug, daß Melchester tot ist und ausgerechnet Guy, falls er noch lebt, der neue Earl sein wird. Um das Maß vollzumachen, ist das Unglückskind verschwunden!»

Lady Fanny saß, immer noch in ihrem Rosa Negligé, vor ihrem Toilettentisch und hielt ein Spitzentüchlein an die Augen, während sie ihrem Mann mehrere engbeschriebene Briefseiten reichte.

«Wenn sie verschwunden ist, sind wir ja alle unsere Sorgen los, oder etwa nicht? Mein Gott, Fanny, wozu die Aufregung? Du wolltest doch nach all den Jahren keine Tochter angehängt bekommen, habe ich recht?»

«Edgar!» Lady Fannys Stimme kippte vor Erregung.

Achselzuckend nahm ihr Mann den Brief entgegen. «Na schön, nur um dir den Gefallen zu tun, aber ich sehe nicht ein . . .»

«Du wirst alles verstehen, wenn du das gelesen hast. Du

lieber Himmel, der Skandal mit Guy war schlimm genug, doch die Leute haben ihn allmählich vergessen. Aber nun das! Guy war immer vernarrt in Rowena – er wollte ein Kind, nicht ich, und ich ging dabei beinahe drauf, wie du weißt. Warum mußte ich es bekommen? Und warum konnte es nicht wie jedes andere wohlerzogene Kind sein? Wegzulaufen – ganz allein, in dem wilden Land. Lies nur, was Mrs. Leacock schreibt!»
«Ja, ja, hör bloß auf mit dem Gejammer.»
Sir Edgar, ein grobschlächtiger Mann mit Backenbart, stand mit dem Rücken zum Kamin. Seine harten grauen Augen widersprachen seinem milden Ton.
Lady Fanny zerknüllte das Tüchlein und schluchzte auf, als sie seinen Blick auffing. «Manchmal finde ich dich herzlos. Was soll ich nur tun?»
Er ging darauf nicht ein, sondern las den Brief, wobei er ab und zu seinen Schnurrbart zwirbelte.
«Sie ist also weggegangen, um Seelenfrieden zu finden – wo? In einem Aschram? Was heißt das? Ah, Mrs. Leacock hat die Güte, das Wort zu erklären. In einer Art Hindu-Kloster. Ich muß sagen, Fanny, das Mädchen ist ebenso überspannt wie sein seliger Großvater. Nicht ganz richtig im Oberstübchen, wenn du mich fragst. Was hat eine Engländerin an einem solchen Ort zu suchen?»
«Du weißt doch, was Mrs. Leacock in ihrem letzten Brief geschrieben hat. Rowena ist ungezügelt wie eine Zigeunerin aufgewachsen. Ohne jede Disziplin. Sie hat keine Schule besucht und sich nie mit Gleichaltrigen befreundet. Mrs. Leacock sagt, es wäre skandalös! Und dann gab es da den indischen Prinzen, mit dem sie sich immer traf, bis der Bischof der Sache ein Ende machte. Edgar, wie kannst du nur darüber lachen!»
Er lächelte tatsächlich. «Ich mußte denken, daß das Kind vielleicht dir nachschlägt, Fanny. Immer noch verführerisch, wenn du nicht das Gesicht verziehst. Ein indischer Prinz? Das könnte die Lösung sein. Verheirate sie mit ihm!»
«Wo denkst du hin? Sie kann doch keinen Inder heiraten! Ach, Edgar, ich ertrage keinen zweiten Skandal. Außerdem ist Rowena immer noch ein Kind.»
«Ein Kind? Achtzehn ist sie, nicht wahr? Du hast sogar noch früher geheiratet.» Sein Ton wurde schneidend. «Jetzt

sei einmal vernünftig, Fanny. Die Leacock, die offenbar alles weiß, sagt, Rowena habe kein Geld bei sich, und man wird sie zurückholen, sobald man sie gefunden hat. Sie ist minderjährig, muß also gehorchen, und du bist ihr Vormund, wenn Guy nicht auftaucht. Und wir wissen ja beide, warum er das nicht wagen wird, nicht wahr?» Er sah seine Frau bedeutsam an.

«Aber . . .»

«Hör zu, Fanny, ob es dir paßt oder nicht, wir müssen sie aufnehmen – falls sie gefunden wird –, wenn auch nur, um den Klatschbasen den Mund zu stopfen. Als Mutter kannst du sie nicht abweisen. Wir schicken sie in ein Pensionat, um ihr den letzten Schliff zu geben, und dann bringen wir sie unter die Haube. Eine Mitgift kann sie von mir bekommen, wenn's sein muß.»

«Aber wir wissen gar nicht, wie sie ist!» Lady Fannys Stimme bebte vor Erregung. «Ihr Großvater hat sie gegen uns aufgehetzt, das weiß ich. Er war ein schrecklicher, harter Mann. Ich fürchtete mich immer vor ihm.»

«Er ist tot. Und das Mädchen wird bei Fuß gehen, wenn sie gelernt hat, daß ich nicht mit mir spaßen lasse. Du wirst schon sehen.»

Kurz darauf begab sich Sir Edgar in seinen Klub, und Lady Fanny faßte sich soweit, daß sie den Wagen bestellen konnte, um Besorgungen zu machen.

In ihrer üblichen Nachlässigkeit ließ sie den Brief in dem Durcheinander auf ihrem Toilettentisch liegen.

«Wollen Sie sich das bitte anschauen, Mrs. Jenks?» Ada, Lady Fannys Zofe seit zehn Jahren, war die einzige des Gesindes, die die strenge Haushälterin als ihresgleichen betrachtete, obwohl Mrs. Jenks schon vor Sir Edgars Verheiratung in seinen Diensten gestanden hatte, woran sie die andern Angestellten gern erinnerte.

«Wieder ein Brief aus Indien», erklärte Ada. «Bestimmt handelt es sich um die Tochter. Mylady weinte, als ich sie frisierte. Kein Wunder, daß sie sich aufregt. Man stelle sich vor, ein unerwünschtes Kind zu haben, das unter Heiden aufgewachsen ist und nun auf einmal von sich reden macht.» Ihre Stimme sank zu einem verschwörerischen Flüstern. «Wenn Sie mich fragen, das Mädchen taugt nichts. Genausowenig wie ihr Vater. Es liegt im Blut, hörte ich Sir

Edgar sagen, als der erste Brief kam. Alle Dangerfields seien aus der Art geschlagen, sagte er, und diese Miß Rowena . . .»
«Lady Rowena jetzt, vergessen Sie das nicht, Heiden hin oder her», rügte Mrs. Jenks und nahm den Brief entgegen. Sie konnte glücklicherweise lesen, worum Ada sie beneidete. Die scharfen dunklen Augen der Haushälterin überflogen die zerknitterten Briefseiten. «So etwas!» sagte sie schließlich naserümpfend.
«Was ist denn?»
«Sie ist weggelaufen. Aber Soldaten sind ausgesandt worden, sie zurückzuholen, und sobald man sie gefunden hat, wird sie auf ein Schiff verfrachtet – hierher nach England.»
«Ach nein!» stieß Ada hervor. «Die arme Lady Fanny. Was soll sie nur mit einer so ungezogenen Tochter anfangen?»
«Sir Edgar wird sie schon zähmen. Er läßt nicht mit sich spaßen, das kann ich Ihnen versichern.»
«Und weiter? In einem so langen Brief muß doch noch mehr stehen.»
Im Grunde war Mrs. Jenks so neugierig wie die Zofe. Der vorige Brief aus Indien hatte die Nachricht vom Tode des alten Earls gebracht, und die Beschreibungen des ungebührlichen Verhaltens ihrer Tochter hatten bei Lady Fanny wieder einmal hysterische Verzweiflung ausgelöst. Dieser Brief schien ebenso bestürzend zu sein. Mrs. Jenks las weiter.
«Nun, was steht noch darin?» drang Ada in sie.
«Schrecklich, schrecklich.» Mrs. Jenks schüttelte den Kopf. «Das Mädchen scheint wirklich unmöglich zu sein. Arrogant und eigenwillig. Sie war grob zu allen, die sie beraten und trösten wollten. Sagte . . .» Die Haushälterin stockte und befeuchtete sich die Lippen. «Sagte, sie sollten sich zum Teufel scheren. Und das in einem Trauerhaus! Sagte, sie wären engstirnige Heuchler, ihr Großvater hätte sie nie gemocht, und auch sie wolle nichts von ihnen wissen. Und das zur Frau eines Bischofs! Alle waren wie vor den Kopf gestoßen, als sie einen Brief vorwies, in dem stand, er wünsche verbrannt zu werden – wie die heidnischen Inder.»
«Gott behüte!» stieß Ada erschrocken hervor.
«Das duldete der Bischof natürlich nicht. Wie hätte er es auch zulassen können?»

«Und weiter?»
«Sie erschien nicht zur Beerdigung. Ritt einfach davon und hinterließ nur ein paar kurze Zeilen. Man dachte, sie wäre mit dem indischen Prinzen durchgebrannt, aber er wußte von nichts.»
«Sie könnte von den Wilden dort ermordet werden! Meine arme Lady!»
«Je nun, Lady Fanny hatte ja keine Beziehung zu ihr, und so wäre es weniger schlimm für sie, würde ich sagen. Wir müssen eben abwarten und sehen, was nun geschieht.» Mrs. Jenks legte den Brief wieder auf den Toilettentisch.
«Halten Sie mich nicht für herzlos», sagte Ada, «aber ich kann mir nicht helfen, ich würde es einen Segen finden, wenn sie nicht hierher käme.»
«Muß gestehen, ich auch», pflichtete Mrs. Jenks bei. «Wir haben genug zu tun, ohne daß uns von einem solchen Wildling der ganze Haushalt auf den Kopf gestellt wird.»
Nur Mary, das jüngste Dienstmädchen, wagte zugunsten der Tochter zu sprechen, deren bevorstehende Ankunft das Hauptgesprächsthema in der Gesindestube bildete.
«Ich verstehe das Verhalten der Herrschaft nicht», sagte sie zu Alice, mit der sie eine Dachkammer teilte. «Eine Mutter, die ihre Tochter nicht bei sich haben will und zuläßt, daß schlecht über sie geredet wird.»
«Du wirst die vornehmen Leute nie verstehen, also versuch's gar nicht erst», wies Alice sie zurecht.
«Hoffentlich kommt sie doch», erklärte Mary. «Das wäre sicher wie ein frischer Luftzug.»
«Oder ein Sturm», erwiderte Alice. «In Indien sollen die Angestellten ja wie Sklaven behandelt werden, und hörtest du nicht Mrs. Jenks zur Köchin sagen, daß Lady Rowena ein harter, herzloser Mensch ist?»
Daraufhin schwieg Mary.
Die Gespräche über Lady Fannys mißratene Tochter wurden fallengelassen, als keine Briefe mehr aus Indien kamen und Lady Fanny sich beruhigt hatte. Im Haus Cardon verlief das Leben wieder wie früher, und man hörte Sir Edgar von einer Ferienreise nach Paris sprechen.
Dann aber bewirkte eines Morgens das Läuten an der Haustür, daß der Butler Briggs in seinen schwarzen Rock schlüpfte und dem Hausburschen, der gerade den großen

Messingkrug in der Diele blankrieb, mürrisch abwinkte. «Laß nur, ich gehe selbst, da ich schon angezogen bin. Verschwinde lieber, und zieh deine Joppe an, falls es jemand Wichtiger ist.»
Die Glocke bimmelte wieder ungeduldig, und Briggs eilte brummend zur Haustür.
«Ich wußte gleich, daß es nur eine schlechte Nachricht oder etwas Ärgerliches sein konnte», berichtete er später in der Gesindestube.
Aber mit Worten vermochte Briggs kaum seine Gefühle zu beschreiben, die ihn überwältigten, als er die Gestalt gewahrte, die vor der Haustür stand.
«Das ist doch Haus Cardon?»
Sie sprach wie eine Dame, deutlich und selbstbewußt, aber die äußere Erscheinung wirkte entschieden nicht so. Sie trug ein schäbiges Reitkleid, an der Seite unziemlich geschlitzt, so daß man das schlanke gestiefelte Bein sah. Auf dem Kopf trug sie eine Melone, und darunter quollen unordentliche schwarze Haare hervor. Auf ihrer Wange erblickte der fassungslose Butler sogar einen großen Schmutzfleck.
Als er merkte, daß er unter zusammengezogenen dunklen Brauen hervor forschend gemustert wurde, riß er sich zusammen und stammelte: «Wie bitte?»
«Ich fragte Sie, ob das hier Haus Cardon sei. Mein Gott, muß ich denn bei jedem, den ich bisher in England getroffen habe, meine Fragen wiederholen?» Ungeduldig riß sie sich den Hut vom Kopf, so daß ihr die Haare auf die Schultern fielen.
«Hier wohnt Sir Edgar Cardon, wenn er in London ist, aber ich glaube nicht . . .»
«Gut», schnitt sie ihm das Wort ab. «Dann hat man mir doch den richtigen Weg gezeigt. Sorgen Sie bitte dafür, daß mein Pferd in den Stall gebracht und gefüttert wird. Meine Reisetasche kann ich selbst hineintragen.»
«Ihr . . . Ihr Pferd?» wiederholte er matt.
«Gewiß. Glauben Sie etwa, ich sei zu Fuß gekommen? Ich nahm eine Droschke, doch als ich merkte, daß mein Geld nicht reichte, mietete ich ein Pferd für den Rest des Weges. Ich versprach, es morgen zurückzuliefern. Sir Edgar hat hoffentlich einen Stall?»

Das Pferd, ein alter Klepper, stand trübsinnig da; die Zügel waren nachlässig übers Geländer geworfen.
«Sir Edgar ...» Dem Butler dämmerte ein schrecklicher Verdacht. Konnte diese schäbig aussehende Person eine der Liebschaften seines Herrn sein? Was wurde von ihm in dieser Lage erwartet?
Mit großer Erleichterung sah Briggs Wachtmeister Parsons gravitätisch daherkommen. Die Augen unter dem glänzenden Helm verrieten Neugier.
«Schwierigkeiten hier, Mr. Briggs?»
Das junge Mädchen richtete den Blick ihrer blauen Augen hochmütig auf das rotbackige Gesicht des Polizisten. «Natürlich nicht. Ich bin Rowena Dangerfield, und ich bin hergekommen, weil meine Mutter und mein Stiefvater es wünschten.»
«Beinahe wäre ich in Ohnmacht gefallen», erzählte Briggs später. «Da stand sie und gab Befehle, ganz kühl, und ihr hättet Parsons' Gesicht sehen sollen, als sie sagte, wer sie ist! Von Tilbury war sie gekommen, sagte sie. Und ist durch die ganze Stadt geritten – allein!»
Ada berichtete ihrerseits: «Mylady liegt immer noch mit Kopfschmerzen im Bett, und Mrs. Mellyn ist bei ihr. Niedergeschmettert ist sie, die Ärmste. Kein Wunder. Man stelle sich vor, eine Tochter zu haben, die man seit Jahren nicht gesehen hat, und dann kommt sie einfach so, ohne sich anzumelden. Kein Gepäck – sie hat alles am Hafen zurückgelassen. Bloß eine alte Reisetasche mit einem Kleid zum Wechseln. Den freundlichen Leuten, die sie auf der Reise betreut haben, ist sie einfach durchgegangen. Sie sagte ganz kühl, sie hätte sie nicht gemocht und ihre Gesellschaft nicht ertragen.»
«Wie wird das hier nur werden?» Mary machte runde Augen. «Sir Edgar war wütend – bis in die Waschküche hörte ich ihn toben!»
Mrs. Jenkins warf ihr einen vernichtenden Blick zu. «Wie dem auch sein mag, das Tun und Treiben oben geht uns nichts an, merk dir das, Mädchen!»
Seltsamerweise war die ruhigste und selbstsicherste Person im ganzen Haus diejenige, die den Gegenstand der hitzigen Diskussionen oben und unten bildete.
Mit umwickelten nassen Haaren saß Rowena in dem Zim-

mer, das man ihr angewiesen hatte, vor dem Kaminfeuer, ein Buch auf dem Schoß. Aber sie las nicht. Sie starrte in die züngelnden Flammen, während sie an die Konfrontation mit ihrer Mutter und ihrem Stiefvater zurückdachte. Es war eine unliebsame Szene gewesen. Lady Fanny jammerte, sie habe allen Schande gemacht; Sir Edgar, rot im Gesicht, brüllte, sie solle es sich von Anfang an hinter die Ohren schreiben, daß sie nicht mehr tun könne, was sie wolle.

Rowena hörte sich alles mit niedergeschlagenen Augen und unbewegtem Gesicht an.

Schließlich, als Lady Fanny mit einem Riechfläschchen an der Nase in einem Sessel zusammengebrochen war, schrie Sir Edgar: «Und was hast du selbst dazu zu sagen?»

Rowena schaute ihn ausdruckslos an. «Was willst du von mir hören?» gab sie ungerührt zurück.

Er war vor Zorn sprachlos. Er hatte Tränen erwartet, Reue, Anerkennung seiner Autorität.

«Herrgott!» stieß er hervor. «Hast du überhaupt nicht verstanden, was wir dir vorgehalten haben? Ist dir nicht klar, was für einen Aufruhr dein unerhörtes Benehmen verursacht hat? Laß dir gesagt sein, du wirst unter meinem Dach Disziplin lernen! Du wirst lernen, wie sich eine manierliche Dame zu benehmen hat. Und du wirst tun, was man dir sagt, bei Gott, sonst . . .»

«Du brauchst nicht so zu schreien, um dich verständlich zu machen», fiel Rowena in ihrem ruhigen, kalten Ton ein, der ihrer Mutter den Atem verschlug. «Da sich mir keine andere Wahl bot, als mich unter eure Vormundschaft zu stellen, war mir von Anfang an klar, daß ich mich euren Einschränkungen fügen muß, bis ich mündig bin. Aber ich sehe keinen Grund, weder für euch noch für mich, so zu tun, als ob wir mit dem gegenwärtigen Arrangement zufrieden wären. Ich bleibe hier ebenso ungern, wie ihr mich hier haben wollt. Aber ich finde, wir müssen das Beste daraus machen.»

Lady Fanny schluchzte, und Sir Edgar tobte. Zum Schluß aber, als Rowena schon dachte, er werde sie schlagen, stampfte er aus dem Zimmer, nachdem er seiner Frau befohlen hatte, die Undankbare hinaufzuschicken und dafür zu sorgen, daß Rowena präsentabler aussähe.

Wie sehr man die Menschen doch mit Ruhe aus der Fassung bringen konnte! Geistesabwesend nahm sich Rowena das Tuch vom Kopf und rieb sich die Haare trocken.
Sie hatte nicht erwartet, ihre Mutter lieben zu können, doch sie fand sie noch einfältiger in ihrem Bemühen, jung zu erscheinen, als Rowena sich vorgestellt hatte. Irgendwie tat ihr Lady Fanny leid, die ein enges Halsband trug, um die verräterischen Falten zu verbergen, und ihr Seidenkleid mit Rüschen und Bändchen neckisch aufputzte. Sir Edgar mit seinem gelockten Backenbart und den vorstehenden grauen Augen entsprach eher dem Bild, das sie sich von ihm gemacht hatte.
Sir Edgar hatte das Haus verlassen, um in seinem Klub Zuflucht zu suchen. Lady Fanny, Migräne vorschützend, lag im verdunkelten Schlafzimmer und ließ sich von Mrs. Mellyn, ihrer alten Kinderfrau, trösten.
«Sie haben meinem Herzblatt von Anfang an Kummer gemacht», hatte Mrs. Mellyn naserümpfend zu Rowena gesagt und sie der Betreuung einer Zofe namens Ada überlassen. Das verschlossene Gesicht dieser Dienerin hatte Entsetzen verraten beim Anblick des zerknitterten Baumwollkleides, das Rowena aus ihrer abgenutzten Reisetasche hervorholte.
«Aber, Miß – Verzeihung, Mylady, damit können Sie unmöglich zum Essen hinuntergehen!»
«Ach? Ich habe aber nichts anderes bei mir. Mein Gepäck ist noch in Tilbury.»
«Wenn Sie mir das Kleid geben wollen, Lady Rowena, lasse ich es stärken und bügeln. Im übrigen eignet es sich nicht für unser Klima, abends wird es jetzt schon recht kalt.»
«Es eignet sich recht gut für das Klima in Indien», entgegnete Rowena, «und ich hatte vor der Abreise keine Zeit, mir andere Kleider zu kaufen.» Mit einem Schulterzucken nahm sie den wollenen Umhang entgegen, den Ada ihr brachte. «Ich möchte lieber hier oben essen. Nur eine Kleinigkeit, ich habe keinen Hunger.»
Ada war mit steifem Rücken gegangen, und nun saß Rowena allein am Kamin.
Vielleicht werden sie so tun, als ob sie mich vergessen hätten, wenn ich ihnen aus dem Wege gehe, dachte sie.
Diese Hoffnung trog. Schon am nächsten Morgen wurde

sie zu ihrer Mutter gerufen und unterrichtet, daß Mrs. Jenks ihr Maß nehmen werde, damit sofort geeignete Kleider und Unterwäsche für sie besorgt werden könnten.
Lady Fanny, die aufrecht im Bett saß, schien sich beruhigt zu haben, aber ihre Augen waren immer noch gerötet und geschwollen.
Seufzend betrachtete sie ihre Tochter. Die gleichen blauen Augen wie Guy, ebenso kalt und hochmütig. Auch seine wilden schwarzen Haare. Von mir hat sie nichts, dachte Fanny.
«Schon recht, schon recht! Wir haben beide einen Fehler begangen. Aber er läßt sich nicht mehr rückgängig machen – wir sind verheiratet. Schenk mir ein Kind, Fanny, schenk mir einen Sohn, und du kannst sofort deine eigenen Wege gehen. Amüsiere dich dann nach Herzenslust, mir ist es gleich. Laß uns handelseinig werden», hatte Guy sie gebeten.
Sie waren handelseinig geworden, und sie hatte ihm eine Tochter geschenkt, keinen Sohn, und wäre bei der Geburt fast gestorben. Guy hatte sein Wort gehalten, doch dann trat Edgar in ihr Leben, und sie wurde leichtsinnig. Den Dangerfields aber war ihre kostbare Ehre wichtiger als andere Menschen und menschliche Gefühle. Dieser Ehrbegriff hatte Guy schließlich zu Fall gebracht.
Ich darf nicht daran denken, hielt sich Fanny fast fieberhaft vor. Aber warum mußte sie herkommen? Warum muß ich sie mir aufbürden? Pflicht, hat Edgar gesagt. Die Leute werden es sonderbar und unnatürlich finden, wenn wir sie nicht aufnehmen. Aber ich will keine achtzehnjährige Tochter haben! Jahrelang habe ich mich für jünger ausgegeben . . .
«Mylady, die Kleider für Lady Rowena . . .» Mrs. Jenks' energische Stimme riß Fanny aus ihren Gedanken. Rowena stand immer noch mitten im Zimmer und sah sie aus ihren kalten Augen an, die nichts verrieten.
Mühsam raffte sich Fanny zusammen und fragte sachlich: «Hast du eine bestimmte Vorliebe für Farben und Stil, Rowena? Tournüren sind jetzt die große Mode . . .»
«Dunkle Farben, bitte», fiel Rowena ein. «Ich bin in Trauer, wie du weißt. Tournüren mag ich nicht, sie sehen häßlich und unnatürlich aus. Wenn es schon sein muß, möchte ich

ganz einfache Kleider haben, vor allem keine engen, denn ich trage kein Korsett.»
Mrs. Jenks machte ein entsetztes Gesicht.
Fanny fühlte sich ohne Edgar hilflos. «Aber, Rowena», widersprach sie matt, «man trägt nun einmal ein Korsett, um eine gute Figur zu machen. Du wirst in der Öffentlichkeit auftreten. Ich kann nicht zulassen, daß du unelegant aussiehst.»
«Du kannst mir aber nicht zumuten, daß ich in der Öffentlichkeit auftrete, solange ich in Trauer bin. Sogar in Indien hörten wir, welchen Wert die Königin auf eine angemessene Trauerzeit legt. Mein Großvater stand mir sehr nahe, und ich möchte lieber zu Hause bleiben und lesen.»
«Ich weiß wirklich nicht . . .» Fanny sah Mrs. Jenks hilfesuchend an, aber die strenge Haushälterin kniff lediglich die Lippen zusammen.
Später sagte sie zu Ada: «Falsche Bescheidenheit, das war es. Und in ihrer Gutherzigkeit durchschaut Lady Fanny sie nicht. Trauer! Wenn man mich fragt, so bringt sie nicht genug Gefühle auf, um um irgendeinen Menschen zu trauern. Ein kaltherziges Geschöpf!»
Das Gesinde blieb bei dieser Ansicht, während die Tage vergingen. Lady Rowena Dangerfield war ein kaltherziges, hochmütiges Geschöpf, mochte sie sich auch schlicht und unauffällig kleiden.
«Wie eine Nonne, ganz in Schwarz», wurde über sie geschnödet.
«Sie tut wie eine große Dame, obwohl sie gar kein Geld hat», hieß es weiter. Der Earl von Melchester soll ja gar nichts besessen haben außer seinem Titel. Alles ausgegeben, um in Indien in großem Stil zu leben. Nur ein paar Pfund hat er ihr hinterlassen.»
«Sie wird ihre wohlverdiente Strafe erhalten», weissagte Briggs. «Ich weiß, Sir Edgar hat ihre Trauermiene satt. Erinnert ihr euch, vorgestern abend, als die Wilkinsons zum Essen hier waren und die Herren sich zu ihrem Portwein in die Bibliothek zurückzogen?»
Ada schnaubte. «Da schützte sie Kopfschmerzen vor und ging zu Bett. Mylady regte sich darüber sehr auf.»
Alice, die bei Tisch manchmal aufwarten durfte, meldete sich eifrig zu Wort. «Ich kann euch sagen, worüber beim

Essen gesprochen wurde. Der junge Mr. Wilkinson wollte etwas über Indien wissen, und sie lobte die Religion dort – Hinduismus nennt man sie – und sagte, sie wäre viel älter und weiser als jede andere. Und das, wo die Wilkinsons eine eigene Kapelle haben!»
Briggs schüttelte mißbilligend den Kopf. «Das kommt davon, wenn jemand unter Heiden aufwächst. Aber Lady Rowena wird der Kopf schon zurechtgesetzt werden. Sir Edgar ist viel zu klug, um sie nicht zu durchschauen, und ich kann euch im Vertrauen sagen . . .» stirnrunzelnd sah er die kichernde Alice an, «ich kann euch im Vertrauen sagen, Sir Edgar hat seine Pläne mit ihr.»
Selbst die Köchin blickte von ihrer Strickerei auf und drang in ihn: «Verraten Sie die uns, bitte, Mr. Briggs!»
«Ich hörte ihn mit dem alten Mr. Wilkinson sprechen, und der junge Thomas Wilkinson schien nichts dagegen zu haben, nach seinem Grinsen zu urteilen. Lady Rowena hat einen Titel, und Sir Edgar ist nicht knauserig. Er würde ihr eine Mitgift geben, versprach er. Ich sage euch voraus, bald werden die Hochzeitsglocken läuten, und die hochmütige Lady wird nach Yorkshire verfrachtet werden!»

Rowenas Aufzeichnungen

1873—1876

Erster Teil

Die Marmorgöttin

Erstes Kapitel

Ich sitze an meinem Fenster, das auf einen sonnigen Patio hinaussieht. Ich versetze mich nach London zurück und bin wieder achtzehn Jahre alt. Irgendwie finde ich es weniger schmerzlich, die ferne Vergangenheit heraufzubeschwören, als sich an die Begebenheiten zu erinnern, die sich erst vor ein paar Monaten zugetragen haben.

Plötzlich habe ich den Drang, zu schreiben – alles zu verzeichnen, was sich ereignet hat, seit ich so widerwillig vor dem Hause meines Stiefvaters in London stand. Vielleicht suche ich nur einen Vorwand, in die Vergangenheit zu flüchten, um eine Schranke gegen die Gegenwart zu errichten. Oder vielleicht möchte ich die ganze Folge der Geschehnisse, die mich hierher geführt haben, besser verstehen, indem ich sie aus Distanz betrachte.

Nur wenige Jahre sind inzwischen vergangen, und ich bin immer noch jung. Aber so vieles habe ich erlebt und einen großen Teil meiner anmaßenden Selbstsicherheit verloren, über die man sich damals beklagt hat. Mit «man» meine ich meine Mutter, meinen Stiefvater und ihr großes anonymes Gesinde.

Die Meinung der Hausangestellten kümmerte mich nicht, weil ich mit meinen eigenen Gedanken und Plänen beschäftigt war. Ich war darauf bedacht, meiner Mutter und meinem Stiefvater aus dem Wege zu gehen, obwohl sie, das muß ich zugeben, in Anbetracht der Umstände recht freundlich zu mir waren.

Mit vermutlich gereifterer Logik gelangte ich zu der Einsicht, daß ich meiner Mutter eigentlich aufgezwungen worden war. Ich war unerwünscht, kein Kind der Liebe, sondern das Kind eines Mannes, den sie nicht freiwillig geheiratet hatte.

Mrs. Mellyn, von meiner Mutter immer noch Nanny genannt, sprach ungeschminkt mit mir darüber. «Kaum aus dem Schulzimmer war meine Fanny damals», sagte sie brummig. «Aber man fand, sie müsse unter die Haube. Er war viel älter als sie, hatte Geld und die Aussicht, eines Tages ein Earl zu werden. Ich weiß noch, wie mein Herzblatt weinte. Ich mag noch nicht heiraten, und er ist so alt, Nanny, sagte sie zur mir. «Ich möchte mich zuerst amüsieren, auf Gesellschaften und Bälle gehen.» Aber auf ihre Gefühle wurde keine Rücksicht genommen. Guy Dangerfield lernte sie auf einer Gesellschaft kennen, und sie gefiel ihm, hübsch wie sie war. Er suchte seinem Vater zu Gefallen eine Frau, und er wählte sie.»

Laut Nanny konnte von meinem Vater nichts Gutes gesagt werden, außer daß er auf den Goldfeldern von Amerika viel Geld verdient hatte. Er sei ein düsterer Mann gewesen, sagte sie, der lieber auf dem Lande als in der Stadt lebte und seine Frau zur Einsiedlerin gemacht hätte, wenn es ihm möglich gewesen wäre.

«Mich hätte er wohl auch lieber nicht gehabt?» fragte ich.

«So dürfen Sie nicht reden! Sie wissen nicht alles. Ihr Großvater hat sie sicher aufgehetzt, weil er später nichts mehr mit Mr. Dangerfield zu tun haben wollte. Ursprünglich hielt er sehr viel von den Dangerfields. Mein Herzblatt war ja fast noch ein Kind, als Sie geboren wurden. Ich bitte Sie, warum konnte er nicht damit warten? Warum konnte er seine junge Frau nicht erst eine Zeitlang in London leben lassen? Aber nein, er liebte das Landleben, und er wollte ein Kind. Und er setzte seinen Willen durch. Nach Ihrer Geburt war es, als ob meine arme Fanny für ihn nicht mehr existierte. Er vergötterte Sie, ja, wirklich. Sie mußten Ihr Kinderzimmer neben seinem Schlafzimmer haben, und wenn Sie schrien, nahm er Sie auf. ‹Sie kümmern sich um Ihr Kind›, sagte er zu mir, ‹und ich kümmere mich um meins.› Unnatürlich nenne ich so etwas. Kein Wunder, daß mein Kindchen litt und schließlich allein nach London ging. Kann man ihr das zum Vorwurf machen?»

Nach meiner Rückkehr aus Indien wurden für mich ein paar neue Kleider gekauft, dunkle, weil ich in Trauer war. Ich weigerte mich, mir eine kokette Lockenfrisur machen zu lassen, und steckte meine Haare schlicht auf. Bei den wenigen Tee- und Abendgesellschaften, zu denen ich geschleppt wurde, richtete ich es immer so ein, daß ich mit den älteren Damen zusammensaß, weil die mir wegen meines «einfachen Aussehens» Komplimente machten. Ich konnte nichts von all dem, was die jungen Damen in mei-

nen Kreisen gelernt hatten, weder Klavier spielen noch singen oder malen, und ich konnte nicht tanzen.
Die kühneren und hartnäckigeren jungen Männer stieß ich vor den Kopf, indem ich meine höhere Bildung hervorkehrte und mich als intelligenter erwies. Ich weiß, in kurzer Zeit geriet ich in den Ruf, ein reizloser Blaustrumpf zu sein, eine geborene alte Jungfer. Meine Mutter war verzweifelt. Ihre Freundinnen bemitleideten sie, manchmal in so lauten Tönen, daß ich es hören konnte.
Ich weiß nicht, wie lange es so weitergegangen wäre, wenn Sir Edgar nicht plötzlich beschlossen hätte, mich zu verheiraten. Ich hatte seit dem ersten Tage kaum mehr mit ihm gesprochen, aber bestimmt beklagte sich meine Mutter bei ihm über meine Unbotmäßigkeit und schilderte ihm, wie ich sie immer wieder in Verlegenheit brachte. Edgar Cardon hatte meinen Vater nie gemocht, und meine Anwesenheit im Hause erinnerte ihn an Guy Dangerfield.
Mehrere Monate waren seit meiner Ankunft in England vergangen, und das Einerlei meiner Tage war fast Gewohnheit geworden, als mich Tom Wilkinson eines Nachmittags besuchte.
Das Wetter war schon herbstlich, und die Dienerschaft machte jeden Nachmittag Feuer. Ich befand mich in der Bibliothek und suchte ein Buch aus, als er angemeldet wurde.
«Mr. Wilkinson möchte Lady Rowena seine Aufwartung machen.»
Ich drehte mich ärgerlich um, als Briggs ihn anmeldete und sich schnell zurückzog. Ich mochte Tom Wilkinson nicht, zumal er der hartnäckigste meiner sogenannten Verehrer war.
«Ein stämmiger Bursche aus Yorkshire», sagte Sir Edgar schmunzelnd, als er ihn mir vorstellte.
Tom war nicht nur stämmig, sondern auch vierschrötig und dick – ein grobschlächtiger junger Mann, der immer mit seinem Vermögen, den Fabriken seines Vaters und dem großen Haus prahlte, das er für seine zukünftige Familie gebaut hatte.
Von allen jungen Männern, die ich kannte, war Tom Wilkinson am meisten von sich eingenommen. Er merkte nicht oder wollte nicht merken, daß ich kein Gespräch mit ihm führen konnte. Er deutete sogar an, daß meine Zurück-

haltung und meine schlichte Kleidung ihm gefielen. Offenbar war ich keine Frau, die ihm Grund zu Eifersucht geben würde, und anstatt ihn abzustoßen, reizte ihn meine Kälte. Beim letzten Zusammentreffen hatte ich kaum zwei Worte mit ihm gewechselt, und ich dachte schon erfreut, er habe nun genug von mir – doch da kam er nun, drang mit seinem unerträglich selbstgefälligen Grinsen in meine Privatsphäre ein.

«Nicht nötig, mich so abweisend anzusehen, Lady Rowena. Ich habe die Erlaubnis Ihres Herrn Stiefvaters, Sie heute nachmittag zu besuchen. Er sagte mir, daß ich Sie in der Bibliothek finden würde. Ich müsse mich nur von Briggs anmelden lassen. Und hier bin ich!»

Als ich keine Antwort gab, fuhr er fort: «Tun Sie doch nicht so, als ob Sie sich nicht freuten, mich zu sehen. Ich weiß, Sie verstecken sich hier gern, aber das ist vergeblich. Gewiß, Sie sind eine Dame, aber ich bin mit Einwilligung Ihres Herrn Vaters und auch Ihrer Frau Mutter hier. Sie brauchen sich also mir gegenüber nicht mehr zu zieren. Ich bin gekommen, Sie um Ihre Hand zu bitten, und Sie werden hoffentlich nicht die Erstaunte spielen, denn Sie haben sicher gewußt, daß ich es vorhatte. Ich bin ein schlichter Yorkshirer, und darauf bin ich stolz, und mein Entschluß ist gefaßt. Ich halte Sie für ein vernünftiges Mädchen, das keine Fisimatenten macht, und darum habe ich Sie gewählt.»

Er war immer mehr auf mich zugekommen, so daß ich zurückweichen mußte, aber er beachtete meine Abwehr nicht.

«Na, na», sagte er feixend, «ich werde dir nichts tun. Habe ich dir nicht soeben einen Heiratsantrag gemacht? Nun möchte ich nur einen Kuß haben, um das Geschäft zu besiegeln. Dazu bist du doch nicht zu zimperlich, wie?»

«Mr. Wilkinson, hören Sie bitte auf, sich lächerlich zu machen», erwiderte ich zornig, aber mein Verweis schien ihn nur zu ermutigen.

Ich wich zurück, und er rückte vor. Schließlich hielt ich mich an einer Stuhllehne fest und fuhr ihn an: «Mr. Wilkinson, Sie nehmen sich zuviel heraus!»

Ich glaube, er hielt meinen Ärger für ein kokettes Spiel. Er drohte mir mit dem Finger. «Aber, aber, Rowena. Ich achte deine Zurückhaltung und Bescheidenheit, aber da wir nun verlobt sind, wäre ein Küßchen doch angebracht, nicht wahr?»

Unter anderen Umständen hätte ich die Lage, in der ich mich befand, von der komischen Seite gesehen, aber sein Gesichtsausdruck flößte mir Angst ein.

«Mr. Wilkinson», sagte ich so bestimmt wie möglich, «ich meine, es schickt sich nicht, daß wir hier allein sind. Ich möchte keine Veranlassung zu Geschwätz geben, und ich habe Ihnen nichts zu sagen. Ich muß Sie leider bitten, zu gehen.»

«Ich will dich aber noch nicht verlassen, und im Grunde wünschst du es auch gar nicht. Komm, komm, was schadet denn ein Küßchen? Wir sollen uns doch verloben.»

«Ich werde Sie niemals heiraten, und wenn Sie der einzige Mann auf der Erde wären», gab ich nachdrücklich zurück.

«Schwer zu erobern, was? Das ist ganz überflüssig. Ich habe nämlich meinen Entschluß gefaßt!»

Jählings packte er mich, und ich wurde zum erstenmal in meinem Leben von den Armen eines Mannes umklammert, während er feuchte, widerliche Küsse auf mein abgewandtes Gesicht und meinen Hals pflanzte.

«Gib mir endlich einen Kuß, Mädchen! He, willst du wohl aufhören, dich zu wehren? Ich werde mehr verlangen als nur Küsse, wenn wir verheiratet sind, verstehst du?»

Ich stieß mit den Händen heftig gegen seine Brust, und als er mich immer noch nicht losließ, versetzte ich ihm eine schallende Ohrfeige.

Da ließ er mich los und taumelte zurück; sein Gesicht drückte eine Mischung von Schrecken und Verwirrung aus. Ich benützte die Frist zu einer Flucht zur Tür. Ich keuchte. Bis zu diesem Augenblick hatte ich nicht gewußt, wie angewidert und wie angsterfüllt ich gewesen war.

Mit erzwungener Kälte sagte ich, er werde den Weg aus dem Hause hoffentlich allein finden.

Sein Mund war häßlich verzogen. «Du Biest! Das wirst du noch bereuen!»

Ich ließ ihn stehen und verließ das Zimmer. Ich hörte ihn mir Drohungen nachrufen, als ich absichtlich langsam die Treppe hinaufging.

«Glaubst du, du wirst jemals einen Mann bekommen, du

häßliche Kröte? Niemals hätte ich um dich angehalten, wenn Sir Edgar und mein Vater nicht alles zwischen sich ausgekocht hätten! Boten mir an, meine Spielschulden zu bezahlen, wenn ich dich nähme. Kein Wunder, daß man dich loswerden möchte!»

Ob die Dienerschaft wohl irgendwo lauschte? Wie hätte sie diese pikante Szene genossen!

Endlich war ich oben, und gleichzeitig fiel unten eine Tür ins Schloß. Ich zitterte, als ich in der Abgeschiedenheit meines Zimmers war. Wie konnten sie sich unterstehen, mir diesen gräßlichen Menschen zu schicken, weil sie ihn gut genug für mich fanden? Sogar bestochen hatten sie ihn, damit er um mich anhielt!

Eine geborene alte Jungfer – stimmte wirklich etwas nicht mit mir? War ich anders als die anderen Frauen?

Als ich an der Tür lehnte und meine Erregung zu bekämpfen suchte, fühlte ich mich zum erstenmal in meinem Leben gedemütigt. Ich war zu dem Glauben erzogen worden, Herkunft und Bildung genügten, um im Leben Erfolg zu haben. Aber – der Gedanke erschütterte die Grundlage all meiner Ansichten – hatte sich mein Großvater geirrt? Hatte er mich absichtlich zu einem in sich gekehrten Blaustrumpf gemacht, um mich vor dem Teufel zu schützen, der den Dangerfields im Blut stecken sollte?

Ich bin eine Frau – eine Frau! revoltierte ich innerlich, und meine Finger rissen wütend an dem unschönen, entstellenden Kleid. Der Schweiß brach mir am ganzen Körper aus. Ohne recht zu wissen, was ich tat, warf ich alles, was ich anhatte, von mir und stellte mich ohne Scham nackt vor meinen Spiegel. Die Haare fielen mir wirr auf die Schultern, und meine Augen wirkten riesengroß in dem blassen Gesicht. War das die wahre Rowena? Was war mit dem lachenden Mädchen geschehen, das einen Sari getragen und auf der Stirn ein rotes Kastenzeichen gehabt hatte? Mit dem Mädchen, das einen Prinzen hätte heiraten können? Glaubst du, du lebst in einem Märchen? So hatte ich mich damals gescholten, stolz auf meinen gesunden Menschenverstand und mein praktisches Denken. Aber ich hätte Schiw heiraten sollen. Ich hätte in Indien bleiben sollen! Hier war ich eine Fremde unter Fremden.

Plötzlich sah ich mich, während ich mein Spiegelbild be-

trachtete, wie ich damals ausgesehen hatte. Vielleicht brauchte ich es mir nur inbrünstig zu wünschen, und dann erschien mir Schiw mit seinem weißen Seidenturban. Lieber Schiw – meine schönste Erinnerung!
Der Sari lag, sorgfältig in Seidenpapier verpackt wie ein kostbarer Schatz, in meiner Truhe. Er bestand aus dünner Seide, die, fiel das Licht darauf, veilchenblau schimmerte – wie meine Augen, hatte Schiw gesagt. Gold war hineingewirkt, fein wie Spinnenfäden, und der Pallau – der Teil, den man um den Kopf drapiert – glänzte mit einer Goldbordüre.
Ein Gewand wie für eine Königin, das Geschenk eines indischen Prinzen. Was dachte ich mir, als ich es mir langsam umwickelte, wie es mir die Inderinnen beigebracht hatten? Bildete ich mir ein, es werde mich in eine Prinzessin verzaubern? Ich erinnere mich nicht, was für Gedanken mir durch den Kopf gingen. Unter dem dünnen Stoff schien meine helle Haut im Gegenschein des Feuers einen Bernsteinton anzunehmen, und die Formen wurden subtil betont. In sonderbar trancehaftem Zustand betrachtete ich mich, und ich gewahrte das schattenhafte Bild einer Fremden. War das exotische Geschöpf im Spiegel wirklich ich? Alle Züge meines Gesichts, das ich nie gemocht hatte, nahmen ein anderes Aussehen an. Es erging mir wie Narziß, der seine Schönheit in einem Wasserspiegel erkennt – ich konnte die Augen nicht von mir lassen.
Ich glaube, ich war an jenem Nachmittag ein wenig verdreht. Nicht nur sah ich wie eine Fremde aus, auch meine Gedanken gingen andere Wege. Ich berührte mein Gesicht mit der Hand, als könnte ich nicht glauben, daß es mein Antlitz war, und die Bewegung war von sonderbar sinnlicher Anmut, die ich noch nie an mir bemerkt hatte. Ich war eine Frau, die vor dem Spiegel ihre eigene Schönheit entdeckte – eine indische Prinzessin, sorgsam behütet vor Männern und doch dazu geschaffen, ihnen zu gefallen . . .
Da wurde mit jäher Gewalt der Zauber gebrochen.
Ich hatte das Aufgehen der Tür nicht gehört, vernahm erst den Knall mit dem sie zugeworfen wurde, und ich fuhr mit einem unwillkürlichen Schreckensschrei herum.
«Was soll das, Tom so zu behandeln? Ich sage dir ein für allemal . . .»

Er schrie mich an mit seiner lauten Stimme, und ich roch den Alkohol in seinem Atem, als er näher kam. Aber er brach plötzlich ab, der Mund blieb ihm offen stehen, und seine Augen weiteten sich.
«Allmächtiger!» Seine zornige Miene veränderte sich. «Bist du wirklich die zimperliche Jungfer, für die ich dich gehalten habe? Hast du das die ganze Zeit unter deinen häßlichen Kleidern versteckt? Für welchen Liebhaber bewahrst du diese Reize, Rowena?»
Während er mit belegter Stimme sprach und die Augen gierig über meinen Körper schweifen ließ, stand ich erstarrt wie eine Marmorstatue, unfähig, mich zu bewegen oder einen zusammenhängenden Gedanken zu fassen.
Sir Edgar begann zu lachen und streckte die Arme nach mir aus. «Zu denken, wie du mich genarrt hast! Oh, du bist ja eine Schönheit, Mädchen! Der herrlichste Körper . . .»
«Nicht!» Spürte ich trotz meiner Unerfahrenheit, was er wollte? Aus dem Schrei wurde ein ersticktes Flüstern. Ich erkannte in ihm einen von wollüstiger Gier Besessenen.
Ich wehrte mich, schlug mit den Fäusten auf ihn ein, bis mir die Kräfte versagten. Irgendwie hatte er mich zum Bett gezerrt, und mit gierigen Händen riß er mir den schönen Sari vom Leib. Er beugte sich über mich.
«Ja, du bist ein hübsches Ding. Ich muß dich haben, verstehst du? Du hast kein Recht, deine Schönheit zu verstecken . . . mit einem solchen Körper . . .»
Er küßte mich, seine Lippen bedeckten meinen Mund, so daß ich kaum zu atmen vermochte. Sein Gewicht lastete auf mir, daß ich meinte, mein Rücken werde zerbrechen. Aber der Schmerz war vergessen, als mich ein noch schlimmerer durchfuhr – es war, als ob ein Messer zwischen meine Schenkel gestoßen würde. Ich hätte geschrien, wenn mir die Kehle nicht zugepreßt gewesen wäre. Ich bäumte mich auf, als er keuchte, stöhnte und über mir zusammensank.
Es war vorbei. Er lag immer noch auf mir, Schweiß tropfte auf mich, aber der furchtbare Schmerz war vergangen, und ich spürte klebrige Flüssigkeit, mein eigenes Blut.
Natürlich ist es normal, daß eine Jungfrau blutet, wenn ihr zum erstenmal ein Mann beiwohnt. Ich hatte das Gefühl, alle meine Knochen seien zu Wasser geworden. Nun war

ich keine Jungfrau mehr; ich war von meinem Stiefvater vergewaltigt worden. Ich sah, wie sich sein Gesicht veränderte; die Muskeln erschlafften, und die Erregung der Wollust wurde von dem allmählichen Erkennen dessen abgelöst, was er getan hatte.
Ächzend rollte er von mir weg, erhob sich schwankend und ordnete mit zitternden Fingern seinen Anzug.
«O Gott, ich wußte nicht, was ich tat, Rowena. Als ich dich sah . . . halbnackt . . . so schön . . . Ich weiß nicht, was da in mich gefahren ist.»
«Für Reue ist es nun zu spät, nicht wahr?»
War das meine eigene Stimme, so ruhig, so erstorben? Plötzlich ekelte es mich vor dem blutbefleckten Leintuch, auf dem ich lag. Ohne Sir Edgar anzusehen, wischte ich mir mit einem Zipfel die Schenkel ab, stieg aus dem Bett und ging an ihm vorbei zum Spiegel.
Ich wollte wohl sehen, ob sich mein Gesicht irgendwie verändert hatte, ob es die Spuren meines Erlebnisses trug, aber es war unverändert. Blaß, immer noch fremdartig, mit wirr herabhängenden schwarzen Haaren. «Die Augen verraten es, wenn eine Jungfrau zur Frau geworden ist.» Wo hatte ich das gehört? Aber meine Augen waren ausdruckslos.
Ohne zu wissen warum, nahm ich meine Silberbürste und fuhr mir, gewaltsam zerrend, durch die Haare. Vielleicht stand ich unter Schockwirkung, vielleicht entsprang mein merkwürdiges Benehmen dem Selbsterhaltungstrieb, der mich vor einem Zusammenbruch bewahren wollte, indem er mich zwang, mich mit Nebensächlichkeiten zu befassen.
Sonderbarerweise hatte ich Sir Edgars Anwesenheit fast vergessen, während ich nackt vor dem Spiegel stand. Da trat er zu mir. Ich sah ihn im Spiegel; seine Augen glänzten, um seinen Mund spielte ein Lächeln.
«Du bist herrlich! Die erste Jungfrau, die ich nahm, ohne zu bezahlen. Die einzige, die nachher nicht weinte. Du bist einzigartig!»
Er legte mir die Hand auf die bloße Schulter. Ich erstarrte, wich aber nicht zurück.
Er schmunzelte zufrieden. «Du bist vernünftig. Das gefällt mir. So kalt, so lieblich. Du bist eine Frau, die Brillanten tragen kann. Mit dem dunklen Haar und den Augen . . . ja, du bist ein Brillantengeschöpf! Und du sollst entschädigt

werden. Schau, Rowena, ich bin kein Unhold, ich bin gerecht, und ich kann großzügig sein.»
Er ging schnell hinaus, während ich wie in Trance vor dem Spiegel stehenblieb.
Er kehrte mit etwas Funkelndem in der Hand zurück. Er hob meine dichten Haare in die Höhe, und ich fühlte am Hals Eiseskälte.
«Da!» rief er frohlockend. «Sieh dich an! Du solltest nichts anderes tragen. Brillanten . . . vielleicht manchmal auch Saphire, die zu deinen Augen passen würden. Was sagst du nun? Ich werde gut zu dir sein, will dir nie mehr weh tun. Dich mit Juwelen bekleiden.»
Seine Hände mit den rötlichbraunen Haaren auf den Fingern glitten langsam über meine Schultern. Ich rührte mich noch immer nicht, aber unser beider Augen trafen sich im Spiegel.
«Was hast du eigentlich im Sinn?» fragte ich. «Willst du mich bestechen, damit ich schweige, oder möchtest du mich zu deiner Geliebten machen?»
Seine Finger spannten sich sekundenlang um meine Arme, dann schwang er mich herum, Aug in Auge. «Warum bist du immer so kalt? Unter der Eiseskälte eines Brillanten brennt eine Flamme, Rowena. Ich möchte das Feuer in dir entfachen!»
Ich stand passiv in seiner ungestümen Umarmung. Ich fühlte nichts außer einem leichten Brennen zwischen den Schenkeln. War das alles beim Liebesakt zwischen einem Mann und einer Frau? Liebe, Lust – beides ließ sich wohl nicht entwirren.
«Rowena, Rowena, nun, da ich dich entdeckt habe, lasse ich dich nicht von mir.»
Als er die Lippen von meinem Mund nahm, machte ich mich von seinem Griff frei und bürstete mir weiter die Haare. In diesem Augenblick dachte ich nur, daß ich meine Mutter noch mehr haßte, als ich meinen Stiefvater verachtete. Das war der Mann, um dessentwillen sie meinen Vater aufgegeben hatte – dieser Mann, der so wenig Selbstbeherrschung hatte, daß er ihre Tochter nicht nur vergewaltigte, sondern auch zu seiner Mätresse machen wollte. Derselbe Mann, der sich anfangs so überheblich benommen hatte, flehte jetzt um Wärme und Antwort auf seine tieri-

sche Umarmung. Er hätte mich mit brutaler Gewalt nochmals nehmen können, aber er wollte mehr. Er verlangte eine Gegengabe, die gespielte Leidenschaft einer Dirne. War das die einzige Möglichkeit für die Frau, einen Mann zu beherrschen? Wie leicht konnte man diesen Mann ausbeuten.
«Ich bitte dich, Rowena, hast du mir denn gar nichts zu sagen?» Seine Augen bettelten. «Was geschehen ist, ist geschehen. Es wäre mir lieber, wenn es sich anders zugetragen hätte, aber ich hatte im Klub zuviel getrunken, und als Tom hereingestürmt kam . . .»
Zum erstenmal, seit er das Zimmer betreten hatte, durchdrang Zorn meinen Schutzpanzer der Zurückhaltung. «Sprich mir nicht von Tom Wilkinson! Wenn ich denke, daß du ihn zu mir geschickt hast . . . Wenn ich denke, daß du ihn gut genug für mich gefunden hast!»
«Nein, Rowena, nein! Ich war ja unwissend. Bei Gott, ich würde den jungen Dachs umbringen, wenn er dich angerührt hätte! Sagte ich dir nicht, ich würde dich für alles entschädigen? Hör zu . . .» Seine Stimme wurde eindringlich, und er faßte mich wieder an den Schultern, als könnte er nicht dagegen an. «Du sollst alles haben, alles, was du dir wünscht! Hast du gehört? Die schönsten Kleider und Juwelen . . . Hättest du gern ein eigenes Pferd? Einen Wagen? Ich bin reich.»
«Und wie willst du diese plötzliche Großzügigkeit . . . deiner Frau erklären?»
Ich hatte absichtlich gezögert bei der Wahl meiner Worte, und er wurde rot.
«Sei nicht so hart. Fanny . . . ach, du kennst sie nicht. Sie ist nicht mehr wie früher. Immerzu Kopfschmerzen, immerzu Beschwerden.»
«Willst du damit sagen, daß meine Mutter nicht mehr jung ist? Im Gegensatz zu mir?»
Er fand keine Antwort auf meine ungeschminkte Feststellung.
Ich wandte mich von ihm ab. «Ich bin jetzt müde. Ich möchte ein Bad nehmen.»
Ich erprobte schon meine Macht über ihn, wir wußten es beide. Er sah mich geknickt an. «Ich werde Mrs. Jenks zu dir schicken. Sie wird schweigen – sie hat mir viel zu ver-

danken. Sie soll das Blaue Zimmer für dich herrichten. Es ist größer und hat Aussicht auf den Park. Sprechen wir uns morgen?»
«Vielleicht», antwortete ich kalt.
Damit war es vorläufig zu Ende. Er verließ mein Zimmer, und ich war wieder allein. Ich zog meinen Flanellmorgenrock an.
«Eitelkeit, Rowena! Deine eigene Eitelkeit hat das verursacht.»
Warum glaubte ich plötzlich meinen Großvater zu hören? Ich verschloß mich gegen seine Stimme. Er hatte mich geistig gebildet, aber mich nicht über die Wirklichkeit belehrt. Im Zeitraum eines einzigen Nachmittags war mir klar geworden, daß ich in vieler Hinsicht unwissend war. Meine ganze Bildung nützte nichts beim Umgang mit Menschen, ebensowenig hatte mich meine Herkunft geschützt. Zum erstenmal erkannte ich, daß ich ganz allein war, nur von mir abhängig. Aber ich wollte mich durchsetzen, und dazu sollte mir jedes Mittel recht sein.

Zweites Kapitel

Wie läßt sich das Vergehen der Zeit beschreiben? Licht und Schatten – Muster wie in einem Kaleidoskop . . .
Ich entschlüpfte wie ein Schmetterling einem Kokon und eroberte London im Sturm, wie sich einer meiner Verehrer später ausdrückte. Sicher übertrieb er, obzwar meine plötzliche Verwandlung von einer stillen, unauffälligen Erscheinung zu einer glänzenden Debütantin Anlaß zu Gerede gegeben haben muß.
Ich erfuhr nie, wie sich Sir Edgar mit meiner Mutter auseinandersetzte, wenn überhaupt, aber fast über Nacht war ich nicht mehr die unerwünschte arme Verwandte. Auf einmal wurde ich die verwöhnte Tochter des Hauses, deren Wünschen man sich beugen mußte.
Ich wurde bei Hofe vorgestellt. Wie alle andern Debütantinnen trug ich jungfräuliches Weiß; meine Haare waren von einem Brillantendiadem gekrönt. Ich trat bei allen gesellschaftlichen Anlässen mit meinen liebenden Eltern auf.

Meine Mutter und ich blieben uns in Wirklichkeit fremd, aber was machte das aus? In der Öffentlichkeit war sie stolz auf mich, unter vier Augen hatten wir uns nichts zu sagen. Und Edgar Cardon zeigte sich, wie versprochen, großzügig. Wir bereisten Europa, wobei sich meine Sprachkenntnisse als nützlich erwiesen. Ein italienischer Fürst taufte mich «Marmorgöttin», als ich seine Verführungsversuche abwies, und diese Bezeichnung folgte mir nach London. Ich war nun eine anerkannte Schönheit; ich, die ich mich immer häßlich gefunden hatte und altjüngferlich genannt worden war. Und als der Premierminister einmal sagte, mein Geist sei ebenso klar wie die Brillanten, die ich immer trage, war meine Stellung in der Gesellschaft gesichert. Der Earl von Beaconsfield sagte zwar, als wir unter uns waren, ich schiene ebenso hart und kalt zu sein wie die Edelsteine, die ich offenbar bevorzuge; aber diese Bemerkung drang nie an die Öffentlichkeit. Ich widersetzte mich mit dem Argument, er sei verheiratet, doch er war außerordentlich intelligent und ließ sich von mir nichts vormachen.
«Ich frage mich, ob Sie überhaupt lieben können», sagte er. «Ich würde es verstehen, daß Sie mich ablehnen, wenn Sie in den armen Edgar Cardon verliebt wären, aber ich weiß, Sie sind es nicht. Sie sind zu intelligent, um eine Dame zu sein, und zu sehr Dame, um im Grunde ein Hürchen zu sein. Haben Sie sich jemals gefragt, was Sie eigentlich suchen, Rowena?»
Ich blickte ihm in die Augen. Seine Ehrlichkeit gefiel mir. «Warum sollte ich etwas suchen?» entgegnete ich leichthin. «Vielleicht bin ich mit meinem Leben nicht ganz zufrieden, aber auch nicht unzufrieden. Es gelingt mir, die Tage auszufüllen.»
«Mit einem Mann wie Edgar Cardon? Was haben Sie mit ihm gemeinsam? Ich will ganz offen sein. Ich habe viele schöne Frauen gekannt, aber bei Ihnen hat mich die Intelligenz angezogen. Sie verschwenden sich.»
Ich merkte, daß ich ihm gegenüber ebenso offen sein konnte. «Hätten Sie mich früher überhaupt beachtet? Ich war ein häßliches Entchen, bevor mich Sir Edgar rein zufällig in einen Schwan verwandelte. Auch damals hatte ich die Intelligenz, die Sie angeblich bewundern, aber wer hätte sich damals die Mühe gemacht, sie zu bemerken? Nein,

Mylord, jetzt sind Sie nicht logisch. Ich entdeckte, daß man zuerst als Frau anerkannt werden muß, bevor man als intelligenter Mensch anerkannt wird. Hätten wir beide uns überhaupt kennengelernt, wenn Sie nicht besorgt gewesen wären, der Prinz von Wales könnte eine Neigung für mich entwickeln?»
Er lachte und lehnte sich vor, um meine Hand zu tätscheln. «Ich gebe mich geschlagen, Mylady. Ich muß tatsächlich gestehen, es ist mir noch nie der Gedanke gekommen, was für ein Nachteil es sein könnte, als Frau geboren zu sein, noch dazu als kluge Frau. Darf ich Ihnen Glück wünschen?»
Er küßte mir beim Abschied die Hand. Sir Edgar war geschmeichelt, daß der Premierminister mich beachtet hatte; aber ich verriet ihm nichts von dem Gespräch.
An meinem zwanzigsten Geburtstag wurde mir zu Ehren ein großer Ball veranstaltet. Ich ahnte nicht, daß sich tags darauf mein ganzes Leben drastisch ändern sollte.
Es war ein zauberhafter Abend. Ich ließ keinen Tanz aus, trank viel Champagner und durchlachte und durchflirtete die Nacht. Das Fest dauerte bis sechs Uhr morgens, und als die letzte Droschke abgefahren war, stärkten wir uns mit einem enormen Frühstück.
Als ich endlich in mein Zimmer hinaufging, war ich so müde, daß ich kaum die Kraft hatte, mein glänzendes Satinballkleid auszuziehen. Ich ließ es neben meinen Satinschuhen liegen und sank ins Bett.
Ich schlief tief und traumlos, und ich erwachte erst, als meine Zofe – wie ich dachte – die schweren Samtvorhänge aufzog und plötzlich heller Sonnenschein auf mein Gesicht fiel.
«Mußtest du sie ganz aufmachen, Martine? Wie spät ist es? Ich bin für den Nachmittag zu einem Ritt im Park verabredet . . .»
«Daraus wird nichts. Heute nachmittag mußt du einen Besuch machen, der sich vielleicht auf deine ganze Zukunft auswirken wird.»
Mit einem Ruck richtete ich mich auf. Niemals hätte ich erwartet, meine Mutter in meinem Schlafzimmer zu sehen.
«Tut mir leid, daß ich dich wecken mußte», sagte sie ausdruckslos. «Aber es ist wichtig. Martine habe ich fortge-

schickt und dir die Schokolade selbst gebracht. Sie steht auf dem Nachttisch.»
Ich blinzelte mir den Schlaf aus den Augen. Ich sah meine Mutter – Lady Fanny. In der ganzen Zeit waren wir wie Fremde auf dem Flur aneinander vorbeigegangen. Daran, daß sie mich mied, hatte ich erkannt, daß sie wußte, wodurch sich meine Stellung im Haus geändert hatte; aber wie ein Vogel Strauß zog sie es vor, den Kopf in den Sand zu stecken. Meine Mutter, die Kupplerin! Sie war Edgar Cardons Geliebte geworden, als sie noch mit meinem Vater verheiratet gewesen war, und jetzt zahlte ich es ihr auf meine Weise um meines Vaters willen mit gleicher Münze heim.
Ich schaute sie an, während ich langsam meine Schokolade trank. Das Tageslicht war unbarmherzig zu ihrem Gesicht, obwohl sie wie stets sorgfältig Puder und Rouge benutzt hatte. Vielleicht war sie einmal sehr hübsch gewesen, aber ihre blonde Rundlichkeit war nicht von der Art, die dem mittleren Alter standhält. Im grellen Sonnenschein gewahrte ich eine dicke, alternde Frau, bemitleidenswert, wenn ich des Mitleids fähig gewesen wäre.
Als könnte sie meinen Blick nicht länger ertragen, ging sie unvermittelt zu meinem Toilettentisch, wo sie mit Kämmen und Bürsten spielte, während sie wartete, bis ich ausgetrunken hatte. Als ich meine Tasse absetzte, nahm sie die Halskette aus Brillanten und Saphiren in die Hand, die Sir Edgar mir zum Geburtstag geschenkt hatte.
«Gefällt sie dir?» fragte ich obenhin. «Ich habe auch die passenden Ohrringe und das Armband dazu. Aber die Kette ist ein besonders schönes Stück, nicht wahr?»
Sie warf die Halskette hin, als ob sie sich daran verbrannt hätte, und sah mich haßerfüllt an. Es war, als hätte sie eine Maske abgelegt.
«Vielleicht kannst du dir deinen Schmuck bald selbst kaufen, Rowena. Das heißt, wenn du vernünftig bist.»
«Warum sagst du nicht rundheraus, weshalb du gekommen bist, Mutter? Zum Rätselraten bin ich zu verschlafen.»
Ich schwang die Beine aus dem Bett und merkte erst, daß ich nackt war, als ich den Gesichtsausdruck meiner Mutter sah.
Ich lachte und warf mir eine meiner spitzenbesetzten Haus-

roben über. «Wie fremd wir uns sind! Ich hätte nicht gedacht, daß es dich entsetzt, mich nackt zu sehen.»
«Das ist es nicht . . .» begann sie und stockte. «Lassen wir es. Ich bin nicht hergekommen, um mit dir zu streiten, sondern um dir gewissermaßen ein verspätetes Geburtstagsgeschenk zu bringen.» Ihr kurzes, erregtes Lachen ließ mich aufhorchen. Mit zitternden Fingern zupfte sie an den Falten ihres Kleides.
«Für eine Versöhnung zwischen uns dürfte es zu spät sein, nicht wahr, Mutter?» erwiderte ich und bürstete mir die Haare. «Nun? Willst du mir nicht sagen, worin das verspätete Geburtstagsgeschenk besteht?»
«Es muß ein Geheimnis zwischen uns bleiben», sagte sie hastig. «Edgar darf nichts davon erfahren – noch nicht. Er hat deinen Vater nie gemocht, und Guys Name darf vor ihm nicht erwähnt werden.»
Meine Hand hielt mitten im Bürsten inne. «Was hat mein Vater damit zu tun? Du hast noch nie von ihm gesprochen.»
«Natürlich nicht. Wozu auch? Wir sind geschieden, und er hat mir das Leben so sauer gemacht . . . Aber das spielt keine Rolle mehr», fügte sie wegwerfend hinzu, als ich etwas sagen wollte. «Hör mich wenigstens an. Es dauert nicht lange. Wie du weißt, ist dein Vater nach Amerika gegangen. Nach dem Tod deines Großvaters hatte die Anwaltsfirma große Mühe, ihn zu finden. Es handelte sich um den Titel. Ob Mörder oder nicht, er ist jetzt der Earl von Melchester.» Ihr Ton verriet Bitterkeit, und ich fragte mich, ob sie wohl bedauerte, daß ihr der Titel einer Gräfin entgangen war.
«Warum sprichst du auf einmal von meinem Vater? Was hat das zu bedeuten?»
Plötzlich kam etwas Frohlockendes in ihre Stimme. «Er möchte, daß du nach Amerika kommst und bei ihm lebst. Ja, die Anwälte haben ihn gefunden. Er wußte nicht, daß sein Vater gestorben war und daß du bei uns lebst. Durch die Anwaltsfirma ließ er mir sagen, daß er mit dir über verschiedene Vereinbarungen sprechen will, die getroffen werden müssen. Du wirst doch zu ihm ziehen, nicht wahr, Rowena?» Ihr eindringlicher Ton und ihre gespannte Miene verrieten mir, wie gern sie mich losgeworden wäre. «Er ist sehr reich, Rowena. Ich kann es kaum glauben. Guy, der

immer ein Verschwender war und das Geld gar nicht schnell genug ausgeben konnte. Aber Mr. Braithwaite sagte mir, er sei Millionär, und sein ganzes Vermögen werde dir gehören! Wenn du die betreffenden Papiere unterschreibst und ich meine Einwilligung gebe, bekommst du auf der Stelle fünfzigtausend Pfund. Begreifst du, was das bedeutet? Du wirst reich und vollständig unabhängig sein. Was sagst du dazu?»
Ich war wie vor den Kopf geschlagen.
«Nun?» drang sie ungeduldig und gespannt in mich.
«Ich brauche Zeit, um mir alles zu überlegen», antwortete ich gedehnt. «Findest du es nicht auch merkwürdig, daß er so lange gewartet hat, sich mit mir in Verbindung zu setzen?»
«Ich habe ihm geschrieben!» platzte sie trotzig heraus. «Warum auch nicht? Glaubst du, ich will dich hier haben? Zumal seit . . . seit . . .»
«Warum sagst du es nicht unverhohlen heraus?» fiel ich ungerührt ein. «Du meinst doch, seit dein Mann mich vergewaltigt hat und so töricht war, sich in mich zu verlieben. Du befürchtest, ihn ganz zu verlieren, nicht wahr? Hast du deshalb beschlossen, den Kopf nicht mehr in den Sand zu stecken, sondern mich abzuschieben?»
«Du bist ein kaltes, berechnendes Ding, Rowena», sagte sie leise.
Ich lächelte. «Irgendwie muß ich ja auch dir nachgeschlagen sein. Wollen wir uns gegenseitig Vorwürfe machen?»
Es war ihr anzusehen, wie verzweifelt sie sich bemühte, sich zusammenzunehmen, hin und her gerissen zwischen ihrem angehäuften Groll und Haß gegen mich und der Notwendigkeit, mit mir einig zu werden.
Schließlich fragte sie abrupt: «Kommst du mit mir zu Mr. Braithwaite oder nicht? Wenn er dir alles erklärt hat, brauchen wir beide nicht mehr darüber zu reden.»
«Mir recht. Laß uns vor allem nicht heucheln.» Ich wandte mich von ihr ab. «Sei so gut, Mutter, und schick mir Martine. In einer Stunde werde ich mit dir gehen.»
Die Fahrt nach Lincoln Inn Fields, wo Mr. Samuel Braithwaite seine Kanzlei hatte, legten wir schweigend zurück. Er war der Seniorteilhaber der Anwaltsfirma Braithwaite, Matthews und Braithwaite. Meine Mutter erklärte ihm so-

gleich, ich hätte meine eigene Intelligenz und meinen eigenen Willen, so daß sie ihrerseits keine Stellung beziehen werde.
Ich warf ihr einen leicht sarkastischen Blick zu, aber sie saß mit sittsam gefalteten Händen bequem zurückgelehnt im Sessel und hatte die Augen gesenkt.
«Also, Lady Rowena.» Mr. Braithwaite musterte mich aus zwinkernden blauen Augen, die trotz seinen vorgerückten Jahren wach und gewitzt wirkten. «Sie gleichen Ihrem Herrn Vater. Hm, schade, daß alles so gekommen ist. Guy Dangerfield . . . Aber Sie haben sich nicht herbemüht, um sich die Erinnerungen eines alten Mannes anzuhören. Wollen wir gleich zur Sache kommen, oder möchten die Damen zuerst eine Tasse Tee trinken?»
Wir lehnten beide den Tee ab, worauf Mr. Braithwaite zufrieden nickte, die Fingerspitzen aneinanderlegte und mich darüber hinweg wie ein wohlwollender Gnom ansah.
«Schön, also zur Sache. Bitte unterbrechen Sie mich, wenn Ihnen irgend etwas unklar ist.»
Ich nickte. Er beugte sich über ein Papierbündel, das vor ihm auf dem Schreibtisch lag, und las mir mit eintöniger Stimme vor – zuerst einen längeren Instruktionsbrief meines Vaters und dann eine Kopie seines Testaments, in dem alle seine Besitztümer aufgezählt waren.
Ich war höchst erstaunt. Ich hatte mich unter anderem mit Jurisprudenz beschäftigt, hauptsächlich um mein Latein nicht zu vergessen, aber das Testament meines Vaters war ganz einfach, jedoch genau abgefaßt, ohne Gesetzeslücken.
«Alles klar, nicht wahr, Lady Rowena? Der Anwalt Ihres Herrn Vater – Richter Fleming in Boston – ist ein tüchtiger Mann. Oder haben Sie noch irgendwelche Fragen?»
Ich blieb stumm. Die plötzliche Veränderung meiner Lage überwältigte mich.
Mr. Braithwaite sah mich verständnisvoll an. «Sie finden keine Worte? Nicht verwunderlich. Sie glaubten, Ihr Herr Vater hätte Ihr Vorhandensein vergessen, nicht wahr? Aber sein Brief erklärt natürlich alles. Ihr Herr Großvater . . .» er seufzte, «nun ja, in mancher Hinsicht war er ein harter Mann. Nachtragend. Jetzt verstehen Sie alles, nicht wahr? Guy Dangerfield – der Earl von Melchester, müßte ich sagen – ist krank. Nein, seien wir ehrlich, er ist todkrank, und

er weiß es. Darum hat er es eilig. Er möchte Sie vor seinem Tod sehen. Ich will Sie natürlich nicht drängen, denn für Sie kommt das alles so plötzlich, aber . . .»

Ich hörte meine Mutter scharf einatmen, und ich wußte, daß sie mich anblickte; ihre Spannung, meine Antwort zu hören, war geradezu faßbar.

Mein Entschluß war längst gefaßt. Schon als ich eingewilligt hatte, hierher zu kommen, ja, bevor ich gewußt hatte, welch ein Vermögen mir da in den Schoß fiel – ich war frei! Ganz unerwartet, wie durch ein Wunder, war ich frei und unabhängig. Von jetzt an brauchte ich keinem zu gehören, keinem Rechenschaft abzulegen, außer mir selbst.

Ich lehnte mich vor und sagte ruhig und gefaßt: «Natürlich bin ich mit allem einverstanden, Mr. Braithwaite, mit allen Bedingungen, die mein Vater in seinem Brief und in seinem Testament stellt. Ich sehe auch ein, daß Eile nottut. Ich werde so bald wie möglich abreisen.»

Auf der Rückfahrt bat meine Mutter: «Laß uns Edgar nichts davon sagen.» Als mein Vormund hatte sie alle notwendigen Papiere mitunterzeichnet, und jetzt verhielt sie sich so distanziert mir gegenüber, als ob wir schon Abschied genommen hätten. «Mr. Braithwaite meinte, es wird ungefähr eine Woche dauern. Ein Glück, daß er schon eine Passage für dich gebucht hatte, falls du dich einverstanden erklären würdest. Es ist nicht nötig, deine Abreise an die große Glocke zu hängen. Am besten verraten wir überhaupt nichts davon.»

«Wie du willst», antwortete ich gleichgültig. «Es bleibt deinem Einfallsreichtum überlassen, mich unbemerkt aus dem Hause zu schaffen. Du hast ja eine Woche Zeit, dir zu überlegen, wie du es Edgar erklären kannst.»

«Ja, das ist meine Sache», sagte sie schroff, worauf wir den restlichen Weg schweigend zurücklegten.

Ich hatte über vieles nachzudenken. Nicht nur sollte ich mich auf eine Reise zu einem ganz neuen Leben begeben, sondern auch endlich meinen Vater kennenlernen. Er verlangte nach mir und hatte mich als kleines Kind – nach Nannys Worten – vergöttert. Ich war auch neugierig, zu erfahren, wie es ihm nach seiner Rückkehr nach Amerika ergangen war. Gezwungen, England zu verlassen, jeglicher Verbindung mit mir beraubt, das mußte nicht einfach für

ihn gewesen sein; aber natürlich hatte mein Großvater für mich nur das Beste gewollt.
Es war müßig, der Vergangenheit nachzusinnen, wenigstens das hatte ich gelernt. Und außer Sir Edgar würde mir niemand nachtrauern. Ich wußte, daß die Bedienten über mich tuschelten, auch Mrs. Jenks, die mir schmeichelte, in der Hoffnung, daß ich für sie bei Sir Edgar ein gutes Wort einlegen würde. Mrs. Mellyn, die infolge ihres Alters und ihrer hervorragenden Stellung aus ihrem Herzen nie eine Mördergrube gemacht hatte, war von Sir Edgar in den Ruhestand versetzt worden, weil er ihre scharfe Zunge fürchtete. Jetzt konnte sie unbeschadet zurückkommen, denn es war anzunehmen, daß Sir Edgar nach dem ersten Wutausbruch wieder den braven Ehemann spielte und seine Mätressen in der verschwiegenen kleinen Wohnung am Curzon Square versteckte.
Alles würde wieder so normal wie vor meiner Ankunft verlaufen, und ich . . . oh, ich schwor mir, daß es mir diesmal anders ergehen würde. Ich hatte meine Lektionen über das Leben ebenso fleißig gelernt wie den Inhalt meiner wissenschaftlichen Bücher. Sobald ich auf eigenen Füßen stand, sollte es sich erweisen, ob ich sie mir gemerkt hatte. Es gab für mich nun nichts anderes zu tun, als zu warten. Als der Wagen vor Sir Edgars Haus hielt, stiegen meine Mutter und ich, jetzt zwei Verschwörerinnen, aus, ohne uns anzublicken. In meinem Zimmer erwartete mich Martine.
«Wir wollten Besorgungen machen, aber ich fand nichts, das mir gefiel», erklärte ich leichthin und entließ sie unter dem Vorwand, ich sei müde und müsse vor dem Abendessen ruhen. Die arme Martine. Was wurde aus ihr, wenn ich fort war? Ich nahm mir vor, ihr ein gutes Empfehlungsschreiben zu geben, außerdem fünfzig Pfund. Das war mehr, als sie in zwei Jahren verdiente, aber was bedeuteten mir jetzt fünfzig Pfund? In meinem Pompadour hatte ich ein Bündel Banknoten im Betrag von über fünfhundert Pfund – «für alle Fälle», wie Mr. Braithwaite sich ausgedrückt hatte. Mein Vater habe gesagt, es dürfe mir an nichts fehlen. Außerdem hatte ich einen Ausweis erhalten, der mich ermächtigte, von der Bank meines Vaters in Boston und in New York so viel Geld abzuheben, wie es mir beliebte. Ich war in der Tat eine Erbin!

Ich saß an meinem kleinen Chippendale-Sekretär und erbrach den versiegelten Brief, den ich meinem Pompadour entnommen hatte. Die Schrift war ziemlich krakelig. «An meine Tochter Rowena Elaine Dangerfield.» Endlich sollte ich etwas Persönliches von meinem Vater erfahren.

«Meine liebe Tochter!
Es muß Dir sonderbar vorkommen, diesen Brief zu lesen, wie auch mir, ihn zu schreiben und zu wissen, daß Du ihn lesen wirst. Dennoch sind wir einander nicht fremd. Ich meine damit nicht nur die Blutsbande, sondern auch die Tatsache, daß Du meinen Gedanken nie fern warst. Was man Dir auch über mich gesagt haben mag, ich hoffe, Du wirst mir glauben, daß ich Dich liebe, wie ich Dich schon geliebt habe, als ich Dich als quäkendes Menschlein in den Armen hielt und Deinen schwarzen Haarschopf sah, den Du von mir hattest. Mein Kind!
Ich fühle mich Dir in diesem Augenblick näher als je zuvor einem anderen Menschen . . .»

Mein Blick glitt über die engbeschriebenen Seiten, ich las langsamer als sonst. Den Gründen für unsere Trennung und näheren Erklärungen hatte mein Vater nicht viel Platz eingeräumt, außer daß er sagte, es sei gegen seinen Willen geschehen. Er hatte Tagebücher geführt, die ich eines Tages lesen sollte. Sie würden alles erklären.

«Ich habe versucht, Neu Mexico durch Deine Augen zu sehen. Ein wildes, schönes Land voller Gegensätze. Da Du in Indien gelebt hast, wird die Verpflanzung wohl nicht allzu schwierig für Dich sein. Du siehst, ich halte es schon für selbstverständlich, daß Du herkommen wirst. Ich fasse wieder Hoffnung, mache Pläne . . .»

Des weiteren schrieb er:

«Ich erzählte Todd von meinen Plänen. Er glaubt nicht, daß Du gern hier leben wirst. Er versteht es nicht. Wie könnte er auch? Ich habe das Gefühl, Dich zu kennen, trotz allem. Es ist mehr ein Instinkt. Aber Todd zu Gefallen habe ich in meinem Testament gewisse Klauseln angebracht. Einerlei, ob Du Dich für Neu Mexico entschließt oder nicht, es wird für Dich gesorgt sein. Das wird Dir Samuel Braithwaite sicher klarmachen. Wenn Du vor Ende des Jahres die Entscheidung triffst, nicht in Neu Mexico zu bleiben, wird die Ranch Todd gehören. Doch auch jetzt, wo ich weiß, daß mir der Tod nahe ist, hoffe ich, noch lange genug zu leben, um Dich wiederzusehen, mit Dir zu sprechen, Dir alles zu erklären, was Dir nach meinem Tod bevorsteht. Ich habe Bitten an Dich – es sind nur Bitten. Wenn Du meine Tagebücher gelesen hast, wirst Du verstehen, warum ich sie stelle. In erster Linie möchte ich Dich bitten, mein Kind, diese Aufzeichnungen chronologisch zu lesen . . .»

Nach der Ankunft in Boston sollte ich mich mit einem Mann namens Elmer Bragg in Verbindung setzen, einem ehemaligen Rechtsanwalt. «Ein Kämpfer für das Recht mit der Seele eines Gelehrten oder vielleicht eines Propheten. Elmer sucht sich seine Klienten aus, seit er im Ruhestand lebt, aber er gehört zu meinen besten Freunden, und wenn ich Dich doch nicht mehr sehen kann, wird er sich Deiner annehmen.»

Unterschrieben war der Brief: «Dein Dich liebender Vater Guy Dangerfield.»

Ich dachte an meine Mutter, die ich seit zwei Jahren kannte, und für die ich nur Abneigung empfinden konnte. Aber eigentlich war sie doch eine bedauernswerte Frau, das Produkt ihrer Erziehung und ihrer Umgebung. Ich war eher das Kind meines Vaters als das ihre, und seltsamerweise hatte sie das zuerst erkannt.

Als ich mit meiner Mutter zum Hafen fuhr, ergab sich zum erstenmal ein richtiges Gespräch.

Wir saßen einander gegenüber, und sie betrachtete mich. «Ich bin überzeugt, daß es dir in Amerika gut gehen wird», sagte sie. «Jedenfalls ist es besser so. Guy hätte dich von Anfang an bei sich haben sollen. Das sehe ich jetzt ein. Aber damals war dein Großvater so hartnäckig, und mir blieb keine Wahl. Ich wurde gezwungen, eine Zeitlang ins Ausland zu gehen. Der Skandal war wirklich schrecklich. Ich war dagegen nicht gewappnet.»

«Aber Sir Edgar ist doch mit dir gegangen, nicht wahr?» fragte ich.
«Gewiß. Das gehört zu den Dingen, die du nicht verstehen kannst. Du hast noch nie ein tiefes Gefühl gehegt, scheint mir. Ja, runzle nur die Stirn. Du hast noch nie geliebt. Ich frage mich, ob du überhaupt liebesfähig bist. Ich hätte etwas für dich empfinden können, wenn auch bloß Mitleid, wenn ich nicht gemerkt hätte, wie hart du unter deiner Maske der Gleichgültigkeit bist.»
«Warum sagst du mir das alles jetzt?»
Sie lehnte sich vor, und ihre sonst so weichen Lippen wurden schmal. «Es muß einmal gesagt sein! Ich weiß, daß du Edgar nicht geliebt hast. Du hast nie etwas für ihn empfunden, nicht wahr? Vielleicht war er deshalb so besessen von dir. Du sahst in ihm nur einen Mann, den du so in Verlegenheit gebracht hattest, daß du ihn ausnützen konntest. Aber ich liebe ihn. Ja, halte mich meinetwegen für dumm und töricht – wenigstens kann ich etwas fühlen! Er hatte seine Mätressen, als ich ihn kennenlernte, auch später, als wir verheiratet waren. Das spielte keine Rolle, bis du kamst. Guys Tochter – Guys Rache!»
«Pech für dich», sagte ich, «daß du keinen Sohn, sondern mich bekommen hast.»
«Ja, wahrhaftig», stimmte sie fast wild zu. «Du kannst das wahrscheinlich nicht verstehen. Ich war ja erst siebzehn. Was wußte ich damals von Liebe und Ehe? Es wurde alles arrangiert. Ich mußte Guy Dangerfield heiraten, der viel älter war als ich und den ich vorher erst zweimal gesehen hatte. Ich war ja darauf gedrillt worden, eine gute Partie zu machen. Meine Gefühle wurden nicht berücksichtigt. Ich wurde verheiratet, damit ich das Geschlecht der Dangerfields fortsetzte. Gott sei Dank hatte ich nach deiner Geburt meine Ruhe!»
Ingrimm erfaßte mich. «Du haßtest meinen Vater. Du haßtest mich von Anfang an. Ich bin ein Produkt deines Hasses, Mutter. Warum machst du mir einen Vorwurf daraus, daß ich stärker bin als du?»
«Warum? Weil du hart bist. Es ist nicht Stärke, sondern Härte. Gefühllosigkeit.»
«Das ist jetzt unwichtig.»
«Du magst recht haben. Aber es war nicht nur meine

Schuld! Es war mir nicht gegeben, eine gute Frau zu sein. Wenn dein Vater mich mehr geliebt und weniger verachtet hätte, wäre vielleicht alles anders geworden. Aber auch er heiratete nicht aus freien Stücken. Es gab bei ihm eine andere Frau – ich weiß nicht, wer sie war, und was sie ihm bedeutete, aber im Schlaf verriet er sich manchmal. ‹Elena›, murmelte er, ‹Elena!› Und dich taufte er Rowena Elaine. Nein, mich liebte er nie. Ist es da verwunderlich, daß ich Liebe suchte?»
Einen Augenblick sah ich sie, wie sie vor zwanzig Jahren gewesen sein mochte. Arme Fanny. Aber ebenso selbstsüchtig, wie sie es mir vorwarf. Was immer sie dazu getrieben hatte, sich mir plötzlich zu offenbaren, wir waren über den Punkt hinaus, einander zu verstehen oder uns auch nur ehrlich mitzuteilen.
Darum schwieg ich, und nach einer Weile faßte sie sich und zuckte die Schultern. «Na ja, vielleicht ist es ganz gut, daß wir nicht den üblichen Abschied zu feiern brauchen. Es mußten einige Dinge gesagt werden, und nun habe ich es hinter mir.»
Wir gaben einander keinen Kuß, als wir uns trennten. Ein Diener nahm mein Gepäck vom Wagen und stellte es den herbeischwärmenden Trägern hin. Ich drehte mich nicht um, als der Wagen abfuhr. Nur noch ein paar Stunden, und dann hatte ich die Vergangenheit hinter mir und reiste einem neuen Leben entgegen.
Ich dachte an meine Ankunft in England zurück und bemitleidete das unglückliche, ängstliche Geschöpf, das ich damals gewesen war. Diesmal wußte ich jedenfalls, was mich erwartete.
Als ich am Kai stand, hob ich den Kopf und ließ mir den Wind ins Gesicht wehen.
«Reisen enden mit der Begegnung Liebender.» Wieso kam mir dieser lächerliche Spruch plötzlich in den Sinn? Ich hatte keinen Geliebten, der mich abholen würde. Oh, es war für mich bereits beschlossene Sache, niemals einen zu haben, wenn es sich verhindern ließ. Nie wieder wollte ich mich beherrschen lassen. Von jetzt an wollte ich meine eigene Herrin sein.
Es war ein schöner, sonniger Tag. Der richtige Tag für den Beginn einer Reise.

Ich machte die Überfahrt auf einem amerikanischen Schiff, und schon unterwegs gewöhnte ich mich an den fremdartigen, nasalen Tonfall meiner amerikanischen Reisegefährten. Sie waren alle freundlicher und aufgeschlossener als die Engländer und ließen sich von meiner Zurückhaltung nicht abschrecken. Merkwürdigerweise machte es ihnen Eindruck, eine Adlige, die Tochter eines Earls, kennenzulernen, obwohl sie sich ihrer demokratischen Denkweise rühmten.

In Le Havre machten wir drei Tage halt, um Passagiere aus Frankreich aufzunehmen, so daß sich mir Gelegenheit bot, Paris wiederzusehen, allerdings unter ganz anderen Umständen als früher. Diesmal war ich nicht mit Sir Edgar Cardons Freunden zusammen, sondern ich verbrachte meine Zeit mit Einkäufen, nur nach meinem Ermessen und Belieben, und allein das bereitete mir Vergnügen.

Dennoch trieb mich die Ungeduld, ans Ziel zu gelangen und endlich meinen Vater kennenzulernen. Ich sollte ihm ja ähneln, und ich war überzeugt, daß wir uns verstehen würden.

Drittes Kapitel

Als ich den Hafen von Boston sah, stellte ich mir vor, was mein Vater empfunden haben mochte, als er hier zum erstenmal landete. Er mußte ungefähr im gleichen Alter wie ich jetzt gewesen sein. Ob er mich wohl abholte, oder erlaubte ihm sein Gesundheitszustand keine Reise?

Ich kehrte mich von der Reling ab und begab mich in meine Kabine. Da vernahm ich im Geist die Stimme meiner Mutter: «Du bist hart, Rowena . . . Es ist nicht Stärke, sondern Härte . . . Ich frage mich, ob du überhaupt liebesfähig bist . . .»

Nun, wenigstens war ich nicht schwach. Ich dachte an die Brillanten, die Sir Edgar mir geschenkt hatte – harte, glitzernde Steine, deren jeder sein eigenes Feuer hatte. Wie oft hatte er mich mit einem Brillant verglichen. Ich hätte eine scharfe Zunge, hatte er sich beklagt, und nie sei es ihm gelungen, die erhoffte Wärme und Leidenschaft in mir zu er-

wecken. Aber ich brachte kein Mitgefühl für ihn auf. Wir hatten einander benutzt – jeder aus seinen bestimmten Gründen –, und jetzt war ich endlich frei. Ich wollte mich nie mehr von irgendeinem Menschen benutzen lassen.
«Lady Rowena», unterbrach die Stimme eines Stewards meinen Gedankengang, als ich gerade meinen letzten Schrankkoffer abschloß. «Entschuldigung, Lady Rowena, es ist Besuch für Sie gekommen. Die anderen Passagiere gehen schon von Bord, aber Ihre Freunde möchten Sie persönlich an Land begleiten.»
«Danke.»
Ich war nicht sicher gewesen, ob mich jemand abholen würde. Infolge schlechten Wetters hatten wir Verspätung. Zwar schien eine fahle Sonne über Boston, aber mir war eine dünne Schneedecke aufgefallen. Ich wurde also von «Freunden» abgeholt, nicht von meinem Vater. Wer mochten sie sein?
Als ich an Deck kam, standen sie ein wenig unsicher in dem Gewimmel von Besuchern und Schiffsreisenden. Mrs. Katherine Shannon war offenbar Witwe – eine imposant wirkende Dame ganz in Schwarz. Sie war die Schwägerin von Todd Shannon, dem Teilhaber meines Vaters; sie wurde begleitet von ihrer Nichte und deren Mann, einem jungen Ehepaar, das sehr liebenswürdig zu sein schien.
Ich erfuhr bald, warum sie sich die Mühe gemacht hatten, an Bord zu kommen, und warum sich Corinne Davidson, eine normalerweise sehr lebhafte, sprühende junge Frau, bei unserer ersten Begegnung so still verhielt.
«Wir erhielten die Depesche erst vorige Woche», sagte Shannon bedrückt. «Mein liebes Kind, es tut uns allen so leid! Ihr Vater hätte nicht gewünscht, daß Sie bei Ihrer Ankunft in Amerika auf diese Weise empfangen werden. Aber Sie müssen ja Bescheid erhalten. Wirklich, es tut mir so leid . . .» Ich sah, daß sich Corinne Davidsons Augen mit Tränen gefüllt hatten.
Mein Vater war tot. Nie würde ich ihn kennenlernen. Ich konnte nicht weinen. Ich war benommen, wie erstarrt, und ich merkte selbst, daß mein Gesicht keine Regung verriet.
Es war gut, daß sich Jack Davidson, ein besonnener junger Mann, der Äußerlichkeiten annahm und für mein Gepäck sorgte.

Sie waren taktvolle Menschen, die mich nicht mit weiteren Beileidsbezeugungen überhäuften.
«Jack und ich leben in New York, aber wir sind gerade bei Tante Katherine zu Besuch», erklärte mir Corinne. «Natürlich können Sie auch bei ihr wohnen.»
Mrs. Shannon bestand sogar darauf, ein Zimmer sei schon für mich gerichtet, ich brauchte Ruhe und das Gefühl, unter Freunden zu sein.
«Später können Sie sich gern aussprechen, wenn Sie mögen», fügte sie freundlich hinzu und sagte mir, mein Vater sei früher, vor seiner Erkrankung, häufig zu Gast bei ihr gewesen.
Aber dann war es Corinne, die mit ihrem natürlichen, offenen Verhalten den Panzer der Zurückhaltung durchbrach, mit dem ich mich zu umgeben pflegte, und die meine erste Freundin in Amerika wurde.
Sie kam am ersten Abend zu mir ins Zimmer. Als sie leise und zögernd anklopfte, wandte ich mich vom Fenster ab, wo ich auf die verschneite Stadt hinausgeblickt hatte.
«Versprechen Sie mir, es ehrlich zu sagen, wenn Sie lieber allein sein möchten», bat sie eindringlich, nachdem sie die Tür hinter sich geschlossen hatte. «Jack sagt immer, es fehle mir an Takt, und ich rede zuviel; aber ich weiß, wie mir an Ihrer Stelle zumute wäre. Ich . . . wir alle hatten Onkel Guy so gern, müssen Sie wissen. Ich finde es entsetzlich traurig, ja tragisch, daß Sie ihn nicht mehr kennenlernen konnten. Er war ein wundervoller Mensch. So still, daß er kaum bemerkt wurde, wenn er es nicht wünschte, und doch ein solcher Menschenfreund! Ich weiß noch, er machte die weite Reise nach Boston nach dem Tode meines Vaters, und er führte uns aus und lud uns in die Oper ein, und so lernte ich Jack kennen . . .» Sie legte sich plötzlich die Hand auf den Mund und sah mich erschrocken an. «Du meine Güte, da plappere ich schon wieder! Dabei wollte ich Sie nur fragen, ob Sie Gesellschaft wünschen.»
Corinne war unwiderstehlich, man mußte sie ins Herz schließen. Noch nie hatte ich eine gleichaltrige Freundin gehabt. Sie gab offen zu, ein Plappermaul zu sein, aber es war kein Arg an ihr, obwohl sie immer sagte, was sie dachte, wodurch sie andere in Verlegenheit bringen konnte.

Wahrscheinlich brauchte ich in den folgenden Wochen eine Freundin. Corinne und ich waren zwar ganz gegensätzliche Naturen, doch andererseits ergänzten wir uns in mancher Hinsicht, und sie hatte trotz ihrer Unüberlegtheit eine lebhafte Intelligenz. Sie half mir entschieden in diesen ersten schwierigen Tagen, als ich mich an den Gedanken gewöhnen mußte, daß ich meinen Vater verloren hatte, bevor ich ihn wiederfand, und allein in der Welt stand.
Ich war allerdings reich, und das bedeutete eine Hilfe. Ich war auch nicht mehr naiv, dafür hatte Sir Edgar gesorgt. Darum entsetzte ich mich nicht, als sie mir von dem schwarzen Schaf in ihrer Familie erzählte.
«Irgend jemand muß es dir ja sagen», rechtfertigte sie sich, «und Tante Katherine würde es niemals tun. Sogar Jack ist einverstanden, daß ich dich darauf vorbereite, was du in Neu Mexico vorfinden wirst.»
«Das klingt aber beunruhigend», neckte ich sie, aber sie beteuerte, sie meine es ausnahmsweise einmal ernst.
«Was hat man dir zum Beispiel über Todd Shannon erzählt?» begann sie dramatisch und setzte sich auf den Rand meines Bettes.
Ich räumte ein, ich wüßte nur, daß er der Teilhaber meines Vaters gewesen war, was die Ranch in Neu Mexico betraf.
«Wie ich mir's dachte!» Sie rümpfte die Nase. «Er ist zwar Tante Katherines Schwager, aber sie stand nie sehr gut mit ihm, auch nicht zu Lebzeiten ihres Mannes. Du mußt wissen, Onkel James kam viele Jahre vor seinem Bruder nach Amerika. Todd tauchte plötzlich hier auf. James war ein ernster, gebildeter junger Mann, und während er hier in Boston Jurisprudenz studierte, arbeitete er nebenbei bei meinem Großvater, das war natürlich Tante Katherines Vater . . .» Corinne holte Atem, und als sie mein Lächeln sah, gab sie es mutwillig zurück. «Ich weiß, was du jetzt denkst! Es heißt, alle Bostoner seien miteinander verwandt, und das dürfte wahr sein. Aber du mußt mir zuhören, Rowena, denn diesmal habe ich dir etwas Ernstes zu sagen. Wo war ich doch stehengeblieben?»
«Du sprachst von Todd Shannon.»
«Ja, richtig. Also, für die arme Tante Katherine und für Onkel James war es recht unangenehm, daß Todd nach Boston kam, denn er war das schwarze Schaf der Familie. Er soll in

seiner Jugend in irgendwelche revolutionäre Machenschaften in Irland verwickelt gewesen sein. Dort werden immerzu die Briten bekämpft, mußt du wissen. Jedenfalls mußte er Hals über Kopf seine Heimat verlassen, und deswegen kam er hierher.»

«Und hier lernte er meinen Vater kennen?» fragte ich neugierig.

Corinne zuckte die Schultern. «Genau weiß ich's nicht, denn das war natürlich alles vor meiner Zeit. Aber ich erinnere mich dunkel, einmal gehört zu haben, die beiden hätten sich während der Überfahrt kennengelernt und beschlossen, gemeinsam ihr Glück zu suchen. Klingt romantisch und aufregend, nicht wahr? Sie gingen zusammen in den Westen, denn damals dehnten sich die Grenzen noch aus, und es war vor dem Krieg mit Mexico. Der größte Teil des Südwestens und Kalifornien gehörten noch den Spaniern.»

Ich hatte es mir angelegen sein lassen, die amerikanische Geschichte zu studieren. So nickte ich, und Corinne verstand intuitiv meine Ungeduld.

«Du meine Güte», sagte sie zerknirscht, «ich komme wieder vom Hundertsten ins Tausendste! Du willst ja nichts von Geschichte hören, sondern von Todd Shannon und natürlich von deinem Vater, der bei all den Ereignissen eine große Rolle gespielt hat.» Sie kicherte unvermittelt. «Wie gern hörte ich als Kind zu, wenn die Erwachsenen darüber redeten! Ich verhielt mich ganz still und tat so, als ob ich in mein Buch vertieft wäre. Aber die ganze Geschichte war viel faszinierender als alles, was in den Büchern stand.»

«Erzähl weiter», bat ich. «Jetzt bin ich fasziniert. Was geschah?»

«Wie gesagt, dein Vater und Onkel Todd – vor dem ich mich übrigens als Kind immer ein wenig fürchtete – gingen in den Westen und erlebten allerlei Abenteuer, manchmal zusammen, manchmal allein, denn beide waren sehr selbständig. Dann aber, kurz vor dem Krieg mit Mexico, verliebte sich Onkel Todd, wie es hieß, in eine bildschöne junge Spanierin aus guter Familie, die unter der Vormundschaft ihres Bruders stand. Sie hätte ins Kloster gehen sollen, aber auch sie verliebte sich in Onkel Todd. Sie brannten durch, nach Texas, und ihr Bruder schwor Rache.»

Corinne sah mich frohlockend an. «Wenn das keine romantische Geschichte ist!»
«Aber sie ging anders aus?»
«O Rowena, manchmal scheint es mir, daß du Tragik lieber hast als Romantik. Du hast allerdings nicht ganz unrecht. Nach dem Krieg mußten die Mexikaner ihr Land im Südwesten an die Vereinigten Staaten abtreten. Todd Shannon brachte seine Frau nach Neu Mexico und erhob Anspruch auf den Landbesitz ihrer Familie.»
«Und ihr rachsüchtiger Bruder?»
Sie kräuselte die Stirn. «Alejandro Cordes? Oh, er gehörte zu den wenigen Hitzköpfen, die die amerikanische Regierung nicht anerkennen wollten. Er soll mit seinen Gesinnungsgenossen in die Berge geflüchtet sein, und später ging das Gerücht, er wäre einer Bande *Comancheros* beigetreten, wie sie sich nannten. Aber ich hörte Onkel Todd sagen, sie wären nichts anderes als aufsässige Halsabschneider, die mit den Indianern Handel treiben und ihnen Gewehre zum Gebrauch gegen die Weißen verkaufen. Alejandro haßte Todd Shannon natürlich nach wie vor.»
Wenn Corinne sich Mühe gab, war sie eine gute Erzählerin mit der Begabung, Atmosphäre heraufzubeschwören, so daß es mir leichtfiel, mir die tragischen Umstände auszumalen, die zu der Familienfehde geführt hatten, einer Fehde, die immer noch bestand und vor der sie mich warnte. Aber mich interessierte weitaus mehr die Rolle, die mein Vater bei diesen Ereignissen gespielt hatte.
Er hatte auf den kalifornischen Goldfeldern viel Geld verdient und als sein alter Freund ihm schrieb, er brauche Kapital, reiste mein Vater nach Neu Mexico. Sie wurden Teilhaber einer riesigen Viehranch, der sogenannten SD-Ranch: Shannon-Dangerfield. Ihr Unternehmen blühte, als das Schicksal zuschlug.
«Damals setzte in der Gegend der große Silberrausch ein, und Onkel Todd ging mit deinem Vater auf Silbersuche. Seine Frau Alma hatte einem Sohn das Leben geschenkt und war noch so mitgenommen, daß sie nicht reisen konnte. Sie blieb in der Obhut einer jungen Base zurück, die plötzlich bei Alma erschienen war und gestand, sie sei den Apachen weggelaufen. Elena, so hieß die Base, war einer Verbindung zwischen einer gefangenen Spanierin,

Almas Tante, und einem Apachenhäuptling entsprossen. Elena erklärte, die Schilderungen ihrer Mutter von der ‹Zivilisation› hätten sie so gelockt, daß sie als Weiße leben wollte, nicht als Indianersquaw.»
«Elena?» Der Name weckte eine Erinnerung. Ich hörte ihn wieder, erbittert ausgesprochen von meiner Mutter: «Elena! Manchmal murmelte er ihren Namen im Schlaf, und dich taufte er Rowena Elaine.»
«Corinne, wie war Elena? Wurde sie dir jemals beschrieben?»
«Nur flüchtig. Ich glaube, sie war noch sehr jung, erst fünfzehn oder sechzehn, und sehr hübsch auf eine wilde Art.»
«Hat mein Vater von ihr gesprochen?» Etwas zwang mich, diese Frage zu stellen, und Corinne schaute mich leicht verdutzt an.
«Ich erinnere mich nicht. Aber er muß sie gern gehabt haben, denn ich weiß, er lehrte sie lesen und schreiben. Später rettete er ihr übrigens das Leben.»
Sie war taktvoll genug, keine Erklärung von mir zu verlangen, sondern setzte ihren Bericht fort.
Als mein Vater und Todd Shannon nach einigen Wochen von ihrer Expedition zurückkehrten, stellten sie zu ihrem Entsetzen fest, daß die Apachen inzwischen einen Überfall verübt hatten. Das Haus war abgebrannt, das Vieh in alle Winde zerstreut. Aber die schlimmste Tragödie bedeutete es, daß Alma und ihr Kind tot waren.
«Einer der *Vaqueros* konnte ihnen, bevor er den Geist aufgab, Näheres erzählen. Alejandro Cordes und einige seiner Comancheros hatten an dem Überfall teilgenommen. Vielleicht wußte er nicht, daß seine Schwester zu Hause geblieben war. Als das Haus brannte, rannte sie mit ihrem Kind hinaus. Indianerpfeile töteten beide.»
«O nein!»
«Der alte Vaquero sah, bevor er ohnmächtig wurde, Alejandro Cordes herbeistürzen, schreiend wie ein Wahnsinniger. Er weinte, als er bei seiner toten Schwester kniete.»
«Und Elena? Kam sie auch dabei um?»
Corinne schüttelte grimmig den Kopf. «Dadurch entstand ja die Fehde. Kurz vor seinem Weggang hatte Onkel Todd einen Streit mit ihr. Er hat die Indianer nie gemocht, mußt du wissen, und er wollte Elena gar nicht im Hause haben.

Ein paar Tage nach dem Aufbruch der Silbersucher lief sie wortlos davon. Onkel Todd behauptete, sie hätte aus Rache die Apachen aufgeboten.»
«Und mein Vater?»
«Du mußt verstehen, Rowena, daß Onkel Todd nun wie ein wildes Tier war, zerfressen von Kummer und Haß. Er wäre den Indianern und seinem Schwager allein nachgefolgt, wenn dein Vater ihn nicht zurückgehalten hätte. Und dann, um es noch schlimmer zu machen, kehrte Elena einige Tage später zurück. Sie ...» Corinne senkte die Stimme zu einem Verschwörerton und machte ein verlegenes Gesicht. «Sie erwartete ein Kind. Ich wurde immer aus dem Zimmer geschickt, wenn die Rede darauf kam; aber als ich älter war, erzählte mir meine Mutter, Elena wäre in Onkel Todd verliebt gewesen, und er hätte sie geschwängert.»
«O Gott. Was tat er, als sie zurückkehrte?»
«Er brachte sie beinahe um! Er hätte es sicher getan, wenn dein Vater sich nicht ins Mittel gelegt hätte, als Todd sie zu schlagen begann. Dein Vater pflegte sie. Doch sobald sie sich erholt hatte, lief sie wieder weg – zu den Apachen.»
«Damit hat es aber nicht geendet, nicht wahr? Wie entstand die Fehde, die du vorhin erwähntest?»
Corinne seufzte. «Ach, Rowena, das war das schlimmste von allem. Nicht lange nachdem Elena weggelaufen war, sickerten Gerüchte durch. Sie hatte Alejandro Cordes geheiratet, ausgerechnet ihn! Kannst du dir vorstellen, was das für Onkel Todd bedeutete? Für ihn war es der Beweis, daß Elena und Alejandro bei dem Überfall unter einer Decke gesteckt hatten!»
Natürlich ging die Geschichte noch weiter, aber Corinne kannte nur zusammenhanglose Bruchstücke. Ich sollte sie später in allen Facetten erfahren, einiges durch das sorgfältig geführte, «Journal» genannte Tagebuch meines Vaters, manches von den Beteiligten selbst. Aber ich greife vor – vieles geschah, bevor ich die ganze Wahrheit erfuhr.
Als erstes lernte ich den sonderbaren und etwas rätselhaften Elmer Bragg kennen, den mir mein Vater in seinem Brief empfohlen hatte. Sein Rechtsberater, Richter Fleming, erinnerte mich daran, Mr. Bragg aufzusuchen.
«Er ist ... nun ja, er ist ein ziemlich rauher Mann, der sich

gern ungebildet gibt, aber ein gewiefter Autodidakt ist. Er gehört zu den Männern, die man im Westen Pionierjuristen nennt. Er arbeitete als Detektiv mit Allan Pinkerton zusammen, und ich weiß, daß mein Freund Pinkerton es sehr bedauerte, als Bragg darauf bestand, sich zur Ruhe zu setzen. Kennen Sie das Sprichwort ‹Alte Soldaten sterben nicht›? Bragg ist dafür ein lebendes Beispiel. Er ist zwar offiziell nicht mehr berufstätig, kann aber nicht auf der faulen Haut liegen. Er übernimmt ab und zu noch Fälle. Ihr Herr Vater war mit ihm befreundet, und ich habe den Eindruck, daß sich Bragg zurzeit in Boston aufhält, nur um Sie kennenzulernen.»

«Er hat sich aber nicht mit mir in Verbindung gesetzt.»

Richter Fleming nickte fast zufrieden. «Natürlich nicht. Das wäre nicht seine Art. Er weiß, was Ihr Herr Vater Ihnen geschrieben hat, und er dürfte wohl erwarten, daß Sie sich bei ihm melden.» Er lächelte abbittend. «Ich habe Sie davor gewarnt, meine Liebe, daß Elmer Bragg recht exzentrisch ist. Er ist der Ansicht, daß, wenn Sie Rat oder Hilfe brauchen, Sie sich bemühen müssen, ihn aufzusuchen.»

Das tat ich denn auch, teils weil mein Vater es mir geraten hatte, teils weil mich Flemings ausweichende Bemerkungen über diesen Elmer Bragg neugierig gemacht hatten.

Da ich beschlossen hatte, eine Zeitlang in Boston zu bleiben, bis alle Erbschaftsangelegenheiten geregelt waren, fehlte es mir nicht an Zeit. Außerdem war ich nicht erpicht darauf, nach Neu Mexico zu reisen, ehe ich besser Bescheid wußte, was ich dort zu gewärtigen hatte. Ich dachte mir, daß der geheimnisvolle Mr. Bragg, der ja selbst aus dem Westen stammte, gerade die richtige Person war, mir die benötigten Ratschläge zu geben. In dieser Annahme irrte ich mich nicht, denn schon unsere erste Zusammenkunft erwies sich als äußerst lehrreich.

«Wie ich sehe, sind Sie eine vernünftige, selbstbewußte junge Dame», lobte mich Mr. Bragg, allerdings in brummigem Ton. Seine schlauen Augen unter den dichten grauen Brauen musterten mich flink. «Ja, ich muß sagen, Sie sind eine angenehme Überraschung. Wußte ja nicht, was mir bevorstand, wenn Sie also meine ungeschminkte Redeweise entschuldigen wollen. Schließlich wußte auch Guy von Ihnen so gut wie nichts, außer daß der alte Earl, sein Vater, entschlossen war, Sie nach seinem Gutdünken zu erziehen. Sie sollen ja auch hochgebildet sein. Das hätte Ihren Pa gefreut, denn er setzte große Stücke auf Bildung. Mich freut es, daß Sie sowohl vernünftig als auch hübsch sind. Eine ungewöhnliche Kombination bei einer Frau!»
Ich wußte nicht, ob ich lachen oder mich über seine unverblümte Art ärgern sollte. Ich bewahrte genügend Haltung, um sein neugieriges Starren mit einem abschätzenden Blick zurückzugeben. Da lächelte er und zupfte an seinem langen, strubbeligen Schnurrbart.
«Sie reden auch nicht viel, was? Nehmen mir Maß, und auch das ist ein gutes Zeichen. Sie werden viele neue Menschen kennenlernen, und wenn Sie von einem alten Mann einen kleinen Rat hören wollen, dann verhalten Sie sich ihnen gegenüber genauso wie jetzt. Schauen, zuhören und möglichst wenig sagen.»
Er machte eine kurze Pause, und dann schoß er die Frage auf mich ab: «Denken Sie selbständig, Lady Rowena?»
Wenn er mich damit überrumpeln wollte, so mißlang es ihm. «Gewiß denke ich selbständig, Mr. Bragg. Sonst wäre ich nicht hier. Aber es ist mir klar, daß ich noch eine Menge zu lernen habe, bevor ich nach Neu Mexico reise, und darum bin ich zu Ihnen gekommen. Mein Vater schrieb mir von Ihnen, und von Richter Fleming erfuhr ich, daß Sie zu den wenigen Menschen gehören, die gute Ratschläge geben.»
Er schmunzelte. «So, der Richter hat mich empfohlen? Nun ja, es stimmt, daß ich von Guy und seiner Denkweise mehr weiß als die meisten andern, einschließlich seines Teilhabers Todd Shannon. Sie meinen also, ich könnte Ihnen nützliche Ratschläge geben, hä?» Er zupfte wieder an sei-

nem Schnurrbart und beäugte mich versonnen. «Könnte sein. Wäre vielleicht ganz interessant, zu sehen, wie Sie damit zurechtkommen. Haben Sie einen geschäftlichen Vorschlag, Lady Rowena? Möchten Sie mich dingen?»
«Wenn Sie bereit wären, gern», antwortete ich. Ich konnte es mir nicht versagen, hinzuzufügen: «Vielleicht reizt es Sie sogar? Oder ist Ihr Ruhestand endgültig?»
Er schnaubte: «Endgültig! Zum Teufel mit aller Endgültigkeit – wenn Sie mir den Ausdruck gestatten. Und das weiß der alte Fuchs Fleming ganz genau. Zweifellos hat er es Ihnen gesagt, als er Ihnen riet, mich aufzusuchen. Ruhestand, ha!» Er schnaubte wieder. «Ihr Vater ließ mich vor seinem Tod zu sich kommen. Ich bin auf dem laufenden über alles, was dort unten vor sich gegangen ist – sozusagen eine geistige Übung. Sie würden sich wundern, wieviel ich weiß. Wissen Sie zum Beispiel, daß Todd Shannon das Testament Ihres Vaters anfechten wollte? Den Paragraphen, in dem er Ihnen seinen Anteil an der Ranch vermacht hat?»
«Ja, Richter Fleming teilte es mir mit. Aber bestimmt . . .»
«Ha!» Elmer Bragg wedelte ungeduldig mit der Hand, wie um das, was ich zu sagen gedachte, beiseite zu wischen. «Das meinte ich, als ich mich eben rühmte, mehr zu wissen, als einigen Leuten klar ist. Todd Shannon wußte, daß er keine Möglichkeiten hatte. Es war nur eine Geste . . . je nun, sagen wir, er legte einen öffentlichen, formalen Protest ein. Er hatte es immer für selbstverständlich gehalten, daß Guy ihm die ganze Ranch mit allem Drum und Dran vermachen würde. Und dann, wie aus heiterem Himmel, tauchen Sie auf. Was weiß er von Ihnen? Eine adlige junge Engländerin, zur feinen Dame erzogen. Und was wußte Guy überhaupt von Ihnen, außer daß Sie seine Tochter sind? Glauben Sie mir, wenn Todd gewußt hätte, wann Sie hier ankommen würden, hätte er Sie von seinem jungen Neffen Mark, einem Rechtsanwalt, hier in Boston abholen lassen, mit einem großzügigen Angebot in bar zur Ablösung Ihrer Rechte auf die Ranch. Zweifellos hätte er Mark eingeschärft, Sie zu überreden, überhaupt nicht nach Neu Mexico zu gehen. Ein rauhes Land da unten. Überall Mord und Totschlag. Nur der Stärkste und der Gerissenste überlebt. Verstehen Sie?»
Seine Worte hatten mich nachdenklich gestimmt. «Sie mei-

nen, Todd Shannon nimmt es übel, daß ich einen Anteil an der Ranch geerbt habe? Aber warum denn? Die Ranch wird dadurch doch nicht entwertet. Und was ist mit dem Anteil meines Vaters an der Silbermine? An den Eisenbahnaktien? Findet er, ich hätte auch darauf kein Anrecht?»
«Sie haben den Nagel auf den Kopf getroffen», sagte Mr. Bragg. «Nein, Todd Shannon ist keineswegs habgierig. Er mißgönnt Ihnen das Geld nicht, zumal er als Ire viel von Familienbanden hält. Es hat auch nichts damit zu tun, daß das Viehgeschäft gerade jetzt blüht und er im Handkehrum so viel Geld verdient, daß man ihn den Viehbaron nennt. Nein, der springende Punkt ist, daß er die SD-Ranch als sein Eigentum betrachtet. Verstehen Sie, was ich meine? Ihr Pa hat Geld hineingesteckt, um den Betrieb in Gang zu bringen, das stimmt; aber Shannon hat mit seinen Fäusten, seinem Mumm und seinen Pistolen die SD aufgebaut. Sie ist jetzt für ihn ein Symbol, das Symbol des ersten Stück Landes, das er jemals besessen hat, das Symbol seiner Macht. Und in gewisser Weise ist die Ranch ein Denkmal für seine Frau. Seine erste Frau, die einzige, die er wirklich geliebt hat. Sie kennen die Geschichte?»
Ich nickte, verwirrt durch die Kompliziertheit von Todd Shannons Charakter. Was für ein Mensch war er in Wirklichkeit? Mein Vater hatte so viel von ihm gehalten, daß er sein Teilhaber geworden war. Corinne hatte sich immer vor ihm gefürchtet, wegen seiner lauten Stimme und seiner gewalttätigen Persönlichkeit. Richter Fleming hatte mit Bewunderung von ihm gesprochen; er sah in Shannon einen tüchtigen, eigensinnigen Mann, der sich keiner Niederlage beugte. Offenbar war er einer tiefen Liebe ebenso fähig wie eines unerbittlichen Hasses. Von Corinne wußte ich, daß er sich wieder vermählt hatte, als mein Vater nach England gefahren war, um meine Mutter zu heiraten. Die zweite Frau war die Witwe eines Lehrers, den Indianer ermordet hatten, eine Witwe mit einem Töchterchen, das er als sein einziges Kind adoptiert hatte. Aber auch seine zweite Frau war gestorben, im Kindbett, und er hatte sich danach nicht wieder verheiratet.
«Er ist ein großer, schöner Mann», hatte Corinne mir erzählt. «Ein blonder Riese von einem Iren, von dem Schlag, dem keine Frau widerstehen kann. Aber er hat etwas Har-

tes. Meine Mutter sagte immer, er sei einer von den Männern, die nur einmal im Leben lieben.»
Trotz meines Selbstvertrauens fragte ich mich, wie ein solcher Mann wohl auf mein plötzliches Erscheinen reagieren würde. Sicher würde er mich ablehnen, und eigentlich konnte ich ihm das nicht verargen.
Während ich all das bedachte, fühlte ich Braggs Augen auf mir. Er kaute schweigend an seiner Zigarre.
Ich fragte ihn schließlich: «Aber warum hat mir mein Vater seinen Anteil an der Ranch vermacht, wenn er doch darüber Bescheid wußte? Er war ohnedies reich, und ich hätte an allem übrigen übergenug gehabt. Er muß einen Grund gehabt haben.»
«Das fragen Sie sich also auch?» Bragg zwinkerte mir beifällig zu. «Nun, mir erging es ebenso, und ich stellte Guy deswegen zur Rede. Wozu ihr Schwierigkeiten machen? fragte ich ihn. Warum muß sie unbedingt ein ganzes Jahr in Neu Mexico leben, bevor sie die Ranch erben kann?»
«Er hatte also einen Grund?»
«Ihr Vater dachte weit voraus. Als er aus England zurückkehrte, war er verändert. Gegen das Ende lebte er ganz zurückgezogen, las und schrieb. Ja, er hatte einen Grund, Ihnen den halben Anteil an der Ranch zu vermachen. Eine Herausforderung nannte er es. Er sagte zu mir: ‹Ich habe das bestimmte Gefühl, daß meine Tochter wie meine Mutter werden wird. Stark und leidenschaftlich. Ich hoffe, daß sie, wenn sie erst einmal alles versteht, dieser sinnlosen Fehde ein Ende machen wird.› Ich bin ehemaliger Jurist, Lady Rowena, und ich habe ein gutes Gedächtnis. Sehr oft mußte ich mich darauf verlassen. Auf mein Gedächtnis und auf meinen Instinkt. Der Instinkt sagt mir, daß Sie tun werden, was sich Ihr Pa gewünscht hat. Sie sind doch schon entschlossen, nach Neu Mexico zu gehen, nicht wahr?»
Ich mußte über seine Sicherheit lachen. «Jetzt bin ich an der Reihe, Ihnen Komplimente zu machen, Mr. Bragg. Sie sind ein Menschenkenner. Mein Vater hat mir genügend Geld hinterlassen, alle meine materiellen Bedürfnisse zu befriedigen, aber ich habe auch seine Neugier geerbt. Vielleicht brauche auch ich eine Herausforderung. Ja, ich werde nach Neu Mexico gehen, um herauszufinden, was für ein Mensch dieser Todd Shannon eigentlich ist.»

«Todd Shannon fordert Sie also heraus, Lady Rowena?» Er sah meinen Blick und wedelte wieder ungeduldig mit der Hand. «Ach was, Sie müssen sich schon an meine Unverblümtheit gewöhnen. Ich soll Ihnen doch helfen, oder haben Sie das vergessen? Bevor Sie Todd Shannon kennenlernen, müssen Sie ihn besser verstehen. Sagen Sie mir . . .» Er unterbrach sich, um sich eine neue Zigarre anzuzünden. «Was wissen Sie überhaupt? Ich meine, von dem, was sich zutrug, als Ihr Vater in England war, und danach.»
«Da flammte die lächerliche Fehde wieder auf», antwortete ich rasch, wobei ich mich fragte, worauf er hinauswollte.
«Lächerlich? Das ist sie leider nicht. Wenn Sie nach Neu Mexico gehen, müssen Sie damit leben. Jeden Augenblick des Tages. Todd Shannon haßt seit langer Zeit, und der Haß hat sich in ihn hineingefressen. Ihr Vater verhinderte zu seinen Lebzeiten Schlimmes; das konnte er, weil er sich auch bei der Cordes-Sippe Achtung erworben hatte. Jetzt aber sind Sie in der Mitte eingeklemmt, Lady Rowena. Sie, ein kleines englisches Mädchen, das vom Westen keine Ahnung hat. Vornehm erzogen, nach Ihrem Aussehen und Ihrer Kleidung zu urteilen. Vielleicht reizen Sie alle die Geschichten, die Sie gehört haben, aber das genügt nicht. Wissen Sie, wohin Sie geraten werden?»
«Mr. Bragg!» Es war ihm endlich gelungen, mich zu erzürnen, und ich vermochte meinen Ärger nicht zu verbergen. «Natürlich weiß ich nicht genau, wo hinein ich geraten werde, wie Sie sich ausdrücken; doch gerade deswegen bin ich zu Ihnen gekommen. Man sieht es mir vielleicht nicht an, aber ich habe bisher nicht gerade ein behütetes Leben geführt.» Beherrschter fuhr ich fort: «Ich wuchs in Indien auf, und auch dort hatten wir unsere Schwierigkeiten. Nicht nur weil uns wilde Bergstämme bedrohten, sondern auch durch die Naturgewalten. Und ich hatte Gelegenheit, die Menschen zu beobachten. Vielleicht steckt mehr von meinem Vater in mir, als Sie meinen, Mr. Bragg, und Sie können sich merken, daß ich eigensinnig bin!»
Zu meiner Überraschung schmunzelte er und zupfte wieder an seinem Schnurrbart. «Und dazu haben Sie Temperament! Gut, gut. Ich fragte mich schon, ob Sie ganz Gemütsruhe wären. Wissen Sie was, Lady Rowena? Ich glaube, Sie werden sich durchsetzen. Jawohl! Todd Shannon wird eine

Ebenbürtige in Ihnen finden.» Aus dem Schmunzeln wurde ein Lachen. «Bei Gott, ich möchte sein Gesicht sehen, wenn er es mit Ihnen zu tun bekommt.»
Es sollte noch einige Zeit vergehen, bis ich Todd Shannon kennenlernte, und zwar unter Umständen, die keineswegs dazu angetan waren, mich für einen beachtenswerten Gegner zu halten. Aber inzwischen hatte ich in Amerika zwei gute Freunde gefunden, Corinne Davidson und Elmer Bragg. Unsere seltsame Beziehung hatte sich nämlich zu einer knorrig-ehrlichen Freundschaft entwickelt, als wir uns trennen mußten, weil er, wie er sagte, etwas zu erledigen hatte, worüber er mir nichts verraten wollte.
Weder Corinne noch ihre Tante, Mrs. Shannon, billigten meinen Entschluß, allein und unbehütet zu reisen.
«Ich wünschte, Sie würden warten, bis mein Sohn wieder hier ist», sagte Mrs. Shannon. «Er wüßte, was zu tun ist. Und meinem Schwager wäre es bestimmt nicht recht, daß ich Sie allein durch das schreckliche, von Indianern verpestete Land reisen lasse.»
«Ich will es aber so», erwiderte ich fest. «Bitte, Mrs. Shannon, machen Sie sich meinetwegen keine Sorgen. Ich bin es gewöhnt, allein zu reisen, und sicher werden sich unterwegs Gefährten finden, so daß ich doch Gesellschaft habe.»
Corinne ließ sich nicht so leicht abspeisen wie ihre Tante, zumal als sie erfuhr, wie ich zu reisen gedachte. Als ich ihr meinen Plan enthüllte, rief sie entsetzt: «Rowena, ich glaube, du bist nicht bei Trost! Du bist reich genug, stilvoll zu reisen, was ich an deiner Stelle tun würde. Es ist mir unverständlich, daß du dich so geschmacklos verkleiden willst. Übrigens mag Onkel Todd häßlich aussehende Frauen ganz und gar nicht. Das hörte ich ihn oft sagen. Ich hatte so gehofft, du würdest ihm einen Dämpfer aufsetzen. Er ist so anmaßend und überheblich. Er bildet sich ein, Frauen wären nur dazu da, ihm zu dienen. Ein Spielzeug zu sein. Seine Stieftochter Flo hatte mir immer leid getan, bevor ich sie näher kennenlernte.»
Corinne rümpfte die Nase und vergaß den Zweck ihrer Rede. «Ich wollte nett zu ihr sein, als Onkel Todd sie hierher zur Schule schickte. Alle flüsterten von dem Skandal, und sie tat mir wirklich leid, zumal ich wußte, wie streng

Onkel Todd sein kann. Wir gingen mit ihr zum Tee aus, und Tante Katherine lud sie übers Wochenende zu sich ein.»

«Und?» drang ich in sie, um sie von mir abzulenken, weniger aus Neugier.

«Dann kam ich dahinter, wie sie wirklich war!» Ihr hübsches Gesichtchen wurde rot vor Erregung. «Du kannst dir nicht vorstellen, wie eingebildet sie ist. Und mannstoll. Ich schwöre dir, sie hatte nur Männer im Kopf und sprach unentwegt davon, wie reich Onkel Todd ist. Sie hätte ihre eigenen Pferde, und alle Männer auf der Ranch seien verrückt nach ihr. Fast hätte mir der arme junge Indianer leid getan, der ihretwegen beinahe gehängt worden wäre. Dann lernte sie Derek Jeffords kennen, der viel älter ist als sie, aber da er reich ist, hatte Onkel Todd nichts gegen ihn. Vielleicht war er auch erpicht darauf, sie unter die Haube zu bringen. Jedenfalls heiratete sie den bedauernswerten Jeffords, und sie führte ihn von Anfang an an der Nase herum. Ich glaube, sie kann nur sich selbst lieben. Eine Zeitlang war sie hinter Mark her, doch plötzlich beschloß sie, nach Neu Mexico zurückzukehren, um ihren Vater zu besuchen, wie sie sagte. Ich weiß nicht, was für Erklärungen sie Onkel Todd abgab; aber er nahm sie auf. Mit ihr wirst du es also auch zu tun bekommen. Und Flo liebt keine Nebenbuhlerinnen!»

«Na, wenn ich in meiner ‹Verkleidung› reise, wie du es nennst, wird sie mich kaum als Nebenbuhlerin betrachten», erwiderte ich obenhin.

Corinne ließ sich jedoch nicht beschwichtigen. «Ich will, daß du so hingehst, wie du bist!» jammerte sie. «Ich will, daß du sie ausstichst! Und ich will, daß Onkel Todd dich mag. Es wäre alles viel leichter für dich, wenn du ihn für dich gewinnen kannst.»

«Ich habe nicht die Absicht, Todd Shannon für mich zu gewinnen. Er muß mich nehmen, wie ich bin, oder wie ich zu sein scheine. Du mußt begreifen, Corinne, daß ich meine Gründe für den Plan habe. Ich möchte erkennen, wie die Menschen wirklich sind. Sollen Todd Shannon und seine Tochter mich doch für ein unscheinbares Ding halten.»

«Meiner Ansicht nach machst du einen Fehler», sagte sie, aber das klang nicht mehr so überzeugend.

Jedenfalls hatte ich meinen Entschluß gefaßt, zur gleichen Zeit, als Elmer Bragg zu seinem eigenen Unternehmen aufbrach und mir sagte, wir würden uns in Neu Mexico wiedersehen. «Ich überlasse Sie vorläufig Ihrem Schicksal», sagte er beim Abschied. «Ich habe etwas vor. Vielleicht läßt es sich gut an. Man wird ja sehen.»
Mit dieser Erklärung mußte ich mich begnügen.

Auf der langen Reise nach Neu Mexico blieb mir viel Zeit, an das Gespräch mit ihm zurückzudenken, bei dem er mir noch mehr erzählt hatte.
«Elena und Alejandro Cordes hatten drei Söhne. Zwei von ihnen wuchsen bei den Apachen auf, weil Elena mit Alejandro und seinen Comancheros umherziehen wollte. Sie liebte das freie Wanderleben. Den dritten Sohn, Ramon, ließen sie bei den Jesuiten in Mexico City zurück.»
«Weshalb?»
«Wer kann das wissen? Vielleicht weil sie zufällig dort waren, als Ramon geboren wurde.»
«Und die beiden älteren?»
«Ach, dadurch blieb die Fehde ja bestehen! Julio, der zweitälteste, war durch und durch Apache. Er wollte den Stamm nicht verlassen, das Volk seines Großvaters. Er nahm eine Apachin zur Frau. Das Land liegt ihm nicht so am Herzen wie den anderen. Wozu auch? Die Apachen sind Nomaden und Krieger von Natur. Lukas, der älteste, hing an seiner Familie, besonders an seiner Mutter. Schon mit zwölf oder dreizehn Jahren ritt er mit den Comancheros, genau wie sein Vater. Mit sechzehn Jahren tötete er einen Erwachsenen, einen glänzenden Pistolenschützen.»
Ich lehnte mich gespannt vor. «Warum wurde er nicht gehängt?»
Bragg bedachte meine Unwissenheit mit einem Zungenschnalzen. «Sie vergessen, daß es sich um den Westen handelt. Es war ein gerechter Zweikampf, hieß es. Luke Cord konnte schon damals die Pistole blitzschnell ziehen.»
«Ich dachte, er hieße Lukas Cordes.»
«Er anglisierte seinen Namen später, als Alejandro Anspruch auf sein Land erhob. Ich glaube nicht, daß Alejandro noch mehr Unruhe stiften wollte, aber Elena war die stärkere von den beiden, und sie haßte Todd Shannon.

Luke machte um seiner Familie willen mit. Nach dem Gesetz war Alejandro ein geächteter Bandit, dennoch machte er seinen Anspruch geltend, wie man sagte, für seine Nachkommen. Das Gericht wies die Klage natürlich ab, obwohl Ihr Vater sich für die Familie einsetzte. Dann wurde Alejandro auf dem Grund und Boden der SD-Ranch tot aufgefunden. Aus dem Hinterhalt erschossen. Klar, daß es Gerüchte gab. Einige sagten, Todd Shannon hätte einen Preis auf Alejandros Kopf gesetzt. Hierauf übte Luke, der Spuren lesen konnte wie ein Indianer, auf eigene Faust Gerechtigkeit. Er ritt nach Las Cruces und forderte zwei SD-Männer heraus. Damals war er erst siebzehn, doch wie gesagt, er war ein flinker Schütze und legte beide um.»

Mr. Braggs Bericht interessierte mich vor allem im Hinblick auf meinen Vater. Mein Vater befand sich an dem Tage in der Stadt und wurde Zeuge des Vorfalls. Er wandte sich gegen seinen eigenen Teilhaber und stellte sich auf Lukes Seite, indem er vor Gericht aussagte, es sei ein gerechter Kampf gewesen. Lag es daran, daß Luke Cord Elenas Sohn war? Hatte mein Vater auch damals Elena noch immer geliebt?

Es hätte für Luke Cord, der Halbindianer war und als Renegat betrachtet wurde, schlecht ausgehen können, wenn sich mein Vater nicht ins Mittel gelegt hätte. Das Gericht fällte bedingten Straferlaß und übertrug meinem Vater die Schutzaufsicht über Elenas hitzköpfigen ältesten Sohn.

«Nahm Luke das Urteil an?»

«Die Spanier und auch manche Indianer haben einen geradezu fanatischen Ehrbegriff», erklärte mir Mr. Bragg. «Luke hatte Ihrem Vater viel zu verdanken, denn er wäre sicher gelyncht worden. Er blieb bei Ihrem Vater.»

«Und die übrige Familie?»

«Versteckt sich noch heute in einem verborgenen Bergtal. Im Apachenland, aber die Apachen tun ihnen nichts, weil sie als Verwandte gelten.»

«Das hört sich alles an wie ein Roman!»

«Bleiben Sie lieber bei Ihrem ursprünglichen Vergleich mit einer griechischen Tragödie», bemerkte er trocken.

Beim Zuhören hatte ich mir vorgestellt, wie es gewesen sein mußte. Mein Vater, ein einsamer, bitterer Mann. Ein Bruder Leichtfuß, der ein Gelehrter geworden war. Fast ein

Eremit, bis ihm das Schicksal und sein Gerechtigkeitsgefühl die Verantwortung für einen jungen Halbindianer auferlegt hatten, der nicht lesen und schreiben konnte.
Trotzdem mußte es meinem Vater gelungen sein, sich Lukes Achtung zu erwerben. Eine Zeitlang hatte er sogar sein Tagebuch vernachlässigt, um Lehrer zu werden, und während dieser Zeit sprachen die beiden Geschäftspartner nicht miteinander. Todd Shannon bezeichnete meinen Vater als wetterwendischen Verräter und verübelte ihm seine «weichherzige Einmischung» sehr.
Es hätte alles anders kommen können. Der wilde, gefährliche Einschlag in Luke Cords Wesen hätte sich legen oder in andere Kanäle gelenkt werden können, wenn Flo nicht gewesen wäre. Flo Shannon, von der Corinne so abfällig gesprochen hatte.
Die war damals erst fünfzehn Jahre alt. Blond, voll aufgeblüht, eine unverbesserliche Kokette, die es darauf anlegte, bei allen jungen Männern, auch bei den Cowboys, Aufmerksamkeit zu erregen. Aber von allen hatte sie zur Erprobung ihrer Verführungskünste den einen auserwählt, der ihr gefährlich werden konnte, Luke Cord. Als Halbindianer und ehemaliger Verfemter, der zwei erwachsene Männer getötet hatte, war er viel älter und erfahrener als es seinen Jahren entsprach.
Wer kann ermessen, was das Mädchen dazu veranlaßt hatte? Vielleicht war ihr nicht klar, daß sie mit einem Manne liebäugelte, nicht mit einem der unreifen, glotzäugigen Jünglinge, mit denen sie sonst spielte. Und in diesem Falle spielte Flo Shannon mit dem Feuer.
Sogar Mr. Bragg gab knurrend zu, daß niemand genau wußte, was sich an dem Tage, an dem alles auf die Spitze getrieben wurde, eigentlich ereignet hatte.
Offenbar hatte Flo ihre Verehrer immer gegeneinander ausgespielt und die Gewohnheit angenommen, sich mit einem bestimmten jungen Mann zu verabreden, dann nicht zu erscheinen und ihr Verhalten mit irgendeinem Vorwand zu entschuldigen. Ihr Stiefvater beschäftigte sich mit seinen eigenen Angelegenheiten und stand ihr fern; die Mutter lebte nicht mehr. Flo besaß ihre eigenen Pferde und konnte reiten, wohin es ihr beliebte; ihre fortwährende Abwesenheit wurde nicht weiter beachtet.

«Sie verabredete sich immer in einem abgelegenen alten Schuppen. Niemand wußte, wie lange sie es so trieb, und es hätte so weitergehen können, wenn ihre Verehrer nicht Verdacht geschöpft hätten, als sie auf einmal links liegen gelassen wurden. Eines Abends tauschten einige von ihnen, lauter SD-Angestellte, gewisse Erfahrungen aus, und als Flo das nächstemal ausritt, folgten sie ihr.»
«Und dann?»
Mr. Bragg zuckte mißmutig die Schultern, als ob es ihn ergrimmte, daß er mir diesmal nicht mit Tatsachen dienen konnte. «Es waren sechs Burschen. Ihrer Aussage nach sahen sie beim Schuppen zwei angebundene Pferde und hörten Flo schreien. Mit Sicherheit weiß ich nur, daß sie sich nachher hysterisch aufführte.»
Meine Vorstellungskraft machte es mir leicht, mir die Szene auszumalen. Flo Shannon, die hysterisch weinte, und die sechs SD-Burschen, die trotz ihrer Wut die Augen nicht von ihrem halbnackten Körper abwenden konnten. Vergewaltigung war allemal ein häßliches Wort, aber in besonderem Maße, wenn eine Weiße und ein Halbindianer hineinverwickelt waren.
Die Cowboys waren nicht auf der Hut, oder vielleicht hatten sie nicht erwartet, daß Luke Cord, immer noch ein bedingt Entlassener, schießen würde. Er knallte zwei von Flos Rettern nieder, bevor er flüchtete. Aber anstatt in die Berge zu fliehen, begab er sich überraschenderweise zu Guy Dangerfield. Mein Vater bewog ihn, sich zu stellen, ritt mit ihm in die Stadt und blieb dort, um sicherzugehen, daß Luke nicht gelyncht wurde.
«Wenn es nach Todd Shannon gegangen wäre, hätte es bestimmt keine Gerichtsverhandlung gegeben», sagte Mr. Bragg ingrimmig. «Aber Ihr Pa stellte sich ihm entgegen. Ich glaube, er war der einzige Mensch, der sich vor Todd Shannon nicht fürchtete. Ich war nicht dabei, als sie sich trafen, doch danach ließ Ihr Pa mich kommen. Er wünschte, daß ich ein wachsames Auge auf die Dinge hatte. Wir waren zwei Pinkerton-Männer, und wir lösten uns Tag und Nacht bei der Wache vor dem Gefängnis ab. So lernte ich Luke Cord kennen.»
Meine Neugier veranlaßte mich, ihn zu unterbrechen: «Wie war er? Und warum hielt mein Vater immer noch zu ihm?»

Während ich fragte, überlegte ich im stillen, ob er Elenas wegen so gehandelt hatte . . .
«Wie Luke Cord war? Trotz seiner Jugend ließ sich schwer erkennen, was in ihm vorging. Er sagte auch nicht viel zu mir. Er saß einfach da und starrte zum Fenster hinaus. Angst zeigte er nicht, obwohl er verdammt gut wußte, daß die meisten Leute in der Gegend auf sein Blut aus waren. Ein finsterer, bitterer junger Mann. Er schien mehr Indianer als Weißer zu sein, nach der Art, wie er sich verschloß und nichts an die Oberfläche kommen ließ. Auch bei der Gerichtsverhandlung.»
Sowohl Mr. Bragg als auch mein Vater waren bei der Gerichtsverhandlung zugegen gewesen. Um sicherzugehen, daß Luke Cord ein gerechter Prozeß gemacht wurde, hatte mein Vater darauf bestanden, einen Bundesrichter aus Taos zuzuziehen. Er hatte sogar eine stattliche Summe für einen geschickten Verteidiger aus San Francisco erlegt.
Von allen Beteiligten war nur Flo Shannon nicht zugegen. Ihr Stiefvater hatte sie kurzerhand nach Boston in ein Schulpensionat geschickt; aber bei der Verhandlung wurde ihre Aussage verlesen, die Luke Cords Schicksal besiegelte. Demnach hatte sie nicht gewußt, was für ein Mann Luke war. Sie flirtete gern, und sie bildete sich gern ein, sie könnte jeden Mann dazu bringen, ihr zu Füßen zu liegen. Gewiß, es war ihr verboten worden, sich mit ihm abzugeben, aber eines Tages trafen sie sich zufällig, als ihr Pferd ein Hufeisen verloren hatte. Sie gab zu, daß er sie gereizt hatte, weil er anders war als die Burschen, die sich an der Nase herumführen ließen. Er beachtete sie nicht weiter, sondern behandelte sie wie ein Kind. Das heißt, zuerst. Später hatte sie ihm keine Augen gemacht, das schwor sie. Im Gegenteil, er erschreckte sie mit seiner Art, ihr zuzusetzen, so daß sie ihn nicht mehr treffen wollte; aber er zwang sie zu einem Stelldichein, indem er ihr drohte, er werde ihrem Vater alles erzählen, wenn sie nicht käme. Dann aber beschimpfte er sie, sie wäre ein Luder, das nichts anderes verdiente, und drängte sich ihr auf. Zum Glück waren die Cowboys ihr zu Hilfe gekommen.
Luke Cord bestritt, daß Flo um Hilfe geschrien hatte. «Sie schrie erst, als die Cowboys hereinstürzten.»
«Du leugnest also, daß du das unschuldige junge Mädchen

mit Gewalt nehmen wolltest? Du unterstehst dich, ihr die Schuld zuzuschieben?» donnerte der Ankläger ihn an.
«Ich will keinem Menschen die Schuld zuschieben. Das ist Ihres Amtes. Sie mußte ihre Aussage wohl so machen.»
Luke weigerte sich, mehr über seine Beziehung zu Flo Shannon zu sagen, und der Verteidiger erhob schnell den Einspruch, sein Klient sei wegen Mordes anzuklagen, nicht wegen Vergewaltigung.
Luke erklärte, er habe in Notwehr getötet. Die Burschen hatten damit geprahlt, ihn totzuschlagen, und das Mädchen sollte dabei zusehen. Zwei hatten ihn festgehalten, während die andern auf ihn einschlugen.
«Und trotzdem konntest du deine verborgene Pistole ziehen?»
Der Richter selbst hatte die Frage gestellt und sich in seiner schwarzen Robe vorgebeugt.
Mit kalten, trotzigen Augen begegnete Luke seinem Blick. «Ich spielte den Ohnmächtigen, worauf sie mich losließen. Im übrigen hatte ich keine Pistole bei mir. Ich nahm sie Charlie Dale ab.»
Der öffentliche Ankläger sprang auf und streckte mit zorniger Miene den Zeigefinger aus. «Soll das heißen, daß es dir gelang, halbbewußtlos geschlagen einem Mann die Pistole abzunehmen, zwei Cowboys zu töten und zwei zu verwunden?»
Lukes unterdrückter Zorn äußerte sich in seinem ätzenden Ton: «Ich verlange nicht von Ihnen, mir zu glauben. Ich berichte nur, was sich zugetragen hat.»
Mr. Braggs Stimme verriet knurrige Hochachtung, als er mir den weiteren Verlauf schilderte. «Er wich nicht von seiner Darstellung ab, sosehr sie ihm auch zusetzten und ihn schmähten wegen seiner Abstammung. Ein Halbblut, das sich unterstanden hatte, mit einer Weißen anzubändeln! Er sagte ihnen einfach ins Gesicht, sie könnten seine Aussage glauben oder nicht, ihm sei's gleich, obwohl er wußte, daß die Menge im Gerichtssaal auf sein Blut aus war. Die Leute hatten gehofft, daß er winselnd um sein Leben flehen würde. Dem Henkerstrick entging er nur, weil man von Ihrem Pa so große Stücke hielt. Im Gegensatz zu Todd Shannon brüstete er sich nie mit seinem Reichtum und seinen Verbindungen, sondern er stand in dem Ruf, gerecht

und ehrlich zu sein. Weiß Gott, zwei seltene Eigenschaften in Neu Mexico! Ihr Pa war mit dem Gouverneur befreundet, mit dem der Richter es nicht zu tun bekommen wollte. Guy Dangerfield machte den Richter nämlich darauf aufmerksam, daß Luke Cord hätte entkommen können, wenn er gewollt hätte, sich aber freiwillig gestellt hatte, um seine Unschuld zu beweisen. Aber sehen Sie, Lady Rowena, da waren die früheren Tätlichkeiten, und Todd Shannon brachte sie zur Sprache. Luke wurde für schuldig befunden. Die Geschworenen bestanden aus lauter Leuten aus der Gegend, aus Bauern, Viehzüchtern und Kaufleuten. Keiner von ihnen wollte sich Todd Shannon zum Feind machen, selbst wenn sie Luke gern freigesprochen hätten. Zudem war keiner unter ihnen, der die Indianer nicht gehaßt hätte. Ihr Pa war für Freispruch, Todd Shannon fürs Hängen. Der Richter ging einen Kompromiß ein. Er verurteilte Luke Cord zu lebenslänglicher Gefängnisstrafe, und ich glaube, das muß für einen jungen Mann, der das freie Leben in den Bergen gewöhnt ist, schlimmer als der Tod sein. Angeklagte sind schon zu Berserkern geworden, wenn sie diesen Schiedsspruch hörten. Ich weiß noch, alle im Gerichtssaal hofften, er würde überschnappen oder zusammenbrechen. Aber er blieb steinern, kein Muskelzucken verriet, was er empfand.»

«Er mußte also ins Gefängnis? Ich dachte . . .»

«Sie haben gehört, daß er jetzt frei herumläuft?» Mr. Bragg nickte. «Ja, das stimmt. Er wurde nach Alcatraz geschickt, ins Bundesgefängnis in Kalifornien, auf eine höllische Insel. Aber ungefähr ein Jahr später brach der Bürgerkrieg aus. Infolgedessen wurde Luke unter der Bedingung freigelassen, daß er sich als Späher für die Bundestruppen im Südwesten betätigte. Die Ironie des Schicksals wollte es, daß Todd Shannon gegen die Südstaaten kämpfte, während Ihr Vater die SD-Ranch leitete.»

Ich fühlte mich verfangen in den Gewalttätigkeiten der Vergangenheit, einer Vergangenheit, die ich verstehen mußte, wenn ich die Gegenwart bewältigen wollte. Todd Shannon hatte meine Neugier gereizt, jetzt aber beschäftigte mich Luke Cord. Ein wilder junger Mann, ein Mörder, vielleicht auch ein Frauenschänder. Mein Vater hatte ihm jedoch die Stange gehalten, und ich hätte gern den Grund dafür gewußt. Weil Luke Elenas Sohn war, oder weil er glaubte, Luke sei ein Opfer der Ungerechtigkeit geworden? Natürlich fand ich keine Antwort auf diese Fragen. Ich mußte damit warten, bis ich von meinem neuen Heim Besitz nahm. Was erwartete mich dort? Sicherlich kein Willkommen, denn Todd Shannon, der nun zur Teilhaberschaft mit mir gezwungen war, lehnte mein Eindringen schon ab, bevor er mich überhaupt kannte. Sein Neffe Mark Shannon, der Sohn von Katherine Shannon, die mich in Boston so liebenswürdig aufgenommen hatte, war eine unbekannte Größe. Und Flo Jeffords, geborene Shannon, die ihren vermögenden alten Ehemann verlassen hatte, um nach Neu Mexico zurückzukehren? Als was für ein Mensch würde sie sich entpuppen und wie auf meine Anwesenheit reagieren? Ja, ich fühlte mich herausgefordert. Von all diesen Menschen, die das Schicksal unentrinnbar miteinander verbunden hatte. Konnte ich einen bestimmenden Einfluß ausüben? Hatte das mein Vater erhofft?

Fünftes Kapitel

Obwohl ich mit meinen Gedanken und Plänen vollauf beschäftigt war, schien die Reise nach Neu Mexico eine Ewigkeit zu dauern. Zum Glück konnte ich bis Colorado mit der Eisenbahn fahren, doch von da an ging es mit einer holpernden Postkutsche weiter. Ich war froh, daß ich, wie Corinne sich ausdrückte, eine «Verkleidung» gewählt hatte; denn das schäbige Kleid, das ich trug, eignete sich für diese Fahrt viel besser als meine kostspieligen Gewänder. Das Gepäck mit den guten Stücken sollte mir nachgesandt werden. Ich hatte nur einen Reisekorb und eine Tasche bei mir, was sich als glücklicher Umstand erwies, da ich häufig umsteigen mußte.
Als wir gegen Mittag in Santa Rita ankamen, beengte mich mein schwarzes Reisekleid arg. Es war hochgeschlossen und langärmelig, kaum geeignet für dieses heiße Klima, und es sah wohl ebenso zerknittert aus, wie ich mich fühlte. Die Brille mit den gefärbten Gläsern, die meine Augen vor der grellen Sonne schützten, machte meine Erscheinung si-

cher nicht anziehender. Ebenso verwahrlost hatte ich bei meiner Ankunft in England ausgesehen, nur innerlich war ich verwandelt.
Ein dicker Handlungsreisender, der mir seit der Abfahrt von Santa Fé gegenüber gesessen und mich ab und zu neugierig gemustert hatte, half mir beim Aussteigen. Während ich mit den andern Reisenden aufs Abladen meines Korbes wartete, blickte ich mich um.
Santa Rita war ein häßliches Bergbaustädtchen, ähnlich wie die Ortschaften, durch die ich gekommen war. Die ungepflasterten Straßen waren staubig, die Häuser aus Holz mit falscher Fassade oder aus luftgetrockneten Ziegeln. Ich sah nichts Empfehlenswertes, auch nicht unter den Gaffern, die sich wie üblich bei der Ankunft der Postkutsche zusammengeschart hatten.
Es waren ebenso viele Mexikaner wie Weiße, darunter ein paar Soldaten in blauer Uniform und sogar einige Indianer mit Poncho.
Erst als ich einen meiner Mitreisenden einem anderen zuraunen hörte: «Sieh sich einer das Empfangskomitee an – wenn das nicht Todd Shannon persönlich ist . . .», wurde mir klar, daß Mrs. Shannon ihrem Sohn depeschiert haben mußte.
Der Wagen stand abseits, und ich hatte den Vorteil, die Insassen eingehend zu betrachten, bevor sie mich entdeckten. Ich glaubte Mark Shannon zu erkennen, einen blonden, schönen jungen Mann, der die Nase und Gesichtsfarbe seiner Mutter hatte. Neben ihm saß eine auffallend hübsche Blondine mit aufgespanntem Sonnenschirm. Flo Jeffords? Sie hatte eine üppige Figur, die durch ihr Kleid vorteilhaft betont wurde; aber sie verzog mißmutig den Mund. Offenbar verstimmte es sie, daß sie hier im grellen Sonnenschein warten mußte. Sie wandte sich einem Reiter neben dem Buggy zu und sagte ihm etwas, wobei sie noch mürrischer aussah.
Dieser Mann erregte sofort meine Aufmerksamkeit. Er hätte die Aufmerksamkeit jeder Frau erregt. Wie hatte Corinne ihn doch noch geschildert? «Ein blonder Riese.»
Ich hatte ihn mir allerdings anders vorgestellt, jedenfalls gealtert nach all den Jahren. Er war der Teilhaber meines Vaters gewesen, doch er schien von der Zeit so wenig be-

rührt worden zu sein, daß er jung wirkte. Die rötlichen Haare waren nur an den Schläfen ergraut. Er hatte harte Züge, einen breiten Mund mit dünnen Lippen und eine kühne Adlernase. Ich konnte verstehen, daß sich die Frauen, wie Corinne mir einmal gesagt hatte, auf der Straße nach ihm umdrehten. Er hatte die anmaßende Sicherheit, die ich zwar nicht mochte, jedoch wider Willen bewundern mußte. Das war also mein Geschäftsteilhaber!

Todd Shannons Pistolengürtel hing locker über den Hüften, und er trug schlichte Cowboykleidung. Seine schmalen Lippen verzogen sich unter dem blonden Hängeschnurrbart, als er mit seinem Neffen sprach. Er hatte eine weittragende Stimme.

«Du sagtest doch, sie würde bestimmt kommen, Mark. Wozu noch warten? Ich habe es satt, zu den verdammten Postkutschen zu kommen!»

Mark Shannon machte ein verlegenes Gesicht. «Ich bitte dich, Onkel Todd, Mama depeschierte, Lady Rowena wäre von Boston abgereist und könnte heute ankommen. Vielleicht hat sie irgendwo haltgemacht.»

«Dann hätte sie uns gefälligst benachrichtigen können!»

«Pa, wollen wir nicht endlich aus der Sonne weg? In der Postkutsche ist niemand mehr . . .»

Dem Ton nach war Flo Jeffords es gewöhnt, ihren Willen durchzusetzen.

In diesem Augenblick reichte mir der Postkutscher meinen Reisekorb herunter und sagte: «So, da haben Sie Ihr Gepäck, Miß. Soll ich jemand rufen, der es Ihnen zum Hotel trägt?»

Es war mir bereits aufgefallen, daß die derben Männer des Westens zu Frauen sehr höflich waren, was man von Todd Shannon offenbar nicht sagen konnte.

Das freundliche Anerbieten des Postkutschers bewirkte, daß Todd mich flüchtig betrachtete und sogleich hochmütig wegblickte.

«Danke», antwortete ich laut, «aber ich werde abgeholt, obwohl ich nicht daran gedacht habe, mich telegrafisch anzumelden.»

Meine Worte und auch mein englischer Tonfall verrieten mich, denn drei Augenpaare richteten sich auf mich.

Todd verzog den Mund; Flo erstickte hinter vorgehaltener

Hand ein Kichern, und nur Mark bewahrte die Fassung, sprang vom Wagen, kam auf mich zu und zog den Hut.
«Entschuldigen Sie, wir sind hier, um Lady Rowena Dangerfield abzuholen. Sind Sie vielleicht . . .»
Ich streckte gelassen die Hand aus. «Wie nett von Ihnen! Sie müssen Mark Shannon sein. Ihre Mutter hat mir viel von Ihnen erzählt.»
Ich fühlte Befriedigung, als ich die Veränderung in Todds Gesicht sah; seine blaugrünen Augen wurden frostig. Er rührte sich nicht vom Fleck, schaute mich vom Sattel aus an. «Sie sind Guys Tochter?»
Ich lachte absichtlich geziert. «Das will ich hoffen! Sonst wäre ich nicht hier.»
«Gestatten Sie, daß ich Ihr Gepäck nehme. Tut mir leid, daß wir Sie nicht gleich erkannt haben.» Mark bemühte sich, taktvoll zu sein.
Todd hingegen sprach schroff. «Sie sehen Guy nicht ähnlich, und Sie kleiden sich auch nicht, wie es zu erwarten gewesen wäre.» Er musterte mich von oben bis unten. «Dachte, Guy hätte dafür gesorgt, daß Sie Geld haben.»
«Onkel Todd!»
Als ich Marks vorwurfsvollen Ausruf hörte, wurde mir klar, daß mir sogenannte Zornesröte ins Gesicht gestiegen war. «Mr. Todd, wenn Sie Zweifel hegen, werde ich mich ausweisen, sobald wir von der Straße weg sind. Vorläufig lassen Sie mich Ihnen nur sagen, daß Sie noch viel ungeschliffener sind, als ich, nach allem, was man mir erzählt hat, erwartet habe.»
Flo hielt den Atem an, und ihre blauen Augen weiteten sich.
Todd knurrte nur: «Schlechtgelaunt, was? Na ja, Sie haben recht, dies ist nicht der richtige Ort für Privatgespräche. Mark, wenn du die Dame zum Hotel bringst, reite ich voraus und melde uns an. Gnädigste . . .» Nachlässig tippte er an seine Hutkrempe, riß sein Pferd herum und sprengte davon, während ich meine Wut bekämpfte und kein Wort hervorzubringen vermochte.
Nur mit halbem Ohr hörte ich Marks gestammelte Entschuldigungen. Als er mich mit Flo Jeffords bekannt machte, neigte ich steif den Kopf. Es entging mir nicht, daß sie mich neugierig musterte.

«Sie dürfen es meinem Vater nicht übelnehmen», sagte sie. «Er ist nun einmal so. Er sagt immer, was er denkt und macht die Leute wütend.» Sie kicherte nervös. «Du liebe Zeit, wir hatten Sie uns wirklich ganz anders vorgestellt. Sie müssen wissen . . .»
Mark unterbrach sie in freundlichem Ton: «Flo hat zu viele Romane gelesen. Ich habe sie gewarnt, daß nicht alle Engländerinnen ein Diadem im Haar tragen und ein Lorgnon benutzen. Aber ich muß mich für das Benehmen meines Onkels entschuldigen. Ich glaube, manchmal stößt er die Leute absichtlich vor den Kopf, um zu sehen, wie sie reagieren.»
Todd Shannon und ich hatten uns schon den Krieg erklärt. Die stundenlange Reise in der Hitze hatte mich reizbar gemacht, und ich war nicht in der Stimmung, mich kleinkriegen zu lassen, falls er mich weiterhin herausforderte.
Im Hotel hatte er einen kleinen Raum gemietet, ein ehemaliges Schlafzimmer, das jetzt als Sitzungszimmer diente.
Er hatte darauf verzichtet, in der Halle auf uns zu warten. Mit gespielter Fassung folgte ich Mark und seiner Base die Treppe hinauf, doch als ich meinen neuen Geschäftsteilhaber mit einer Flasche Whisky und einem halbvollen Glas am Tisch sitzen sah und er nicht einmal aufstand, sondern nur nickte, verging mir die Gelassenheit.
Ich wandte mich laut an Mark, der peinlich berührt zu sein schien: «Hat er immer so schlechte Manieren? Oder will er mich vertreiben, indem er absichtlich den Lümmel hervorkehrt?»
«Ich . . . ich weiß nicht . . .» stammelte Mark hilflos.
«Ha!» kam es von Todd. «Warum fragst du sie nicht, ob sie die Gewohnheit hat, wie eine alte Lehrerin zu reisen, in Kleidern, die nicht mehr als einen Dollar gekostet haben können? Was soll das, Miß?» Er drehte sich so auf seinem Stuhl, daß er mir ins Gesicht blickte. «Wir im Westen sind wohl nicht gut genug, Sie in Ihren feinen englischen Kleidern zu sehen?»
Vor diesem Mann mußte ich mich entschieden hüten. Todd Shannon war keineswegs dumm. «Ich wüßte nicht, was es Sie angeht, was für ein Reisekleid mir beliebt, Mr. Shannon. Aber lassen Sie uns von Anfang an ein paar Dinge klarstellen.»

Ich setzte mich auf den Stuhl, den Mark hastig herbeigerückt hatte. Flo verzog sich in einen Winkel; sie biß sich auf die Unterlippe und sah beunruhigt zu ihrem Stiefvater hinüber. Todds Blick, den er nicht von mir ließ, war so unverschämt und verachtungsvoll, daß ich tief Atem holen mußte.
«Nun?» fragte er schleppend.
Ich gab seinen Blick auf gleiche Weise zurück. Das gefiel ihm nicht, was mir zum Vorteil gereichte.
«Sie müssen sich leider an die Tatsache gewöhnen, Mr. Shannon, daß ich meinen eigenen Willen habe und mich anziehen werde, wie es mir paßt, und tun werde, was ich für richtig halte. Mein Großvater, der mich erzogen hat, war für selbständiges Denken der Frauen. Er lehrte mich, mich nicht auf hübsche Kleider und Putz zu verlassen, wenn ich mich durchsetzen wollte. Und was das Geld betrifft, das mir mein Vater hinterlassen hat, so finde ich es einen lächerlichen Gedanken, es für schöne Kleider und Schmuck auszugeben. Warum soll ich es verschwenden? Es gibt sicher noch andere Möglichkeiten – zum Beispiel den weniger vom Glück Begünstigten damit zu helfen. Gleichzeitig möchte ich Sie warnen, mich nicht zu unterschätzen, denn zufällig kann ich selbständig denken.»
Er hatte mich während meiner Rede benommen, beinahe ungläubig angestarrt. Jetzt stieß er eine Verwünschung aus und hieb mit der Faust auf den Tisch, daß die Flasche hochsprang. «Bei Gott, eine Wohltäterin! Verdammt, wenn Guys Tochter sich nicht als Missionarin entpuppt!» Er lachte rauh und sah Mark an. «Hast du das gehört? Als nächstes wird sie die armen Hunde von Indianern bekehren wollen. Und das . . .» wieder schlug er mit der Faust auf den Tisch, um seinen Worten Nachdruck zu verleihen, «das ist die Teilhaberin, die man mir aufgebürdet hat! Ich sage es Ihnen geradeheraus, Miß, wir sollten uns, verflucht und zugenäht, in ein paar Punkten einig werden. Ich leite die SD, ich habe die Ranch zu dem gemacht, was sie heute ist, und ich lasse mir von keinem Weibsbild dreinreden. Wenn Sie also Ihr Geld für arme Leute ausgeben wollen, schlage ich Ihnen wor, eine Kirche oder etwas Ähnliches zu bauen – der Pfarrer in der Stadt kann Hilfe gebrauchen –, aber bilden Sie sich ja nicht ein . . .»

«Schreien Sie mich nicht an», sagte ich eisig. «Im übrigen weiß ich Bescheid über meine Rechte. Über alle. Ich brauche mir von Ihnen nichts gefallen zu lassen.» Honigsüß fuhr ich fort: «Warum gehen Sie nicht wieder vor Gericht und fechten das Testament meines Vaters an? Allerdings glaube ich nicht, daß Sie dabei mehr Erfolg haben werden als das erstemal; aber die Leute hier, die meinen Vater kannten, werden es wohl nicht gern sehen, wenn seine Erbin von ihrem eigenen Geschäftsteilhaber gepiesackt wird. Es hat auch seinen Vorteil, eine Frau zu sein, wie ich entdeckt habe.»
«Um Worte sind Sie nicht verlegen, was?»
«Sie werden feststellen, daß ich Ihnen gewachsen bin, wenn es zu einem Streitgespräch kommt, mag meine Stimme auch nicht so laut sein wie Ihre, Mr. Shannon.»
Mark, der bisher schweigend zugehört hatte, lehnte sich über den Tisch und sagte eindringlich: «Schau, Onkel Todd, Lady Rowena hat recht. Du weißt es selbst. Und da ihr nun einmal Geschäftspartner seid, ob es dir zusagt oder nicht, solltest du mit ihr zu einem Ausgleich kommen. Wenn ihr euch bekämpft, ist es aus mit der SD. Du wirst sehen, dann fallen alle wie Wölfe über das Land her, um ein Stück zu ergattern.»
«Verflucht und zugenäht», brummte Todd.
Ich konnte sehen, daß Marks Warnung ihm Eindruck gemacht hatte. «Mr. Shannon, ich mag Sie ebensowenig wie Sie mich. Ich bin dafür, praktisch vorzugehen, aber wenn Sie bloß mit mir streiten wollen, weil mein Vater mich als Erbin eingesetzt hat, dann sind Sie in meinen Augen ein kleinlicher, habgieriger Mensch, den ich nur verachten kann. Sie können Ihren Krieg haben, wenn Sie wollen; ich fürchte mich nicht vor Ihnen.»
Er lachte wieder rauh. «Sie sind recht gerissen, obwohl Sie wie eine Missionarin oder Schulmeisterin aussehen. Ich kann es mir nicht leisten, das Gerede entstehen zu lassen, Todd Shannon bekämpfe seine eigene Teilhaberin, die Tochter seines besten Freundes. Ja, das war Guy, all unseren Unstimmigkeiten zum Trotz. Also . . .» Er sah mich finster an. «Wir sind also eine Weile aneinander geschmiedet, was? Sie werden es hier bestimmt nicht lange aushalten, aber vorläufig . . .»

«Ich bin in Indien aufgewachsen», erklärte ich knapp. «Dort ist das Klima noch schlimmer, die Verhältnisse sind noch primitiver und die Eingeborenen mindestens so wild wie die Indianer. Aber die Gesetze der Gastfreundschaft haben dort mehr Gültigkeit als bei Ihnen.»
Immerhin errötete er. «Weiß Gott, Sie haben eine scharfe Zunge! Na ja, ich hab's wohl nicht anders verdient. Um ehrlich zu sein, ich wollte keine Teilhaberin haben, ich meine, kein Frauenzimmer. Und wenn ich bedenke, daß Sie Guys Tochter sind und er so große Stücke auf Sie gehalten hat, wie läßt es sich da zusammenreimen, daß Sie nie von sich hören ließen?»
«Ich kam als kleines Kind nach Indien, und als ich nach England zurückkehrte, hatte ich keine Ahnung, wo mein Vater lebte, und ich mußte annehmen, daß er mich längst vergessen hatte. Erst bei meiner Ankunft in Boston erfuhr ich, daß er gestorben war, bevor wir uns wiedersehen konnten. So verhält es sich.»
«Aha», knurrte er. «Es bleibt mir wohl nichts anderes übrig, als zu vergessen, daß Sie eine Frau sind, und wenn Sie in diesem Aufzug herumlaufen, dürfte es mir wohl nicht schwerfallen.»
Beim ungemütlichen Mittagessen in dem kleinen und ziemlich schäbigen Speisesaal des Hotels lud er mich halbherzig in sein Haus ein, aber ich lehnte ab.
«Ich möchte vorläufig lieber allein sein», erklärte ich, «im Hause meines Vaters. Ich will mich nach der langen Reise ausruhen und in aller Ruhe die Tagebücher meines Vaters lesen. Vermutlich werde ich auch dadurch einen Eindruck vom Leben auf einer Ranch in Neu Mexico gewinnen.»
«Lassen Sie sich nur Zeit, Miß», antwortete er. «Je länger, desto besser.»
Ich überhörte die Grobheit. Die Zeit würde schon kommen, wo er sie bereute. Die Zeit, in der er mir nicht aus dem Wege gehen konnte. Wie gerissen, stark, anmaßend und eingebildet Todd Shannon auch sein mochte, er war schließlich nur ein Mann.
In der Rückschau staune ich darüber, wie selbstsicher ich mich damals fühlte. Auf meine Weise war ich ebenso anmaßend wie Todd Shannon.

Zweiter Teil

Das Erbe

Sechstes Kapitel

Die folgenden zwei Wochen waren die ruhigste und doch in gewisser Weise lohnendste Zeit meines bisherigen Lebens. Ein friedliches Zwischenspiel, das wie eine Brücke zwei Abschnitte verband.

Ich unternahm nichts Nützliches. Ich las und ergab mich dem Müßiggang. Ich aß und schlief, wann es mir paßte. Nur selten ritt ich aus, nachdem ich mir eine flinke kleine Stute, ein Halbblut, ausgesucht hatte; aber ich entfernte mich nie sehr weit vom Hause, da mich Marta, die Haushälterin meines Vaters, vor möglichen Gefahren gewarnt hatte. Ich wollte nicht in Ungemach geraten. Ich wünschte mir nur Ruhe und Alleinsein.

Dieser Teil von Neu Mexico erinnerte mich in mancher Hinsicht an Indien. Es fiel mir nicht schwer, mich an die heißen Tage und die kühlen Nächte zu gewöhnen, auch nicht an den grellen Sonnenschein, der die Augen traf, sobald man ins Freie trat.

Das Haus meines Vaters war wie die Häuser der alten Spanier, die sich hier als erste Weiße niedergelassen hatten, aus luftgetrockneten Ziegeln erbaut, außen getüncht, so daß die weißen Mauern in der Sonne blendeten, und zusammengehalten von großen hervorragenden Balken. Es hatte zwei Schlafzimmer. Das eine führte auf einen umschlossenen Hof hinaus, und hier hielt ich mich die meiste Zeit auf. Mein Vater hatte ein Bewässerungssystem angelegt. Das Wasser des Flusses, das sich einige Kilometer entfernt durch eine tiefe Schlucht ergoß, war abgelenkt worden, floß durch Breschen in den dicken Mauern und bildete im Hof ein schmuckes Becken. Zwei Weiden beschatteten das Becken, an den Seitenmauern rankten sich Weinreben, und in dem einen Winkel war eine Sammlung kleiner Kakteen.

Auch auf dem flachen Dach konnte ich sonnenbaden. Es war durch eine meterhohe Balustrade geschützt, und ich gelangte dorthin durch eine Falltür in der Decke meines Schlafzimmers.

Marta entschuldigte sich fast, als sie sagte, ich würde das Haus hoffentlich nicht zu klein finden; der *palacio* des Señor Patron sei zehnmal größer, aber mein Vater habe es so gewünscht.
«Es ist entzückend und genau richtig», antwortete ich, worauf sich auf ihrem besorgten Gesicht ein Lächeln ausbreitete.
Marta war eine braunhäutige Mestizin, verheiratet mit Jules, einem ehemaligen schwarzen Kavalleristen. Jules war im Krieg verwundet worden, und Marta hatte ihn gesundgepflegt. Mein Vater hatte die beiden angestellt, als Jules keine andere Arbeit finden konnte.
«Wo sollten wir hin? Meine Verwandten leben jenseits der Grenze. Ich besuche sie jedes Jahr. Jules konnte mit mir nicht woandershin gehen, denn unsere Verbindung wird als Mischehe betrachtet. Und wir wollten beide gern hierbleiben.»
Sie hatten sehr an meinem Vater gehangen, und sie wollten mir ebenso treu dienen. Ich versicherte ihnen, daß ich keine Änderungen vornehmen würde, höchstens ein Küchenmädchen anstellen, wenn Marta Hilfe brauchte.
«Vielleicht später», sagte Marta mit scheuem Lächeln. «Wenn die Señorita Gesellschaften geben möchte? Es werden viele Besucher kommen.»
«Wir werden ja sehen.» Ich lächelte zurück.
Offen gestanden, ich mochte nicht weit voraus denken. Es war für mich ein neues herrliches Gefühl, ganz in der Gegenwart zu leben, so beschaulich wie die Eidechsen, die sich im Patio sonnten.
Ich mochte überhaupt nicht nachdenken, und deshalb zögerte ich, mit der Lektüre der Tagebücher meines Vaters zu beginnen. Statt dessen fragte ich Marta und Jules nach ihren Erfahrungen mit Land und Leuten aus und lernte dabei die hiesige spanische Mundart. Mein Kastilisch wurde hier nicht verstanden und nützte mir nichts. Sie nahmen mir meine Fragen nicht übel. Jules war ein gelassener, stiller Mann mit frühzeitig ergrautem Haar; Marta hingegen, rundlich und vergnügt, liebte es zu schwatzen. Wenn sie bei mir abstaubte, plapperte sie begeistert.
Ich ließ mir von Marta die bunten Röcke und Bauernblusen nähen, die sie selbst trug, und in dieser Tracht fühlte ich

mich am wohlsten, wenn ich mich in meinem abgeschiedenen Patio sonnte.
«Die Señorita sollte sich vor der Sonne hüten», warnte mich Marta. «Es wäre schade, wenn die schöne Haut der Señorita so braun wie meine würde.»
«Ich hätte nichts dagegen.» Ich lachte, war aber darauf bedacht, mich nur morgens und abends der Sonne auszusetzen.
Trotzdem wurde ich braun. Marta sorgte sich und braute aus Buttermilch eine besondere Lotion, die jedoch nichts gegen den goldbraunen Ton vermochte.
Ich hätte ewig so weiterleben können, von niemandem belästigt, ohne Verpflichtungen. Ich fehlte keinem Menschen, und keiner fehlte mir.
Todd Shannon war sicher erleichtert, und Mark, so nett er auch war, hatte ich unverhohlen gesagt, ich wolle vorläufig allein sein.
«Natürlich werde ich Sie nicht drängen», hatte er freundlich erwidert. «Aber hoffentlich wird es nicht zu lange dauern, bis Sie sich nach Gesellschaft sehnen. Sie können sich nicht vorstellen, wie langweilig es hier ist – man versimpelt.»
Der Arme, zweifellos sehnte er sich nach Boston und den dortigen Zerstreuungen. Ich zweifelte auch nicht, daß sein Onkel ein harter Vorgesetzter war. Vielleicht bedeutete Flo Jeffords, die ihn ihren Vetter nannte, aber nicht mit ihm blutsverwandt war, eine Anregung für ihn.
Er machte keinen Hehl daraus, daß er mich gern wiedersehen würde, aber rührte das vielleicht davon her, daß ich eine Erbin und Mitbesitzerin der SD-Ranch war? Kaum ging mir dieser Gedanke durch den Kopf, da schalt ich mich. Hatte ich mir nicht gelobt, keine voreiligen Urteile zu fällen? Was wußte ich schon von Mark Shannon? Außerdem war seine Mutter sehr freundlich zu mir gewesen.
Trotz meiner Ablehnung erwartete ich halb und halb, daß Mark mich besuchen würde. Natürlich wollte ich ihn nicht empfangen. Ich hatte Marta strenge Anweisung gegeben, keinen Besucher vorzulassen außer Mr. Bragg.
Ich verlor jedes Zeitgefühl. Die Tage gingen ineinander über. Meine Haut wurde aprikosenfarben, und ich hatte mir angewöhnt, das Haar in zwei Zöpfen zu tragen wie eine

mexikanische Bäuerin. Was kümmerte es mich, wie ich aussah?

Doch eines Spätnachmittags bekam ich unerwarteten Besuch.

Ich hatte gerade angefangen, das Tagebuch meines Vaters zu lesen, in dem er seine erste Begegnung mit Todd Shannon beschrieb. Irgendwie konnte ich den kraftvollen, schönen jungen Mann nicht mit dem bäurischen Hünen vereinbaren, den ich kennengelernt hatte, und ich legte das ledergebundene Buch ärgerlich weg. Ich wollte mir den beschaulichen Abend nicht verderben lassen, indem ich an Todd Shannon dachte.

Da aber hörte ich seine Stimme – laut, unverschämt, zornig, Martas Widerspruch übertönend.

«Will niemand empfangen, sagst du? Mir aus dem Wege, Weib, und halt den Mund! Sie wird mich empfangen, laß dir's gesagt sein!»

Ich sprang auf. Im gleichen Augenblick stürmte er schon in den Hof. Und er hatte die Frechheit gehabt, durch mein Schlafzimmer zu gehen!

«Da sind Sie ja», brummte er.

Ich blickte an ihm vorbei auf Marta, die verzweifelt die Hände rang. «Laß gut sein, Marta. Du kannst gehen. Ich werde mit diesem unwillkommenen Eindringling schon fertig.»

«Eindringling? Ich will Ihnen etwas sagen, Lady Rowena Dangerfield, ich verstecke mich nicht vor Tatsachen und mache anderen Leuten nichts vor!» Verachtungsvoll musterte er mich von meinen langen Zöpfen bis zu den bloßen Füßen. «Schau sich das einer an, wie eine mexikanische Bäuerin! Ich traute meinen Ohren nicht, als die Cowboys mir sagten, sie hätten Sie mit flatternden Haaren und braunem Gesicht reiten gesehen. Dabei bekam Mark einen Brief von seiner Mutter, die in den höchsten Tönen schwärmte, was für eine verdammte Schönheit Sie wären, daß Sie französische Kleider trügen und den kostbarsten Schmuck besäßen!»

«Wollen Sie gefälligst aufhören, mich anzuschreien?» Ich war ebenso entrüstet wie er. «Wie können Sie sich unterstehen, in mein Haus einzudringen und mich zu beleidigen? Was geht Sie das überhaupt an? Ich muß Sie an etwas erinnern, Mr. Shannon, das ich Ihnen bereits gesagt habe. Sie mögen die halbe SD-Ranch besitzen, Sie mögen Ihre Stieftochter und Ihren Neffen unter der Knute haben, aber über mich haben Sie keine Gewalt. Maßen Sie sich nie mehr an, mich zu kritisieren. Es geht Sie nichts an, wie ich mich kleide und was ich tue.»

Zornesröte stieg ihm ins Gesicht, und ich dachte schon, er werde mich schlagen; aber ich wich und wankte nicht.

«Hüten Sie sich, Miß, so lasse ich nicht mit mir umspringen, haben Sie gehört?»

«Ich muß Sie wohl hören, wenn Sie so unbeherrscht schreien.» Absichtlich stemmte ich wie eine Bäuerin die Fäuste in die Hüften. «Ist Ihnen klar, wie lächerlich Sie aussehen? Da stehen Sie wie ein Donnergott und brüllen. Was hoffen Sie, damit zu erreichen? Glauben Sie, Sie könnten mir auf diese Weise Angst machen? Sie sind dumm und eingebildet, Mr. Shannon. Unter anderen Umständen würde mich Ihre billige Großmäuligkeit nur zum Lachen bringen.»

«So, zum Lachen bringen?» stieß er durch zusammengebissene Zähne hervor und senkte den Kopf wie ein Stier. «Lassen Sie mich Ihnen sagen, Sie scharfzüngiges kleines Biest, Sie leben hier in einer Männerwelt, ob es Ihnen gefällt oder nicht, und Sie brauchen einen Mann, der Ihnen beisteht.»

«Und Sie nennen sich einen Mann, bloß weil Sie stärker sind und eine lautere Stimme haben?»

«Mich braucht man nicht daran zu erinnern, daß ich ein Mann bin, Fräuleinchen. Aber ich bezweifle, daß Sie gelernt haben, eine Frau zu sein. Wahrhaftig, mit Ihrer scharfen Zunge und Ihrer Art, einen Mann unter den Tisch zu reden, werden Sie als vertrocknete, verbitterte alte Jungfer enden.»

«Immer noch besser, als an einen lümmelhaften Mann gebunden zu sein, der sich einbildet, mich zu seiner Sklavin machen zu können», gab ich zurück.

Ich hatte meine Würde vergessen, meinen Entschluß, besonnen zu sein. Es juckte mich in den Fingern, ihm ins Gesicht zu schlagen, und vielleicht hätte ich es getan, wenn er mir nicht zuvorgekommen wäre.

«Ich soll wohl glauben, Sie mögen die Männer nicht, was?»

Er riß mich an sich, als wollte er mich züchtigen, und vergeblich wehrte ich mich gegen seine Körperstärke. «Das wollen wir ja sehen!» Seine Lippen, diese mir verhaßten, schmalen Lippen senkten sich auf mich herab.
Seine Arme, die mich umklammerten, so daß ich kaum Luft bekam, waren unbeweglich wie ein Fels. Zum Teufel mit ihm, er ließ sich Zeit, mich zu küssen. Ich glaube, er genoß meine vergebliche Abwehr und mein ersticktes wütendes Keuchen. Das war seine Art, mir zu beweisen, wie hilflos ich in Wirklichkeit war, und ich haßte ihn deswegen, haßte ihn um so mehr, weil seine Küsse – die Küsse eines erfahrenen Mannes – ein seltsam lähmendes Gefühl in mir erweckten. Ich hatte Sir Edgars Küsse erduldet und dabei nichts anderes als leichten Widerwillen empfunden.
Aber Todd Shannon – o Gott, dieser Mann war teuflisch geschickt! Seine Küsse gingen von Zorn zu Leidenschaft über und dann zu gespielter Zärtlichkeit. Ich glaube, er wußte, was für Gefühle er in mir wachrief, und er genoß es. Schiere Verzweiflung machte mich klug, und ich tat so, als erschlaffte ich in seinen Armen. Ich schloß die Augen und drückte mich enger an ihn, worauf sich seine Arme ein wenig lockerten.
«Verdammt will ich sein, wenn sich unter all dem Eis nicht doch ein Weib versteckt», murmelte er.
Unverfälschte Wut über seinen frohlockenden Eigendünkel packte mich. Ich machte meinen einen Arm frei und zerkratzte ihm das Gesicht, wobei ich mich sekundenlang über den betroffenen, dummen Ausdruck in seinen Augen freute.
«Du großer Affe! Hast du dir eingebildet, ich hätte deine Küsse genossen?»
«Verfluchtes Luder!»
Er schlug meine Hand weg, brach mir in seinem Ärger fast das Gelenk, und als ich beide Hände hob, faßte er sie und zwang meine Arme auf den Rücken, so daß er mich dicht an seine Brust hielt.
«Wie jedem Luder muß man dir wohl zeigen, wer der Meister ist», knurrte er. «Du hast mich herausgefordert und mir etwas vorgemacht, aber bei Gott, das wirst du mir büßen!»
Immer wenn ich den Kopf zur Seite drehen wollte, lachte

er, riß an meinen Handgelenken und entrang mir einen Schmerzenslaut. Als er schließlich sicher war, daß ich nachgeben würde, küßte er mich, und ich ließ es geschehen, solange er wollte, bis sich meine geschwollenen Lippen von selbst öffneten, um seine suchende Zunge aufzunehmen.
Ich sah in seinen blaugrünen Augen rote Funken von den letzten Strahlen der untergehenden Sonne, als er endlich den Kopf hob. Aber jetzt lachte er nicht.
«Du bist die seltsamste Frau, die ich jemals kennengelernt habe. Und weiß Gott eigenwillig. Was soll ich mit dir anfangen?»
Noch nie hatte ich mich so gedemütigt gefühlt. Hinter meinen Lidern fühlte ich Tränen des Selbstmitleids und des Zornes. Ich hätte eine brutale Vergewaltigung besser hinnehmen können als die Erinnerung an sein langsames, geflissentliches Küssen, das Antwort von mir erzwungen hatte. Ich hatte ja reagiert, und das war mir die allerschlimmste Demütigung.
«Sie könnten mich zuerst einmal loslassen», brachte ich mit belegter Stimme hervor. «Und wenn Sie sich Ihre brutale Gewalt über mich zur Genüge bewiesen haben, könnten Sie vielleicht gehen.»
«Mädchen, wirst du denn nie lernen, den Mund zu halten? Wir könnten dann ganz gut miteinander auskommen, wir beide . . .»
Ich ließ ihn nicht zu Ende reden. «Weil Sie meinen, Sie hätten mich bezwungen? Oder weil Sie sich einbilden, ich wäre ein geeignetes Spielzeug für Ihre leidenschaftlichen Anwandlungen?»
«Dafür sollte ich dich ohrfeigen!» fuhr er mich an.
«Tun Sie's doch! Sie haben schon alles getan – außer mich zu vergewaltigen.»
«Es scheint mir, du legst es darauf an», sagte er schleppend und betrachtete mich mit einem sonderbaren Ausdruck.
«Sie sind unmöglich! Warum machen wir der ganzen widerlichen Episode kein Ende?»
«Sie ist nicht vorbei, Rowena, und ich glaube, das weißt du auch. Ich kam wütend her, und ich machte dich wütend. Vielleicht hätte ich nicht tun sollen, was ich getan habe. Aber es geschah von selbst, und es hat etwas zwischen uns

geändert. Wenn du dich nicht mehr wie ein eigensinniges, verwöhntes Kind aufführst, mußt du es zugeben.»
Natürlich wollte ich nichts dergleichen zugeben. Wie konnte ich?
Todd ging schließlich erzürnt, weil ich mich in trotziges Schweigen hüllte. Ich selbst verbrachte eine miserable Nacht. Mein Wesen hatte eine Seite, von der ich nichts gewußt hatte, und das erschreckte mich. War es möglich, daß ich von meiner Mutter eine Charakterschwäche geerbt hatte? Es ängstigte mich, von einer Sinnlichkeit überflutet zu werden, von einem Gefühl reiner Wollust, das nichts mit meinem Vernunftdenken zu tun hatte. Kein Wunder, daß Todd Shannon so selbstsicher war. Wie erbärmlich mußten ihm mein Selbstvertrauen, meine Haßbeteuerungen erschienen sein! Er brauchte mich ja nur zu küssen, und nach einer Weile erwiderte ich die Küsse. Was stimmte da bei mir nicht?
Immer wieder vernahm ich im Geist Todds letzte beißende Worte: «Wovor läufst du eigentlich weg? Wenn du dich nicht mehr verstecken magst, teile es mir mit. Bis dahin, Mädchen, werde ich dich in Ruhe lassen.»
Ich glaubte, gerade erst eingeschlafen zu sein, als Marta mir am folgenden Morgen den Kaffee brachte.
Ihr rundes Gesicht drückte Besorgnis aus. «Der Señor Patron . . . oh, er ist wie ein Stier, wenn er sich ärgert! Seine Wut ist fürchterlich, das weiß ich. Nur Ihr Vater, unser guter Señor, fürchtete sich nicht vor ihm. Ach, Señorita . . .»
Ich hätte gern gewußt, was sie von dem Ereignis mitbekommen hatte. Sie schien mich zu bemitleiden. Für Marta, auch für Jules, der an diesem Morgen sozusagen auf den Zehenspitzen ging, war ich die «arme Señorita». Ein hilfloses Weibchen, das es mit einem Mann nicht aufzunehmen vermochte.
Nun, wenn ich nicht mit Körperkraft siegen konnte, wollte ich es mit List versuchen. Todd Shannon sollte merken, daß ich kein gewöhnlicher Gegner war und daß er mich noch nicht besiegt hatte. Todd hatte zwar meinen Frieden zerbrochen, aber auch meinen Panzer der Lethargie. Ich schenkte den Dingen, die rings um mich vorgingen, mehr Beachtung. Wegen der ungeheuren Größe der SD-Ranch gab es zum Beispiel etwa zweihundert Meter von meinem

Haus entfernt eine Baracke. Noch näher stand ein Schuppen, der, wie Marta mir erklärte, dem Aufseher als Behausung gedient hatte, zu der Zeit, als mein Vater und Todd Shannon zerstritten gewesen waren. Marta und Jules kochten abwechselnd für die Männer in der Baracke. Mein Wohnhaus stand geschützt hinter Bäumen. Die Pferdekoppel lag weiter entfernt; Jules brachte mir meine gesattelte Stute immer von dort. Ich hatte mit den Männern, die ihre Befehle von Todd erhielten, noch keinen Kontakt aufgenommen, doch das wollte ich nachholen, sobald ich mich auf der Ranch besser auskannte.
Ich sehnte Mr. Bragg herbei. Ich brauchte seinen Rat mehr denn je, aber er kam und kam nicht.
Nun, ob mit oder ohne ihn, ich werde Todd Shannon eine Lektion erteilen, schwor ich mir. Die verspätete Ankunft meines Gepäcks half mir dabei. Mark brachte es mir persönlich auf einem Handwagen.
Er gab sich zwanglos. «Ich weiß nicht, ob man Sie schon besuchen darf, Lady Rowena, aber ich dachte mir, daß Sie gern Ihre übrigen Kleider hätten. Ich möchte nicht aufdringlich erscheinen.»
Die blauen Augen waren klar, die blonden Haare glänzten in der Sonne. Er war höflich, ein zivilisierter junger Mann, der mich mit Hochachtung behandelte, obwohl ich bei unserer ersten Begegnung abschreckend ausgesehen hatte.
Ich trug wieder die Bauernbluse und den bunten weiten Rock, doch diesmal hatte ich Sandalen an den Füßen – *huaraches,* wie Marta sie nannte –, und die Haare hingen mir lose auf die Schultern, da ich sie gerade gewaschen hatte.
Marks Augen ruhten auf mir, wichen aus, als ich seinen Blick erwiderte, und kehrten, wie magnetisch angezogen, zurück. Mark Shannon war kein schüchterner Westler. Von Corinne, die sich ja so gern in Klatsch erging, wußte ich, daß er in Boston als Schwerenöter galt, als ein lebenslustiger Junggeselle, der den jungen Mädchen sehr begehrenswert erschien.
Absichtlich lächelte ich ihn an, als ich ihn aufforderte, mit mir in den Patio zu kommen. «Jules wird sich um das Gepäck kümmern», sagte ich obenhin. «Sehr freundlich von Ihnen, daß Sie sich die Mühe gemacht haben, es herzubringen.»

Er folgte mir bereitwillig. Offenbar hielt er sich für unwiderstehlich. Wir setzten uns, und Marta brachte uns Orangensaft. Wir plauderten über Boston und London, über Theater und Oper, über Bücher, die wir beide gelesen hatten. Mark wirkte sehr selbstsicher. Keiner von uns erwähnte die Tatsache, daß sein Onkel mich besucht hatte. Wir unterhielten uns zwanglos, und bevor Mark ging, waren wir fast so etwas wie Verschwörer geworden.

Er wollte mich am darauffolgenden Tag zum Reiten abholen.

«Natürlich kann ich Ihnen nicht die ganze Ranch zeigen», sagte er, «aber Sie sollen wenigstens einen allgemeinen Eindruck gewinnen. Irgendwo muß eine Karte sein. Ich will sehen, daß ich sie für Sie finden kann.» Seine blauen Augen schmeichelten mir. «Ich habe das Gefühl, daß Sie sich durchsetzen werden.» Er lachte gewinnend. «Ja, ich glaube, Sie werden Erfolg haben. Warten Sie nur, bis der Gouverneur Sie kennengelernt hat!»

«Ach?» Ich zog fragend die Brauen in die Höhe, und er lachte wieder knabenhaft.

«Das wollte ich Ihnen übrigens erzählen. Der Territorialgouverneur wird bald nach Silver City kommen. Das ist eine viel größere Stadt als Santa Rosa, und man will dort für ihn einen Ball veranstalten. Ich hatte auf eine Gelegenheit gehofft, Sie dazu einzuladen, und jetzt hat sie sich gefunden. Erlauben Sie mir, Sie zu begleiten?»

«Sie laden mich dazu ein, weil meine Kleider endlich gekommen sind», neckte ich ihn, und er wurde rot.

«Sie wissen, daß das nicht wahr ist! Ich hätte Sie ohnehin darum gebeten, wollte aber warten, bis Sie sich eingelebt haben.» Er machte ein zerknirschtes Gesicht. «Sie konnten mir mit Ihrem Aufzug nichts vormachen, ich durchschaute Sie. Ich bin nämlich Amateurmaler. Damals zeichnete ich Sie noch am gleichen Abend, ohne die entstellende Brille und mit offenen Haaren, wie Sie sie jetzt tragen. Können Sie mir verzeihen?»

«Gewiß doch.» Jetzt war ich ein wenig zerknirscht. «Ich hatte keine Ahnung, daß ich mit meinem Versuch, unauffällig zu erscheinen, in ein Wespennest stechen würde. Ihr Onkel . . .»

«Onkel Todd ist unberechenbar. Mit seiner Grobheit

brachte er mich leider in Verlegenheit. Als er Ihnen gegenüber so ausfällig wurde, wußte ich einfach nicht, was ich sagen sollte.»
Ich zuckte leicht die Schultern. «Das ist jetzt unwichtig. Ich glaube, wir beide verstehen uns.»
«Sie kommen also mit mir nach Silver City? Ich hole Sie natürlich einen Tag vorher ab und lasse Ihnen ein Hotelzimmer reservieren.»

Siebentes Kapitel

Der Ball in Silver City sollte erst in einem Monat stattfinden, aber in der Zwischenzeit ritt ich fast täglich mit Mark Shannon aus und merkte, daß er sich in mich verliebte. In meiner Rachsucht freute ich mich, daß Todd keinen Versuch machte, mich wiederzusehen, obwohl er wissen mußte, daß sein Neffe viel mit mir zusammen war.
Sollte sich Todd Shannon nur wundern. Sollte er ruhig das Schlimmste von mir denken! Ich unternahm nichts, mich in die Leitung der Ranch einzumischen, lernte aber von Mark eine ganze Menge. Ich trug jetzt Reitkleider nach modernem Schnitt und steckte mir die Haare auf, obwohl ich einen schmalkrempigen, flachen spanischen Hut auf dem Kopf hatte. Ein paarmal begleitete uns Flo Jeffords, der meine Verwandlung offensichtlich keine Freude bereitete. Sobald sie merkte, daß sie nicht den Mittelpunkt der Aufmerksamkeit bildete, blieb sie unter irgendeinem Vorwand zu Hause.
Ich spürte, daß sie mich nicht mochte und Marks zunehmendes Interesse verübelte. Sie erinnerte mich auf unergründliche Weise an meine Mutter, und schon deshalb mochte ich sie nicht, wenn sie mir auch manchmal leid tat. Die arme Flo. Der Skandal, der an ihrer Vergangenheit haftete, schien sie zu isolieren. Warum war sie überhaupt hierher zurückgekehrt? Es fiel mir auf, daß Mark trotz seines Eifers, mir alles zu erzählen, was er wußte, sowohl die Familie Cordes als auch die Fehde nie erwähnte. Auch sonst sprach niemand darüber. Hatte Mr. Bragg übertrieben? Ich hatte inzwischen einige SD-Cowboys kennengelernt und

kannte andere vom Sehen. Sie hoben höflich die Hand an den Hut wenn sie mich sahen, und auf Marks Drängen hin erklärten sie mir auch ihre Aufgaben. Alles schien ganz friedlich zu sein. Von den wilden Indianern, vor denen ich gewarnt worden war, hatte ich bisher nichts zu sehen bekommen.
Die fernen Berge kamen mir vertraut vor, weil sie mich an die indische Landschaft erinnerten, so daß ich mich mitunter in die Vergangenheit zurückversetzt fühlte. Unvorstellbar, daß dort Gefahr lauern könnte! Allmählich dachte ich, daß alle die Geschichten, die ich vorher gehört hatte, Ausgeburten einer ausschweifenden Phantasie seien. Unwahre Geschichten, die mich davon abhalten sollten, hierher zu kommen . . .
Ich hegte den Verdacht, Todd Shannon habe die Gerüchte von Gewalttätigkeiten und Überfällen seitens der Indianer selbst in Umlauf gesetzt. Es gab natürlich keine Kämpfe mehr. Wie wäre es auch möglich gewesen? Ich konnte ja mit eigenen Augen sehen, was für ein mächtiger Mann Todd Shannon war und wie sorgsam die Ranch bewacht wurde. Ihm unterstanden genügend Leute, um eine kleine Armee zu bilden. Lächerlich, anzunehmen, ein Mensch, mochte er noch so leichtsinnig und rachsüchtig sein, würde es wagen, sich der Macht Shannons entgegenzustellen.

Ich glaubte, Todd Shannons Charakter zu kennen. Meiner Ansicht nach wollte er Zeit gewinnen und wartete ab, daß sich irgend etwas ereignen würde. Er war ein gefährlicher, ein tückischer Mann, und mit mir war er noch nicht fertig. Seltsamerweise wartete auch ich ab. Auf jeden Fall sollte er mich nicht noch einmal überrumpeln; ich war gewappnet und auf alles vorbereitet.
Ungewollt brachte Mark den Stein ins Rollen. Er hatte mir beim Sortieren von Dokumenten geholfen, die mein Vater kunterbunt in einer zerbeulten Blechkassette aufbewahrt hatte: Eisenbahnaktien, Anteilscheine an Minen in Neu Mexico und in Kalifornien, Schuldscheine von Leuten, deren Name mir unbekannt war. Ich ahnte nicht, ob es sich um wertvolle oder wertlose Papiere handelte.
Als Mark mir half, stellte ich fest, daß er über große juristische Kenntnisse verfügte. Er hätte in Boston bleiben und

sich als Anwalt betätigen sollen. Sein Ton klang betrübt, wenn er von den Fällen sprach, die er dort behandelt hatte. Wir waren mittlerweile Freunde geworden. Impulsiv legte ich ihm die Hand auf den Arm. «Mark, das würdest du in Wirklichkeit gern tun, nicht wahr? Warum bist du dann hier und vergeudest deine Zeit?»
Ein ungewöhnlich bitterer Zug erschien auf seinem Gesicht. «Weil mein Onkel mich zu seinem Erben eingesetzt hat. Du kannst das nicht verstehen, Rowena. Meine Mutter hat ihr eigenes Vermögen, und mein Vater war ein tüchtiger Rechtsanwalt. Er wurde zum Richter ernannt, bevor er starb. Er wollte immer, daß auch ich Jurist würde. Aber es gibt familiäre Verpflichtungen. Natürlich spielt das Geld ebenfalls eine Rolle – ich bin kein Gralsritter.»
«Aber du sagtest . . .»
«Meine Mutter ist recht vermögend, ja, und ich verdiente als Anwalt nicht schlecht. Aber das ist nichts im Vergleich zu dem, was allein Onkel Todds Anteil an der SD-Ranch wert ist. Verstehst du nicht, Rowena? Er hat keinen Erben. Irgend jemand muß die Verwaltung übernehmen. Dein Vater hat dich gewählt, mein Onkel mich.»
Am liebsten hätte ich ihm geraten, seiner eigenen Neigung zu folgen, um glücklich zu werden; aber er wies mit Recht darauf hin, daß wir beide in dieselbe Lage geraten seien. Beide seien wir hier, weil es uns zum Vorteil gereichte.
«Mußt du denn immer hier leben?» fragte ich.
«Noch nicht, Gott sei Dank! Nein, ich bin jetzt hier, um die Grundlagen zu lernen, und dann gehe ich wieder nach Boston. Vielleicht werde ich jedes Jahr ein paar Wochen hier verbringen. Das steht dir natürlich auch frei. Wenn du ein ganzes Jahr lang hier gelebt hast, gehört dir der Anteil deines Vaters, ohne daß dir daraus irgendwelche Verpflichtungen erwachsen.» Er machte ein betrübtes Gesicht. «Ich denke mir, du wirst dann Europareisen machen und einen Verwalter ernennen, der deine Interessen hier wahrnimmt.»
Wir saßen auf dem Läufer vor dem Kamin, mit der Kassette zwischen uns. Ich lehnte mich auf den Fersen zurück. «Wie kommst du darauf? Ich habe Europa zur Genüge bereist. Dort ist es mir viel zu zivilisiert. Hier wird man vom Leben herausgefordert, findest du nicht auch? Mein Vater und

dein Onkel waren sozusagen die Pflüger, und wir beide könnten diejenigen sein, die etwas Dauerhaftes aufbauen. Wir werden das Kommen eines neuen Jahrhunderts erleben, wenn wir Glück haben!»

«Du läßt mich die Dinge ganz anders ansehen, ist dir das klar? Du müßtest Reden halten, Rowena. Als du eben ‹wir beide› sagtest, da . . .» Unvermittelt lehnte er sich vor, um mich an den Händen zu fassen. «Bitte entschuldige, Rowena. Aber ich kann nichts für die Gefühle, die du in mir erweckt hast. Hol's der Teufel, warum mußt du so verflucht reich sein?»

«Wieso? Was hat denn das damit zu tun?»

Ich machte mich von ihm frei. Das hatte ich nicht gewollt. Auf jeden Fall keine Liebeserklärung, die ich hätte ablehnen müssen, womit die gute Freundschaft zwischen uns in die Brüche gegangen wäre. Aber was meinte er damit, daß ich zu reich sei?

«Rowena!» Wieder griff er nach meinen Händen, und diesmal gelang es ihm, sie festzuhalten. «Ich will nicht, daß du denkst, ich möchte dich nur heiraten, um deinen Besitz an mich zu reißen. Das verstehst du doch?» Flehend schaute er mich an und suchte in meinem Gesicht eine Antwort. «Rowena . . .»

«Von dir würde ich das am allerwenigsten glauben», erwiderte ich nachdrücklich. «Was für ein lächerlicher Gedanke! Doch was das Heiraten betrifft», fuhr ich schnell fort, um ihm zuvorzukommen, «so liegt mir dieser Gedanke noch ferner. Ich werde noch einige Jahre warten, bevor ich mich auf ein solches Arrangement einlasse.»

«Arrangement!» Er schaute mich entsetzt an. «Du glaubst doch wohl nicht, daß ich ein geeignetes Arrangement vorschlage, um der Zweiteilung der SD-Ranch ein Ende zu machen? Derart praktische Vorschläge könnten zwar meinem Onkel einfallen, aber ich bin nicht so beschaffen. Gerade aus diesem Grunde kann ich dich ja nicht um deine Hand bitten!»

«Nun also . . .»

«Rowena, du hast leider noch immer nicht begriffen, daß ich mich in dich verliebt habe. Du mußt es doch gespürt haben! Noch nie habe ich eine Frau wie dich kennengelernt. Schön, intelligent . . .»

«Nicht, Mark! Bitte sag nichts mehr, sonst verdirbst du alles. Unsere Freundschaft . . .»
Verzweiflung zeigte sich in seinem lieben, schönen Gesicht.
«Freundschaft! Von Anfang an hast du nichts anderes von mir erwartet. Aber ich hoffte . . . ach, wie konnte ich nur so vermessen sein? Sicher hast du von den Adligen in England viele Heiratsanträge erhalten, von viel reicheren und vornehmeren Männern. Verzeih mir bitte.»
«Mark, hör gefälligst auf, so zu reden! Das ist es gar nicht. Ich mag noch nicht heiraten. Will übrigens auch nichts von Liebe wissen.» Ich entzog ihm meine Hände und sah ihn ernst an. «Du bist in mich verliebt. Du weißt ebenso gut wie ich, daß ich die einzige annehmbare Frau in dieser Gegend bin, und da wir zufällig zusammengekommen sind . . .»
«Wie logisch das alles klingt», fiel er erbittert ein. «Aber all deiner Logik zum Trotz irrst du dich. Ich bin kein grüner Junge, mußt du wissen, und ich habe meine Liebschaften gehabt. Denkst du, ich könnte das Wahre nicht erkennen, wenn ich es gefunden habe? Ich sagte dir schon, daß du anders bist als alle Frauen, die ich kennengelernt habe. Was glaubst du wohl, was das zu bedeuten hat?»
Er bemerkte wohl den Unwillen in meinem Gesicht, denn sein Ton milderte sich. «Schau mich nicht so unfreundlich an. Nicht um die Welt möchte ich unsere Beziehung zerstören. Ich liebe dich, Rowena. Aber ich verspreche dir, dich nicht mehr mit Liebeserklärungen zu belästigen, wenn du sie nicht hören willst.»
«Danke», brachte ich hervor. Warum konnte ich nicht mehr sagen? Ich wünschte fast, ich könnte für Mark mehr fühlen. Und doch wurde ich schon am nächsten Tage böse auf ihn.
Er kam am Morgen, um mir – ziemlich verlegen – mitzuteilen, ich sei zum Abendessen in das große Haus eingeladen – in den *palacio*, wie Marta es nannte.
«Oh, er nimmt also meine Existenz zur Kenntnis? Natürlich lehne ich die Einladung ab.»
«Rowena, bitte. Ihr beide, du und Onkel Todd, könnt euch nicht aus dem Wege gehen. Ich versichere dir, er hat versprochen, heute abend seine besten Manieren hervorzukehren. Ich wünschte, du kämst, wenn auch nur, um mei-

nem Onkel zu zeigen, daß du dich durch seine Grobheit nicht abschrecken läßt.»
Ich sah ihn forschend an, aber sein Gesicht war ausdruckslos; es zeigte nur ein schwaches Lächeln. Vielleicht war er doch durchtriebener, als ich gedacht hatte. Jedenfalls legte er es darauf an, mich zu überreden, daß ich diese plötzliche Einladung annahm.
«Wahrscheinlich führt dein Onkel etwas im Schilde», sagte ich rundheraus.
«Zweifellos! Aber vielleicht kannst du es herausfinden, glaubst du nicht auch? Ich kenne Onkel Todd. Wenn er sich erst einmal durchschaut fühlt, wird er klein beigeben, du wirst schon sehen. Ich wünschte wirklich, du kämst, Rowena. Und wenn du mir die Bemerkung gestattest, ich finde es höchste Zeit, daß du deine Verantwortung als Mitbesitzerin der Ranch übernimmst.»
Er sprach ernst, brüderlich. Hatte er seine Leidenschaft für mich so schnell überwunden? Immerhin hatte Mark nicht unrecht. Ich konnte nicht ewig so weitermachen.
Ich seufzte schicksalsergeben. «Also gut. Aber du mußt mir versprechen, mich abzuholen und mich nach Hause zu bringen, sobald ich gehen will.»
Ich war auf einmal neugierig. Weshalb beliebte Todd Shannon mich zu sich zu rufen, nachdem er eine passende Frist hatte verstreichen lassen?
Stundenlang richtete ich mich mit Martas Hilfe her. Als ich mich dann im Spiegel betrachtete und Martas bewunderndes Ah und Oh hörte, konnte ich nicht umhin, meinem Spiegelbild mutwillig zuzulächeln.
Dank den berühmten Häusern Worth in Paris und Cartier in New York sah ich an diesem Abend entschieden wie eine englische Herzogin aus.
Das Kleid, das ich ausgesucht hatte, war aus dunkelblauem Samt, hatte ein tiefes Dekolleté und gekreuzte Träger. Um die Hüften war der reiche Stoff gerafft, und hinten bildete er die modische Tournüre. Ich trug silberdurchwirkte Handschuhe, die bis zum Ellbogen reichten, und silberne Lederschuhe mit kleinen Brillantknöpfen. Dazu natürlich Brillantschmuck. Ich hatte Sir Edgars Worte nicht vergessen.
Marta schlug die Hände zusammen und rief verzückt, mit

den Brillantsternen im Haar sähe ich wie eine *princesa* aus. Aber ich müsse einen Umhang tragen, der sowohl das Kleid als auch den Kopf bedecke. Sie bekreuzigte sich und murmelte etwas von Banditen.

«Unsinn! Wir sind auf der amerikanischen Seite der Grenze, und Señor Mark wird mich sicher zusammen mit einigen Cowboys abholen.»

Ich mußte daran denken, daß es mir nicht erlaubt war, mich ohne bewaffnete Begleitung weit vom Hause zu entfernen. Auch Mark hatte stets eine Pistole bei sich, und als ich ihn deswegen neckte, erklärte er mir, sein Onkel bestehe darauf. Allerdings war nie einer der Apachen zu sehen, vor denen sie sich so sehr zu fürchten schienen, auch kein Fremder, der ein Geächteter und Bandit sein könnte.

«Es wird dunkel sein, wenn Sie heimfahren», sagte Marta besorgt, als sie mir meinen zobelbesetzten Abendumhang brachte. Doch als ich ihn mir umgelegt hatte, lächelte sie. «Die Señorita ist sehr schön. Das wird der Señor sicher auch finden. Und der Tochter unseres Patrons werden sie wohl nichts zuleide tun. Er war bei allen sehr beliebt, Ihr Vater.»

«Sie?» fragte ich. «Du glaubst doch nicht etwa, Marta, daß es einer von der Familie Cordes wagen würde, sich auf SD-Land blicken zu lassen?»

Sie bekam schmale Lippen. «Ihrer Ansicht nach gehört dieses Land ihnen. Das wußte Ihr Vater, und er setzte sich für sie ein, wo und wann er konnte. Als Señor Luke hier lebte, sprachen sie oft stundenlang darüber. Und einmal, kurz vor seinem Tode, brachte Ihr Vater Lukes Bruder Ramon hierher. Natürlich spät nachts.»

«Das hast du mir noch nie erzählt», sagte ich erstaunt.

«Die Señorita hat mich nie gefragt. Ich dachte, die Señorita wüßte es vielleicht oder wollte vielleicht nichts von den früheren schlimmen Ereignissen hören.»

«Im Gegenteil, ich wollte alles wissen. Ich stellte dir Fragen ...»

«Nur über Ihren Vater, Señorita! Warum sollte ich von anderen Dingen sprechen? Jules sagte mir, ich sollte kein geschwätziges altes Weib werden. Er meinte auch, die Bücher, die der Señor geschrieben hat, würden Ihnen alles erklären, ohne meine Einmischung.»

Ihre Lippen zitterten, als ob es sie reute, überhaupt etwas gesagt zu haben, und ich suchte sie zu beschwichtigen.
«O Marta, ich bin nicht böse auf dich. Aber warum hast du gerade heute davon angefangen?»
«Weil ... ach, Señorita, versprechen Sie mir, niemandem etwas zu verraten? Vor allem nicht Señor Shannon, denn solche Gerüchte bringen ihn immer in Wut. Aber ich hörte ... das heißt, als Jules gestern in Santa Rita Besorgungen machte, sah er Señor Luke – darauf schwört er. Er hat viel älter ausgesehen, sagt Jules, und er trägt einen Bart. Trotzdem erkannte Jules ihn, und er merkte, daß Jules ihn erkannt hatte.»
«Und du glaubst, weil er erkannt wurde, wird er nun dir oder Jules etwas zuleide tun?» fragte ich scharf.
Sie schüttelte den Kopf. «Nein, nein, Señorita, uns würde er nichts zuleide tun. Es ist nur beunruhigend, daß er hier ist. Wir fragen uns, warum geht er ein solches Wagnis ein? Señor Shannon hat einen Preis auf Luke Cordes Kopf gesetzt. Tot oder lebendig. Das ergrimmte Ihren Vater sehr, und er hätte sicher etwas dagegen unternommen, wenn er nicht so krank und schwach gewesen wäre.»
«Und warum setzt Luke plötzlich sein Leben aufs Spiel, was meinst du?» Ich schaute sie streng an. «Marta, du bist zu weit gegangen und kannst es nicht darauf beruhen lassen. Ich muß es wissen, hörst du? Was ist der Grund für sein plötzliches Erscheinen?» Meine Stimme wurde scharf. «Glaubst du, er könnte den Versuch machen, mich heute abend zu überfallen? Hast du mich deshalb gewarnt?»
«Nein, das ist es nicht. Ihnen wird er nichts tun, weil Sie Guy Dangerfields Tochter sind. Aber wenn sie meinen, Señor Shannon hätte Sie zu seiner Ansicht bekehrt, wenn sie meinen, daß Sie und er ...» Sie brach betreten ab und vermied meinen Blick.
«Du hast uns neulich beobachtet?»
Sie nickte betrübt.
«Dann hast du auch gesehen, daß ich ihn weggeschickt habe! Ich hasse diesen Mann! Aber er ist mein Teilhaber, und wir müssen zu einem Einverständnis gelangen, siehst du das nicht ein? Und was andere Leute betrifft, so schulde ich keinem eine Erklärung. Ich will meine eigenen Schlüsse ziehen und meine Entscheidungen selbst treffen, Marta,

und Mr. Shannon ist nicht der einzige, der das begreifen muß.»
Ich war ärgerlich und auch verwirrt. Hatte Marta mich warnen wollen? Aber wovor? Ich bekam nichts mehr aus ihr heraus, denn sie regte sich auf, als ich in sie drang. Ich beschloß, später mit ihr zu reden, wenn sie ruhiger war und ich mehr Zeit hatte. Natürlich wollte ich Todd Shannon nichts davon sagen, aber herausfinden, warum sich Luke hier in der Gegend aufhielt.
Mein Wunsch sollte rascher erfüllt werden, als ich erwartet hatte.
Mark machte wieder ein verlegenes Gesicht, als Marta ihn hereinführte. Auch er hatte große Toilette gemacht; er trug einen eleganten Abendanzug und eine Perlennadel in der Krawatte.
«Ich konnte dir nicht sagen, daß es ein gesellschaftlicher Anlaß sein wird. Mein Onkel erwähnte es erst, als ich zurückkehrte. Wenn du dich umziehen möchtest . . .»
«Das wird nicht nötig sein», unterbrach ich ihn honigsüß. «Ich hasse es, mich umzuziehen, wenn ich aufbruchbereit bin, und das Kleid, das ich anhabe, wird genügen, obwohl es nicht gerade neu ist.»
Ich war überzeugt, daß Todd Shannon irgend etwas im Schilde führte. Zweifellos etwas Unliebsames. Vielleicht wußte Mark Bescheid, vielleicht auch nicht. Ich vermummte mich absichtlich in meinen Umhang, auch als er mir in die Kutsche half.
«Zieht ihr euch immer fürs Abendessen um?» fragte ich.
«Fast immer. Aber mach dir keine Sorgen. Ich glaube, er will dir nur mit seinem Lebensstil Eindruck machen.»
«Wie merkwürdig! Er wirkt nicht so, als ob ihm an einem eleganten Stil etwas läge.»
Mein spitzer Ton entlockte Mark ein Lächeln. Er sagte nicht ohne Stolz: «Onkel Todd ließ diesen Wagen aus London kommen. Die Pferde sind glänzende Traber. Er vertraut sie nicht vielen Leuten an. Es tut mir nur leid, daß ich nicht neben dir sitzen kann.»
Er stieg auf den Bock und ergriff die Zügel.
Ich saß kerzengerade, um mein Kleid nicht zu zerknittern. Mark kutschierte bewundernswert. Durchs Fenster gewahrte ich die übliche Eskorte berittener Cowboys, die zum

Teil ein Gewehr trugen. War das eine gewöhnliche Vorsichtsmaßnahme, oder rechnete Todd tatsächlich mit Unannehmlichkeiten? Ich mußte wieder an Luke Cord denken. Was hatte er in Santa Rita zu tun? Irgend etwas kam mir nicht geheuer vor. Auch Mark hatte sich ziemlich steif verhalten seit unserem letzten, eher peinlichen Gespräch.
Ich beschloß, mir alles aus dem Kopf zu schlagen. Morgen wollte ich die Lektüre der Tagebücher meines Vaters fortsetzen, an die Marta mich vorwurfsvoll erinnert hatte.
Die Fahrt dauerte viel länger, als ich vermutet hatte, und trotz Marks vortrefflichem Kutschieren wurde ich verkrampft vom unbequemen Sitzen. Unter dem Halbmond, der hoch am Nachthimmel stand, sah die Landschaft verändert aus. Die großen Kaktusgruppen, an denen wir vorbeikamen, wirkten wie Bäume in einem Zauberwald.
Es ist wirklich schön hier, dachte ich. Eine weite, gewellte Ebene, die plötzlich bei der Mauer der Berge endete. Ein Land der Gegensätze. Viehtriften und Grubenstädte. Schnee und Wüste. Im Süden die gleichen Bergketten, die sich bis nach Mexico erstreckten. Ich dachte plötzlich an das verborgene Tal, wo die Familie Cordes eine kleine Ranch hatte. Wie konnte ein ganzes Tal verborgen bleiben? Aber natürlich kannte ich diese Berge nicht so wie die Apachen, die dort seit Generationen lebten.
Dann mußte ich daran denken, was ich zu Mark gesagt hatte: «Sie waren die Pflüger, aber wir wollen die Baumeister sein.» So ähnlich hatte ich mich ausgedrückt. Was hatte mich zu diesen Worten veranlaßt? Glaubte ich wirklich daran?
Wir hatten die mondbeschienene Ebene hinter uns, und auf einmal sah ich vorn die Lichter. Nebengebäude, einen Windmühlenturm, Baracken, die unverwechselbaren Umrisse eines Räucherhauses. In einer riesigen Koppel bewegten sich Pferde, und weiter entfernt lagen die Ställe.
Der Wagen verlangsamte sein Tempo und wir fuhren unter einem Torbogen durch und dann über eine lange Zufahrt. Viel wahrnehmen konnte ich nicht; nur die Umrisse eines imposanten Hauses, dessen sämtliche Fenster erleuchtet waren, hoben sich vom Himmel ab. Kein Wunder, daß es Palast genannt wurde! Ich erkannte zwar den spanischen Baustil des Südwestens, aber dieses Gebäude konnte nicht

aus luftgetrockneten Ziegeln bestehen. Mindestens zwei Stockwerke hoch, sah es wie eine Burg aus.
Die Kutsche fuhr vor, zwei Männer kamen und hielten die Pferde, während Mark absprang und mir hinaushalf.
«Nun, Rowena, was sagst du dazu? Das Haus besteht aus Steinen, die man in den Bergen gebrochen und hergeschafft hat. Aber warte, bist du es erst innen siehst!»
«Es sieht ja fast wie eine Festung aus», bemerkte ich trocken.
«Ursprünglich sollte es das auch sein. Nachdem Onkel Todd Frau und Kind verloren hatte, schwor er sich, sein nächstes Haus sollte stark genug sein, das ganze Apachenvolk abzuhalten. Wahrhaftig, dieses Haus kann man nicht abbrennen.»
Ich hatte keine Gelegenheit, darauf einzugehen, denn er führte mich eine Treppe hinauf, und in der Diele erblickte ich Todd Shannons breite Gestalt. Auch hier gewann ich den Eindruck der Opulenz. Ein riesiger Kronleuchter hing herab, und im Hintergrund sah ich eine läuferbelegte Treppe, die zweiseitig zu einer Galerie hinaufführte. Was ich zuerst für eine Diele gehalten hatte, war in Wirklichkeit eine große Empfangshalle, von der Doppeltüren abgingen.
«Sie sind also gekommen?»
«Hofften Sie, ich würde nicht kommen?»
Todd lachte und nahm meine Hand. «Ich wußte, daß Sie sich die Gelegenheit, das letzte Wort zu haben, nicht entgehen lassen würden», sagte er bedeutungsvoll, als ob wir allein wären. «Unsere Angelegenheit ist noch nicht bereinigt, nicht wahr?»
«Kaum», gab ich kalt zurück, worauf er wieder lachte und mich von oben bis unten musterte.
«Mark, was stehst du da herum? Nimm ihr den Mantel ab und laß ihn von Rosa weghängen. Meine übrigen Gäste sollen nun meine neue Teilhaberin kennenlernen.»
«Ich wußte nicht, daß du noch andere Gäste eingeladen hast, Onkel Todd», sagte Mark scharf. Ich fühlte seine ungeschickten Hände an den Schultern. «Rowena, du mußt mir glauben . . .»
«Was regst du dich auf? Es sollte eine Überraschung werden. Ich möchte Rowena meinen guten Freunden präsentieren.»

Meine Wangen brannten. Er hatte also gehofft, mich zu blamieren, hatte gedacht, ich würde als mexikanische Bäuerin oder als unscheinbare, englische alte Jungfer auftreten! Und wie konnte er sich unterstehen, mich Rowena zu nennen?

«Wie nett, Onkel Todd.» Ich fing seinen Blick auf und lächelte ihn liebenswürdig an. «Sie haben doch nichts dagegen, wenn ich Sie so nenne? Sie waren ja der beste Freund meines Vaters.»

Ich hörte ihn «Du kleines Biest!» murmeln, und dann glitt der Umhang von meinen Schultern. Er rang sekundenlang nach Luft, bevor er lachend den Kopf zurückwarf.

«Bei Gott, Sie haben mich überlistet! Da ich ein anständiger Verlierer bin, will ich Ihnen etwas sagen. Sie sind ein süßes Ding! Wenn ich denke, wie Sie aussahen, als Sie aus der Postkutsche stiegen . . .»

«Onkel Todd, ich bitte dich!» flüsterte Mark ihm eindringlich zu.

Todd lächelte mich an, und ich lächelte zurück, aber unsere Augen trafen blitzend aufeinander. Wir verstanden uns.

Er nahm meine Hand und wurde plötzlich förmlich. «Kommen Sie. Meine Gäste freuen sich, Sie kennenzulernen.»

Geflissentlich bot ich Mark meinen anderen Arm. «Mark war so freundlich, mich abzuholen. Sollte er nicht mitkommen?»

Todds drohender Blick sagte mir, daß ich ihn auf eine zu harte Probe stellte; aber er führte mich wortlos weiter.

Wir betraten einen hohen, mit barbarischer Pracht ausgestatteten Raum. Ein ungeheurer Kamin nahm fast eine halbe Wand ein, darüber hingen gekreuzte silberbeschlagene Gewehre; die Wände waren mit Gemälden, die Szenen aus dem Westen darstellten, und buntgemusterten Indianerdecken geschmückt.

Ich wußte, daß Todd mich beobachtete. Ich sah zu ihm auf, flüsterte: «Das Schloß eines Raubritters», und fühlte, daß seine Finger meinen Ellbogen fester umspannten.

Im nächsten Augenblick wurden wir von den Gästen umdrängt.

Ich wurde Gouverneur Wallace vorgestellt, einem bärtigen Mann, der kurzsichtig blinzelte, «benachbarten» Viehzüchtern, die über dreihundert Kilometer zurückgelegt hatten,

um hierher zu kommen. Ein untadelig gekleideter Kavallerieoberst von Fort Selden beugte sich über meine Hand. Todd machte mich mit einem Bundesrichter bekannt, einem Kongreßmann aus Kalifornien, mehreren reichen Minenbesitzern und ihren aufgetakelten Frauen. Die Herren waren zwangloser gekleidet als die Damen, die einander auszustechen trachteten. Flo Jeffords, der die glänzenden blonden Haare in Ringellocken auf die Schultern fielen, trug ein schimmerndes rotes Seidenkleid; an ihrem Hals funkelten Rubine.
Ihre Augen verrieten ihre Verwunderung, als sie sagte: «Ich hätte Sie fast nicht wiedererkannt, Lady Rowena.»
Zu meiner Überraschung schnitt Todd ihr so brüsk das Wort ab, daß sie mir beinahe leid tat: «Flo, du sorgst mit Mark dafür, daß das Essen beizeiten auf den Tisch kommt. Und laß den Faulpelz Ben Wein aus dem Keller bringen. Rowena, haben Sie jemals unseren amerikanischen Whisky gekostet? Oder fürchten Sie sich, etwas Stärkeres als Wein zu trinken?»
«Ist er noch stärker als russischer Wodka?»
Wollte er mich betrunken machen? Er sollte eine Enttäuschung erleben, denn Sir Edgars Freunde pflegten tüchtig zu trinken, und ich hatte Alkohol vertragen gelernt.
«Beunruhigt es Sie, wenn Mark Sie nicht beschützt?» Er schien meine Gedanken erraten zu haben.
«Warum sollte ich mich ängstigen, wenn Sie bei mir sind, Onkel Todd?» gab ich schnippisch zurück.
«Nennen Sie mich noch einmal so, und Sie werden es bereuen, Mädchen!» drohte er grimmig.
Ich schaute ihn mit Unschuldsmiene an. «Warum denn nicht? Sie und mein Vater waren doch . . .»
Er unterbrach mich: «Wollen Sie alle uns ein paar Minuten entschuldigen? Ich versprach Rowena, ihr das Haus zu zeigen. Sie ist nämlich zum erstenmal hier.»
Ich konnte mich seinem festen Griff nicht entziehen und mußte wohl oder übel mit ihm gehen. Er genoß mein Unbehagen sichtlich. «Das ist der Salon, wird aber nicht viel benutzt. Auch das kleine Eßzimmer dort drüben benutzen wir selten. Diese Türen führen in den Patio. Meinen Patio kennen Sie noch nicht, wie?»
«Glauben Sie, Sie können mit Ihrer Großspurigkeit etwas

erreichen? Sie sollten mich lieber zu Ihren Gästen zurückbringen.»
«Meine Freunde werden sich nichts dabei denken. Ich zeige einem hübschen Mädchen immer das Haus.»
«Wenn Sie denken, Sie könnten mir gegenüber das *droit de seigneur* ausüben . . .»
«Was das auch heißen mag, ich tue bloß das, was ich tun wollte, als ich dich ins Haus kommen sah. Und du hast es nicht anders verdient. Onkel, ha!»
Er riß mich so heftig an sich, daß ich mich nicht zu wehren vermochte. «Wann wirst du den Tatsachen ins Gesicht sehen, kleines Mädchen? Ich will dich haben. Mark hast du abgewiesen, nicht wahr? Und mich willst du auf die Folter spannen. Du bist durchschaut, gib also nach.» Seine schmalen Lippen lächelten frohlockend. «Wir beide sind vom gleichen Schlag, und das weißt du», sagte er noch, bevor er mir den Mund verschloß.

Achtes Kapitel

«Sie sind ein Raubritter. Ein gewissenloser Pirat. Und Sie sind alt genug, mein Vater zu sein.» Meine Stimme war tonlos. Es war mir, als hätte er meinen Atem erstickt.
Ich wußte nicht, wie lange er mich geküßt hatte, hier draußen im Mondschein, wo im Hintergrund der Springbrunnen plätscherte. Als er endlich den Kopf hob, wäre ich umgefallen, wenn seine Arme mich nicht festgehalten hätten.
«Verdammt, Weib, warum hörst du nicht auf, dich zu wehren. Es mußte so kommen. Ich glaube, das wußte auch dein Vater. Du wirst mich heiraten, verstanden?»
«Damit Sie die ganze Ranch bekommen und mein Geld dazu?» Ich rang um meine Vernunft.
«Das glaubst du selbst nicht. Du hast meine Küsse erwidert. Ich weiß Bescheid. Was meinst du wohl, warum ich mich still verhielt und dich mit Mark spielen ließ? Er ist für dich nicht Manns genug, und ich wußte, daß du es selbst erkennen würdest. Du bist eine Frau, die eine starke Hand braucht. Hör auf, dich zu wehren, bis ich ausgeredet habe! Du bist die Frau, auf die ich gewartet habe. Was glaubst du,

warum ich nicht wieder geheiratet habe? Ich wollte eine Frau mit Mumm in den Knochen, meinetwegen auch mit scharfer Zunge. Ein Vollblutweib, kein unterwürfiges Geschöpf, das jedesmal weint, wenn es angeschrien wird. Ich bin jähzornig, das weißt du. Du aber auch. Immerhin hast du dich für heute abend herausgeputzt, und das läßt tief blicken.»
«Sie sind nicht bei Trost! Ich hasse Sie!»
Er lachte nur. «Das ist ein guter Anfang. Führt eher zu Liebe als Gleichgültigkeit. Ich bringe dich jetzt zurück, und du spielst die kühle, unnahbare Dame. Das kannst du ja so gut. Äußerlich kalt, innerlich heiß. Du gehörst mir. Hast du gehört? Ob es dir gefällt oder nicht, du trägst nun das Brandzeichen der SD-Ranch.»
Er führte mich zu seinen Gästen zurück, und ich sah mich gezwungen, die Gastgeberin zu spielen, da er mich nicht von seiner Seite ließ. Ich weiß nicht mehr, was für Gedanken mir in diesen endlos scheinenden Stunden durch den Kopf schwirrten. Aber ich war entschlossen, ihm nicht zu zeigen, wie sehr er mich beeindruckt hatte.
Wir hätten in einem Londoner Salon sein können. Es wurden die gleichen höflichen Belanglosigkeiten ausgetauscht, die gleichen Albernheiten und das gleiche sinnlose Gelächter erfüllten den Raum.
Als wir zum Essen gingen, sah ich, daß Mark und Flo die Plätze am anderen Ende der Tafel angewiesen worden waren. Ich saß links von Todd, die Frau des Gouverneurs zu seiner Rechten. Ich beantwortete automatisch die Fragen, die auf mich niederprasselten. Mark vermied meinen Blick. Was hatte er Todd erzählt? Flo verhielt sich ungewöhnlich schweigsam; es schien mir, daß sie hin und wieder giftig zu mir herübersah.
Was sollte ich tun? Wenn die Gesellschaft vorbei war, mußte ich Todd wieder gegenübertreten. Auf Marks Hilfe konnte ich mich nicht mehr verlassen. Plötzlich fragte ich mich beunruhigt, ob die beiden das Ganze sorgsam geplant hatten – Marks Heiratsantrag, die unerwartete Einladung zum Abendessen. Ich fühlte mich in der Falle.
«Nachher wird getanzt», raunte Todd mir mit beredtem Blick zu. Seine blaugrünen Augen glänzten mutwillig. «Ich habe die Musiker engagiert, die immer in dem großen

Tanzlokal in Silver City spielen. Hatte alles schon arrangiert, bevor ich wußte, daß du kommen würdest.»
«Ach, wirklich? Und wenn ich nicht zugesagt hätte, dann hätten Sie mich wohl entführen lassen?»
«Ja, daran dachte ich», antwortete er ernst.
Ich wandte mich ab und bekämpfte den Drang, ihm ins Gesicht zu schlagen.
Gouverneur Wallace erzählte mir von dem Buch, das er gerade schrieb, und ich heuchelte Aufmerksamkeit, war mir aber die ganze Zeit bewußt, daß Todd neben mir saß. Ich dachte, das Essen würde nie ein Ende nehmen, und ich ersehnte den Augenblick der Erholung, wenn sich die Damen zurückzogen; aber leider kannte man diese gesellschaftliche Sitte hier nicht.
«Nun wird getanzt», sagte Todd und zog mich mit sich, den Ball zu eröffnen.
«Dachte mir, daß du Fandango nicht kennst, deshalb wird mit einem Walzer angefangen», sagte er und umfaßte mich.
«Sie gehen zu weit», fuhr ich ihn durch zusammengebissene Zähne an. «Wenn Sie glauben, Sie könnten mich zu irgend etwas zwingen . . .»
«Ich zwinge dich zu gar nichts. Du wirst schon einwilligen, so eigensinnig du auch tust. Ich lasse dir zwei Monate Zeit, aber wenn du mich weiter ärgerst, noch weniger.»
«Ich werde Sie nicht heiraten!»
Er lachte, als er merkte, daß er mich in Wut gebracht hatte.
«Wir werden ja sehen. Entweder heiratest du mich, oder ich mache dich zu einer entehrten Frau. Das würde nicht gut aussehen.» Er seufzte mit gespieltem Bedauern. «Nein, sosehr es mich auch locken würde, Heirat wäre besser.»
«Ich will nicht! Eher würde ich . . .»
«Weglaufen? Aufgeben?»
«Nein! Sie werden mich auch nicht verscheuchen!»
«Wie kommst du auf den Gedanken, daß ich dich gehen lassen würde?»
Es war unmöglich, mit ihm vernünftig zu reden. Sogar mein Sarkasmus schien an ihm abzugleiten. Noch nie hatte ich einen Mann kennengelernt, der seiner selbst und meiner so sicher war.
Schließlich konnte ich ihm nur unter dem Vorwand entrinnen, ich müsse mich erfrischen.

«Flo wird dir den Weg zeigen», sagte er mit belustigt hochgezogenen Brauen.
Wir gingen hinauf. Meine Nerven waren so gespannt, daß ich allen Takt außer acht ließ.
«Sehnen Sie sich nicht nach New York? Nach Boston?»
Flo sah mich mit unverhohlener Abneigung an. «Sie meinen Derek? Warum sollte ich? Er ist alt. Wie Vater, nur zeigt Vater es weniger und nimmt sich, was er haben will.»
Sie erinnerte mich auf einmal an die klatschsüchtigen alten Weiber in Indien, die auch über mich geschnödet hatten. Nur war ich diesmal im Vorteil. Das sagte mir der Spiegel. Ich ordnete mein Haar und schob das Brillantdiadem zurecht. Ich lächelte Flo an. «Sie befürchten wohl, daß er mich haben will?»
«Ich weiß es. Und Sie wissen es auch. Mir kann es gleich sein. Es hat andere Frauen gegeben, die mein Vater haben wollte, aber die letzte, die er geheiratet hat, war meine Mutter.»
«Und wie kommen Sie darauf, daß ich ihn heiraten möchte?»
«Wenn Vater Sie heiraten wollte, würde er es tun. Aber er wird es bleiben lassen. Sie sind jung, und Ihnen gehört die halbe SD-Ranch. Sie sind eine adlige Engländerin. Das ist alles, was Pa augenblicklich sieht. Würde es Ihnen Spaß machen, meine Stiefmutter zu sein?»
Ich mußte lachen. «Himmel, nein! Wenn ich so töricht wäre, würden wir uns das Leben gegenseitig schwermachen. Nur mit dem Unterschied, daß ich gewiefter bin als Sie.»
Mit einem erstickten Ausruf ballte sie die Hände, und ich sagte beschwichtigend: «Sie müssen erst einmal erwachsen werden. Ich weiß, Sie mögen mich nicht, aber wenn Sie sich's überlegten, würden Sie einsehen, daß Sie mehr zu gewinnen haben, wenn Sie wenigstens vorgäben, mit mir gut Freund zu sein.»
«Oh! Und ich hielt Sie zuerst für dumm. Sie sind ja schrecklich! Sie sind hartherzig . . .»
«Müssen Sie alles so dramatisieren? Ich bin nur sachlich. Ob es Ihnen klar ist oder nicht, ich möchte Ihnen helfen.»
Ich blickte ihr in die Augen. «Ihr Stiefvater will mich heiraten. O ja, er hat es mir schon vorgeschlagen. Aber ich habe

nicht die Absicht, darauf einzugehen. Ich liebe meine Unabhängigkeit. Wenn wir uns nicht befreunden können, sollten wir dann nicht wenigstens Verbündete sein, da wir eine gemeinsame Sache haben?»

Sie starrte mich groß an. «Ich glaube, Sie meinen es wirklich ernst! Soll das heißen, daß Sie meinen Vater nicht heiraten wollen?»

«Natürlich will ich nicht», sagte ich ärgerlich. «Wozu auch? Ich will überhaupt nicht heiraten.»

«Aber Sie kennen meinen Stiefvater nicht! Wenn er etwas will . . .»

«Das sagten Sie schon», unterbrach ich sie. «Vielleicht will er es wirklich, aber er wird zu spüren bekommen, daß ich kein Spielzeug bin, das er sich nach Belieben aneignen kann. Mein Vater hat sich ihm widersetzt, und ich werde es auch tun, wenn ich muß.»

Flo sah mich mißtrauisch an. «Werden Sie ihm verraten, was ich gesagt habe? An sich ist es mir gleich, aber . . .»

«Sie fürchten sich vor ihm, ich nicht», erwiderte ich. «Könnten wir nicht beide vernünftig sein? Ich gebe zu, Ihr Stiefvater ist es gewöhnt, seinen Willen durchzusetzen, aber ich beabsichtige nicht, ihn zu heiraten. Und Sie wollen auch nicht, daß er wieder eine Frau nimmt, nicht wahr? Vielleicht kommt die Zeit, wo wir gegenseitige Hilfe brauchen.»

«Mag sein.»

Ich merkte, daß sie nur halb überzeugt war und zwischen ihrer Abneigung gegen mich und ihrem Selbsterhaltungstrieb schwankte. «Wollen wir jetzt hinuntergehen?»

Sie nickte.

Im Ballsaal belegte mich Todd sofort wieder mit Beschlag.

«Sollte ich nicht mit einem andern tanzen?» wandte ich ein. «Sonst denken Ihre Gäste . . .»

«Laß sie es ruhig denken! Es schadet gar nichts, wenn sie sich an den Gedanken gewöhnen.» Seine Augen, die im Kerzenschein eher grün als blau wirkten, hatten etwas Raubtierhaftes. «Mit wem würdest du denn gern tanzen?» knurrte er.

«Mit Mark.» Ich nannte den ersten Namen, der mir einfiel. «Es gehört sich auch. Er hat mich hergebracht. Und ich mag die Art nicht, wie Sie ihn tyrannisieren. Ich würde es mir

nicht gefallen lassen. Mich werden Sie nicht tyrannisieren wie andere Leute.» Kalt fügte ich hinzu: «Sie nehmen sich wegen ein paar gestohlener Küsse zuviel heraus, Mr. Shannon.»
Ein paar Takte lang funkelten wir einander an, dann zuckte er die Schultern. «Ein Weilchen sollst du freien Lauf haben, wenn du das brauchst. Geh also und tanz mit Mark. Soll ich ihn zu dir schicken? Mag Mark sich auch einbilden, in dich verliebt zu sein, er wird es niemals wagen, es mit mir aufzunehmen.»
Der verachtungsvolle Ton, mit dem er Mark abtat, und seine Überzeugung, meiner sicher zu sein, erbosten mich. Ich war mit der Absicht hergekommen, ihn zu blenden und ihn in Nachteil zu setzen; aber irgendwie war es ihm wieder gelungen, das Gegenteil zu bewirken. Trotz meiner Auflehnung behandelte er mich wie ein Kätzchen, das seine Krallen zeigt und nicht ernstzunehmen ist.
«Wenn du die Brauen so zusammenziehst, weiß ich, daß du überlegst, was du mir Angenehmes sagen könntest», spottete er.
«Wie scharfsinnig Sie sind», versetzte ich und machte mich von ihm frei, als die Musik abbrach.
«Wann wirst du endlich gefügig werden, du Kratzbürste?» fragte er leise, während er mich an meinen Platz zurückführte.
«Ihnen? Niemals!»
Er zog belustigt die Brauen hoch, und nachdem er sich übertrieben höflich verbeugt hatte, entfernte er sich pfeifend. Er schien sehr zufrieden mit sich zu sein.
Mark forderte mich nach einer Weile zum Tanz auf, aber wir verhielten uns beide steif. Ich hätte gern gewußt, ob sein Onkel ihn zu mir geschickt hatte, und ich konnte es ihm nicht verzeihen, daß er mich Todd Shannon widerspruchslos überlassen hatte.
«Unterhältst du dich gut, Rowena?»
«Und wie!» log ich. «Ich liebe derartige Überraschungen. Da wird man zu einem kleinen Essen eingeladen und sieht sich plötzlich inmitten der Honoratioren des Landes. Das erinnert mich an meinen ersten Ball in London.»
Mark errötete. «Ich schwöre dir, ich hatte keine Ahnung davon! Er gab mir den ganzen Tag blödsinnige Aufträge, so

daß ich kaum Zeit fand, mich umzuziehen. Ich wußte ebensowenig wie du, daß er einen gesellschaftlichen Anlaß plante.»
«Er hat dir nicht gesagt, daß du mich herbringen solltest, um ein Ausstellungsstück aus mir zu machen? Bestimmt hoffte er, ich würde in einem unmöglichen Aufzug erscheinen, damit ich zum Gespött würde. Das hätte ihm in den Kram gepaßt. Vielleicht hoffte er sogar, er könnte mich auf diese Weise vergrämen!»
«Ich gebe zu, daß er eine ziemlich derbe Art von Humor hat, aber ich glaube nicht, daß er dich von hier verjagen will. Er hat nämlich eine Vorliebe für dich gefaßt, Rowena.»
«Dann hat er eine sonderbare Art, es zu zeigen. Vielleicht hat ihn sein besonderer Humor auch veranlaßt, mir einen Heiratsantrag zu machen. Möchtest du mich zur Tante haben, Mark?»
Sein Gesicht wurde auf einmal verschlossen, so daß es härter und kälter wirkte. «Du solltest wissen, daß ich mir nichts weniger wünsche», sagte er ruhig. «Aber Onkel Todd ist sehr willensstark, wie du wohl schon gemerkt hast. Es endet gewöhnlich damit, daß die Menschen tun, was er will. Ich dachte, du würdest anders sein, Rowena. Aber natürlich hast du die Wahl selbst zu treffen.»
Warum sollte ich eine Wahl treffen? Ich hatte Mark gern. Ich betrachtete ihn als einen Bruder – einen Bruder, den ich nie gehabt hatte. Und er hatte die Ablehnung seines Antrags wie der Ehrenmann, der er war, hingenommen. Sein Onkel hingegen war von anderem Schlag. Ein Raubritter, entschlossen, zugriffig. Er nahm sich, was er haben wollte. Aber mich sollte er nicht so leicht bekommen!
Es ergrimmte mich, daß alle glaubten, ich würde Todd Shannon schließlich doch zu Willen sein, und das trieb mich, meine Unabhängigkeit zu beweisen. Ich sagte unvermittelt: «Mark, ich möchte jetzt nach Hause. Bringst du mich heim?»
Er sah erschrocken aus, fast angsterfüllt. «Unmöglich, Rowena. Hat Onkel Todd dir nicht Bescheid gesagt? Alle seine Gäste übernachten hier. Das ist hier seit jeher so Sitte. Marta und Jules werden es sicher selbstverständlich finden . . .»

«Wenn du Angst hast, werde ich schon einen anderen Begleiter finden. Dein Onkel soll nicht denken, auch ich wäre ein Bauer auf seinem Schachbrett!»
Zum erstenmal sah ich Zorn in Marks Augen. Zorn und ohnmächtige Bestürzung. «Du meinst wohl, ich lasse mir von ihm alles gefallen? Du willst mich für deine Rache benutzen, und das gefällt mir nicht. Außerdem hätte ich nicht gedacht, daß du vor Onkel Todd weglaufen würdest.»
«Entschuldige, Mark», sagte ich, «du hast natürlich recht. Aber ich mag nun einmal nicht tyrannisiert werden.»
Er lachte kurz und gepreßt. «Das glaube ich dir aufs Wort. Du bist eine starke, eigenständige Persönlichkeit, fast so willensstark wie mein Onkel. Ich kann es dir nicht verargen, wenn du mich im Vergleich zu ihm schwach findest.»
Seine Finger verschränkten sich mit meinen, und er fügte leise hinzu: «Bis jetzt habe ich mich nie stark genug gefühlt, um mich ihm entgegenzustellen.»
«Soll das heißen, daß du es meinetwegen fertigbringen würdest?» Ich schaute ihn groß an. Ich sah eine neue Seite an ihm, und ich schämte mich, daß ich ihn als Mittel benutzt hatte, um mein Mütchen an seinem Onkel zu kühlen.
«Für dich würde ich alles tun.» Seine Augen waren auf einmal durchdringend, so daß sie mich an Todds Blick erinnerten. «Wenn ich wüßte, daß die Aussicht bestünde, dich schließlich doch zu erobern. Wenigstens deine Hochachtung, wenn nicht deine Liebe.»
Die Musik hörte zu meiner Erleichterung auf, bevor ich eine Antwort finden konnte. Was hätte ich ihm sagen können? Ich hatte Mark gern, aber ich liebte ihn nicht. Trotz meiner Abneigung gegen Todd Shannon fühlte ich mich körperlich zu ihm hingezogen, und damit wurde ich nicht recht fertig. Das machte mir beinahe Angst.
Wenn er mich nicht gleich nach meinem Tanz mit Mark wieder in seine Arme gerissen hätte, um mich zu fragen, worüber wir mit so ernsten Mienen gesprochen hatten, dann wäre ich vielleicht vernünftiger gewesen. So aber wurde ich ungehalten und ärgerte mich über dieses Zeichen der Eifersucht.
«Ich bat Mark, mich nach Hause zu bringen, und er sagte mir, hier sei es Sitte, daß die Gäste übernachten. Haben Sie ihm etwa befohlen, mir vorher nichts davon zu sagen?» Ich

wollte ihm ins Gesicht blicken, aber er verhinderte es, indem er mich fest an sich drückte.
«Du hältst mich wohl für einen dummen Jungen, was? Ich nahm an, irgend jemand würde dich über die hiesigen Sitten und Bräuche schon aufklären. Hier gilt es als selbstverständlich, daß Gäste übernachten.» Sein Ton wurde spöttisch. «Denkst du, ich hätte etwas Besonderes für dich ausgeheckt? Eine nette kleine Verführung? Wenn du mich besser kenntest, würdest du wissen, daß ich keine krummen Wege gehe. Ja, ich möchte dich haben, Mädchen, aber wenn ich dich nehme, mußt du es auch wollen.»
«Wenn Sie glauben, ich . . .»
«Auf jeden Fall liegt mir das Süßholzraspeln nicht. Ich mag keine Zeit mit langem Werben verschwenden. Das ist meine Art, und ich bekomme immer, was ich haben will.»
Mit Mühe unterdrückte ich meine Entrüstung. «Dabei habe ich auch ein Wort mitzureden, Mr. Shannon. Ich treffe meine Wahl selbst!»
«Zeigt das Kätzchen wieder seine Krallen? Mir ist's recht. Schmachtende Frauen mag ich nicht. Aber treib es nicht zu lange, das rate ich dir. Viel Geduld habe ich nicht.»
Er wirbelte mich herum, um mir seine Kraft und seine Unwiderstehlichkeit zu zeigen.
Er sollte sich geirrt haben. Ich wollte ihm beweisen, daß man mit mir nicht so umspringen konnte. Seine Siegessicherheit reizte mich bis aufs Blut.

Neuntes Kapitel

«Wie kommen Sie mit Pa aus?» fragte Flo boshaft. «Er macht einen sehr zufriedenen Eindruck.»
Sie trug ein bebändertes weites Negligé und streckte die Glieder wie eine schläfrige Katze, aber ihre Augen beobachteten mich im Spiegel.
Ich saß auf dem Rande ihres Bettes und bürstete mir die Haare. Schulterzuckend antwortete ich leichthin: «Dafür kann ich nichts. Er findet alles selbstverständlich, aber er irrt sich.»
«Immerhin haben Sie eingewilligt, hier zu übernachten.»

«Sonst hätte ich mich nur lächerlich gemacht. Außerdem konnte ich nicht allein nach Hause fahren.»
«Ich weiß genau, wie Pa vorgehen wird. Nach dem Frühstück wird er mit Ihnen ausreiten, und vielleicht zeigt er Ihnen seine Bücher. Irgend etwas wird er immerzu unternehmen, bis es wieder Zeit fürs Abendessen ist. Er will natürlich, daß Sie hierbleiben.»
«Ach?» Ich zog die Brauen in die Höhe. «Das klingt ja, als ob er darin Übung hätte.»
«Sind Sie eifersüchtig? Selbstverständlich hat er das schon oft getan. Glauben Sie ja nicht, Sie wären die erste Frau, auf die er sein Auge geworfen hat. Nur daß die Sache diesmal anders ist, weil Ihnen die halbe Ranch gehört.»
«Seine Motive sind mir gleichgültig», erwiderte ich ruhig. «Jedenfalls will ich früh weg, wenn möglich, bevor die anderen Gäste auf sind. Es dürfte Ihnen nur recht sein, wenn ich nicht hierbleibe. Könnten Sie mich bitte um sechs oder halb sieben wecken? Er wird hoffentlich lange ausschlafen.»
Flos Augen glänzten. «Ist das Ihr Ernst? Sie wollen sich meinem Vater derart widersetzen? Oh, er würde toben! Du liebe Zeit, ich möchte ihm nicht unter die Augen treten, wenn Sie ihm das angetan haben!»
«Sie werden es schon fertigbringen, mir alle Schuld zuzuschieben. Sagen Sie ihm, ich hätte darauf bestanden, Sie hätten mich nicht zurückhalten können. Schließlich bin ich nicht seine Gefangene.»
Flo kicherte tückisch. «Es wäre nicht übel, sein Gesicht zu sehen, wenn er mich anfährt. Ist es wirklich Ihr Ernst? Aber er wird natürlich nicht ausschlafen. Er steht immer um sechs auf, genau wie seine Leute, ganz gleich, wie spät es abends wird. Er reitet dann mit ihnen fort, und er wird erst zwischen neun und zehn zurückkommen. Wenn Sie wirklich entschlossen sind, beschaffe ich Ihnen einen Reitanzug.» Sie lachte. «Ich könnte Sie eigentlich ein Stück begleiten. Dann brauche ich Pa und Mark erst vor die Augen zu kommen, wenn sie sich ein bißchen abgekühlt haben.»
«Sehr freundlich von Ihnen. Wenn Sie mögen, begleiten Sie mich doch bis nach Hause. Marta wird uns ein üppiges Frühstück auftischen.» Ich unterdrückte ein Gähnen. «Und jetzt sollten wir schlafen.»

«Sie haben Mut, das muß man sagen», gab Flo fast widerstrebend zu, während sie sich neben mich in das breite Bett legte. «Mein Gott, bin ich müde. Aber ich werde Sie beizeiten wecken, seien Sie unbesorgt. Ich bin schon mit weniger Schlaf ausgekommen, wenn es sein mußte.»
Obwohl ich es nicht gewöhnt war, zu zweit in einem Bett zu schlafen, schlummerte ich tief und fest, und ich erwachte erst, als Flo mich an der Schulter rüttelte.
«Sechs Uhr vorbei! Pa ist schon vor einer Stunde weggeritten, sehr aufgeregt, weil einer der Cowboys kam und meldete, jemand hätte einen Zaun demoliert. Dadurch haben wir etwas mehr Zeit. Wollen Sie immer noch weg?»
Ich richtete mich auf und strich mir die Haare aus dem Gesicht. «Gewiß doch!»
Flo war schon angezogen, sie trug ein braunes Reitkleid mit geschlitztem Rock. Sie war an diesem Morgen fast freundlich.
«Im Krug ist warmes Wasser», sagte sie, «und ich habe Ihnen einen Reitanzug herausgelegt. Sie können doch im Herrensattel reiten?»
«Das ist mir nichts Neues», antwortete ich. Ich dachte an das Entsetzensgeschrei, das ich bei den guten britischen Damen in Dschanpur hervorgerufen hatte.
«Während Sie sich anziehen, lasse ich die Pferde satteln. Beeilen Sie sich!»
Ich zog mich so schnell wie möglich an. Mein Ballkleid, das ich sorgfältig zusammengelegt hatte, mußte ich zurücklassen. Ich rechnete halb und halb damit, daß Mark es mir bringen würde. Den Schmuck steckte ich in die Jackentasche. Der Reitanzug paßte einigermaßen. Ich flocht mir einen Zopf, den ich im Nacken aufsteckte.
Kaum war ich fertig, da kam Flo schon zurück und schloß mit übertriebener Behutsamkeit die Tür. «Wir müssen ganz leise sein. Mark schläft über unserem Zimmer, und er darf uns nicht hören.»
Zum erstenmal wurde mir unbehaglich zumute, ich fand mein Benehmen dumm und kindisch. Aber für Reue war es jetzt zu spät, und wenn Todd Shannon dachte, ich liefe vor ihm weg, sollte er es eben denken.
Ein sehniger Bursche, der uns neugierig betrachtete, hielt die Pferde, als wir aus dem Hause kamen. Flo lächelte ihn

kokett an, worauf er errötete und von einem Fuß auf den andern trat.
«Ben, du bist ein Goldschatz! Ich werde mich erkenntlich zeigen, wenn ich zurück bin. Erinnere mich daran.»
Er stammelte: «Sie dürfen aber nicht zu weit reiten, Mrs. Jefford. Mr. Shannon wird böse werden . . . ich meine . . .»
Er half Flo in den Sattel, während ich mich ohne Hilfe hinaufschwang. Sie klopfte ihm freundlich die Schulter, was ihn verlegen zu stimmen schien.
«Du weißt doch, daß ich hier schon lange genug lebe, um vorsichtig zu sein. Und das hier ist Mr. Dangerfields Tochter. Sie hat noch keine Gelegenheit gehabt, sich diese Gegend anzusehen. Nicht wahr, Rowena?»
Mir tat der ergebene Ben leid, aber da ich an mich selbst denken mußte, lächelte ich ihn ebenso gleisnerisch an wie Flo und sagte, wir wollten nur einen gesunden Morgenritt machen, bevor es zu heiß würde.
Flo brach in Gelächter aus, als wir außer Sicht waren. «Der arme Ben! Haben Sie gesehen, was er mir für Kalbsaugen gemacht hat? Er würde alles für mich tun.»
Ich mußte plötzlich an Luke Cord denken, von dem es hieß, er hätte Flo fast vergewaltigt. War er ebenso verliebt in sie gewesen wie Ben? Wußte sie überhaupt, daß Luke Cord in der Gegend gesehen worden war? Flo hatte mich neugierig gemacht. Sie war eine Frau, die viele Männer anziehend finden mußten, und sie war sich ihrer Reize und ihrer Macht über die Männer bewußt. Wie mochte sie als Fünfzehnjährige gewesen sein?
Flo war eine gute Reiterin, und nachdem sie sich mit einem Seitenblick vergewissert hatte, daß ich es mit ihr aufnehmen konnte, ließ sie ihre Stute galoppieren. Das Pferd, das sie mir besorgt hatte, war ein Halbblut, ein etwa vierjähriger Wallach, der sich ausgelassen gab, bis er merkte, daß ich keine Eskapaden duldete.
Nachdem ich Flo eingeholt hatte, ritten wir im Trab nebeneinander auf einem Karrenweg.
«Sinnlos, die Pferde zu überanstrengen», sagte Flo, «es ist noch eine weite Strecke.»
Ich nickte und überließ es ihr, ein Gespräch zu führen, wenn es sein mußte.
Sie schwieg denn auch nicht lange. Ziemlich bald fragte sie:

«Nun? Wie finden Sie die SD-Ranch? Und den *palacio*, den sich mein Vater gebaut hat? Würden Sie überhaupt gern hier leben? Ihr Häuschen ist sicher nicht das, was Sie gewöhnt sind.» Sie lachte ein wenig spöttisch. «Erstaunlich, daß Sie es so lange ausgehalten haben. Wir dachten, Sie würden bereits nach einer Woche nach Boston zurückkehren. Pa mag keine häßlichen Frauen um sich, und wenn ich denke, wie Sie bei Ihrer Ankunft ausgesehen haben! Als dann der Brief meiner Tante kam, ärgerte er sich schwarz, weil er glaubte, Sie führten eine Schwindelei im Schilde. Er bezweifelte sogar, daß Sie Guy Dangerfields Tochter wären.»

«Davon dürfte er sich mittlerweile überzeugt haben», antwortete ich gleichmütig. «Sind Sie eigentlich zu allen Frauen so unliebenswürdig? Oder nur zu mir, weil Sie mich nicht mögen?»

Sekundenlang war sie betreten, doch dann funkelten ihre Augen boshaft. «So etwas! Sie können auch unliebenswürdig sein, wenn es Ihnen beliebt. Aber in diesem Fall sollten Sie mir dankbar sein, daß ich nicht hinter dem Berge halte. Er ist ein schwieriger Mensch. Er kann sehr hart sein. Früher oder später wird er es Ihnen zeigen.» Sie belauerte meine Reaktion aus den Augenwinkeln. «Ich glaube nämlich nicht, daß er eine Frau wirklich lieben kann. Nicht mehr seit dem Tod seiner ersten Frau – Alma. Aber all das haben Sie sicher schon in Boston gehört. Corinne Davidson ist eine kleine Klatschbase.»

Ich ließ mir nicht anmerken, daß mich ihre abfällige Bemerkung über Corinne ergrimmte. Statt dessen sagte ich kühl: «Immerhin hat er Ihre Mutter geheiratet und Sie adoptiert. Er muß Ihre Mutter gern gehabt haben.»

«Er heiratete sie nur, weil er eine Haushälterin brauchte. Natürlich auch, um Söhne zu bekommen. Als meine Mutter krank wurde, kümmerte er sich nicht um sie. Er kam nur an ihr Bett, wenn er betrunken war. Die meiste Zeit hält er sich in Almas Zimmer auf.»

«Sie ist doch tot», erwiderte ich betroffen.

«Nicht für ihn. Für ihn wird sie nie tot sein. Ich glaube, sie lebten nicht lange genug zusammen, so daß er sie noch nicht satt bekam. Als er reich wurde, ließ er ein Zimmer mit all den Möbeln ausstatten, die sie hatten kaufen wollen.

Und er ließ ihr Porträt nach einer alten Fotografie malen. In Wirklichkeit starb meine Mutter, weil sie es nicht mehr ertrug, mit dem Geist einer Toten zu leben. Sie liebte ihn, aber er machte sie unglücklich mit seiner Gleichgültigkeit und seinen Launen. Ich glaube, zum Schluß, als sie das Kind verlor, gab sie alle Hoffnung auf, ihn an sich binden zu können. Ihnen wird es ganz ähnlich ergehen, wenn Sie so dumm sind, ihn zu heiraten.»
Flos Ton hatte etwas Verzweifeltes, das mich rührte. Sie war ein verwöhntes, eitles Geschöpf, das mit Kummer nicht fertig werden konnte.
«Zu ihnen ist er aber gut, nicht wahr?»
«Er adoptierte mich, wodurch er mich zu seinem Eigentum gemacht hat. Natürlich erfüllt er mir alle Wünsche. Das heißt, er gibt mir alles, was sich mit Geld kaufen läßt.»
«Warum sind Sie hierher zurückgekehrt, obwohl Sie hier unglücklich sind?»
«Weil ich es nicht mehr aushalten konnte, mit Derek zu leben, darum. Sie können das nicht verstehen. Ich heiratete ihn, um der gräßlichen Schule zu entrinnen, in die mein Stiefvater mich gesteckt hatte. Dort war es schlimmer als in einem Gefängnis. Und Tante Katherine und Mark und die glattzüngige Corinne, alle taten sie gönnerhaft, tuschelten hinter meinem Rücken und schauten mich an wie eine Aussätzige. Derek war reich, er sagte, er liebe mich, gab mir alles, was ich begehrte. Aber das genügte nicht. Er ist ein alter, schlapper Mann, der aus dem Munde riecht. Hu! Mir wurde immer schlecht, wenn ich neben ihm im Bett lag und er mich mit seinen feuchten Händen berührte. Sie wissen natürlich nicht, wie das ist. Sie sind gefühlskalt. Sie bleiben stets beherrscht.
«Es könnte gut für Sie sein, manchmal auch Selbstbeherrschung zu üben», entgegnete ich scharf, denn ihre Augen hatten sich mit Tränen gefüllt. «Und zu versuchen, andere Menschen zu verstehen, auch wenn sie ihre Gefühle nicht auf dem Servierbrett tragen. Woher wollen Sie sonst wissen, ob die andern nicht ebenfalls unglücklich sind und bittere Erinnerungen in sich verschließen?»
Flo warf den Kopf zurück. «Soll das heißen, daß Sie eine unglückliche Liebesgeschichte erlebt haben? Haben Sie deshalb den Fleischtöpfen Londons den Rücken gekehrt?»

Fast hätte ich über ihren plötzlichen Stimmungswechsel gelacht. «Ich habe noch nie eine unglückliche Liebe gehabt. Sie vielleicht? Sind Sie deshalb Ihrem Mann weggelaufen?»
«Ich sagte Ihnen doch, warum ich Derek verlassen habe», erwiderte sie mürrisch. «Ich hielt das Zusammenleben mit ihm einfach nicht aus, weiter nichts. Ich packte meine Sachen und sagte, ich wollte meinen Vater besuchen, und als ich glücklich hier war, konnte Pa mich nicht wegschicken, sonst hätte es Gerede gegeben. Eine Zeitlang war er sogar froh, mich hier zu haben. Bis Sie kamen», fügte sie kindlich hinzu. «Jetzt vernachlässigt er mich. Vielleicht bin ich ihm im Wege, oder er fürchtet meine Einmischung.»
«Ich glaube, Sie dramatisieren alles», sagte ich sachlich. «Ich hege nicht die Absicht, die dritte Frau Ihres Vaters zu werden, und ich will mich auch nicht in Ihre Angelegenheiten einmischen. Er hat übrigens nie mit mir von Ihnen gesprochen, und sicher wird er es auch nie tun.»
«Das sagen Sie», murrte sie und verstummte.
Ich hatte keine Lust, weitere Gespräche mit ihr zu führen, zumal ich meine eigenen Sorgen hatte und mich nach der Ruhe und dem Frieden meines Hauses sehnte. Niemand, schon gar nicht Todd Shannon, sollte diesen Frieden stören. Flo hatte eine weite Strecke mit mir zurückgelegt. Als wir eine Anhöhe erreichten, zeigte sie hinunter und sagte mir, ich könne den Weg jetzt nicht mehr verfehlen. Mir selbst kam die Gegend jetzt auch bekannt vor; wahrscheinlich war ich hier schon mit Mark gewesen.
«Wollen Sie nicht mitkommen?» fragte ich höflich. «Marta wird uns ein gutes Frühstück vorsetzen, und Jules kann Sie zurückbegleiten. Alle haben mich gewarnt, niemals allein zu reiten. Es soll gefährlich sein.»
«Für Sie vielleicht, aber nicht für mich. Ich kenne mich aus. Seit meiner Kindheit bin ich hier herumgeritten. Außerdem habe ich immer eine Pistole bei mir. Sehen Sie?» Sie hob den Rock, und ich sah, daß sie eine Derringer umgeschnallt hatte. «Ich kann mich also in acht nehmen. Sie hoffentlich auch. Oder fürchten Sie sich, allein zu reiten?»
«Nicht die Spur», entgegnete ich. «Um Sie mache ich mir jetzt auch keine Sorgen mehr. Vielen Dank, daß sie mich begleitet haben.»
«Ich tat es nur, um Sie von meinem Vater wegzubringen.»

Was für ein Kind sie in mancher Hinsicht noch war! Ich blickte ihr nach, als sie davongaloppierte. Sie schaute nicht zurück.
Vom Sattel aus spähte ich den Hang hinab. Hier war es ungefährlich. Die Vorstellung, es könnte eine Gefahr drohen, kam mir plötzlich lächerlich vor, und meine Lebensgeister regten sich.
Eine kleine Brise fächelte mein Gesicht und brachte einen Geruch nach Staub und würzigen Gewächsen. Gerade als ich meinem Pferd die Sporen geben wollte, fing ich von der Seite her eine Bewegung auf, so daß ich den Kopf drehte. War ich wirklich einen Augenblick lang erschrocken? Es war nur ein schmaler roter Stoffstreifen, der an einem Kaktusstachel wehte. Ein unaufmerksamer Cowboy war wohl zu nahe an dem großen y-förmigen Kaktus vorbeigeritten, und der Stachel hatte ihm das Hemd oder das Halstuch zerfetzt. Wer es auch gewesen sein mochte, der Betreffende hatte eine Vorliebe für knallige Farben. Das starke Rot des Fetzens hob sich deutlich vom stumpfen Grün des Kaktus ab.
Ich beugte mich zur Seite und zupfte daran. Ein sehr großer Mann, dachte ich, denn ich mußte mit der Hand hinaufreichen. Außerdem war der Fetzen aus Seide. Ein seidenes rotes Hemd? Ich konnte mir nicht vorstellen, daß ein Cowboy so etwas tragen würde. Also eine Frau? Aber wer? Und wie war es ihr möglich gewesen, ihr Kleid so hoch flattern zu lassen?
Trotz der zunehmenden Tageshitze war mir, als hätte mich ein eisiger Windhauch berührt, und es trieb mich nach Hause. Ich steckte den roten Seidenfetzen in die Tasche und versuchte ihn zu vergessen, während ich vorwärts preschte.
Marta und Jules waren erstaunt, mich so früh zu sehen, und Jules schüttelte mißbilligend den Kopf, als ich erklärte, ich hätte keine Begleitung gewünscht.
Eingedenk meiner guten Erziehung schrieb ich Todd Shannon einen Dankesbrief und entschuldigte mich wegen meines plötzlichen Aufbruchs. Natürlich wußte er den Grund, aber es erleichterte mein schlechtes Gewissen, der Höflichkeit Genüge zu tun. Jules sollte den Brief zusammen mit dem geborgten Pferd hinbringen. Da Todd sich um seine

Gäste kümmern mußte, konnte er mir kaum nachjagen. Er würde sich ärgern, aber er sollte lernen, daß ich tat, was mir beliebte.
Ich wollte mir von den Gedanken an Todd Shannon nicht den Tag verderben lassen. Ich begab mich mit den Tagebüchern meines Vaters in seine ehemalige Studierstube, wo ich von Büchern umgeben war, und ließ mich in dem Sessel am Fenster nieder. Von hier blickte man auf den Patio. Marta, die mitgekommen war, erkundigte sich, ob sie mir eine Erfrischung bringen solle.
«Du hast mich schon mit deinem wunderbaren Frühstück überfüttert», wehrte ich lächelnd ab. Dann aber, von einem neuen Gedanken erfaßt, zeigte ich ihr den roten Seidenfetzen. «Hast du eine Ahnung, Marta, wem das gehören könnte? Der Stoff hing an dem großen Saguaro-Kaktus, wo sich der Weg gabelt. Du kennst doch die Stelle?»
Sie erblaßte. «O Madre de Dios! Nach all den Jahren ... Das war das Signal, das sie benutzten ...»
«Wer? So red vernünftig! In letzter Zeit sprichst du dauernd in Rätseln.»
Ihre Zähne mahlten, während sie auf den Fetzen starrte. «Er ist also da. Sagte ich's nicht? Ich dachte es mir gleich. Sie ist hier. Das war das Signal, das sie benutzten, vor langer Zeit, wenn sie dachten, sie könnten sich ungefährdet treffen. Ich warnte ihn. ‹Es wird damit enden, daß man dich umbringt›, sagte ich. ‹Bleib bei deiner Rasse›, sagte ich. Aber er wollte nicht auf mich hören. ‹Wir lieben uns›, sagte er. ‹Eines Tages›, sagte er, ‹werde ich mir alles nehmen, was Shannon sein Eigentum nennt.› Und dann beschwatzte er mich, ihm ein Stückchen von meinem alten roten Unterrock zu geben, den der Patron mir geschenkt hatte, als Jules und ich heirateten.»
Ziemlich schroff fiel ich ein: «Meinst du Luke Cord? Schau mir in die Augen, Marta. Ich muß die Wahrheit wissen. Du meinst, er hat den Stoffetzen als Zeichen für Flo Jeffords dort hingehängt? Das wäre ja ...»
Aber natürlich. Wozu noch fragen? Sie hatte den Fetzen gesehen. Das erklärte ihren plötzlichen Stimmungswechsel, ihren plötzlichen Entschluß, sich von mir zu trennen. Ihm verübelte ich es noch viel mehr. Wie konnte er sich unterstehen, hierher zu kommen und das alte Zeichen zur Ver-

abredung auf meinem Land anzubringen? Hatte sie die ganze Zeit gewußt, daß er zurückgekehrt war?
Marta nickte bedrückt. «Ja, Señorita, eine andere Erklärung gibt es nicht. Als sie zurückkam, sagte ich gleich zu Jules, daraus könne nichts Gutes entstehen. Sie kam nämlich zu uns und fragte, ob wir ihn gesehen hätten. Das war vor Ihrer Zeit, Señorita. Wir hofften beide . . .»
«Ihr könnt nichts dafür», unterbrach ich sie freundlich. «Aber verstehst du, Marta, daß ich wissen muß, was hier vorgeht? Wenn Mr. Shannon dahinterkommt, fängt die ganze häßliche Geschichte wieder an. Und ich würde hineinverwickelt.» Ich biß mich auf die Unterlippe. «Luke Cord! Wenn ich ihn auf meinem Land erwische, werde ich ihn ausliefern!»
Marta schien jedoch eine Schwäche für Luke zu haben. Ihr rundes Gesicht drückte Ängstlichkeit aus. «Señorita, das würden Sie doch nicht tun? Er ist nicht schlecht. Wild, ja, aber nicht schlecht. Das sagte Ihr Vater immer. Er hatte keine Schuld. Ich weiß noch, als er nichts mehr mit ihr zu tun haben wollte, ließ sie ihm keine Ruhe.»
«Anscheinend verhielt es sich aber umgekehrt», sagte ich kühl.
Ich beschloß, mit Flo zu sprechen. Ob sie mich dann noch mehr haßte oder nicht, ich mußte sagen, was ich zu sagen hatte. Was Luke betraf, so würde Mr. Bragg – wenn er endlich kam – wohl wissen, was in der Angelegenheit zu tun war.
Nachdem ich Marta in die Küche geschickt hatte, nahm ich die Tagebücher meines Vaters vor. Wie konnte er nur eine solche Vorliebe für einen so wilden und leichtsinnigen Menschen wie diesen Luke Cord gehegt haben? Anscheinend hatten die Jahre und das Gefängnis ihn nicht geändert. Mir kam es vor, als wollte er absichtlich Unruhe stiften.
Eigentlich hatte ich die Tagebücher chronologisch lesen wollen, doch als ich die engbeschriebenen Seiten durchblätterte, legte ich eins nach dem andern beiseite, bis ich die Eintragungen gefunden hatte, die mich interessierten.

Ich habe Lucas zu mir ins Haus genommen. Elenas Sohn, der mein Kind sein könnte. Er läßt schwer mit sich reden, aber ich glaube, er hat Vertrauen zu mir gewonnen. Er weiß, daß ich seine Mutter liebte, und schon das verbindet uns. Er vergöttert sie. Nur wenn er von ihr spricht, erhellt sich sein Gesicht. Er sagt, sie sieht immer noch jung aus, schön wie eh und je.

Die geheimnisvolle Elena war also die Ursache für die sonderbare Handlungsweise meines Vaters gewesen. Ich überflog verschiedene Eintragungen und blätterte schnell weiter.

Ich bin Lehrer geworden! Es fing damit an, daß wir zusammen Schach spielten, und jetzt unterrichte ich Lucas im Lesen und Schreiben. Ich war entsetzt, als ich feststellte, daß er weder das eine noch das andere konnte; aber was hätte ich anderes erwarten sollen? Er wurde ja zum Apachenkrieger erzogen. Er sagte mir, schon mit zehn Jahren hätte er schießen gelernt. Das rührte natürlich von seinem Wanderleben mit den Comancheros her.

Einige Seiten weiter las ich:

Ich hatte selbst nicht gewußt, wie einsam ich gewesen war. Es ist gut, mit einem jungen Menschen zusammen zu sein, der lernbegierig ist. Allerdings befürchte ich, daß Lucas' Wissensdurst auf seinem brennenden Wunsch beruht, sich an Todd zu rächen. In dieser Hinsicht ist er ganz Apache, obwohl er sich dem Leben der Weißen anpassen möchte. Was für eine dumme Unterscheidung! Wenn es lediglich auf die Hautfarbe ankäme, würde man Lucas nicht einmal für einen Viertelindianer halten.
Ich habe versucht, mit Lucas zu philosophieren, aber für Abstraktionen ist er noch nicht reif.
Heute erzählte mir Lucas, er habe Flo Jeffords getroffen und das Hufeisen ihres Pferdes in Ordnung gebracht. Fast wäre sie beim Reiten abgeworfen worden. Es lag mir auf der Zunge, ihn vor ihr zu warnen, aber ich schwieg. Er hätte doch nur seine kalte, verschlossene Miene aufgesetzt, die er mir gottlob nicht mehr so oft zeigt. Er hätte gedacht, daß ich auf sein Indianerblut anspiele.

Meine Augen, die ungeduldig über die verblaßte Tinte glitten, blieben plötzlich haften.

Ich werde mir immer Vorwürfe machen, daß ich von den Vorgängen nichts gemerkt habe. Marta und Jules wußten Bescheid, aber sie gestanden mir, sie hätten sich gescheut, es mir zu sagen. Ich war doch auch einmal jung – wieso dachte ich mir nichts? Ich hielt Flo Shannon, so jung sie auch ist, für eine flatterhafte kleine Kokette. Hatte ich nicht selbst gesehen, daß sie meinen Cowboys schöne Augen machte?
Gott helfe mir, ich wünschte fast, er wäre nicht hergekommen. Aber er hatte Vertrauen zu mir gefaßt und mir sein Wort gegeben. Er sei gekommen, mir die Wahrheit zu sagen, erklärte er. Die alte finstere Miene verriet mir, daß er wußte, was geschehen würde. «Die Gerechtigkeit der Weißen!» sagte er bitter zu mir, und ich konnte es nicht bestreiten. Haß erzeugt Haß. Das wollte ich Todd sagen, aber sein eigener Haß macht ihn blind gegen alles.
Ich habe dem Kommandanten des Gefängnisses Alcatraz geschrieben. Vielleicht wird's helfen. Zum erstenmal bin ich froh, daß ich mir im Laufe der Jahre Freunde erworben habe, und zum erstenmal versuche ich, meine Beziehungen zu nutzen und Einfluß auszuüben. Es war nicht gerechtes Urteil, sondern Vorurteil, das Lucas ins Gefängnis gebracht hat.

Abrupt klappte ich das ledergebundene Buch zu. Mein Vater hatte an die Gerechtigkeit geglaubt, hatte Luke Cords Darstellung geglaubt. Aber Luke war kein Jüngling mehr, sondern ein Mann. Ein verbitterter, harter Mann, der zweifellos ebenso haßte wie Todd Shannon. War mein Vater voreingenommen gewesen, weil Luke Elenas Sohn war? Der rote Seidenfetzen hatte mir den ganzen Tag verdorben und mich in eine unangenehme Lage gebracht. Mein Instinkt sagte mir, daß er Flo als Instrument seiner Rache benutzen wollte, und sie, die arme Närrin, war zu eitel, es zu erkennen.
Ingrimmig wünschte ich mir, diesem Luke Cord Aug in Auge gegenüberzustehen, um ihm sagen zu können, was ich von ihm hielt.

Zehntes Kapitel

Jules kehrte mit recht finsterer Miene vom *palacio* zurück. Er hatte Todd Shannon meinen Brief persönlich übergeben, aber der Patron hatte nur einen flüchtigen Blick darauf geworfen. Der gedrückten Atmosphäre und den verschlossenen Gesichtern der Cowboys hatte Jules entnommen, daß der Patron schlechter Laune war. Ob er etwas gesagt habe? fragte ich. Jules schüttelte den Kopf. Kein Wort. Einer der Männer hatte ihm berichtet, ein Zaun sei demoliert worden, und es fehlten einige Rinder. Infolgedessen hätten alle wohl den Kopf voll gehabt. Das hörte sich für mich unheilvoll an, und ich fragte mich, ob Luke Cord am Ende mit dem demolierten Zaun und den fehlenden Rindern zu tun hatte. Eine List, Shannon und seine Leute in Atem zu halten, während er sich heimlich mit Flo traf?

Eigentlich erwartete ich, daß Mark kommen würde, aber er blieb weg, und trotz meinem Entschluß, mit Flo zu sprechen, konnte ich gerade jetzt Jules nicht nochmals mit einem Brief für sie zum *palacio* schicken. Ich mußte abwarten, bis sich die Gelegenheit von selbst ergab.

Ich war todmüde, aß schon um sechs und lag um halb acht im Bett. So müde war ich, daß ich mich nicht dazu aufraffen konnte, die Lampe zu löschen, die immer noch auf meinem Toilettentisch brannte. Macht nichts, dachte ich verschlafen, sie enthält nur noch wenig Petroleum und wird von selbst ausgehen . . .

Irgend etwas weckte mich. Ein Geräusch? Die Helligkeit hinter meinen geschlossenen Lidern? Die Lampe brannte tatsächlich höher. Wie konnte das sein? Wie war es möglich, daß ein fremder Mann an der Wand lehnte und mich betrachtete?

Ohne den wachsamen Blick von mir zu lassen, sagte er: «Nicht nötig, zu schreien. Ich tue Ihnen nichts. Aber das ist die einzige Möglichkeit, mit Ihnen allein zu sprechen. Sind Sie wach genug, mich zu verstehen?»

Er sprach mit leiser, belegter Stimme, aber eindringlich. Während ich immer noch blinzelte, dachte ich, daß er ganz anders aussah, als ich ihn mir vorgestellt hatte. Er war groß, hatte dichtes dunkles Haar, das im Lichtschein bronzefarben schimmerte. Er hatte nicht die Züge der Mexikaner, auch nicht der Indianer, sondern die gerade Nase seiner spanischen Vorfahren, und es schien mir, daß er im stillen über meine Verwunderung lachte.

Endlich fand ich die Sprache wieder. «Sehe ich aus wie eine Frau, die gleich losschreit?» Ich setzte mich auf und raffte die Decke an mich.

Als er meine instinktive Bewegung sah, vertieften sich die Lachfältchen um seine Augen. «Jetzt nicht», antwortete er.

«Da das klargestellt ist, wollen Sie mir nicht sagen, was Sie mitten in der Nacht in meinem Schlafzimmer zu suchen haben, Luke Cord?»

«Haben Sie meinen Steckbrief gesehen? Andernfalls können Sie gut raten.»

«Ich habe keine Lust zu einem sinnlosen Geplänkel», fuhr ich ihn an. «Ich weiß nicht, wie Sie hereingekommen sind, aber ich muß Sie bitten, mir zu sagen, was Sie mir mitzuteilen haben, und dann auf demselben Wege zu verschwinden.»

Wieder vertieften sich die Lachfältchen. «Ich dachte mir, daß Sie mir etwas zu sagen haben. Ich sah Sie das rote Seidenfähnchen einstecken. Ich konnte mir denken, daß Sie sich bei Marta erkundigen würden.» Er schnitt eine Grimasse. «Sie hat ein gutes Gedächtnis, die Alte. Hat Ihnen alles gesagt, habe ich recht?»

Wahrscheinlich verriet mich mein Gesichtsausdruck. Sein unverfrorenes Auftreten ärgerte mich, und das merkte er wohl auch. «Entschuldigen Sie», sagte er unvermittelt und strich sich mit den Fingern durch die langen Haare. Sekundenlang ließ er sich gehen, und seine merkwürdigen Augen hatten etwas kindlich Abbittendes. «Ihr Vater sagte mir immer, ich müßte mir bessere Manieren angewöhnen. Wie es so kam, hatte ich dazu keine Gelegenheit. Ich hätte bei Ihnen nicht einfach eindringen dürfen, aber ich vermutete, daß Sie einen Verdacht hegen würden, und deshalb . . .»

«Verdacht! Ich habe genug über Sie erfahren, um genau zu wissen, was Sie vorhaben. Und wenn Flo Jefford so dumm ist, sich von Ihnen einwickeln zu lassen, kann ich Ihnen nur versichern, daß es Ihnen bei mir nicht gelingt. Sie wollen Flo für etwas bestrafen, das vor langer Zeit geschehen ist, und sich auf diese Weise indirekt an Todd Shannon rächen.»

Er preßte die Lippen zusammen. Als er noch die Brauen zusammenzog, konnte ich verstehen, daß die Leute von ihm sagten, er sähe gefährlich aus.
Ebenso ruhig erwiderte er: «Was geht Flo Sie an? Ich dachte, sie übertriebe, als sie sagte, ihr Vater wäre scharf auf Sie, aber vielleicht irrte ich mich. Vielleicht hat er's doch auf Sie abgesehen. Sorgen Sie sich seinetwegen um Flo, Miß Dangerfield?»
Durch zusammengebissene Zähne gab ich zurück: «Es kümmert mich nicht, wie sehr Sie und Todd Shannon sich gegenseitig hassen. Meinetwegen könnt ihr euch umbringen! Aber benutzen Sie keinen anderen Menschen als Instrument für Ihre Rache! Flo ist ein unglückliches, verwirrtes Geschöpf, und sie wählte sich ausgerechnet Sie, damit ihr Leben noch schwieriger wird.»
Er schien sich ehrlich zu wundern. «Warum setzen Sie sich für Flo ein? Sie mag Sie ja gar nicht.»
«Das tut nichts zur Sache. Können Sie das nicht einsehen? Wenn Sie mit Todd Shannon etwas auszufechten haben, warum gehen Sie dann nicht hin und treten wie ein Mann vor ihn? Bringen Sie's hinter sich, dann können alle andern hier vielleicht in Frieden leben.»
«Sie glauben, so leicht wäre es?» entgegnete er erbittert. «Mein Gott, wie wenig Sie wissen! Ich wäre längst vor Todd Shannon getreten, wenn ich gekonnt hätte, aber seine Art ist das nicht. Er hat einen Preis auf meinen Kopf gesetzt – eine Prämie –, genau wie er es bei meinem Vater gemacht hat. Warum sollte er seine Kugeln an einem Indianer beschmutzen? Das ist Shannons Art. Seine Schmutzarbeit läßt er von anderen besorgen. Meine Mutter hätte er fast getötet, und meinen Vater ließ er aus dem Hinterhalt umlegen, und so würde er es auch mit mir machen, wenn ich ihm nicht zuvorkomme.» Wie ein Tier im Käfig ging er auf und ab.
«Warum gehen Sie nicht lieber weg?» fragte ich. «Sie sind noch jung und können ein neues Leben anfangen. Warum mußten Sie wieder hierher kommen? Mit der Zeit würde Shannon alles vergessen . . .»
«Er ist nicht der Mann, der etwas vergessen kann.» Seine Augen blitzten mich ärgerlich an. «Ich bin es übrigens auch nicht. Shannon hat das Land, das er als sein Eigentum aus-

gibt, größtenteils meinem Vater gestohlen, und von Rechts wegen gehört es meiner Mutter. Aber es hieß, Alejandro Cordes wäre ein Geächteter, nur weil er für etwas kämpfte, woran er glaubte. In den Akten steht, die verbrieften Rechte, die aus der Zeit der spanischen Könige stammen, könnten nicht belegt werden, die Dokumente wären im Krieg verlorengegangen. Manche Leute erinnerten sich, daß die Familie Cordes dieses Land jahrzehntelang ihr Eigentum genannt hatte, bevor die verfluchten Anglo-Amerikaner kamen und es sich aneigneten. Shannon sezte sich durch, indem er darauf hinwies, daß er eine Cordes geheiratet hatte. Da sie Anspruch auf das Land hätte, könnte er auch Anspruch erheben. Und Sie verlangen von mir, das alles zu vergessen? Auch die Zeit auf der Teufelsinsel, die als Gefängnis gilt? Auch die Schüsse, die Shannons gedungene Mörder auf mich abgegeben haben?»
«Sie sind ebenso haßerfüllt wie er», sagte ich vorwurfsvoll. «Ihnen wäre jedes Mittel recht, es Todd Shannon heimzuzahlen, nicht wahr?»
«Und wenn ich es täte, was geht Sie das an?»
Ich bemühte mich, ruhig zu bleiben. «Sie sind hergekommen, um einen Krieg anzuzetteln. Sie haben den Zaun demoliert, nicht wahr? Aber warum? Warum gerade jetzt?»
«Vielleicht wollte ich Shannons Gedanken von seiner neuen Teilhaberin ablenken», antwortete er mit gesenkter Stimme.
Ich sah ihn verständnislos an. «Um Himmels willen! Sie wußten doch nichts von mir. Ich sehe darin keinen Sinn.»
«Mir scheint, Ihnen ist nicht klar, daß Sie bei der endgültigen Bereinigung die Schlüsselstellung innehaben. Ihr Vater hat es erkannt, nur bot sich ihm keine Gelegenheit mehr, mit Ihnen darüber zu sprechen, wie er gehofft hatte.»
«Ich?» Das rief ich beinahe, und ich biß mir auf die Lippe. «Sie reden leider in Rätseln. Was habe ich denn mit all dem zu tun? Ich bin erst knapp einen Monat hier, und ich weiß von dieser Fehde, die ihr alle so ernst nehmt, lediglich, daß sie vor langer Zeit begonnen hat und inzwischen begraben und vergessen sein sollte. Das Wenige, was ich erfuhr, kam aus zweiter Hand. Wie können Sie behaupten, ich hätte die Möglichkeit, die Sache zu bereinigen?»
Er rieb sich geistesabwesend sein Stoppelkinn, während er

mich betrachtete. Ich hatte den Eindruck, daß er mich irgendwie abzuschätzen versuchte.
In diesem Augenblick ertappte ich mich dabei, daß ich ihn mit Todd Shannon verglich. Luke Cord trug fadenscheinige Denims und Mokassins. Das einstmals blaue Hemd war verblichen, am Hals offen. Statt der schmalen Krawatte, ohne die Shannon nie zu sehen war, hatte er ein nachlässig verknotetes rotes Halstuch um. Ich fand mich plötzlich lächerlich – da saß ich, die Bettdecke heraufziehend wie eine furchtsame Jungfrau, und unterhielt mich tatsächlich mit dem Mann!
Er las wohl etwas in meinem Gesicht, das ihn veranlaßte, vom Thema abzukommen und mich ausdruckslos zu fragen: «Sie wollen mich nicht anhören, nicht wahr? Sie sind böse auf mich, weil ich hier bin.»
«Das können Sie mir kaum verargen», versetzte ich.
Er zuckte die Schultern. «Stimmt. Aber ich hatte keine andere Möglichkeit, zu Ihnen zu gelangen, ohne gesehen zu werden.» Er lächelte ein wenig schief. «Mein Pferd ließ ich weit von hier zurück und ging den Rest des Weges zu Fuß. Ein Fußgänger ist nicht leicht zu erspähen, am wenigsten nachts.»
Um meine Verlegenheit zu verbergen, sagte ich betont hochmütig: «Sie haben eine sonderbare Vorstellung von einem Besuch bei einer Dame, die man nicht kennt.»
Es zuckte wieder um seinen Mund. «Würden Sie von mir erwarten, daß ich einen förmlichen Besuch mache wie Mark? Oder Ihnen eine Einladung zum Essen schicke wie sein Onkel? Mein Bruder Ramon würde sich korrekt benehmen. Er ist der Guterzogene der Familie. Ich bin übrigens nicht nur gekommen, weil Sie sich das für Flo bestimmte Signal angeeignet haben, sondern hauptsächlich, weil der Pinkerton-Mann mir sagte, Sie wären hier, und ich sollte mit Ihnen sprechen.»
«Mr. Bragg? Was hat Mr. Bragg damit zu tun?»
«Elmer Bragg ist ein alter Fuchs. Aber er ist noch nicht schwachsinnig. Er spürte mich in Mexico auf. Der Pinkerton-Mann kann sehr überzeugend reden, wenn er alle Asse in der Hand hält. Also bin ich hier.»
«Sie wollen sich herausreden. Sie kamen her, um Flo zu treffen.»

«Und Sie reden wie der Ankläger bei meinem Prozeß. Erklären mich schon für schuldig und hängen mich, bevor die Geschworenen das Urteil gesprochen haben.»
Meine Abneigung gegen ihn wuchs. «Sie haben sie aber getroffen und ihr das Zeichen gegeben.»
«Warum auch nicht? Wir hatten einiges zu besprechen. Nichts, was mit Ihnen zu tun hat.»
«Sie sind unverschämt . . .»
«Das heißt, ich lasse es am schuldigen Respekt fehlen? Bitte um Verzeihung. Ich dachte, Sie könnten Ihrem Vater nachgeschlagen sein, und rechnete mit einem warmherzigen, großzügigen Menschen. Er sprach oft von Ihnen, von der Hoffnung, die er auf sie setzte. Aber er war eben ein Mann, der in jedem das Gute sah. Schade, daß Sie ihn nicht kennenlernen konnten.» Nach seinem Blick zu urteilen, fühlte er die gleiche Abneigung für mich wie ich für ihn.
«Dieses Gerede führt zu nichts», sagte ich. «Machen Sie jetzt, daß Sie wegkommen!»
«Zu Befehl. Aber an Ihrer Stelle würde ich die Falltür oben zunageln lassen. Es könnte einmal ein Besucher kommen, der nicht so zurückhaltend ist wie ich, wenn er Sie im Bett sieht.» Er war so groß, daß er die Falltür erreichen konnte, die aufs Dach führte.
Erst nachdem er lautlos wie eine Katze gegangen war, fiel mir ein, daß ich nicht einmal erfahren hatte, weshalb er gekommen war. Hatte ich ihn vielleicht grundlos vertrieben?
Ohne mich lange zu besinnen, sprang ich aus dem Bett und warf mir mein Negligé über. Er konnte noch nicht weit sein. Ich lief auf den Patio hinaus und rief leise: «Luke? Luke Cord, wo sind Sie?»
Alles blieb still.
Aufgeregt und ungeschickt entriegelte ich die Hoftür, die ins Freie führte. Wohin war er gelaufen? Weit konnte er noch nicht sein; er mußte ja erst vom Dach auf den Boden gelangen. Die Baracken waren von Bäumen verborgen. Nicht dorthin!
Im Laufen verfing ich mich im Saum des Negligés und prallte gegen die Mauer. Laut rief ich: «Luke? Wo sind Sie?»
«Sind Sie wahnsinnig?» sagte er nahe an meinem Ohr. «Wollen Sie, daß wir entdeckt werden?»

«Wir»! Als ob ich mein Schicksal mit dem seinen verknüpft hätte. Aber ich fühlte mich wahrhaftig selbst gejagt, als ich von den Baracken her plötzlich Stimmen vernahm.
«Hast du auch etwas gehört, Pete?»
«Bin nicht sicher. Hat jemand gerufen?»
Luke zischte: «Legen Sie sich auf den Boden! Ihr verdammtes weißes Gewand sticht hervor wie eine Signalflagge. Können Sie rückwärts kriechen?»
Plötzlich legte er mir die Hand auf den Mund. «Ganz still liegen!» Das Negligé war mir bis zu den Hüften heraufgerutscht. In den Ohren hörte ich mein Herz hämmern.
«Gar nichts los. Wahrscheinlich war es nur ein Kojote, was wir gehört haben.» Bei den Baracken wurde wieder alles still.
Im Nacken fühlte ich Lukes warmen Atem. «Warum sind Sie mir nachgelaufen?» Er nahm die Hand von meinem Mund.
Ich drehte den Kopf weg.
«Nun, ist ja gleich», flüsterte er mit leisem Lachen. «Sie sollten ins Haus zurückkehren.»
Ich zischte ihn an: «Sie haben mir nichts erklärt! Warum Elmer Bragg Sie zu mir geschickt hat und . . .»
«Sie wollten mir ja nicht zuhören.»
Es war grotesk, in der Dunkelheit draußen zu liegen, halbnackt, mit einem Mann, von dem ich wußte, daß er ein Mörder und ein Frauenschänder war. Idiotisch von mir, ihm nachzulaufen. Aber es ließ sich nicht mehr ändern, und meine Neugier war geweckt.
«Ich möchte es aber wissen.»
«Dazu ist jetzt keine Zeit mehr. Vor allem nicht hier draußen.»
«Sie werden mir Red und Antwort stehen, Luke Cord, oder ich schlage Lärm, so daß die Leute mit gezückter Pistole kommen!»
«Verdammt, Sie drohen mir!» Seine Finger bohrten sich in meine Schulter und er drehte mich brüsk auf den Rücken. Ich merkte, daß sich mein Negligé vorn öffnete. Er lag halb auf mir. Die Kehle wurde mir trocken, und ich fürchtete mich. Alle möglichen Gedanken fuhren mir durch den Kopf. Ich wagte nicht zu schreien, obwohl ich glaubte, er wolle mich vergewaltigen.

Aber er zog nur das Oberteil meines Negligés zusammen, brachte sein Gesicht dem meinen ganz nahe und flüsterte: «Gehen Sie ins Haus und vergessen Sie, daß Sie mich gesehen haben, ja? Es ist doch sinnlos, hier draußen zu reden.»
«Ich will wissen . . .»
«So eigensinnig?» Ich sah seine Zähne. Der belustigte Ton schlug in Ungeduld um. «Aber das bin ich auch. Wir sehen uns in Silver City, wenn Sie bis dahin immer noch Fragen zu stellen haben.»
Sein Gewicht ließ nach, und dann war er fort. Ich blieb in ohnmächtiger Wut zurück.
Ich taumelte durch den Patio zurück und in mein Schlafzimmer. Alle Knochen im Leib taten mir weh. Ich hatte mich lächerlich gemacht, und ich haßte Luke Cord, weil er die Ursache war. Ihn in Silver City sehen, das war stark! Würde er es wirklich wagen, sich dort zu zeigen? Und was das Wiedersehen betraf, so hatte ich dazu keine Lust. Ich schwor mir, Mr. Bragg unzweideutig zu sagen, was ich von seinem Humor hielt – falls er sich einen Spaß mit mir erlaubt hatte.
Mein weißes Negligé war schmutzig und zerknittert; am Saum hatte es einen langen Riß. Auch mein besticktes Leinennachthemd sah zerdrückt aus und hatte Flecken. Marta würde sich wundern und Fragen stellen.
Den ganzen Vormittag hatte ich Gelegenheit, darüber nachzudenken. Marta hörte sich eine erfundene Geschichte von einem angeblichen Sturz im Patio mit ungläubigem Gesicht an und schlug mir daraufhin vor, einen Wachhund anzuschaffen. «Die Cowboys sagten, sie hätten in der Nacht etwas gehört. Haben sie Ihre Nachtruhe vielleicht gestört, Señorita?»
Ich verneinte, versprach ihr aber, Mark bei nächster Gelegenheit zu bitten, mir einen Hund zu besorgen.
Als ich dann allein in der Studierstube meines Vaters saß, kehrten meine Gedanken zu dem nächtlichen Vorfall zurück. Was sollte ich tun? Ich war noch immer nicht zu einem Entschluß gelangt, als mir Mark gemeldet wurde.
Ich versuchte, ihn herzlich zu begrüßen, aber schon seine ersten Worte machten mich kratzbürstig.
«Rowena, warum hast du das getan? Du brauchtest doch

nicht wegzulaufen! Die andern Gäste wunderten sich, und mein Onkel war wie ein gereizter Bär mit wunder Pfote.»
«Hoffentlich hat er dich nicht hergeschickt», erwiderte ich. «Ich habe keine Lust, mir Vorwürfe anzuhören. Übrigens bin ich gar nicht weggelaufen.» Ich kehrte ihm den Rücken und ging zum Fenster, um meine Erregung zu verbergen.
Mark folgte mir. «Was ist los, Rowena?» fragte er besorgt. «Du warst gestern abend so verändert, und als du ohne ein Wort fortgingst, dachte ich . . .» Er faßte mich sanft an den Schultern und drehte mich zu sich herum. «Du darfst mir nichts verheimlichen. Ist es mein Onkel? Hat er dich verletzt?»
Sowie er mein leichtes Sträuben merkte, ließ er die Hände sinken. Sein Gesicht verdunkelte sich. «Er hat dich also verletzt? Das ist die Höhe! Kein Wunder, daß du nicht bleiben mochtest. Und ich habe dich im Stich gelassen. Aber ich schwöre dir, diesmal werde ich . . .»
«Nicht, Mark!»
Aber er ließ sich nicht beirren. «Ich werde es ihm nicht durchgehen lassen. Sein Leben lang hat er die Menschen rücksichtslos überfahren, und ich habe die Augen zugedrückt. Aber wenn er es wagt, dich zu verletzen . . .»
«Er hat mich nicht verletzt. Du mißverstehst alles, Mark. Wir haben uns gestritten, ja, aber ich habe das Haus nur verlassen, um meine Unabhängigkeit zu beweisen, nicht weil . . .»
Ich hatte Marks Zorn unterschätzt – oder war es seine Liebe zu mir? Unvermittelt entblößte er meine eine Schulter, vielleicht versehentlich in der Erregung, und da gewahrte er eine Quetschung, die ich mit der Bauernbluse bedeckt hatte.
«Mein Gott!» stieß er hervor.
«Du mußt mich anhören, Mark», sagte ich schnell. «Das war nicht dein Onkel, sondern ich bin gefallen. Ich konnte gestern nacht nicht schlafen und ging in den Patio. In der Dunkelheit bin ich gefallen. Ich trat auf den Saum meines Negligés und taumelte gegen die Mauer. Verstehst du? Es war nichts weiter.»
«Ich glaube dir nicht.» Noch nie hatte Mark in so scharfem Ton mit mir gesprochen. Bevor ich etwas sagen konnte, hielt er mich wieder an den Armen fest. «Du willst ihn

schützen, nicht wahr? Um Gottes willen, Rowena! Hast auch du dich von ihm behexen lassen? Ich dachte, daß du, gerade du, dich ihm entgegenstellen würdest.»
«Genug davon, Mark! Ein für allemal, Todd Shannon hat nichts damit zu tun. Nichts, hast du gehört? Muß ich schwören, um dich zu überzeugen, daß ich die Wahrheit sage? Mit welchem Recht machst du mir Vorwürfe?»
«Ich liebe dich, wie du weißt!» Er zitterte vor Entrüstung. «Glaubst du, ich lasse es zu, daß man dir etwas antut? Man braucht dich ja nur anzusehen, um zu erkennen, daß du nicht geschlafen hast. Ach, Rowena! Ich konnte auch nicht schlafen, weil ich an dich denken mußte und mir Sorgen machte. Und als ich hörte, daß du weggelaufen warst ... Was glaubst du wohl, was ich mir da für Gedanken machte? Ich weiß, du hältst mich nicht für mutig, aber gnade Gott dem Menschen, der sich untersteht, dich anzurühren und dich unglücklich zu machen!»
Seine unerwartete Heftigkeit bestürzte mich so sehr, daß ich mich nicht widersetzte, als er mich an sich zog. «Rowena, wenn du doch nur genügend Vertrauen zu mir hättest, mir zu sagen ...»
Gierig, verzweifelt bedeckte er mein Gesicht mit Küssen. Eine solche Leidenschaft hätte ich ihm nicht zugetraut; sie verwirrte mich. Als er endlich von mir abließ und den Kopf hob, sah ich den Schmerz in seinen Augen. Behutsam machte ich mich von ihm frei, wich zurück und lehnte mich an das Pult meines Vaters.
Er blickte mich flehend an. «Rowena ... Liebste ...»
In gewollt ausdruckslosem Tone unterbrach ich ihn: «Bevor du irgend etwas sagst, mußt du mich anhören, Mark. Es ist mir klar, daß ich offen zu dir sein muß, damit du dir keine falschen Gedanken machst, aber zuerst mußt du mir versprechen, daß alles unter uns bleibt, und daß du nichts unternehmen wirst.» Als ich sah, daß sein Gesicht wieder hart wurde, fuhr ich einschmeichelnd fort: «Wenn dir mein Wohl wirklich am Herzen liegt, wirst du es mir versprechen. Ich brauche einen Freund, Mark, einen Menschen, dem ich mich anvertrauen kann. Verstehst du?»
Er nickte grimmig. «Du weißt die richtigen Worte zu finden, um mich herumzukriegen.» Das klang bitter, aber sogleich wurde seine Stimme weicher. «Verlang von mir, was

du willst. Sag mir, was geschehen ist. Ich will mich bemühen, dich nicht zu unterbrechen, sondern meine Gefühle zu zügeln.»
Ich lächelte ihn dankbar an. Konnte ich Mark vertrauen? Doch ich mußte ihn einweihen, das war mir durchaus klar. Ich durfte nicht zulassen, daß er das Schlimmste dachte.
Es war schwieriger, als ich angenommen hatte, ihm mein nächtliches Erlebnis zu beschreiben, zumal ich Marks Gesichtsausdruck von Besorgnis zu Entsetzen und zu Ingrimm wechseln sah. Mehrmals war er nahe daran, mir ins Wort zu fallen, aber jedesmal preßte er die Lippen zusammen und widerstand dem Drang.
Als ich geendet hatte, schwieg er, so daß ich ihn vorwurfsvoll anfuhr: «Siehst du nun ein, wie sehr du dich geirrt hast? Und daß ich nicht gelogen habe, als ich sagte, ich wäre gefallen? Natürlich war es meine eigene Schuld, weil ich ihm ja nachgelaufen war, und er . . . Mark, schau mich nicht so an! Luke Cord hat mir nichts getan. Er hätte es tun können, wenn er gewollt hätte, aber er sagte nur, es sei zu spät für weitere Erklärungen, und ging weg.»
«Das nennst du nichts? erwiderte er merkwürdig ruhig. «Rowena, wenn ich denke, wie knapp du davongekommen bist, was alles hätte geschehen können . . . mein Gott, der Gedanke macht mich wahnsinnig! Luke Cord ist ein wildes Tier. Oh, ich will nicht sagen, daß die Rachsucht meines Onkels ihn nicht dazu gemacht hat, aber Tatsache bleibt, daß er gefährlich ist. Und du kannst sagen, was du willst, er ist durch und durch gewissenlos. Schau doch, wie er Flo behandelt hat und wie es ihm gelungen ist, sie wieder zu treffen. Siehst du nicht, daß er sich rächen will? Und du . . .»
«Aber mein Vater hatte ihn gern. Ich habe in seinen Tagebüchern gelesen. Seiner Meinung nach wurde Luke ungerecht behandelt, und er glaubte an das Gute in ihm.»
«Dein Vater sah in jedem Menschen nur das Gute. So war er eben. Aber du darfst aus Mitleid nicht die Tatsachen übersehen.»
Mark ging im Zimmer auf und ab und strich sich mit beiden Händen über die glatten blonden Haare. Er schien mir jetzt der logisch denkende, erbarmungslose Jurist zu sein. Das Schlimme daran war, daß er mich die kalte Wahrheit erkennen ließ.

Luke Cord war ein Gesetzesbrecher. Es war sozusagen der Beruf, den er gewählt hatte. Mark hatte recht. Luke war gewissenlos, auch wenn er, vielleicht aus Achtung und Anhänglichkeit gegenüber meinem Vater, mir nichts zuleide getan hatte.
«Und was nun weiter?» fragte Mark. «Offensichtlich suchte er dich auf, um zu erfahren, wieviel du von seinem Zusammentreffen mit Flo wußtest. Vielleicht wollte er auch nur feststellen, wie naiv du bist.»
Fast wäre ich aufgefahren, aber er brachte mich mit einer Handbewegung zum Schweigen. «Natürlich rechnete er damit, daß du die Tagebücher deines Vaters gelesen hast. Er hoffte, dich zu seiner Verbündeten zu machen; deshalb spielte er den Ehrenmann, bis ihn die Furcht um sein Leben seine wahren Farben zeigen ließ. Du mußt praktisch denken, Rowena. Du bist sehr reich und wirst die halbe Ranch erben. Siehst du nicht, was für einen vortrefflichen Bauern du in seinem Schachspiel abgeben würdest? Sagte er nicht, du hättest es in der Hand, der Fehde ein Ende zu machen – auch dein Vater hätte so gedacht? Zeigt das nicht, wie teuflisch schlau er ist? Welch perfekte Möglichkeit, Rache zu üben, die Rache, nach der allein er trachtet – durch dich!»
Ich konnte nicht mehr stumm bleiben. «Mark, du irrst dich. Ich gebe zu, vieles, was du gesagt hast, klingt einleuchtend und könnte sogar zutreffen; aber es schien ihm wirklich daran zu liegen, mir etwas zu erklären. Und seine Erbitterung ist verständlich, wenn man bedenkt, was dein Onkel seinen Angehörigen angetan hat, gar nicht zu reden davon, daß er Luke ins Gefängnis geschickt und einen Preis auf seinen Kopf gesetzt hat, als ob er ein Jagdwild wäre. Es muß schrecklich sein, so zu leben!»
Warum verteidigte ich Luke Cord auf einmal? Ich merkte, daß Mark sich ebenfalls wunderte, denn er warf mir einen scharfen Blick zu. «Er ist dein Mitleid nicht wert, Rowena, mag dein Gerechtigkeitsgefühl dich auch ehren. Nein, glaub mir, ich weiß Bescheid über Luke Cord. Früher tat er mir ebenfalls leid, aber er hat nicht gerade wie ein unschuldig Verfolgter gehandelt. Willst du dir ein für allemal merken, daß er gefährlich ist? Ein aufsässiger Schuft! Was weißt du überhaupt von der Bande, die sich Comancheros nennt? Laß mich dir einiges von ihnen erzählen.»

Er redete und redete, und ich mußte zuhören, wobei mir fast übel wurde. Sie wateten in Tod und Schmach. Sie verkauften den plündernden Indianern Feuerwaffen und alkoholische Getränke. Manchmal verkleideten sie sich als Indianer, um Heimstätten und kleine Siedlungen zu überfallen und weiße Frauen zu entführen, die sie als Sklavinnen über die Grenze verkauften. Anscheinend schreckten sie vor keiner Schlechtigkeit zurück.
Im Geist sah ich Luke Cord als einen von ihnen, und mich schauderte. Zu denken, daß er in meinem Schlafzimmer gewesen war! Daß er mich berührt hatte, daß ich ihm körperlich so nahe gewesen war!
Mark sagte mir, Elena Cordes sei trotz ihrer Jugend ein kaltes, berechnendes Geschöpf gewesen und habe sich dem Mann ihrer Base an den Hals geworfen, während die arme Alma krank darniederlag. Ich hatte Todd Shannon als den Alleinschuldigen betrachtet, aber jetzt hörte ich eine andere Seite der Geschichte.
«Muß ich betonen, daß er ein Mann ist? Er hatte den natürlichen Appetit des Mannes, seine Frau war krank, und Elena paradierte vor ihm, war stets greifbar. Von ihm selbst weiß ich, daß Elena ihm drohte, Alma alles zu sagen. Sie prahlte damit, daß sie vor Gesundheit strotzte und ihm viele Söhne schenken könnte. Als er sich nicht von ihr erpressen ließ, sondern sie wegschickte, drohte sie ihm mit ihrer Rache. Eines Tages, erklärte sie, werde er es bereuen. Glaubst du, er hätte die Schuld an dem schrecklichen Massaker ihr in die Schuhe geschoben, wenn er sich nicht auf Tatsachen hätte stützen können? Als sie dann später zu dem Schwergeprüften zurückkehrte, reizte sie ihn von neuem und sagte, nun könne sie ihm den leidenschaftlich gewünschten Erben schenken. Mein Gott, er ist auch nur ein Mensch! Du darfst nicht vergessen, damals war er verzehrt von Gram. Er suchte bei ihr Trost.»
«Aber mein Vater! War er denn ein so schlechter Menschenkenner, daß er . . .»
«Dein Vater war in sie verliebt. Wie konnte er da sehen, wie sie in Wirklichkeit war? O ja, sie war gerissen. Sie schenkte ihm gerade genügend Beachtung, daß er nicht von ihr loskam, so daß sie immer einen Rückhalt an ihm hatte. Sie war geltungsbedürftig und wollte in der Welt der Wei-

ßen anerkannt werden. Außerdem war sie meilenweit in der Runde die einzige Frau, dazu recht hübsch. In gewisser Weise hat auch sie deinem Vater das Leben verdorben. Als sie dann einsehen mußte, daß sie keinen von beiden bekommen würde, heiratete sie Alejandro Cordes, in der Hoffnung, daß er sein Erbe zurückgewinnen würde. Luke Cord ist ihr Sohn, vergiß das nicht, Rowena! Mit der Muttermilch hat er Haß und Rachsucht eingesogen, und das ist sein Lebenszweck geworden. Begreif doch, daß man ihn nicht mehr ändern kann. Er ist das Kind seiner Eltern, und er hat ihren Weg selbst gewählt.»
Inzwischen war ich so unsicher geworden, was ich eigentlich glauben sollte, daß mir sogar die Körperkraft versagte. Ich sank auf einen Stuhl und starrte Mark weiter an.
Er besänftigte sich. «Ich hätte dir all diesen Schmutz gern erspart, Rowena. Aber du mußt gewarnt werden, und ich lasse nicht zu, daß dir etwas zustößt.» Er lachte kurz auf. «Jetzt habe ich dich beinahe dazu gebracht, meinen Onkel zu bemitleiden – das sehe ich dir an. Vielleicht wirst du ihn nun weniger verabscheuen, vielleicht habe ich mir meine eigenen Aussichten verdorben. Glaub ja nicht, ich hätte nicht bemerkt, wie er auf dich wirkt. Er hat nun einmal Anziehungskraft auf Frauen. Aber ich liebe dich so sehr, daß ich nur dein Glück wünsche.»
«O Mark», sagte ich matt und stützte das Kinn auf meine verschränkten Hände, «ich weiß nicht mehr, was ich denken soll. Und was soll ich tun?» Plötzlich fiel mir etwas ein, das mich belebte. «Ich vergaß Mr. Bragg! Elmer Bragg. Luke Cord sagte, Bragg hätte ihn zu mir geschickt! Das hätte er doch nicht getan, wenn er nicht . . .»
Mark fiel mir bedeutungsvoll ins Wort: «Findest du es nicht sonderbar, daß Bragg nicht selbst gekommen ist? Frag dich selbst. Ist er ein Mensch, der einen Fremden, noch dazu einen Verbrecher, zu dir schicken würde, ohne dich darauf vorzubereiten?»
Wir schauten einander an, und ich fühlte das Blut aus meinem Gesicht weichen. In diesem Augenblick war ich fest überzeugt, daß alles, was Mark mir erzählt hatte, der Wahrheit entsprach.

Mark hatte mir versprochen, weder seinem Onkel noch Flo etwas zu sagen, mich jedoch gebeten, an der Falltür einen Riegel anbringen zu lassen. Jules schaute mich merkwürdig an, als ich ihm den Auftrag gab, stellte aber keine Fragen, und ich war erleichtert.
Trotzdem ließ mich die Unruhe nicht los, nachdem Mark gegangen war. Obwohl ich müde war, konnte ich nicht Siesta halten. Noch nie in meinem Leben war ich so verwirrt und aufgerührt gewesen. Mindestens ein halbdutzendmal ging ich zu dem verschlossenen Schubfach, in dem die Tagebücher meines Vaters lagen, und jedesmal wandte ich mich wieder ab. Ich konnte jetzt nicht lesen. War mein Vater wirklich ein schwacher Mann gewesen, geblendet durch seine Liebe zu Elena Cordes? Hatte diese Besessenheit meine Mutter dazu getrieben, woanders Liebe zu suchen? Vor allem: War Elmer Bragg von Luke Cord umgebracht worden? Ich konnte mir Bragg nicht tot vorstellen! Trotz seinem Alter war er mir mit seinen zwinkernden Augen und seinem trockenen Humor so tatkräftig, so selbstsicher und kompetent erschienen. Ich glaubte an seine Befähigung, die Wahrheit herauszufinden. Was hatte er ermittelt? Er war bestrebt gewesen, gerecht zu sein, als er mir von der Vergangenheit erzählt hatte; aber war er in bezug auf Luke Cord nicht doch unsicher gewesen? Hatte er nicht mitten im Satz gestockt, als ich Näheres hatte erfahren wollen?
«Bestürmen Sie mich nicht zu sehr, Lady Rowena. Ich bin ein Mensch, der mit Tatsachen aufwarten möchte, nicht mit Vermutungen oder Gerüchten. Ich konnte Luke Cord nicht kontrollieren. Hatte auch gar keine Veranlassung dazu. Immerhin war ich im Ruhestand. Und er ist viel herumgezogen. Ob und inwieweit er sich gegen das Gesetz vergangen hat, kann ich nicht mit Sicherheit sagen. Gerüchte gab es zur Genüge, aber Gerüchte sind keine Tatsachen. Doch da Sie mich jetzt in Ihre Dienste genommen haben, junge Dame, werde ich mich auf die Suche nach Tatsachen machen.»
Hatte er etwas ermittelt? Oder hatte er den Tod gefunden? Warum konnte ich Lukes Worte nicht vergessen?
«Sie reden wie der Ankläger bei meinem Prozeß», hatte er

gesagt. «Erklären mich für schuldig und hängen mich, bevor die Geschworenen das Urteil gesprochen haben.»
Ich war aber dazu erzogen worden, logisch zu denken. Indizien und Logik sprachen gegen Luke Cord.
Die Frage war nur: Was sollten Mark und ich tun? Zu einem Entschluß waren wir nicht gekommen. «Ich bezweifle, daß er es wagen wird, sich in Silver City zu zeigen», hatte Mark beschwichtigend gesagt. «Ich glaube, damit wollte er dich nur beunruhigen. Ich werde auf Flo aufpassen, und du paßt auf dich selbst auf. Ich will auch Onkel Todd bitten, dir einen von Friskys Welpen zu geben. Es sind Schäferhunde, gute Wächter.»
Todd Shannon brachte mir den Hund am nächsten Nachmittag persönlich. Er kam mit dem Buckboard. Ich saß im Patio, als Marta seine Ankunft aufgeregt meldete. «Señorita, der Patron! Er sieht nicht gutgelaunt aus!»
Ich empfing ihn draußen und gab mich ungezwungen. «So eine Überraschung! Oder sollte ich sagen, welche Ehre? Ich dachte, Sie würden mich schneiden.»
«Du verdienst auch nichts anderes, das weißt du recht gut, Mädchen. Aber Mark sagte mir, du hättest gern einen Hund, und zufällig mußte ich hier vorbei.»
Wie gewöhnlich funkelten wir uns an. Im Grunde aber hatte sich meine Einstellung geändert. Irgendwie tat er mir leid.
«Sehr freundlich von Ihnen. Möchten Sie einen Augenblick hereinkommen?»
Er runzelte die Stirn. «Hast du einen Sonnenstich? Oder treibst du ein Spiel mit mir?»
«Bitte, kommen Sie doch herein.»
«Du hast heute wohl die Krallen eingezogen? Ich weiß, daß deiner Sanftmut nicht zu trauen ist.»
Wie immer verstand er es, mich zu reizen. «Wie Sie meinen», sagte ich scharf.
Er feixte. «Das ist eher dein Ton. Also gut.»
Im Wohnzimmer blickte er sich um. «Du hast hier nicht viel verändert. Dachte, du würdest das alte Zeug hinauswerfen und alles neu einrichten.»
«Aus welchem Grunde?»
Er ging unvermittelt auf ein anderes Thema über. «Warum bist du weggelaufen? Ich hätte dich nicht für einen Feigling

gehalten. Weglaufen wie ein erschrockener Hase, ha! Kein Mumm, mir ins Gesicht zu sehen.»

«Sie mißverstehen Ihre Wirkung auf mich. Ich bin nicht weggelaufen, wie ich Ihnen in meinem Brief erklärt habe. Ich wollte nur nach Hause. Ich mag Befehle nicht.»

«Das war alles? Ich habe dir einen Heiratsantrag gemacht. Vielleicht hast du mich nicht ernst genommen. Oder wolltest du, daß ich dir nachlaufe, um dir zu beweisen, daß ich es ernst meinte?»

«Sie überschätzen wieder Ihren Einfluß auf mich, Mr. Shannon.»

«Dachte, als Frau müßtest du merken, wie es zwischen uns steht.»

Er spannte meine Nerven so an, daß ich im Zimmer herumgehen mußte. «Warum nehmen Sie mich nicht so, wie ich bin? Ich lasse mich nicht tyrannisieren und mag nicht nach der Pfeife tanzen! Ich will noch nicht heiraten.»

Er machte ein böses Gesicht. «Du verdrehst alles. Du wirst immer kratzbürstig, wenn ich mich durchsetzen will. Versuchst du etwa nicht auch, aus mir eine Marionette zu machen? Du solltest einmal ehrlich sein, Mädchen. Ich will nicht nachgeben, und du willst nicht nachgeben. Aber du weißt verdammt gut, wie es zwischen uns steht. Wie lange willst du dir noch etwas vormachen?»

«Ich . . .»

Da aber nahm er mich einfach in die Arme, und was ich hatte sagen wollen, das vergaß ich, als er mich küßte.

«Du wirst mich wohl heiraten», sagte er nachdrücklich, als es vorbei war.

«Wie ungerecht!» stieß ich hervor. «Ich fühle, ich hasse Sie. Niemals werde ich nachgeben. Überdies mag ich nicht mit einem Geist leben.»

«Was redest du da?» Sein Ton war fast zärtlich. «Hör zu, du eigensinniges, dummes Geschöpf! Wann wird dir endlich klar, daß ich dich haben muß. Daß ich, Gott weiß wie viele Jahre, auf eine Frau wie dich gewartet habe? Gottverdammich, ich meine es ernst!»

Mir blieb keine Zeit zum Nachdenken, denn er riß mich wieder an sich.

«Du kleines Biest! Ich weiß, daß mein Neffe dich zu dem Fest in Silver City eingeladen hat. Aber ich habe ihm schon gesagt, daß du mit mir gehen wirst. Meinetwegen können Flo und er mitkommen. Aber wir werden dann unsere Verlobung bekanntgeben.»

«Sind Sie wahnsinnig? Ich habe noch nichts gesagt! Ich konnte ja gar nicht zu Wort kommen. Sie verdrehen alles, wie es Ihnen paßt. Haben Sie noch immer nicht begriffen, daß ich mich nicht zwingen lasse?»

Zu meiner Verwunderung lächelte er und streichelte meine Wange. «Du hast mich überzeugt, Herzchen. Ich muß jetzt gehen, habe zu tun. Wollte nur schnell hereinschauen. Aber ich komme bald wieder. Überleg dir inzwischen, was du für den Ball in Silver City anziehen willst. Alle sollen große Augen machen.»

Der Ball in Silver City!

Der Gedanke daran bedrückte mich, nachdem Todd gegangen war. Was für eine peinliche Lage für mich! Todd war so selbstsicher, so zuversichtlich. Wie stand ich vor Mark da? Und angenommen, Luke Cord tauchte wirklich auf, so gefährlich es auch für ihn sein mochte? Was dann? Ich konnte mir nur fest vornehmen, nicht mehr daran zu denken; aber Angst und Sorgen verfolgten mich im Schlaf.

Elmer Bragg, mein Vater, Luke Cord mit dem Henkersseil um den Hals und seinem bitteren, halb spöttischen Lächeln bevölkerten meine Träume wie Gespenster.

Die dunklen Ringe unter meinen Augen veranlaßten Marta am folgenden Morgen zu der Bemerkung: «Sie schlafen nicht mehr gut, seit Sie im *palacio* waren, Señorita. Und wenn der Patron Sie besucht, bringt er immer Ungemach.» Sie schmollte griesgrämig.

Ich hatte längst bemerkt, daß weder Marta noch ihr Mann Todd Shannon Liebe entgegenbrachten. Die Frage war aber: Was fühlte ich für ihn? Was ich durch Mark über ihn erfahren hatte, das ließ mich seine Anmaßung und seine Großspurigkeit in ganz anderem Lichte sehen. Ich sah in ihm einen einsamen Menschen, der sich absichtlich isolierte, indem er das Rauhbein hervorkehrte. Er hatte seine erste Frau geliebt. Vielleicht hatte er seine zweite Frau nicht lieben können. Sie war jedoch schon lange tot, und sicher hätte er Gelegenheit gehabt, sich wieder zu verheiraten, wenn er gewollt hätte. Warum wählte er so plötzlich mich?

«Es ist also dazu gekommen», sagte Mark, als wir zusam-

men ausritten. «Eigentlich wußte ich es von Anfang an, aber ich hatte gehofft . . .» Er lachte bitter, sich selbst mißbilligend. «Onkel Todd ist eben unwiderstehlich. Er kann allen Menschen seinen Willen aufzwingen. Auch mir, wie ich zugeben muß. Ich hoffe nur, du wirst es dir gründlich überlegen, Rowena. Vergewissere dich, daß er wirklich *dich* begehrt.»
«Um Gottes willen!» gab ich gereizt zurück. «Ich sagte doch bloß, daß dein Onkel entschlossen zu sein scheint, mich zur Frau zu bekommen. Ich lasse mich aber nicht zu einer Heirat zwingen, und das habe ich ihm gesagt.»
«Aber du hast viel darüber nachgedacht, nicht wahr? Du brauchst mir nicht zu antworten. Ich sehe es dir an. Vielleicht liegt es daran, daß ich dich liebe – ich spüre bei dir alles heraus. Übrigens findet er alle möglichen Vorwände, mich zu beschäftigen, während er dich besucht.»
«Das wußte ich nicht.» Ich betrachtete sein liebes, freundliches Gesicht und wünschte im stillen, es wäre Mark, unter dessen Küssen ich schwach und hilflos wurde. Wenn überhaupt, dann hätte ich Mark heiraten sollen, der mich verstand und mir bewies, daß er ein Freund sein konnte.
«Ich habe noch nie einen solchen Menschen kennengelernt», fuhr ich fort. «Ich halte mir immer wieder vor, daß er alt genug ist, mein Vater zu sein, daß er mich nur heiraten will, um in den Besitz der ganzen SD-Ranch zu gelangen. Das habe ich ihm schon ins Gesicht gesagt, aber er lacht dann nur und geht nicht darauf ein. Wie dem auch sein mag, ich will ihn nicht heiraten, ich will nicht!»
«Aber er glaubt es nicht?»
Ich zuckte ratlos die Schultern. Um nicht mehr an Todd Shannon denken zu müssen, lenkte ich schnell ab: «Wie geht es Flo? Ich habe sie seit voriger Woche nicht mehr gesehen. Und da kam sie nur, um mir zu sagen, eine Frau in meiner Stellung müßte sich vor Klatsch hüten. Sie sagte wörtlich: ‹Alle wissen, daß Mark und mein Vater Sie so oft besuchen, daß man nicht mehr von Höflichkeitsvisiten sprechen kann.› Ja, so drückte sie es aus.»
«Flo ist ein boshaftes Frauenzimmer!» Marks Gesicht hatte sich verdunkelt. «Das Schlimme ist, daß ihr immer alles durchgelassen wird. Sie hat schon viel angerichtet. Du weißt ja, wie sie ist. Sie glaubt, sie brauche einem Mann

nur schöne Augen zu machen, um alles von ihm zu kriegen, was sie will.»
«Hat sie . . .»
Es war nicht nötig, zu Ende zu sprechen; Mark wußte sofort, was ich fragen wollte.
«Das möchte ich auch wissen. Aber mein Onkel hält mich in Atem. Seit der Zaun demoliert wurde, läßt er alle Grenzen bewachen, und ich muß die Wachtposten kontrollieren. Darum konnte ich Flo nicht dauernd beobachten.»
Ich runzelte die Brauen und wunderte mich selbst, daß ich mich über sein Versäumnis ärgerte. «Dann ist es gut möglich, daß sie ihn immer noch trifft. Und wenn es der Fall ist, bedeutet das . . .»
«Ja, könnte sein, daß er sich hier irgendwo versteckt. Das stimmt mich besorgt. Hoffentlich ist deine Falltür immer verriegelt. Ist der Hund nachts im Patio?»
Ich mußte lachen. «Teufel ist noch ein Welpe! Aber er bellt schon, und er würde mich sicher warnen, wenn ein Eindringling käme.»
«Versprichst du mir, vorsichtig zu sein? Reite bitte nie allein aus.»
Ich versprach es ihm. Marks Besorgnis verriet mir, daß er glaubte, Luke Cord könnte mir gefährlich werden, besonders wenn er Flo weiterhin traf und sie ihm erzählte, wie ihr Stiefvater zu mir stand.
Es war geplant, eine Woche vor dem großen Ball nach Silver City zu fahren, und es waren in dem Hotel, wo der Gouverneur und andere Würdenträger abstiegen, für uns alle Zimmer bestellt worden.
Die Reisevorbereitungen lenkten mich ab, und auch Marta, die sich in letzter Zeit ziemlich still verhalten hatte, plapperte wieder munter, als sie mir beim Packen half. Wie ich es ihr gezeigt hatte, faltete sie jedes Kleid sorgsam zwischen Seidenpapier.
Zehn Tage sollte ich fortbleiben. Ich zwang mich, nicht vorauszudenken, sondern mich nur mit den praktischen Fragen der Reise zu beschäftigen.
«Falls Mr. Bragg während meiner Abwesenheit kommt, gib ihm meine Adresse», wies ich Marta an. «Sag ihm, ich müßte ihn dringend sprechen.» Im Grunde war ich überzeugt, daß Bragg nicht kommen würde. Er lag irgendwo in

einem namenlosen Grab, ermordet, weil er mir hatte beistehen wollen. Immer wenn ich an ihn dachte, überfiel mich das gleiche elende Gefühl wie in dem Augenblick, als Mark gesagt hatte: «Findest du es nicht sonderbar, daß Bragg nicht selbst gekommen ist?»
Statt dessen war Luke Cord gekommen, hatte Braggs Namen benutzt, um sich mein Vertrauen zu erschleichen, und von meinem Vater gesprochen, um meine Neugier zu erregen.
«Hier draußen erschießen wir Klapperschlangen, bevor sie beißen können», hatte Mark einmal zu mir gesagt. Ich wußte, was er von mir erwartete, aber ich mochte es nicht tun.
Er wird sich nicht zeigen – das sagte ich mir immer wieder auf der langen, ermüdenden Fahrt über die Ebenen und die Berge, vorbei an Santa Rita und weiter nach Silver City, einer blühenden Bergbaustadt.
Zuerst hatten wir eine Kavallerie-Eskorte von Fort Cunnings, die in Santa Rita, wo wir rasteten, von den SD-Männern abgelöst wurde, die mit Todd Shannon vorausgeritten waren. Ich staunte über ihre Zahl und die vielen Waffen, die sie trugen.
«Das sind Pas texanische Scharfschützen», sagte Flo spöttisch. Mit leiser Verachtung fügte sie hinzu: «Haben Sie sie für gewöhnliche Cowboys gehalten? Schauen Sie doch, wie sie angezogen sind und ihre Pistolen tragen. Pas ureigene Armee!»
Sie lachte schrill, und ich wünschte nicht zum erstenmal, ich müßte nicht mit ihr, eingezwängt wie in einem Hühnerstall, in diesem kleinen Wagen reisen. Nur wenn sich Mark, der lieber ritt, zu uns gesellte, wurde sie still, blickte mürrisch zum Fenster hinaus und spielte die Gelangweilte. Ich hätte gern gewußt, was in ihr vorging.
Als wir uns Silver City näherten, schlug Flos Laune um; sie wurde lebhaft und bekam glänzende Augen. «Sie haben noch nie eine Bergbaustadt gesehen? Silver City ist größer als die meisten. Der Gouverneur kommt eigens her, um das Jubiläum der Entdeckung des Silbers zu feiern, das der Stadt den Namen gegeben hat. Eine richtige Stadt ist es natürlich nicht, aber in dieser langweiligen Gegend hat sie schon einiges zu bieten.» Sie warf mir einen Seitenblick zu.

«Natürlich gibt es fast jeden Tag eine Schießerei. Meistens zwischen Cowboys und Bergwerksarbeitern oder zwischen Cowboys und Ortsansässigen. Haben Sie schon einmal einen Pistolenzweikampf erlebt?»
Ihre Augen glänzten unnatürlich, und ich mußte daran denken, daß sie mit angesehen hatte, wie zwei Männer ihretwegen erschossen wurden. Ob sie wohl auch daran dachte?
«Hoffentlich werde ich es nie erleben», erwiderte ich nachdrücklich.
Sie kicherte. «Sie müssen nur lange genug in Silver City bleiben, dann erleben Sie es, ob Sie wollen oder nicht.»
Kurz darauf führte ich mit Mark ein Gespräch, denn Flo erklärte, ihr würde ganz schwindlig bei dem Geholper, sie müsse die Beine strecken. Mark ließ sie auf seinem Pferd reiten.
Als er neben mir saß, bemerkte er unsicher: «Mir gefällt Flos Benehmen nicht. Findest du sie nicht auch reichlich exaltiert?»
«Ich kenne sie nicht gut genug, um das beurteilen zu können», entgegnete ich gehalten.
«Aber ich, leider! Ich habe das Gefühl, daß sie etwas Unheilvolles im Schilde führt.» Düster rieb er sich das glattrasierte Kinn. «Ich wünschte, ich wüßte, was ich tun soll. Ohne deine Zustimmung möchte ich Onkel Todd nicht warnen. Andererseits würde er einen Wutanfall bekommen, und es gäbe wieder Krieg.»
«Krieg? Todds texanische Schützen gegen einen Mann?»
«Vergiß nicht, daß du als Mitbesitzerin der SD ihre Löhne auch bezahlst.»
«Wieso brauchen wir zu unserem Schutz eine halbe Armee?»
«Du solltest mittlerweile wissen, daß das unbedingt notwendig ist. Glaubst du, die Apachen würden zögern, uns anzugreifen?»
«Eine Machtparade also?» sagte ich nachdenklich.
Mark nickte beifällig. «Genau. Es lohnt sich, dafür Geld auszugeben, sicherheitshalber.»
«Ich verstehe.» Seufzend fügte ich hinzu: «Ich weiß auch, was du denkst.»
«Wir müssen auf alle Fälle vorbereitet sein. Das siehst du doch ein.»

«Ich habe die kleine Derringer, die du mir gegeben hast, immer in meinem Beutel», sagte ich und lachte. «Und nachts unter dem Kopfkissen.»
«Du wirst auch eine Wache vor der Tür haben.»
«Und wie willst du das deinem Onkel erklären?»
«Er wird selbst dafür sogen, als normale Vorsichtsmaßnahme. Silver City gilt als rauhe Stadt.»
«Nun, dann brauchen wir uns ja keine Sorgen zu machen», meinte ich.
«Du weißt nicht, wozu Männer wie Cord imstande sind! Vergiß nicht, er hat sein halbes Leben auf der Flucht verbracht, und er kennt alle Kniffe. Wenn er gesagt hat, er würde dich in Silver City wiedersehen, dann wird er seinen Stolz darein setzen, die Prahlerei wahrzumachen.»
«Ich glaube nicht, daß er geprahlt hat», erwiderte ich gedehnt. «Es war eher wie ... wie die Feststellung einer Tatsache.»
«Du glaubst also, daß er da sein wird?»
«Das habe ich nicht gesagt! Vielleicht hatte er die Absicht, aber ich bin überzeugt, daß er sich anders besonnen hat. Er wird nicht kommen. Er wird es nicht wagen.»
«Er wagte es, sich in dein Schlafzimmer zu schleichen! Er hat schon größere Risiken auf sich genommen. War es nicht auch ein Wagnis, dir vorzuschwindeln, Elmer Bragg hätte ihn geschickt?»
Die Hände wurden mir in meinen Baumwollhandschuhen klamm. «O Mark, bitte nicht! Ich ertrage den Gedanken nicht, daß der Ärmste ...»
«Du mußt aber! Du mußt nüchtern denken.» Mit einem Seufzer lehnte er sich zurück. «Ich will nicht weiter in dich dringen, Rowena, aber ich bitte dich, es dir zu überlegen. Wenn du mir alles überläßt, kann ich dir helfen. Ich kenne den Marshal in Silver City, auch den Richter.»
«Was hast du vor, Mark? Willst du ihn töten lassen, wenn er gefunden wird? Ihn ins Gefängnis bringen, damit er gelyncht wird?»
«Rowena!» entsetzte er sich. «Ich verstehe dich nicht. Ich dachte, du hättest Vertrauen zu meinem Urteil. Ich dachte, es wäre dir klar, daß wir es mit einem Mörder zu tun haben, der so gefährlich ist wie ein tollwütiger Hund. Aber es hört sich an, als täte er dir leid!»

«Ich mag Gewalttätigkeit nicht, Mark. Wir sind nicht sicher, daß Mr. Bragg tot ist. Wir wissen nicht, ob Luke Cord ihn umgebracht hat. Und wenn wir aufgrund reiner Vermutungen auf eigene Faust Recht sprechen, könnten wir uns schuldig machen. Als Jurist mußt du das doch einsehen.»
«Du hättest Anwalt werden sollen», antwortete er zwar freundlich, aber mit hartem Blick. «Was, wenn er gewalttätig wird? Übrigens habe ich schon an verschiedene Stellen depeschiert, um Mr. Bragg aufzuspüren. Angenommen, der Marshal in Silver City kann meine schlimmsten Vermutungen bestätigen?»
«Dann», sagte ich tonlos, «dann muß er natürlich gejagt und getötet werden wie das gefährliche Tier, mit dem du ihn verglichen hast.»

Zwölftes Kapitel

In den beiden ersten Tagen versicherte mir jeder, den ich kennenlernte, Silver City sei nicht nur eine der größten, sondern auch eine der geordnetsten Bergbaustädte. Diesen Eindruck gewann ich auch, als ich das neue große Opernhaus, wo der Ball stattfinden sollte, das weißgetünchte Gerichtsgebäude mit dem kellerartigen Gefängnis und die drei Kirchen sah.
Aber sicher wäre es den braven Bürgern der Stadt lieber gewesen, wenn mir nicht auch andere Dinge aufgefallen wären: die zahlreichen Saloons und Spielsäle in der Hauptstraße und die rote Laterne an einem zweistöckigen Haus, das ein wenig zurückversetzt am Ende der Straße stand.
Sir Edgar hatte mich einmal, um das Eis meiner Gefühllosigkeit zu brechen, auf einen Rundgang durch die exklusivsten Bordelle von Paris mitgenommen. Alles, was mir dort vor Augen gekommen war, hatte mich leicht angeekelt, sonst aber ungerührt gelassen. Darum erregte das übelbeleumdete Haus von Silver City keine Neugier bei mir, obwohl Flo mir zuraunte, sie würde für ihr Leben gern sehen, was sich dort zutrug.
Meine Finger spielten müßig mit der Kordel, die die Vorhänge unseres gemeinsamen Zimmers zusammenhielt. «Ich

persönlich würde lieber sehen, wie es in den Saloons zugeht. Ich stelle es mir aufregend vor.»
Wir waren auch jetzt zum Zusammenleben gezwungen, weil das einzige anständige Hotel, dessen sich Silver City rühmen konnte, überfüllt war. Da an diesem Nachmittag eine unerträgliche Hitze herrschte, hielten wir uns in unserem Zimmer auf und unterhielten uns wohl oder übel.
«Ich weiß vom Hörensagen, wie es drinnen aussieht.» Flo lief in ihrer Unrast hin und her. «Natürlich hat jeder Saloon eine lange Theke; in besseren Lokalen ist sie aus Mahagoni. Dahinter ist ein Spiegel, so daß man beobachten kann, wer von hinten herankommt. Manchmal hängt dort auch ein großes Bild einer nackten Frau.»
Sie warf mir einen Blick zu, um zu sehen, ob ich entsetzt war; aber ich fragte bloß: «Und weiter?»
«Na ja, natürlich gibt es Tische für die Kartenspieler. Und Frauen, die sie bedienen.» Sie ließ ihr hohes Gekicher vernehmen. «Soviel ich weiß, haben sie nicht viel an! Oben sind natürlich Räume, falls einer der Männer weibliche Gesellschaft wünscht, wenn er genug getrunken hat.»
Ich schnitt eine Grimasse. «Kein angenehmes Leben für diese armen Frauen.»
«Ach, ich weiß nicht. Mag sein, aber ich habe gehört, daß in großen Städten wie San Francisco und New York, natürlich auch in Europa, die schönsten und entzückendsten Frauen, die man dort sieht, Kurtisanen sind. Sie wechseln ihre Liebhaber, wie es ihnen paßt, und sie werden überhäuft mit kostbaren Geschenken. Das muß ein interessantes, aufregendes Leben sein – wenn man die Macht hat, die Männer zu anbetenden Sklaven zu machen.»
«Ich glaube, es verhält sich eher umgekehrt», erwiderte ich trocken. «Oder denken Sie, diese Frauen müssen nicht bezahlen?»
«Was wissen Sie schon davon?» Flo schob die Sachen auf dem Toilettentisch hin und her. In ihrem üblichen jähen Stimmungswechsel stieß sie hervor: «Mein Gott, wie ich mich langweile! Ich wünschte, es würde etwas geschehen. Erst in drei Tagen findet der Ball statt. Ich werde bis dahin vor Langeweile sterben!»
«Wer weiß, vielleicht geht Ihr Wunsch in Erfüllung, und es kommt zu einer Schießerei», spöttelte ich. «Es könnten ja

auch wirklich üble Verbrecher im Gefängnis eingesperrt sein.»
Sie fuhr herum; ihre Augen hatten sich geweitet. «Glauben Sie?» Als ob sie befürchtete, sich verraten zu haben, zuckte sie übertrieben gleichgültig die Schultern. «Wenn das wahr wäre, hätten Pa und Mark davon gesprochen. Aber sie reden beim Essen immer nur von Geschäften. Männer sind so langweilig, wenn sie sich miteinander unterhalten. Aus interessantem Klatsch machen sie sich nichts.»
Ich lächelte. «Im Gegensatz zu Ihnen.»
«Und Sie gehören zu den Frauen, die dafür sorgen, daß es etwas zu klatschen gibt», versetzte sie.
Da mußte ich lachen. «Getroffen.»
Sie seufzte. «Es ist sogar schon langweilig geworden, sich mit Ihnen zu katzbalgen.»
Ich stand immer noch am Fenster. «Vielleicht könnten wir einen der Herren überreden, uns das Gerichtsgebäude zu zeigen – vor allem das Gefängnis. Ich wüßte ganz gern, ob es ähnlich ist wie die Verliese in den englischen Schlössern.»
«Das ist der erste gute Gedanke, den Sie gehabt haben, seit wir hier sind», rief Flo begeistert, und ihre blauen Augen glänzten wieder. «Ob man es uns erlauben wird?»
Natürlich fragte ich Mark. Flo war ganz versessen darauf, und auch mich trieb eine gewisse Neugier.
«Ihr wollt das Gefängnis sehen? Das wird den braven Bürgern zwar schmeicheln, aber . . .»
Todd äußerte sich viel unverblümter, als er dahinterkam, was Flo und ich vorhatten. «Seid ihr Weiber nicht bei Trost? Ein schmutziges Kellerloch. Ich kann euch sagen, wie es dort aussieht und wonach es stinkt. Das ist keine Sehenswürdigkeit für Damen.» Er sah mich stirnrunzelnd an. «Kennst du zufällig einen der Insassen, den du besuchen möchtest?»
Ich errötete und spielte die Entrüstete. «Sie haben eine sonderbare Art von Humor. Wenn Sie kein Viehbaron geworden wären, hätten Sie selbst dort enden können!»
Er lachte schallend. Warum belustigten ihn alle meine Versuche, ihm eins auszuwischen?
«Aha, die Dame zeigt wieder ihre Krallen? Ich will euch etwas sagen, Kinder. Wenn ihr euch langweilt, dann kommt

ihr nach dem Abendessen her, und ich zeige euch, wie man Poker spielt. Wie wäre das?»
Flo machte einen Schmollmund, und ich zuckte nur die Schultern. Ich war feige genug geworden, mich Todd Shannon gelegentlich zu fügen, um den Frieden zu wahren.
Als Mark am nächsten Morgen nach dem Frühstück Gelegenheit fand, mit mir allein zu sprechen, sagte er mit ernster Miene zu mir: «Ich muß mit dir reden, Rowena. Hast du heute vormittag etwas vor?»
«Wir wollten die Hüte anprobieren, die wir bestellt haben, aber Flo ist seit gestern so schlechtgelaunt, daß sie vielleicht gar keine Lust mehr hat.»
«Ich treffe dich vor dem Geschäft – sagen wir, in einer Stunde. Wenn Flo bei dir ist, müssen wir etwas anderes vereinbaren. Glaub mir, es ist wichtig!»
Ich war beunruhigt, als ich hinaufging. Was war geschehen, daß Mark so gehetzt wirkte?
Flo saß am Fenster und beobachtete irgend etwas unten auf der Straße. Sie zuckte fast schuldbewußt zusammen, ging aber sogleich zum Angriff über.
«Müssen Sie mich so erschrecken! Wie auf Katzenpfoten kommen Sie herein. Und daß Sie's gleich wissen, ich hab's mir anders überlegt. Ich habe schreckliche Kopfschmerzen – alle die Zigarren, die Pas Freunde rauchen!»
Das paßte mir gut.
Ich mochte mich an diesem Morgen nicht mit ihr auseinandersetzen, und ihr Hinweis auf Todds Zigarren hatte mich daran erinnert, daß er tatsächlich viel mit seinen Freunden zusammensaß. Tagsüber sah ich ihn kaum, und abends aßen wir gewöhnlich mit Bekannten von ihm zusammen. Abgesehen davon, daß er mir manchmal einen anzüglichen Blick zuwarf, zeigte er sich mir gegenüber auffallend zurückhaltend.
Flo schenkte mir keine Beachtung mehr und schaute wieder zum Fenster hinaus. Ich begutachtete mich im Spiegel. Es war seltsam, daß ich dann immer zurückdenken mußte. Wie oft hatte ich mich schon im Spiegel betrachtet? Wie viele verschiedene Bilder gesehen? Ein unauffälliges Mädchen in häßlichen Kleidern. Eine indische Prinzessin in golddurchwirktem Sari. Eine nackte Dirne mit Brillanten um den Hals, die nichts fühlte und nichts dachte. Und spä-

ter eine entschlossene junge Frau, elegant gekleidet, mit einem Gesicht, das keine Regung verriet.
Während ich mein Haar ordnete, betrachtete ich mich prüfend. Ich hatte mich als Typus nicht sehr verändert, hatte nur gelernt, mich anders zu frisieren und Kleider zu tragen, die mir standen. Ich hatte mich von einem häßlichen jungen Entchen in einen Schwan verwandelt.
«Sie bewundern sich wohl selbst.» Flo war zu mir herübergeschlendert und stand hinter mir. Sie legte den Kopf auf die Seite und schlug einen kritischen Ton an. «Nun ja, Sie sind ganz passabel, aber dunkle Haare sind hierzulande etwas so Gewöhnliches, daß sie nicht weiter auffallen. Und Sie müssen zugeben, daß ich eine bessere Figur habe.»
Ich setzte meinen großen Blumenhut auf und machte ihr einen Hofknicks. «In diesem Falle überlasse ich es jetzt Ihnen, sich zu bewundern.»
Als ich hinausging, hörte ich sie lachend zitieren:
«Spieglein, Spieglein an der Wand, wer ist die Schönste im ganzen Land?» Ihr Lachen folgte mir den Flur hinunter.
Seltsamerweise stimmte es mich unbehaglich. Ich hatte plötzlich das Gefühl, daß sich etwas Schreckliches, etwas Unheilvolles zusammenbraute.
Das Gefühl ließ sich auch nicht abschütteln, als ich aus dem Hotel trat. Einer der Texaner, die hier herumlungerten, reckte sich, als er mich sah, und ließ einen verstohlenen, frechen Blick über meine Brüste gleiten.
«Wünschen Sie eine Droschke, Ma'am?»
Mit erzwungenem Lächeln schüttelte ich den Kopf und entgegnete, ich wolle das kurze Stück zu Fuß gehen, ich sei mit Mr. Shannon verabredet.
«Er ist gegenüber im Saloon ‹Silver Dollar›.» Wollte er mir zu verstehen geben, daß er mir nicht glaubte? Nach einer Kunstpause fügte er hinzu: «Ich könnte ihm Bescheid geben, daß Sie hier warten.»
«Ich bin mit Mr. Mark Shannon verabredet», erklärte ich frostig. «Vor einem Geschäft, wo ich etwas zu erledigen habe.» Ich ging an ihm vorbei und spannte meinen spitzenbesetzten Sonnenschirm auf.
Ich hatte Flo mit diesem Mann flirten sehen, was ihn wohl zu seiner Aufdringlichkeit ermutigte. Vielleicht hielt er mich für Todds Mätresse, weshalb er mich gemustert hatte.

Flo konnte ja eine diesbezügliche Bemerkung gemacht haben.

«Hier muß man auf seinen Ruf sehr bedacht sein», hatte sie mich einmal gewarnt. «Die Männer respektieren anständige Frauen, aber wenn sie meinen, sie hätten es mit einer leichtsinnigen Person zu tun . . . oh, Sie werden sehen, wie schnell sich dann ihr Benehmen ändert!»

Ich hatte es mir damals verkniffen, sie auf ihre reichlich anrüchige Vergangenheit hinzuweisen. Aber sie konnte einem weiß Gott manchmal zur Last werden.

Da ich wußte, daß der waffenstarrende Texaner mir nachblickte, schritt ich gemessen den hölzernen Gehsteig entlang, auf dem ein Gedränge herrschte. Bergwerksarbeiter in schmutzigen Anzügen, manche nur in Hemd und Hose, traten höflich beiseite, um mich vorbeizulassen. Cowboys stolzierten sporenklirrend umher. Junge Mädchen beäugten sie kichernd. Die grimmig dreinblickenden Bürger, deren müde Frauen die Kinder mitschleppten, übersahen die Cowboys geflissentlich. Buntdrapierte Mexikaner mit flottem Schnurrbart schlenderten dahin, im Gegensatz zu den Chinesen, die es eilig zu haben schienen. Sogar diese abgelegene Stadt war der beste Beweis für die Feststellung, die ich einmal gehört hatte: Amerika sei zum Schmelztigel aller Rassen geworden.

Ich betrachtete die Gesichter, um das unbehagliche Gefühl zu vergessen, das mir wie ein Klumpen im Magen lag. Ich schalt mich selbst; Mark hatte es mit seinen ewigen Warnungen und seiner Geheimniskrämerei bewirkt. Nach dem Gespräch mit ihm würde ich mich sicher selbst auslachen. Nichtsdestoweniger beschleunigte ich meinen Schritt.

Kurz vor dem kleinen Geschäft, auf dessen Schaufenster mit roten Buchstaben «Madame Fleur – Damenhüte» stand, holte mich ein schöner, hellhäutiger Reiter ein, ein Spanier. Ich hätte ihn wahrscheinlich gar nicht beachtet, wenn sein Pferd nicht gewesen wäre, ein prachtvoller Rappenhengst. Ich verstand genug von Pferden, um edles Blut zu erkennen. Der Reiter, der meinen bewundernden Blick auffing, zügelte den tänzelnden Hengst leicht mit einer Hand und zog mit weiter Gebärde seinen flachen Hut.

«Gefällt Ihnen mein Conde? Es ist ungewöhnlich, daß eine hübsche Señorita gutes Pferdefleisch erkennen kann.»

Seine Zähne glänzten weiß unter einem Schnurrbärtchen. Er war ein glänzender Reiter, aber viel zu kühn. Ich neigte flüchtig den Kopf und betrat das Geschäft.
Madame Fleur, eine Französin, ließ eine andere Kundin stehen und kam eilfertig auf mich zu.
«Oh, die englische Milady! Ihre Bestellung ist natürlich bereit.»
«Bitte bedienen Sie zuerst Ihre andere Kundin. Ich schaue mich gern so lange um», sagte ich höflich, worauf sie sich entfernte, nicht ohne glucksende Laute, die andeuteten, wie sehr sie es bedauerte, sich um eine andere kümmern zu müssen, wenn ich ihr kleines Geschäft eines Besuches würdigte.
Ich sah mir die Bänder, Federn, Blumen und weiteren Putzartikel an, die herumlagen. Nach dem Getuschel zu urteilen, das hinter einem Spiegel stattfand, wurde über mich gesprochen; deshalb verzog ich mich in einen Winkel und blätterte in den Modeheften, die Madame Fleur aus Frankreich mitgebracht hatte, vor vielen Jahren, in Anbetracht der längst überholten Abbildungen.
«Das Lächeln der lieblichen Señorita erhellt diesen bescheidenen Ort wie Sonnenschein eine Höhle», sagte eine leise Stimme neben mir.
Das war wirklich stark und hieß spanische Galanterie auf die Spitze treiben! Der Reiter war mir tatsächlich in den Laden gefolgt.
Ich sah ihn vernichtend an und vertiefte mich in die Modeblätter.
Er sagte ganz ruhig: «Verzeihen Sie mir, Lady Rowena, wenn ich Sie belästige, aber Ihr Vater wünschte diese Begegnung vor seinem Tod.»
Ich hielt unwillkürlich den Atem an, und ich konnte es nicht verhindern, daß ich ihm in die braunen Augen blickte.
«Verzeihen Sie», wiederholte er, «ich mußte Ihnen folgen. Seien Sie mir bitte nicht böse. Ich bin Ramon Cordes.»
Ich war sprachlos. Ramon Cordes! Was hatte er hier zu suchen? Warum war er mir gefolgt? Und wenn er hier war, dann mußte sein Bruder ...
Mein erster Impuls riet mir, wegzulaufen. Aber sein besorgter Ausdruck ließ mich zögern. Er war also der jüngste

Sohn von Elena und Alejandro. Derjenige, der bei den Jesuiten in Neu Mexico zurückgeblieben war. Er sei der Gebildete in der Familie, hatte mir Mr. Bragg gesagt.
«Sie sind mir doch nicht böse, Lady Rowena?» drang er in mich.
«Aber warum haben Sie diesen Weg gewählt, mich kennenzulernen?»
Er blickte schnell über die Schulter und sagte auf spanisch: «Ich weiß, Sie können Spanisch, und es ist nicht nötig, daß die beiden alten Weiber verstehen, was wir sagen. Warum ich diesen Weg gewählt habe?» In seiner Stimme schwang ein bitterer Ton, der mich an seinen Bruder erinnerte. «Das sollten Sie eigentlich wissen. Todd Shannon kümmert es nicht, daß ich keine Schuld an den Dingen habe, die er meinem Bruder vorwirft . . . daß ich größtenteils in Mexico gelebt habe. Nein, für ihn bin ich einer von der Cordes-Bande, und er würde mich erschießen lassen wie einen räudigen Hund, wenn er wüßte, daß ich hier in der Stadt bin.»
«Dann haben Sie also ein großes Wagnis auf sich genommen . . .»
«Kein großes. Er kennt mich nicht persönlich. Nur mein Bild, die Beschreibung, die auf Steckbriefen erschienen ist. Verstehen Sie? Solange ich meinen Namen verschweige, bin ich nicht in Gefahr.»
Ungeschminkt stellte ich die Frage, die mich am meisten beschäftigte: «Und Ihr Bruder? Wo ist er?»
«Luke? Hier irgendwo. Aber er hat mir nichts von seinen Plänen verraten. So war er schon immer.» Ziemlich beißend fügte er hinzu: «Für Luke bin und bleibe ich das Nesthäkchen der Familie. Ich weiß nicht, warum er so töricht war, hierher zu kommen, noch dazu gerade jetzt. Ich bin hergekommen, um Sie zu suchen. Um Sie kennenzulernen.»
Luke hatte mich ihm offenbar beschrieben. Ich hätte gern gewußt, wie die Beschreibung gelautet hatte.
«Da Sie mich nun mit eigenen Augen gesehen haben . . .»
Ramon Cordes unterbrach mich flehend: «Bitte, ich muß Sie wiedersehen, muß mit Ihnen sprechen.»
«Das ist unmöglich, Sie wissen es selbst! Auf keinen Fall jetzt. Ich werde hier in ein paar Minuten abgeholt.»

«Ich halte Sie nicht lange auf. Aber etwas muß ich wissen. Haben Sie noch nicht von mir gehört? Hat Ihnen Ihr Vater keinen Brief hinterlassen? Keine Benachrichtigung?»
Ich wurde auf einmal ärgerlich. «Was soll diese Geheimniskrämerei? Warum spricht keiner offen mit mir? Mein Vater . . .» Ich wollte sagen, daß mein Vater mir nur seine Tagebücher hinterlassen hatte, als mir Marks Warnungen vor Luke Cord einfielen. Dieser Mann war sein Bruder, und ob unschuldig oder nicht, ich traute ihm nicht. In gehaltenerem Tone fuhr ich fort: «Mr. Cordes, Sie müssen einsehen, daß Ort und Zeit sich nicht für eine Unterredung eignen. Vielleicht ein andermal.»
Er machte ein betrübtes Gesicht. «Sie sind verstimmt. Ich weiß recht gut, daß eine wohlerzogene Dame wie Sie nicht auf solche Weise angegangen werden mag. Glauben Sie mir, wenn es eine andere Möglichkeit gäbe . . .»
Ich sah ihm in die Augen, und plötzlich formierten sich Gedanken, die ich schon lange mit mir herumgetragen hatte. «Sie werden sicher eine Möglichkeit finden. Sagen Sie auf jeden Fall Ihrem Bruder, daß ich ihn nicht anhören werde, bevor er mir gesagt hat, wo sich Mr. Bragg aufhält.»
«Mr. Bragg?» wiederholte er verständnislos. «Ich kenne keinen Herrn dieses Namens. Ich . . .»
«Lady Rowena? Oh, da sind Sie ja! Bitte tausendmal um Vergebung, daß ich Sie so lange warten ließ. Aber Mrs. Green . . . sie findet nie ein Ende.»
Madame Fleurs scharfe Augen ruhten auf Ramon, der verlegen neben mir stand, und sie lächelte – ziemlich verschlagen, wie mir schien. «Oh, Sie haben einen Bekannten getroffen.»
«Dieser Herr bat mich nur, ihm bei der Auswahl eines Geschenks für seine Verlobte zu helfen», erklärte ich kühl. «Sie können das natürlich viel besser als ich.» Zu Ramon Cordes sagte ich mit strahlendem Lächeln: «Señor, ich wünsche Ihnen viel Glück zu Ihrer bevorstehenden Hochzeit.»
Er verbeugte sich steif. «Sehr liebenswürdig, Señorita. Ich danke Ihnen. Ich warte natürlich, bis Sie Ihren Einkauf erledigt haben.»
Er tat mir beinahe leid, aber ich kam von meinem Mißtrauen und meiner Sorge um Elmer Bragg nicht los.

Mit Madame Fleur wurde ich verhältnismäßig rasch handelseinig, nachdem ich meine Begeisterung über ihre Schöpfungen geäußert hatte. Als sie die Hüte im Hinterzimmer einpackte, blickte ich mich nach Ramon Cordes um. Er war ebenso leise und unauffällig gegangen, wie er gekommen war.

Dreizehntes Kapitel

Madame Fleur machte ihrer Enttäuschung mit lautem Jammern Luft, als sie sah, daß sie einen Kunden verloren hatte. Ich verließ eiligst das Geschäft. Mark stand draußen, er blickte ungeduldig auf seine Uhr. Er steckte sie in die Tasche, kam mir erfreut entgegen und nahm meinen Arm.
«Darf ich deine Schachteln tragen? Ich stand wie auf Kohlen, weil ich nicht wußte, ob es dir gelungen war, Flo abzuschütteln.»
«Flo schien ebenso darauf erpicht zu sein, mich loszuwerden.» Ich spannte meinen Sonnenschirm auf und fragte leichthin: «Sahst du vorhin jemand aus dem Geschäft kommen?»
«Nein, ich glaube nicht», antwortete er zerstreut. «Ist das wichtig?»
Entweder gab es noch einen anderen Ausgang, oder Mark war unaufmerksam gewesen. Tatsächlich war er in seine eigenen Gedanken vertieft, während er mich fast vorwärts zerrte.
«Wir müssen uns beeilen, Rowena. Onkel Todd wird bald zum Treffen der Viehzüchter gehen, und er darf uns nicht zusammen sehen, bevor wir eine Entscheidung getroffen haben.»
«Was für eine Entscheidung? Wohin willst du mit mir?»
Er machte so große Schritte, daß ich kaum mitkam. Fast wäre ich über eine lose Planke gestolpert, und ich geriet außer Atem.
Er ging langsamer. «Oh, Verzeihung! Ich war so in Gedanken, daß ich die Rücksicht außer acht ließ.»
«Ich will wissen, wohin wir gehen!»
«Zum Marshal», erklärte er beinahe barsch. «Du mußt et-

was erfahren, Rowena, und es wird dich eher überzeugen, wenn du es vom Marshal hörst. Dann wird es dir leichter fallen, einen Entschluß zu fassen.»
Wieder überfiel mich das sonderbare Angstgefühl. Ich brachte keinen Ton hervor.
Schweigend hetzte mich Mark weiter. Es lag ihm anscheinend nichts daran, jetzt ein Gespräch mit mir zu führen.
Der Amtssitz des Marshals lag schräg gegenüber unserem Hotel. Unwillkürlich blickte ich zu den Fenstern hinüber und fragte mich, ob Flo uns wohl sah. Später sollte alles eine merkwürdige Bedeutung gewinnen, aber momentan verwirrten sich meine Gedanken.
Mark schob mich mit einer Ungeduld hinein, die seinem sonst so höflichen Wesen gar nicht entsprach. Ein ergrauter, schnurrbärtiger, mittelgroßer Mann erhob sich hastig von dem Stuhl hinter seinem vollbeladenen Pult. Ich hatte den unbestimmten Eindruck von vielen Steckbriefen, die fast alle Wände bedeckten. Hinter ihm war ein Waffenschrank mit Vorhängeschloß; zwei Holzstühle vervollständigten die Einrichtung.
«Marshal Hayes, das ist Lady Rowena Dangerfield, Guy Dangerfields Tochter. Sie hat auf Anraten von Richter Fleming, dem Anwalt ihres Vaters, vor einigen Monaten Mr. Bragg engagiert. Es stimmt sie besorgt, daß er sich nicht bei ihr gemeldet hat, und deswegen habe ich die Schritte unternommen, über die Sie ja unterrichtet sind.»
«Was soll das?» Ich blickte vom einen zum andern.
Der Marshal räusperte sich und legte die Zigarre, die er geraucht hatte, sorgsam auf den Rand seines Pultes. Er schien verlegen zu sein.
«Wissen Sie etwas von Mr. Bragg? Was es auch sein mag, Marshal, Sie müssen es mir sagen!»
«Je nun . . .» Geistesabwesend rieb er den Stern auf seiner zerknitterten Weste und warf einen Seitenblick auf Mark.
«Ist er . . . ist er noch am Leben?» rief ich. «So reden Sie doch!»
«Ja, er lebt, aber Sie können mir glauben, Ma'am, es ist ein Wunder, daß er noch lebt.» Um zu verdecken, daß ihn meine Anwesenheit in Verlegenheit brachte, gab sich der Marshal brummig. «Er ist natürlich nicht reisefähig, und meines Wissens schwebt er immer noch zwischen Leben

und Tod. Er liegt in einem Klosterspital in Mexico, wo er von Nonnen gepflegt wird. Er murmelte nur ein paar Worte, als er eingeliefert wurde, und da er bewußtlos ist, kann er nicht verhört werden.»
Ich erinnere mich unklar, daß Mark die Hutschachteln auf den schmutzigen Boden stellte, mich auf den einen wackligen Stuhl drückte und mir eine Tasse Kaffee holte.
Ich wollte alles hören, was der Marshal wußte, und nach und nach kam es heraus.
Braggs geheimnisvolles Unternehmen hatte ihn nach Mexico geführt. Anscheinend hatte er Luke Cord in einem Städtchen in der Provinz Sonora aufgespürt oder aber zufällig erfahren, daß Luke Cord dort im Gefängnis saß.
Der Marshal räusperte sich wieder und sah mich fast abbittend an. «Das hing irgendwie mit einer Frau und illegalem Waffenhandel zusammen. Mr. Bragg setzte es durch, mit ihm sprechen zu können, und er soll beim Verlassen des Gefängnisses ärgerlich und betroffen ausgesehen haben. Wie ich von der mexikanischen Gendarmerie erfuhr, reiste er am gleichen Abend quer durch die Wüste zur Grenze, und Cord brach aus dem Gefängnis aus.»
Ich zwang mich, schweigend zuzuhören, während Marshal Hayes seinen Bericht beendete. Zwei Tage später war Bragg von Bauern gefunden worden. Offenkundig war aus dem Hinterhalt auf ihn geschossen worden. Der Attentäter hatte ihn wohl für tot gehalten, aber es gelang Bragg in den Schatten eines Felsens zu kriechen, wo er dann im Delirium und halbverdurstet gelegen hatte.
«Ein zäher Bursche», murmelte Hayes bewundernd.
«Aber er sagte etwas?» drang ich in ihn. «Hat er den Angreifer erkannt?»
Was erhoffte ich? Ein Nein? Die Bestätigung meines Argwohns? Ich wünschte Tatsachen, wie Elmer Bragg sich ausgedrückt hatte.
Die Nonnen im Kloster verstanden Englisch. Im Delirium hatte Bragg immer wieder einen Namen genannt. «Luke Cord . . . muß Cord finden . . .» und dann: «Muß verhindern . . .» und meinen Namen. «Muß Rowena sagen . . . Muß Rowena warnen . . .»
Der Marshal hatte wieder seinen abbittenden Ausdruck. «Mehr verstanden die Nonnen nicht. Als der Hauptmann

der Gendarmerie glücklich hinkam – man hatte ihm depeschiert –, da war Mr. Bragg bewußtlos. Ist es leider immer noch.» Auf einmal veränderte er sich, er machte ein grimmiges Gesicht. «Seien Sie unbesorgt, Ma'am. Der Haftbefehl ist erlassen, und alle Marshals sind benachrichtigt. Cord wird gefunden werden.»
«Macht es nicht einen Unterschied, daß das Verbrechen in Mexico verübt wurde?» fragte ich, was mir einen anerkennenden Blick eintrug.
«Bragg ist amerikanischer Staatsangehöriger, und Mordanschlag bleibt Mordanschlag. Wenn der Richter sagt, Cord kann hier nicht verurteilt werden, wird man eben drüben Gerechtigkeit üben. Aber die Mexikaner werden ihn gern ausliefern, darauf können Sie wetten.»
«Besten Dank, Marshal», sagte Mark bestimmt und drückte warnend meine Hand, bevor ich sprechen konnte. «Es tut mir leid, Rowena, daß du diese schlimme Nachricht erfahren mußtest, aber du wolltest ja Bescheid wissen.»
«Ja, natürlich. Ach, Mark . . .»
«Du brauchst Zeit, um dich von dem Schrecken zu erholen. Ich bringe dich jetzt ins Hotel und . . .» Er unterbrach sich und wandte sich an Hayes: «Möglich, daß ich noch weitere Informationen für Sie habe, Marshal. Ganz sicher bin ich noch nicht, ich muß erst noch mit einigen Leuten reden und ein paar Fragen klären. Sie lassen vorläufig noch nichts verlauten, nicht wahr? Ich möchte vorher mit meinem Onkel sprechen, damit er nicht denkt, ich handelte hinter seinem Rücken, anstatt ihn ins Vertrauen zu ziehen.»
«Klar, klar, Mr. Shannon. Ich verstehe. Ich bin immer für Sie da und hoffe, Sie bald wiederzusehen.»
Mark wollte nicht, daß der Marshal erfuhr, was sich zugetragen hatte; aber ich wäre in meinem Entsetzen und meinem Zorn mit allem herausgeplatzt: Daß Luke Cord sich hier in der Stadt befand und daß sich sein Bruder an mich herangemacht hatte. Natürlich hatte Mark recht. Wir mußten zuerst unter uns darüber sprechen.
Mark hielt mich fest am Arm, als wir hinausgingen. Wir blieben einen Augenblick auf dem Gehsteig stehen, um uns an das grelle Licht zu gewöhnen. Als wir dann um die Ecke bogen, geschah es.
Ich sah Todd aus dem Saloon kommen. Er überragte die

beiden Männer, die ihn begleiteten. Er lachte mit zurückgeworfenem Kopf.
Irgendwo hoch oben auf der gegenüberliegenden Straßenseite sah ich eine Rauchwolke aufpuffen, und dann vernahm ich einen ohrenbetäubenden Knall. Auf Todds weißem Hemd erschien ein roter Fleck, der sich ausbreitete, und der schwere Mann brach zusammen.
Alles war ganz still, jede Bewegung erstarrte in der Luft, und auf einmal gab es Lärm und Verwirrung. Leute rannten und riefen; der Marshal lief mit erstaunlicher Behendigkeit an uns vorbei. Mark stieß nur «O mein Gott!» hervor, und seine Finger umkrampften meinen Arm.
Ich riß mich so brüsk von ihm los, daß die Hutschachteln zu Boden fielen, und rannte und rannte.
Ich konnte nichts sehen, weil sich eine Menschenmenge zusammengeschart hatte. «Lassen Sie mich bitte durch!» Ich bahnte mir einen Weg.
Ich hörte und sah nichts ringsum, hatte nur Augen für Todd, den ich gehaßt und bekämpft, und der mich doch unwiderstehlich angezogen hatte. Mein Gott, wie still er lag, er, der so vital und kraftvoll gewesen war, daß er seine ganze Umgebung beherrscht hatte. Die beiden Viehzüchter, mit denen Todd aus dem Saloon gekommen war, machten mir Platz.
Ich blickte auf ihn. Sein Gesicht war erschreckend bleich, die Augen geschlossen. Irgend jemand hatte Rock und Hemd aufgerissen, und die Finger des Arztes untersuchten die Wunde. Ich fiel neben ihm in die Knie.
«Todd! Todd, du darfst nicht sterben!»
Es schien mir, daß ein Muskel um seinen Mund zuckte, und seine Lider bewegten sich. Ich hörte ihn flüstern: «Noch nicht. Erst dich heiraten . . .»
«Schweigen Sie, Shannon!» herrschte der Arzt ihn freundschaftlich an. Mir zwinkerte er zu. «Sie sollten einwilligen, Miß, sonst kann ich für die Folgen nicht einstehen. Der eigensinnigste Querkopf von der Welt, falls Sie's nicht wissen.»
Mit einem Anflug seiner alten Überheblichkeit flüsterte Todd: «Mußt mich heiraten, wußte es. Du auch, was?»
«O Todd! Ich glaube, jetzt muß ich . . .»
Es sah fast so aus, als lächelte er befriedigt, bevor sich seine

Augen wieder schlossen. Unwillkürlich schaute ich auf und erblickte Mark. Die Sonne schien ihm ins Gesicht, das zornige Bestürzung ausdrückte. Er faßte sich und fragte den Arzt: «Was ist mit ihm?»
«Er wird durchkommen. Die Kugel hat das Herz um ein Haar verfehlt. Von einer Rippe abgelenkt. Er wird sich schonen müssen.»
«Gott sei Dank», sagte Mark leise.
Wie ein Hammerschlag traf mich die Realität: Was habe ich getan? Worauf habe ich mich eingelassen?
Wie eine Schlafwandlerin erhob ich mich.
«Flo muß Bescheid erhalten», sagte Mark. «Fühlst du dich dazu imstande?»
Ich nickte.
«Ich bleibe bei ihm», fuhr Mark fort. «Ich muß auch mit dem Marshal sprechen. Versprich mir, im Zimmer zu bleiben, bis ich zu dir kommen kann, ja? Vielleicht bist auch du in Gefahr. Sei vorsichtig.»
Das ließ mich kalt, ich war noch immer wie in Trance. Meine Beine trugen mich am Empfangspult vorbei, wo eine Menschengruppe durcheinander redete. Ich klammerte mich ans Geländer, während ich mich die Treppe hinaufschleppte. Mark hatte mich weggeschickt, aber in seinen Augen war eine versteckte Bedeutung gewesen. Hatte auch er den Blitz und den Rauch gesehen, und dachte er dasselbe wie ich?
Ich dachte es nicht nur, ich wußte es mit Sicherheit. Ich war überzeugt, daß Luke Cord von einem Hotelfenster aus geschossen hatte, mit der Absicht, Todd zu töten, wie er auch auf Elmer Bragg einen Anschlag verübt hatte. Und Ramon? Hatte Ramon es vermutet und mich warnen wollen?
Es ist meine Schuld, stöhnte ich innerlich. Hätte ich doch nur auf Mark gehört und Todd gewarnt! Hatte mein schlechtes Gewissen mich veranlaßt, zu Todd zu sagen, ich wolle ihn doch heiraten?
Gerade hatte ich die Hand auf die Türklinke unseres Zimmers gelegt, da kam Flo im Negligé und fliegenden Haaren durch den Flur gerast. Ihre Augen waren groß vor Entsetzen und Furcht, sie glänzten unnatürlich.
«Ist er tot? Reden Sie! Ist Pa tot?»
Ich starrte sie an, steinern, unbewegt.

«Wo ist er?» fragte ich tonlos.
Sie wich zurück und erstarrte ebenfalls. Schließlich stieß sie hervor: «Sind Sie verrückt geworden? Ich weiß nicht, was Sie meinen. Ich habe Sie nach meinem Vater gefragt!»
«Ihr Stiefvater ist schwer verwundet, aber er lebt.» Ich musterte sie angewidert. «Ist es Ihre Gewohnheit, halbnackt in Hotelkorridoren herumzulaufen?»
Unwillkürlich zog sie den Seidenstoff über ihren Brüsten zusammen. «Ich schlief», sagte sie trotzig. «Da hörte ich einen Schuß und lief davon. Er klang so laut, so nahe. Ich fürchtete mich! Es mußte etwas Schreckliches geschehen sein!»
«Sie wollten aber nicht hinauslaufen», entgegnete ich mit erbarmungsloser Logik. «Sie liefen in die entgegengesetzte Richtung. Sonst hätte ich Sie früher getroffen. Und seit dem Schuß sind gute zwanzig Minuten vergangen.»
«Was wollen Sie damit sagen? Warum tun Sie, als müßten Sie mich verhören? Glauben Sie am Ende, ich hätte geschossen? Du meine Güte, das ist ja fast zum Lachen! Das ist . . .»
«Schweigen Sie!» Vor Schreck über meinen Ton blieb ihr der Mund offen stehen. «Woher wußten Sie, daß auf Ihren Stiefvater geschossen worden ist? Sie sagten, Sie hätten geschlafen und wären dann losgerannt. Wohin sind Sie gelaufen, wie weit?»
«Ich bin nicht vor Gericht!» Rote Zornesflecken flammten auf ihren Wangen.
«Sie könnten dorthin kommen, wenn Sie keine glaubwürdigere Erklärung finden. Wenn Sie einen Verbrecher decken, machen Sie sich ebenso schuldig.»
«Nein! Sie haben den Verstand verloren, das ist es! Sie sahen, wie auf Pa geschossen wurde, und das hat Sie um den Verstand gebracht.» Sie hatte den Kopf zurückgeworfen, aber als ich auf sie zuging, wich sie mir aus. «Rühren Sie mich nicht an!»
«Woher wußten Sie, daß auf Todd geschossen worden ist? Ich warne Sie, wenn Sie mir nicht antworten, hole ich den Marshal, und dann müssen Sie ihm Rede und Antwort stehen.»
«Ja, dazu wären Sie imstande! Sie haben mich von Anfang an nicht gemocht.» Als sie meinen Ausdruck gewahrte, biß

sie sich auf die Lippe und sprach ruhiger. «Ich lief zuerst zum Fenster. Das ist doch wohl natürlich, oder? Als ich sah ... Können Sie es mir etwa verargen, daß ich in Aufregung geriet? Ich nahm mein Negligé vom Stuhl, und als ich Schritte zu hören glaubte, lief ich aus dem Zimmer.»
«Wohin?»
«Wieso muß ich Ihnen das sagen? Sie sind nicht ...»
«Weiter», drang ich in sie.
Sie ließ den Kopf hängen. «Wie soll ich das noch wissen? Ich war aufgeregt. Ich schrie, und ich lief einfach weg. Ich wollte nichts mehr sehen. Nach oben, zu Marks Zimmer. Ich klopfte an die Tür und schrie, er solle herauskommen, bis mir einfiel, daß ich ihn ja draußen gesehen hatte. An das übrige kann ich mich nicht erinnern. Ich glaube, ich hockte auf dem Boden und weinte.» Ihr trotziger Blick schien zu sagen: Nun beweise mir etwas anderes!
«Wie geschickt Sie lügen können», murmelte ich angewidert.
«Sie wollen mir nicht glauben, das ist es! Sie möchten mich aus dem Wege haben, nicht wahr? Damit Sie und Pa ...»
«Bilden Sie sich wirklich ein, ich müßte Sie aus dem Wege haben, wie Sie sich ausdrücken, um zu tun, was ich will?»
Ich hatte sie auf einmal so satt, auch meine eigene Ohnmacht, daß ich mich von ihr abwandte und ins Zimmer ging. Hier sah ich das zerwühlte Bett. Wie magnetisch angezogen, trat ich darauf zu.
Hinter mir ertönte Flos schrille Stimme: «Was ist jetzt schon wieder? Ich schlief. Das sagte ich Ihnen schon!»
Wie schuldbewußt das klang ...
Der animalische Geruch ihrer körperlichen Vereinigung stieg mir in die Nase und erweckte häßliche Erinnerungen.
«Sagen Sie mir jetzt folgendes. Hat er den Schuß vorher oder nachher abgefeuert? Sahen Sie ihn zielen und abdrücken?»
Sie legte die Hand auf den Mund und blickte zwischen dem Bett und mir hin und her. «Ich ... ich ...»
«Wo ist er hin?»
«Fangen Sie schon wieder an! Lauter grundlose Beschuldigungen ...»
Mir wurde auf einmal so elend, daß ich mich setzen mußte. Nein, nicht auf das Bett. Kein Wunder, daß sie es abgelehnt

hatte, mit mir auszugehen. Sie hatte gewußt, wo er war, hatte gewußt, daß er kommen würde, sobald ich aus dem Wege war.
Ich sank auf den Plüschschemel vor dem Toilettentisch und stützte das Kinn auf die Hand.
Flo glaubte, einen Sieg errungen zu haben, und rief frohlockend: «Schämen Sie sich nicht? Sie haben eine schmutzige Phantasie. Pfui, während Pa in seinem Blut liegt, haben Sie nichts anderes im Kopf als . . .»
«Schweigen Sie!» Obwohl ich ruhig gesprochen hatte, stockte sie mitten im Satz. «Halten Sie mich für einen Schwachkopf? Ich weiß, was sich hier zugetragen hat – auf diesem Bett. Das ganze Zimmer riecht ja nach Ihrer Buhlerei. Wie konnten Sie das nur tun? Wie konnten Sie sich von ihm anrühren lassen, nach allem . . .»
«Nun will ich Ihnen einmal etwas sagen, Sie hochmütiger Eiszapfen! Woher wissen Sie das überhaupt?» Sie spuckte mir die Worte entgegen. «Jetzt haben Sie sich verraten. Sie machen mir Vorwürfe und spielen die Heilige, obwohl Sie in Wirklichkeit . . .» Sie lachte hämisch. «Warten Sie, bis ich es Pa sage. Warten Sie, bis ich es Mark sage! Oder war es einer der beiden? Wie oft waren Sie schon im Bett und ließen es so riechen, Lady Rowena?»
Ich sah sie ausdruckslos an. «Wenigstens nicht mit einem Mörder. Wo ist er, Flo? Hat er den Schuß von diesem Fenster aus abgegeben?»
Ihre Miene war wieder trotzig. Mit einem Schulterzucken stand ich auf und ging auf die Tür zu. Sie kam mir nach.
«Wohin wollen Sie?»
«Den Marshal holen. Ziehen Sie sich lieber an, bevor ich mit ihm wiederkomme.»
«Nein, nein, das dürfen Sie nicht! Sonst sage ich . . .»
«Was? Ich werde die Aussage machen.»
«Nein, warten Sie!» Sie hielt mich am Ärmel fest. «Ich will Ihnen alles sagen, wenn Sie mir versprechen, es keinem zu verraten. Sie dürfen es keinem sagen! Pa würde es nicht ertragen. Er würde lieber sterben als einen neuen Skandal erleben!»
Ich lehnte mich an die Tür, um nicht merken zu lassen, daß mir die Knie schwach wurden, und schaute sie fragend an.
«Also gut, es ist wahr, ich traf mich mit Luke. Das haben

Sie sich schon gedacht, nicht wahr? Er sagte mir, Sie hätten das rote Seidentuch gefunden, und riet mir, vorsichtig zu sein.»

«Und heute?»

Ihr Trotz erwachte wieder. «Ja, heute kam er! Ich wußte, daß er in die Stadt kommen wollte, und wir verabredeten ein neues Signal, aber davon haben Sie bei all Ihrer Schlauheit nichts gemerkt. Kurz nachdem Sie gegangen waren, kam er her.» Ihre Augen glänzten. «Er konnte nicht von mir lassen, verstehen Sie! Wenn Sie wüßten, was er alles gewagt hat, nur um mich wiederzusehen! Er ist ein ganzer Mann! Sie wissen nicht, was es heißt, einen richtigen Mann zu haben, wenn man mit einem wabbeligen, dickbäuchigen Schlappschwanz schlafen mußte!»

«Diese Einzelheiten können Sie sich sparen. Mich geht nur an, was heute geschehen ist.»

Ihr Gesicht verfinsterte sich. «Ich weiß nicht. Ich war mit Luke zusammen, aber nicht lange, weil Sie ja jederzeit zurückkommen konnten. Nachdem er gegangen war, hörte ich den Schuß. Ich habe Ihnen die Wahrheit gesagt! Ich schlief halb, als ich den Schuß hörte, und ich lief hinaus.»

«Sie wollten ihn suchen, nicht wahr? Sie sahen, was geschehen war, und Sie wußten, daß er es getan hatte.»

«Vielleicht suchte ich ihn, vielleicht auch nicht. Denken Sie sich, was Sie wollen, aber das ist alles, was ich weiß!»

Sie brach in Tränen aus, die echt zu sein schienen.

Ich verließ das Zimmer. Als ich die Tür hinter mir zumachte, hörte ich sie weiterschluchzen. Da ich nicht wußte, was ich tun sollte, ging ich zu Marks Zimmer hinauf. Es war nicht abgeschlossen.

Alles gelogen, dachte ich, aber ich war so abgespannt, daß ich nicht darüber nachsinnen konnte. Ich setzte mich ans Fenster und wartete.

Dritter Teil

Schwelende Glut

Vierzehntes Kapitel

Wir kehrten in ganz anderer Stimmung zur SD-Ranch zurück. Mark hielt mir vor, ich hätte mich verändert. Er machte ein besorgtes Gesicht, wenn er sich bemühte, mich aus der Erstarrung, wie er es nannte, zu befreien.

Ich ertrug das nicht und wurde ungeduldig. «Ich habe mich nicht verändert. Versteh doch, Mark! Ich hatte mich treiben lassen. Ich war mit mir selbst beschäftigt und ließ Dinge geschehen, die ich nicht hätte dulden dürfen.»

«Du bist eine Frau, Rowena.»

«Muß ich deshalb auch schwach sein?»

Niemand sollte mich jemals wieder der Schwäche bezichtigen können. Ich hatte mich in diesem Klima einlullen lassen, war vor den Menschen nicht auf der Hut gewesen. Und was hatte ich damit angerichtet! Todd war verletzt und lag im Spital von Silver City, zur Untätigkeit verdammt, worüber er klagte. Und ich, die ich saumselig in der Sonne geträumt hatte, war die neue Leiterin der Ranch. Todd selbst hatte darauf bestanden.

«Mark wird dir helfen. Er kennt sich immerhin aus und kann dir sagen, was getan werden muß. Es ist ganz gut, daß du dich einarbeiten mußt. Wolltest du nicht schon immer eine volle Teilhaberin sein? So soll es auch werden, wenn wir verheiratet sind, außer im Schlafzimmer.»

«Du bist nicht in der Verfassung, daran jetzt zu denken», hatte ich ernst erwidert, aber er hatte nur gelacht und dadurch einen solchen Hustenanfall erlitten, daß der Arzt herbeigeilt war.

«Sagte ich Ihnen nicht, der alte Bock müßte sich ruhig verhalten?» hatte der Arzt gezürnt. «Ein Lungenstreifschuß – und er lacht! Hinaus mit Ihnen, Miß! Ihr beide könnt eure Hochzeitspläne später besprechen.»

Trotz seiner Wunde war Todd in besserer Stimmung als je zuvor gewesen. Ich hingegen mochte nicht an die Hochzeit denken. Das hatte Zeit bis zu seiner Heimkehr. Inzwischen wollte ich ihm beweisen, wie gut ich mit allem fertig werden konnte. Ich hatte die besten Vorsätze.

Ich übersiedelte in den *palacio*, obwohl das Haus meines Vaters mein Heim bleiben sollte, in das ich immer zurückkehren konnte, wenn es mir beliebte. Marta und Jules sollten es weiter betreuen. Allerdings mußte ich ihnen erklären, wie praktisch diese Neuordnung war. Ich mußte ja lernen, wie man eine große Ranch leitete, und Todds Haus bildete den Angelpunkt des ganzen Betriebs. Insofern zeigte ich eine gewisse Schwäche, als ich Marta nicht die ganze Wahrheit über die Begebenheiten in Silver City anvertraute. Früher oder später würde sie ohnehin erfahren, daß ihr «Señor Lucas» wieder ein gejagter Gesetzesbrecher war, auf dessen Kopf der Gouverneur selbst eine Prämie ausgesetzt hatte.
Todd wußte es natürlich. Wir hätten es ihm kaum verheimlichen können. Aber Mark verriet ihm nicht, daß ich über Luke Cords Anwesenheit in Silver City Bescheid gewußt hatte. Statt dessen wurde ihm gesagt, Flo habe ihn gesehen und erkannt, jedoch zu spät, um seine Festnahme zu ermöglichen.
Was Flo anbelangte, so hüllte sie sich auf der Rückreise in Schweigen und vermied das Alleinsein mit mir, was mir nur recht sein konnte.
Ich bezog das größte Gastzimmer und gab mir alle Mühe, möglichst viel zu lernen. Ich inspizierte die Cowboys und ritt alle Grenzzäune ab. Abends vertiefte ich mich in die Bücher, die Todd sorgfältig geführt hatte.
Bald verliefen die Tage routinemäßig. Ich stand zeitig auf, frühstückte mit Mark und ritt entweder mit ihm oder mit dem schweigsamen Chuck Daly aus. Ich merkte, daß die Männer mich allmählich gelten ließen, zumal ich nie über Müdigkeit oder Hitze klagte und ihnen mein Interesse an ihren Aufgaben auch zeigte. Sogar die verbissenen Texaner schienen mich zu achten; jedenfalls begegneten sie mir nicht mehr mit verdeckt frechen Blicken.
Die einzige Unterbrechung dieses Alltags ergab sich, wenn ich «nach Hause» zurückkehrte, um die Tagebücher meines Vaters zu lesen, ein- bis zweimal in der Woche. Marta und Jules begrüßten mich dann immer so zurückhaltend, daß ich eines Tages beschloß, Marta zur Rede zu stellen.
«Irgend etwas ist los mit dir, und du solltest aufhören, so eigensinnig den Kopf über mich zu schütteln. Willst du mir

nicht sagen, was dir zu schaffen macht? Ich bin nämlich immer noch derselbe Mensch, auch wenn ich im *palacio* wohne.»

Daraufhin brachen die Schleusen. «Die Patrona hat sich verändert! Die Patrona hat kein Mitgefühl mehr! Ja, das sage ich, obwohl die Patrona die Macht hat, mich hinauszuwerfen.»

«Ich wünschte, du würdest mich nicht die Patrona nennen», erwiderte ich. «Wirklich, Marta, ich tue nur, was mein Vater von mir erwartet hätte. Ich lerne die Führung einer Ranch. Wäre es dir lieber, wenn ich faul in der Sonne läge?»

Sie machte ein störrisches Gesicht. «Ihr Vater wollte nur, daß Sie glücklich würden.»

«Sehe ich etwa unglücklich aus? Glaub mir, Marta, ich bin glücklich, wenn ich etwas tue und etwas lerne. Ich kann mich doch nicht ewig vor dem Leben verschließen. Das mußt du verstehen.»

«Ich verstehe, daß die Patrona jung ist. Und bald wird die Patrona heiraten. Was wird dann werden?»

Ich runzelte die Stirn. «Was meinst du damit? Durch meine Heirat wird sich nichts ändern. Ich glaube, mein Vater hätte sie gebilligt.»

«Es steht mir nicht zu, mich darüber zu äußern. Die Patrona muß natürlich tun, was sie will.»

Es war zwecklos, mit freundlichem Zureden gegen Martas bäurischen Eigensinn anzugehen. Ich gab es schließlich auf. Die Falltür in meinem alten Schlafzimmer war immer noch verriegelt. Warum war Luke Cord damals eingedrungen? Was hatte er mir sagen wollen? Luke Cord war Flos Liebhaber. Ramon Cordes hatte mich vielsagend angesehen und irgendein Geheimnis angedeutet. Was für Menschen waren diese so unterschiedlichen Brüder?

Ich stellte mir diese Fragen, auf die ich keine Antwort fand, und ich ging mit mir streng ins Gericht. Bald würde Todd zurückkehren und mich von der Verantwortung befreien, die er mir auferlegt hatte. Wünschte ich mir das?

Flo überraschte mich eines Tages, als ich aus meinem Zimmer kam. Sie sah mürrisch aus wie stets, seit wir Silver City verlassen hatten, ohne dem großen Ball beizuwohnen, auf den wir uns gefreut hatten.

Ohne Umschweife überfiel sie mich mit den Worten: «Pa wird bald genesen sein und heimkommen, und dann werdet ihr beide mich nicht mehr hier auf der Ranch haben wollen.»
Ich hatte einen anstrengenden Tag hinter mir und wehrte müde ab: «Müssen wir davon wieder anfangen?»
«Sie tun schon wie eine Stiefmutter! Verdammt noch mal! Schauen Sie mich nicht so an. Ich bin erwachsen, und ich fluche, wie es mir paßt.»
«Ganz nach Ihrem Belieben.»
Ich wollte an ihr vorbeigehen, aber sie stellte sich mir mit funkelnden Augen in den Weg. «Ich habe noch nicht gesagt, was ich sagen wollte.»
«Bitte sehr. Und das wäre?»
«Ich gehe zurück. Nach New York. Zu Derek. Das ist immer noch besser, als hier wie eine Gefangene zu leben. Ich hab's satt, ich langweile mich. Ich habe Marks Moralpredigten satt, und ich hab's satt, Ihr Gesicht zu sehen. Sie reden schon ganz ähnlich wie Pa, wissen Sie das? Auch von ihm mag ich keine Vorwürfe und Belehrungen mehr hören. Da haben Sie's!»
Ich war bestürzt. «Haben Sie mit Mark über Ihre Pläne gesprochen?»
«Wozu? Sie sind die Patrona. Pa hat Sie als seine Vertreterin eingesetzt, und Mark weiß das ganz genau. Warum soll ich ihm also etwas sagen? Sie können mich übrigens nicht hindern. Ich bin volljährig, ich bin verheiratet, und Pa würde als erster sagen, mein Platz sei an der Seite meines Mannes.»
Ich nickte. «Sie haben natürlich recht. Lassen Sie mich bitte wissen, wann Sie gehen wollen. Ich werde dann dafür sorgen, daß einige Leute Sie nach Santa Rita bringen.»
«Ich will von El Paso aus reisen. Dort habe ich Freunde – die Bartletts – Mark kennt sie, falls Sie mir nicht glauben. Ich hasse Neu Mexico. Wenigstens ist Texas ein Staat, und dort verkehren regelmäßig Postkutschen.»
«El Paso ist ziemlich weit entfernt. Haben Sie schon überlegt, wie Sie hingelangen?»
«Ich kann die Postkutsche in Deming oder in Las Cruces nehmen.»
Ich seufzte. «Wir müssen die Vorbereitungen treffen, da

Sie offenbar entschlossen sind. Aber Sie werden Ihrem Mann depeschieren?»
«Sie trauen mir wohl nicht? Es geht Sie zwar nichts an, aber ich werde eine Benachrichtigung aufsetzen, und Sie können sie Derek zukommen lassen, wenn Sie wollen. Er wird zweifellos so beglückt sein, daß er auf der Stelle hingeht und an der Börse weitere zweitausend verdient!»
Sie ließ mich stehen, um kundzutun, daß wir uns ein für allemal nichts mehr zu sagen hatten. Ich konnte mich des Gedankens nicht erwehren, daß sie mir doch nicht alles gesagt hatte.
Als ich abends mit Mark darüber sprach, schien er Flos Abreise für die denkbar beste Lösung zu halten.
«Ihre Anwesenheit hier war für uns alle eine Belastung», erinnerte er mich gutmütig. «Es ist ganz gut, daß sie fortgeht, bevor Onkel Todd zurück ist, sonst wäre der Teufel los. Sie hat eine Art, ihn gegen den Strich zu streicheln, und wenn er dahinterkommt, was für eine schlimme Rolle sie bei der ganzen Sache gespielt hat . . .» Er hob beredsam die Hände, und ich mußte ihm recht geben. Todd würde einsehen, daß keiner von uns sie hätte zurückhalten können. Den Beschluß, ihren ehelichen Pflichten wieder zu obliegen, hatte sie ja aus freien Stücken gefaßt.
Mark und ich begleiteten Flo bis Fort Selden, wo wir dem Oberst, der die dort stationierte Kavallerie befehligte, einen Höflichkeitsbesuch abstatteten.
Der ritterliche Oberst Poynter versicherte uns, Flo werde bis El Paso von seinen Soldaten eskortiert werden.
«Das ist für uns selbstverständlich. In letzter Zeit gab es bei den Apachen Unruhen, und alle Kutschen erhalten eine Eskorte. Schon zur Einschüchterung, verstehen Sie? Wir müssen unsere Macht zeigen.»
Es stellte sich heraus, daß Oberst Poynter meinen Vater gekannt hatte.
«Ein famoser Mann. Der beste Schachspieler, den ich jemals getroffen habe.»
Er verhielt sich mir gegenüber ganz offen.
«Guy Dangerfield müßte heute eigentlich noch am Leben sein. Aber irgend etwas verzehrte ihn innerlich. Er behielt alles für sich. Sogar seine besten Freunde wußten nicht, was er im stillen dachte. Soviel ich weiß, vertraute er

sich nur seinen Tagebüchern an? Haben Sie sie schon gelesen?»
Ich mußte bekennen, daß ich noch nicht alle gelesen hatte.
«Sollten Sie tun, wenn Sie ihn verstehen wollen. Aber es ist verständlich, wenn es Ihnen schwerfällt, sich ihm nahe zu fühlen. Sie kannten ihn ja nicht persönlich. Er kannte Sie ebensowenig, aber manchmal, bei einem Brandy, sprach er von seiner Hoffnung, daß Sie eine echte Dangerfield werden würden.»
«Erzählte er Ihnen von dem Dangerfield-Teufel? Das soll ein Einschlag bei uns sein. Von einem Vorfahren, der wildes Blut hatte.»
Der Oberst lächelte. «Ja, richtig. Aber in Ihrem Fall, Lady Rowena, ist anzunehmen, daß der Teufel eine Generation übersprungen hat.»
Ich lächelte zurück, und wir sprachen von anderen Dingen. Mark kam herein, und Mrs. Poynter verkündete, das Essen sei angerichtet.
Die Postkutsche nach El Paso fuhr pünktlich ab, aber Mark und ich blieben noch einen Tag, bevor wir zur Ranch zurückkehrten. Ich mochte Oberst Poynter und seine stille Frau, und es interessierte mich, noch mehr von den Apachen zu hören.
«Hoffen wir, daß Sie ihnen nie begegnen», sagte der Oberst ernst. «Ich möchte Ihnen keine Angst einjagen, Lady Rowena, aber Sie können mir glauben, daß die Geschichten, die man Ihnen erzählt hat, nicht übertrieben sind. Die Apachen sind Krieger von reinem Wasser, sie erheben Anspruch auf das ganze Land hier, und sie sind nicht nur gegen die Amerikaner, sondern auch gegen die Spanier und Mexikaner. Sie sind wilde, tapfere Kämpfer. Feinde, die man achten und fürchten muß.»
«Sie wollen mir doch Angst einjagen, Herr Oberst.»
Er sah mich nachdenklich an, als ob er meinen Mut abschätzte. «Das liegt mir fern. Ich möchte Ihnen nur raten, stets auf der Hut zu sein. Die Apachen zeigen sich nicht, vielleicht auch aus Vorsicht. Aber sie sind da. Begehen Sie ja nicht den Fehler, sie zu unterschätzen.»
Ich kehrte in ernster Stimmung zur Ranch zurück, obwohl Mark mir meine Bangigkeit auszureden suchte.
«Der Oberst ist zu lange Grenzsoldat gewesen», sagte er.

«Ich glaube, er sieht hinter jedem Mesquitestrauch Apachen lauern.»
«Das ist unrichtig, Mark. Gewiß, er ist Soldat, aber er kennt die Indianer aus Erfahrung. Er wollte mich warnen.»
«Warum und wozu?»
«Ich weiß nicht», antwortete ich lahm. «Aber als Kommandant des größten Forts in der Gegend ist er sicher gut unterrichtet. Du sagst selbst, er ist schon lange hier. Er kannte meinen Vater, und er kennt Todd. Bestimmt weiß er über alles übrige auch Bescheid. Er muß einen Grund für seine Warnung gehabt haben. Nicht nur, weil es kürzlich Unruhen gegeben hat.»
Er schüttelte den Kopf. «Wenn Oberst Poynter etwas Bestimmtes wüßte, hätte er sich deutlicher ausgedrückt. Du denkst an Luke Cord, nicht wahr? Rowena, er ist mittlerweile meilenweit entfernt und versteckt sich irgendwo. Und da Flo jetzt fort ist, hat er keinen Verbündeten mehr im feindlichen Lager, ist das nicht klar?»
Ich hörte jedoch einen unsicheren Unterton heraus, und im stillen wünschte ich, Todd würde bald heimkommen.
Obwohl Mark und ich wie Geschwister zueinander standen, ging es nicht an, daß wir weiterhin unter einem Dach lebten. Immerhin war Flo nach außen hin so etwas wie eine Anstandsdame gewesen. Deshalb zog ich wieder in mein kleines Haus. Marta und Jules freuten sich darüber, wenn sich Marta auch so förmlich wie zuvor verhielt.
Der Alltag blieb sich gleich wie in den vergangenen Wochen. Es wurde immer heißer, und manchmal ballten sich über den fernen Berggipfeln Gewitterwolken zusammen.
Ich war es zufrieden, viel zu tun zu haben; dennoch erfüllte mich keine wahre Zufriedenheit. Ich hatte das sonderbare Gefühl, auf ein Ereignis zu warten, auf eine Unterbrechung des ewigen Einerleis, dem ich anheimgefallen war.
Todd und ich sollten heiraten. Ich hatte mein Wort gegeben, die Verlobung war öffentlich verkündet worden. Eine Ehe war keine vorübergehende Angelegenheit. Wie oft hatte ich mir gelobt, nie zu heiraten, aber plötzlich hatte ich mich unerklärlicherweise darein gefügt. Liebte ich ihn? Ich achtete seine Stärke, bewunderte, wenn auch widerwillig, seine Willenskraft. Aber Liebe – wußte ich überhaupt, was das war?

Ein Brief von Flo riß mich aus der Beschäftigung mit mir selbst. Er kam einen Tag vor Todds vereinbarter Rückkehr, was meiner Meinung nach auf Absicht beruhte, und war an Mark gerichtet.

«Ich schreibe Dir diesen Brief nur, weil ich sicher bin, daß Derek anfragen wird, warum ich noch nicht gekommen bin. Du kannst ihm von mir ausrichten, daß ich endlich *leben* will. Mein Gott, wie habe ich mich gelangweilt! Ich mag nicht mehr dauernd unter Kontrolle stehen und über jede Stunde Rechenschaft ablegen müssen! Ich weiß, Du wirst diesen Brief Rowena zeigen, aber das ist mir gleich. Vielleicht genügt es Dir, am Rande zu stehen und der Zweitbeste zu sein – *mir* genügt es nicht.

Ich habe die feinen Herren satt, ich brauche einen *Mann.* Frag Rowena, sie wird wissen, was ich meine. Armer Mark. Pa dachte früher, ich würde das Zweckdienliche tun und Dich heiraten, wußtest Du das? Dann kam *sie* und verdarb alles. Aber das macht jetzt keinen Unterschied mehr.

Ich gehe mit Lucas. Schick uns nur die Marshals nach, dann werde ich öffentlich schwören, daß wir eine Liebschaft hatten und daß ich bei ihm war, als auf Pa geschossen wurde. Stell Dir den saftigen Skandal vor!

Du bist ein geschickter Anwalt, Mark, und Du wirst schon eine Geschichte aushecken, die alle befriedigen wird. Aber ich möchte in Ruhe gelassen werden. Mach mir das Leben nicht schwer, und ich mache Dir das Leben nicht schwer. Das ist ein kluges Vorgehen, findest du nicht auch?»

Sie brachte noch Beschuldigungen und Vorwürfe vor, die größtenteils mir galten, doch der Kern der Mitteilung war klar.

Wie Mark und ich befürchtet hatten, übte sie auf Todd eine katastrophale Wirkung aus. Er wurde puterrot und schrie Mark und mich an. Es sei unsere Schuld, wir hätten sie nicht bewacht und den Fehler begangen, sie gehen zu lassen. Er werde sie zurückholen, und wenn die amerikanischen Marshals ihrer Pflicht nicht nachkämen, werde er Luke Cord von seinen eigenen Leuten umbringen lassen, von Männern, die ebenso gefährlich wären wie Cord und auch vor nichts zurückschreckten.

Mark wollte ihn mit vernünftigen Worten beschwichtigen. Ich ging einfach aus dem Zimmer.

«Komm zurück, du!» rief Todd mir nach. «Ich bin mit dir noch nicht fertig!»
Ich beachtete ihn nicht, sondern ging weiter. Auf dem Hof holte er mich ein.
«Rowena, wohin zum Kuckuck willst du? Ich sagte dir doch, ich muß mit dir reden!»
«Und ich sagte dir einmal, daß ich mich nicht anschreien lasse. Sprich mit dir selbst. Schrei Mark an. Aber merk dir endlich, daß ich dir nicht gehöre.»
«Du bist weggelaufen, verdammt und zugenäht! Das bin ich nicht gewöhnt.»
«Du warst unvernünftig. Kindisches Poltern führt zu nichts.»
«Alle Wetter, du unterstehst dich, mich kindisch zu nennen? Du, ein Dreikäsehoch?»
«Wenn du mich so siehst, bin ich nicht die richtige Frau für dich.»
Er packte mich und zwang mich zu sich herum.
«Hör auf, deine scharfe Zunge gegen mich zu gebrauchen, Mädchen! Kannst du es mir verargen, daß ich wütend bin? Flo hat uns alle zum Narren gemacht mit ihrer Schamlosigkeit! Und da erwartest du von mir, mich bequem hinzusetzen und vernünftig zu reden?»
«Man kann über alle Dinge in Ruhe reden. Außerdem ist es zwecklos, den Atem mit Vorwürfen zu verschwenden.»
«Ich kann es aber nicht zulassen! Sie macht *mir* Schande, wenn sie mit dem verdammten Halbblut durchbrennt, das mich umbringen wollte.»
«Ich will Flo gar nicht entschuldigen, aber du darfst nicht vergessen, daß sie eine erwachsene Frau ist.»
«Ich vergesse vieles nicht», sagte Todd ingrimmig.
Aber er hatte gemerkt, daß ich mich nicht einschüchtern ließ, und schließlich entschuldigte er sich knurrig, daß er mich angefahren hatte.
So leicht war die unangenehme Angelegenheit jedoch nicht aus dem Wege zu schaffen oder zu vergessen. Hatte ich etwa gedacht, das wäre möglich? Wir hörten von Flo. Sie war in San Antonio mit Luke Cord gesehen worden. Jemand glaubte die beiden in Amarillo erkannt zu haben. Vielleicht wurde es Luke klar, daß ihre Gegenwart ihm die Kopfgeldjäger allzu dicht auf den Hals hetzte, denn an-

scheinend ließ er sie in einer der wilden Viehzüchter-Ortschaften von Kansas sitzen.

Von diesem Gerücht setzte mich Mark in Kenntnis, damit ich mich wappnen konnte, bevor ich es von Todd erfuhr, der dann auch vor Zorn wieder außer sich geriet.

«Eine böse Geschichte, Rowena», sagte Mark. «Weiß der Himmel, warum er sie überredete, mit ihm durchzugehen, es sei denn, er wollte mit Todd Shannons Stieftochter ein öffentliches Spektakel veranstalten.»

«Du glaubst, er hat es nur aus Rachsucht getan? All das?»

«Warum sonst? Er benutzte sie und ließ sie dann fallen, und zwar möglichst so, daß die Öffentlichkeit es erfuhr. Es tut mir leid, Rowena. Ich bin immer derjenige, der dir schlechte Nachrichten bringt. Weißt du, was er getan hat? In einem billigen Saloon verauktionierte er sie und verlor sie beim Pokerspiel an einen Berufsspieler.»

Ich konnte eine solche Gemeinheit kaum glauben, aber der Bericht war von einem Detektiv der Agentur Pinkerton gekommen. Nachdem Luke die Frau, die ihm zur Last gefallen sein mußte, losgeworden war, tauchte er von neuem unter.

«Konnte der Detektiv denn gar nichts tun?»

Mark schüttelte düster den Kopf. «Er hörte die ganze Geschichte von einem Mann, der dabei gewesen war. Als er glücklich Ermittlungen anstellte, vermochte ihm niemand zu sagen, wohin sie gegangen ist. Es hieß nur, sie habe den Ort mit dem Spieler zusammen verlassen.»

Fünfzehntes Kapitel

In den folgenden Wochen wurde Todd zu einem Besessenen. Mark gestand mir, daß er sich vorkam, als müßte er in Gegenwart seines Onkels auf den Zehenspitzen gehen, und ich selbst mied den *palacio* möglichst.

Ich traf mit Mark mehr zusammen als mit Todd, und wenn ich Todd sah, schien er geistesabwesend. Unter diesen Umständen war es leicht, das Datum unserer Hochzeit noch nicht festzusetzen.

«Ich werde dir das schönste Hochzeitskleid mitbringen, das

du jemals gesehen hast», sagte Todd einmal in einer besseren Stimmung. «Und Brillanten für deinen Ring und fürs Haar.»
«Ach, nein», widersprach ich unwillkürlich, «keine Brillanten!» Als ich seinen betrübten Blick sah, fügte ich rasch hinzu: «Aus Brillanten habe ich mir nie viel gemacht. Saphire und Smaragde habe ich lieber.»
«Du sollst haben, was du willst, kleines Mädchen. Nur so kann man dir beikommen.»
Er riß mich an sich, und das Gespräch war zu Ende. So war es immer. Doch wenn ich allein war, konnte ich es nicht recht glauben, daß ich bald heiraten sollte. «Ich will nicht die Sklavin eines Mannes sein», hatte ich früher gesagt. Wie war es möglich, daß ich so ohne weiteres nachgegeben hatte?
Nachdem im Frühjahr das Zusammentreiben des Viehs begonnen hatte, bekam ich Todd immer seltener zu sehen, obwohl ich manchmal vor Sonnenaufgang ausritt, um als Zuschauerin daran teilzunehmen. Es war harte, zermürbende Arbeit – das Zusammentreiben, das Brandmarken der Kälber und das Ausscheiden der Schlachttiere. Die Vorbereitungen für die lange Viehwanderung bis zur nächsten Eisenbahnstation konnte mehrere Monate in Anspruch nehmen, je nachdem, wie weit die Rinder verstreut waren. Als Mitglied der neugegründeten Vereinigung der Viehzüchter brauchte Todd die Wanderung nicht allein zu machen. Wegen der anhaltenden Bedrohung durch Indianer und Aufsässige wollten die Viehzüchter der ganzen Gegend dieses Jahr einen gemeinsamen Zug veranstalten.
«Zuerst wollte ich Mark mitnehmen», sagte Todd. «Aber ich halte es doch für nützlicher, wenn er hier bleibt und die Ranch im Auge behält.»
Ich wußte, woran er dachte: als er damals, vor langer Zeit, mit meinem Vater auf Silbersuche gegangen war, hatte er bei der Rückkehr nichts mehr von dem vorgefunden, was er geliebt und wofür er gearbeitet hatte. Irgendwie tat mir Mark leid, aber immerhin war er Jurist und nicht Viehzüchter.
Als ich das erwähnte, schnaubte Todd verachtungsvoll. «Mark weiß, wo Barthel den Most holt. Er ist mein Erbe, und er muß die Bewirtschaftung einer Ranch erlernen.» Er

zwinkerte mir zu. «Das heißt, falls du nicht alles über den Haufen wirfst, mein Schatz. Schenk mir einen Sohn, dann kann Mark nach Boston und zu seinen Gesetzbüchern zurückkehren.»
«Todd, ich bin keine Zuchtstute!»
«Dazu bist du tatsächlich zu hübsch. Du solltest aufhören, dich um Mark zu sorgen, sonst werde ich noch eifersüchtig!»
«Dafür dürfte es zu spät sein», erwiderte ich spitz, worauf er wie gewöhnlich lachte – mit der Selbstsicherheit eines Mannes, der an seiner Macht über mich nicht zweifelte. Ja, Todd fühlte sich meiner sicher, aber fühlte ich mich meiner selbst sicher? Meiner eigenen Gefühle? Ich war hierher gekommen, um mich selbst zu finden und eine Herausforderung anzunehmen, hatte aber keinen Frieden gefunden, nur Verwirrung und Gewalttätigkeit. Es spielte keine Rolle, wenn ich die SD-Ranch aufgab. Ich war reich genug, um nach Belieben zu reisen und zu tun, was mir gefiel. Aber konnte ich überhaupt noch fort? Da war Todd, dessen starke körperliche Anziehung ins Gewicht fiel. War das die sogenannte Liebe, dieses sinnliche Hingezogensein?
Da war aber auch der Gedanke an meinen Vater, der mich geliebt und mir vertraut hatte, ohne mich zu kennen. Ihm verdankte ich alles. Er hatte in jedem Menschen nur das Gute gesehen und war anscheinend von allen geachtet worden. Was hatte er von mir gewollt? Warum hatte er mir die Bedingung gestellt, mindestens ein Jahr in Neu Mexico zu leben?
Ich bemühte mich, nicht an Ramon Cordes' geheimnisvolle Andeutungen zu denken. Vor allem wollte ich nicht an seinen Bruder denken. Dann aber kam eine Nachricht aus New Orleans, die das ganze Unheil wieder an die Oberfläche brachte.
Flo war tot. Bei einer Schießerei in einer Bar war sie von einer verirrten Kugel getroffen worden. Arme Flo. So gelangweilt, so lebensgierig.
«Er hat sie getötet! Ebensogut hätte er die Kugel selbst abfeuern können! Alles, alles, was mir gehört, haben sie vernichtet! Aber ich schwöre bei Gott, daß ich die ganze Schlangenbrut ausrotten werde!»
Inzwischen hatte ich gelernt, daß es zwecklos war, Todd

zur Vernunft bringen zu wollen, wenn er tobte. Darum blieb ich still und kehrte nach Hause zurück. In dieser Nacht träumte ich qualvoll von Flo.
Arme törichte Flo.
Ich nahm die Lektüre der Tagebücher meines Vaters wieder auf, diesmal brav von Anfang an. Zuerst fiel es mir schwer, ihn mir als jungen Menschen vorzustellen, rebellisch, ehrgeizig, erfüllt von Hoffnungen und Träumen. Wie war er zu einem einsamen alten Mann geworden, der bei einer Flasche Brandy Vergessen suchte? Wann hatte er die Hoffnungen aufgegeben? Zu spät . . . zu spät . . . das sagte jeder zu mir. Ich war zu spät gekommen, aber konnte ich etwas dafür? Was wurde von mir erwartet?
Nichts, behauptete Mark. Mein Vater wäre der letzte gewesen, der von mir ein Opfer verlangt hätte. «Er wünschte nur dein Glück, Rowena, und wenn du es gefunden hast, halte es fest. Quäl dich nicht mit der irrigen Meinung, du hättest ihn irgendwie im Stich gelassen.»
«O Mark, was würde ich ohne dich anfangen?»
«Du brauchst mich gar nicht», erwiderte er entsagungsvoll. «Weißt du, was ich an dir am meisten bewundere? Deine Charakterstärke. Ja, ich glaube, du wirst dich immer durchsetzen. Dein Vater wäre stolz auf dich gewesen.»
Ich war froh, daß Mark die Rolle des liebevollen Freundes übernommen hatte. Er hatte sich darein geschickt, daß ich seinen Onkel heiraten würde. Ich konnte mir jedoch nicht vorstellen, ohne seine Gesellschaft zu sein. Seine Ruhe und sein gesunder Menschenverstand waren wohltuend.
Nachdem Todd die lange Wanderung angetreten hatte, verbrachten Mark und ich so viel Zeit miteinander, wie es die Umstände erlaubten. Ich vergaß beinahe, daß er mir jemals seine Liebe erklärt hatte, und es kam mir gar nicht in den Sinn, daß unser häufiges Beisammensein seine Ritterlichkeit auf die Probe stellen könnte.
Das ging mir erst eines Abends auf, als ich ihn zu mir eingeladen und sorglos hinzugefügt hatte, er könne gern bei mir übernachten, da Marta ja im Hause schlief, so daß der Anstand gewahrt blieb.
Wir spielten Schach, und plötzlich erschreckte er mich, indem er so brüsk aufsprang, daß das Schachbrett wegrutschte und die Figuren klappernd zu Boden fielen.

«Mark! Was ist in dich gefahren? Gerade wollte ich dir Schach bieten!»
«Du mußt wissen, daß ich unmöglich bleiben kann», sagte er sonderbar gepreßt.
Ich sah ihn entgeistert an. «Warum denn nicht? Was hast du?»
«Mein Gott, Rowena, hältst du mich für einen Mann aus Holz? Oder überhaupt nicht für einen Mann? Ist dir nicht klar, was es für mich bedeutet, dich täglich zu sehen, mit dir zusammen zu sein und zu wissen, daß du meinem Onkel versprochen bist und ich dich niemals besitzen kann?»
«Verzeih mir, Mark, ich hätte nicht gedacht . . . das heißt, ich dachte, du hättest deine Verliebtheit vergessen.»
«Es war keine Verliebtheit, und ich gebe mir alle Mühe, ein Ehrenmann zu sein, der Bruder, den du in mir zu sehen scheinst. Aber mach es mir nicht noch schwerer, indem du mir zumutest, die Nacht mit dir unter einem Dach zu verbringen!» Im gleichen beherrschten Ton fügte er hinzu: «Wenn ich dächte, daß du meinen Onkel liebst, wäre es leichter. Ich bin kein solcher Tölpel, daß ich es nicht als Tatsache hinnehmen würde, wenn du einen andern liebst. Aber du liebst ihn nicht. Das möchte ich dir klipp und klar sagen, Rowena, denn ich habe mir vorgenommen, immer aufrichtig zu dir zu sein. Du fühlst dich zu Onkel Todd hingezogen, das kann man merken. Du hast noch nie einen solchen Mann kennengelernt, eine so starke Persönlichkeit, und er reizt dich, nicht wahr? Aber du liebst ihn ebensowenig wie mich.»
Ich holte tief Atem und versuchte zu lächeln. «Ich weiß nicht, ob du recht hast, aber ich bin dir für deine Offenheit dankbar. Bitte verzeih mir, Mark! Ich war selbstsüchtig. Ich dachte nicht an deine Gefühle, sondern war nur froh über deine Freundschaft. Und was du über meine Beziehung zu Todd gesagt hast . . . je nun, darüber kann ich nicht sprechen, nicht einmal mit dir. Können wir trotzdem Freunde bleiben?»
Er war stehengeblieben, mit hängenden Schultern, und jetzt seufzte er tief. «Wir werden hoffentlich immer Freunde bleiben. Für meinen Ausbruch bitte ich um Entschuldigung. Nur darfst du mich nie mehr auffordern, bei dir zu übernachten, verstehst du?»

Nachdem Mark gegangen war, bereute ich meine Gedankenlosigkeit, und ich befürchtete, es könnte sich am nächsten Tag erweisen, daß unsere Beziehung getrübt wäre. Aber er verhielt sich genau wie immer, herzlich und freundschaftlich, so daß ich mir die Sache aus dem Kopf schlug und im gewohnten Alltag lebte.
Nichts hatte sich geändert, sagte ich mir, gar nichts.
Wir ritten zusammen aus, spielten Schach und saßen über den Rechnungsbüchern, und keiner von uns kam auf jenen Abend zu sprechen. Da unsere Beziehung so harmlos war, machte ich mir auch keine Gedanken, was andere Leute davon halten mochten. Wir wohnten ja nicht unter einem Dach, und Todd hatte uns einander überlassen. Mark war sein Neffe, ich war seine Teilhaberin und seine Verlobte. Mark und ich waren gewissermaßen verwandt.
Aber dann . . .
Es ist eine müßige Überlegung, sich nachher zu fragen: Was, wenn ich dieses oder jenes nicht getan hätte?
Ich ging eines Abends zeitig schlafen und wachte früher als gewöhnlich auf. Beim Frühstück las ich noch einmal einen Brief von Mrs. Poynter, die mich einlud, bei ihr und dem Oberst einige Tage in Fort Selden zu verbringen. Sie habe gehört, daß Todd abwesend sei, und vermutlich dachte sie auch, daß es mir nach Flos Tod – auch davon mußte sie ja gehört haben – an weiblicher Gesellschaft fehlte. Jedenfalls erwähnte sie, daß sie und ihr Mann nach El Paso fahren wollten, und daß es für mich eine Abwechslung bedeuten würde, diese berühmte Grenzstadt kennenzulernen.
Darüber wollte ich mit Mark sprechen. Er hatte sich für den Mittag angemeldet, aber da es so früh war, kam mir der Einfall, ihn abzufangen, bevor er das Haus verließ, um das Zureiten der Mustangs zu überwachen. Vielleicht konnte ich dann dabei sein.
Marta schüttelte mißbilligend den Kopf, als sie hörte, daß ich allein ausreiten wollte. «Das ist unklug. Nehmen Sie lieber Jules mit.»
Aber ich überließ sie ihrem düsteren Gemurmel. Ich war an diesem Morgen frohgemut gestimmt und wollte mir von ihrem Pessimismus nicht die Laune verderben lassen.
Es war herrlich, allein zu reiten, mit dem Gefühl, daß mir, Rowena Dangerfield, diese wildschöne Landschaft gehörte.

Eine leichte Brise, die von den Bergen herwehte, blies mir Haarsträhnen ins Gesicht, und ich schwelgte in dem Freiheitsbewußtsein, das mich stets erfüllte, wenn ich ausnahmsweise einmal ohne Begleitung dahintrabte.
Was machte es aus, wenn Mark schon das Haus verlassen hatte? Dann wollte ich mein Pferd im Stall ausruhen lassen und ihm auf einem anderen nachreiten. Das Mittagessen konnte ich mit den Cowboys im Proviantwagen einnehmen. An einem solchen Tag mußte jedes Essen schmecken!
In meiner gehobenen Stimmung ritt ich an dem großen Saguarokaktus ohne das Unbehagen vorbei, das ich sonst immer an dieser Stelle empfand. Ich erreichte die kleine Anhöhe, auf der Flo und ich an jenem Tage, der so weit zurückzuliegen schien, die Pferde hatten rasten lassen, und galoppierte auf der anderen Seite hinunter.
Da gewahrte ich ihn – einen großgewachsenen Reiter, der seinen Hut nach hinten geschoben hatte. Er riß sein Pferd herum, so daß es mir den Weg versperrte.
«Guten Morgen Ma'am! Ein schöner Morgen zum Ausreiten, nicht wahr? Aber wenn Sie zu Mark wollen – er ist schon in aller Frühe aufgebrochen.»
«Mark?» gab ich hochmütig zurück.
Er schmunzelte. «Ja, so nenne ich ihn. Er ist nicht mein Herr, er zahlt mir meinen Lohn nicht!» Er traf keine Anstalten, mich vorbeizulassen.
Ich hatte diesen Mann nie gemocht, seit dem Tage in Silver City, wo er mich so frech gemustert hatte. Jetzt war er mir noch unangenehmer, aber ich fürchtete mich nicht vor ihm. Noch nicht . . .
«Ich zahle Ihnen Ihren Lohn, Gil Pardee», erwiderte ich kühl. «Und nun lassen Sie mich endlich vorbei. Ich habe es eilig.»
Er legte den Kopf auf die Seite und schätzte wieder mit dem unverschämten Blick meine Figur ab. «Die Gnädige ist sehr unfreundlich. Da wollte ich Ihnen den Weg bis zum Haus ersparen, aber Sie wissen eine Gefälligkeit offenbar nicht zu schätzen.»
Wollte er mir Angst machen? Oder mich auf die Probe stellen? Was sein Beweggrund auch sein mochte, ich war entschlossen, keine Beunruhigung zu zeigen. «Mr. Pardee, Sie sind mir im Wege.»

«Ach, wirklich? Ich dachte, Sie würden meine Gesellschaft zu schätzen wissen – so allein und unbehütet.»
«Da haben Sie sich geirrt, und mir reißt bald die Geduld.»
«Ja, Sie haben es wohl eilig, Mark zu sehen. Ich sagte mir schon oft: So ein Glückspilz! Ich hätte gar nichts dagegen, mit einem so niedlichen Frauenzimmer wie Ihnen zurückgelassen zu werden!»
Die Bedeutung dieser spöttischen Worte dämmerte mir, und ich mußte meine Entrüstung unterdrücken. «Mr. Pardee, Sie sind entlassen. Ihr Benehmen mißfällt mir. Sie können sich Ihren Lohn im Haus holen.»
Mit häßlichem Grinsen schüttelte er den Kopf. «Sie irren sich, Gnädige. Todd Shannon hat mich angestellt. Und ich bezweifle, daß er mich entlassen wird, wenn er hört, was ich ihm über seinen Neffen und Sie erzählen kann.» Er feixte noch breiter. «Aber wenn Sie zu mir so nett sind wie zu Mark, könnten die Dinge anders aussehen. Ich bin nicht von schlechter Art, wenn Sie mich erst einmal näher kennen. Von hübschen kleinen Mädchen lasse ich mich gern um den Finger wickeln.»
In gewisser Weise war die Lage, in der ich mich befand, lächerlich. Dennoch bekam ich es mit der Angst zu tun. «Wenn Todd Shannon jemals erfährt, was Sie sich mir gegenüber herausgenommen haben, wird er Sie umbringen», entgegnete ich. «Gehen Sie mir aus dem Wege, Gil Pardee! An Ihrer Stelle würde ich mich sputen.»
«Du findest dich wohl zu gut für mich, was? Oder denkst du, ich wäre nicht imstande, eine Dame zu beglücken? Die kleine Flo hat das nicht gedacht! Sie war sogar recht zufrieden mit mir. Wollte noch mehr. Wie kommst du darauf, du wärst anders? Von dem, was du Mark gegeben hast, kannst du auch mir etwas gönnen.»
Seine plötzliche, blitzschnelle Bewegung überrumpelte mich. Die ganze Zeit hatte er sein Pferd näher an meine Stute gedrängt, und jetzt packte er die Zügel, die ich festgehalten hatte.
Mein Pferd bäumte sich und warf mich beinahe ab. Sein Bein preßte sich an mich, während er beide Pferde in die Gewalt zu bekommen suchte. Ich hörte ihn laut fluchen.
Da schoß ich auf ihn. Der Himmel mag wissen, wie es mir gelang, die Pistole zu ziehen; es geschah instinktiv. Er war

ja ganz nahe, und ich war schon in Indien ein guter Schütze gewesen. Was ich getan hatte, wurde mir erst klar, als er mit offenem Mund und schreckensstarren Augen aus dem Sattel fiel. Sein Hemd war blutig. Mir blieb Zeit, das zu bemerken, bevor ich die Pistole fallen ließ, um mein erschrockenes Pferd zu zügeln.

Ich hatte einen Menschen getötet. Bisher hatte ich nicht gewußt, wie leicht es war, zu töten. Mark sagte später, ich hätte einen Schock erlitten; deshalb sei mein Körper wie erstarrt gewesen. Wie dem auch sein mag, ich ließ Gil Pardee in seinem Blut liegen und machte mich wie betäubt auf die Suche nach Mark.

In Todds großem Arbeitszimmer zwang mir Mark Brandy auf, während er neben mir kniete, meine Hand streichelte und beschwichtigende Worte sagte, die ich kaum erfaßte. Meine Stimme klang sonderbar fremd.

«Ich weiß noch, wie ich in Indien einmal einen angreifenden Büffel tötete. Zum Zielen war kaum Zeit. Aber ich traf ihn, und er fiel ein paar Meter von mir entfernt um. Mein Großvater war damals sehr stolz auf mich.»

«Rowena, denk nicht mehr daran. Du hast instinktiv gehandelt. In Notwehr. Du mußtest es tun. Mein Gott, wenn ich denke, was hätte geschehen können! Hättest du ihn nicht getötet, so hätte ich es getan. Oder irgendeiner der Männer hier. Du mußt dir keine Vorwürfe machen.»

«Doch. Verstehst du nicht, Mark? Das ist das Schlimmste daran: Ich habe einen Menschen getötet, und ich fühle nichts. Nicht einmal Reue. Ich glaube, ich haßte ihn in diesem Augenblick so sehr, daß ich ihn töten wollte.»

Der Sheriff kam vorbei. Er machte ein ernstes Gesicht, teilte aber Marks Ansicht, daß ich meine Ehre, meine Tugend verteidigt hatte. Ich hätte nur einem anderen die Mühe erspart, den Unhold zu töten. Niemand warf mir vor, daß ich allen Warnungen zum Trotz allein ausgeritten war. Niemand bezweifelte meine Aussage.

Ich war ganz ruhig, vollkommen gefaßt. Nur Mark wußte, was der Mann zu mir gesagt hatte.

«Pardee war ein krankes Tier. Nach dem, was er über Flo gesagt hat . . . Rowena, du weißt, Onkel Todd hätte ihm niemals geglaubt! Versprich mir, nicht mehr darüber nachzugrübeln.»

Der Brandy wärmte mich und hob meine Lebensgeister. Trotzdem vermochte ich klar zu denken.
«Ich halte es fürs beste, eine Zeitlang zu verreisen. Mrs. Poynters Einladung ist gerade zur richtigen Zeit gekommen.»
«Rowena, du darfst nicht weglaufen! Niemand gibt dir die Schuld.»
«Du meinst, man wird es nicht offen heraussagen. Aber die anderen Männer – die Texaner, die Pardees Freunde waren. Woher weiß ich, was sie denken?»
«Du hast selbst gesehen, wie erbost sie waren! Der Mann sei ein Einzelgänger gewesen, sagten sie. Ich glaube, niemand mochte ihn. Er war ein Prahler.»
«Ich will weg, Mark», sagte ich eigensinnig. «Ich muß eine Weile fort. Morgen werde ich Mrs. Poynter schreiben.»
Nichts von allem, was er sagte, vermochte mich umzustimmen. Vielleicht lief ich wirklich weg. Vielleicht brauchte ich eine Veränderung. Zu viel war in allzu kurzer Zeit geschehen, und ich wollte Abstand gewinnen.

Sechzehntes Kapitel

Ein junger Soldat vom nahe gelegenen Fort Thorn brachte mir Mrs. Poynters Antwort, und eine Woche später brach ich auf.
Mark begleitete mich bis Rincon, wo ich die Postkutsche nach Fort Selden nahm. Wir hatten eine kleine Eskorte von Soldaten aus Fort Thorn. Die jungen Soldaten waren gut aufgelegt; der einzige ältere trug Feldwebel-Uniform. Außer mir waren es noch vier Fahrgäste, zwei Männer, der eine ein kleiner Viehzüchter, eine junge Offiziersfrau, die ihren Mann besuchen wollte, und eine zurückhaltende Dame unbestimmbaren Alters mit großem Blumenhut.
Mark gab mir einen Abschiedskuß auf die Wange, und seine ungewöhnliche Liebesbezeugung überraschte mich. «Komm bald wieder Rowena. Und sieh dich vor.»
Der Kutscher knallte ungeduldig mit der Peitsche und spuckte Tabaksaft in den Staub. Ein verspäteter Fahrgast, ein kurzbeiniger Mann mit Vollmondgesicht, schob Mark

beiseite, stieg schnaufend ein und knallte den Schlag zu. Wir fuhren los.
Da ich glücklicherweise einen Fensterplatz hatte, lehnte ich mich hinaus und winkte Mark zu.
Die junge Frau neben mir lächelte scheu. «Abschiednehmen ist schwer, nicht wahr? Meine Mutter weinte die ganze Nacht, bevor ich abreiste, und ich konnte auch nicht schlafen, obwohl ich mich auf das Wiedersehen mit meinem Mann freue.»
«Ich bleibe nicht lange fort», antwortete ich. «Ich gehe nur zu Besuch.» Wie sicher ich dessen war!
Ich trug ein verhältnismäßig schlichtes taubengraues Reisekleid mit langen, engen Ärmeln, hochgeschlossen und an der Schoßjacke mit lauter blauen Knöpfchen besetzt. Die Haare hatte ich nach spanischer Mode im Nacken aufgesteckt, und das moderne Häubchen, das zu meinem Kleid paßte, saß ganz vorn; die langen blauen Bänder fielen auf den Rücken. Außer kleinen Saphirohrringen trug ich keinen Schmuck.
Die Männer musterten mich und blickten dann weg. Ich war Todd Shannons Verlobte und zur Hälfte die Eigentümerin der großen SD-Ranch. Das wußten mittlerweile alle Leute in der Umgebung. Wie viele wußten auch, daß ich Gil Pardee getötet hatte?
Die junge Frau neben mir war freundlich. Der Mann mit dem runden Gesicht begaffte die gleichgültig wirkende Dame mit dem großen Hut, die unablässig zum Fenster hinausschaute. Der Viehzüchter blickte meistens auf den Boden.
Wir waren eine bunt zusammengewürfelte Gesellschaft, aber daran hatte ich mich auf meinen vielen Reisen längst gewöhnt.
Die junge Frau, die sich Emma Jensen nannte, entschuldigte sich, daß sie mir so viele Fragen stellte. Aber nachdem sie gehört hatte, daß ich schon einmal in Fort Selden gewesen war, wollte sie möglichst viel darüber erfahren.
«Johnny warnte mich, es würde nicht leicht sein. Ich meine die Hitze, die Indianer und die Engheit. Aber mir ist das gleich. Johnny und ich waren noch nicht lange verheiratet, als er dorthin versetzt wurde.» Sie errötete. «Er hat mir sehr gefehlt.»

Der Viehzüchter zündete sich eine Zigarre an, nachdem er sich höflich erkundigt hatte, ob die Damen es gestatteten. Der Mann mit dem runden Gesicht fragte die Frau mit dem Blumenhut, ob sie auch nach El Paso wolle, und wartete die Antwort gar nicht erst ab. «Ich fahre dorthin. Habe viele Freunde in El Paso. Kennen Sie Dan Sutherland? Er ist der Besitzer des Saloons Matador.»
Ich mußte ihre Selbstbeherrschung bewundern. Sie sah ihn nur flüchtig an und erwiderte kühl: «Ich glaube kaum, daß wir gemeinsame Bekannte haben, Mister. Und ich mache diese Reise nicht, um neue Bekanntschaften anzuknüpfen.»
Er zog betreten die Nase kraus. Offenbar hätte er gern etwas entgegnet, aber er bezwang sich, vielleicht weil Emma Jensen und ich ihn tadelnd anschauten.
Wir fuhren schweigend weiter, während die Sonne höher stieg und es immer heißer wurde. Neben dem Kutscher ritt ein Wachsoldat mit schußbereitem Gewehr, denn die Kutsche beförderte Silber. Ich hörte die Stimmen der Soldaten, die einander mitunter etwas zuriefen. Wie beim vorigen Mal schien auf dieser Strecke alles friedlich zu sein. Wir folgten ungefähr dem Lauf des Rio Grande, der Neu Mexico zweiteilt. Auch hier war Weideland, eine ganz ähnliche Gegend wie in unserem Tal. Ich freute mich auf die Ankunft im Fort, wo ich mich umziehen konnte, und ich war froh, daß ich bei dieser Hitze kein Korsett anhatte.
Es waren mehr oder weniger Belanglosigkeiten, die mir durch den Kopf gingen, zumal mich das Geschaukel der Kutsche einschläferte.
In der einen Sekunde war ich gerade eingenickt, in der nächsten ließ ein Stoß gegen die Seite der Kutsche das Fahrzeug noch mehr schwanken; fast gleichzeitig hörten wir Schüsse und die Rufe der Soldaten.
«Ei der Teufel!» Der Viehzüchter lehnte sich vor, um aus dem Fenster zu blicken, und ich hörte ihn einen seltsamen, erstickten Laut ausstoßen. Sein Körper wurde zurückgeworfen, und Emma Jensen schrie auf. Ein Pfeil stak in seinem Hals, die Augen stierten, und einige Sekunden lang röchelte er weiter.
«Auf den Boden!» sagte die ältere Dame, und ohne zu überlegen, zerrte ich Emma vom Sitz. Wir kauerten, soweit es der enge Raum erlaubte, auf dem Boden.

Der Mann mit dem Vollmondgesicht rief laut klagend: «Apachen! O mein Gott, mein Gott!»
«Zwecklos, zu beten! Warum ziehen Sie nicht Ihre Pistole und schießen?» Der einzige ruhige und praktisch denkende Mensch in der Kutsche schien die Dame zu sein, die sich so still verhalten hatte.
Emma schrie immer noch; sie hätte sich aus der holpernden Kutsche gestürzt, wenn ich sie nicht daran gehindert hätte. Um sie festzuhalten, warf ich mich auf sie, und die andere Frau versetzte ihr Ohrfeigen, wobei sie erklärte: «Nur so kann man einem hysterischen Anfall ein Ende machen, und es nützt keinem von uns, wenn sie sich die Lunge aus dem Leibe schreit.»
Mir schwindelte. Sie schien es zu merken, denn sie fuhr fort: «Spüren Sie, wie schnell wir fahren? Halten Sie sich fest, ich fürchte, die nächste Kurve schaffen wir nicht.»
«Was reden Sie da?» keuchte der Dicke. «Wir entkommen ihnen!»
Der Tote fiel vom Sitz auf ihn, und der Dicke rief erschrocken: «O Gott!»
Seine Stimme war das letzte, was mir ins Bewußtsein drang. Vermutlich stieß ein Rad gegen einen Stein oder sonst ein Hindernis auf dem Wege, denn plötzlich war es, als würden wir in die Luft geschleudert, der Wagen kippte um, es krachte, ich schien zu fallen, Schreie ertönten. Die Pferde? Emma? Ich selbst?
Wann hatte ich die Augen geschlossen? Warum tat mir der Kopf so weh? Wer schrie da?
Als ich die Augen aufschlug, gewahrte ich ein ausdrucksloses braunes Gesicht mit schwarzen und weißen Querstreifen. Ich glaubte zu träumen und machte die Augen wieder zu, um den Nachtmahr auszuschließen.
Eine tiefe, kehlige Stimme sagte etwas, das wie ein Befehl klang. Dann vernahm ich eine eindringliche Frauenstimme: «Wachen Sie um Gottes willen auf! Nehmen Sie sich zusammen, sonst werden Sie getötet!»
Abermals hatte ich die dunklen Augen des Apachen vor mir. Die langen schwarzen Haare hingen ihm auf die Schultern. Er trug ein rotes Stirnband.
Er sagte etwas zu mir und machte eine ruckartige Kopfbewegung. Trotz meiner Benommenheit begriff ich, daß er

mir befahl, aufzustehen. Hatte ich mir einen Knochen gebrochen? Ich wußte, daß ich aus der Kutsche geschleudert worden war. Aber ich lebte.
«So stehen Sie doch auf!» drang die andere Frau in mich.
Ich raffte mich auf die Füße. Meine Haare lösten sich. O Gott, jetzt werden sie mich skalpieren, dachte ich. Knurrend packte mich der Apache am Arm. War Emma schon skalpiert worden? War das der Grund . . . Doch als ich den Kopf drehte, sah ich, daß nicht Emma Jensen das tierische Gebrüll ausstieß. Die arme kleine Emma würde ihren John nie wiedersehen. Man hatte sie mit gebrochenem Hals liegenlassen, wo sie hingefallen war. Aber ich konnte es nicht glauben, was man den Männern angetan hatte, von denen zwei noch nicht tot waren.
Ich wurde auf ein Pferd geworfen; der Apachenkrieger, der mich als seine Beute betrachtete, hielt mich mit einem Arm fest. Er hatte meine Hände gefesselt. Er roch nach Schweiß und ranzigem Fett.
Mein Kleid war zerrissen und blutbefleckt, die Haube hatte ich verloren. Jewel Parrish – so hieß die andere Frau, wie ich später erfuhr – war ebenso schlimm dran, und sie hatte einen langen Kratzer im Gesicht.
Schrecken kann lähmend wirken – das hatte ich schon früher erfahren. Ich rührte mich nicht, ich schrie nicht, und vielleicht war das meine Lebensrettung. Es dauerte lange, bis sich wieder eine Empfindung in mir regte. Vorläufig befaßte sich mein benommener Geist mit Äußerlichkeiten. Wir ritten einen Teil des Weges zurück, den die Kutsche befahren hatte. Die verstreut liegenden Leichen der jungen Soldaten, die noch vor kurzem fröhlich gelacht hatten, sahen in der blauen Uniform wie zerbrochene Marionetten aus.
Die Sonne war unerträglich heiß, aber wir bewegten uns auf die Berge zu. Jewel verhielt sich ebenso starr und still wie ich.
Der Ritt war wie ein Alptraum. Die Apachen schienen gegen Hitze und Müdigkeit unempfindlich zu sein und weder Hunger noch Durst zu kennen. Die Pferde schäumten und keuchten, aber es wurde ihnen keine Rast gegönnt. Die Apachen sahen häßlich aus mit ihren maskenhaften Gesichtern, und ihr Schweigen hatte etwas Unheimliches.

Wir kamen durch eine trostlose Wüste. Es war, wie ich später belehrt wurde, der Jornado del Muerto – eine Todesreise. Hätte ich es damals gewußt, so wäre es mir gleich gewesen. Vielleicht hätte ich gedacht, daß der Tod allem, was meiner harren mochte, vorzuziehen sei.
Wir hatten das drohend aussehende San Andres-Gebirge erreicht, als das erste Pferd zusammenbrach. Der Reiter schwang sich geschickt vom Rücken des Tieres, bevor es umfiel. Es wurde sofort geschlachtet; die Apachen stopften sich das rohe Fleisch in den Mund, zerkauten es und spuckten es aus.
Bald darauf ging es zu Fuß weiter. Jewel und ich wurden aneinander gefesselt und über das unebene, steinige Gelände gezerrt. Wir wagten nicht, stehenzubleiben oder uns zu beklagen.
«Sie töten jeden, der nicht weiter kann», warnte sie mich, und nach den Mienen und der Haltung der Apachen zu urteilen, übertrieb sie nicht.
Die Pferde wurden am Zügel geführt; sie trugen außer der Beute nur noch die übriggebliebenen Fleischstücke, die, in Haut eingewickelt, über den als Sattel dienenden Decken hingen.
Jedesmal wenn ich stolperte, fuhr mich mein Bewacher ärgerlich an. Meine Füße bekamen Blasen in den Stiefeln, die nicht zum Wandern gedacht waren. Jeder Schritt war eine Qual; dennoch wußte ich, daß ich weitergehen mußte. Ich rang nach Luft, die Haare hingen mir in feuchten Strähnen ums Gesicht. Alles war unwichtig, es zählte nur ein Schritt nach dem andern.
Wir folgten in einer tiefen Kluft einem steinigen Pfad, der nur im Gänsemarsch zu beschreiten war. Jewel, an mich gefesselt, war hinter mir, und ich hörte sie schluchzend keuchen.
Das Nachtlager wurde in einer engen, sonderbar geformten Schlucht aufgeschlagen, die in der Mitte eine Mulde bildete. Der Ort war leicht zu verteidigen, aber wer konnte uns hier überhaupt finden? Wir hatten eine Wüste durchquert, und diese Berge bestanden größtenteils aus uraltem, vulkanischem Felsgestein und Brandschiefer, wo die unbeschlagenen Hufe der kleinen Apachenpferde keine Spuren hinterließen. Nein, Jewel und ich waren unrettbar verloren.

Wie konnte mir das nur widerfahren? Wie konnte ich so unvorbereitet auf das Unheil gewesen sein, das an diesem schönen Morgen auf mich gelauert hatte?
Mit Zeichensprache und kehligen Lauten wurde Jewel und mir zu verstehen gegeben, daß wir die Pflichten der Squaws zu übernehmen hatten. Wir mußten Holz sammeln, und als das Feuer brannte, das Pferdefleisch zubereiten. Jewel, dem Weinen nahe, sah hilflos aus. Zum Glück erinnerte ich mich, wie die Köche in Indien die Mahlzeiten zubereitet hatten, wenn wir auf Tigerjagd gegangen waren. Mein Bewacher schien stolz auf mich zu sein, als ich Jewel zeigte, wie man einen Zweig an einem Stein zuspitzen und die Fleischstücke daran aufspießen mußte.
Der Geruch des bratenden Fleisches drehte mir den Magen. Er beschwor das Bild der Soldaten herauf, die an Pfeilen aufgespießt waren, und den Geruch verbrannten Menschenfleisches. Ich wußte, daß Jewel ebenfalls daran dachte, und wir wagten es nicht, einander anzusehen.
Während die Indianer aßen, beobachteten sie uns verstohlen. Ich erriet, daß wir erst essen durften, wenn sie fertig waren.
«Wir müssen etwas essen», flüsterte ich Jewel eindringlich zu. Ich war jetzt die stärkere, ich war jünger, und sie schien vor Erschöpfung halbtot zu sein.
Das Pferdefleisch war zäh, aber nicht unschmackhaft. Der Indianer, der mich gefangengenommen hatte, gab mir etwas Wasser zu trinken, aus einer alten Feldflasche, die ihm um den Hals hing. Er wollte mir wieder die Hände zusammenbinden, aber ich machte eine abwehrende Bewegung und zog mir die Stiefel aus, wobei ich aller Augen auf mir fühlte. Es war beschwerlich, denn meine Füße waren geschwollen, und die Strümpfe klebten an den aufgeriebenen Blasen. Die Indianer schauten mir auch schweigend zu, als ich mir die Haare mit den Fingern notdürftig kämmte und sie zu einem einzigen dicken Zopf flocht, der mir auf den Rücken fiel. Ich riß einen Stoffstreifen von meinem ohnehin zerfetzten Rock ab und benutzte ihn als Haarschleife. Schließlich band ich mir, eigentlich nur als Geste des Trotzes, einen breiteren Streifen um die Stirn, nach Art der Indianer, und ließ die Enden hinter einem Ohr baumeln. Mein Apache gab einen Knurrlaut von sich, ob beifällig

oder mißbilligend, vermochte ich nicht zu entscheiden. Aber Jewel folgte meinem Beispiel, strich sich ihre blonden Haare aus dem Gesicht und band sie nur mit einem Stoffstreifen zusammen, da sie kürzer waren als meine. Ich hatte keine Ahnung, wie ich aussah. Wahrscheinlich ebenso schmutzig und ungepflegt wie Jewel. Vielleicht waren sogar die Apachen in bezug auf Frauen heikel, jedenfalls ließen sie uns in dieser Nacht in Ruhe. Wir wurden wieder aneinander gefesselt, erhielten eine Decke und mußten nun sehen, ob uns Schlaf beschieden war.
Früh am Morgen wurden wir grob wachgerüttelt, und jede bekam ein Paar hastig verfertigte Mokassins, die wir mit Stoffstreifen an den Fußgelenken befestigten. Meine Füße waren immer noch geschwollen und wund, aber wenigstens ließ es sich in den Mokassins besser gehen als in meinen Stiefeln.
Der Marsch wurde fortgesetzt, bis ich geistig abgestumpft war; alle zwei Stunden wurde ein paar Minuten Rast gemacht. Das geschah wohl eher aus Rücksicht auf uns Frauen und auf die Pferde, als daß die Indianer des Ausruhens bedurft hätten.
Ich weiß nicht, wie viele Kilometer wir zurücklegten, während wir immer tiefer in das Felsengebirge eindrangen. Hier wuchs nichts außer krummes Gestrüpp und Kakteen. Die Apachen, die augenscheinlich alles in diesem gottverlassenen Lande zu nutzen wußten, schnitten sich manchmal eine Kaktusspitze ab, kauten sie, bis sie alle Flüssigkeit herausgesaugt hatten, und spuckten den Brei aus. Der Durst trieb mich, es ihnen gleichzutun, und ich fand den Geschmack gar nicht übel.
Wir gingen stunden- und stundenlang. Ist es möglich, im Gehen zu schlafen? Ich glaube, ich döste ein, während sich meine Füße mechanisch weiterbewegten. Der Weg führte nun bergauf, und als die Sonne sank, gelangten wir erstaunlicherweise in eine Vegetationszone, besonders an Stellen, wo sich Wasser in alten Kratern und Vertiefungen angesammelt hatte.
Die Apachen beschleunigten den Schritt und unterhielten sich in ihrer seltsamen Sprache, die aus Knurr- und Grunzlauten in verschiedenen Tonlagen bestand. Auch die beiden Pferde, die das Silber trugen, schritten schneller aus.

Sie waren als einzige gefüttert und getränkt worden. Mir sank das Herz, als plötzlich ein Apache mit angelegtem Gewehr hinter einem Felsvorsprung auftauchte. Er winkte uns mit einem Zuruf weiter; seine ausdruckslosen Augen musterten Jewel und mich. Zweifellos war er es gewöhnt, daß Gefangene und Beute hierher gebracht wurden. Irgendwo in der Nähe mußte so etwas wie eine Siedlung oder ein Lager sein. Nach einem steilen Aufstieg ging es ebenso steil bergab in eine Schlucht, wo an einem Bach Bäume und Sträucher wuchsen. Vor merkwürdig geformten Strauchwerkhütten glimmten kleine Feuer. Man hörte Hunde knurren, die offenbar nicht zu bellen wagten.
Jewel und ich wurden wie die gefangenen Sklaven der römischen Eroberer in das Lager geschleppt. Es herrschte Abenddämmerung. Frauen und Kinder liefen herbei und umringten uns; in den Gesichtern gewahrte ich weder Mitleid noch Freundlichkeit.
«Mein Gott, was nun?» flüsterte Jewel.
Ich befeuchtete mir die trockenen Lippen und bemühte mich, den Kopf hoch zu tragen, obwohl ich im Geist die Frage wiederholte. Was stand uns bevor?
Ich hatte Geschichten von Frauen gehört, die von den Apachenkriegern vergewaltigt und von den Squaws totgeschlagen worden waren. Für eine Weiße gab es kein schlimmeres Schicksal, als von den Apachen gefangengenommen zu werden. Hatte Oberst Poynter sie mir erzählt oder Todd? Die ganze Zeit war mein Denken nur darauf ausgerichtet gewesen, einen Schritt vor den andern zu setzen. Jetzt aber, als Jewel gegen mich schwankte und die Frauen uns bösartig mit langen Stöcken anstießen, kamen mir die schrecklichsten Geschichten in den Sinn. Sicher hätten uns die Weiber übel mitgespielt, wenn mein «Besitzer», der eine bedeutende Stellung innezuhaben schien, sie nicht weggescheucht hätte.
Andere Männer kamen herbei, und ich erriet, daß tüchtig geprahlt wurde. Man wies auf uns und auf die Satteltaschen, die das Silber enthielten, doch die größte Bewunderung erregten die von den amerikanischen Soldaten erbeuteten Feuerwaffen. Darüber wurden wir sogar vergessen, aber die bösen Blicke der Weiber erinnerten uns, daß es nicht lange dauern würde.

Mir fiel ein Krieger auf, der größer war als die anderen und einen alten Kavallerierock trug. Als er herbeischlenderte, wurde ihm Platz gemacht. Seine Augen, die mich kurz streiften, waren heller, auch seine Züge unterschieden sich von den Gesichtern der anderen Männer; die Nase war weniger gebogen, der Mund nicht so breit. Er kam mir irgendwie bekannt wor, und da Furcht und Verzweiflung meine Sinne schärften, fragte ich mich, ob es möglich sein könnte ... Ja, warum nicht? Die Möglichkeit mochte eins zu hundert sein, aber mir zuckten plötzlich Worte durch den Kopf, die, wie es mir vorkam, vor Jahrzehnten gesprochen worden waren.
«Julio, der zweitälteste, war durch und durch Apache. Er wollte den Stamm nicht verlassen, das Volk seines Großvaters. Er nahm eine Apachin zur Frau.»
Ich erfaßte, daß mich dieser Mann an Ramon Cordes erinnerte. Ein Zufall? Vielleicht. Jetzt betrachtete er mich, und ich gab seinen Blick unerschrocken zurück. Er runzelte leicht die Stirn; ich gewann den Eindruck, daß er mich gern angesprochen hätte, wenn die Etikette es erlaubt hätte. Er unterhielt sich mit dem Krieger, der mich gefangengenommen hatte, und sie schienen zu verhandeln. Es ging hin und her. Jähe Hoffnung wallte in mir auf; ich reckte mich und suchte seinen Blick einzufangen, wollte ihn zwingen, mich anzusehen. Statt dessen sprach er mit einem kleinen Jungen, der neben ihm stand. Das Kind lief fort. Ich ergriff tröstend Jewels Hand. Sie hatte mir geholfen, nun wollte ich ihr helfen, sie aufrichten, denn sie schien alle Hoffnung aufgegeben zu haben.
Die Unterhaltung wurde fortgesetzt, allerdings gemächlicher, doch aus den Blicken, die mir zugeworfen wurden, ersah ich, daß die beiden Männer um mich schacherten.
Erst jetzt bemerkte ich, daß sich noch mehr Männer in dem Lager befanden, die nicht Indianer waren. Zwei Schattengestalten vor einem Feuer kamen näher. Der eine sah aus, als ob er mexikanisches Blut hätte. Er trug einen Patronengurt und protzte mit einem Banditenschnurrbart. Es behagte mir nicht, wie er mich musterte; seine Augen schweiften von mir zu Jewel und dann wieder zu mir.
Er sprach mit dem großen Krieger, und zwar in spanischer Sprache.

«Wir hatten also recht mit der Annahme, daß hier um Beute gefeilscht wird. Und die Frauen, sind sie auch verkäuflich?»
«Du meinst, sie sind etwas wert? Die Blonde vielleicht. Die andere . . . ich weiß nicht, ob mein Freund sie verkaufen will. Sie sieht nicht besonders aus, aber sie soll stark sein.»
Die Stimme des Kriegers nahm einen verachtungsvollen Ton an. «Ich dachte, sie wollten Silber kaufen, nicht Weiber, von denen es genug gibt.»
Mir kam der Gedanke, daß es ihm nicht zusagte, wenn ich an diesen Mann verkauft würde, der offenbar ein Außenseiter war. Ein Comanchero?
In diesem Augenblick trat der andere hinzu. Er hatte die Daumen in den Gürtel gesteckt und schien sich nur widerwillig zu nähern. «Siquisn, ich dachte, wir würden wie Männer am Feuer verhandeln. Wozu die Eile»
Der wie ein Bandit aussehende Mexikaner lachte. «Hier gibt es aber außer Silber noch etwas, Amigo. Zwar scheint es mir, daß dein Bruder nicht gerade erpicht darauf ist, wegen der Schwarzhaarigen zu verhandeln.»
Daraufhin sah er mich an, und unwillkürlich entfuhr es mir: «Luke Cord!» Wahrscheinlich klang es haßerfüllt. Er war hier, um Silber zu kaufen, an dem Blut klebte. Ein Comanchero.
Vielleicht hätte er mich gar nicht erkannt, wenn ich nicht gesprochen hätte. Seine Augen weiteten sich, wurden dann schmal, und um den Mund zuckte ein flüchtiges Lächeln. Ringsum herrschte Stille. Sogar mein Wächter sah bestürzt aus.
Julio sagte gedehnt: «Du kennst diese Frau, mein Bruder?»
Luke hatte die Unverschämtheit, mich anzureden. «Sind Sie sicher, daß wir uns kennen? Sie sehen der adretten, scharfzüngigen Dame, an die ich mich erinnere, gar nicht ähnlich. Lassen Sie mich überlegen . . . Es war in Ihrem Schlafzimmer, nicht wahr?»
Ich sah sie hin und her reden. Luke bediente sich der Apachensprache, was seinem mexikanischen Freund zu mißfallen schien.
Zuerst debattierte Luke mit seinem Bruder, dann wurde der Krieger einbezogen, der mich gefangengenommen hatte. Ich hätte nicht gedacht, daß Apachen lächeln könnten, aber

einige Krieger versteckten ihre Belustigung hinter vorgehaltener Hand. Was sagte Luke?
Nach einem besonders scharfen Wortwechsel machte er auf dem Absatz kehrt und schritt davon. Sein Freund folgte ihm und zeterte: «Aber das Silber! Wir wollten doch Silber kaufen!»
«Das überlasse ich dir, Glado», hörte ich Luke antworten.
«Was ist los? Kennen Sie einen der Männer?» flüsterte Jewel aufgeregt.
Ich drückte wieder ihre Hand. «Ich bin nicht sicher.»
Julio sah mich düster an. Auch als sein Bruder mit einem langen Kasten zurückkehrte, wandte Julio den Blick nicht von mir ab.
Luke hingegen schnitt mich. Er machte den Kasten auf und entnahm ihm ein silberverziertes Gewehr mit gezogenem Lauf.
Als der Handel abgeschlossen war, drehte sich Julio Cordes abrupt um und ging davon. Ich war für eine neue Büchse und mehrere Schuß Patronen verkauft worden.

Siebzehntes Kapitel

Während es sich zutrug, verstand ich sehr wenig von den Vorgängen. Ich erriet und vermutete, sah aber nur den Handwechsel des Gewehrs. Luke schaute mich an, und es war schwer, seine Gedanken zu lesen. Das sonderbare grünliche Flimmern in seinen Augen wurde durch das flackernde Feuerlicht verstärkt.
Auf spanisch sagte er kurz zu mir: «Kommen Sie her.»
Offenbar wollte er jeden wissen lassen, daß ich nun sein Eigentum war. Als ob ich eine Sklavin wäre – eine Handelsware, die verkauft und gekauft werden konnte!
Jewel klammerte sich verzweifelt an mich, und ich zögerte.
«Was ist mit ihr? Sie ist eine Weiße. Sie werden sie doch nicht den Indianern überlassen!»
«Sie vergessen, daß auch ich einer von ihnen bin.» Er hatte einen grausamen Unterton. Er trat auf mich zu, ergriff das baumelnde Ende des Seiles, mit dem meine Hände gefesselt waren, und zerrte daran, so daß ich gegen ihn taumelte.

Es blieb mir keine andere Wahl, als mit ihm zu gehen, obwohl ich Jewel hinter mir schluchzen hörte.
«Sie können sie nicht einfach hier lassen! Haben Sie denn gar kein Gefühl? Bitte!»
«Sie geht mich nichts an.»
Er machte so lange Schritte, daß ich Mühe hatte, ihm zu folgen. Ich wollte ihn zurückhalten und strauchelte wieder.
«Sie müssen etwas für sie tun! Auch wenn es keine Rolle spielt, daß sie eine Weiße ist – sie ist eine Frau! Was wird aus ihr werden?»
«Jetzt hören Sie mir einmal gut zu.» Er blieb unvermittelt stehen. Die belegte Stimme, an die ich mich so gut erinnerte, klang gepreßt, als ob er durch zusammengebissene Zähne spräche. «Das hier ist nicht die SD-Ranch, und Sie sind nicht die Herrin. Gewöhnen Sie es sich also ab, Befehle zu geben. Sie werden mir ohne Widerrede gehorchen. Hier nützt es Ihnen nichts, darauf hinzuweisen, daß Sie Todd Shannons Verlobte sind, damit alle vor Ihnen dienern.»
«Wenn Todd erfährt, wo ich bin, wird er jeden Apachen in diesem Gebiet ausräuchern!»
Mein Ärger schien ihn nur zu belustigen. «Und wie soll Shannon oder sonst jemand wissen, wo Sie sind? Meine Freunde hinterlassen keine Fährten, im Gegensatz zu den Weißen. Nach Shannons Dafürhalten sind Sie tot und an einem unauffindbaren Ort begraben. Oder nach Mexico verkauft, wo eine hübsche Weiße bis zu fünfzig Pesos einbringt.»
Die Bedeutung seiner letzten Worte ließ mich erblassen. Hatten sich die Indianer deshalb die Mühe gemacht, uns hierher zu verschleppen? Hatte das der andere Mann gemeint, als er sagte, hier gebe es noch mehr als Silber zu erwerben?
Als Luke mich weiterzerrte, schwieg ich; denn mir war ein schrecklicher Gedanke gekommen. Er war ein Comanchero. Weshalb hatte er mich gekauft?
Wir entfernten uns von dem Feuerschein, den Bäumen zu. In meinem Entsetzen riß ich mich von ihm los. Meine jähe Bewegung überrumpelte ihn. Er hatte mich am Arm festgehalten, und ich hörte, daß mein Ärmel zerriß. Ich wollte

weglaufen, strauchelte aber über eine Wurzel und lag hilflos am Boden. Das war der schlimmste Augenblick seit dem weit zurückliegenden Morgen, an dem ich so hoffnungsfreudig aufgebrochen war. Zum erstenmal in meinem Leben ließ ich den Tränen freien Lauf.

Er rüttelte mich an der Schulter. «Stehen Sie auf, dummes Ding, und kommen Sie weiter!» sagte er ungeduldig.

Als er mich unter den Armen packte, um mich auf die Füße zu stellen, schrie ich auf. Ein stechender Schmerz im linken Fuß ließ mich zusammensacken.

«Ich kann nicht, mein Fuß», stöhnte ich.

Er fluchte leise, hob mich auf und trug mich weiter. Ich war ihm hilflos ausgeliefert.

In einer schäbigen Hütte aus Strauchwerk und Häuten, in der er anscheinend mit seinem Comanchero-Freund gehaust hatte, legte er mich unsanft auf Decken. Ihre Sättel hatten ihnen hier als Kissen gedient.

«So eine Dummheit, weglaufen zu wollen», brummte er und setzte sich vor mir in die Hocke. «Was glauben Sie, wie weit Sie gekommen wären?»

Mit rascher, unpersönlicher Bewegung schob er meinen Rock in die Höhe und machte sich daran, den Mokassin an meinem linken Fuß aufzubinden.

Ich konnte mich nicht aufrichten, weil meine Hände noch immer gefesselt waren.

«Halten Sie still.» Er befühlte mein geschwollenes Fußgelenk. «Ich habe schon Pferde behandelt, wenn es sein mußte. Jedenfalls scheint nichts gebrochen zu sein.»

Ich fand mich selbst lächerlich, aber ich hatte immer noch das überwältigende Verlangen, zu weinen.

«Tut es weh, oder ärgern Sie sich bloß?»

Ich preßte die Lippen zusammen und wandte den Kopf ab. Er sollte mich nicht weinen sehen.

Er zog mir den anderen Mokassin aus. «Sie sind ganz schön gelaufen», bemerkte er spöttisch. «Warten Sie hier, ich komme gleich wieder.» Mit der Geschmeidigkeit einer Katze erhob er sich und verließ die Hütte.

«Warten Sie hier . . .» Als ob ich imstande gewesen wäre, mich davonzumachen! Ich war halb bewußtlos, nur die Schmerzen hinderten mich daran, der Müdigkeit nachzugeben. Oder doch nicht?

Als ich die Augen aufschlug, brannte nahe beim Eingang ein kleines Feuer, und Fleischgeruch erinnerte mich daran, daß ich Hunger hatte.
Unwillkürlich bewegte ich mich, und Luke befahl mir scharf, mich still zu verhalten.
Er umwickelte meine Füße mit Stoffstreifen, die er von meinem Unterrock abgerissen hatte, und brachte mit flinken, geschickten Bewegungen an dem verstauchten Knöchel einen Druckverband an. Sein Gesicht war ausdruckslos, und meinen matten Protest, als er wieder einen Fetzen von meinem Unterrock abriß, beachtete er nicht.
Er ging zum Feuer und brachte mir eine Schale mit einem Fleischgericht. «Sie haben sicher Hunger», sagte er mit dem Anflug eines Lächelns. «Es ist kein Pferdefleisch, falls Sie das denken. Auch kein Hundefleisch. Ich habe heute morgen einen Elch geschossen.»
«Hundefleisch!» wiederholte ich entsetzt.
Er lachte kurz. «Gilt als Delikatesse. Wußten Sie das nicht? Ihr Magen wird sich daran gewöhnen müssen.»
Im Gegensatz zu seiner bisherigen Barschheit war er jetzt fast liebenswüdig, aber ich traute ihm nicht, obwohl er die Fessel von meinen Händen löste.
«Lehnen Sie sich an den Sattel, dann können Sie besser essen.» Mit der Flinkheit, die alle seine Bewegungen auszeichnete, faßte er mich um den Leib und richtete mich auf. Hinter dem Sattel holte er eine verbeulte Feldflasche hervor, die kaltes Wasser enthielt. Am liebsten hätte ich das Wasser hinuntergegossen, so durstig war ich, aber er warnte mich, nur kleine Schlucke zu nehmen. «Sonst bekommen Sie Magenkrämpfe und können nichts essen.»
Es war das köstlichste Fleischgericht, das ich jemals gekostet hatte. Ich wagte nicht zu fragen, was es außer dem Fleisch enthielt. Natürlich hätte mir in meinem ausgehungerten Zustand alles und jedes gut geschmeckt, und es kam mir jetzt geradezu unglaubhaft vor, daß ich die Strapazen der fürchterlichen Wanderung überstanden hatte.
Luke schaute mir zu. Er wandte den Blick nicht einmal ab, als ich zufällig aufsah und ihn dabei ertappte. «Erwarten Sie diese Bedienung nicht in Zukunft! Die Frau meines Bruders hat das Essen gekocht und die Salbe hergestellt, mit der ich Ihre Füße eingerieben habe. Morgen können Sie an-

fangen, sich im Lager nützlich zu machen. Täubchen wird Ihnen alles zeigen.»
Ich ließ die Schale sinken und starrte ihn an. «Wie meinen Sie das? Im Lager? Sie wollen mich doch nicht hier festhalten?»
Er saß wie ein Apache mit untergeschlagenen Beinen. Er lehnte sich vor, so daß er meinem Gesicht nahe kam. «Hören Sie schlecht? Ich habe Sie gekauft, für eine verdammt gute Büchse, die mehr wert ist als Sie. Das heißt, ich werde Sie benutzen, wie es mir paßt, und das sollten Sie sich ein für allemal merken.»
Das Blut schoß mir in den Kopf, als mir die Bedeutung seiner unverblümten Rede aufging. Zorn und Entrüstung verschlugen mir die Sprache.
Mit zufriedener Miene richtete er den Oberkörper wieder auf. «So ist's besser. Solange Sie tun, was Ihnen gesagt wird, und nicht widersprechen, brauche ich Sie nicht zu schlagen, um meinen Worten Nachdruck zu verleihen.»
Hunger hin oder her, das war zuviel. Ich warf die Schale nach ihm. Er duckte sich mit erstaunlicher Geistesgegenwart, und ich hätte weinen können, als ich den Rest des köstlichen Gerichts auf den Boden klatschen sah.
Als er aufstand, dachte ich, nach seinem Ausdruck zu urteilen, er werde mich töten. Statt dessen lachte er. «So ein Temperament! Und genügend Mumm, das gute Essen zu verschwenden. Schade, denn nun muß ich Sie morgen wohl hungern lassen.»
Der veränderte Ton hätte mich warnen sollen. Ehe ich es verhindern konnte, bewegte er sich mit gespielter Gelassenheit, hielt meine Handgelenke fest und legte mir die Arme über den Kopf. Langsam ließ er sich auf mich fallen und blickte mir fast verachtungsvoll ins Gesicht, während mich sein Gewicht unbeweglich machte.
«Dieses eine Mal werde ich es Ihnen durchgehen lassen, weil Sie einiges hinter sich haben. Von morgen an gibt es keine Entschuldigung mehr, weder Müdigkeit noch Furcht oder sonst etwas. Wenn Sie mich jemals wieder mit irgend etwas bewerfen, verprügle ich Sie, lassen Sie sich das gesagt sein.»
Ich wand mich unter ihm und funkelte ihn haßerfüllt an. Um seine Lippen spielte das spöttische Zucken, das bei ihm

ein Lächeln war. «Schwer zu sagen, was eine Frau wie Sie denkt, mag sie sich auch wehren», flüsterte er.
Ich fühlte seinen Atem. Ich drehte den Kopf weg und stieß hervor: «Darüber brauchen Sie nicht zu rätseln, denn ich will es Ihnen sagen. Ich dachte daran, wie sehr ich Sie hasse, wie sehr ich Sie verachte. Ich bin nur froh, daß mein Vater nicht erleben mußte, welch ein Tier aus Ihnen geworden ist.»
Er faßte mich am Kinn und zwang meinen Kopf herum. «Das denken Sie also?»
«Ja, das sind Sie, ein Tier! Ein Mörder!»
Ich hätte noch mehr gesagt, denn er hatte mich dazu getrieben, aber er ließ mir keine Gelegenheit. Ehe ich mich's versah, hatte er sich halb aufgerichtet und zerriß mit beiden Händen meine zerfetzten Kleider von oben bis unten.
Ich schrie, schlug mit den Fäusten nach ihm, doch in meinem geschwächten, erschöpften Zustand konnte ich nicht gegen ihn an. Er entblößte mich, drehte meinen Körper dahin und dorthin, obwohl ich mich zur Wehr setzte.
Und dann, nachdem er seinen Willen durchgesetzt hatte und ich, vollständig erschöpft, nur noch den rauhen Stoff seiner Kleidung auf meiner Haut fühlte, blieb er auf mir liegen und betrachtete mein Gesicht, als ob er meine Demütigung genösse.
«Sie können tun, was Ihnen beliebt», sagte ich heftig. «Sie haben bewiesen, daß Sie stärker sind als ich. Sie haben bewiesen, daß Sie das sind, was ich gesagt habe. Ein Tier! Ein Untier, das eine Frau nur mit Gewalt nehmen kann! Das ist bei Ihnen üblich, nicht wahr?»
«Sie denken, ich will Sie vergewaltigen?» Er sprach ganz ruhig. «Darin irren Sie sich wie in so vielen Dingen. Ich kenne Frauen wie Sie. Außen reizvoll und vielversprechend, innen eiskalt.»
«Sie . . .!»
«Ich bin noch nicht fertig. Ich habe Sie nicht ausgezogen, weil ich Sie begehrte, sondern um Ihnen zu zeigen, was ich tun könnte, wenn ich wollte. Übrigens eignet sich Ihr Kleid kaum für eine Squaw. Sie bekommen morgen ein neues, wenn Sie erfahren, wo Ihr Platz ist.»
Er rollte von mir weg und stand auf, wie immer mit einer einzigen geschmeidigen Bewegung. Er warf mir eine Decke

zu. «Schlafen Sie jetzt. Ich binde Sie nicht an, weil Sie doch nicht fort können. Adios.»

Ich zitterte vor Erregung und wickelte mich in die Decke. Er ging weg, ohne sich umzublicken.

So aufgewühlt ich auch war, die Müdigkeit übermannte mich. Ich tauchte halb aus dem Schlaf auf, als Luke zurückkehrte und sich neben mich legte. Unwillkürlich zog ich die Decke enger um mich, aber er rührte mich nicht an, und ich schlief weiter.

Nachdem ich zwei Tage in dem Apachenlager verbracht hatte, gewann ich etwas von meinem Stolz und meinem gesunden Menschenverstand zurück. Ich hatte ja keine Wahl. Ich war eine Gefangene, eine Sklavin, aber ich befand mich in einer viel besseren Lage als andere Unglückliche, die von den Apachen gefangengenommen worden waren. Ich wurde nicht geschlagen, und ich mußte nicht wie die Hunde im Freien schlafen. Ich mußte mich nicht buchstäblich totarbeiten, und ich wurde weder von den Frauen noch von den Kindern im Lager gequält.

Ich war nicht Luke Cords Frau, obwohl er jede Nacht bei mir schlief, in der kleinen Indianerhütte, bei deren Bau mir Täubchen, die Frau seines Bruders, geholfen hatte. Ich war nicht seine Geliebte, was wahrscheinlich nur wir beide wußten. Er hatte keinen Hehl daraus gemacht, daß ich als Frau keinen Reiz für ihn hatte. Ich erfuhr auch bald, daß ich für ihn nur ein Instrument der Rache an Todd Shannon war, und daß ich mich durch die Verlobung mit dem Mann, den er haßte, zu seiner Feindin gemacht hatte. Ich war gewissermaßen ein Bauer im Schachspiel, aber er sagte mir darüber nichts Näheres.

Nachdem er mich am ersten Morgen geweckt hatte, warf er mir eine Bluse und einen Rock zu. Etwas anderes trugen die Indianerinnen offenbar nicht.

«Was haben Sie mit mir vor?» fragte ich ihn. «Ich habe das Recht, es zu wissen.»

«Das hängt von Ihnen ab», antwortete er trocken. «Ich habe hier noch ein paar Tage zu tun, dann besuche ich meine Familie. Was Sie betrifft . . .» seine Stimme wurde härter, «so können Sie wählen, ob Sie als Gast oder als Dienerin mitkommen wollen. Ich habe meiner Mutter schon lange eine weiße Dienerin versprochen. Sie hielt sehr viel von Ihrem

Vater, genau wie ich, aber wenn man bedenkt, daß Todd Shannon Ihnen eingeredet hat, wir wären lauter Diebe und Mörder . . .»
«Mein Vater hat Ihnen das Leben gerettet», fuhr ich ihn an. «Auch Ihrer Mutter. Bedeutet das nichts für Sie?»
«Sie erinnern mich an eine Dankesschuld? O ja, ich schuldete Guy Dangerfield Dank. Ich dachte, seine Tochter wäre ihm ähnlich, aber das sind Sie leider nicht. Sie sind das, was man aus Ihnen gemacht hat – Ihr Großvater, Ihre Mutter, die feine Londoner Gesellschaft. Sie wollten Neu Mexico kennenlernen, nicht wahr? Wollten sehen, wie die Einheimischen leben. Sie nahmen sich aber nicht die Mühe, hinter die Fassade zu blicken, die man Ihnen zeigte.» Er brach mit finsterer Miene ab. «Ach, was! Was hat das für einen Sinn? Sie hassen mich, und weiter sehen Sie nicht. Also, Sie können wählen. Wir sprechen noch darüber.»
Er ließ mir angeblich die Wahl, aber vorläufig blieb mir keine Wahl. Danach sprach er kaum mit mir, abgesehen davon, daß er mir Befehle erteilte. Ich hatte das Gefühl, er warte nur auf meine Auflehnung, auf Ungehorsam oder auf einen Wutanfall. Ich gönnte ihm die Genugtuung nicht, mich unter einem Vorwand vor dem ganzen Lager zu verprügeln oder mir nochmals zu beweisen, wie zweideutig meine Lage war. Ich preßte die Lippen zusammen und tat wie geheißen; aber er war sich meines Erachtens darüber klar, daß ich ihn als Herrn und Meister nicht ernst nahm.
Täubchen, Julios Frau und Tochter eines Häuptlings, war nicht sehr mitteilsam, obwohl sie Spanisch konnte. Vermutlich wußte sie sich meine Stellung nicht zu erklären.
Sie zeigte mir, wie man eine Hütte baute, welche Kräuter und Wurzeln nahrhaft waren. Ich lernte Häute gerben, Feuer anmachen und auf indianische Art kochen. Ich tat, was mir gesagt wurde.
Die gesellschaftliche Struktur des Apachenstammes war mittelalterlich. Die allmächtigen Männer waren Krieger; die Frauen wurden unterdrückt und mußten alle Arbeiten verrichten. Der Krieger ging auf die Jagd oder verübte Überfälle und sorgte selbst für seine Waffen. Alles übrige erledigte seine Frau. Wie in jeder primitiven Gesellschaft gab es Tabus. Der Mann durfte seiner Schwiegermutter nicht ins Gesicht blicken und umgekehrt. Gewöhnlich lebte

er mit den Angehörigen seiner Frau zusammen. In Gegenwart von Männern durfte eine Frau nur sprechen, wenn sie etwas gefragt wurde.
Zweimal sah ich Jewel, aber bloß von weitem. Ich hörte, daß der Comanchero Delgado sie gekauft hatte. Sie trug immer noch ihr zerlumptes Reisekleid; aber sie schien nicht unglücklich zu sein, obwohl sie ebenso unterdrückt wurde wie ich und sich still verhielt.
Als Luke am zweiten Tage mit den Männern auf die Jagd ging, hatte er wie sie lediglich einen Lendenschurz und kniehohe Mokassins an. Sie führten sowohl Pfeilbogen als auch Flinten mit.
Manchmal fragte ich mich, wie meine Freunde sich wohl verhalten würden, wenn sie erführen, was geschehen war. Der arme Mark! Wie sehr mußte er sich Vorwürfe machen! Auch Mrs. Poynter und der Oberst. Todd würde natürlich jedem die Schuld zuschieben.
Aber ich lebte in der Gegenwart. Ich mußte es. Ich sprach nur, wenn ich dazu aufgefordert wurde. Ich blickte zu Boden, wenn Männer zugegen waren.
Es fiel mir nicht allzu schwer, mich anzupassen. Ich hatte mich schon früher einer feindlichen Umgebung angepaßt. Meine aufgesetzte Bescheidenheit war übertrieben, wie Luke recht gut wußte. Wenn Täubchen nicht dabei war, sah sein Bruder mich begehrlich an. Im stillen dachte ich, ich könnte ihn vielleicht als Waffe gegen Luke benutzen. Vielleicht würde Julio für Geld dazu bereit sein, mich zu befreien.
Zwei Wochen vergingen, dann die dritte. Nur mit Aufbietung aller Selbstbeherrschung und Willenskraft vermochte ich äußerlich unterwürfig und ruhig zu bleiben. Ich wollte mich nicht kleinkriegen lassen. Luke mußte einen Grund gehabt haben, mich zu «retten». Diesen Grund wollte ich herausfinden und gegen ihn benutzen.
Eines Tages wies Täubchen mich an, Vorbereitungen für eine lange Reise zu treffen. Wie gewöhnlich sagte sie nicht mehr als unbedingt notwendig, aber ich gewann den Eindruck, daß sie sich freute. Sie und Julio sowie ihre beiden Kinder, ein Mädchen und ein Knabe, der noch nicht laufen konnte, sollten mitkommen. Nach der Wassermenge, die wir mitnahmen, zu urteilen, mußten wir wieder den Jor-

nado del Muerte durchqueren. Es ging an der Canada de Alamosa entlang, der jahrhundertealten Heimat der Tschiricahua-Indianer, und von dort zu den Black Mountains, der höchsten Kette des Appalachischen Gebirges.
Lag dort das geheimnisvolle Tal? Täubchen beantwortete meine Frage nicht, sondern wandte sich ab. Es dünkte mich, daß sie mir gern etwas mitgeteilt hätte, aber die Ehrfurcht vor ihrem Mann und ihrem Bruder hemmte sie.
Wir nahmen nicht nur Pferde mit, sondern auch Maulesel, die mit Silber beladen wurden. Die Apachen kannten den Wert des Silbers nur unbestimmt. Sie tauschten alles Diebesgut, das für sie – wie Silber und Gold – keinen faßbaren Wert hatte, gegen Gewehre und Munition, Stoffe, Werkzeug, Eß- und Kochgeschirr ein. Die Comancheros, die den wahren Wert der kostbaren Metalle kannten, übernahmen sie und verkauften sie in Mexico.
Als die Pferde und Maulesel schon beladen waren, bot sich mir eine Gelegenheit, noch einmal mit Jewel zu sprechen. Sie sah betrübt aus, wie sie da etwas entfernt von ihrem Besitzer stand, und mit einem trotzigen Blick auf Luke ging ich zu ihr.
«Wie schade, daß wir uns nie sprechen konnten. Wie geht es Ihnen, Jewel? Werden Sie gut behandelt?»
Sie zuckte die Schultern. «Sie wissen ja, wie es ist. Glado ist nicht unfreundlich, und ich glaube, er mag mich. Jedenfalls scheint er nicht die Absicht zu haben, mich in Mexico zu verkaufen. Aber wer weiß? Ich muß froh sein, daß er mich nicht schlägt und nicht an andere Männer abtritt.» Sie umarmte mich hastig. «Um Sie mache ich mir mehr Sorgen. Seien Sie klug, Rowena. Wir Frauen können nur am Leben bleiben, wenn wir schlauer sind als die Männer und lernen, wie man mit den Wölfen heult.»
Das war unser Abschied, mehr konnten wir einander nicht sagen. Täubchen zog mich am Ärmel weg, und Luke machte ein böses Gesicht.
Die Männer führten die Pferde am Zügel und schritten voraus, als wir die verborgene kleine Schlucht verließen.

Achtzehntes Kapitel

Wir bewegten uns langsam und vorsichtig fort, manchmal nachts, was Täubchen mit Furcht erfüllte. Die Apachen zogen selten in der Nacht umher, weil sie lauernde böse Geister fürchteten; aber Julio war, obwohl ganz Apache, wie sein Bruder über einen derartigen Aberglauben erhaben.

Ich erfuhr, daß Täubchen wieder ein Kind erwartete. Sie hielt zwar wacker Schritt und beklagte sich nie, doch ich merkte, daß die langen Märsche mit einem Säugling auf dem Rücken sie sehr anstrengten. Ich erbot mich, ihr den Kleinen abzunehmen, was sie mit ängstlicher Miene ablehnte. Wie die meisten Indianerkinder schrie er nie. Das kleine Mädchen ritt mit ernstem Gesicht, niemals lachend, auf einem Pferd.

Der Junge hieß Laufender Kojote; er hatte neugierige runde Augen und glatte schwarze Haare. Obwohl ich mich Kindern gegenüber immer befangen gefühlt hatte, gewann ich diese beiden lieb.

Luke sah sich mitunter, ohne eine Miene zu verziehen, nach mir um, aber auch Julio behielt mich im Auge. Was hatte Luke seinem Bruder von mir erzählt? Was ging in Julio vor? Ich wollte lieber nicht darüber nachdenken. Die endlose Wanderung über den heißen Sand ließ sich leichter überstehen, wenn man nicht grübelte.

Im Nachtlager schlief Luke neben mir, aber er kehrte mir stets den Rücken. Er war mir immer noch fremd. Manchmal kam ich mir selbst fremd vor. Ich gehörte jetzt zu den Gejagten, anstatt auf der Seite der Jäger zu sein. Ich wußte, in nicht allzu weiter Ferne mußten andere Menschen sein, weiße Siedler, Soldaten. Sicher hatte Todd die halbe Gegend aufgeboten, um mich zu suchen. Dennoch sahen wir keinen Menschen, bis wir die Ausläufer der hoch aufragenden Black Mountains erreichten, des legendären Schlupfwinkels der Apachen.

Täubchen lebte auf, als wir zu einer Indianer-Rancheria gelangten. Hier lebte ihr Vater, und wir wurden umringt von ihren Verwandten. Nur ihre Mutter hielt sich der Sitte gemäß vor dem Schwiegersohn verborgen. Die Kinderliebe der Apachen tat sich darin kund, wie das kleine Mädchen und Laufender Kojote bewundert und gehätschelt wurden. Verstohlen wurde ich neugierig gemustert, aber aus der angeborenen Höflichkeit gegenüber Gästen stellte niemand Fragen, und ebensowenig bekam ich Mißbilligung zu spüren. Täubchen legte in ihrer eigenen Umwelt alle Schüchternheit ab und vermittelte mir das Gefühl, willkommen zu sein.

Der einzige peinliche Augenblick entstand, als der Medizinmann der Sippe, ein hochgewachsener, weißhaariger Mann, der durch seinen Kopfschmuck noch größer wirkte, mich scharf ins Auge faßte, während ich mit den anderen Frauen diskret im Hintergrund saß. Er fragte Luke etwas, und die Antwort, die er erhielt, ließ ihn mich noch durchdringender betrachten.

Hier sollten wir übernachten, worüber ich froh war. Die Rancheria lag wunderschön auf einem kleinen Tafelberg, auf drei Seiten geschützt von steilen Felsen, beschattet von Bäumen. Ein Bach, der sich als kleiner Wasserfall von einem Felsen ergoß, floß mitten hindurch. Die Apachen lebten hier schon seit langer Zeit, mußten aber im Winter, der Jahreszeit, die sie Geistergesicht nannten, fortziehen. Sie hatten hier Mais und andere genießbare Pflanzen und Beerensträucher angebaut. Es hätte ein friedlicher Ort sein können, wenn ich nicht gewußt hätte, daß der kriegerische Apachenführer Victorio, der mit Täubchens Vater verwandt war, von hier aus seine Überfälle auf Postkutschen und arglose weiße Siedler unternommen hatte.

Aber auch daran wollte ich nicht denken. Ich war hier sozusagen als Gast, und die seßhaften Apachen waren auf ihrem eigenen Grund und Boden andere Menschen als die Krieger, die mit bemaltem Gesicht in den Kampf zogen.

Am Abend begaben sich die Männer ins zeremonielle Schwitzbad, während Täubchen und ich zusammen mit einigen Frauen in einem von Bäumen abgeschirmten Teil des Baches badeten. Das fröhliche Geplauder erinnerte mich an das Bad im Wasserbecken des Maharadschas von Dschanpur. Wir wuschen uns die Haare mit einer Seife, die aus Yukka hergestellt wurde, und strählten sie mit einem Kamm, der aus Knochen oder Kaktusdornen bestand.

Ich ließ meine Haare zum Trocknen lose hängen und band mir einen schmalen Wildlederriemen um die Stirn.

«Schauen Sie sich im Wasser an», sagte Täubchen kichernd.
Seit meiner Gefangennahme hatte ich mich nicht mehr im Spiegel betrachtet, und ungläubig starrte ich mein Spiegelbild in dem stillen Tümpel an. Ich erkannte mich kaum wieder.
Ich hätte eine Apachin sein können, wenn meine blauen Augen nicht gewesen wären, und auch sie wirkten in der Abenddämmerung dunkel. Meine Haut war gebräunt, und die hochgeschlossene, langärmlige Bluse der Indianerinnen rundete die Erscheinung ab.
Wo war das unscheinbare, altjüngferliche Wesen geblieben? Wo die vornehme Dame mit funkelndem Brillantschmuck? Meine kleinen Saphirohrringe trug ich immer noch, und irgendwie störten sie mich. Impulsiv nahm ich sie ab und streckte sie Täubchen hin.
«Ein Geschenk», sagte ich. «Weil Sie so freundlich zu mir sind.»
Zuerst war sie verwirrt und schaute zwischen den Juwelen auf meiner Handfläche und meinem Gesicht hin und her. Dann aber nahm sie die Ohrringe mit ernster Miene entgegen und berührte meine Hand.
«Gracias», bedankte sie sich. Leiser fügte sie hinzu: «Neidie.» Das hieß, wie ich gelernt hatte, in der Apachensprache «Schwester». In diesem Augenblick waren wir Freundinnen.
Leider mußte Luke diesen Augenblick verderben. Er kam auf uns zu. Seine Brust war entblößt; nur um den Hals trug er ein Lederbeutelchen, den Medizinbeutel, den jeder Apachenkrieger mit sich führte. Warum auch nicht, da er ja auf sein Indianerblut offensichtlich stolz war? Sein verschlossenes Gesicht war undurchdringlich.
«Der Schamane möchte mit Ihnen sprechen.»
Täubchen war unauffällig zurückgewichen, und er faßte mich am Handgelenk.
«Bezeigen Sie ihm Hochachtung. Er ist alt, aber sehr weise. Mein . . .» Ich wunderte mich, warum er zögerte, bevor er es aussprach: «Mein Großvater.»
«Ich habe immer allen Hochachtung bezeigt, die sie verdienen.» Ich warf den Kopf zurück. «Befürchten Sie, ich könnte Sie in Verlegenheit bringen?»

«Woher soll ich wissen, was von Ihnen zu erwarten ist?» brummte er mit gequältem Unterton. «Sie sind unberechenbar.»
«Ich bin anpassungsfähig», versetzte ich und machte mich von seiner Hand frei. «Ich bin auch geduldig, und ich kenne meinen Platz. Muß ich nicht ein paar Schritte hinter Ihnen gehen? Natürlich mit gesenktem Kopf. Ich weiß, Sie wünschen nicht, daß irgend jemand denkt, Sie hätten Ihrer Sklavin Vorrechte eingeräumt.»
Zu meiner Genugtuung zog er verwirrt die Brauen zusammen. Aber er sagte lediglich: «Hüten Sie Ihre spitze Zunge», machte kehrt und ging vor mir her zu der größten Hütte der Siedlung.
Im Grunde war ich sehr nervös. Warum wollte der Schamane mit mir sprechen? Ich verstand meine Nervosität selbst nicht. War ich nicht der Königin von England vorgestellt worden, ohne daß ich bei der Zeremonie die geringste Unsicherheit gespürt hatte? Aber hier befand ich mich nicht in England, und ich war die Gefangene eines Mannes, den ich verachtete und dem ich mißtraute.
«Sprechen Sie nicht als erste», belehrte mich Luke, bevor wir die Hütte aus gebogenen Stangen und Gras betraten. «Sie müssen ganz still sitzen, bis Sie angeredet werden.»
Ich konnte mir die spöttische Bemerkung nicht verkneifen: «Besten Dank für die Unterweisung in Etikette. Ihre Sklavin wird sich bemühen, Ihnen keine Unehre zu machen.»
Er bedachte mich mit dem grübelnden Blick, der mich immer warnte, wenn ich zu weit ging; aber er schwieg.
Der alte Schamane schien im Feuerschein halb zu schlafen, als wir uns zu beiden Seiten des Eingangs niederließen. Eine Zeitlang rührte er sich nicht und nahm unsere Anwesenheit nicht zur Kenntnis. Im Hintergrund machte sich eine dicke Frau leise zu schaffen; sie wirkte viel jünger als er. Seine Tochter? Durften Schamanen heiraten? Er hatte den Kopfschmuck mit den Adler- und Truthahnfedern abgelegt und trug jetzt nur das gewöhnliche Stirnband der Apachenkrieger. Sein braunes Gesicht war so verschrumpelt und verrunzelt, daß er hundert Jahre alt hätte sein können. «Mein Großvater», hatte Luke mit dem merkwürdigen Stocken gesagt. War es möglich, daß ich Elena Cordes' Vater vor mir hatte? Den Apachenhäuptling, der eine gefan-

gene junge Spanierin zu seiner Frau gemacht hatte? Ich betrachtete den alten Mann unter gesenkten Wimpern hervor, und nach einer Weile gewann ich den Eindruck, daß er mit mir ebenso verfuhr.
«Sie sind das also.»
Die Worte, in holprigem Spanisch geäußert, kamen so plötzlich, daß ich zusammenzuckte. Der alte Fuchs! Er hatte mich tatsächlich aufs Korn genommen. Ich hob die Augen, blieb aber stumm. Er hatte eine Feststellung gemacht; was gab es darauf zu sagen?
Er fragte Luke: «Spricht sie, oder scheut sie sich?»
Ich preßte die Lippen zusammen, als Luke sarkastisch antwortete: «Sie spricht manchmal zuviel, o mein Großvater. Scheu ist sie nicht.»
Der Alte nickte und schaute mich wieder an. «Das ist gut. Sie sehen nicht aus wie eine Frau, die sich fürchtet. Manchmal ist mein Enkel nicht so klug, wie er glaubt. Als ich Sie das erstemal sah, dachte ich: Sie gehört zu den seltenen Frauen, die zuhören und beobachten und daraus lernen. Offenbar haben Sie unsere Lebensweise auch schnell erlernt. Ich sagte mir: Vielleicht sind Herz und Geist dieser Frau ebenso aufgeschlossen wie bei ihrem Vater, der eines Tages hierher kam, furchtlos, weil er, wie er sagte, die Apachen verstehen wollte.» Er schien sich gern zu erinnern. «Ihr Vater war der einzige, den ich Siquisn nannte – Bruder. Solange er lebte, war er ein echter Blutsbruder der Apachen.» Er forschte in meinem Gesicht. «Verstehen Sie jetzt, warum ich Sie zu mir gerufen habe?»
Ich verstand es nicht – nicht ganz. Mein Vater ein Blutsbruder der wilden, erbarmungslosen Indianer, die die Postkutsche überfallen, gemartert und getötet und dann mich verschleppt hatten?
Da der alte Schamane offenkundig eine Antwort von mir erwartete, sagte ich ehrlich: «Nein, es ist mir unklar. Wußten Sie denn, wer ich bin? Von Anfang an?»
«Ah, ah!» Der Alte, der mit untergeschlagenen Beinen saß, schaukelte leicht vor und zurück. «Nun habe ich Sie neugierig gemacht. Das ist gut. Vorher waren Sie im Zweifel und mißtrauisch. Sie sind Ihres Vaters Tochter, sein einziges Kind von jenseits des großen Wassers. Darum sind Sie hier.»

Er machte eine Pause und lehnte sich vor, hob aber mit gebieterischer Gebärde eine Hand. «Ich sehe viele Fragen in Ihren Augen, Sie sollen sie später stellen, sofern sie nicht beantwortet worden sind. Sie meinen, die Krieger, die Sie gefangengenommen und in ihr Lager gebracht haben, wären deswegen ausgesandt worden. Nein. Es war ein Raubzug. Viele Tage haben junge Männer die Postkutsche beobachtet und in Erfahrung gebracht, wie viele Soldaten sie gewöhnlich begleiten. Manchmal hinterließen die Kutscher tiefere Spuren im Sand. An diesen Tagen beförderte sie Silber in einer versteckten Kiste. Mein Kind, es war Zufall, daß Sie sich in der Kutsche befanden, die unsere Krieger überfielen. Oder vielleicht gehörte das zu den Dingen, die geschehen sollen – wer weiß?» Er warf einen kurzen Blick auf Luke, der mit ausdruckslosem Gesicht ganz still saß. «Vielleicht sollte es auch an dem Tage geschehen, an dem sich mein Enkel, der Sie kannte, zufällig in dem Lager befand, das meinem anderen Enkel untersteht. Er brachte Sie erst hierher, als ich es wünschte.»
Erst? Sie sprachen alle in Rätseln, Luke, sein Bruder Ramon und jetzt auch dieser alte Mann. Niemand hatte mir gesagt, was von mir erwartet wurde. Etikette hin oder her, es war mir unmöglich, mich noch länger passiv zu verhalten. Ich mußte sprechen, konnte auf Luke keine Rücksicht nehmen. Der Schamane, der anscheinend Gedanken lesen konnte, kam mir zuvor: «Sie möchten etwas sagen.» Vielleicht wollte er mir die Lage erleichtern.
«Ja», platzte ich heraus. «Ich möchte wissen, warum ich hierher gebracht worden bin, und was man mit mir vorhat. Er ...» ich legte alle meine Verachtung für Luke in den Ton, «er hat mir nur gesagt, ich könnte wählen, Gast seiner Mutter oder ihre Dienerin zu sein. Überdies hat er mich schändlich ausgenutzt, mir gedroht, mich zu seiner Sklavin gemacht, als ob ich ihm etwas angetan hätte, als ob mein Vater ihm nicht das Leben gerettet hätte! Vorhin sagten Sie, mein Vater wäre Ihnen ein Bruder gewesen, und Sie behandeln mich wie ein Gast, aber er ...»
«Genug davon!» unterbrach mich Luke scharf. «Sie sollten Ihre spitze Zunge hüten!»
«Und ich sage: Frieden. Ihr werdet beide schweigen.»
Die Stimme des Alten war gebrochen und papieren, aber

seine strenge Autorität bewirkte die Stille, die er verlangte. «Es muß einen Grund geben für den Haß, der zwischen euch herrscht. Bedauerlich, Ihr Vater hätte das nicht gewünscht.»
Da er mich angeredet hatte, fühlte ich mich zu einer Antwort berechtigt. «Vielleicht kannte mein Vater ihn nicht gut genug.»
«Und Sie kennen ihn gut?»
«O ja, ich habe ihn kennengelernt.»
«Sie ist ein eigensinniges, böses Weib!»
Ich fuhr Luke an: «Und Sie sind ein kaltblütiger Mörder und ein Frauenschänder!»
Der Schamane hob wieder die Hand. Er runzelte die Stirn. «Ist das wahr? Du kennst unsere Sitten, und du weißt, daß ich diese Frau als meine Tochter betrachte. Du weißt auch . . .»
«Ich weiß, was Guy Dangerfield wünschte, aber sie weiß es nicht. Ich schwöre dir, daß ich sie nicht berührt habe.»
Wie konnte er nur so lügen, noch dazu in meiner Anwesenheit? Die Entrüstung verlieh mir Mut. «Fragen Sie ihn, ob er mir nicht die Kleider vom Leib gerissen hat, am ersten Abend, nachdem er mich gekauft hatte? Er erinnerte mich stets grausam dran, ich sei sein Eigentum, und er könne mit mir machen, was ihm beliebte. Er drohte mir, mich zu schlagen.»
«Das hatte sie verdient. Sie war hungrig, und ich brachte ihr zu essen. Sie warf wütend die Schale nach mir.»
«Ihr seid wie Kinder, die sich im Zorn böse Worte sagen. Meine Tochter, hat er Sie geschändet?»
Die Frage brachte mich in die Klemme; ich biß mich auf die Lippe. «Er . . . er schlief jede Nacht bei mir. Seine Freunde sollten wohl denken, er hätte ein so schönes Gewehr nicht für nichts hergegeben. Nein, mehr hat er nicht getan.»
Der alte Mann nickte. «Sie sind ehrlich. Aber Sie sind immer noch verwirrt. Sie fragen sich, warum Sie hier sind, und warum ich von den Wünschen Ihres Vaters gesprochen habe. Wollen Sie mir jetzt zuhören, bis ich fertig bin?»
Er nahm mein Schweigen als Einwilligung. «Ihr Vater und ich sprachen oft vom Frieden. Wundert Sie das? Die Apachen sind klein an Zahl, und jeden Tag kommen mehr Weiße und lassen sich auf unseren alten Jagdgründen nie-

der. In ihrer Empörung darüber unternehmen unsere jungen Männer Überfälle und töten, aber auf jeden Weißen, den wir töten, kommen zwei bis drei neue, immer mehr Soldaten mit Waffen. Ich bin ein alter Mann, und ich sehe, wie es enden wird. Wenn wir mit den Weißen nicht Frieden schließen können, sind die Tage der Apachen gezählt. Darüber sprachen wir, Ihr Vater und ich. Er schrieb viele Bücher, die er Ihnen hinterlassen wollte. Er wußte, daß er nicht mehr lange zu leben hatte, doch er meinte, wenn seine Tochter käme, würde sie die alte Feindschaft beilegen und alles Unrecht wiedergutmachen. Haben Sie seine Bücher nicht gelesen?»
Als ich den Kopf schüttelte, glaubte ich Lukes zornigen Blick auf mir zu fühlen. «Ich habe nur damit angefangen. In einem Brief an mich verlangt er, daß ich sie von Anfang an lese. Dann ereignete sich so vieles, daß mir die Zeit fehlte.»
«Sie hatten Zeit für Shannon – und für seinen Neffen.»
Ich sah Luke absichtlich nicht an. «Todd Shannon und mein Vater waren Teilhaber. Ich verlobte mich mit Shannon.»
Das Gesicht des Schamanen blieb ausdruckslos. «Shannon ist alt und von Haß erfüllt. Das erkannte Ihr Vater. Verstehen Sie mich richtig, er haßte seinen Teilhaber nicht. Er hoffte, daß es Ihnen vergönnt sein würde, in Frieden zu leben. Aber er kannte diesen Mann. Für Sie hatte er andere Pläne. Pläne, die allem Haß und der Ungerechtigkeit ein Ende machen sollten. Es ist schade, daß Sie seine Bücher nicht gelesen haben.»
«Das sagt mir jeder! Aber . . .»
«Üben Sie sich in Geduld wie Ihr Vater, meine Tochter. Ich bin der Schamane meines Stammes. Aber Ihr Vater war weiser als ich. Er sah voraus. Ihm gingen Wahrheit und Gerechtigkeit über alles.»
Er war wohlwollend und bezeigte mir gegenüber Geduld, doch gerade das machte mich ungeduldig. «Jeder spricht mit mir in Rätseln! Es ist die Rede von den Wünschen meines Vaters, aber niemand sagt mir, was er gewünscht hat.»
«Sie sind stark und klug wie ein Mann, aber Sie müssen warten lernen.» Sein hagerer Körper bewegte sich wieder vor und zurück. «Ihr Vater liebte einst meine Tochter. Vielleicht hat er sie immer geliebt. Meine Tochter verließ ihre

Sippe, um wie die Weißen zu leben. Ich hielt sie nicht zurück. Sie war wie ein Krieger – eigensinnig, selbständig. Auch sie ist von Haß erfüllt. Ihr Vater wußte, daß dem Haß nur nach altem Brauch ein Ende gemacht werden kann. Es ist überall derselbe Brauch. Der Vater Ihres Vaters war ein Häuptling, und Ihr Vater heiratete ihm zu Gefallen. Stimmt das nicht? Er erwartete von Ihnen die gleiche Denkweise. Er wünschte, daß Sie einen der Söhne meiner Tochter heiraten.»

«Aber nicht ihn!» entfuhr es mir.

«Deswegen brauchen Sie sich keine Sorgen zu machen.» Der alte Mann sprach ganz ruhig. «Ihr seid nicht füreinander bestimmt. Und Julio hat schon eine Frau. Es bleibt also Ramon. Er denkt nicht wie ein Apache. Dafür ist er gebildet und ein vornehmer Herr. Er paßt in die Welt der Weißen. Trotzdem ist auch er mein Enkel. Er hat Sie gesehen und mit Ihnen gesprochen. Er kennt seine Pflicht, wie auch Sie Ihre Pflicht kennen müssen.»

«Nein!» Ich reckte mich. Ich konnte bei dieser Posse nicht mehr mitspielen. «Das ist unmöglich! Ich soll einen Mann heiraten, den ich nicht kenne? Nur wegen einer alten Fehde, die vor meiner Geburt angefangen hat?»

«Wenn Sie Ramon kennengelernt und Zeit zum Überlegen gehabt haben, werden Sie eine solche Heirat nicht mehr unmöglich finden. Wie ich selbst gesehen habe, fällt es Ihnen nicht schwer, sich einer ganz neuen Lebensweise anzupassen, und Sie werden gewiß verstehen, warum es in diesem Fall notwendig ist. Ist es in dem Lande, wo Sie geboren sind, nicht auch üblich, derartige Verbindungen zwischen Familien zu schaffen? Wurde die Ehe Ihrer Eltern nicht aus ähnlichen Gründen geschlossen?»

«Mag sein, aber schauen Sie doch, was daraus geworden ist! Sie liebten einander nicht. Mein Vater ...»

«Ihr Vater war ein kluger Mann, und Sie sind seine Tochter. Sie sind hier, weil er sie hat kommen lassen.»

«Um einen Fremden zu heiraten? Um eine Schachfigur zu werden, ein Bauer?»

«Sie sind sehr eigenwillig. Meine Tochter war auch so. Hätte sie nach meinem Wunsch geheiratet ... wäre ich ihr gegenüber nicht schwach gewesen ... nun, es ist geschehen und vergangen. Aber ich will mein Wort halten, das ich meinem Bruder gegeben habe.» Er spürte meinen inneren Widerstand. «Sie sehen trotzig aus, meine Tochter. Sie sollen nicht zu einer Heirat gezwungen werden, zu gar keiner, verstehen Sie recht. Aber Sie sollen die Zeit und die Gelegenheit haben, den Mann kennenzulernen, den Ihr Vater für Sie bestimmt hat. Gehen Sie nun und denken Sie nach über alles, was ich Ihnen gesagt habe.»

Ich wollte widersprechen, wollte mich wehren, aber Luke faßte mich am Arm und zog mich in die Höhe.

Der Schamane sagte zu ihm: «Sie ist deine Schwester, du bist ihr Bruder. Sieh zu, daß du sie achtest und beschützt, Wir sprechen uns noch, bevor du fortgehst.»

Ehe ich mich's versah, war ich draußen. Ich konnte kaum glauben, was mir gesagt worden war.

«Ich will nicht!» stieß ich unwillkürlich hervor.

Luke schüttelte meinen Arm und zischte mich an: «Wenn Sie eine Szene machen, verprügle ich Sie, Schwester hin oder her! Spielen Sie lieber wieder die Gefügige, das steht Ihnen besser. Wenn Sie meine Frau wären, würde ich Ihnen die Zunge abschneiden!»

Ich nahm mich zusammen und rang mir ein spöttisches Lächeln ab. «Das bin ich aber nicht, merken Sie sich's.»

Er ließ meinen Arm los, als ob er sich verbrannt hätte. Schadenfroh sah ich, welche Mühe es ihm bereitete, sich zu beherrschen. Ohne ein weiteres Wort kehrte er mir den Rücken und überließ es mir, den Weg zu der Hütte von Täubchens Verwandten allein zu finden.

Neunzehntes Kapitel

Man hat mir schon vielerlei vorgeworfen – Kälte, Skrupellosigkeit, Gefühllosigkeit, Berechnung. Vielleicht ist daran etwas Wahres. Ich weiß ja selbst, wie stolz ich früher darauf war, meine Gefühle im Zaum halten zu können.

Ich bäumte mich immer dagegen auf, in eine Verkettung von Umständen hineingerissen zu werden, über die ich keine Gewalt hatte, oder einem Menschen ausgeliefert zu sein.

Als Luke mich an jenem Abend einfach stehen ließ, verrauchte mein Ärger ziemlich schnell, weil ich an anderes zu denken hatte. So grotesk es mich auch dünkte, Ramon Cordes zu heiraten, es schien mir nichts anderes übrigzubleiben als abzuwarten, bis ich ihn wiedersah. Wenn er so zivilisiert war, wie es von ihm hieß, sagte ich mir, mußte er einsehen, in was für eine peinliche Lage wir beide geraten waren. Und wenn er erkannte, daß ich mich nicht zu einer abgekarteten Ehe zwingen ließ, verhalf er mir vielleicht zur Rückkehr in meine eigene Welt.

Luke mied mich tunlichst an diesem Abend. Wie üblich aßen die Männer zuerst, während die Frauen warten mußten, bis sie sich gesättigt hatten. Nachdem auch wir gegessen hatten, kam zu meiner Überraschung die dicke Frau herein, die ich in der Hütte des Schamanen gesehen hatte, und sprach leise mit Täubchens Mutter. Wie sich herausstellte, hatte der Alte beschlossen, unsere Beziehung öffentlich zu verkünden. Der Tochter seines Blutsbruders gegenüber fühlte er sich väterlich verpflichtet, und darum mußte ich in seiner Hütte wohnen und sie als mein Heim betrachten, solange ich mich auf der Rancheria aufhielt.

Täubchen flüsterte mir zu, damit werde mir eine große Ehre erwiesen, und sogar ihre zurückhaltende Mutter zollte mir, zwar widerstrebend, Hochachtung.

Der alte Schamane, der bereits in seine Decken gewickelt, beim Feuer lag, stützte sich auf den Ellbogen und hieß mich willkommen. «Es ist üblich, daß unverheiratete junge Frauen bei einem älteren Verwandten schlafen», erklärte er mir. «Schlaf gut, meine Tochter.»

Ich begriff, daß kein Gespräch mehr stattfinden sollte. Die dicke Frau, deren Name Fallendes Blatt war, konnte kein Spanisch. Sie wies mir einen Platz an der Wand an, wo schon Decken für mich lagen.

Nachdem ich mich folgsam hingelegt hatte, stellte ich Betrachtungen darüber an, ob der Alte um meinen guten Ruf besorgt war, oder ob er auf diese subtile Weise seinem Enkel zeigen wollte, daß ich nicht mehr als Gefangene zu betrachten wäre, sondern als jungfräuliche Apachin. Welche Stellung nahm ich hier eigentlich ein? Wie würde sie sein, wenn wir zu dem verborgenen Tal zogen?

Mein ganzes Leben hatte sich im kurzen Zeitraum einiger Wochen so grundlegend verändert, daß ich kaum zu glauben vermochte, all das sei mir wirklich widerfahren. In dieser Nacht schlief ich vor Übermüdung nicht ein. Mein Kopf war voll von Fragen, auf die ich keine Antwort fand, und als mich der Schlummer schließlich übermannte, quälten mich schlimme Träume. Ich wurde in einer Wüste verfolgt, wo meine Füße im Sand einsanken, und ich hörte die Pferdehufe meiner Verfolger dicht hinter mir. Furcht und Verzweiflung erfaßten mich, als ich plötzlich auf einem Felsen stand und in einen Abgrund blickte. An der Schulter fühlte ich eine Hand, die mich hinunterstoßen wollte . . .

Schweißgebadet fuhr ich auf, aber es war nur die dicke Frau, die mich wachrüttelte. Zuerst kam mir alles unwirklich vor. Meine Glieder waren steif, als ob ich tatsächlich gerannt wäre, und das Blut klopfte mir in den Ohren.

Der Schamane schlief noch. Er schlief, weil er alt war, gern in den Tag hinein, wie mir Täubchen später am Bach sagte. Manchmal sagten ihm seine Träume kommende Ereignisse voraus, manchmal enthielten sie Warnungen. Ich fragte mich, ob mein Traum eine Warnung vor mir drohenden Gefahren gewesen sei.

Die unheilvolle Ahnung verstärkte sich, während die Tage vergingen. Wie vorher im Lager wurde mir auch hier Arbeit übertragen, denn es herrschte dieselbe gesellschaftliche Struktur. Mit Täubchen sammelte ich Wurzeln und Beeren, aus denen eine Paste für die Reise zubereitet wurde. Während wir dem Lauf des Baches folgten, zeigte sie mir weitere eßbare Pflanzen und Sträucher, deren Blätter Heilkraft hatten. Sie war jetzt viel weniger zurückhaltend, duzte mich und plauderte mit mir wie mit einer Freundin. Ab und zu nannte sie mich Neidie – Schwester. Da sie ein paarmal einen Satz mit den Worten «Wenn du erst im Tal bist . . .» begann, fragte ich sie, ob sie denn nicht mitkommen würde.

Sie antwortete verwundert: «Ich dachte, das wüßtest du. Mein Vater hat meinen Mann gebeten, mich hier zu lassen, weil er solche Freude an den Kindern hat. Mein Mann willigte freundlicherweise ein.»

Ich erschrak. «Und ich muß allein mit seinem Bruder gehen!»

«O nein. Mein Mann kommt mit. Er hat seine Mutter lange nicht mehr gesehen, und er hält es für seine Pflicht. Außer-

dem kommen drei Krieger mit, die unterwegs für euch jagen. Zwei, die noch keine Kinder haben, nehmen ihre Frauen mit, damit du nicht die ganze Arbeit allein zu besorgen hast. Du wirst dich nicht verlassen fühlen, wenn du zwei Brüder hast, die dich beschützen.»
«Brüder?» wiederholte ich verständnislos.
Kichernd hielt sie sich die Hand vor den Mund. «Ich weiß alles. Meine Tante, die Witwe ist und für den Schamanen sorgt, hat es mir erzählt. Sie hörte, daß dein Vater und der Großvater meines Mannes alles vereinbart haben, bevor du hierher gekommen bist. Wirklich, Neidie, wenn ich gewußt hätte, daß du den jüngsten Bruder meines Mannes heiraten sollst, hätte ich dich in unserem Lager anders aufgenommen. Ich schäme mich.»
«Aber ich ...» Ihr besorgtes Gesicht ließ mich innehalten. Sie hätte mich nicht verstanden, und meine Weigerung hätte sie nur entsetzt. Ich wollte die flammenden Worte, die sich in mir angesammelt hatten, für Luke Cord sparen. Aber ich bekam Luke nicht zu sehen. Ich mußte arbeiten, und mein Ingrimm nahm zu, als mir am Tag vor der Abreise aufgetragen wurde, seine schmutzigen Sachen zu waschen. Ich schlug sie, dem Beispiel der anderen Frauen folgend, gegen einen flachen Stein am Bach, und ich tat es mit wilder Wut, in der Hoffnung, sie zu zerfetzen.
«Nicht so heftig!» ermahnte mich Täubchen halb lachend.
«Und ich? Woher nehme ich ein neues Kleid? Ich habe kein anderes, und es ist auch schmutzig.»
«Dein Vater, der Schamane, wird dir ein neues geben», beschwichtigte sie mich. «Er ist reich.»
Am Abend machte der Schamane tatsächlich eine ganze Zeremonie daraus, mir eine alte Apachentracht zu schenken. «Unsere Frauen tragen heute lieber die Kleider der Weißen statt der Ledertracht, auf die ihre Mütter so stolz waren», sagte er. «Dieses Kleid hier gehörte Carmelita, der Mutter meiner Tochter Elena. Sie trug es, als ich sie zur Frau nahm. Es würde das Herz eines alten Mannes erfreuen, wenn du es annähmst, meine Tochter.»
Die alte Tracht bestand aus einem langen, reich mit Perlen und Federn geschmückten Rock, der bis zu den Füßen reichte. Das hochgeschlossene Oberteil war an der Passe und an den Ärmeln ebenso bestickt.

«Ich hoffe, du wirst es mir zu Gefallen bei der Ankunft im Tal tragen. Vielleicht erinnert es meine Tochter Elena daran, daß auch sie eine Apachin ist.»
«Es macht mich stolz, daß du es mir schenkst», antwortete ich leise. Im stillen fragte ich mich, ob dieser alte Mann mit dem verrunzelten Gesicht und der brüchigen Stimme seine junge Gefangene am Ende liebte. Und sie, erwiderte sie seine Liebe? Eigentlich gingen mich alle die alten Geschichten von Haß und Zwietracht, Kummer und Liebe gar nichts an. Wie hätte ich darauf reagieren können? Sogar mein Vater wurde mir immer fremder. Was hatte er sich überhaupt vorgestellt?
Mein Adoptivvater, der Schamane, schien seine Pflichten ernst zu nehmen. Er machte mir noch mehr Geschenke, Mokassins und einen weiten Baumwollrock mit überfallender Bluse für die Reise.
Doch gegen die Reise selbst und gegen meine Begleiter lehnte ich mich auf. Als ich es andeutete, bewölkte sich sein Gesicht.
«Ich hatte vorige Nacht einen Traum», sagte er. «All dies ist vorbestimmt. Dein Vater, der ein Schamane seines Volkes hätte sein sollen, hat es vorausgesehen.»
«Aber er wußte nicht einmal, wo ich war», wandte ich ein. «Und er konnte nicht wissen, ob ich einwilligen würde, hierher zu kommen.»
«Er wußte, daß sein Blut in deinen Adern kreist. Ich sage dir, meine Tochter, er wußte es. Sei frohgemut. Nimm dein Schicksal hin. Geh ins Tal, lerne Ramon kennen. Er ist aus derselben Welt wie du. Du kannst deine wahren Gefühle erst erkennen, wenn du sie ergründet hast, wenn du beide Seiten gesehen hast.»
Wieder zeigte er seine fast unheimliche Macht des Gedankenlesens. «Du zürnst Lucas immer noch, nicht wahr?»
«Wie kann ich anders? Er hat mich schändlich behandelt. Es gab eine Zeit, da verteidigte ich ihn gegen andere. Aber als ich Beweise hatte . . .»
«Die Beweise, auf die du dich beziehst, haben viele Seiten, meine Tochter. Du erhieltest sie von Menschen, die ihn hassen. Hast du ihn jemals nach der Wahrheit gefragt?»
«Wahrheit?» Ich war so erregt, daß ich kein Blatt vor den Mund nahm. «Ich weiß, mein Vater glaubte an ihn, aber

was ist mit all dem, was er später getan hat? Männer hat er aus dem Hinterhalt erschossen, er ist mit Todd Shannons Stieftochter durchgebrannt und hat sie dann sitzenlassen. Hat sie an einen andern Mann verkauft! Und alles aus Rachsucht. Sie wurde später bei einem Streit im Wirtshaus getötet. Weiß er das?»
«Warum fragst du ihn nicht selbst?»
«Ihn fragen?» Das schrie ich fast, und ich zügelte mich. «Er würde mich nur anlügen oder mich keiner Antwort würdigen. Oder er würde mich anfahren.»
«Ist es gerecht, wenn ein Mensch, der von anderen bezichtigt wird, keine Gelegenheit erhält, sich zu rechtfertigen?»
Der alte Indianer ließ mich an meinen Großvater denken, der mich gelehrt hatte, logisch und gerecht zu sein.
Ich erwiderte zaghaft: «Soll ich ihn wirklich fragen?»
«Das mußt du selbst entscheiden, meine Tochter. Ich kann dir nur sagen, daß Lucas starrköpfig und stolz ist. Aber wenn du von deinem Haß absiehst und ihn sachlich fragst, wird er dir Rede und Antwort stehen. Ich habe mit ihm gesprochen, er wird dir die Achtung erweisen, die er einer Schwester schuldet.» Er seufzte. «Frieden kann nur geschlossen werden, wenn die Menschen zusammensitzen und sich aussprechen. Es ist leicht, Groll zu hegen. Schwer ist es, zu sagen: Ich möchte wissen, was in meinem Bruder vorgeht, ich möchte ihn verstehen.»
Auch ich seufzte. «Du erinnerst mich an meinen Großvater. Er war ein eigensinniger Querkopf mit seinen eigenen Vorstellungen. Aber er liebte mich, und er lehrte mich denken. Er sagte mir, eine Frau könnte ebenso vernünftig sein wie ein Mann. Ich glaube, du bist auch dieser Ansicht.»
«Unbedingt. Du kannst es sicher. Du bist die Tochter deines Vaters, der immer beide Seiten gesehen hat.»
In dieser Nacht schlief ich gut, obwohl wir am nächsten Tage aufbrechen sollten – für mich ins Unbekannte.
Aber alle meine guten Vorsätze lösten sich auf, und ich wurde wieder ärgerlich, als ich nur zwei Pferde sah, die mit Proviant und gestohlenem Silber beladen waren.
«Wo sind die anderen Pferde?» fragte ich Luke. «Soll ich etwa zu Fuß gehen?»
«Je mehr Pferde, desto mehr Aufenthalte, kleine Schwe-

ster», sagte er übertrieben höflich. «Du bist jetzt eine Apachin, und das Laufen wird dir sicher keine Mühe machen.»
Alle beobachteten uns, und ich hatte das Gefühl, auf die Probe gestellt zu werden. Die beiden Frauen, die mitkamen, warteten gelassen, obwohl sie schwer beladen waren. Julio stand mit undurchdringlichem Gesicht neben seinem Bruder.
Ich hielt mich zurück. Zumindest Luke würde den Sarkasmus meiner Antwort verstehen. «Gewiß. Ich hätte es mir eigentlich denken können.»
«Wenn du das Gelände siehst, durch das wir ziehen müssen, wirst du die Maßnahme besser verstehen», sagte er ruhig. Diese Worte waren sicher eine Konzession an seinen Großvater, der früh aufgestanden war, um uns zu verabschieden.
Wir gingen also zu Fuß, langsamer als zuvor, denn der Weg führte bergauf.
Die Hänge der Black Range waren dicht bewaldet, und das Gebirge wirkte unberührt. Hier gab es nicht die häßlichen Narben, die von metallgierigen Schürfern hinterlassen wurden; hier hausten nur Tiere in ihrer natürlichen Umgebung. Man brauchte mir nicht zu sagen, daß dies Apachenland war.
Die Männer schritten voraus. Sie trugen Gewehre, aber als sie für unsere Abendmahlzeit Jagd auf Wild machten, benutzten sie ihre uralte Waffe, den Pfeilbogen.
Wir rasteten nur selten, um die Pferde ausruhen zu lassen und von der Paste zu essen, die Täubchen und ich zubereitet hatten.
Nach Sonnenuntergang wurde das Lager aufgeschlagen. Eine Felsenhöhle bot uns Schutz, so daß keine Strauchwerkhütten errichtet werden mußten. Ich hatte die Apachinnen als Sklavinnen der Männer betrachtet, doch jetzt sah ich eine andere Seite ihres Lebens. Die beiden jungen Paare verhielten sich wie Liebespaare allenthalben; sie tauschten zärtliche Blicke und flüsterten miteinander.
Ich selbst kam mir vor, als spielte ich eine Rolle. Rowena Dangerfield – eine jungfräuliche Apachin, scheu, demütig bescheiden, zurückhaltend, wie es sich für eine zukünftige Braut geziemte. Ich ermahnte mich, nicht zynisch zu werden. Ja, ich mußte vorsichtig sein, wenn ich jemals wieder

frei sein wollte. Ich war überzeugt, an Ramons Ritterlichkeit appellieren zu können. Vor ihm fürchtete ich mich nicht, um so mehr vor seiner Mutter, der unheilvollen Elena Cordes, die eine Fehde entfesselt hatte, der Frau, die mein Vater geliebt hatte, und der Todd Shannons Haß galt. Sie hatte ihre Söhne zum gleichen Haß erzogen und zögerte nicht, sie als Instrument ihrer Rache zu benutzen. Der Instinkt sagte mir, daß wir uns als Feindinnen gegenübertreten würden, und daß ich weder ihre Macht noch ihre Entschlossenheit unterschätzen durfte. Wenn Todds Darstellung glaubwürdig war, hatte sie als junges Mädchen ihre Base und deren Kind dem Tod ausgeliefert, um den Mann ihrer Base zu ergattern. Sie mußte eine starke Persönlichkeit sein, ihr eigener Vater hatte nichts gegen sie vermocht.

Halb im Schlaf drehte ich mich um. In dieser Nacht schliefen Männer und Frauen getrennt; die Männer hielten abwechselnd Wache. Am Eingang der Höhle sah ich eine Gestalt sitzen und eine rotglühende Zigarre rauchen. Ich erkannte sie sofort.

Luke Cord. Der Sohn, der die Rachsucht seiner Mutter zur eigenen Sache gemacht hatte. Ob er wohl auch an sie dachte? Aus der Erinnerung tauchten Worte auf, die ich über ihn gehört hatte.

«Er liebte seine Mutter . . . er vergötterte sie . . .»

Was für ein Mensch war er im Grunde? Was für eine Frau konnte einen solchen Sohn geboren haben? Ich versuchte sie mir vorzustellen; aber die Bilder verwischten sich, und ich sank in Schlaf.

Zwanzigstes Kapitel

Wie sich herausstellte, war Elena Cordes ganz anders, als ich es mir ausgemalt hatte. Ich lernte sie jedoch nicht sofort kennen. Ich hatte nicht geahnt, daß das Tal so groß sein würde; fast vier Stunden dauerte die Durchquerung.

Fünf Tagereisen erforderte es, zu einem majestätischen Berghang zu gelangen, und immerzu mußten steile Wege bewältigt werden. Ich war nahe daran, vor Müdigkeit um-

zufallen, aber ich hütete mich, ein Wort der Klage zu äußern. Luke trieb uns so unerbittlich vorwärts, daß sogar sein Bruder murrte.
Wenn Julio mit mir sprach, befleißigte er sich ausgesuchter Höflichkeit und redete mich immer mit «Neidie» an. Doch wenn er sich unbeobachtet glaubte, sah er mich mit einem Ausdruck an, der mir Unbehagen bereitete.
Luke hingegen beachtete mich nur, wenn er mußte. Freilich, er hatte den höhnischen Ton aufgegeben, und statt angriffig zu sein, hielt er Distanz. Er bedankte sich, wenn ich ihm das Essen reichte, warnte mich vor gefährlichen Stellen auf dem Wege, doch das war auch alles. Er tat, als hätte es nie einen Konflikt zwischen uns gegeben.
Während der ganzen Wanderung schien er mit seinen eigenen Gedanken beschäftigt zu sein. Es fiel mir auf, daß er sogar mit den anderen nur sprach, wenn er angeredet wurde, und am Lagerfeuer starrte er versunken ins Weite. Woran dachte er?
Als Julio eines Abends neben mir saß, folgte er meinem Blick und sagte: «Mein Bruder ist ein tiefsinniger Mensch, nicht wahr? Sogar ich vermag ihn nicht zu durchschauen. Aber diesmal kann ich erraten, woran er denkt. Auf der Ranch meiner Mutter wartet eine Frau auf ihn. Sie ist jung und hübsch, die Tochter eines alten, verstorbenen Freundes. Ich glaube, sie wartet darauf, daß Lucas sich entschließt.»
«Bedaure, es sagen zu müssen», erwiderte ich verachtungsvoll, «aber sie tut mir leid.»
«Du magst meinen Bruder nicht?» Bildete ich es mir nur ein, oder hörte ich in Julios Ton wirklich so etwas wie Befriedigung? Im nächsten Augenblick tat er es leichthin ab: «Vielleicht ist es um deinetwillen besser so, Neidie.»
Ich ersuchte ihn nicht um eine Erklärung für diese Worte, weil ich das Gespräch nicht fortsetzen wollte.
Als wir nun vor dem steilen Berghang standen, blickte auch Luke hinauf, und zum erstenmal nahm ich eine Regung in seinem Gesicht wahr, die ich nicht zu deuten wußte. War es Verzweiflung? Hatten wir uns verirrt? Konnte er den Weg ins verborgene Tal nicht finden?
Er nahm einen aufgerollten langen Lederriemen vom Rükken des einen Pferdes und legte ihn sich um den Hals.

Wortlos preßte er sich an die steile Felswand, und dann schien er daran emporzusteigen. Ich hielt den Atem an. «Dort ist ein Pfad, Neidie», sagte Julio. «Die Bergziegen haben ihn vor langer Zeit ausgetreten. So hat Lucas den Weg ins Tal gefunden. Warte nur, du wirst bald sehen, wie wir hinaufgelangen.»
Mir kam die Wartezeit endlos vor, aber wahrscheinlich war es nur eine Viertelstunde. Julio und die drei anderen Männer unterhielten sich derweil unbekümmert. Die Frauen luden die Pferde ab; ich riß mich aus meiner Beklemmung und beeilte mich, ihnen zu helfen. Die schweren Silberbeutel erinnerten mich daran, wie dieses Silber erbeutet worden war. Es war befleckt vom Blut der Soldaten, die ihr Leben bei seiner Verteidigung gelassen hatten.
Eine der Frauen schrie auf, und fast gleichzeitig sah ich den langen Riemen über den Felsen herunterfallen. Er mußte oben im Hang, den ich für unüberwindbar gehalten hatte, befestigt worden sein.
Ich erschrak. Sollten wir daran hinaufklettern?
Ehe ich Julio fragen konnte, hatte er schon das baumelnde Ende ergriffen. Er stemmte die Füße an die Felswand und hangelte sich mit erstaunlicher Geschwindigkeit hoch.
Kaum war er oben verschwunden, da tauchte Luke wieder auf und ließ sich heruntergleiten. Wortlos band er eine der Satteltaschen fest, worauf Julio – unsichtbar – sie in die Höhe zog. Ich stand neben einer der Frauen und bemühte mich, mir nichts von meiner Furcht anmerken zu lassen.
Ich wollte mich nicht hinaufhissen lassen! Wenn meine Hände ausrutschten . . . Mir schauderte. Ich wußte, daß ich nicht schwindelfrei war, und meine Hände wurden feucht.
Eine Satteltasche nach der anderen und die Silberbeutel, die gegen die Felswand schlugen, wurden hinaufgehißt. Dann kamen der Proviant, die Häute und das Fleisch des erlegten Wildes an die Reihe.
Danach stiegen die Männer hinauf, ebenso geschickt wie Julio. Die Frauen deuteten mir mit höflicher Handbewegung an, daß ich als erste hinaufklettern sollte. Ich schüttelte den Kopf. Luke verzog spöttisch das Gesicht und sagte etwas in der Apachensprache zu den Frauen. Beide kletterten mit erstaunlicher Leichtigkeit hinauf; sie lachten dabei, als ob es sich um ein Vergnügen handelte.

«Nun bist du an der Reihe, Schwesterchen», sagte Luke schadenfreudig. «Du hast doch keine Angst?»
«Natürlich habe ich keine Angst», erwiderte ich scharf. «Aber was wird mit den Pferden? Wie kommen sie hinauf?» Vielleicht dachte er, ich hätte es auf eine Verzögerung angelegt.
«Du sorgst dich um die armseligen Klepper? Für so weichherzig hätte ich dich nicht gehalten.»
Warum mußte er mich immer ärgern? «Du wirst sie doch nicht . . .»
«Doch, ich dachte daran, sie zu schlachten. Aber wenn du dich darüber aufregst, können wir sie auch einfach zurücklassen. Sie werden ihre Nahrung selbst finden.»
«Wie wenig Achtung du vor dem Leben hast, ob Tiere oder Menschen!»
«Ich sagte dir doch, sie können sehr gut für sich selbst sorgen.»
Er schlug einen anderen Ton an: «Wenn du nicht endlich hinaufkletterst, binde ich dich fest und lasse dich wie die Beutel hinaufziehen!»
Er trat drohend auf mich zu. Nur meine Wut auf ihn verlieh mir den Mut, den Aufstieg zu wagen. Luke bot mir seine Handschuhe an, aber ich lehnte sie ab. Tagelang hatte ich hernach schmerzende Blasen an den Händen, und ich bekam Quetschungen an Knien und Hüften ab, weil ich an den Felsen prallte, als ich mich hinaufzog und mich bemühte, es den andern nachzumachen. Ich wagte nicht hinunterzuschauen. Meine Erleichterung war groß, als ich Julios kräftige Arme um die Leibesmitte fühlte und er mich oben absetzte.
«Komm, Neidie. Hier geht der Weg.»
Die Knie zitterten mir, als ich ihm um eine scharfe Biegung herum durch einen Felsentunnel folgte, bis ich am anderen Ende Licht sah.
Kein Wunder, daß es das Verborgene Tal genannt wurde! Ich verstand nun, warum es nie entdeckt worden war, und daß ein einziger Mann mit genügend Munition ein ganzes Heer von Angreifern abwehren konnte.
«Mein Bruder fand das Tal, als er allein in die Berge ging», sagte mir Julio. «Er sah eine Ziege verschwinden und folgte ihr. Siehst du die Berghänge ringsum? Wie Mauern. Es ist,

als hätten sich die Berge gespalten, um dieses Tal zu schaffen.»

Ich blickte mich staunend um, während wir einen sanften Hang zu einer Wiese hinunterkletterten, wo hüfthohes Grammagras wuchs.

Man konnte meilenweit sehen; das Tal verbreiterte sich und schien sich am Ende zu verengen. Zur Rechten war es felsiger; riesige Blöcke lagen verstreut, als ob sie vor Jahrhunderten durch ein Erdbeben oder sonst ein Naturereignis heruntergeschleudert worden wären.

«Wie schön!» sagte ich zu Julio.

«Das Beste kommt noch», antwortete er stolz. «Hier gibt es viel Wasser, und wir halten Vieh und Pferde. Die Herde gedeiht hier gut, aber du kannst mir glauben, es war nicht einfach, die ersten Tiere herzuschaffen.»

Ich dachte an Luke, der sich nicht die Mühe gemacht hatte, die armen Packpferde, die den ganzen Weg das Silber getragen hatten, in das Tal zu bringen, und meine Entrüstung nahm zu. Kurz darauf holte er uns ein.

Die Apachenkrieger und ihre Frauen waren verschwunden, und plötzlich wurde mir bewußt, daß ich mit meinen «Adoptivbrüdern» allein war. Julio konnte ich mir in dieser Rolle einigermaßen vorstellen, aber Luke nicht.

«Wir müssen wohl zu Fuß weitergehen?» Unwillkürlich war ich wieder aufsässig geworden, weil Luke dabei war.

Ich sah Julio bei meiner Frage an, aber Luke gab die Antwort: «Ein paar Kilometer weiter ist eine Koppel. Julio sorgt immer dafür, daß dort Pferde sind, falls sie gebraucht werden.»

«Sehr rücksichtsvoll», murmelte ich.

Julios Blick, der zwischen mir und seinem Bruder hin und her ging, verriet mir, daß er wußte, gegen wen sich mein Spott richtete. Da er auch wußte, daß ich Luke nicht mochte, brauchte ich mir keinen Zwang aufzuerlegen.

Jetzt ging Luke zuvorderst, und Julio folgte dicht hinter mir, Er war besorgt um mich und faßte mich jedesmal, wenn ich strauchelte, am Arm. Das Tal war größtenteils flach und grasbewachsen; zur Rechten ragten die zerklüfteten Berge hoch empor. Wie mir Julio erklärte, wurden die schmalen Schluchten im Sommer, wenn der Schnee auf den Graten schmolz, zu reißenden Wasserfällen.

Die Koppel, die Luke erwähnt hatte, war eine grobe Einzäunung aus Holz. Hier weideten fünf Pferde, eine behende, hochtrabende Rasse mit arabischem Einschlag.
Die Apachen kannten keinen Sattel; sie benutzten nur Decken und Zügel aus geflochtenen Pferdehaaren oder Lederriemen. Auch dafür war gesorgt; sie wurden in einem Schuppen neben der Koppel aufbewahrt.
«Möchtest du dir dein Pferd aussuchen?»
Luke, der den Ellbogen auf den Zaun stützte, überraschte mich mit dieser Frage. Ich hatte Pferde von jeher geliebt und konnte keine Gleichgültigkeit vortäuschen.
«O ja! Den gefleckten Hengst dort. Die Rasse kenne ich nicht, aber ich glaube, er ist ein edles Halbblut.»
«Du kannst Pferde ganz gut beurteilen, Neidie.» Nicht einmal die leicht sarkastische Betonung, die er immer anwendete, wenn er mich Schwester nannte, konnte die Tatsache verschleiern, daß er mir tatsächlich ein Kompliment gemacht hatte. «Er ist ein halber Appaloosa, gezogen aus dem ersten Pony, das ich besaß, und einer Araberstute. Bist du sicher, daß du mit ihm fertig wirst?»
Wollte er mich wieder herausfordern? Aber in seinem Gesicht war kein Spott.
«Darf ich ihn reiten?»
Er spreizte die Hände. «Besteig ihn von der rechten Seite. Und vergiß nicht, er ist es gewöhnt, hauptsächlich durch den Druck der Knie gelenkt zu werden. Er hat ein weiches Maul, reiß ihn also nicht am Zügel zurück. Das beste Pferd hier in der Koppel. Du hast eine gute Wahl getroffen.»
Trotz meinen bösen Ahnungen freute ich mich, endlich einmal wieder reiten zu können. Luke zeigte sich ausnahmsweise liebenswürdig, und Julio, seiner Verantwortung für die Familie enthoben, machte einen gelösten Eindruck.
Wir saßen auf, und nun zollte mir Julio ein Kompliment.
«Wie ich sehe, kann unsere kleine Schwester gut reiten», sagte er zu Luke, der nur nickte.
Luke war wieder in sich gekehrt. Es dünkte mich, daß irgend etwas an ihm nagte; aber was? Er war frei, ein Mädchen wartete auf ihn. Ich hielt ihn nicht für einen Menschen, dem das Gewissen zu schaffen machte.
Als wir wieder an einer Schlucht vorbeikamen, die tief ins

Gebirge einschnitt, sagte Julio, der neben mir ritt, leise zu mir: «Dort oben hat mein Bruder eine Hütte, und dorthin geht er, wenn er allein sein will. Ich war noch nie oben. Allerdings bin ich nicht oft hier.»
Ich wunderte mich. Warum wollte ein Mann wie Luke allein sein? Ich konnte ihn mir eher als impulsiv Handelnden vorstellen. Was hatte Flo veranlaßt, seinetwegen die Sicherheit aufzugeben und ihm zu folgen? Und vor allem: Was hatte er hier zu tun, inmitten dieses Schachspiels, bei dem ich als wehrloser Bauer eingesetzt war?
Allmählich stiegen wir in einen Teil des Tales ab, der wie eine Mulde war. Das Klima hatte sich verändert, die Luft war wärmer und nicht mehr so dünn.
Abermals mußte ich denken: Was tue ich hier? Wie bin ich hierher geraten? Sonderbarerweise erschreckte mich der Gedanke nicht mehr. Irgendwie freute mich die mir bevorstehende Herausforderung, und die Schönheit der Landschaft stimmte mich heiter. Ein kleiner Garten Eden. Der alte Schamane hatte von Vorbestimmung gesprochen, und in Indien hatte ich vom sogenannten Karma gehört, dem unausweichbaren Schicksal, das von vergangenen Ereignissen gebildet wurde. Seltsam, seit ich die erste Mitteilung von meinem Vater erhalten hatte, war ich mit der Vergangenheit verflochten worden, war von Dingen bewegt und beeinflußt worden, die sich vor meiner Geburt zugetragen hatten. Auch mein Hiersein hing irgendwie mit der Vergangenheit zusammen, aber zum erstenmal seit meiner Ankunft in Amerika fühlte ich mich auf mich selbst gestellt, ohne einen Menschen, der mich leitete oder beriet. Ich hatte nur meinen Verstand, meine Intelligenz . . .
Julio unterbrach meine Gedanken: «Gefällt es dir bis jetzt hier?»
«Wie könnte es anders sein?» antwortete ich ehrlich. «Es ist wunderschön. Aber . . .» Ich brachte die Frage vor, die mich schon längst beschäftigte: «Wo sind die Menschen? Ich habe Pferde gesehen und Vieh . . . wer sorgt denn für die Tiere?»
Er lachte leise. «Du hast scharfe Augen, Neidie. Doch, wir haben Leute, die für die Tiere sorgen, nicht viele, nur einige vertrauenswürdige Männer, die meine Mutter aus Mexico mitgebracht hat. Wahrscheinlich sind sie jetzt zu Hause

beim Abendessen. Die Sonne geht hier früh unter. Es ist nicht nötig, das Tal zu bewachen, denn wer könnte hier eindringen?»
«Aber die Apachen kennen es sicherlich?»
«Nur wenige. Wir respektieren die Siedlungen anderer. Nach einem harten Winter kommen wir gern hierher. Hier gibt es immer zu essen. Meine Brüder, die mitgekommen sind, werden hier auf die Jagd gehen und zurückkehren, wenn das Fleisch geräuchert und das Leder gegerbt ist.»
«Warum sind sie nicht bei uns geblieben?»
«Apachen wohnen nicht gern in einem Haus. Sie suchen sich eine Wohnstätte, und die Frauen bauen eine Indianerhütte.»
«Ihr habt auch das Silber zurückgelassen», bemerkte ich leicht ironisch, aber Julio hatte dafür kein Gehör.
«Wer wird es anrühren? Einer der Vaqueros wird es später holen und ins Haus meiner Mutter bringen.»
«Ein Haus . . .» wiederholte ich gedehnt. «Fühlst du dich in den Wänden eines Hauses nicht eingeengt?»
«Mir scheint, du beginnst uns zu verstehen, Neidie. Ja, auch ich liebe Häuser nicht. Ich schlafe immer draußen, obwohl es meiner Mutter nicht recht ist.»
Ich hätte ihn gern gefragt, warum er überhaupt mitgekommen war. Sein Ton verriet keine besondere Zuneigung, wenn er von seiner Mutter sprach; aber vielleicht lag es daran, daß er zu den Apachen gehörte, die ihre Gefühle nicht zeigten. Ich sagte impulsiv: «Ich wünschte, Täubchen wäre auch mitgekommen!»
«Täubchen mag meine Mutter nicht. Und meine Mutter mag sie nicht. Meine Frau ist bei ihrer Familie glücklicher. Aber es freut mich, daß du sie gern hast. Sie hat dich auch gern. Du hast in der kurzen Zeit, die du bei den Indianern lebst, viel gelernt, kleine Schwester.»
Vielleicht hätte er noch mehr gesagt, wenn Luke nicht zu uns umgekehrt wäre. «Jetzt ist es nicht mehr weit», sagte er, «aber wir wollen eine kurze Rast machen, schon wegen der Pferde.» Er musterte mich mißbilligend. «Du kannst baden und dich umziehen. Dort hinter den Bäumen ist ein Bach.»
Unwillkürlich strich ich mir die Haarsträhnen aus dem Gesicht.
«Ich gebe dir zehn Minuten Zeit, Schwester», fuhr er fort.

«Dann komme ich dich holen. Es ist nötig, daß du dich herrichtest.»
Ich saß ab, nahm mein Kleiderbündel vom Rücken des Pferdes und ging in die Richtung, die er mir angegeben hatte.
Ich mußte mich also präsentabel machen, bevor ich seiner Mutter unter die Augen trat. Trotz des Ärgers, den Luke immer in mir entfachte, genoß ich das erfrischende Bad im Bach. Ja, ich fühlte mich besser, als ich sauber war. Eingedenk des Versprechens, das ich dem Schamanen gegeben hatte, zog ich die Apachentracht an. Ich kämmte mir die Haare und ließ sie lose über den Rücken hängen. Zwar schalt ich mich eitel, aber ich konnte nicht umhin, mein Spiegelbild im Wasser zu betrachten und mich zu fragen, wie Elena Cordes mich wohl finden würde, wenn sie mich sah.

Vierter Teil

Das Tal der geheimen Wünsche

Einundzwanzigstes Kapitel

Als Elena Cordes die Treppe vor dem breiten mexikanischen Ziegelhaus herunterkam, war mein erster Eindruck, daß sie unmöglich so jung sein konnte, wie sie wirkte.
Es war immer noch hell, aber die Lampen brannten schon und ließen die Edelsteine ihres Kammes funkeln, den sie im hochgesteckten schwarzen Haar trug. Es waren Rubine, und auch ihre Halskette bestand aus Rubinen.
«Meine Söhne!» Sie hatte eine volle, melodiöse Stimme.
«Ja, Mutter, deine Söhne.» Bildete ich es mir nur ein, oder war Julios Ton wirklich ein wenig unliebenswürdig?
Ich hatte das Gefühl, einer Theaterszene beizuwohnen, als er vortrat, um sich von seiner Mutter umarmen zu lassen.
Anders war es, als Luke an die Reihe kam. Da wurde ich verlegen, als ob ich unberechtigter Augenzeuge einer Privatvorstellung wäre.
«Du bist schöner denn je, Elena!»
Sie lachte wie ein junges Mädchen und streichelte seine Wange, als er sich von ihr freimachte. «Und du, was ist deine Entschuldigung, daß du diesmal so lange weggeblieben bist? Du hast mir gefehlt. Uns allen.»
Wieder mußte ich daran denken, was mein Vater geschrieben hatte: «Luke betet seine Mutter an . . .»
Sein Gesicht hatte tatsächlich einen ganz anderen Ausdruck, als er sie anblickte. Er lächelte sogar.
«Ich glaube, ich bleibe nur weg, um dich das sagen zu hören, wenn ich wiederkomme.» Das sagte er scheinbar leichthin, aber ich hörte den bewegten Unterton.
Julio flüsterte mir zu: «Ist es nicht rührend, diese Liebe zwischen Mutter und Sohn zu sehen?»
In diesem Augenblick gewahrte mich Elena.
«Das ist aber nicht Täubchen! Julio, hast du schon eine zweite Frau genommen?»
Luke lachte unterdrückt, und ich warf den Kopf zurück. Er hatte kein Recht, Julio und mich in eine so peinliche Lage zu bringen.

Aber Julio zeigte sich ihr gewachsen. «Noch nicht, Mamacita», versetzte er ruhig, «aber es könnte sein, daß ich bald daran denken werde.»
Das Lächeln verschwand aus Lukes Gesicht, und er runzelte die Stirn.
Ich trat vor die schöne, stolze Frau, die so jung aussah wie ich und die Haltung einer Herzogin hatte. «Da Ihre Söhne die Form außer acht lassen, muß ich mich selbst vorstellen», sagte ich möglichst gelassen. «Mein Name ist Rowena Dangerfield. Sie kannten meinen Vater.»
Es war nicht zu erkennen, ob meine unverblümten Worte sie erschreckten. Sie zog nur die dunklen Brauen hoch, streifte Luke mit einem vorwurfsvollen Blick und kam mit ausgestreckten Händen auf mich zu.
«*Sie* sind Rowena? Guys Tochter? Wie gedankenlos von meinen Söhnen, mich nicht zu benachrichtigen. Beide sind leider Barbaren.» Ehe ich mich's versah, hatte sie mir die Hand unters Kinn gelegt und drehte meinen Kopf hin und her. «Sie haben die Augen Ihres Vaters! Ich hätte es gleich sehen müssen, trotz Ihrer Apachentracht.» Sie lachte leise. «Das war sicher der Einfall meines Vaters. Sieht ihm ähnlich. Aber lieb von Ihnen, daß Sie ihm gehorcht haben.»
Die Frau, die ich vor mir hatte, ließ in keiner Weise an das wilde Apachenmädchen denken, das sie einst gewesen sein mußte. Wenn ihr spanischer Tonfall nicht gewesen wäre, hätte Elena Cordes in jeden Londoner Salon gepaßt.
«Ihr Vater war sehr freundlich zu mir», antwortete ich wahrheitsgemäß. «Und die alte Tracht der Apachinnen ist wunderschön.»
Julio mischte sich wohlwollend ein: «Meine kleine Schwester hat sich unserer Lebensweise gut angepaßt. Sie ist jetzt auch eine Apachin, denn der Schamane, unser Großvater, hat sie adoptiert.»
Elena zog scharf den Atem ein und sah Luke an, der sich nachlässig an einen der geschnitzten Holzpfeiler zu Seiten der Treppe lehnte.
«Das ist wahr», sagte er ausdruckslos. «Der Schamane und Guy Dangerfield waren Blutsbrüder, erinnerst du dich? Er hat sie offenbar ins Herz geschlossen.»
«Was ich in bezug auf dich von mir leider nicht sagen kann», fuhr ich ihn an.

«Sie ist jähzornig und hat eine spitze Zunge», sagte er über meinen Kopf hinweg zu seiner Mutter. «Aber vielleicht kann Ramon etwas mit ihr anfangen.»
«Genug davon!» gebot Elena. «Fangt euren Besuch nicht damit an, daß ihr euch wie Kinder zankt! Bitte, Rowena, kommen Sie mit mir. Sie sind hier, und das freut mich. Was meine Söhne betrifft, so ist es manchmal am besten, sie gar nicht zu beachten.»
Ich hatte eine beißende Entgegnung auf der Zunge gehabt, aber ich befolgte ihren Rat, übersah Luke und ging mit Elena. Ja, ich war hier, eingeschlossen von Bergen, die mich daran erinnerten, daß dieses Tal ebensogut ein Gefängnis wie ein Zufluchtsort sein konnte. Im Augenblick wäre Widerspruch nicht nur zwecklos, sondern auch töricht gewesen.
«Erkenne deinen Feind . . .» Ich fand, ich hätte sowohl Zeit als auch Gelegenheit gehabt, den meinen kennenzulernen!
Elena sprach immerzu, während sie mich durch die große Eingangshalle über eine flachstufige Treppe zu einer dreiseitigen Galerie führte.
«Dieses Haus ist ziemlich einfach gebaut, wie Sie sehen, aber ich wählte den spanischen Stil, weil er sich für das hiesige Klima am besten eignet. Gefällt Ihnen die Galerie? Im Sommer ist es hier kühl, und man hat das Gefühl des Geräumigen. Die Schlafzimmer gehen ringsum davon ab.»
Sie wedelte mit der einen Hand, an der ein riesiger Rubin in alter Fassung glühte. «Dieser Flügel ist meinen Söhnen und ihren Gästen vorbehalten. Auf der anderen Seite haben Luz und ich unsere Zimmer. Sie haben doch schon von Luz gehört?»
Ich schüttelte den Kopf. Ich fragte mich, ob ihr unverbindliches Geplauder ihrem wahren Wesen entsprach. Ging ich nur von einer vorgefaßten Meinung aus?
Stirnrunzelnd öffnete sie die Tür zu ihrem Schlafzimmer, einem großen, prächtig eingerichteten Raum, den ein breites Himmelbett beherrschte. «Aha, man hat es unterlassen, Ihnen von ihr zu erzählen. Luz ist . . . die Tochter eines alten Freundes. Nach dem Tod ihres Vaters brachte Lucas sie hierher, und seitdem lebt sie bei mir. Ein liebes Kind, und ich bin froh über ihre Gesellschaft. Wenn mein Sohn endlich sein Wanderleben aufgibt . . . nun ja, ich habe immer

gehofft, daß die beiden eines Tages heiraten werden. Ich glaube, Luz bildet sich ein, in ihn verliebt zu sein.»
Ich hatte den Eindruck, daß Elena auf meine Reaktion gespannt war.
Ich antwortete leichthin: «Wenn sie wirklich heiraten, dann ist es ja gut, daß sie meint, in ihn verliebt zu sein. Aber offen gestanden, ich kann nur sagen, daß mir das arme Mädchen leid tut. Weiß sie, was Flo Jeffords widerfahren ist?»
In diesem Augenblick ließen wir allen Schein fallen.
«Sie mögen Lucas nicht», sagte sie. «Das ist sonderbar, denn die meisten Frauen haben eine Schwäche für ihn. Vielleicht zürnen Sie ihm nur, weil er Sie hierhergebracht hat. Oder liegt es daran, daß Sie allen Ernstes glaubten, Todd Shannon zu lieben?»
Es war endlich gesagt worden. Todd Shannons Name fiel zwischen uns wie ein Stein, aber anstatt bestürzt zu sein, wie sie vielleicht gehofft hatte, war ich froh, wieder ich selbst sein zu können. «Ich weiß nicht, ob ich Todd Shannon liebe oder nicht. Ich bin mit ihm verlobt. Mag sein, daß ich aus praktischen Gründen eingewilligt habe. Wozu muß Liebe dabei mitspielen? Ich bin eher praktisch als sentimental.»
«Und darum sind Sie hier, nicht wahr? Ja, Sie sehen Guy ähnlich, aber Sie sind anders als er. Guy hatte zuviel Gefühl.»
«Vielleicht bin ich Ihnen ähnlicher. Ich kann mich beugen, wenn ich muß, aber ich lasse mich nicht brechen.»
Zu meiner Verwunderung schlug sie die Hände zusammen, daß der Rubinring im Lampenlicht funkelte. «Jetzt bedaure ich beinahe, daß Sie nicht meine Tochter sind! Mir scheint, Sie verstehen, daß eine Frau viel stärker als die Männer sein kann. Als ich Sie in der Apachentracht sah, wurde ich stutzig. Guys Tochter, dachte ich, ist sie wirklich so unterwürfig? Ist sie wie Luz? Aber das sind Sie nicht. Luz fürchtet sich vor mir. Mir scheint, Sie haben Ihren eigenen Willen. Hier werden wir beide nun herausgefordert? Werden Sie Ihrem verstorbenen Vater zu Gefallen einen meiner Söhne heiraten? Oder werden Sie eigensinnig bleiben? Jedenfalls bewahrt mich Ihr Kommen vor der Langeweile.»
Sie lächelte und öffnete einen reichgeschnitzten Schrank. «Ich glaube, Sie werden sich in einem meiner Kleider be-

quemer fühlen. Wir haben fast die gleiche Figur. Wollen Sie sich etwas aussuchen?»

Wenigstens fühlte ich mich wieder auf vertrautem Boden. Ich betrachtete die vielfältigen Kleider. «Sie sind sehr liebenswürdig. Ja, ich habe meinen eigenen Willen, wie ich auch praktisch denke. Haben Sie wirklich nichts dagegen, wenn ich eines dieser Kleider trage?»

Sie lachte fröhlich. «Warum sollte ich? Nein, ich möchte, daß Sie sich für meine Söhne schön machen. Vielleicht auch für mich. Ich glaube nämlich, daß wir uns verstehen werden. Ich bin lange nicht mehr herausgefordert worden.»

«Ich auch nicht», sagte ich leise, und wir lächelten einander an.

Als wir zum Essen hinuntergingen, waren wir fast Verbündete. Im Grunde wußten wir beide, warum ich hier war, und daß ich mich dagegen auflehnte. Elena fand wahrscheinlich Gefallen an dem Gedanken, daß sich durch meine Anwesenheit ähnliche Wirkungen ergeben könnten wie durch einen Katalysator. Sie half mir beim Anziehen, nachdem ich ein blaues Seidenkleid ausgesucht hatte. Sie steckte mir die Haare so auf, daß sie von einem Knoten auf dem Kopf in Locken auf die Schultern fielen.

«Sie haben ebenso dichte schwarze Haare wie ich», sagte sie. «Merkwürdig, wie wenig Sie von Ihrer Mutter haben. Sie war eine blonde Engländerin, wie mir Guy sagte. Fiel es Ihnen nicht schwer, sich von ihr zu trennen?»

«Es fiel uns beiden nicht schwer», antwortete ich kurz. «Wir verstanden uns nicht gut. Wir hatten nichts gemeinsam.»

«Sonderbar, ich glaube, wir beide haben viel gemeinsam.» Sie lachte wieder leise.

Ich sagte ohne Umschweife: «Ich kann mir nicht vorstellen, warum Sie wünschen würden, daß ich Ihren Sohn heirate. Würden Sie es an meiner Stelle tun?»

«Vielleicht, wenn mir nichts anderes übrigbliebe. Ihr Vater wünschte es, wie Sie wissen. Ich habe drei Söhne. Sie können wählen.»

«Und wenn ich keinen von ihnen will?» Ich mußte die Frage stellen.

«Wenn Sie vernünftig sind und so praktisch, wie Sie selbst sagen, werden Sie einen von ihnen wählen. Es ist für Sie die einzige Möglichkeit, aus diesem Tal wegzukommen. Verstehen Sie, ich bin nicht nur ein praktischer, sondern auch ein entschlossener Mensch. Im Grunde ist es doch nicht so schlimm, nicht wahr? Meine Söhne sind jung. Todd Shannon ist alt, viel zu alt für Sie, finde ich. Aber darüber können wir später reden.»

Ihr Ton hatte etwas Unerbittliches. Gewiß, wir würden noch darüber reden. Vorläufig mußte ich das Abendessen überstehen, dem ich nicht ohne Bangen entgegensah.

Der große polierte Tisch hätte mindestens dreißig Gästen Platz geboten, aber er war nur für sechs Personen gedeckt. Ich sah Ramon wieder, und ich beantwortete seine Verbeugung mit einem leichten Neigen des Kopfes. Luz war ein reizvolles, dunkelhaariges Mädchen, etwa neunzehn Jahre alt; sie trug den weiten bunten Rock und die tief ausgeschnittene Bluse der Mexikanerinnen, die losen Haare reichten ihr bis zur Leibesmitte. Ihr hübsches Gesicht hatte einen mißmutigen Ausdruck, und aus den Blicken, die sie mir zuwarf, ersah ich, daß sie meine Anwesenheit nicht schätzte. Sie schien ganz auf Luke eingestellt zu sein, der sie mit gleichgültiger Sachlichkeit behandelte, die mich innerlich aufbrachte. Es fiel mir auf, daß er sich nicht die Mühe gemacht hatte, sich umzuziehen; er hatte sich nur rasiert. Auch Julio wahrte kaum den Anstand, und man merkte, daß er sich an einer Tafel nicht wohl fühlte.

So vornehm die Umgebung auch wirkte, wir mußten uns selbst bedienen. Das Essen war so stark gewürzt wie in Martas Küche; die alte Frau, die es hereinbrachte und die Schüsseln am einen Ende des Tisches abstellte, mußte mindestens siebzig Jahre alt sein.

Überraschenderweise brach Ramon den Streit vom Zaun, nachdem wir uns gesetzt hatten. Luz war aufgesprungen, um die Schüsseln herumzureichen, wobei sie bei den Männern begann. Das erinnerte mich an den Brauch der Apachen, bei denen die Frauen immer warten mußten, bis sich die Männer gesättigt hatten, und unwillkürlich stand ich auf, um Luz zu helfen.

Julio schien das für selbstverständlich zu halten, aber Luke sagte spöttisch zu seinem jüngeren Bruder: «Siehst du, wie gut sie schon erzogen ist?»

Ramon schob seinen Stuhl polternd zurück und brauste

auf: «Du gehst entschieden zu weit! Hast du vergessen, was du Rowenas Vater zu verdanken hast? Sie ist zur Dame erzogen worden, nicht zu einer Gefangenen, wie du sie aufzulesen beliebst!»
«Kleiner Bruder, ich kann tun, was mir gefällt, das solltest du dir merken. Ich habe sie für ein erstklassiges Gewehr und für Munition gekauft, stimmt das nicht, Rowena? Sonst wäre sie jetzt in Mexico in einem Bordell oder tot. Sei also froh, daß ich sie hergebracht habe, Bruder, sonst könnte ich mich anders besinnen und selbst in Wettbewerb treten!»
«Wenn es dabei um mich geht», sagte ich kalt, «dann schlag es dir nur aus dem Kopf, Luke. Du wärst der letzte, den ich in Betracht ziehen würde.»
«Lieber Shannon, was? Aber für ihn bist du tot. Schau dich also nach einem Ersatz um. Ein jüngerer Mann wäre ohnehin besser, auch wenn ihm nicht die halbe SD-Ranch gehört.»
Mit schneidender Stimme fiel Elena ein: «Genug, Lucas! Hast du deine Kinderstube vergessen?»
«Er vergißt sie immer», sagte Ramon ergrimmt. «Zivilisierte Gesellschaft ist er nicht gewöhnt. Ich bitte Sie um Verzeihung für das Benehmen meines Bruders, Lady Rowena.»
«Verstehst du unter zivilisiertem Benehmen Heuchelei, kleiner Bruder?»
Mir war die spöttische Überlegenheit, die Luke seinem Bruder gegenüber hervorkehrte, so verhaßt, daß ich ihn am liebsten geohrfeigt hätte.
Sekundenlang dachte ich, Ramon würde es tun. Er klammerte sich so krampfhaft an den Tischrand, daß seine Knöchel weiß wurden. «Du unterstehst dich, mich einen Heuchler zu nennen? Ausgerechnet du, Lucas?»
Ich verstand die Bedeutung seiner Worte nicht, sah aber, daß sie Luke bis aufs Blut reizten. Elenas Warnruf «Lucas!» hielt ihn davon ab, sich gehen zu lassen. Er war erblaßt, und sein ganzer Körper spannte sich an.
«Ramon, setz dich, und denk wenigstens du daran, daß du gut erzogen bist!» befahl Elena. «Ich bin sicher, daß sich Rowena selbst wehren kann. Ist es nicht so?»
Da sie mich angeredet hatte, bestätigte ich es: «Durchaus.» Ich wandte mich an den erregten Ramon: «Es war freundlich von Ihnen, für mich einzutreten, aber unnötig. An das

schlechte Benehmen Ihres Bruders habe ich mich längst gewöhnt.»
«Ich entschuldige mich für ihn», wiederholte Ramon, und damit war der Zwischenfall vorläufig beigelegt.
Mir war jedoch klar geworden, daß zwischen den drei Brüdern gespannte Beziehungen bestanden, die sich infolge meiner Anwesenheit verschärften. Rührten sie davon her, daß Julio und Ramon eifersüchtig auf Luke waren, den erklärten Liebling ihrer Mutter?
Ich nahm mir vor, es herauszufinden, denn ich ließ mich nicht davon täuschen, daß ich als Gast betrachtet wurde. Ich war mit einer bestimmten Absicht in dieses Tal verschleppt worden, und in einem Augenblick der Schwäche hatte ich einem alten Mann versprochen, die andere Seite einer verwickelten Geschichte zu betrachten, die schon allzu viele Menschenleben beeinflußt hatte, mein eigenes eingeschlossen.
Mein Großvater hatte mich ja gelehrt, daß jede Feindschaft zwei Seiten hatte. Es konnte nichts schaden, Geduld walten zu lassen und Beobachtungen anzustellen. Wie lange schien es her zu sein, seit Mr. Bragg mir diesen Rat gegeben hatte! Wie immer, wenn ich an Bragg dachte, fühlte ich würgenden Haß und Mißtrauen. Was wußte Elena Cordes vom Tun und Treiben ihres Sohnes?
Ich muß wohl nachdenklich ausgesehen haben, denn Ramon, der neben mir saß, sagte leise zu mir: «Wenn Sie wüßten, wie sehr es mich empört, was mein Bruder diesmal ausgeheckt hat! Wenn er Sie schlecht behandelt hat . . .»
Ich wehrte ab: «Wozu davon sprechen? Ich sehe mich nicht zum erstenmal gezwungen, aus den Umständen das Beste zu machen. Glauben Sie mir, ich bin nicht so schwach, wie es scheinen mag.»
Er sagte inbrünstig: «Sie sind wundervoll! Wenn ich denke, was Sie in letzter Zeit alles durchgemacht haben . . .»
«Ihr Bruder Julio und seine Frau waren sehr freundlich zu mir», versetzte ich betont, «auch Ihr Großvater.»
Ich hoffte, Luke hätte uns gehört, aber er war in ein Gespräch mit seiner Mutter vertieft und lachte über etwas, das sie gesagt hatte.

Zweiundzwanzigstes Kapitel

Später am Abend, in meinem Zimmer, wollte ich endlich meine Gedanken und Eindrücke ordnen.
Luz und ich hatten nebeneinanderliegende Zimmer, die nicht durch eine Tür, sondern nur durch einen Torbogen getrennt waren. Sie hatte sich deswegen entschuldigt und gesagt, ich solle mich nicht stören lassen; aber ich hegte den Verdacht, daß ich absichtlich hier untergebracht worden war, damit sie mich bewachen konnte. Statt dessen kam es ganz anders.
Luz legte den Finger auf die Lippen und öffnete die Fensterläden, die sie kurz zuvor geflissentlich geschlossen hatte.
Ich hörte Lukes gepreßte Stimme: «Du weißt doch, warum ich nicht öfter komme. Mein Gott, glaubst du, ich bin aus Stahl, Elena? Manchmal . . .»
«Und ich? Glaubst du, es macht mir Freude, hier gefangen zu sein?»
«Jesus Montaya besucht dich. Der Ring an deinem Finger ist neu, nicht wahr? Hat er ihn dir zur Erinnerung an frühere Zeiten geschenkt? O Gott, jedesmal wenn ich herkomme . . .»
«Weißt du noch, wie du mir versprochen hast, Drachen für mich zu töten? Damals warst du noch ein Kind und mehr Apache als Julio. Wie du mich anschautest . . . Du wolltest mich nicht lieben, nicht wahr? Ich wollte dich auch nicht lieben. Aber in diesem Augenblick wußte ich, daß wir dich bitten würden, mit uns zu kommen, und daß du es tun würdest.»
Noch nie hatte ich eine so traurige Männerstimme gehört wie jetzt, als er sagte: «Du warst von jeher mein Traum. Du warst . . . Aber ich habe den Drachen nicht für dich getötet.»
«Du wirst es schließlich tun. Und dann wirst du sehen, daß . . .»
Elenas weiche Stimme schwebte zu uns herauf, aber ich wandte mich vom Fenster ab, und Luz schloß leise die Läden. Wir blickten einander an; ihr Gesicht war schmerzlich verzogen.
«Jetzt wissen Sie, warum Lucas und ich nicht verheiratet

sind. Er wird nie heiraten! Dachten Sie, er hätte Sie für sich hierher gebracht?»
«Nein, für Ramon. Vielleicht steckt auch Rachsucht dahinter. Ich hatte mich mit Todd Shannon verlobt. Hat man Ihnen das nicht gesagt?»
«Mir sagen sie nichts», antwortete sie kleinlaut. «Nie. Ich dachte nur . . . Ich weiß, daß Lucas andere Frauen hat, aber hier nicht. Das spielt sich woanders ab. Er nahm mich Montoya weg und sagte, er wolle mich zu seiner Frau machen, doch er behandelt mich, als wäre ich seine Schwester. Sie sagt: ‹Warum reitest du nicht mit Lucas aus? Ihr beide seid jung, ihr solltet euch miteinander vergnügen.› Und zu ihm sagt sie, er solle mich nach Mexico mitnehmen. Sie ist seiner so sicher, verstehen Sie? Und nun hat er Sie hierher gebracht . . .»
Plötzlich wünschte ich, ich hätte das enthüllende, nackte Gespräch unter dem Fenster nicht gehört, auch nicht Luz' Bekenntnis, warum sie so unglücklich war.
Ich war entschlossen gewesen, unbeteiligter Zuschauer zu bleiben; doch jetzt weckte sie meine Anteilnahme. «Auch wenn man Ihnen nichts gesagt hat», erwiderte ich, «müssen Sie doch gemerkt haben, daß ich nicht freiwillig hier bin.»
Plötzlich fielen mir Julios höhnische Worte ein: «Diese Liebe zwischen Mutter und Sohn!» Was wir gehört hatten, hätte das Gespräch eines Liebespaars sein können.
Mir tat Luz leid, die so töricht gewesen war, sich in einen Mann zu verlieben, der seine Mutter so sehr liebte, daß er sich an keine andere Frau binden konnte.
«Werden Sie Ramon denn heiraten?» Trotz den Tränen in den Augen hatte Luz einen neugierigen Ausdruck.
«Offen gestanden, ich würde lieber den Mann heiraten, mit dem ich verlobt bin. Jedenfalls kann ich Ihnen versichern, daß ich keine Absichten auf Luke Cord habe. Ich mag ihn nicht und mißtraue ihm. Er ist mir widerlich. Sogar Julio hat mehr von einem Ehrenmann.»
Sofort verteidigte sie ihn: «Oh, dann kennen Sie Lucas nicht! Ich weiß, was man von ihm sagt, aber er ist ein guter Mensch. Er kann nichts dafür, daß Elena ihn verhext hat. Julio ist verheiratet, und Ramon . . . gewiß, Ramon ist auch gut, aber er ist weniger Mann als Lucas. Lucas hat dieses

Tal gefunden und alle hergebracht. Er versorgt sie mit allem, was sie brauchen.»

«Wenn Sie so verliebt in ihn sind, warum kämpfen Sie dann nicht um ihn? Warum lassen Sie sich von ihm beiseite schieben und wie eine Schwester behandeln? Elena Cordes ist eine reizvolle Frau, und sie ist stark, aber Sie sind doch nicht seine Mutter, und wenn Sie wirklich wollen, daß er Sie . . .»

«Sie verstehen nicht!» Sie wandte sich von mir ab und warf sich auf ihr Bett. «Wie könnten Sie auch? Sie sind noch nicht lange genug hier.»

«Vielleicht sind Sie schon zu lange hier», entgegnete ich. «Manchmal sieht ein Außenseiter die Dinge, wie sie wirklich sind. Glauben Sie etwa, Sie können bekommen, was Sie sich wünschen, wenn Sie keinen Finger rühren? Ich bin erst ein paar Stunden hier, das stimmt, aber ich habe schon erkannt, daß Sie in Luke verliebt sind, daß Ramon im Begriff ist, sich in mich zu verlieben, und daß Luke Cord für niemand Augen hat außer für seine Mutter.» Sie hob den Kopf und sah mich erschrocken an. Nachdenklich fuhr ich fort: «Nur Julio ist mir noch ein Rätsel, aber auch ihn werde ich bald durchschauen.»

«Wie können Sie bloß von all dem so ruhig sprechen?» Luz schien wieder den Tränen nahe zu sein. «Ich habe Sie heute abend beobachtet und gesehen, wie leicht es Ihnen fällt, mit Menschen zu reden, die für Sie Fremde sind. Nur gegen Lucas werden Sie ausfallend. Ich dachte schon, es läge daran, daß Sie ihn bevorzugen und sich ärgern, weil er Sie nicht beachtet.»

«Ich habe viele Gründe, auf Lucas böse zu sein, aber die Tatsache, daß er mich nicht beachtet, gehört nicht dazu. Ja, für mich wäre der Aufenthalt hier viel angenehmer, wenn ich ihn überhaupt nicht sehen müßte!» Ich verkniff mir noch andere Worte, die mir auf der Zunge lagen. Es war sinnlos, Luz gegen mich einzunehmen; ich tat klüger daran, ihre Freundschaft und ihr Vertrauen zu gewinnen. Es kam vielleicht die Zeit, wo ich Hilfe brauchte; denn ich war immer noch entschlossen, dieses Tal zu verlassen, ohne zu einer Heirat gezwungen zu werden, ganz gleich, was für abgefeimte Mittel ich anwenden mußte.

Luz hatte sich aufgerichtet und staunte mich an. «Sie sind

ganz anders, als ich Sie mir vorgestellt habe. Sie sind es gewöhnt, zu tun, was Sie wollen, nicht wahr?»

«Ja, ich war immer selbständig. Das haben schon viele bedauert. Aber ich hoffe, auch sachlich zu sein. Das sollten Sie lernen, wenn Sie bekommen wollen, was Sie sich wünschen.»

«Ich wünsche mir nur, Lucas zu heiraten! Und mit ihm von hier wegzugehen. Mir wäre es gleich, wohin er mich mitnähme. Auch . . . ja, manchmal ist es mir sogar gleich, ob er mich heiratet oder nicht, wenn ich wüßte, daß er mich begehrt.»

Offensichtlich brauchte Luz einen Menschen, mit dem sie sich aussprechen konnte, und wahrscheinlich hätte sie mir in diesem Augenblick alle ihre Kümmernisse anvertraut, wenn ich es zugelassen hätte. Aber ich wußte, daß ich vorsichtig sein mußte und nichts überstürzen durfte; deshalb gab ich ihr kein Stichwort, sondern gähnte und tat, als ob es mich langweilte, über Lucas – so hieß er hier nun einmal – zu reden.

«Manchmal ist es das beste Mittel, einen Mann zu reizen, wenn man sich ändert. Seien Sie zurückhaltender oder – noch besser – machen Sie ihn eifersüchtig! Doch eigentlich geht mich das alles nichts an. Ich habe mich immer befleißigt, mich nicht in anderer Leute Angelegenheiten zu mischen.»

«Oh, Sie sind sicher müde», sagte Luz zerknirscht. «Kann ich morgen wieder mit Ihnen sprechen? Ich stehe gewöhnlich zeitig auf, um beim Frühstück zu helfen, aber danach . . . Vielleicht läßt man uns zusammen ausreiten, wenn Sie Lust hätten. Es wäre nett, wenn Sie mir von den großen Städten erzählten und von den Menschen, die dort leben. Ramon hat mir natürlich schon davon erzählt, aber er weiß nicht, was Frauen besonders interessiert.»

Ich lächelte sie an. «Abgemacht. Wenn Sie mich wecken, helfe ich Ihnen in der Küche. Da ich schon hier bin, kann ich mich ja auch nützlich machen.»

Ich hätte mich schämen sollen. Ich beabsichtigte, wenn nötig, Luz und Ramon ebenfalls zu benutzen. Die beiden waren am freundlichsten zu mir; aber das hielt mich vom Pläneschmieden nicht ab.

Ich mußte mich immer wieder daran erinnern, daß ich nur

ein unbeteiligter Zuschauer war, daß Haß- und Liebesgefühle, ja das ganze Leben der Menschen in diesem Hause mich nichts angingen. Ich hatte doch nur das Ziel, meine Selbständigkeit und meine Freiheit zurückzugewinnen. Aber warum wurde ich immerfort abgelenkt? Ob ich wollte oder nicht, ich fühlte mich hineingerissen in die seltsamen Unterströmungen, die unter einer scheinbar normalen Oberfläche wirbelten. Denn dies war kein normaler Haushalt, ebensowenig wie Elena Cordes, die ihm vorstand, eine gewöhnliche Frau war.
Von Anfang an hatte ich ihre Kraft gespürt und die Macht, die sie über ihre Söhne ausübte, auch über Julio, der zwar den Überlegenen spielte.
Luz fürchtete sich vor Elena, ich aber nicht. Wir hatten bei unserem ersten Gespräch einander Maß genommen. Auffallend war allerdings, daß Elena meine Gesellschaft zu suchen schien. Wir sprachen über Bücher, Theaterstücke und Opern, sogar über die neueste Mode. Vielleicht wollte sie mir mit ihren Kenntnissen von der Außenwelt Eindruck machen; tatsächlich war sie gut unterrichtet. Wir sprachen von meinem Vater, von seinem Wesen und ein paarmal auch von Todd Shannon. Dann wurde ich zwar zurückhaltend, zumal sie durchblicken ließ, wie sehr sie von dem Gedanken besessen war, daß er sich seinen Landbesitz unrechtmäßig angeeignet habe.
«Ihr Vater dachte anders», sagte sie einmal. «Er hatte Gerechtigkeitsgefühl. Männer wie Todd Shannon sind Piraten, die sich mit allen Mitteln nehmen, was sie haben wollen. Mein Mann hatte mehr Anrecht auf die Ländereien, die Shannon sein Eigentum nennt, doch nach dem Gesetz war er nur ein Spanier, und die Spanier galten als ein besiegtes Volk.»
«Aber die Spanier nahmen das Land den Indianern weg, als sie nach Neu Mexico kamen», entgegnete ich sachlich.
«Sie argumentieren sehr geschickt.» Ich hatte erwartet, daß sie böse werden würde, aber sie blieb ganz ruhig. «Dieselbe Logik müßte Ihnen aber sagen, daß es nur recht und billig wäre, wenn meine Söhne wenigstens einen Teil der Hinterlassenschaft Ihres Vaters erhielten. Das war Guy Dangerfield, Ihrem Vater, klar. Darum faßten wir gemeinsam den Plan, daß Sie einen meiner Söhne heiraten sollten. Daß Sie

Todd Shannon lieben, glaube ich einfach nicht – Sie machen nicht den Eindruck einer Frau mit gebrochenem Herzen.»
«Wie Sie wissen, denke ich praktisch. Aber ich würde mich niemals zu einer Heirat zwingen lassen.»
Sie lächelte. «Ist die Wahl, die Sie haben, etwa nicht praktisch? Es ist mir nicht entgangen, daß Sie viel mit Ramon zusammen sind. Er ist in Sie verliebt, und Sie werden ihn leicht um den Finger wickeln können.»
«Wie Sie alle Ihre Söhne um den Finger wickeln?» Es focht mich nicht an, daß sie die Stirn runzelte. «Genau wie Sie habe ich meistens meinen Willen durchgesetzt. Übrigens eilt es ja nicht, oder?»
«Sie ähneln mir mehr, als mir lieb ist», murmelte sie. «Doch wie Sie sagen, es eilt nicht.»
In der Tat eilte es nicht. Ich war nicht einmal mehr eine Gefangene. Ich ritt nach Belieben aus, und ich durfte sowohl Ramons Bibliothek als auch Elenas Garderobe benutzen. Ich war ein Gast, aber das gehörte ins Reich der Illusionen, denn trotz der Größe des Hauses wohnten hier bloß zwei alte Dienstboten. Fernando war ein mürrischer, wortkarger Greis, Elena so treu ergeben, daß er nur ihre Befehle befolgte. Die schwerhörige Paquita hatte die Gewohnheit, Selbstgespräche zu führen, wenn sie sich gemächlich in der Küche bewegte. In einer Hütte hauste ein Ehepaar, beide etwa fünfzig Jahre alt; sie besorgten den Gemüsegarten und halfen den sechs Vaqueros, die ihr eigenes Quartier hatten, beim Eintreiben des Viehs.
Wie ich feststellte, machte Luz die meisten Haushaltsarbeiten, kochte auch zum Teil und servierte beim Abendessen, der einzigen gemeinsamen Mahlzeit. Obwohl Ramon widersprach, griff ich mit zu.
Die Männer frühstückten gewöhnlich vor uns und nahmen das Mittagessen draußen ein. Zu meiner Erleichterung kam ich also nur beim Abendbrot mit Lucas zusammen, und wir sprachen kaum zwei Worte miteinander bis zu dem Tag, an dem etwas geschah.
Wie üblich waren die Männer frühzeitig aufgebrochen, und sie sollten erst kurz vor Sonnenuntergang zurückkehren. Ich hatte sie davon sprechen hören, daß Zäune geflickt werden müßten. Das erinnerte mich an die kurze Zeit, in der

ich Herrin der SD-Ranch gewesen war und Todd im Krankenhaus von Silver City gelegen hatte. Wie immer, wenn ich an Todd dachte, stellte ich Betrachtungen darüber an, was jetzt wohl in ihm vorgehen mochte. Glaubte er an meinen Tod? Suchte er mich? Und Mark, der sich als treuer Freund erwiesen hatte? Derartige Gedanken verstärkten meinen Haß auf Luke Cord und meine Entschlossenheit, so bald wie möglich von hier wegzugehen.

Ich hatte Luz überredet, den Männern das Mittagessen zu bringen, und sie ermahnt, Lucas gegenüber die Unnahbare zu spielen. Ramon bat ich, sie zu begleiten.

«Willst du dich als Heiratsvermittlerin verdient machen?» neckte er mich.

Elena hatte bestimmt, mit den Förmlichkeiten Schluß zu machen, um mir den Anschluß an die Familie zu erleichtern, und ich duzte mich seit kurzem mit allen, was mir allerdings nicht behagte.

«Du solltest Luz in Gegenwart deines Bruders Komplimente machen», wies ich ihn an. «Es wird höchste Zeit, daß sie als Familienmitglied betrachtet wird, nicht als Dienstbote!»

«Und gedenkst du dann ihre Arbeit zu übernehmen?»

Ich wußte, daß Ramon meine Einstellung einem weichen Herzen zuschrieb, und ich schämte mich fast meiner Berechnung. Wie Elena mir versichert hatte, konnte er mir keine Gefälligkeit abschlagen.

Er ritt mit Luz davon, und ich blieb allein zurück, was mir nur lieb war. Elena hielt jeden Nachmittag Siesta, und Paquita schlief ohnehin den halben Tag. Wo Fernando war, wußte ich nicht, aber ich vermutete, daß er sich ebenfalls aufs Ohr gelegt hatte. Ich genoß mein Alleinsein, während ich Bohnen einweichte und Fleisch fürs Abendessen hackte.

Ich wurde jedoch von Julio überrascht. Ich hatte ihn nicht gehört, aber auf einmal lehnte er in der Küche an der Wand und musterte mich mit dem gleichen unergründlichen Ausdruck wie damals, als ich als Gefangene in das Apachenlager gebracht worden war.

Ich fuhr unwillkürlich zusammen.

«Habe ich dich erschreckt? Ich sah Ramon und Luz mit Essen für die andern fortreiten, und da ich vorhatte, heute

zum Mittagessen nach Hause zu kommen, hoffte ich, daß du mir etwas geben würdest.»
«Gern», antwortete ich schnell gefaßt. «Es wird nicht lange dauern, im Herd ist noch Feuer, ich muß nur Holz nachlegen.»
Ich wollte an ihm vorbeigehen, um draußen das Holz zu holen, aber er hielt mich am Arm zurück.
«Ich denke, du hast Hunger.»
«Ich lechze mehr nach einem Gespräch mit dir, Neidie.»
«Du kannst immer mit mir sprechen. Aber laß mich zuerst . . .»
«Du fürchtest dich doch nicht vor mir?» Er drückte mich an die Wand, ohne meinen Arm loszulassen.
«Ich denke mir, jetzt bin ich an der Reihe. Ich habe dich mit meinem Bruder Ramon zusammen gesehen, und vorher hat sich Lucas zwischen uns gestellt. Ich weiß noch, wie du mich anschautest, damals, als die Krieger dich in unser Lager brachten, ja, auch später, kleine Schwester. Ich weiß, was meine Mutter mit dir vorhat, aber sie vergißt, daß auch ich ein Cordes und ihr Sohn bin. Ich spreche jetzt nicht, weil sie und dein Vater den Plan ausgeheckt haben. Ich bin Apache, und das Land bedeutet mir ebensoviel wie den andern. Doch vor allem begehre ich dich, und ich glaube, das weißt du.»
Mir fiel nichts anderes ein als die ziemlich einfältige Entgegnung: «Du bist doch schon verheiratet! Und ich habe Täubchen gern. Wenn du mich für eine Frau hältst, die imstande wäre . . .»
«Ich denke an nichts anderes als an eine Heirat», unterbrach er mich heftig. «Du bist eine Jungfrau, und da mein Großvater dich adoptiert hat, würde ich es mir nicht einfallen lassen, mich dir zu nähern, wenn ich kein ehrbares Heiratsangebot im Sinn hätte. Wenn du länger bei uns geblieben wärst, hätte ich die besten Pferde vor der Hütte des Schamanen angebunden, als Zeichen meiner Absicht. So aber bleibt mir keine andere Wahl, als dir zu sagen, was ich vorhabe. Ich habe gesehen, wie ruhig du die Worte meiner Mutter hingenommen hast, und ich sehe, daß du Ramon nicht liebst. Also . . .»
Mittlerweile hatte ich mich gefaßt. Ich war nicht so töricht, ihn abzuschütteln, sondern blickte ihm kühn in die Augen.

«Dein Großvater hat es mir anheimgestellt, mich selbst zu entscheiden. Ich achte dich, gewiß, doch du bist für mich nur ein Bruder, der bereits verheiratet ist. Ich habe mich zwar der Lebensweise der Apachen angepaßt, kann aber nicht aus meiner Haut. Wenn ich einen Gatten wähle, wird es mir nicht möglich sein, ihn mit einer anderen Frau zu teilen, Julio. Hoffentlich verstehst du das, denn ich möchte deine Freundschaft nicht verlieren.»

Ich bemühte mich, Ruhe und Vernunft zu wahren, aber Julio schien dazu nicht imstande zu sein. Er betrachtete mich von oben bis unten – ich hatte mir an diesem Tag für die Küchenarbeit Rock und Bluse der Apachinnen angezogen – und erwiderte eindringlich: «Ich glaube, du fürchtest dich, von einem Mann besessen zu werden, und die Furcht macht dich kalt. Aber deine Sinnlichkeit sehnt sich danach. So war es auch bei meiner Großmutter, der gefangenen Spanierin, die mein Großvater zu seiner dritten Frau gemacht hat. Mit der Zeit . . .»

«Nein!» Er drückte mich mit aller Kraft an die Wand, und die plötzliche Begierde in seinem sonst immer so ausdruckslosen Gesicht ließ mich alle Vorsicht außer acht lassen. «Ich sage dir, ich will meine Wahl selbst treffen, wenn es soweit ist! Hältst du so dein Versprechen, mich als Schwester zu behandeln?»

«Ich sehe in dir keine Schwester, sondern ein Weib! Ich begehrte dich schon, als ich dich das erstemal sah, und ich hätte dich gekauft . . .»

«Aber du rührtest keinen Finger. Dein Bruder hat mich gekauft. Hast du seine Erlaubnis eingeholt, dich mir so zu nähern?»

«Mein Bruder, ha!» rief er erbost. «Vielleicht hat er dich gar nicht wie eine Schwester behandelt, als er neben dir schlief! Ist deine Abneigung gegen ihn nur Schein oder Eifersucht?» Er lachte rauh. «Wenn du Lucas willst, Neidie, wirst du lange warten, genau wie Luz. Bist du noch nicht dahintergekommen, wie er ist? Für ihn sind alle Frauen nur ein Spielzeug, das man benutzt und dann wegwirft. Du hast doch scharfe Augen, oder verschließt du sie in diesem Fall absichtlich vor der Wahrheit? Vielleicht willst du nicht erkennen, daß Lucas meine Mutter liebt!»

«Du weißt nicht, was du da sagst», stieß ich hervor.

«Meinst du? Dann will ich es dir noch deutlicher sagen, kleine Schwester. Mein Bruder und meine Mutter haben ein Liebesverhältnis.»

Ich hielt vor Entsetzen den Atem an.

Julio lächelte teuflisch. «Habe ich dich erschreckt? Nicht nötig. Lucas ist ein Bastard meines Vaters. Verstehst du jetzt?»

«Sie ist aber viel älter als er . . .»

«Was besagt das schon? Sie ist schön, und sie sieht jung aus. In seiner Gegenwart wird sie noch jünger, hast du das nicht bemerkt? Ich erinnere mich gut an den Tag, an dem uns, Lucas und mir, gesagt wurde, unsere Eltern wären ins Lager gekommen. Bis dahin hatte ich meinen Großvater als meinen Vater betrachtet. Sie hatten uns verlassen, und nun kamen sie endlich, ihre Söhne zu sehen! Wir wollten nicht mit ihnen gehen. Lucas, der ältere von uns beiden, war noch entschlossener als ich, bei den Apachen zu bleiben. Und dann sah er sie, und sie lächelte und sprach mit weicher, schmeichelnder Stimme. Ich beobachtete ihn, und ich wußte, daß er ihretwegen mitgehen würde. Dann kam es dazu, daß sie ihr Liebesverhältnis vor meinem Vater nicht mehr geheimhalten konnten. Willst du wissen, was da geschah?»

Ich spürte nicht mehr, daß Julio mich festhielt. Ich wollte nichts mehr hören, und doch mußte ich . . .

Er schien meine Gedanken zu lesen. «Du bist also neugierig. Auch ich war neugierig, als Lucas gebrochen in unser Lager zurückkehrte, so neugierig, daß ich vor der Hütte des Schamanen lauschte, während er meinem Großvater von dem Streit mit unserem Vater erzählte. ‹Ich kann nicht zurück›, sagte er mit einer Stimme, die ich kaum wiedererkannte. Später am Abend kam Elena, meine Mutter, ebenso verstört wie er. ‹Er ist tot!› schrie sie. Nie werde ich diesen Schrei vergessen. ‹Shannon hat ihn getötet›, rief sie außer sich, ‹er oder seine Leute! Und wenn keiner von euch Manns genug ist, ihn zu rächen, werde ich es tun!›» Julio machte eine bedeutungsvolle Pause, als erwartete er eine Antwort von mir, doch da ich ihn nur stumm anstarren konnte, fügte er ruhiger hinzu: «Das übrige weißt du, glaube ich. Er rächte den Tod meines Vaters, aber nimmst du an, er setzte sein eigenes Leben so leichtsinnig aufs

Spiel, um dem Gesetz Blut für Blut Genüge zu tun, oder aus schlechtem Gewissen?»
Ich war ganz benommen. Die letzte Eintragung im Tagebuch meines Vaters kam mir in den Sinn; ich hatte sie nur flüchtig ohne Zusammenhang gelesen und nicht verstanden.
«Vor mir hat sich das Oedipus-Drama abgespielt. Jetzt ist es zu spät, den Verlauf der Tragödie zu ändern. Müssen wir für immer von alten Verbrechen und alter Schuld verfolgt werden?»
Ich hatte mich gefragt, ob sich diese Worte auf ihn selbst bezogen. Jetzt verstand ich sie besser.
Mühsam stemmte ich mich gegen Julios Hände. «Du tust mir weh.»
«Ist das alles, was du mir zu sagen hast?» Aber er ließ mich los.
«Du irrst dich, wenn du glaubst, daß ich deinen Antrag ablehne, weil ich eine geheime Liebe zu deinem Halbbruder hege. Vielleicht bin ich überhaupt nicht fähig, einen Mann so sehr zu lieben, daß ich seinetwegen alles aufgeben und mich damit begnügen würde, seine Sklavin zu sein und seine Kinder zu gebären. Am liebsten würde ich gar nicht heiraten, doch wenn ich müßte, dann nur einen Mann, der so etwas nicht von mir verlangt.» Ich rang mir ein Lächeln ab. «Eigentlich solltest du mich gut genug kennen, um zu wissen, was für eine unbotmäßige Ehefrau ich sein würde.»
Er trat wieder näher und legte mir die Hand unters Kinn. «Das stimmt, ich glaube nicht, daß du eine unterwürfige Frau sein könntest. Du wärst besser ein Krieger wie Victorios Schwester, die wie ein Mann kämpfen kann.» Fast grob fügte er hinzu: «Allem Anschein nach wirst du doch meine Schwester bleiben. Und nicht ich werde der Bruder sein, der dir das Leben rettet.»
«Der mir das Leben rettet? Was meinst du damit?»
Er ging zu dem großen irdenen Krug hinüber, in dem immer kaltes Trinkwasser aufbewahrt wurde. Er schöpfte daraus und trank.
«Nur einen Traum, den mein Großvater hatte», antwortete er obenhin. «Aber die Träume eines Schamanen sind nie ohne tiefere Bedeutung. Vielleicht wird dir mein Bruder Ramon eines Tages das Leben retten, und du wirst ihn hei-

raten. Großvater träumte von einem weißen Vogel, den Falken verfolgten, und der blindlings einem Jäger ins Netz ging. Zwei Falken verstanden, daß es eine Falle war, und flogen weg, um andere Beute zu suchen. Der dritte aber schoß pfeilschnell vom Himmel hinab und zerhackte mit seinem scharfen Schnabel dem Mann die Augen, bis er blind war. Da war der weiße Vogel frei und flog unter den Fittichen des Falken weg.»

«Ein schrecklicher Traum! Wäre ich ein Vogel, so würde ich bestimmt ein Falke sein, keine dumme, ängstliche Taube.»

Er bedachte mich nur mit einem vielsagenden Blick und ging ebenso geräuschlos aus der Küche, wie er gekommen war. Der Auftritt hatte mich mehr erschüttert, als ich mir eingestehen mochte, und ich war froh, Julio los zu sein.

Während ich das Fleisch weiter in winzige Würfel schnitt, hallten mir Julios Worte in den Ohren.

«Verschließt du die Augen absichtlich vor der Wahrheit? . . . Lucas ist ein Bastard . . . Mein Bruder und meine Mutter haben ein Liebesverhältnis . . .»

Das war also der Grund für Luz' Traurigkeit, für den verdeckten Groll, den Julio und Ramon gegen ihren Halbbruder hegten. Und Elena selbst, die den Mittelpunkt der Spannungen bildete? Ich hatte geglaubt, sie allmählich zu kennen, aber jetzt wurde mir klar, daß ich sie nur insoweit zu ergründen vermochte, als sie es erlaubte. Sie hielt die Fäden in der Hand und übte eine Macht aus, der anscheinend nur Todd Shannon zu widerstehen vermocht hatte.

Todd – der Gedanke an ihn kam mir ganz plötzlich. Wie lange hatte ich nicht mehr an ihn gedacht? Schloß ich ihn absichtlich aus, um die Seelenruhe zu bewahren? Hätte ich doch bloß auf ihn gehört, hätte ich doch Marks Warnungen beachtet! Ungebeten übermannte mich die Erinnerung an Todds leidenschaftliche Umarmungen, die meinen Widerstand überrannt, an seine Küsse, die mich zum Schweigen gebracht hatten. Was tat ich hier, inmitten von unerfindlichen Strömungen und dunklen Intrigen, die einer griechischen Tragödie genug Stoff geliefert hätten?

Dreiundzwanzigstes Kapitel

Es war heiß in der Küche, und der Schweiß brach mir aus. Ungeduldig strich ich mir eine feuchte Haarsträhne aus dem Gesicht, wobei ich wünschte, meine Finger wären nicht so schlüpfrig, mein Geist nicht so rege ... und da geschah es.

Das Messer rutschte aus. Ich fühlte keinen Schmerz, hörte nur das Messer auf den Tisch klappern. Ungläubig starrte ich auf meine Finger, als ob sie mir nicht gehörten, und auf das Blut, das aus zwei tiefen Schnitten quoll. Es war eine Mischung von Schrecken und Ärger über meine Ungeschicklichkeit, die mich lähmte, während ich bewegungslos mein eigenes Blut fließen sah.

Plötzlich wurde die Tür aufgetreten, und als ich benommen aufblickte, gewahrte ich den einzigen Menschen, den ich am wenigsten erwartet und herbeigewünscht hätte.

«Luz? Wo steckt ihr alle?»

Lucas mußte sich unter der niedrigen Tür ducken, und nach der Helligkeit draußen konnte er zuerst nichts sehen. Ich war wie Luz gekleidet, und er hielt mich für sie.

«Wo ist Ramon? Ich mußte ein Pferd erschießen.» Er ging zu dem Krug und trank gierig. Zwischendurch sprach er weiter. «Natürlich das Pferd, das ich ritt, und dann mußte ich in der sengenden Sonne den ganzen Weg laufen. Und Julio ... ha, glaub ja nicht, Luz, er hätte mich auf seinem Gaul mitgenommen, im Gegenteil, er preschte davon. Was ist los mit dir, Luz, warum stehst du so stumm da?»

Über dem Rand des Bechers weiteten sich seine Augen, als er sich umdrehte und mich erkannte.

«Du, Rowena? Allein in der Küche?»

Mir wurde schwindlig, und ich mußte mich mit der rechten Hand am Tisch festhalten. Die linke ließ ich hängen, so daß das Blut auf den Boden tropfte.

Mit zwei Sätzen war er bei mir. «Bist du wahnsinnig? Stehst da und unternimmst nichts! Willst du etwa verbluten? Wenn du kein Fleisch schneiden kannst, ohne dir die Finger abzusäbeln ... Komm her.»

Er zerrte mich durch die Küche, riß sich das rote Tuch vom Hals und tauchte es in den Wasserkrug, ungeachtet jeglicher Hygiene und Sauberkeit.

«Nicht doch», wehrte ich matt ab, doch er hörte nicht darauf, sondern tupfte das unablässig strömende Blut ab.
«Himmeldonnerwetter!» fluchte er. «Wie kann man nur so ungeschickt sein! Du hast dich in zwei Finger bis auf den Knochen geschnitten. Ein Glück, daß sie nicht ganz abgehackt sind.»
Es fiel mir leichter, auf den Beinen zu bleiben, wenn ich die Augen zumachte.
«Setz dich.» Ein Stuhl scharrte über den Boden und er drückte mich auf den Sitz. «Streck beide Arme in die Höhe und halte das linke Handgelenk fest. Bleib so sitzen. Wo zum Teufel ist die verdammte Luz? Und Ramon?»
«Sie wollten euch Essen bringen. Wieso bist du so früh nach Hause gekommen?»
«Das kann dir gleich sein. Fang nicht schon wieder Streit mit mir an, während du halbtot bist.»
Er war wieder zu dem Krug gelaufen, nahm nun meine Hand herunter und betupfte die Schnitte mit dem feuchten Tuch.
«Du blutest wie ein . . .» Er verbiß sich das Wort, fluchte und sagte dann in rauhem Ton: «Es gibt nur eine Möglichkeit, die Blutung zu stillen. Es wird verdammt weh tun. Wenn du dich darauf verstehst, ohnmächtig zu werden, solltest du es jetzt tun.»
«Ich werde nie ohnmächtig», erwiderte ich. Es sollte trotzig klingen, aber meine Stimme war lächerlich matt.
«Dann beiß die Zähne zusammen.»
Ehe ich begriff, was er vorhatte, hob er mich auf und legte mich auf den Boden.
«Aber . . .» Ich wollte mich aufrichten, konnte ihn aber nur anstarren, als er vor mir stand, in der Hand das Messer, dessen Spitze rot glühte.
«Halt dich still! Es wird noch schlimmer, wenn ich es zweimal tun muß.»
Ich wußte nicht, wie mir geschah. Ich fühlte nur einen furchtbaren Schmerz, als er die Messerklinge durch meine Wunden zog.
Er tat es so schnell, daß mir überhaupt keine Zeit blieb, zurückzuzucken, und im nächsten Augenblick verband er mir die wunden Finger flink und gründlich mit dem feuchten Tuch.

Möglich, daß ich doch halb ohnmächtig wurde, denn ich erinnere mich nur dunkel, daß ich irgendwohin getragen wurde; aber ich weiß, daß ich mich wehrte.
«Halt still», schimpfte er, «sonst lasse ich dich fallen, und ein gebrochener Hals ist weniger leicht zu flicken als zerschnittene Finger.»
«Du hast mir das Leben nicht gerettet», murmelte ich. «An blutenden Fingern stirbt man nicht.»
«So ein Blödsinn! Wenn ich gedacht hätte, mit der Blutstillung wäre dein Leben zu retten, hätte ich dich weiterbluten lassen. Eine Frau wie dich möchte ich nicht am Halse haben!»
«Natürlich nicht, du hättest Elena gern zur Frau, nicht wahr?»
Kaum hatte ich diese Worte geäußert, da bereute ich sie schon. Ich fühlte, wie sich seine Muskeln spannten, aber ich begriff nicht, warum ich vertrauensvoll in seinen Armen lag.
«Am liebsten würde ich dich die Treppe hinunterwerfen, nachdem ich dich glücklich hinaufgetragen habe, du Hexe!»
Ich schlug die Augen auf. Seine Nasenflügel blähten sich wie immer, wenn er zornig war, und ich dachte, er würde seine Drohung wahrmachen oder mich erwürgen. Ich weiß nicht, was geschehen wäre, wenn sich nicht gerade Elenas Tür geöffnet hätte, an der wir vorbeikamen.
«Lucas? Ich hörte deine Stimme.»
Ich ertrug weder ihren noch seinen Anblick. Ich machte die Augen wieder zu und ließ mich schlaff hängen, als hätte ich das Bewußtsein verloren; aber er ließ sich sicher nicht täuschen.
«Sie hat sich mit dem Messer verletzt. Es war niemand da, und ich mußte die Schnitte ausbrennen.»
«O Lucas, ich dachte schon . . .»
Er fiel ihr ins Wort, wahrscheinlich weil er argwöhnte, daß ich zuhörte, und weil ich über ihre Beziehung Bescheid wußte. Er haßte mich deswegen, ich fühlte seinen Haß körperlich an der Art, wie er mich in den Armen hielt.
«Ich bringe sie in ihr Zimmer. Dann komme ich zu dir und erzähle dir alles.»
«Lucas . . .»

Es war für mich fast ein Triumph, als er wortlos weiterging und Elena stehenließ. Aber mein Frohlocken dauerte nicht lange. Mit einem heftigen Tritt stieß er die Tür meines Zimmers auf und legte mich unsanft aufs Bett.
«Sobald Luz zurück ist, schicke ich sie zu dir. Und du ... lern du gefälligst den Mund halten und misch dich nie mehr ein. Sonst ...»
«Sonst was? Willst du mich umbringen, um mich aus dem Wege zu schaffen? Oder mich verkaufen, wie du es mit Flo getan hast? Ich sagte bloß die Wahrheit, und du kannst sie nicht leugnen! Warum schämst du dich, es zuzugeben? Du bist in Elena verliebt. Hältst du mich für blind? Glaubst du, alle sind blind, nur weil niemand den Mut hat, es laut herauszusagen?»
Er war erblaßt unter der sonnverbrannten Haut. Ich sah Haß in seiner Miene und Schmerz.
«Ich hätte dich niemals hierherbringen sollen», sagte er tonlos. «Ich hätte es sofort merken sollen, wie du bist.»
«Du weißt überhaupt nicht, wie ich in Wirklichkeit bin. Aber du hast recht, du hättest mich nicht hierherbringen sollen. Ich wollte es nicht.»
«Ja, ich weiß.»
Plötzlich verschwand er aus meinem Gesichtsfeld, und ich hörte die Tür zuknallen. Zum zweitenmal in meinem Leben brach ich in Tränen aus und vergrub meinen Kopf im Kopfkissen.
Ich wollte schlafen, aber die Schmerzen hielten mich wach. Lange lag ich so, bis die Tür aufging und Luz auf den Zehenspitzen mit einem Tablett hereinkam. «O Rowena, wie tust du mir leid! Ich verstehe nicht, daß Lucas so böse auf dich ist. Und Julio ist aus dem Haus gelaufen. Ramon wollte zu dir kommen, aber ich sagte, er solle warten, bis es dir besser geht. Tut es immer noch sehr weh?»
Ihre freundliche Anteilnahme war mir unerträglich, auch die zarte Fürsorge, mit der sie den Notverband entfernte und die häßlich aussehenden Wunden mit einer kühlen Heilsalbe bestrich, bevor sie einen neuen Verband anlegte.
«Du hättest verbluten können, wenn Lucas nicht gekommen wäre.» Das sagte sie mit unverkennbarem Stolz.
Unwillkürlich machte ich eine Bewegung, aber sie ermahnte mich schnell, ruhig liegen zu bleiben.

«Diese Kräutersalbe verhindert eine Entzündung und lindert die Schmerzen», erklärte sie. «Natürlich wirst du Narben behalten, doch das macht nichts. Du kannst Handschuhe tragen, wenn du sie nicht sehen willst. Und nun trink diese Brühe – sie beugt dem Wundfieber vor und hilft dir schlafen. Du brauchst Ruhe. Nie wieder lasse ich dich allein in der Küche! Es war alles meine Schuld.»
«Hat er das gesagt? Es war nicht deine Schuld. Ich paßte nicht auf und war ungeschickt.»
Es schien mir, daß Luz absichtlich einen heiteren Ton anschlug. «Jedenfalls mußt du dich ausruhen. Ich komme bald wieder, um zu sehen, ob du etwas brauchst.»
«Ich bin nicht krank! Du meine Güte, ich habe mich ja nur geschnitten. Das ist kein Grund, im Bett zu bleiben.»
«Lucas hat es angeordnet. Wenn du aufstehst, werden alle auf mich böse sein.»
«Ich noch viel mehr!» Ich hatte Elena nicht hereinkommen hören, aber sie war auf einmal da und lächelte mich mit unergründlichem Ausdruck an.
«Bleib im Bett und ruh dich aus», sagte sie. «Wenn du dich besser fühlst, kannst du zum Abendessen herunterkommen. Solange es so heiß ist, tut dir eine Siesta bestimmt gut.»
Ich wußte nicht, ob sie mich verspottete oder mich bedauerte.
Luz verließ leise das Zimmer.
Mit Unschuldsmiene sagte ich: «Ich möchte mit Lucas sprechen. Ich muß mich bei ihm bedanken. Ich war leider sehr unfreundlich zu ihm.»
Sie gab verwundert zurück: «Lucas soll kommen? Nicht Ramon?»
«Ja, Lucas. Ramon war nicht hier, als ich den dummen Unfall hatte.»
«Und Julio war gerade gegangen. Du kannst dir nicht vorstellen, wie leid es ihm tut. Ich glaube, du hast alle meine Söhne verhext, Rowena.»
«Oh, Lucas bestimmt nicht! Er mag mich ebensowenig wie ich ihn. Aber ich bin ihm dankbar. Ich war häßlich zu ihm. Er tat mir weh, doch jetzt weiß ich, daß es zu meinem Besten geschah. Du verstehst doch, daß ich jetzt ein schlechtes Gewissen habe?»

Sie beugte sich über mich und berührte meine Hand. «Wie du mich an meine Jugend erinnerst! Ich wollte immer das haben, was ich nicht haben konnte. Wenn Guy wie du gewesen wäre . . . wer weiß? Vielleicht wäre dann alles ganz anders gekommen. Aber wenn du unbedingt Lucas sehen willst, schicke ich ihn zu dir, auf die Gefahr hin, daß die beiden andern böse werden.»
«Du fühlst dich seiner sicher, nicht wahr?» Ich konnte die Frage nicht unterdrücken.
Ihr Lächeln war vielsagend. «Warum auch nicht? Du dürftest es schon begriffen haben. Wie gesagt, du hast die Wahl. Heirate Julio, dann wirst du seine zweite Frau und lebst wie die Apachen. Heirate Ramon, und du wirst einen Mann haben, den du beherrschen kannst. Vielleicht wirst du Lucas heiraten – wer weiß? Deine unverhohlene Abneigung gegen ihn reizt ihn, jedenfalls augenblicklich. Aber wenn du geschickt genug bist, so etwas zuwege zu bringen, wirst du ihn mit mir teilen müssen, und ich werde immer den größeren Anteil haben. Nein, ich glaube nicht, daß du dich wie meine arme kleine Luz verhalten und nur warten und hoffen wirst. Wie ich willst du etwas herbeiführen. Wir werden also sehen, was geschieht. Jetzt sage ich Lucas, daß du mit ihm sprechen möchtest.»
«Es tut gut, nachsichtig behandelt und verstanden zu werden», sagte ich mit einer Dankbarkeit, die wohl von meiner Mattigkeit herrührte.
Nachdem sie gegangen war, machte ich die Augen zu. Die Schmerzen hatten nachgelassen. Wie schon so oft dachte ich an ein Schachspiel. Die schwarze und die weiße Königin. Wer waren die Bauern? Oder vielleicht die Könige? Beim Schach ging es um zwei mächtige Königinnen, und ich wollte mich mit Elena messen.
Ich war wohl eingedämmert, denn das Zuschlagen der Tür ließ mich zusammenzucken. Unwillkürlich entfuhr es mir: «Mußt du immer so laut sein?»
«Was zum Teufel hast du mir noch zu sagen?»
«Dein Gehorsam erstaunt mich», murmelte ich mit übertrieben schmerzgequälter Stimme.
«Ja, Elena sagte mir, daß du mich zu sprechen wünschst. Warum gerade mich?»
«Warum? Weil ich das Bedürfnis fühlte, dir für deine

Geistesgegenwart zu danken – natürlich. Ich war so unfreundlich zu dir. Ich muß mich deswegen entschuldigen.»
«Mir kannst du nichts vormachen! Deine Augen widersprechen deinen Worten.»
«Ich hatte keine Ahnung, daß meine Augen mich verraten können.»
Er stakste an meinem Bett vorbei zum Fenster und sah mich von dort aus an. «Wenn du spielen willst, versuch es mit Ramon. Meinetwegen auch mit Julio. Hast du auf diese Weise sogar Shannon dazu gebracht, dir aus der Hand zu fressen?» Das klang geringschätzig.
«Warum verachtest du bei mir die gleichen Eigenschaften, die du bei . . . bei Elena bewunderst?»
Mein Zögern entging ihm nicht; er runzelte die Stirn. «Sag geradeheraus, was dir so auf dem Herzen brennt, daß du nicht schlafen magst.» Er beherrschte sich, aber ich spürte, wie es ihn trieb, wegzulaufen. Um so entschlossener war ich, ihn hier zurückzuhalten – lange genug, daß Elena sich wundern würde.
Mit Unschuldsmiene antwortete ich: «Ich sagte es dir schon. Ich wollte dir danken. Ich muß dir sehr undankbar erschienen sein, obwohl du getan hast, was getan werden mußte. Aber du weißt, daß du eine Art hast, die mir gegen den Strich geht.»
«Das gleiche kann ich von dir sagen, weiß Gott», versetzte er ingrimmig. Doch dabei schaute er mich leicht verwirrt und wachsam an, als ob er sich fragte, was ich wohl diesmal im Schilde führte.
Ich sagte sanftmütig: «Ich möchte dich bitten, nicht auf Luz böse zu sein. Es war nicht ihre Schuld. Ich wollte ihr einmal die Gelegenheit geben, hinauszukommen – es ist ungerecht, daß sie sich immerzu wie ein Dienstbote im Haus abplagen muß.»
Sein Gesicht rötete sich plötzlich vor Ärger. «Luz ist kein Dienstbote. Niemand behandelt sie so. Sie findet es auch selbst nicht.»
«Welche Stellung hat sie denn hier? Meine Stellung ist natürlich klar, aber wie steht es mit Luz? Zuerst dachte ich, sie sei deine Verlobte. Und sie ist in dich verliebt – das arme Kind kann kein Hehl daraus machen. Wirst du sie heiraten, Lucas? Oder willst du ewig so weiterleben, hin und her ge-

rissen zwischen deiner Begierde nach Elena und deinem Schuldgefühl, weil sie die Frau deines Vaters war?»
Er sah mich an, als ob ich ihn geschlagen hätte. Er war erblaßt, und er schien es nicht zu fassen, daß ich mich derart ungeschminkt geäußert hatte.
«Mein Gott!» stieß er schließlich gepreßt hervor. «Diesmal bist du wirklich zu weit gegangen mit deiner Vorwitzigkeit . . .»
«Zu weit gegangen? Weil ich ehrlich genug bin, die Wahrheit zu sagen? Siehst du nicht ein, daß sie gesagt werden mußte, genau wie du meine Wunden ausbrennen mußtest? Oder bist du ein solcher Feigling, daß du dir die Tatsachen nicht einmal selbst eingestehen magst?»
«Willst du wohl still sein!» Drohend trat er auf mich zu.
Ich richtete mich auf. «Nein! Du hast mir oft genug gesagt, was du von mir hältst. Außerdem habe ich Luz liebgewonnen. Da du dich in mein Leben eingemischt hast, sehe ich es als mein gutes Recht an, mich auch in dein Leben einzumischen. Natürlich als deine besorgte Schwester.»
Er starrte mich an, als getraute er sich nicht, zu sprechen. Es war aber noch etwas anderes in seinem Gesicht – eine Mischung von Schmerz und ohnmächtiger Wut, die bewirkte, daß ich mich meines Spieles schämte. Ich hatte die Waffe gegen ihn benutzt, mit der er am verwundbarsten war, und ich verlor die Lust, sie weiterzubenutzen. Ich mußte mich zwingen, fortzufahren: «Warum, Lucas? Warum tust du nichts, wenn du sie liebst?»
«Ich soll etwas tun, sagst du? Was denn?» Die Worte schienen ihm gegen seinen Willen zu entfahren. «Glaubst du, wir könnten jemals heiraten? Die andern würden es zulassen? Mein Gott, du weißt nicht, wie es ist, wenn man sich etwas Unmögliches ersehnt!» Wie ein Blinder tappte er zum Fenster und hielt sich am Sims fest. «Elena ist wie . . . ich verliebte mich auf den ersten Blick in sie. Seither ist sie wie ein Fieber, wie eine Krankheit, die ich nicht überwinden kann. Ich will sie auch gar nicht überwinden. Kannst du das verstehen? Kannst du verstehen, wie es geschehen ist? Zuerst hielt ich sie für meine wirkliche Mutter. Ich glaubte ihr Sohn zu sein. Da war es für mich durchaus natürlich, sie zu lieben. Eines Tages aber sagte sie es mir. Ich sei alt genug, die Wahrheit zu hören, sagte sie. Es dürfe für

uns, für unsere Beziehung keinen Unterschied machen, denn sie liebe mich sogar noch mehr als ihre eigenen Söhne. Und ich, Gott helfe mir, ich dachte nur, daß sie eine Frau war, nicht meine Mutter, und ich begehrte sie. Nichts anderes hatte für mich Bedeutung, verstehst du? Ich hatte nur noch das Verlangen, sie in den Armen zu halten und zu küssen . . . und hatte sie mir nicht gesagt, sie liebe mich? ‹Viel mehr, als wenn du mein Sohn wärst›, hatte sie gesagt, und ich legte ihren Worten die Bedeutung bei, die ich wünschte. Ich . . . ach, zum Teufel!»
Die Heftigkeit, mit der er sich herumdrehte, erschreckte mich.
«Warum erzähle ich dir das alles? Warum gerade dir? Ich weiß ja, wie du mich beurteilst, wie du mich haßt. Ich mag dich auch nicht. Aber soll ich dir etwas sagen? Manchmal erinnerst du mich an sie. Dein Ausdruck, wenn du zornig oder eigensinnig bist. Nur hast du die kältesten Augen, die ich jemals gesehen habe, außer wenn du in Wut gerätst.»
«Ist das der Grund, warum du mich so oft in Wut bringst?» fragte ich leise. Ich hatte ein seltsames Schwindelgefühl, als stünde ich am Rande einer abgründigen Entdeckung, die mein ganzes Leben ändern würde. Ich wünschte jedoch keine Veränderung, wollte mich nicht ausgeliefert fühlen. Aber ich vermochte mich nicht zu rühren, als Lucas an mein Bett trat.
Er betrachtete mich verwundert, als sähe er mich zum erstenmal, und ich hielt unwillkürlich den Atem an.
«Wie hast du mich dazu gebracht, dir all das zu sagen? Was gehen dich meine Geheimnisse an, was geht dich mein Leben an? Ich glaube, du treibst dein eigenes Spiel wie beim Schach, das dein Vater auch mir beigebracht hat. Was bedeutet es dir, wenn ich Elena liebe? Heirate meinen Bruder und verlaß dieses Tal. Vergiß uns übrige. Ich glaube nämlich nicht, daß dich irgendein Mensch kümmert außer dir selbst, Rowena Dangerfield.»
«Hast du deinen Vater getötet?» Ich wußte nicht, warum ich diese Frage stellte; sie zwang sich mir auf.
Er zuckte zusammen. «Das hast du also auch gedacht? Ich bin durchaus imstande, eine Schuld zuzugeben. Ja, man könnte sagen, ich hätte ihn getötet, aber nicht in dem Sinne, wie du es meinst. Ich feuerte das Gewehr nicht ab,

dessen Kugel ihm den Tod brachte; doch ich war die Ursache, daß er sich an jenem Tag auf der SD-Ranch befand. Möchtest du wissen, wie es sich zutrug? Kannst du es dir nicht denken?» Er lachte kurz, aber es war eher ein verachtungsvolles Knurren. «Wie unschuldig du aussehen kannst, Rowena! Aber du zitterst. Warum? Du möchtest doch die Wahrheit hören, nicht wahr, damit du mich verurteilen kannst?» Geschmeidig ließ er sich aufs Bett fallen und hielt mich an den Schultern fest. «Hör also zu, aber wenn du jemals wieder davon redest oder mir mit deinen Fragen zusetzt, bringe ich dich um, das schwöre ich!»
Das sagte er leise, aber sein drohender Ton verriet mir, daß er es ernst meinte.
Fast sachlich fuhr er fort: «Er ertappte uns. Nein, wir waren nicht im Bett, sondern wir umarmten und küßten uns. Er kam herein. Wir hatten ihn nicht erwartet, doch vielleicht kehrte er absichtlich früher aus Mexico zurück. Zu meiner Verwunderung blieb er ganz ruhig. Ich an seiner Stelle hätte die Pistole gezogen. Er ging nur auf sie zu und gab ihr eine Ohrfeige. Da hätte ich ihn getötet, wenn sie sich nicht zwischen uns geworfen hätte. Sie befahl mir, zu gehen, und er . . . er sagte: ‹Ja, du solltest mir aus den Augen gehen, bevor ich mich vergesse. Denn ich bin schuld am Tod deiner Mutter und möchte nicht auch dein Blut an den Händen haben.› Und sie rief, ich sollte schleunigst gehen. Mein Gott, ich war damals noch so jung, ich wußte nicht, was ich tun sollte. Mir war nur klar, daß ich mich eines schrecklichen Verbrechens schuldig gemacht hatte, und daß er das Recht gehabt hätte, mich zu töten. Ich glaube, ich hätte den Tod vorgezogen! Aber er . . . als ich zögerte, prügelte er mich geringschätzig wie einen Hund mit dem Gewehrkolben aus dem Zimmer.»
«Aber du bist gegangen, du hast ihn nicht getötet!» ließ mich seine Verzweiflung sagen.
Seine Finger bohrten sich in mein Fleisch. «Ich hätte entweder bleiben und ihn töten sollen oder sie mitnehmen! Er peitschte sie und ließ sie liegen. Er gab ihr an allem die Schuld und drohte ihr, Shannon zu sagen, wo er sie finden könnte, so daß die Fehde für immer beendet wäre. Aber Shannons Leute fanden ihn zuerst und legten ihn aus dem Hinterhalt um, bevor er ein Wort sagen oder sich verteidi-

gen konnte. Wäre er nicht getötet worden, so hätte ich ihn mein Leben lang gehaßt für das, was er getan hatte. So aber . . .»

«Du hast die Männer getötet, die ihn umgebracht haben. Du hast ihn gerächt! Sogar mein Vater sagte, es wäre ein gerechter Kampf gewesen, und du hättest keine Schuld auf dich geladen.»

«Ich habe diese beiden Männer nicht seinetwegen getötet! Sondern meinetwegen. Das hast du von Anfang an erkannt, nicht wahr? Ich tötete sie, sie töteten nicht mich . . . und dein Vater bewahrte mich davor, gehängt zu werden. Das hätte er nicht tun sollen, nicht wahr? Sonst wärst du jetzt nicht hier.»

«Wolltest du denn sterben?» fragte ich vorwurfsvoll.

«Ich weiß nicht. Vielleicht. Ich war so verwirrt, so durcheinander, daß ich mich nicht erinnern kann. Und auch danach . . .»

Er brach ab; doch ich wußte, daß er wieder an Elena dachte. Ich aber mußte an Flo und an Luz denken – vielleicht gab es noch andere Frauen, mit denen er gespielt hatte, während er im Grunde nur Elena begehrte –, und da gab es mir ein Teufel ein, leise zu ihm zu sagen: «Du brauchst eine andere Frau, die ebenso unerreichbar und ebenso berechnend ist.» Dabei streichelte ich mit der unverletzten Hand sein Haar und drückte seinen Kopf zu mir herunter.

Ich weiß selbst nicht, was ich bezweckte oder beweisen wollte. Ihn bestrafen wegen seiner negativen Einstellung zu mir? Sollte er erfahren, daß auch Frauen eine Leidenschaft erwecken konnten, die benutzt, aber nie erfüllt werden sollte? Oder hatte mich Elenas Selbstsicherheit herausgefordert?

Was es auch sein mochte, alles war vergessen, als Lucas mich küßte. Auch jetzt noch, während ich dies schreibe, fühle ich die Erregung, die aus dem Nichts ausbrach, Besitz von mir nahm und meinen Willen verdrängte.

Es war ja nicht so, daß ich noch nie auf die Küsse eines Mannes reagiert hatte. Todd Shannons Küsse hatten mich schwindlig gemacht und mich gewiß nicht kalt gelassen. Er hatte mich begehrt und es mich mit seinen Küssen fühlen lassen.

Lucas hingegen küßte mich, als ob er mich haßte, als

könnte er nicht anders, als hätte er den tiefsten Punkt der Verzweiflung erreicht und sähe keinen anderen Ausweg.
Ich war da. Ich war ein Weib, und ich hatte ihn absichtlich dazu verführt. Er wußte es, und ich wußte es, als er seine Hände von meinen Armen zum Hals hinaufgleiten ließ, wie um mich zu erwürgen. Dann legte er die Handflächen an meine Schläfen und wühlte in meinen Haaren, so daß ich seinen zornigen, schmerzenden Küssen nicht zu entrinnen vermochte, selbst wenn ich gewollt hätte.
Da wurde mir jedoch klar, daß ich ihm gar nicht entrinnen wollte, und die Erkenntnis war furchtbar. Ich fühlte mich über eine Schwelle in Gefühle hineingerissen, von denen ich nichts geahnt hatte. Es war, als wäre ich von einem Dämon besessen.
Ich stöhnte unter dem Anprall seiner Küsse. Ich vergaß die Schmerzen in meiner Hand, während ich an seinem Hemd riß, bis ich sein warmes Fleisch unter meinen Fingern fühlte. Ich begehrte ihn, und es war für mich eine entsetzliche Erkenntnis, daß ich ein solches Verlangen nach einem Mann empfinden konnte.
Was für ein Teufel es auch sein mochte, wir waren beide von ihm besessen. Sein Körper lag schwer und heiß auf mir, und ich fühlte seine Begierde.
Seine Lippen gingen von meinem Mund zu meinen Augen und verschlossen sie, und dann zu meinem Ohr. Sein Geflüster klang wie eine Verwünschung.
«*Bruja!*» nannte er mich. «Hexe!»
Aber ich war die Verhexte, als er mich wieder küßte und ich keinen Gedanken mehr fassen konnte.

Vierundzwanzigstes Kapitel

Lucas erwies sich als der stärkere von uns beiden an jenem heißen, sonnigen Nachmittag, als der Dangerfield-Teufel mich alles vergessen ließ über meinem körperlichen Verlangen.
Als er sich jählings von mir losgerissen hatte und ich schwer atmend erschrocken in die Wirklichkeit zurückkehrte, hörte ich Elena draußen lachen. Sie sprach mit je-

mandem, und ihre Stimme drang durch das offene Fenster herein, aber ich verstand die Worte nicht, weil mein Keuchen sie übertönte und ich mich bitterlich schämte.
Lucas blickte auf mich herab, und mir wurde bewußt, wie ich aussehen mußte mit meinen geschwollenen Lippen, den zerzausten Haaren und der verrutschten Bluse.
«Rowena . . .» Sein Ton war sonderbar, fast abbittend; aber ich fühlte mich so gedemütigt, daß ich nicht darauf achtete.
«Siehst du, wie leicht es ist, bei einer anderen Frau Trost zu finden?» spöttelte ich. «Habe ich dich sie eine kleine Weile vergessen lassen?»
Ich merkte, daß ich ihn wieder erzürnt hatte, und darüber freute ich mich! Jetzt würde er meine schamlose Untreue gegen mich selbst vielleicht als das erkennen, was sie in Wirklichkeit war: Schwäche, körperliche Begierde.
«Du spielst gern mit den Menschen, nicht wahr?» sagte er verachtungsvoll. «Von wem hast du deine Verführungskunst gelernt? Von Shannon? Oder von seinem Neffen aus dem Osten? Was wolltest du überhaupt beweisen?»
Meine Wangen brannten, aber ich rang mir ein Lächeln ab. «Warum bist du so böse? Ich wollte dir doch nur helfen, wie du weißt. Ich wollte dir bloß beweisen, daß jede Frau wie die andere ist, die richtigen Umstände und den richtigen Zeitpunkt vorausgesetzt. Du solltest Luz heiraten und sie glücklich machen.»
«Allmächtiger!» platzte er heraus. «Was für ein Weib bist du? Du wirkst so kalt und kannst so leidenschaftlich sein.»
«Du wunderst dich, daß eine Frau ebenso raffiniert wie ein Mann sein kann? Warum sollen Frauen nicht auch spielen können?»
«Ich habe nicht gespielt, verflucht und zugenäht!»
Seine Verwirrung erschütterte mich. «Ich weiß, du begehrst mich, Lucas, aber was sonst? Hast du dich etwa in mich verliebt? Willst du mich heiraten, um mein Vermögen in die Hand zu bekommen? Kannst du Elena so leicht vergessen?»
Er wurde ruhiger. Vielleicht hatte ich mich verraten. «Nein, ich kann sie nicht vergessen. Sie ist ein Teil von mir wie mein Atem. Du wolltest die Wahrheit wissen, und du hast sie von mir erfahren. Elena wird immer ein Teil von mir bleiben, solange ich lebe. Aber ich kann eine andere Frau begehren, und ich begehre dich. Nicht dein verdammtes

Geld, nicht einmal deine halbe SD-Ranch. Genügt dir das? Um Gottes willen, was verlangst du von mir?»
«Nichts!» schrie ich ihn an. Ich mußte ihn verletzen, um mich selbst und meine eigene Verwundbarkeit zu schützen. «Was soll mir das Eigentum einer anderen Frau? Nie werde ich mich mit dem Zweitbesten begnügen, Luke Cord!»
«Ich glaube, du weißt nicht, was Liebe ist. Du gehörst zu den Weibern, die einen Mann betteln sehen wollen und ihn ausnutzen, bis er seinen Wert verloren hat.»
«Ist Elena vielleicht anders?»
«Elena ist eine echte Frau! Sie hat gelitten. Sie fühlt. Sie ist nicht wie du, sie braucht nicht mit Gefühlen Versuche anzustellen.»
«Wie blind du bist!»
«Schluß damit! Hör lieber gut zu, was ich dir zu sagen habe. Seit du hier bist, stiftest du Unruhe, und ich warne dich, misch dich ja nicht mehr ein! Du hast genügend Zeit gehabt, deine Wahl zu treffen, also wähle. Heirate Ramon und geh mit ihm, oder geh mit Julio und lebe mit ihm als seine zweite Frau.»
«Hast du dich absichtlich ausgelassen? Oder bist du die letzte Wahl?»
«Die letzte. Wenn du hierbleibst, werde ich tun, was ich schon längst hätte tun sollen. Dich nehmen. Aber erwarte nicht, daß ich dich heirate. Ich bekomme jede Frau satt, wenn ich sie gehabt habe. Und wenn ich mit dir fertig bin, werde ich Shannon wissen lassen, wo du steckst, und von ihm Lösegeld verlangen. Dann bekommt er dich wieder. Vielleicht ein bißchen abgenutzt, aber gut genug für ihn!»
Der Türknall schmerzte in meinen Ohren. Es blieb mir jedoch Zeit, mich zu fassen, bevor Ramon zu mir heraufkam.
«Rowena, wenn du wüßtest, wie ich mich gesorgt habe! Meine Mutter sagte, du wünschest mit Lucas zu sprechen, und ich . . .» Er ging im Zimmer auf und ab; noch nie hatte ich ihn so verkrampft gesehen. «Ich weiß nicht, was ich davon halten soll. Rowena, ich muß es wissen. Sicher hast du gemerkt, daß du mir ans Herz gewachsen bist, daß ich . . . daß ich dich liebe. Ich habe mir nur wegen der Umstände, unter denen du hergekommen bist, Zurückhaltung auferlegt. Du solltest nicht denken . . . O Gott, was rede ich da? Ich habe mir zurechtgelegt, was ich sagen wollte, wenn der

richtige Augenblick käme, aber jetzt . . . Was hat er dir gesagt? Hat er dir etwas angetan? Wenn er dich berührt hat, bringe ich ihn um, Bruder hin oder her!»

«Nicht nötig. Wir haben uns wie gewöhnlich gestritten. Und er hat mir ein Ultimatum gestellt. Ein schwieriges, denn du hast mir noch keinen Heiratsantrag gemacht, Ramon. Hast du es vor?»

Es war ganz leicht, weil Ramon in mich verliebt war. Ich hatte beschlossen, vernünftig zu sein. Ich wollte Ramon heiraten, wenn es sein mußte, und das verborgene Tal verlassen. Todd Shannon war zu stark, zu hochfahrend. Mark hatte nie um meine Hand angehalten. Ramon würde es tun. Welch ein Stück ich war!

Ich errötete nicht einmal, als Elena beim Abendessen lächelnd einen Toast auf mich ausbrachte und Julio mir mißmutig Glück wünschte. Lucas hatte, wie mir gesagt wurde, Luz auf einen Ritt mitgenommen.

«Es ist wirklich höchste Zeit, daß er sich um das arme Kind kümmert», sagte Elena mit heiterer Gelassenheit. «Morgen werden wir alle feiern.»

«Rechne nicht mit mir!» erklärte Julio grob. «Ich kehre morgen zu meiner Familie zurück.»

Ramon erbot sich, mich die Treppe hinaufzutragen. Ich widersprach zwar, ich könne gut laufen, ich hätte mich ja nur in die Finger geschnitten, nicht in die Füße; aber gegen Elena konnte ich nicht an.

Als Ramon das Zimmer verließ, um eine neue Flasche Wein zu holen, lehnte sie sich über den Tisch. «Du mußt dem armen Jungen seinen Willen lassen. Ist dir nicht klar, daß er dich nur in den Armen halten möchte?» Sie seufzte. «Mein Ramon war von jeher so ritterlich. Manchmal fragte ich mich, ob es nicht falsch gewesen war, ihn von den Jesuiten erziehen zu lassen; aber mein Mann hatte darauf bestanden. Du mußt jedoch nicht denken, Ramon hätte noch nie eine Frau gehabt! Nur denjenigen gegenüber, die er achtet, ist er schüchtern, verstehst du?»

«Ach?» Es nahm mich wunder, worauf sie hinaus wollte. «Es kommt mir fast vor, als hätten alle deine Söhne eine Schwäche für Vielweiberei.»

«Meine Söhne sind echte Männer, aber es besteht ein Unterschied, wenn es sich um eine Eheschließung handelt. Ra-

mon war von Anfang an entzückt von deiner Schönheit. Er sprach von nichts anderem. Und dann hast du ihm den Kopf verdreht, so daß er sich in dich verliebt hat.»
«Wie praktisch für uns beide!»
Elena schien sich über meinen ironischen Ton zu belustigen. «Natürlich! Ramon ist ein Idealist. So sehr er deinen Vater auch achtete – auch mir erfüllt er gern jeden Wunsch –, er hätte niemals eingewilligt, dich zu heiraten, wenn er dich nicht liebte.»
«Gütiger Himmel! Soll das heißen, daß ich sonst die Wahl zwischen Lucas und Julio gehabt hätte? Meine Neigungen wären ja unter keinen Umständen in Betracht gezogen worden. Sag mir, wenn ich nicht das Pech gehabt hätte, damals mit der unglückseligen Postkutsche zu reisen, wie hätte dann diese Heirat, die mein Vater angeblich für mich gewünscht hat, zustande kommen sollen?»
«Aber, Rowena», erwiderte sie vorwurfsvoll, «du zweifelst doch nicht an meinem Wort oder gar am Wort meines Vaters, eines Schamanen? Wenn das Schicksal dich nicht hierhergeführt hätte, wäre alles auf irgendeine andere Weise arrangiert worden. Auch dann hätte man dir die Wahl gelassen. Du fühlst dich doch nicht zu einer Entscheidung gezwungen?»
Ich hätte gern gewußt, ob sie etwas von dem seltsamen, spannungsgeladenen Zwischenspiel wußte, das sich zwischen mir und Lucas ergeben hatte.
Ich lächelte flüchtig. «Meiner Ansicht nach werden alle Frauen irgendwann einmal zu einer bestimmten Handlungsweise gezwungen, meinst du nicht auch? Nur hatte ich bis jetzt immer das Glück, zum Schluß meinen Willen durchzusetzen.»
In diesem Augenblick kam Ramon mit dem Wein, und unser Gespräch ging reibungslos von dem vertraulichen Thema auf unverfängliche Dinge über. Elena sagte, sie sehe keinen Grund, unsere Eheschließung länger hinauszuschieben, worauf Ramon mich fragend ansah. Da ich entschlossen war, Elena nicht über mein Leben bestimmen zu lassen, erwiderte ich fest, die Heiratspläne sollten später besprochen werden.
«Wir haben uns ja eben erst verlobt. Ich glaube, wir brauchen beide Zeit, uns erst einmal an diesen Gedanken zu ge-

wöhnen.» Dabei schaute ich Ramon an, nicht Elena, und er pflichtete mir ernst bei. Ich hatte das Gefühl, daß er sich in fast allem nach mir richten würde, wenn ich taktvoll vorging.
Ramon trug mich also die Treppe hinauf und gab mir einen zarten Kuß.
«Bitte glaub mir, Rowena, ich möchte nicht, daß du dich gegen deinen Willen zu etwas gezwungen fühlst. Ich liebe dich, und ich schwöre dir, ich werde immer gut und nachsichtig zu dir sein, was du auch wünschen magst.»
Ramon war offen und ehrlich in seiner Liebe zu mir. Ich wußte, daß er mich für eine Jungfrau hielt, was seine fast abgöttische Verehrung für mich verstärkte. Er war zart und rücksichtsvoll, und er behandelte mich wie etwas Zerbrechliches, ganz im Gegensatz zu Todd Shannon. Ich sagte mir, daß es unter den gegebenen Umständen immerhin die beste Wahl war, die ich treffen konnte.
Darüber dachte ich nach, während ich wach lag und das Mondlicht langsam über Luz' leeres Bett wandern sah.
Nein, ich wollte keine Betrachtungen darüber anstellen, wo Luz war und was sie in so später Nacht draußen tun mochte. Aber der Mondschein machte mich unruhig, so daß ich aufstand und zum Fenster ging. In Elenas Zimmer brannte die Lampe. Der Gedanke, daß auch sie nicht schlafen konnte und nachgrübelte, stimmte mich schadenfroh. Ich mochte sie nicht, und ich mißtraute ihr, obwohl sie mir schmeichelte und die Rücksichtsvolle spielte – oder vielleicht gerade deshalb? Doch auch sie hatte ihre Schwächen, und es schien mir, daß mir mein neuerworbenes Wissen einen leichten Vorteil einbrachte.
Ich legte mich wieder zu Bett. Ich fühlte die unangenehme Übelkeit, die mich immer befiel, wenn ich an die sonderbare, beinahe blutschänderische Beziehung zwischen ihr und Lucas dachte. Ihr schob ich die meiste Schuld zu. Aber auch sein Verhalten war abstoßend. Er begehrte die Frau seines Vaters und benutzte andere Frauen, seine vorübergehenden Bedürfnisse zu befriedigen, während sie auf dem Piedestal blieb. Ich haßte mich selbst wegen meiner Handlungsweise am Nachmittag; vor allem erbitterte es mich, daß ich seine Küsse erwidert hatte. Und ich haßte ihn wegen seiner Drohung, wegen des «Ultimatums», das er mir

gestellt hatte. Wollust war ein Übel, das man fürchten und meiden mußte, ein Übel, das Männer und Frauen zu Sklaven machte. Hatte meine Mutter deswegen in Sir Edgar Cardons Bett geendet? «Ich liebe ihn», hatte sie mir gesagt, «das wirst du niemals verstehen.» Warum hatte sie es Liebe genannt? War Liebe nur mit schönen Worten und Phrasen aufgeputzte Wollust?

Ich war immer noch wach, als Luz leise hereinkam; sie trug ihre Schuhe in der Hand und ging auf den Zehenspitzen. Ich wußte nicht, wie spät es war, aber der Mond war hoch gestiegen und schien nicht mehr auf ihr Bett im Nebenzimmer. Ich hörte sie schluchzen, nachdem sie sich hingelegt hatte.

Am Morgen hatte sie gerötete Augen und ein verschwollenes Gesicht.

«Du siehst müde aus, Luz», sagte ich. «Meine Hand tut nicht mehr weh. Willst du nicht liegenbleiben und mich das Frühstück allein besorgen lassen?»

«Wenn ich nichts tue, lassen mir die Gedanken keine Ruhe», erwiderte sie, «es hätte also keinen Zweck. Ach, wenn du wüßtest! Ich war so glücklich gestern abend, als er mich zu einem Mondscheinritt aufforderte, und dann . . .» Sie stockte.

«Und dann?» Ich wußte, daß es sie drängte, ihr Herz auszuschütten.

«Dann – nichts! Wir ritten, und wir unterhielten uns; aber wie gewöhnlich redete ich meistens. Er küßte mich, als wir im Gras lagen. Ich dachte: Diesmal bestimmt! Diesmal wird er weitergehen, und ich werde es zulassen, und später werden wir heiraten. Aber nein, nichts weiter! Ich frage mich, warum er mich Montoya weggenommen und hierher gebracht hat. Es kommt mir vor, als hätte sie ihm alle Manneskraft genommen. Auch ich bin eine Frau, aber er sieht keine in mir. Jesus Montoya hat wenigstens eine Frau in mir gesehen.»

Ihre zornige Leidenschaft erschreckte mich. «Du weißt nicht, was du da redest», erwiderte ich scharf. «Sicher hält sich Lucas nur zurück, weil er dich achtet.»

«Mich achten! Glaubst du, das genügt mir? Muß ich deswegen eine Jungfrau bleiben? Ich möchte wissen, wie es ist, mit einem Mann zu leben! Lucas weiß, daß ich ihn liebe

und ihn haben will. Ich vergaß alles, was du mir geraten hast, ich konnte nicht kalt und abweisend sein, als er mich küßte. Ja, ich zeigte ihm, daß ich mich ihm hingeben wollte, aber er . . . er wollte mich nicht. Glaubst du, ich wüßte nicht, in welches Zimmer er ging, nachdem er mich heimgebracht und die Pferde angebunden hatte? Zu mir kam er nicht. Aber bei ihr brannte noch Licht.»
Ich sagte ernst: «Ein solcher Mann ist deiner Liebe nicht wert. Hör zu, Luz, wenn Ramon und ich verheiratet sind und hier weggehen, mußt du mit uns kommen. Es gibt noch andere Männer auf der Welt, Männer, die gut sind, die Frauen als Menschen behandeln, nicht als ein Spielzeug, das man wegwirft.»
Ich ging zu ihr und legte ihr die Hand auf die Schulter. «Wasch dir das Gesicht mit kaltem Wasser. Soll er sehen, daß du geweint hast? Um Himmels willen, hab doch ein bißchen Stolz! Behandle ihn wie Luft. Wenn er dich das nächstemal zum Ausreiten auffordert, lehnst du ab, verstehst du?»
Sie nickte kleinlaut. Nachdem sie sich das Gesicht gewaschen hatte, ermunterte ich sie, sich anders zu frisieren, ähnlich wie ich.
Wie ein Kind, das sich schnell trösten läßt, betrachtete sie sich hernach erfreut im Spiegel. «Oh, jetzt sehe ich hübsch aus! Wie eine feine Dame. Ob er das auch finden wird? Hätte ich doch nur eines der schönen Kleider, die Lucas ihr immer mitbringt!»
Seufzend versprach ich ihr, zu sehen, was ich tun könnte. «Bleib so lange hier.»
Wagemutig ging ich durch die Galerie zu Elenas Zimmer und klopfte an.
«Herein!» Ihre Stimme klang verschlafen, aber sie wurde vor Verwunderung, mich zu erblicken, sogleich hellwach. «Du? Du brauchst doch nicht so früh auszustehen.» Sie streckte sich gähnend. Sogar vom Schlaf zerzaust sah sie jung und reizvoll aus. Sie war allein . . . hatte ich erwartet, ihn bei ihr zu finden?
«Eigentlich wollte ich Paquita beim Frühstück helfen. Aber die Männer sind, glaube ich, schon fort. Ist irgend etwas los, Rowena?»
Ich entschuldigte mich: «Verzeih, wenn ich dich gestört

habe. Aber ich dachte ... Du warst so freundlich, mich deine Kleider tragen zu lassen. Ich denke an das altrosa Kleid. Hast du etwas dagegen, wenn ich es für Luz ändere?» Ihre emporgezogenen Brauen verrieten mir, daß sie mich durchschaute; aber sie gab sich den Anschein, belustigt zu sein. «Natürlich nicht. Es gehört dir, und du kannst damit tun, was du willst. Sehr nett von dir, daß du dich unserer kleinen Luz annimmst. Du findest sicher, ich vernachlässige sie. Ja, wirklich ...» Sie richtete sich auf und zog die Stirn kraus, als ob sie wirklich in sich ginge. Doch wie von Anfang an lieferten wir uns ein Scharmützel. «Ich muß meinem gedankenlosen Sohn sagen, daß er ihr das nächstemal, wenn er aus Santa Fé oder aus Mexico kommt, ein paar hübsche Kleider mitbringt. Inzwischen können die vielen, die ich kaum trage, für sie geändert werden.» Unsere Augen trafen sich, und sie lächelte. «Denkst du nun etwas besser von mir? Glaub ja nicht, ich hätte Luz nicht gern.»

«Daran habe ich nie gezweifelt», antwortete ich obenhin und dankte ihr für ihre Großzügigkeit.

«Wenn du irgend etwas brauchst, mußt du es natürlich sagen. Du bist meine Tochter.» Sie machte eine Kunstpause und fügte schelmisch hinzu: «Oder vielleicht meine kleine Schwester, da mein Vater dich adoptiert hat.»

Wir verstanden einander recht gut, Elena Cordes und ich, und manchmal machte es mir geradezu Spaß, meinen Witz an ihrem zu schärfen. An diesem Morgen war sie absichtlich übertrieben freundlich, sowohl zu Luz als auch zu mir, als ob wir Kinder wären, mit denen man Nachsicht haben mußte.

Später ging ich hinunter und überließ es Luz, sich vor dem Spiegel in ihrem neuen Kleid zu bewundern. Bevor ich die Küche erreicht hatte, kam Lucas raschen Schrittes herbei und herrschte mich an: «Was tust du hier unten? Du solltest dich ausruhen.»

«Guten Morgen, Lucas», sagte ich unangefochten. «Willst du mir nicht gratulieren?»

Er trug kein Hemd, war barhäuptig und hatte an den Füßen Apachen-Mokassins.

«Dir gratulieren?» wiederholte er zerstreut und fuhr sich durch die Haare, als müßte er sich besinnen.

«Ja, zu meiner Verlobung mit Ramon. Immerhin hattest du einiges damit zu tun. Übrigens, wieso kommst du auch heute zurück? Ist das deine neueste Gewohnheit?»
«Wovon redest du? Wo ist Elena? Wir bekommen Besuch. Ich wollte alle warnen.»
Es schien mir, daß er an etwas ganz anderes dachte, obwohl er mir eine Erklärung gegeben hatte; seine Züge waren verkrampft.
«Es kommt jemand hierher? Du meinst, von draußen?»
«Mach dir keine Hoffnungen. Es ist niemand, den du kennst.»
«Ich erfahre doch alles, ohne dich fragen zu müssen.» Ich wandte mich ab.
«Warte!» Er hielt mich am Arm fest und schwang mich herum. «Es tut mir leid. Ich wollte nicht grob zu dir sein. Aber es gibt Dinge, von denen du nichts verstehst.»
«Damit werde ich immer abgespeist.»
«Womit wirst du immer abgespeist?» ertönte Elenas Stimme.
Lucas ließ plötzlich meinen Arm los, als ob er sich ertappt fühlte.
«Streitet ihr euch schon wieder? Was ist los, Lucas? Warum bist du hier?»
Er scherte sich nicht mehr um meine Anwesenheit. Sofort nahm sein Gesicht einen anderen Ausdruck an, wie immer, wenn er mit Elena sprach. «Ich bin gekommen, um dir zu sagen, daß Montoya auf dem Wege hierher ist. Er gab das Signal, und Julio geht ihm entgegen.»
Es entstand eine kurze Pause, während der Elena unschlüssig zu sein schien. Dann lachte sie. «Wie herrlich! Dann werdet ihr beide endlich zusammentreffen und könnt euch versöhnen, was ich schon lange erhoffe.»
«Sei nicht zu sicher», knurrte er. Beide schienen meine Anwesenheit vergessen zu haben. «Glaubst du etwa, wir könnten einfach wieder Freunde werden? Du weißt recht gut, wie es bei unserer letzten Begegnung zuging. Wieso kommt er hierher? Warum freut dich das?»
«Warum auch nicht?» gab sie trotzig zurück. «Weil du einen dummen Streit mit ihm gehabt hast, besteht für mich kein Grund, mich von einem alten Freund loszusagen. Vergiß nicht, er war auch mit deinem Vater befreundet.»

«Daran brauchst du mich nicht zu erinnern!» erwiderte er erregt.
Die Spannung zwischen ihnen war geradezu faßbar. Elena besann sich als erste und streifte mich mit einem Seitenblick. «Lucas, bitte! Willst du nicht versuchen, dich wenigstens halbwegs zivilisiert zu benehmen? Um meinetwillen? Jesus Montoya ist böse auf dich, ja, genau wie du auf ihn; aber das alles ist lange her und jetzt vorbei. Er hat es hingenommen, daß Luz bei uns bleibt. Nie hat er den Versuch gemacht, sich ihr aufzudrängen.»
«Aber dir, nicht wahr? Kannst du mir sagen, warum er es nie versäumt, dir Geschenke mitzubringen? Das hier . . .» Er nahm ihre Hand und wies auf den großen Rubin.
«Lucas!» Anstatt ihm ihre Hand zu entziehen, streichelte sie mit der anderen seine Brust. «Du weißt, daß Jesus Montoya wie ein Bruder zu mir gewesen ist. Wir kennen uns schon lange, seit deiner Kindheit. Komm, komm, wer hat dir dein erstes Pferd geschenkt? Und das erste Gewehr? Vor eurem Streit wart ihr beide wie Vater und Sohn. Jesus hat sich seinen Freunden gegenüber immer großzügig gezeigt.»
«Wie gut du dich aufs Besänftigen verstehst! Aber Montoya sollte bedenken, daß ich kein Kind mehr bin, und ich warne dich, wenn er . . .»
Sie unterbrach ihn, indem sie lachend zu mir sagte: «Ach, Rowena! Da siehst du, wie ungebärdig mein Sohn ist.»
Er faßte sich. «Ganz und gar nicht, Mamacita. Wenn du befiehlst, werde ich stets zahm, oder etwa nicht?»
Bevor sie eine Erwiderung auf diese spöttische Bemerkung fand, faßte er mich an der Hand und zog mich fort. «Willst du uns bitte entschuldigen? Rowena hat mich daran erinnert, daß ich ihr und Ramon noch nicht gratuliert habe, und ich habe Lust auf ein Glas Wein.»
Ihr nachsichtiges Lächeln war meiner Meinung nach gespielt. «Aber natürlich. Ihr müßt Ramon suchen und miteinander feiern. Nein, ich habe einen noch besseren Gedanken. Heute abend wollen wir eine Fiesta veranstalten!»
Sie ging auf die Küchentür zu. Lucas ließ meine Hand los und beeilte sich, sie ihr aufzumachen. Es war mir schon aufgefallen, daß er ihr diese Höflichkeit automatisch bezeigte – aber nur ihr.
Als er sich wieder mir zuwandte, war ich gegen ihn ge-

wappnet. «Warum gehst du ihr nicht nach und entschuldigst dich, daß du wie ein eifersüchtiger kleiner Junge zu ihr gesprochen hast?»
«Bist du immer so geringschätzig den Gefühlen anderer gegenüber? Oder tarnst du mit deiner verdammten Gleichgültigkeit nur deine eigene Schwäche?»
«Schwäche!» Ich wunderte mich selbst über meinen Ärger. «Warum müssen die Schwachen ihre eigene Minderwertigkeit immer auf andere übertragen!»
«Wahrscheinlich würdest du die Liebe zu einem Menschen auch Schwäche nennen, nicht wahr? Was für eine Frau bist du nur, um Gottes willen!»
«Eine, die dich nichts mehr angeht», versetzte ich kurz und bündig.
Ich erwartete böse Worte. Statt dessen sah er mich verwundert an und sagte leise: «Was habe ich dir eigentlich getan, daß du mich so sehr haßt, Rowena? Oh, ich weiß, ich habe dich in Wut gebracht, aber es geht doch viel tiefer bei dir, nicht wahr?»
Er stand so nahe vor mir, daß ich die feinen weißen Narben auf seiner Brust sehen konnte. Einen Augenblick lang war ich versucht, die Hand zu heben und ihn wie Elena zu berühren, und darüber erschrak ich so sehr, daß ich ein leichtes Beben in meiner Stimme nicht verhindern konnte.
«Ich hasse dich nicht – das ist lächerlich! Wie kommst du nur auf den Gedanken, ich könnte ein starkes Gefühl für dich hegen, so oder so? Du hast eine Art, mich in Wut zu bringen, das ist alles.»
Als ich an ihm vorbeiging – viel zu hastig –, hatte ich das Gefühl, vor ihm wegzulaufen. Er ließ mich wortlos gehen.

Fünfundzwanzigstes Kapitel

Die folgende Nacht wird für mich immer «die Nacht der Fiesta» bleiben. Ganz gleich, wie weit ich verreise oder um wieviel ich älter werde, ich brauche nur die Augen zu schließen, und dann sehe ich uns alle an jenem Abend vor mir, unter dem Mond im Patio hinter dem Haus, wo Fakkeln brannten und Musik ertönte.

«Du mußt dich an unsere spanische Lebensweise gewöhnen», sagte Ramon zu mir, als ich meinte, es sei doch nicht nötig, unsere Verlobung in so großem Stile zu feiern. «Wir benutzen jeden Anlaß für eine Fiesta, und heute wollen wir alle fröhlich sein.»
Für Luz war es eine willkommene Gelegenheit, ihr neues Kleid zu tragen. Elena hatte ihr Perlen geliehen, die auf der braunen Haut des jungen Mädchens schimmerten. Ich war ganz in Weiß – wie eine jungfräuliche Braut, dachte ich mit leichtem Bedauern, als ich mich im Spiegel betrachtete. Auch mir bot Elena Schmuck an, aber ich lehnte ihn ab; um den Eindruck jugendlicher Unschuld zu verstärken, ließ ich meine Haare lose hängen. Ich mußte eine Rolle spielen, und ich wollte sie ausschöpfen.
Nachdem ich Luz beim Frisieren geholfen hatte, ging ich als letzte hinunter. Draußen spielte jemand Gitarre, und aus der Küche, wo sich Paquita betätigte, drangen würzige Gerüche.
Ramon erwartete mich am Fuß der Treppe, er sah sehr schön aus in seinem dunklen spanischen Reitanzug mit dem weißen Rüschenhemd. Er strahlte mich an und gab mir wieder einen zarten Kuß.
«Wie schön du bist! Wie eine Prinzessin. Immer wenn ich dich sehe, Rowena, kann ich mein Glück kaum fassen.»
Wir betraten den Patio, und ich erhielt viele Komplimente. Aber von den drei anwesenden Frauen war ich am schlichtesten gekleidet, und man schmeichelte mir wohl nur aus Höflichkeit. Als einziges Zugeständnis an die Feier trug Lucas ein vorn offenes, weitärmliges rotes Seidenhemd. Es erinnerte mich allzu lebhaft an den roten Seidenfetzen, den er und Flo als Signal benutzt hatten. Die Art, wie er mich musterte, verriet mir, daß er sich von meinem bescheidenen Auftreten nicht täuschen ließ.
«Endlich kommst du, Rowena!» Elena, in eng anliegendem Samt mit Schleppe, kam auf mich zu, als wäre es ein förmlicher Empfang und ich ein schüchterner Gast. Sie hakte sich bei mir ein und zog mich vorwärts. «Das ist Rowena, die meine Tochter werden wird. Jesus, ist sie nicht so entzückend, wie ich dir gesagt habe?»
Der große, schlanke Mann, der Gitarre gespielt hatte, legte das Instrument beiseite und kam auf mich zu, um mich zu

begrüßen. Das war also Jesus Montoya, der Comanchero, mit dem Lucas um Luz gekämpft hatte. Mit spanischer Ritterlichkeit beugte er sich über meine Hand.
«Ich habe schon viel von Ihnen gehört, aber Sie übertreffen alle meine Erwartungen. Ich kann nur sagen, Ramon darf sich glücklich schätzen.»
Seine Augen waren so dunkel, daß sie schwarz wirkten. Die weißen Streifen im Haar und im Schnurrbart verliehen ihm etwas Vornehmes. Er war weder so alt noch so gewöhnlich, wie ich ihn mir vorgestellt hatte. Aber gerade sein geschliffenes Benehmen und seine Liebenswürdigkeit sagten mir, daß ich vor diesem Mann auf der Hut sein mußte.
«Es freut mich, Sie kennenzulernen, Señor», antwortete ich ebenso liebenswürdig. «Sie verstehen sich darauf, einer Frau zu schmeicheln.»
«Das machen Sie einem Mann leicht, mit Ihrer Schönheit. Hoffentlich werde ich dazu noch Gelegenheit haben – später. Mit Ramons Erlaubnis natürlich.»
«Oh, Rowena hat nur Augen für Ramon», warf Elena mit ihrem weichen Lachen ein. «Sie konnte unter meinen drei Söhnen wählen, aber die beiden anderen hat sie von Anfang an abgelehnt, ist es nicht so?»
«Offen gestanden, es war keine schwierige Wahl», sagte ich, «denn nur Ramon bewarb sich um mich.»
Ich fragte mich, ob wir den ganzen Abend damit verbringen würden, uns gegenseitig Unwahrheiten zu sagen.
Ramon führte mich zu den Vaqueros, die mich einer nach dem anderen beglückwünschten. Jesus Montoya hatte einen älteren Mann mit dunkler Hautfarbe und ausdruckslosem, flachem Gesicht mitgebracht. Er starrte mich nur an, nahm die Gitarre und begann zu spielen.
«Das ist Chato», raunte Ramon mir zu. «Er ist der beste Gitarrespieler, den ich jemals gehört habe. Aber im Schießen zeichnet er sich noch mehr aus.»
«Hoffentlich führt er uns diese Kunst nicht auch vor», flüsterte ich ein wenig scharf zurück.
Elena ging zu Lucas, der lässig neben Luz stand, und nahm seinen Arm. Ehe ich mich's versah, riß Ramon mich in den Rhythmus eines lebhaften Tanzes, dem ich kaum zu folgen vermochte. Trotz meiner Konzentration beobachtete ich,

daß Montoya zu Luz hinüberging, die einsam auf der niedrigen Mauer saß, und sich leicht übertrieben vor ihr verbeugte. Ich hatte erwartet, daß sie ihm einen Korb geben würde; statt dessen lächelte sie und ließ sich offensichtlich erfreut von ihm führen. Lucas sprach während des Tanzes eindringlich auf Elena ein.

«Hoffentlich wird es keine Unannehmlichkeiten geben», sagte ich zu Ramon. «Da tanzt Luz ganz unbekümmert mit Montoya, und ich dachte, sie hätte vor nicht allzu langer Zeit vor ihm gerettet werden müssen.»

«Keine Sorge, Liebste», beschwichtigte er mich. «Siehst du nicht, daß meine Mutter alles in der Hand hat? Ich glaube, Luz befolgt deinen Rat und will Lucas eifersüchtig machen. Das würde ihm nur gut tun, wie du zugeben mußt. Und was Montoya betrifft ... je nun, nur Montoya weiß, was er denkt. Aber sogar er hat so viel Respekt vor meiner Mutter, daß er hier niemals Streit anfangen würde.»

Wahrscheinlich hatte er recht. Wie harmlos alles an der Oberfläche aussah! Auch Lucas zeigte sich von seiner besten Seite, und als er später mit Luz tanzte, war ihm nichts von Eifersucht oder Ärger anzumerken. Wir waren alle so zivilisiert ... kaum zu glauben, daß ich mich nicht ganz woanders befand.

Als einziger fehlte Julio. Er hatte Jesus Montoya nur kurz begrüßt und dann das Tal verlassen. Als Apache hatte er es nicht notwendig gefunden, sich zu verabschieden. Ich hätte gern gewußt, warum er so plötzlich gegangen war; aber das gehörte wohl zu den Fragen, die sich schwerlich beantworten ließen.

Immerhin erfuhr ich doch einiges, als ich schließlich von Jesus Montoya zum Tanz aufgefordert wurde.

Ich hatte nacheinander mit den Vaqueros getanzt, die mich weit weg von sich hielten, als ob ich zerbrechlich wäre und mit größter Vorsicht angefaßt werden müßte. Ich hatte mindestens drei Gläser Wein getrunken, viel zu schnell hintereinander, weil alle Ramon und mir zuprosteten, und ich konnte nur hoffen, daß man mein erhitztes Gesicht dem Tanzen zuschreiben würde.

«So, nun bin ich endlich an der Reihe. Darf ich Sie bitten, Señorita Rowena?»

Montoya war förmlich, und ich tat es ihm mit einem kleinen Knicks gleich. «Sie müssen Nachsicht mit mir haben, Señor. Ich lerne diese Tänze erst.»

«Soll ich Chato einen Walzer spielen lassen? Ja, das kann er auch. Er ist ein vollendeter Musiker.»

So tanzte ich im Freien einen Walzer, unter dem Mond, und nur eine Gitarre spielte dazu auf. Aber das genügte, denn Jesus Montoya war ein glänzender Tänzer.

«Wie leicht Sie sind», murmelte er.

«Sie schmeicheln mir wieder.»

Er lächelte, als hätte er nun ein Kompliment erhalten. «Sie sind also Guy Dangerfields Tochter – und Sie werden Ramon heiraten. Darüber hätte sich Ihr Vater gefreut.»

«Kannten Sie meinen Vater?»

«Leider nur flüchtig. Sie haben seine Augen. Aber im übrigen ... vielleicht hat man es Ihnen schon gesagt, Sie haben Ähnlichkeit mit Elena. Ich glaube, Sie sind eine starke Persönlichkeit, ganz und gar nicht das unschuldige junge Mädchen, als das Sie sich geben. Sind Sie mir jetzt böse?»

«Warum sollte ich böse werden, wenn man ehrlich zu mir ist?»

«Oh, das ist eine gute Frage. Aber viele Menschen werden dann böse. Darf ich mit der Offenheit noch weiter gehen und Ihnen gestehen, daß Sie der Grund sind, warum ich hergekommen bin?»

Ich legte den Kopf in den Nacken, um ihn anzublicken. «Ich ahnte nicht, daß sich Neuigkeiten so schnell verbreiten, noch dazu von einem so abgelegenen Ort.»

«Oh, ich habe meine Mittel und Wege, vieles in Erfahrung zu bringen, wovon andere nichts wissen. Ich bin ein Comanchero. Ihre Augen verraten es mir, Sie wollen verbergen, daß Sie schon von uns gehört haben. Gewiß, das sind schlimme Dinge, die man über uns erzählt. Aber Sie sollen nicht denken, daß ich Ihnen die Wahrheit verheimlichen will. Ich war ganz einfach neugierig, verstehen Sie. Da kommt eine junge Engländerin plötzlich in dieses Land. Man würde erwarten ... ja, was? Bestimmt nicht das, was ich hier finde. Eine Frau, die die Gefangennahme durch die Apachen überlebt hat. Eine Frau, die – wie ich hörte – sogar Todd Shannons Herz erobert hat. Wissen Sie, daß er eine ungeheure Belohnung ausgesetzt hat, wenn man ihm sagt, wo Sie sich aufhalten?»

Ich zeigte ihm nicht, daß mich seine plötzliche Frage bestürzt hatte. «Wollen Sie sich die Belohnung verdienen, Señor?»
Zu meiner Verwunderung lachte er. Es war ein sonderbar leises, fast tonloses Lachen. «Ich finde, Sie sollten Ramon Cordes heiraten, nicht Todd Shannon. Offen gestanden, ich habe für Ihren ehemaligen Verlobten und sein Leben nicht viel übrig. Ob Sie es mir glauben oder nicht, ich bin meinen Freunden treu. Beantworten Sie sich Ihre Frage also selbst, Señorita! Aber lassen Sie mich dafür eine stellen. Möchten Sie gerettet werden?»
Ich wußte es selbst nicht, doch ich wollte nicht zu Ausflüchten greifen. «Vielleicht, ich bin nicht sicher. Aber ich bin mir auch über Ihre Motive nicht im klaren. Sind Sie wirklich hergekommen, um sich zu vergewissern, daß ich hier bin? Oder zur Begleichung alter Schulden?»
Es schien mir, daß sein Arm mich ein wenig fester faßte, «Sie sind wirklich klug, Rowena Dangerfield. Sie beantworten meine Frage mit eigenen Fragen. Sie wollen nichts von sich verraten, nicht wahr? Aber ich soll zugeben ... was? Wahrscheinlich haben Sie die ganze Geschichte schon gehört, doch um Ihrer Intelligenz Tribut zu zollen, will ich nicht lügen. Ja, meine Motive sind vielfältig. Vielleicht werden wir beide die Antwort auf unsere Fragen finden, bevor mein Besuch hier beendet ist.»
Mir wurde, wie ich dachte, schon an diesem Abend alles klar. Ich fand sogar, Jesus Montoya sei ein sympathischer Mensch, weil er ehrlich zu mir war. Er ging klug vor. Er tanzte mit mir und benahm sich wie ein vollkommener Ehrenmann. Er tanzte mit Elena, und sie lächelten einander an. Er tanzte auch mit Luz, wobei er sich fast väterlich gab. Ich beobachtete alles. Das Essen wurde gebracht – stark gewürzter Rindsbraten und die unvermeidlichen Bohnen, Tortillas mit Chili, dazu ein köstlich schmeckender Avocadosalat. Es gab Wein und für diejenigen, die etwas Stärkeres bevorzugten, Tequila.
Nach dem Essen tanzte ich wieder mit Montoya. Ich war so angeregt, daß ich ihm die Frage stellte, die mir besonders am Herzen lag. «Haben Sie sich mit Lucas versöhnt?»
Er lächelte, aber, wie mir schien, ein wenig schief; der Schnurrbart erschwerte die Deutung. «Warum sollten wir

verfeindet sein? Es steckt immer eine Frau dahinter, wenn sich Männer entzweien. Doch Frauen kommen und gehen, nicht wahr? Was Luz angeht ... ihr Vater war ein alter Freund von mir. Ich begehrte sie – wozu es leugnen? Als ihr Vater im Sterben lag, sprach ich mit ihm, und es hätte sich alles arrangieren lassen, wenn Lucas nicht wiedergekommen wäre. Er war noch sehr jung und mußte seine Männlichkeit beweisen. Sie verfiel ihm, und er meinte, sie müßte gerettet werden. Er kam mit uns, als wir ein mexikanisches Dorf überfielen. Sie sind entsetzt? Sie haben gewiß von den Comancheros gehört, daß sie schlimmer seien als Banditen, sogar noch schlimmer als ihre Apachenbrüder, die der Amerikaner achten und fürchten gelernt hat. In dem Dorf war ein Mädchen, ein junges Ding. Lucas fand sie, Lucas, der mir wie ein eigener Sohn war. Sie erwartete, vergewaltigt zu werden. Aber Lucas wußte nichts mit ihr anzufangen. So nahm ich sie ihm weg. ‹Wenn du Manns genug bist›, sagte ich zu ihm, ‹um eine Frau zu kämpfen, die wir beide erobern wollen, sollst du gegebenenfalls den Siegerpreis erhalten, mein Junge.› Ja, und dann kam es dazu, daß wir um Luz kämpften, und er siegte. Das überrascht Sie? Mich überraschte es auch. Ich hätte ihn getötet, wenn ich gekonnt hätte, aber er hatte von Chinesen eine gewisse Kampfweise gelernt. Haben Sie Lucas schon einmal kämpfen sehen? Er lernte es in Kansas und in Utah, wo er mit Chinesen zusammen an der Eisenbahnstrecke arbeitete. Er benutzt ihren Kampfstil nicht oft. Er sagte mir einmal, das sei ein Geheimnis, und er habe geschworen, ihn nur in Notwehr anzuwenden. Er geriet in Wut, als wir miteinander rangen, und da ich ein Messer hatte, lieferte ich ihm einen Vorwand. Er ließ mich bewußtlos im Staub liegen, anstatt mich zu töten, und nahm Luz mit, als er ging. Er brachte sie hierher. Ich dachte, er wäre längst mit ihr verheiratet. Ich könnte ihm leichter verzeihen, wenn er sie zur Frau genommen hätte!»
«Demnach haben Sie ihm gar nicht verziehen, nicht wahr?»
Ich war gebannt von dem, was ich gehört hatte. Immer mehr Unterschwelliges enthüllte sich, wodurch sich meine Neugier verstärkte. «Und was ist mit Elena?» entfuhr es mir.
Wieder glaubte ich das schiefe Lächeln zu sehen. «Ach,

auch das haben Sie bemerkt? Elena ist wie ein ferner Stern, die Göttin, nach der sich alle Männer sehnen. Ich bin darin keine Ausnahme. Ich träumte sogar von ihr, als sie mit meinem besten Freund verheiratet war. Auch als ich erfuhr, wodurch er ums Leben gekommen war. Und jetzt ... ich weiß nicht. Vielleicht ist es mir zur Gewohnheit geworden. Vielleicht verbindet uns eine echte Freundschaft, nach all diesen Jahren, weil wir einander verstehen. Ich bewundere Elena sehr. Ich achte sie mehr als jede andere Frau. Mehr bekommen Sie nicht aus mir heraus! Ich habe Ihnen schon viel zuviel gesagt. Ich möchte wissen, warum.»
Er machte ein nachdenkliches Gesicht. In diesem Augenblick brach die Musik ab, weil Chato eine Flasche Tequila an den Mund setzte und gierig trank.
Als er weiterspielte, von einem Vaquero auf der Mundharmonika begleitet, holte mich Lucas, während Elena fröhlich mit Jesus Montoya tanzte.
Wie es sich zutrug, weiß ich selbst nicht recht. Ich sah gerade noch, wie gut Luz und Ramon zusammen tanzten, da strauchelten meine müden Füße und wollten mir nicht mehr gehorchen. Lucas führte mich in einen Winkel des Patios, hob mich in die Höhe und setze mich auf das Mäuerchen.
Ich konnte mich weder wehren noch widersprechen. Der Mond stand hinter ihm, so daß seine Haare bronzefarben glänzten, aber sein Gesicht nicht deutlich zu erkennen war. Er hielt mich immer noch um die Leibesmitte fest.
«Du hast eine Art, dir von anderen das Herz ausschütten zu lassen, ohne selbst etwas zu empfinden, nicht wahr, Rowena?»
Ich begann ärgerlich: «Was geht es dich an, was ich ...»
Er fiel mir ins Wort: «Wann hörst du endlich auf, mit mir zu spielen? Und warum nur mit mir? Ich will mich jetzt nicht mit dir streiten, sondern dich nur etwas fragen. Ich weiß, wie du zu mir stehst, und vielleicht habe ich es verdient, aber wenigstens war ich immer ehrlich zu dir, Rowena. Und das verlange ich jetzt auch von dir.»
«Ich verstehe dich nicht, Lucas», gab ich kalt zurück. «Erst greifst du mich an, und gleich darauf verlangst du eine ehrliche Antwort von mir. Worauf? Und warum gerade von mir?»

«Du und Montoya. Ich sah, wie lange er mit dir gesprochen hat, und ich beobachtete dich. Er hat dir alles erzählt, nicht wahr?»

«Was gab es da zu erzählen? Macht dir dein Gewissen zu schaffen? Wieder ein Beispiel für deine Selbstsucht! Du wolltest Luz nicht, aber du nahmst sie einem Mann fort, der sie vielleicht geheiratet hätte, und brachtest sie hierher in dieses Gefängnis! Wozu? Wirst du sie etwa heiraten? Wie lange muß sie noch warten, während du weggehst, wann es dir paßt, und zurückkehrst, wie es dir beliebt? Kennst du überhaupt irgendein Gefühl außer deinem unnatürlichen Verlangen nach Elena und deinem Haß auf Todd Shannon? Du schiebst alle wie Bauern umher, ist dir das klar? Mich hast du für deine eigenen Zwecke hierher gebracht – weil ich mit Todd Shannon verlobt war und mein Vater mir ein Vermögen hinterlassen hat. Und was hättest du mit mir gemacht, wenn ich Ramon nicht erhört hätte? Mich hier ewig als Sklavin festgehalten? Mich nach Mexico verkauft? Oder hättest du mich wie Elmer Bragg getötet?»

Ich zitterte vor Erregung. Ich hatte nicht so viel sagen wollen, aber plötzlich war es, als platzte alles aus mir hinaus, was ich verschlossen gehalten hatte, und ich konnte nicht dagegen an. Er hatte von mir Ehrlichkeit verlangt, und ich war ehrlich zu ihm gewesen.

Er hatte die Hände sinken lassen und atmete schwer. Ich war auf einen Zornesausbruch gefaßt. Ich spürte seine unterdrückte Wut, aber ich fürchtete mich nicht vor ihm. Die Spannung zwischen uns war so unerträglich, daß es für mich vielleicht eine Erlösung gewesen wäre, wenn er mich geschlagen hätte.

Er bewies jedoch mehr Selbstbeherrschung als ich. «Ich glaube, wir haben uns nichts mehr zu sagen. Komm, ich bringe dich zu Ramon zurück.» Diesmal faßte er mich nicht um den Leib, sondern hielt mir die Hand hin.

Ich zitterte immer noch, und die verletzte Hand schmerzte mich, als ich mich von der Mauer abstemmte. Ich hörte, wie mein Rock an einem unebenen Stein zerriß. Waren es die Schmerzen, war es meine falsche Beurteilung der Mauerhöhe, oder lag es daran, daß ich zu viel Wein getrunken hatte – ich verlor das Gleichgewicht und fiel kopfüber hinunter. Seine Arme fingen mich auf. Ich wurde festgehal-

ten, mein Gesicht an seine Schulter gedrückt, und vor Schrecken wehrte ich mich nicht.
Ich wollte mich gar nicht bewegen. Ich atmete viel zu schnell, der Kopf schwindelte mir, und ich wußte, daß ich den Halt verlieren würde, wenn er mich losließ.
Er packte mit der einen Hand meine Haare und zog meinen Kopf fast brüsk nach hinten. Vielleicht las er in meinem Gesicht dasselbe wie ich in seinem: Verwunderung. Und Verlangen. Da küßte er mich mit einer explosiven Leidenschaft, die uns beide bestürzte.
Im Rücken fühlte ich die Mauer, als er sich an mich preßte, und mit schamloser Begierde, deren ich mich niemals für fähig gehalten hätte, drückte ich mich an ihn. Ich konnte mein Verlangen nach ihm nicht mehr vor ihm verbergen. Während wir uns küßten und küßten, ließ ich meine rechte Hand in sein Hemd schlüpfen und streichelte zärtlich seine Brust.
Er riß sich so abrupt von mir los, daß ich fast aufgeschrien hätte. Ich wußte nicht, warum er aufgehört hatte, mich zu küssen.
«Lucas . . .»
«Nicht, um Gottes willen! Was willst du diesmal beweisen? Was für ein lüsterner, dreckiger Bastard ich bin? Daß ich nicht widerstehen kann, wenn mir ein Weib in die Arme fällt und ihren weichen Körper an mich drückt, auch wenn es zufällig die Frau meines Vaters oder die Braut meines Bruders ist?»
Es war für mich wie eine Ohrfeige. Ich merkte, wie mir das Blut aus den Wangen wich und dann zurückschoß, so daß sie brannten. Er hatte mich geküßt, mich zum zweitenmal zum Verrat an mir selbst getrieben, indem er meine eigenen Waffen gegen mich benutzte. Hätte ich eine Pistole bei mir gehabt, ich glaube, ich hätte ihn in diesem Augenblick niedergeschossen.
Mit den Fäusten schlug ich, der Schmerzen nicht achtend, auf seine Brust ein, kratzte ihn mit den Nägeln und schlug auf ihn los, bis er mich an den Schultern packte und gegen die Mauer stieß. Ich wollte weiter zuschlagen, doch da küßte er mich wieder; so heftig, daß mir der Atem verging. Ich stemmte mich gegen ihn, und ich hörte mich selbst hilflos wimmern.

«Kann man dich nur so zähmen?» flüsterte er in meinen Mund hinein. Seine Hände glitten von meinen Schultern zu meinen Brüsten. «Wie ich auch bin, wie du auch bist, ich kann es nicht lassen, dich zu begehren.»
Mit aller Kraft versetzte ich ihm einen Hieb mit dem Handrücken. «Und ich verachte dich, weil du immer wie ein Tier bist!»
Die Fingerknöchel taten mir weh, aber ich hatte die Genugtuung, daß er sich mit schmerzverzogenem Gesicht den Backenknochen rieb.
«Verdammt, noch nie hat mich eine Frau so fest geschlagen», sagte er ruhig, fast verwundert.
«Bestimmt hast du es noch nie so sehr verdient!»
Wann war Ramon herbeigekommen? Hatte er dort schon lange gestanden?
«Du hättest einen abgelegeneren Ort aussuchen müssen, um meine Braut zu belästigen . . . Bruder!»
Ich hätte nie gedacht, daß Ramons weiche, leise Stimme so hart und schneidend klingen könnte.
Ich fühlte mich beschämt und gedemütigt, aber er beachtete mich kaum, sondern sah nur Lucas finster an. «Nun? Du hast doch sicher eine Erklärung. Gewöhnlich bist du nicht darum verlegen. Wolltest du sie nur auf die Probe stellen? Oder wolltest du mich glauben machen, sie hätte sich dir in die Arme geworfen, um mich gegen sie aufzuwiegeln? Komm, komm, du mußt zugeben, daß ich langmütig bin. Jeder andere an meiner Stelle hätte dich sofort niedergeknallt.»
Erst jetzt sah ich, daß Ramon eine Pistole in der Hand hielt. Ich öffnete den Mund, um etwas zu sagen, aber ich brachte keinen Ton hervor.
Lucas aber sprach. Er antwortete ebenso ruhig wie sein Bruder: «Ich habe nichts zu sagen. Keine Erklärungen.»
«Und du erwartest von mir, mich damit zu begnügen?»
Der Hahn der Pistole knackte. Ich glaubte zu träumen.
«Anscheinend wirst du dich mit nichts anderem begnügen als mit dem Abdrücken, Ramon. Warum tust du es nicht schnell, bevor dir Skrupel kommen?»
Trotz meiner Benommenheit fing ich seinen spöttischen Ton auf. In diesem kurzen, schwebenden Augenblick, in dem die Brüder einander gegenüberstanden, Ramon mit

gezückter Pistole, Lucas mit nachlässig baumelnden Armen, erfaßte ich, daß manche Männer den Tod geflissentlich suchten, und daß Lucas einer von ihnen war.
Ramon schien das gleiche zu denken. Er sagte bitter: «Ich glaube, du möchtest, daß ich dich töte, damit ich mein Leben lang diese Schuld tragen muß. Aber so leicht will ich es dir nicht machen. Wo ist deine Pistole?»
«Ich hielt es nicht für notwendig, sie heute abend einzustecken. Auf jeden Fall will ich mich nicht mir dir duellieren, wenn du das im Sinn hast.» Lucas wurde ungeduldig. «Du meine Güte! Müssen wir hier stehen und ein Drama aufführen? Ich habe Rowena geküßt, und sie hat mich ins Gesicht geschlagen. Also . . . wenn du findest, du mußt mich deswegen erschießen, dann los, erschieß mich doch! Sonst gehe ich.»
«Muß ich dich daran erinnern, daß du es nicht mehr mit einem kleinen Bruder zu tun hast, sondern mit einem Mann, den du beleidigt hast?»
Ramons Miene machte mir Angst, und ich würgte hervor: «Nicht, Ramon!»
Aber Lucas, der sie auch gesehen haben mußte, zuckte nur die Schultern und ging auf ihn zu. Vielleicht wollte er Ramon die Pistole abnehmen, vielleicht an ihm vorbeigehen, weil er nicht glaubte, daß sein ritterlicher, von den Jesuiten erzogener Bruder tatsächlich schießen würde.
Der Schuß knallte. Ich schrie gepreßt auf. Ich sank gegen die Mauer, weil mich meine Beine auf einmal nicht mehr trugen. Unter meinen kalten Händen fühlte ich die Wärme der rauhen Ziegelsteine.
Ramon hatte einen Schritt rückwärts gemacht, jetzt machte er mit gezückter Pistole noch einen. Lucas schwankte ein wenig, stand dann ganz still und starrte Ramon an. Langsam berührte er seinen rechten Arm und betrachtete seine blutigen Finger.
Er sah Ramon wieder an und sagte wie geistesabwesend: «Entweder bist du ein sehr schlechter Schütze, Bruder, oder ein vortrefflicher. Du hast Blut fließen lassen. Ist damit deiner Ehre Genüge getan?»
«Du hast eine erbärmliche Vorstellung von Ehre, wenn du so denkst! Jetzt wirst du das Messer ziehen, das in deinem Stiefel steckt, oder du stehst wie ein Feigling da und läßt

mich dich als Zielscheibe benutzen, um zu beweisen, daß ich ein ebenso guter Schütze bin wie du!»
«Mit den Messern also?» gab Lucas wegwerfend zurück. «Ramon, siehst du nicht, wie lächerlich du dich machst?»
Abermals fiel ein Schuß. Diesmal streifte die Kugel seine Hüfte, und das Blut durchtränkte das Hosenbein. Erschrocken blickte Lucas von der Wunde zu Ramon.
«Habe ich dich jetzt überzeugt, Lucas?» fragte Ramon kalt und entschlossen.
In diesem Augenblick kam Jesus Montoya mit einer Zigarre im Mund herbeigeschlendert. «Hier steckt ihr also! Elena hörte Schüsse und bat mich, der Sache nachzugehen. Ihr habt wohl eine kleine Schießübung veranstaltet, um der Dame Eindruck zu machen?»
«Montoya, du hältst dich da gefälligst heraus!» brauste Lucas auf.
Ramon lachte kurz. «Ich wollte meinen sonst so leichtsinnigen Bruder dazu bringen, wie ein Mann zu kämpfen. Aber er will offenbar die Konsequenzen seiner Handlungsweise nicht ziehen.»
Montoya nahm die Zigarre aus dem Mund. «So so, das wird ja interessant.» Zu Lucas sagte er mit leichter Schärfe: «Ich bin noch nicht so alt, daß ich keine Augen und Ohren mehr habe. Habe ich dich nicht vor etlicher Zeit gewarnt, daß Frauen einmal dein Verderben sein werden? Ich glaube, du kommst noch immer nicht zur Vernunft, Freundchen. Du willst stets das, was einem anderen gehört oder was außer Reichweite ist. Habe ich nicht recht?»
Lucas versetzte störrisch: «Das hier ist eine Angelegenheit zwischen Ramon und mir, Montoya. Und wir beide sind längst keine Freunde mehr. Wenn du hergekommen bist, um mit mir zu kämpfen, kann ich dir dienen. Aber was Rowena betrifft ...» er wandte sich an Ramon, «mit dir will ich nicht kämpfen, kleiner Bruder. Du wirst mich nicht dazu bringen, auch wenn du weiterschießt. Also los, mach Schluß!»
«Das ist ja ... Ich kann es nicht fassen!» rief ich und stürzte vor. Alle drei drehten sich zu mir um, als ob sie meine Anwesenheit vergessen hätten. «Seid ihr alle wahnsinnig geworden? Was ist nur in euch gefahren?»
«Rowena, geh bitte ins Haus.» Noch nie hatte Ramon so

barsch zu mir gesprochen. «Das ist eine Angelegenheit zwischen Männern.»
«Es geht aber mich an!» Ich bebte am ganzen Leib. «Glaubst du, ich gehe weg, nur weil es mir befohlen wird? Und ich lasse es nicht zu, daß ihr euch meinetwegen entzweit!»
Ich hätte in meiner Verzweiflung noch mehr hinausgeschrien, aber Montoya packte mit eisernem Griff meinen Arm.
Sein Ton war trügerisch mild. «Dieser Streit ist schon seit langem fällig, Señorita. Sie haben in bezug auf Männer noch viel zu lernen. Das hier ist eine Ehrensache geworden.»
«Sie wollen die beiden kämpfen sehen! Sie wollen das Schauspiel genießen, wenn sie sich gegenseitig umbringen!» Ich schleuderte ihm die Anklage ins Gesicht.
Er schmunzelte nur. «Ich würde sie nicht davon abhalten. Aber hörten Sie Lucas nicht soeben sagen, daß er mit seinem Bruder nicht kämpfen will? Hier, Ramon.» Er warf ein langes, spitzes Messer, das zitternd in dem Baumstamm hinter Ramon steckenblieb. «Warum ritzt du ihn nicht zur Strafe ein bißchen, wenn du ihn nicht töten magst? Ein Messer macht keinen Lärm. Feuerwaffen habe ich schon immer zu laut gefunden.» Gedankenvoll fügte er hinzu: «Ja, wahrhaftig, das hätte ich selbst tun sollen, und ich hätte es auch getan, wenn mir der Verdacht gekommen wäre, wie er Luz behandeln würde.»
«Zum Teufel mit dir, Montoya, ich habe Luz nichts getan! Ich warne dich, dich herauszuhalten, sonst bringe ich dich, bei Gott, diesmal um!» Lucas hatte etwas Mörderisches, das mir den Atem raubte.
Aber Montoya lachte nur wieder. «Ohne Waffe? Und wenn wir nur mit den Fäusten kämpften, wie lange würde es wohl dauern, bis dich der Blutverlust schwach und schlapp macht, he?»
Lucas stürzte einen Schritt auf ihn zu, kam aber nicht weiter. Ramon hatte die Pistole in den Gürtel gesteckt, riß das Messer aus dem Baumstamm und zückte es drohend. «Zuerst wirst du unsere Angelegenheit regeln, laß dir das gesagt sein.»
«Ramon, mit dir mag ich nicht streiten. Aber mit meinem

alten Freund Montoya habe ich noch ein Hühnchen zu rupfen. Geh mir aus dem Weg.»
«Die Zeit ist vorbei, wo du mir befehlen konntest, du Bastardbruder!»
Das Messer bewegte sich wie ein Blitz, der durch dunkle Wolken zuckt. Lucas' offenes Hemd bekam einen Riß, und über seine bloße braune Brust rann Blut.
Unwillkürlich fuhr seine Hand in die Höhe; sein Gesicht spiegelte Zorn und Schrecken. Aber das Messer bewegte sich schneller, und aus seiner Handfläche quoll Blut.
«Nein, du wirst mir das Messer nicht wegnehmen», höhnte Ramon. «Zieh dein eigenes, wenn du's wagst. Dann werden wir ja sehen.»
«Ramon, du bist wahnsinnig!» schrie ich.
Lucas sah seinen Bruder ungläubig an. Wieder blitzte das Messer auf, und zum zweitenmal wurde seine Brust getroffen.
«Verdammter Kerl, willst du endlich kämpfen? Was ist noch nötig, bis du dich ermannst?»
Ich wollte mich zwischen die beiden werfen, aber Montoya hielt mich unerbittlich fest. «Lassen Sie die beiden», raunte er mir zu. «Haben Sie kein Verständnis für Stolz? Was Sie da sehen, das mußte längst kommen. Entweder verhalten Sie sich still, oder ich bringe Sie ins Haus.»
Ich wollte es nicht mit ansehen, konnte aber nicht davon los. Lucas wich vorsichtig zurück, ohne die Augen von Ramon zu lassen. Immer wieder blitzte das Messer auf wie eine Schlangenzunge, bis sein Hemd zerfetzt war und ihm das Blut über Arme und Brust rann. Warum verteidigte er sich nicht? Ich mußte an die Gladiatoren im römischen Zirkus denken.
Ramon keuchte, sein Gesicht glänzte von Schweiß. «Warum kämpfst du nicht? Wieviel willst du dir noch gefallen lassen, bis du dich besinnst, daß du ein Mann bist?» Ein verzweifeltes Schluchzen drang durch. «Muß ich dir auch noch das Gesicht zerschlitzen, so daß dich keine Frau mehr ansieht?»
Lucas hatte bereits einen Schnitt an der Wange, und als er unwillkürlich den Arm hob, um sich zu schützen, fügte ihm das blutige Messer eine lange Wunde am Unterarm bei. Da schlug sein eigensinniger Stoizismus in kalte Wut um.

In Indien hatte ich einmal einen Kampf zwischen einer Kobra und einem Mungo gesehen. Der Mungo tanzte um seine Beute herum, bereit, vorzuschnellen und zuzubeißen, während die Kobra den Kopf fast lässig hin und her bewegte. Man hatte mir gesagt, daß der Mungo meistens siegte. Diesmal aber mußte der Mungo entweder zu langsam oder die Kobra zu wild gewesen sein. Es blieb mir unvergeßlich, wie plötzlich die Kobra zubiß.

Als Lucas nun aus der Lethargie erwachte, wurde sein ganzer Körper so geschmeidig und tödlich wie der einer zusammengerollten Schlange. Eben noch hatte er sich das Gesicht mit dem Arm geschützt, im nächsten Augenblick schnellte er vor und schlug Ramon mit der Handkante aufs rechte Handgelenk. Das Messer entfiel Ramon, mit einem Schmerzensschrei umfaßte er mit der Linken das Handgelenk. In Sekundenschnelle hob Lucas das Messer auf.

Ich hörte Montoya einen langen Seufzer ausstoßen, ob vor Enttäuschung oder vor Erleichterung, vermochte ich nicht zu entscheiden.

Erst jetzt merkte ich, daß der Mond hinter einer Wolke verschwunden und ein kalter Wind aufgekommen war. In der Ferne wetterleuchtete es, Dunkel und jähe Helligkeit wechselten ab.

«Es ist genug, Ramon», sagte Lucas heiser.

Aber Ramon war über alle Vernunft hinaus, wild vor Wut und Demütigung. «Nein!» schrie er. «Es ist noch nicht aus! Du hast jetzt eine Waffe, benutze sie!» Ich ahnte mehr, als daß ich es sah, daß seine Hand nach der Pistole griff. «Du ein Messer, ich eine Pistole. Wirf es, Lucas, und wirf es rasch, sonst lege ich dich um!»

Der Himmel wurde hell, und Lucas warf verachtungsvoll das Messer. Zitternd blieb es im Boden zwischen Ramons Füßen stecken, einen Sekundenbruchteil bevor Ramon seine Pistole zog und feuerte.

Sechsundzwanzigstes Kapitel

Die Erinnerung an diese Nacht ist immer noch wie ein Alptraum. Vor meinem geistigen Auge sehe ich die Blitze, die alles wie eine Szene aus Dantes Inferno erscheinen ließen, und ich höre meinen Schrei des Entsetzens.

Lucas torkelte, blieb wundersamerweise auf den Füßen und wankte zu der Mauer, vor der er zusammensackte. Seine Stimme kam wie aus weiter Ferne: «Du bist und bleibst ein miserabler Schütze, Ramon.»

Ich war so erleichtert, daß ich in Tränen ausbrach.

Was als nächstes geschah, ist verschwommen, ein Teil des Alptraums. Ich behämmerte Montoyas Arm und rief: «Lassen Sie mich zu ihm! Lassen Sie mich zu ihm!» Aber statt dessen zerrte er mich zu Ramon, der mit der rauchenden Pistole in der Hand starr dastand.

«Ungeheuer! Tier!» spie ich ihn an. «Ihr seid alle Tiere, alle gleich! Du . . . er . . . jeder von euch! Ich hasse euch alle!»

Ramon erwachte aus seiner Erstarrung. Er steckte die Pistole ein und packte mich an den Armen.

«Sie ist ja nur eine Frau und Gewalttätigkeit offenbar nicht gewöhnt», hörte ich Montoyas tiefe, ruhige Stimme.

Ich wand mich unter Ramons Händen und fuhr ihn wild an: «Er stirbt! Das wolltest du doch? Warum erlöst du ihn nicht und machst ihn ganz fertig?» Ich konnte mich nicht beherrschen. «Du! Du hast angefangen! Um meine Ehre zu retten, ha! Worauf wartest du noch?»

Er hielt mich zwar fest, beachtete mich aber nicht, sondern sagte über meinen Kopf hinweg tonlos zu Montoya: «So weit wollte ich nicht gehen. Dennoch ist mir zumute, als hätte es mich mein ganzes Leben lang dazu getrieben.»

Lucas hatte sich aufgerafft; er drehte sich um, klammerte sich mit einer Hand an die Mauer und sank mit dem Rücken dagegen. Er war blutüberströmt und sah im Wetterleuchten unheimlich aus mit seinem schmerzverzerrten Gesicht.

Jesus Montoya sagte gelassen: «Bring deine Braut ins Haus, Ramon. Es zieht ein Gewitter herauf, und wir werden wohl einige Tage hierbleiben müssen. Ich werde mich um Lucas kümmern.»

«Sie meinen, Sie werden ihn töten», entfuhr es mir. «Sie

wollen zu Ende führen, was Ramon angefangen hat, nicht wahr?»
Ungerührt erwiderte er: «Früher stand mir Lucas so nahe wie ein Sohn. Wollte ich ihn töten, dann gewiß nicht so. Geht jetzt beide. Ihr gehört zusammen.»
Ich ging mit Ramon. Es blieb mir nichts anderes übrig. Er schleppte mich mit sich.
Elena kam uns in der Halle entgegen, verstört und aufgeregt. «Um Himmels willen, was ist geschehen? Ich hörte Schüsse und schickte Jesus, er sollte nachsehen . . . Wo ist Lucas?»
«Es war nichts, Mutter. Wir haben uns nur im Schießen geübt. Ich muß jetzt mit Rowena einiges besprechen.»
«Wo ist Lucas?»
«Mit Montoya zusammen. Auch sie haben etwas zu besprechen. Willst du mich jetzt gehen lassen? Laß Lucas in Ruhe . . . laß mich in Ruhe! Kann eine Mutter denn nie mit der Einmischung aufhören, wenn ihre Söhne erwachsen sind?»
Sie erblaßte, als ob sie geschlagen worden wäre, aber sie hielt sich aufrecht. Ich mußte sie bewundern, weil sie nicht wich und wankte.
«Wohin willst du mit Rowena? Ich möchte mit ihr sprechen.»
Ich sah in ihr eine Verbündete und wollte mich von Ramon freimachen, doch er hielt mich fest. Ich lernte ihn von einer neuen Seite kennen.
«Damit mußt du leider bis morgen warten. Jetzt habe ich mit ihr zu reden.»
«Ramon, du bist noch nicht mit ihr verheiratet!» sagte Elena scharf.
«Ich weiß. Spar du dir deine heuchlerische Moral. Erinnere dich lieber, daß Lucas sie als Gefangene der Apachen gekauft hat. Nun, heute abend habe ich sie von ihm erworben. Und wie gesagt, ich habe mit ihr zu reden.»
«Ramon, du vergißt dich!»
Er lachte. «Mutter, dich kümmert doch nur dein anderer Sohn, der nicht dein Sohn ist. Geh hinaus und such ihn!»
Sie stand wie eine Statue und blickte uns nach. Ich stolperte die Treppe hinauf; Ramon hob mich auf und trug mich meinem matten Widerspruch zum Trotz.

Die Heftigkeit, mit der er die Tür seines Zimmers auftrat und hinter sich zuknallte, brachte mich zur Besinnung. Nachdem er mich wie ein unerwünschtes Paket auf sein Bett geworfen hatte, verriegelte er sorgsam die Tür. Er schraubte den Lampendocht höher und knöpfte sich unbefangen den Rock auf.
«Was ist in dich gefahren?» Meine Frage sollte scharf klingen, aber er mußte meine Unsicherheit heraushören.
Er lächelte freudlos, und mir wurde klar, daß ich ihn überhaupt nicht kannte. War das der Mann, mit dem ich hatte spielen wollen, den ich benutzen und um den Finger zu wickeln gedachte? Der «ritterliche Ehrenmann» der Familie Cordes entpuppte sich als der schlimmste von allen.
«Nichts ist in mich gefahren», erwiderte er. «Ich hätte gedacht, es würde dich freuen, mich zu einem Mann werden zu sehen. Die Beleidigung, die dir widerfahren ist, hat es natürlich bewirkt. Und jetzt, mein holdes Bräutchen, folge meinem Beispiel und zieh dich aus. Oder möchtest du, daß ich dir helfe? Vielleicht scheust du dich. Das war heute abend ein schreckliches Erlebnis für dich, und du brauchst Trost.» Mein Schweigen machte ihm keinen Eindruck. «Du bist doch nicht etwa schockiert? Wir sind ja verlobt, was macht es da aus, wenn wir – wie soll ich es sagen – ein wenig ungeduldig sind? Hast du nicht gesehen, wie sich mein erfahrener Bruder über solche Kleinigkeiten hinwegsetzt? Mich wundert nur, daß er von seinem gloriosen Kauf keinen Gebrauch gemacht hat. Oder vielleicht doch?»
Ich raffte den Rest meines Stolzes wie einen Mantel zusammen und begegnete ihm mit Kälte. «Wenn du das annimmst, Ramon, hast du dich wie ein Heuchler benommen. Laß mich jetzt in mein Zimmer gehen. Wir können morgen ruhig und vernünftig über alles sprechen.»
Er warf seinen Rock auf den Boden. «Morgen, sagst du? Warum sollen wir bis morgen warten? Da wir verlobt sind, spielt es keine Rolle, wenn ich dich heute nacht zu meiner Frau mache, findest du nicht auch? Ich habe deine Ehre verteidigt – ändert das deine Gefühle für mich nicht? Deinetwegen hätte ich meinen Bruder um ein Haar getötet – ist das etwa nichts? Wenigstens sind *meine* Absichten aufrichtig und ehrenhaft. Hast du dich, als du dich mit Shannon verlobt hast, auch so zurückhaltend benommen?»

Er trat zu mir, beugte sich über mich und drückte mich aufs Bett. Unvermittelt warf er sich auf mich, packte mich an den Handgelenken und hob mir die Arme über den Kopf. «Habe ich dich gezwungen, mich zu wählen? Mir schien es eher, als wärst du erpicht darauf gewesen. War es bei dir nur ein Spiel? Rowena, heute nacht sollst du mir deine wahren Gefühle beweisen. Bist du überhaupt gefühlsfähig? Dann küsse mich wie eine Frau, die zu lieben vermag, und ich werde nicht mehr zweifeln.»
Ich öffnete den Mund unter seinen Lippen und erduldete seine gierige Zunge. Hatte ich das nicht bei Edgar Cardon gelernt? Dennoch hatte Edgar mir immer Kälte vorgeworfen. Erstickt und begraben war ich mir vorgekommen, wenn er auf mir gelegen hatte. Jetzt erging es mir ebenso. Ich ließ mich von Ramon küssen, konnte aber nicht reagieren. Ich erduldete seinen Körper auf dem meinen, seine Hände auf meinen Brüsten, und eine dumpfe Stimme in meinem Innern sagte, ich müsse mich daran gewöhnen.
Ich würde Ramon heiraten. Nicht Lucas. Niemals Lucas, der eine andere Frau liebte, der mich ebenso haßte wie ich ihn – der mich auf gleiche Weise begehrte wie ich ihn! Lucas, der jetzt vielleicht im Sterben lag, war der einzige Mann, dessen Küsse mir die Besinnung raubten.
«O Rowena!» flüsterte Ramon mir zu. «Du bist wie die Sirenen, von denen die Griechen geschrieben haben. Du kannst einen zum Wahnsinn treiben!»
Fieberhaft knöpfte er das Mieder meines Kleides auf. Seine Lippen glitten über meinen Hals, meine Brüste. Und ich – ich fühlte nichts. Ich lag unbeweglich, und ich dachte wieder an Edgar Cardon, der meinen widerstandslosen, kalten Körper so oft genommen hatte, und wie damals fragte ich mich, warum ich nicht einmal den Schein zu wahren vermochte. Bei Todd hatte ich fast den Punkt der Selbstvergessenheit erreicht. Lucas hatte mich darüber hinausgeführt. Warum mußte ich an Lucas denken?
Auf einmal merkte ich, daß sich Ramon auf den Ellbogen aufgerichtet hatte und mich betrachtete. «Du läßt dich von mir nehmen, obwohl du es nicht genießt, wenn ich dich berühre.»
«Ja, du kannst mich haben», antwortete ich, «aber ich bin müde. Ich sehne mich nach Schlaf.»

«Dachtest du auch bloß an Schlaf, als mein Bruder dich an sich drückte und du die Arme um ihn schlangst? Hältst du mich für blind? Denkst du, ich kann nicht erkennen, was ich vor Augen habe?»
Ich erschrak und legte die Hand auf den Mund.
«Nein, ich bin nicht blind, Rowena! Aber manchmal will ein Verliebter die Wahrheit nicht zugeben. Ich liebte dich vom ersten Augenblick an. Deine Zurückhaltung reizte mich. Ich träumte von dir und dachte, ich würde niemals das Glück haben, dich wiederzusehen. Aber dann brachte Lucas dich hierher, und weil ich wußte, was du durchgemacht hattest, liebte ich dich noch mehr. Ich wollte dir die Hochachtung bezeigen, die du meiner Ansicht nach brauchtest und die dir gebührt. Lucas schwor, er hätte dich nicht berührt, und Julio bestätigte es mir. Ich dachte, du haßtest und verachtetest Lucas. Aber war es wirklich so? War es das oder etwas anderes?»
Er rüttelte mich an den Schultern. «Antworte mir! Warum wolltest du mich heiraten? Um Lucas eifersüchtig zu machen? Bist du jetzt nur mit mir gekommen, um zu verhindern, daß ich ihn erledige?»
«Wolltest du ihn wirklich töten?» flüsterte ich. «Du hättest es tun können, aber du hast es nicht getan. Und warst du nur meinetwegen so aufgebracht? Ich glaube, du warst schon immer neidisch auf ihn, konntest ihn nie leiden, und ich war für dich ein guter Vorwand, nicht wahr?»
Draußen heulte der Wind, und ferner Donner grollte. Aber ich glaubte auch Stimmen zu hören, Hufgeklapper, und ich lauschte angespannt.
Ramons Stimme übertönte alles: «Vor kurzem warst du außer dir. Da erlebte ich dich zum erstenmal in Erregung. Aber das Gefühl galt nicht mir, sondern meinem Bruder. Auch als du ihn ins Gesicht schlugst, fühltest du etwas, nicht wahr? Mir aber hast du nie etwas anderes als herablassende Nachsicht gezeigt. Auch jetzt. Warum hast du dich nicht gewehrt? Warum hast du dich von mir küssen lassen?»
«Warum hast du mich hier hereingeschleppt? Wenn du mir nur Vorwürfe machen willst, dann sag, was du zu sagen hast, und laß mich gehen.!»
«So einfach stellst du dir das vor? Und glaubst, morgen

wird alles wieder in Ordnung sein? Willst du mich immer noch heiraten nach allem, was geschehen ist?»

«Das hängt von dir ab. Jetzt bist du nicht bei Verstand, Ramon. Morgen . . .»

«Morgen, wenn die Sonne aufgeht, wird alles anders sein, was? Mein Gott, wie kalt du bist! Da liegst du mit mir im Bett und sprichst von morgen. Du denkst in deiner Durchtriebenheit: Morgen wird sich Ramon für sein Benehmen entschuldigen und alles wird weitergehen wie bisher. O ja, ich weiß, du denkst, du kannst mit mir machen, was du willst! Das denkt ihr alle, du und meine Mutter und Lucas! Aber ich habe das Recht, herauszufinden, was ich bekomme – einen Eisblock oder ein Weib!»

Jählings zerriß er meinen Rock von oben bis unten und zerrte an meinen Unterröcken. Ich machte eine unwillkürliche Bewegung, um mich zuzudecken, worauf er lachte.

«Du brauchst nicht mehr so zimperlich zu tun. Ich habe um dich gekämpft und dich als Preis gewonnen. Und was für einen Preis! Ein Weib, das nicht einmal ein Korsett benötigt, so schön ist es gewachsen. Dein Körper ist wie geschaffen zu Lust und Wonne. Vielleicht muß er nur lernen, selbst Wollust zu empfinden.»

Ohne den Blick von mir zu wenden, zog er sich selbst aus. Mein Kleid lag zerrissen auf dem Boden, daneben meine Wäsche.

Ich wollte alle Gedanken ausschließen, als Ramon mich zu liebkosen begann, aber mit Bitterkeit erinnerte ich mich, was ich mir geschworen, als ich England verlassen hatte. Ich wollte vollständig frei sein, wollte nie mehr einem Mann erlauben, meinen Körper zu benutzen. Dennoch geschah es abermals, ohne daß ich es verhindern konnte. War das die Strafe für die sinnlose Leidenschaft, die Lucas in mir erweckt hatte? Warum konnte es nicht Lucas sein, warum mußte es Ramon sein? Warum konnte ich nichts fühlen, warum nicht wenigstens Gefühle vortäuschen?

Ramon bemühte sich um mich, er war zärtlich und liebevoll. Aber ich vermochte ihm nichts zurückzugeben.

«Nimm mich in deine Arme, Rowena», flüsterte er. «Gib dich hin. Ich will dir nicht weh tun. Warum liegst du so still?»

Ich kam mir vor wie eine Holzpuppe. Schließlich verlor er

die Geduld und wurde grob. «Kann man dich denn nicht erwecken? Du brauchst wohl Gewalt?»
Er packte mich an den Haaren, so daß ich den Kopf nicht mehr abwenden konnte, und biß mich in die Schulter. Die Brutalität, die er plötzlich anwendete, peitschte ihn selbst auf, so daß er in Raserei geriet, die der Wut glich, ja in eine wütende Leidenschaft, die keine Rücksicht mehr kannte. Da wehrte ich mich, um dem Schmerz zu entgehen, doch ich kam nicht gegen ihn an, und er nahm mich tatsächlich mit Gewalt.
Als es endlich vorbei war, lag ich wie ausgehöhlt, schmerzgequält da, so gedemütigt, wie er es vielleicht beabsichtigt hatte.
Nachdem er sich zur Seite gerollt hatte, wollte ich aufstehen, aber er drückte mich in die Kissen zurück.
«Hast du es so eilig, mich zu verlassen? Nein, ich bin noch nicht mit dir fertig!»
Er stand auf und schraubte den Lampendocht wieder höher. Er schob mich auf dem Bett zur Seite.
Er lachte bitter. «Kein Blut auf dem Laken? Nun sehe ich's, deine Kälte galt nur mir. Vielleicht hast du dem Mann, der dich entjungfert hat, mehr Leidenschaft entgegengebracht? Wer war es, Rowena? Sag es mir, ich bin neugierig. Shannon? Lucas? Suchtest du einen bequemen Vater für das Kind, mit dem du schwanger gehst?»
Ich richtete mich auf. «Ach, Ramon, was soll das? Du hast gehabt, was du haben wolltest, laß also gut sein. Du brauchst mich nicht zu heiraten.»
Er trat zu mir. Wahrscheinlich erwartete er, daß ich mich vor Scham und Furcht im Bett verkriechen würde. Statt dessen stand ich auf und stellte mich ohne falsche Scham vor ihn hin.
«Dich heiraten, ha! Denkst du, ich will eine Ware aus zweiter Hand! Nein, nicht für all dein Geld würde ich dich heiraten, nachdem ich weiß, was du bist. Eine verlogene, durchtriebene Dirne!»
Er schlug mich so unerwartet und so heftig, daß ich rücklings auf das Bett taumelte. «Willst du es mir wohl sagen? Wer war es? Oder war da mehr als einer? Mein Gott, wenn ich denke, für wie rein und unschuldig ich dich gehalten habe! Du mit deinem hochmütigen, unnahbaren Wesen!

Aber das hattest du nur für mich, was? Wie wolltest du dich überhaupt vor mir rechtfertigen, wenn ich es nach der Hochzeit entdeckt hätte? Antworte mir!»
Ich kniete auf dem Bett und wehrte seine Hand ab, als er Miene machte, abermals zuzuschlagen. «Du verlangst Antwort, obwohl du kein Recht mehr zu Fragen hast? Warum erschießt du mich nicht einfach? O ihr arroganten Spanier, mit eurem einfältigen, leeren Gerede von Ehre! Du wußtest, daß ich mit Gewalt hierher gebracht worden bin, aber davor hast du die Augen verschlossen. Du nimmst mich mit Gewalt und bist enttäuscht, daß ich nicht mehr unberührt bin. Aber wenn ich auf dich reagiert hätte, wenn ich dir die Dirne vorgespielt hätte, dann wärst du zufrieden gewesen, nicht wahr?» Ich strich mir die Haare aus dem Gesicht. «Ich will dir sagen, warum ich die Männer hasse, Ramon. Und ich will dir sagen, warum mein Blut dein Bettlaken nicht befleckt. Mein Stiefvater vergewaltigte mich, als ich achtzehn Jahre alt war. Du bist der einzige Mann, der mich seitdem gehabt hat. Nicht, Todd, nicht Lucas. Nicht einmal Lucas nahm mich mit Gewalt, als ich ihm im Apachenlager auf Gnade oder Ungnade ausgeliefert war!»
Ramons Ausdruck hatte sich verändert – als ob er um seines Stolzes willen mir nicht glauben wollte. «Und jetzt wünschst du vielleicht, er hätte es getan. Vergiß nicht, ich sah, wie ihr euch geküßt habt! Und gestern, als du dich geschnitten hattest, riefst du Lucas zu dir. Immer ist es Lucas! Seinetwegen sitze ich hier fest, als ob ich ein Verbrecher wäre. Wenn Lucas da ist, kümmert sich meine Mutter weder um Julio noch um mich. Auch Luz . . . und jetzt du. Oh, wenigstens habe ich dich zuerst gehabt! Das kann er mir nicht nehmen.» Er fing meinen Blick auf und lächelte schief. «Du denkst, ich hasse ihn. Das sagtest du vorhin. Es ist sonderbar . . . Nein, ich hasse ihn nicht, aber ich lehne ihn ab. Dennoch ist er mein Bruder, dieses Band besteht zwischen uns. Und du . . . soviel du auch von deinem Haß reden magst, ich spüre, daß es dir ähnlich ergeht. Wenn Lucas dich heute nacht in sein Zimmer mitgenommen hätte . . . ich glaube, dann hättest du ganz anders reagiert!»
Darauf fand ich keine Antwort. Ich stand auf, und er ließ mich gewähren. Ich war nackt, meine zerrissenen Sachen hatten keinen Wert für mich, und ich war darüber hinaus,

mir Gedanken zu machen. Ich ging zur Tür und entriegelte sie, während Ramon hinter mir tonlos sagte: «Vermutlich willst du ihn suchen. Vergiß nicht, zuerst im Schlafzimmer meiner Mutter nach ihm zu schauen.»
Ich würdigte ihn keines Blickes mehr und machte die Tür leise hinter mir zu. Mein Kopf war leer. Ich handelte rein instinktiv. Unbekümmert ging ich die Galerie entlang und öffnete Lucas' Schlafzimmertür. Natürlich war er nicht da – hatte ich etwas anderes erwartet? Er war verwundet – bei wem außer bei Elena hätte er Trost suchen sollen?
Ich war entschlossen, bei ihr anzuklopfen. Ich mußte Lucas sehen, mußte hinter das Geheimnis der sonderbaren Schwäche und Sehnsucht kommen, die mich jedesmal überwältigte, wenn er mich berührte. Ich dachte daran, wie er im Apachenlager meine wunden Füße gepflegt und mich gestern verbunden hatte. Ich dachte auch an den Blick, den er mir nachgeschickt hatte, als ich von Ramon aus dem Patio geführt worden war. All das Blut . . . Vielleicht war er lebensgefährlich verletzt oder gar tot . . .
Elenas Tür stand offen, und überraschenderweise trat sie heraus, als ich dort anlangte – als ob sie mich erwartet hätte, obwohl meine bloßen Füße kein Geräusch machten. Sie wunderte sich nur über mein Aussehen.
Ich fragte sofort: «Wo ist Lucas?»
Sie flammte mich an: «Du wagst es, mich das zu fragen? Du, die nackt aus Ramons Bett kommt? Ich hätte meinem Instinkt folgen sollen, als du hierherkamst! Du hast die Augen deines Vaters, und das täuschte mich. Ich hätte erkennen müssen, daß du nicht wie er bist. Ich hätte merken müssen, daß du mir Lucas bei all deiner scheinbaren Abneigung gegen ihn wegnehmen wolltest. Habt ihr alles, was heute nacht geschehen ist, geplant, du und Ramon?»
Die aalglatte Sicherheit war von ihr abgefallen, unverhohlen zeigte sie mir ihren Haß.
Ich konnte mir die Entgegnung nicht versagen: «Und du, wolltest du damals nicht auch Todd Shannon seiner Frau wegnehmen?» Ich schaute an ihr vorbei ins Zimmer, gewahrte aber nur das zerwühlte leere Bett.
Mein forschender Blick entging ihr nicht. «Du dachtest wohl, er wäre hier? Ich habe dich unterschätzt, Rowena, aber unterschätze du Lucas' Liebe zu mir nicht. Ja, er liebt

mich, keine andere Frau, auch du nicht, wird jemals mehr von ihm bekommen als eine flüchtige Umarmung.»
«Dann brauchst du dich ja nicht aufzuregen, wenn ich ihn sehen will. Wo ist er?»
«Fort», antwortete sie mühsam gefaßt. «Montoya ließ ihn gehen, obwohl ein Gewitter heraufzieht. Dabei ist Lucas verwundet und hat eine Kugel im Leib! Er ist nicht im Haus . . . sonst wäre er bei mir, da kannst du sicher sein!»
Wortlos machte ich kehrt und lief in mein Zimmer. Luz war nicht da, aber das kümmerte mich nicht. Die Fenster standen offen und der Wind hatte die Lampe ausgeblasen. Die Blitze, die über den Himmel zuckten, ließen alles gespenstisch erscheinen. Ich fand mein Apachenkleid, die hochgeschlossene Bluse, den langen Rock und die Mokassins. Ich machte mir nicht die Mühe, darunter etwas anzuziehen.
Elena war mir im Negligé gefolgt. «Was hast du vor? Wohin willst du?»
«Das fragst du noch!»
«Du Närrin! Du wirst ihn niemals finden. Wahrscheinlich ist er schon weit weg. Der Regen überschwemmt das Tal, und du wirst ertrinken. Du kannst ohnehin nichts ausrichten. Lucas mag dich nicht. Geh zurück in Ramons warmes, sicheres Bett!»
«Würdest du das an meiner Stelle tun? Du sagtest einmal, ich sei ähnlich wie du. Vielleicht bin ich ebenso skrupellos.»
Sie ließ mich an sich vorbei. «Dann geh! Und wenn das Unwetter dich nicht umbringt, wird Lucas dich hoffentlich töten!»
«Möglich», sagte ich. «Jedenfalls lasse ich es darauf ankommen.»
Ich ging die Treppe hinunter, ohne mich darum zu kümmern, ob sie mir folgte oder nicht. Im Speisesaal hörte ich Stimmen, Montoyas schleppenden Bariton und Luz' lautes Weinen.
Ich öffnete die Tür. Luz kauerte in einem Sessel, sie vergrub das Gesicht in den Händen, und Montoya stand mit dem Rücken zum Kamin. Sie hob den Kopf und starrte mich an. «Ich dachte, du wärst mit Ramon zusammen», stieß sie anklagend hervor. Und als sie sah, wie ich angezo-

gen war: «Was hast du vor? Weißt du nicht, was geschehen ist?»
«Natürlich weiß sie es», sagte Montoya ruhig. «Sie war ja dabei.» Er wandte sich mir zu: «Luz und ich werden heiraten, was wir längst hätten tun sollen. Ich nehme sie mit mir, sobald das Unwetter vorbei ist. Soll sie hier verkümmern? Sie macht mit mir kein besonderes Geschäft, zugegeben, immerhin ein besseres als mit dem andern.»
«Es geht doch nicht um ein Geschäft!» rief sie. «Du hast Lucas zu einem Geständnis gezwungen, als er ohne Verband am Verbluten war. Er hätte mich schließlich doch geheiratet, ich weiß es!»
«Das bezweifle ich. Um deinetwillen zwang ich ihn, endlich die Wahrheit zu sagen. Du hörtest es selbst – er hat für dich nichts weiter übrig als brüderliche Zuneigung. Er sagte rundheraus, daß er dich niemals heiraten würde. Sei nicht traurig, Mädchen. Ich werde dafür sorgen, daß du ihn bald vergessen hast. Du wirst Kinder haben und darüber diese ganze . . .»
«Wo ist er?»
Luz sah mich verständnislos an, aber Montoya schien froh zu sein, daß ich den privaten Wortwechsel der beiden unterbrochen hatte. Er antwortete sachlich: «Ich konnte Lucas nicht überzeugen, daß es besser für ihn wäre, hierzubleiben und sich pflegen zu lassen. Aber ich glaube nicht, daß er weiter gehen wird als bis zu seiner Hütte. Wissen Sie, wo sie ist?» Er musterte mich nachdenklich. «Ich rate Ihnen ab, heute nacht hinauszugehen. Die Unwetter brechen hier plötzlich aus, aber um so heftiger. Dann werden die Bäche zu reißenden Strömen. Warten Sie lieber.»
Im Gegensatz zu Luz hatte er begriffen.
«Wovon redest du? Rowena, wohin willst du? Ich dachte, du und Ramon . . .»
«Ramon und ich werden doch nicht heiraten», sagte ich knapp. «Ich brauche frische Luft.»
«Aber es regnet . . .»
«Noch nicht allzu schlimm», fiel er ein. «Ich kann verstehen, daß man sich manchmal den Wind um die Ohren brausen lassen muß. Chato ist draußen. Er wird Ihnen ein Pferd satteln, wenn Sie ihm sagen, daß ich es angeordnet habe.»

Ich rannte beinahe aus dem Zimmer. Hinter mir hörte ich Luz jammern: «Ich verstehe das alles nicht. Wo will Rowena hin? Was ist los mit ihr?»
Ich fühlte mich getrieben. Ich warf die Tür hinter mir ins Schloß. Von der Galerie aus blickte Elena zu mir herunter, als ich durch die Halle lief, aber sie blieb stumm. Draußen, in der feuchten Nacht, kam Chato auf mich zu. Ich fragte mich, ob er überhaupt nicht schlafen ging.
«Señor Montoya läßt Ihnen sagen, Sie möchten mir ein Pferd satteln, ein gutes.»
Sein flaches Gesicht verriet keine Verwunderung. Vielleicht überzeugte ihn mein selbstsicheres Auftreten, daß ich die Wahrheit sprach. Er brachte mir eine flinke kleine Stute, die ich schon öfters geritten hatte, und als wüßte er, wohin ich wollte, gab er mir keine Wegweisungen. Ich fragte mich, ob er wohl von einem Versteck aus Zeuge des Dramas gewesen war, das sich im Winkel des Patios abgespielt hatte. Dann aber schlug ich mir alle diese Gedanken aus dem Kopf. Die Stute warf zwar bei jedem Blitz nervös den Kopf zurück und beantwortete das Donnergrollen mit einem Wiehern, aber sie blieb im Schritt.
Es dünkte mich schier unglaublich, daß noch vor wenigen Stunden der helle Mond geschienen hatte, und ich erkannte, wie wahr die Schilderungen von den jäh ausbrechenden Unwettern in dieser Gegend sein mußten. Aber keinen Augenblick dachte ich daran, daß ich mich in Gefahr begab. Felice, die Stute, schien zu wissen, wohin ich strebte, als ich sie zu den vor uns dräuenden Bergen lenkte. Dort regnete es stärker, und der Donner widerhallte von den Felsen. Ich war hier schon mit Ramon geritten, und Felice bedurfte nur eines leichten Schenkeldrucks. Wir führten uns gegenseitig, und ab und zu erhellte ein Blitz die Landschaft wie eine riesige Fackel.
Ich hatte alles Zeitgefühl verloren, und als ich mich nicht mehr auskannte, überließ ich es Felice, den richtigen Weg zu finden. Ich hing nur über ihrem Hals, durchnäßt und willenlos. Ich stand wohl unter einer Schockwirkung, denn bisweilen wußte ich nicht, warum ich in Wind und Regen draußen war und was ich bezweckte. Ich wollte nur endlich entrinnen, und wenn ich Lucas nicht fand, wollte ich den Weg aus dem Tal in die Freiheit allein suchen. Ich hatte

mich zu sehr in das verworrene Leben der Menschen hier hineinverwickeln lassen, und ich mußte zu mir selbst zurückfinden.
Meine Gedanken waren zusammenhangslos. In meinem benommenen Zustand erinnerte ich mich nur an Julios Worte damals, als ich das Tal zum erstenmal sah: «Dort oben hat mein Bruder eine Hütte, und dorthin geht er, wenn er allein sein will.» Und damals hatte ich mich gewundert, daß ein so harter und gefühlloser Mensch wie Luke Cord das Bedürfnis haben könnte, allein zu sein. Ja, ich hatte mir nichts anderes gewünscht, als ihn aus meinem Leben zu streichen, ihn los zu werden. Jetzt flüchtete ich zu ihm – oder weg von allem, in das er mich hineingerissen hatte. Ich wußte selbst nicht, was mich trieb, ob das eine oder das andere.

Siebenundzwanzigstes Kapitel

Ich glaubte hoch über mir ein schwaches, orangefarbenes Licht zu sehen, aber im nächsten Augenblick blendete mich ein greller Blitz, und in der engen Felsenschlucht krachte der Donner ohrenbetäubend.
«Lucas!» schrie ich sinnloserweise, während meine Stute, ebenso erschrocken wie ich, um ihr Gleichgewicht kämpfte und einem weniger steilen Felshang zustrebte. Mir waren die Zügel entglitten, und ich klammerte mich an ihre nasse Mähne. Der Regen peitschte auf uns herunter. Ich hatte nicht geahnt, daß es einen solchen Regen geben könnte; er war wie ein Wasserschwall.
Felice strauchelte und warf mich beinahe ab, dann fanden ihre Hufe einen Halt und sie nahm die anscheinend unersteigbare Wand in Angriff. Das Wasser umwirbelte mich bis zu den Fesseln und drückte mir die Füße aus den Bügeln; es kam auch vom Grat herunter wie ein Sturzbach.
Nur der primitivste Instinkt trieb mich weiter. Ohne zu überlegen, ließ ich mich von meinem wild erschrockenen, schwankenden Reittier gleiten, klammerte mich an einen Felsenvorsprung und zog mich hoch, ungeachtet der Schnittwunden an meinen Fingern.

Ich weiß nicht, wie mir der Aufstieg gelang. Ich klebte an der Felswand, während meine Füße einen Halt suchten und meine Hände aufwärts tasteten. Ich war umspült von Wasser, der Wind verschlug mir den Atem.
Meine tastenden Hände fanden einen verkrüppelten Baum, der aus dem Felsen herauswuchs, und verzweifelt hielt ich mich daran fest.
Wieder rief ich seinen Namen: «Lucas!» Ein Blitz zuckte auf, und ich schrie abermals, bevor der Donner krachte. Irgendwo unter mir wieherte meine Stute wie in Todesqual. Das Wasser hatte sie hinweggeschwemmt, und bald würde es mir ebenso ergehen, wenn meine Hände klamm wurden; auch ich würde weggespült werden wie Treibholz. Mit dem Rest meiner Kraft hielt ich mich fest und schrie von neuem. «Lucas! Zu Hilfe, Lucas!»
Und dann, als ich alle Hoffnung verloren hatte, vernahm ich über mir eine Stimme.
Es dünkte mich schier unfaßbar, aber nun erkannte ich seine Stimme: «Rowena? Wie um alles in der Welt ...»
Und dann nach dem nächsten Donnerschlag: «Halt dich fest! Warte!»
Ich schluchzte hilflos und klammerte mich an das Bäumchen, während das Wasser an mir riß und jedes Gefühl aus meinen Händen wich.
Ein Seil, das von oben herabfiel, traf mich ins emporgewandte Gesicht.
«Rowena, kannst du mich hören? Fang das Seil! Kannst du dich daran festhalten!»
«Ich ... ich kann nicht», schluchzte ich heraus. «Meine Hände ...»
«Du mußt es um dich wickeln. Unter den Armen. Es hat eine Gleitschlinge. Wenn du nur eine Hand gebrauchen kannst ...»
Das Seil baumelte vor meinem Gesicht und schlug mir bei jedem Windstoß an die Wange. Mühsam faßte ich es mit der rechten Hand, und mit der Kraft und Geschicklichkeit, die wohl nur letzte Verzweiflung dem Menschen verleiht, steckte ich Kopf und Arme in die Schlinge. Das war mühsam, denn ich mußte mich abwechselnd mit einer Hand an dem dünnen Baumstamm festhalten.
Derweil hörte ich Lucas' aufgeregte rauhe Stimme: «Du

kannst es! Schau nicht hinunter. Zieh an dem Seil, wenn du fertig bist.»

Als ich in der Schlinge hing, konnte er mich, wenn er wollte, in die Schlucht fallen lassen, wo ein reißender Strom zu Tal stürzte.

Ich stöhnte unwillkürlich laut auf, und ich schloß die Augen, als es blitzte. Nach dem Donnerschlag hörte ich ihn wieder: «Halt dich gut fest an dem Seil! Ich ziehe dich jetzt herauf.»

Automatisch gehorchte ich ihm und ließ den Baumstamm los. So klamm waren meine Hände, daß ich nicht mehr spürte, ob sie das Seil festhielten oder nicht. Ich biß die Zähne zusammen und bot all meinen Lebenswillen auf. Ich schwebte in die Höhe – es war die Rettung. Was scherte es mich, daß mir die rauhe Felswand der Schlucht die Haut aufschürfte und blaue Flecken machte! Sogar durch den nassen Rock hindurch fühlte ich den Anprall. Mein Rock blieb irgendwo hängen und riß. Was tat's? Ich wurde hinaufgezogen, und machtlos überspülte mich das Wasser.

«Rowena, was tust du hier bei dem Unwetter? Hat dich denn niemand gewarnt?»

Seine Hände umfaßten mich, als ich bäuchlings in einer Pfütze lag und um Luft rang. Der einschnürende Druck des Seiles ließ nach. Er löste es tastend, und seine gebückte Gestalt hob sich bei einem Blitz vom dunklen Himmel ab.

«Was zum Teufel wolltest du hier?» Seine besorgte Stimme schlug in ärgerlichen Vorwurf um, aber seine Hände waren zart, als er mich in die Höhe zog. «Kannst du gehen? Es bleibt dir nichts anderes übrig, denn ich bin nicht imstande, dich zu tragen.»

Er besänftigte sich, als er zu dem Pferd sprach, an dessen Sattelknauf das Seil festgebunden war, das mich heraufgezogen hatte. Plötzlich fiel mir Felice ein, meine wackere kleine Stute, und ich begann bitterlich zu weinen.

«Hör auf! Für Reue ist es jetzt zu spät. Halt dich an mir fest. Siehst du das Licht dort? Los, dorthin! Oder willst du vom Blitz erschlagen werden?»

Wir wankten zu seiner Hütte. Drinnen brannte ein Feuer. Als erstes sah ich Lucas' blutige Notverbände. Wie hatte er bei dem Blutverlust nur die Kraft aufbieten können, mir zu helfen?

«Lucas, du hast mich ...»
Er schnitt mir brüsk das Wort ab: «Geh zum Feuer und zieh deine nassen Sachen aus. Ich muß mich um das Pferd kümmern.»
«Laß mich für das Pferd sorgen», bat ich. «Du bist viel schlimmer dran als ich.»
«Mußt du mir immer widersprechen?»
«Ja, denn ich habe recht. Ich habe keinen Blutverlust erlitten. Also sag mir, was ich mit dem Pferd machen muß.»
Ich zog ihn zu dem Kamin, vor dem er stöhnend zusammenbrach. «Das Pferd muß in den Anbau gebracht und abgerieben werden. O Gott, ich darf jetzt nicht ohnmächtig werden ... du kannst das nicht ...»
«Natürlich kann ich es! Glaubst du, ich hätte noch nie ein Pferd abgesattelt?»
«Du blutest auch ...»
«Ach was, nur ein paar Kratzer. Du bleibst hier liegen, bis ich zurückkomme. Hast du gehört?»
Das alte spöttische Lächeln spielte um seinen Mund. «Jawohl, Madame. Ich weiß selbst nicht, ob ich jemals wieder aufstehen kann.»
Ich mußte mich gegen die Tür stemmen, um sie aufzubekommen, und der Wind schlug sie sofort hinter mir zu. Sein Pferd war wohlgezähmt. In der Helligkeit eines Blitzes sah ich es zitternd im Regen stehen. Es ließ sich von mir willig zu dem Anbau führen, der auf zwei Seiten offen war. Meine klammen Hände waren langsam und ungeschickt, aber das Pferd ließ sich geduldig den Sattel abnehmen. Dann rieb ich es mit einem Strohwisch ab. Zum Schluß hängte ich ihm seinen Futtersack um, gewissermaßen als Belohnung. Erst nach getaner Arbeit merkte ich, daß auch ich am ganzen Leib zitterte. Die Blitze waren fast über mir, als ich mich an der Hauswand entlang tastete.
Drinnen lehnte ich mich mit geschlossenen Augen an die Tür. Was tat ich hier? Warum war ich gekommen?
«Ist alles in Ordnung, Rowena?»
Er lag unter einer Decke. Ich ging zu ihm, und erst als ich mich über ihn beugte, sah ich, daß ich alles vertropfte. Obwohl das Feuer Wärme verbreitete, klapperten ihm die Zähne. Als ich ihm die Hand auf die Stirn legte, zuckte er zusammen.

«Wie kalt! Du mußt das nasse Zeug ausziehen. Dort drüben ist noch eine Decke.»
«Sprich nicht!» Er hatte Fieber; ich fühlte die Hitze seines Körpers, hörte seinen röchelnden Atem.
Ich zog mich in einen Winkel zurück, riß mir, ihm den Rücken zukehrend, die nassen Fetzen vom Leib und hüllte mich in die Decke.
Neben ihm stand ein Krug, den ich ihm an die Lippen setzte.
«Du auch», sagte er, nachdem er getrunken hatte.
Der Krug enthielt kein Wasser, sondern ein brennendes Getränk, das mich nach Luft schnappen ließ und mir die Tränen in die Augen trieb, so daß der Krug mir fast entfallen wäre.
Lucas lachte, aber das Lachen verging ihm, als ich mich daran machte, seine Verbände abzunehmen. Die Schnitte waren weniger schlimm als die Schußwunde in der Schulter, die einen häßlichen Anblick bot.
«Mein Gott, Lucas, ich müßte etwas tun . . .»
«Weißt du denn, wie man eine Kugel herausnimmt? Sie steckt immer noch darin.» Er sprach durch zusammengebissene Zähne und hielt die Augen geschlossen.
«Ich habe noch nie . . .» Ich konnte nicht verhindern, daß meine Stimme zitterte.
«Mein Messer ausglühen . . . Wollte es selbst tun. Du mußt es versuchen. Hast du gehört, Rowena?»
Ich wußte, daß es keinen anderen Ausweg gab. Mir graute. Ich mußte die Kugel herausholen, sonst würde er sterben, doch wenn ich es verkehrt machte, war es meine Schuld . . . das Dilemma war fürchterlich.
Die nächste Stunde war der Höhepunkt des nächtlichen Alptraums. Das einzige Licht war die orangefarbene, flackernde Helligkeit des Feuers. Ich trank mir Mut an. Diesmal brannte das alkoholische Getränk weniger, und meine Lebensgeister hoben sich. Ich kramte in meinem Gedächtnis, um mich der medizinischen Bücher zu erinnern, die ich gelesen hatte. Aber Lesen und Handeln war nicht dasselbe. Lucas gab mir abgehackt Anweisungen und ließ sich als erstes noch mehr Tequila einflößen.
Am meisten befürchtete ich, daß meine Hände zittern würden, und der Gedanke, ihm Schmerzen zu bereiten,

schnürte mir die Kehle zu. Was, wenn die Kugel einen Knochen zersplittert hatte oder so tief eingedrungen war, daß ich sie nicht fand? Die Übelkeit, die mich zu überwältigen drohte, rührte nicht von dem Anblick meiner blutigen Finger her, sondern eher von meiner Furcht.
Der Schweiß lief ihm über das blasse Gesicht, über den Schnitt auf seiner Wange. Ich wollte herausschreien: «Ich kann es nicht! Ich kann sie nicht finden!» Doch da wurde mir klar, daß er nicht mehr stöhnte und ganz still lag. War er tot, um Gottes willen? Das durfte nicht sein! Nein, er hatte das Bewußtsein verloren. Die Erkenntnis, daß ich ihm keine Schmerzen mehr bereitete, beruhigte mich, und es überkam mich auf einmal eine kühle Entschlossenheit. Vielleicht war das der Grund, daß ich die Kugel endlich fand. Ich betrachtete das abgeflachte Metallstück mit Grauen und warf es von mir. Nun mußte ich die Blutung stillen. Ich ergriff wieder den Krug und tröpfelte Tequila in die Wunde. Sein ganzer Körper zuckte, ächzend hob er den anderen Arm und stieß mich weg.
«Halt still, Lucas!»
Ich schluchzte. Ich holte das glühende Messer aus dem Feuer, kniete mich auf ihn und rief mir ins Gedächtnis zurück, wie schnell er die Schnittwunden an meinen Fingern kauterisiert hatte. Als mir der Geruch verbrannten Fleisches in die Nase stieg, wurde mir wieder übel.
Die Decke, in die ich mich gehüllt hatte, fiel zu Boden, als ich mich aufrichtete; doch das beachtete ich nicht. Ich durfte keine Sekunde Zeit verlieren. Ich kochte Stoffstreifen meines Rockes in dem zerbeulten, rußigen Wasserkessel aus und legte Lucas einen Kreuzverband an.
Erst nach getaner Arbeit spürte ich meine Erschöpfung. Es wurde mir fast zuviel, mich nach der Decke zu bücken und mich wieder hineinzuwickeln. Ich legte das Ohr an seine Brust und lauschte den raschen, unregelmäßigen Herzschlägen. Er zitterte, seine Haut war kühl, und er bewegte sich unruhig. Ich legte mich neben ihn und wünschte inbrünstig, er möge Wärme und Kraft von mir beziehen.
Ich war eingeschlafen und mußte mich nach dem Erwachen erst besinnen, wo ich mich befand und was geschehen war. Das Holz war zu Asche niedergebrannt, unter der noch Glut schwelte.

Lucas murmelte vor sich hin, seine Haut war trocken und heiß.
«Ich lasse dich nicht sterben, hörst du, Lucas?» Natürlich konnte er mich nicht hören, aber mich beschwichtigte der Laut meiner eigenen Stimme.
Ich legte Holz nach und fachte das Feuer an. Ich mußte mich betätigen, um die Gedanken fernzuhalten. Auf den Borden an der Wand fand ich Kaffee, Zucker, Bohnen, Mehl und Speck. Der Regen prasselte immer noch aufs Dach und gegen die Tür, in der Ferne donnerte es, und wie eine unheilvolle Begleitung rauschte Wasser. Wenn es nun einen Erdrutsch gab und wir unter Schlamm und Steinen begraben wurden?
War es immer noch Nacht oder schon Morgen? Das konnte mir gleich sein. Der Kaffee kochte bald auf. Ich trank eine Tasse voll mit einem Schuß Tequila. Dann legte ich mich wieder neben Lucas, lauschte den Geräuschen der Elemente und dämmerte ein.
Ganz plötzlich war ich hellwach. Als ich den Kopf wandte, blickte ich Lucas in die Augen.
«Dachte, ich hätte nur von dir geträumt», murmelte er und streckte den Arm nach mir aus.
Mein Kopf ruhte an seiner unverletzten Schulter. «Warm», flüsterte er. «Geh nicht fort, Rowena.»
Ich streichelte sein Gesicht, und er gab mir einen sanften Kuß. Ich seufzte, als hätte ich lange Zeit den Atem erwartungsvoll angehalten.

Achtundzwanzigstes Kapitel

«Geh nicht fort, Rowena . . .» Das hatte fast vorwurfsvoll geklungen, aber sein Arm hatte nicht genügend Kraft, mich festzuhalten.
Ich stand auf. «Ich gehe nicht fort. Ich muß nur Holz nachlegen.»
Er hielt mich an der Decke fest. «Nein, bleib. Laß das Feuer. Bitte, Rowena.»
Ich durfte nicht schwach werden. «Ich muß mir auch etwas anziehen.»

«Nimm das Hemd, das dort am Haken hängt. Wozu überhaupt etwas anziehen?»
«Wenn ich mich erkälte, wäre uns beiden bestimmt nicht geholfen.» Ich zog mir hastig das Hemd über, das mir viel zu groß war. Dann legte ich Holz nach und blies die Flammen an.
Das Wasser im Kessel war eingekocht. Ich öffnete die Tür und hielt den Kessel in den unablässig schüttenden Regen hinaus; die kalte, feuchte Luft ließ mich erschauern. Noch immer rauschte der Wasserfall, der mich in die Schlucht gerissen hätte, wenn Lucas mir nicht zu Hilfe gekommen wäre. Zum erstenmal wurde mir unsere vollständige Abgeschiedenheit bewußt. Es kam mir vor, als wären wir die beiden letzten Menschen auf der Erde, die nur noch aus dieser Hütte, aus rauschendem Wasser und Regenfluten bestand. Ich atmete die frische Luft in tiefen Zügen ein, um meinen Kopf zu klären.
«Mach die Tür schnell wieder zu, sonst wird es hier ebenso feucht wie draußen», hörte ich Lucas sagen.
Ich hängte den Wasserkessel übers Feuer. Ich sah sicher lächerlich aus in dem viel zu großen Hemd, das mir bis zu den Knien reichte. Ich vermied Lucas' Blick, während ich den Kaffee aufbrühte und mich daran machte, den Speck zu schneiden.
«Kann das Frühstück nicht warten, Rowena?»
Ich widerstand seinem flehenden Ton. «Benimm dich nicht wie ein verwöhntes Kind! Ich habe Hunger, und vor allem du mußt etwas essen.»
«Gib acht, daß du dich nicht wieder schneidest, so wie du das Messer hältst!»
Erschrocken sah ich, daß er sich aufgerichtet hatte. «Willst du dich wohl hinlegen!»
Er wurde ärgerlich. «Wenn ich die Kraft hätte, würde ich dich zwingen, dich mit mir hinzulegen. Was habe ich denn an mir, daß du wie ein erschrockenes Füllen vor mir scheust? Was hat dich überhaupt veranlaßt, beim schlimmsten Unwetter hier heraufzukommen?»
Ich antwortete nicht. Statt dessen ging ich zu ihm, nachdem ich die Bratpfanne aufgesetzt hatte.
Er streckte die Hand aus und zog meinen Kopf an den Haaren zu sich hinunter. Ich erstarrte, aber er gab mir nur

einen überraschend zarten Kuß. Das genügte, mich wieder schwach werden zu lassen.
«Nicht, Lucas!»
«Warum nicht? Du weißt recht gut, daß ich nicht die Kraft habe, dich gegen deinen Willen zu irgend etwas zu zwingen. Ich wollte dir nur danken für das, was du getan hast.»
Es war wohl unvermeidlich. Eines wurde mir klar, wenn ich es vielleicht auch längst gewußt hatte: Liebe oder Haß – Gleichgültigkeit konnte es nie zwischen uns geben. Ich kniete neben ihm und küßte ihn, bis mich der Geruch nach verbranntem Speck in die Wirklichkeit zurückriß.
«Mußt du unbedingt ans Essen denken?»
«Du wirst dich besser fühlen, wenn du etwas im Magen hast», erklärte ich fröhlich. Er lächelte und ließ mich widerspruchslos gehen.
Es war, als hätten wir eine unsichtbare Trennwand zwischen uns weggeschoben, und jetzt war es nicht nötig, ungeduldig zu sein oder Mißverständnisse heraufzubeschwören. Wir warteten gern, weil wir wußten, was schließlich geschehen würde, und wie in stillschweigender Übereinkunft sprach keiner von uns von der Vergangenheit.
Der Speck war halbverbrannt, der Kaffee zu stark. Lucas sagte, noch nie habe ihm etwas besser geschmeckt. Er zeigte mir, wo ein zweiter Krug Tequila zu finden war, und ich fügte dem Kaffee so viel davon bei, daß er mir leicht zu Kopf stieg.
«Ich fühle mich so häuslich. Was möchtest du zum Abendbrot?»
«Kannst du nur ans Essen denken?»
«Ich muß dich doch kräftigen», neckte ich ihn. «Ich habe in deinem Haushalt Bohnen entdeckt. Möchtest du Bohnen mit Speck?»
«Weich sie lieber erst ein», riet er mir ernst.
Er folgte mir mit den Augen, während ich mir in der Hütte zu schaffen machte, und mein Herz schlug schneller.
Ich war glücklich. Auch als ich seinen Anweisungen gemäß seine Wunden mit einer starken Salzwasserlösung wusch, beglückte es mich, das zu tun. Zwischen uns standen keine Gespenster. Weder Todd noch Ramon, nicht einmal Elena. Wir waren allein, eingeschlossen von Wasser. Wir begehr-

ten einander, aber wir warteten. Die Zeit schien stillzustehen.
Ich fegte den Boden, säuberte die Bratpfanne mit nassem Zeitungspapier und füllte den Kessel. Ich zog das Hemd aus und ging trotz Lucas' Widerspruch tapfer in den Regen hinaus, um für das Pferd zu sorgen. Nach der Rückkehr trocknete ich mich mit meinen Kleiderfetzen ab, die nicht mehr naß waren.
Nackt ging ich zu ihm. Wir liebten uns. Ihm konnte ich mich hingeben. Lucas begehrte mich, und ich begehrte ihn, und zum erstenmal in meinem Leben fühlte ich die Sehnsucht nach Wollust, und diese Sehnsucht wurde erfüllt.
Wir lagen uns in den Armen und schliefen. Nach dem Erwachen liebten wir uns wieder und schliefen dann.
Das Vergehen der Zeit kümmerte uns nicht. Wir wußten, daß Tag war, als draußen graues Licht herrschte, und Nacht, als Dunkelheit alles umfing. Ich kochte die eingeweichten Bohnen mit Speckscheiben, und das Gericht mundete uns köstlich. Wir ließen uns vom Tequila berauschen und erforschten einer des andern Körper. Der Regen strömte, als wollte er nie mehr aufhören, bisweilen sanft, bisweilen heftig, in gleicher Weise wie Lucas mich umarmte. Ich wünschte, es könnte ewig so weitergehen.
So unvermeidbar wie uns die Leidenschaft zusammengeführt hatte, so unvermeidbar gerieten wir in Streit. Es war meine Schuld. Ich wollte mehr von ihm wissen, worauf er brüsk erwiderte, er habe keine Lust, von der Vergangenheit zu sprechen.
«Möchtest du lieber von der Zukunft sprechen?» fragte ich herausfordernd. «Was werden wir tun, wenn der Regen aufhört? Sag es mir, Lucas, ich muß es wissen!»
«Was mußt du wissen? Genügt dir die Gegenwart nicht?»
«Werde ich nur eine der Frauen sein, die du benutzt hast und dann wegwirfst? Ist es so? Du, ich habe ein Recht, das zu wissen!»
Er seufzte nur, was mich verstimmte.
«Nimm dich in acht. Ich bin kein Kind. Ich bin weder naiv wie Luz noch berechnend wie Elena. Warum kannst du mich nicht wie einen Menschen behandeln?»
«Wie habe ich dich denn behandelt? Du kamst aus freien Stücken hierher. Ich fragte dich nach dem Grund, aber du

gabst mir keine Antwort. Jetzt will ich es vielleicht nicht mehr wissen. Du bist hier. Ich begehre dich. Kannst du nicht jede Stunde nehmen, wie sie kommt?»

«Nein! Nein, das kann ich nicht. Ist es denn nur das Körperliche, was uns verbindet? Das genügt mir nicht.»

«Was willst du noch von mir? Gesagt hast du es mir nicht. Was soll ich dir nun sagen? Ich begehre dich. Ich habe dich von Anfang an begehrt, aber du hast mich zurückgestoßen.»

«Du weißt, warum!»

«Warum bist du hier? Sag mir das, vielleicht kann ich dir dann antworten.»

«Ich weiß es nicht. Doch, ich weiß es. Es trieb mich zu dir. Aber ich bin eine Frau, Lucas. Es muß noch mehr sein. Ich weiß nichts von dir . . .»

«Und ich weiß nichts von dir. Hör auf mit der ewigen Fragerei!»

Ich brachte es nicht über mich, die Frage zu stellen, die mir auf der Seele brannte: «Liebst du mich? Was bedeute ich dir?» Statt dessen sagte ich ungeschminkt: «Warum hast du mich nicht gefragt, wieso ich nicht unberührt bin? Ramon hat es getan. Nach dem Kampf mit dir nahm er mich in sein Schlafzimmer und . . .»

«Ach, Rowena, was soll das? Ich sagte dir doch, ich will nichts von deiner Vergangenheit hören, von all dem, was vorbei und erledigt ist. Was jetzt geschieht, was wir jetzt erleben, das ist wesentlich.»

«Und Elena?» Ich weiß nicht, was mich trieb, gerade diese Frage zu stellen; aber ich sah, daß sein Gesicht einen verschlossenen, in sich gekehrten Ausdruck annahm.

«Warum hast du die Rede auf sie gebracht?» Mit heftiger Bewegung warf er die Decke zurück und stand auf.

«Lucas!»

«Ich gehe hinaus. Ich brauche Luft. Hier drinnen ist es stickig. Ich habe zu tun.»

Er warf sich eine Joppe über und ging. Die Tür fiel hinter ihm zu. Es war nichts mehr zu hören außer dem Regen, dem Wasserrauschen und dem Knistern des Feuers.

Ich hatte mir alles selbst zuzuschreiben, ich war ihm hierher gefolgt und hatte mich ihm an den Hals geworfen. Was hätte ich anderes erwarten können? Er liebte Elena, nicht von ungefähr fühlte sie sich seiner sicher. Sie kannte Lucas viel besser als ich. Nun war eben ich verfügbar gewesen, und er hatte mich genommen, wie er auch Flo Jeffords und zahllose andere Frauen genommen hatte. Ingrimm schüttelte mich, als ich daran dachte, wie nahe ich daran gewesen war, ein Geständnis der Liebe oder wirklichen Gefühls von ihm zu erbetteln. Dann aber hielt ich mir eigensinnig vor, daß ich eine Dangerfield war, die wußte, was sie wollte. Ich wollte nicht klein beigeben. Ich wollte Luke Cord erobern, ganz gleich, wie er war und was er getan hatte. Elena sollte ihn nicht haben. Ich war stärker und jünger als sie, und wir beide, er und ich, waren vorläufig hier gefangen. Ich stand auf und ging hinaus. Der Donner grollte drohend, der Regen strömte, das Wasser rauschte. Kalte Windstöße trieben Wassernadeln gegen mich, daß es mir den Atem verschlug. Er war hier draußen, mit einer Wunde, die gerade erst zu heilen begann. Ich fühlte mich vereinsamt und fürchtete mich. Angenommen, er wäre fortgegangen? Vielleicht kannte er einen Geheimweg und hatte beschlossen, mich hier meinem Schicksal zu überlassen?

«Lucas, wo bist du?» rief ich, während ich mich in dem grauen Licht an der Wand entlang dem Regen entgegenstemmte. «Lucas!» Panische Angst erfaßte mich. Als ich um die Ecke bog, prallte ich mit ihm zusammen, und ich schluchzte auf vor Erleichterung.

«Bist du nicht bei Trost? Was treibst du hier draußen?»

Obwohl er erzürnt war, zog er mich mit sich unter das Vordach des Anbaus, wo Diablo, sein Pferd, zufrieden kaute.

«Ich dachte . . . ach, verdammt, du bliebst so lange fort.»

«Seit wann fluchst du?»

«Seit . . . seit es mir paßt! Ich fluche, wann ich will! Verdammter Kerl, verdammter Kerl!»

Er schob mich an die Wand und brachte mir sein Gesicht drohend nahe. «Noch einmal, und ich schlage dich! Was ist in dich gefahren? Im einen Augenblick bist du sanft und hingebungsvoll, und im nächsten wirst du eine fauchende Wildkatze.»

«Ich kann nichts dafür. Du machst mich so. Du fluchst ja selbst oft.»

«Das ist etwas anderes, ich bin ein Mann.»

«Oh! Du, ausgerechnet du . . .»
Wir waren beide naß. Aus seinen Haaren tropfte das Wasser und rann mir übers Gesicht. Auch seine Lippen waren naß und kalt.
«Warum bist du herausgekommen?» flüsterte er und ließ mich los.
«Ich hatte Angst, du kämst nicht wieder. Du warst so böse, als du fortgingst.»
«Und wie weit hätte ich laufen können? Selbst wenn ich gewollt hätte? Du verrücktes Frauenzimmer!» Er erstickte meinen Widerspruch mit neuen Küssen.
«So. Sagt dir das etwas?»
«Lucas . . .»
«Nein, schweig. Hör lieber zu. Ich ging hinaus, um für Diablo eine Wand zu zimmern. Das wollte ich schon längst tun. Siehst du die Bretter hier, den Hammer und die Nägel? Alles feucht, aber das macht nichts.»
«Und das mußte gerade jetzt sein, mitten im Unwetter?»
«Gewöhne dich daran, daß ich immer tue, was und wann es mir paßt!»
«Gut, gut. Aber dasselbe Vorrecht nehme ich für mich in Anspruch.»
«Das war mir von Anfang an klar. Weißt du noch, wie wütend ich da wurde? Dann aber läufst du mir nach und schreist nach mir wie eine Irre. Du bist schwer zu verstehen, Rowena. Schau dich an, rennst nackt in den Regen hinaus . . .»
«Gefalle ich dir nicht so?» Er lehnte sich über mich und stützte die Hände beidseitig von mir an die Wand. Er hatte immer noch die lächerlich wirkende Joppe über den Schultern. Lachend umhalste ich ihn und legte den Kopf an seine Brust. «Ich liebe deinen Körper», sagte ich leise. «Besonders, wenn auch du nichts anhast.»
«Du bist ein schamloses kleines Biest!» Aber es klang nicht böse.
«Freut dich das nicht?» neckte ich ihn. Vielleicht war ich doch zu weit gegangen, denn er wurde verlegen. Er kannte Neckereien nicht, und wenn überhaupt, konnte er nur zynisch oder bitter lachen. Das hatte ich schon gemerkt. Vielleicht lag es daran, daß er nie Gelegenheit gehabt hatte, jung und sorglos zu sein.

«Geh, laß mich jetzt arbeiten und hör auf mit deinen Verführungskünsten, auch wenn ich nichts anhabe», sagte er barsch und warf die Joppe ab. «Das Ding ist mir nur im Wege.»
Schweigend hob ich ein Brett auf und hielt es ihm zum Festnageln hin. Ich hütete mich wohlweislich, ihm den Hammer wegzunehmen und an seiner Stelle das Brett anzunageln, obwohl er unwillkürlich das Gesicht verzog, wenn er den rechten Arm benutzen mußte. Er war eigensinnig, fast ebenso eigensinnig wie ich. Ich mußte daran denken, daß ich anfangs nur einen gewissenlosen Mörder in ihm gesehen hatte, der es verdiente, daß er steckbrieflich gesucht wurde. Ich dachte auch daran, wie abstoßend er mir erschienen war, als ich erfuhr, daß er nicht Elenas Sohn, sondern ihr Liebhaber war. Dennoch hatte er mich in unerklärliche Gefühle verstrickt, gegen die ich nichts vermochte. Mir war nur klar, daß Lucas in mir ein bisher unbekanntes Bedürfnis geweckt hatte.
Ich schaute ihm zu, während er verbissen arbeitete. Ich hatte nicht gewußt, daß ein Männerkörper so schön sein konnte. Trotz Narben, Wunden und Verband war die vollkommene Symmetrie von Muskeln, Sehnen und Fleisch erkennbar. Ich wurde plötzlich von sinnloser wilder Eifersucht ergriffen. Wie konnte eine Frau einen solchen Mann nicht begehren?
Auf einmal sah er mich an, und zwischen uns ging etwas vor. Unvermittelt legte er den Hammer hin und nahm mich beim Arm. «Ich glaube, wir sind beide verrückt . . . hier draußen zu sein, wenn wir drinnen ein warmes Feuer und Decken haben können.»
Tropfendnaß standen wir in der Hütte. Mir klapperten die Zähne, und sogar mein Gesicht fühlte sich klamm an. Doch als ich das Hemd nahm, um mir damit die Haare zu trocknen, zog er mich auf die Decke vor dem Kamin.
«Die Decken werden naß – warte, Lucas!»
«Nein!» erwiderte er heftig. «Ich will dich so, wie du jetzt bist, naß, mit tropfenden Haaren, außen kalt und innen heiß. Regenhexe!»

Neunundzwanzigstes Kapitel

Unsere Umarmung war so ungestüm wie das Unwetter draußen. Noch nie hatte ich eine solche Intensität des Fühlens erlebt, eine solche Hingabe an die Leidenschaft. Lucas besaß mich, und ich wollte von ihm besessen werden. Mit dem Körper gaben wir einander die Ausschließlichkeit, die keiner von uns in Worten auszudrücken wagte.

Wir vermählten uns. Wir waren eins.

Als die glühende Leidenschaft in Frieden verebbt war und wir still beisammen lagen, immer noch jeder ein Teil des andern, dachte ich, daß ich, was auch geschehen mochte, immerdar etwas haben würde, das mir niemand nehmen und das ich nie verlieren konnte. Ein unwandelbares Erlebnis, unantastbar, eingekapselt in der Zeit.

Wir schliefen. Ich erwachte als erste, und ich blieb liegen, um seinen Schlaf der Erschöpfung nicht zu stören. Ich war zufrieden, ihn neben mir zu fühlen. War ich wirklich dieselbe Frau, die man einst eine Marmorgöttin genannt hatte? Bei aller Bildung und vernünftigem, praktischem Denken – worauf ich so stolz gewesen war – hatte ich nicht gewußt, daß es eine solche Tiefe der Leidenschaft und des Fühlens gab. Die geheimen Schranken, die ich nach unserer ersten Vereinigung in meinem Eigensinn errichtet hatte, waren nun gefallen. Warum hatte ich versucht, die Wahrheit zu leugnen? Ich war verliebt in Luke Cord – rückhaltlos, leichtsinnig verliebt zum erstenmal in meinem Leben. Diese Erkenntnis machte mich seltsam schwach und hilflos.

Warum mußte es gerade Lucas sein? Warum nicht Todd Shannon, der mich mit seiner Hartnäckigkeit nahe an den Rand der Hingabe gebracht hatte; warum nicht Mark, der immer gut zu mir gewesen war, oder auch Ramon?

Während ich seinen gleichmäßigen Atemzügen lauschte, dachte ich, wie es wohl weitergehen würde. Ich hatte ihn gefragt, aber keine Antwort erhalten. Es tauchten zu viele unbeantwortete Fragen in meinem Kopf auf, wenn ich zu überlegen begann. Die Außenwelt mußte uns beide unvermeidbarerweise wieder mit Beschlag belegen. Elena ... o Gott, konnte ich sie denn nicht vergessen? Es sollte mich mehr kümmern, was ich bisher über Lucas in Erfahrung ge-

bracht hatte. Bevor ich hierher kam, hätte ich bedenken sollen, wie er war und was er getan hatte.
Absichtlich erinnerte ich mich daran, daß er Elmer Bragg aus dem Hinterhalt erschossen hatte. Absichtlich beschwor ich das Bild herauf, wie Todd mit einem Blutfleck auf dem weißen Hemd im Staub gelegen hatte. Und was war Flo widerfahren? Und allen anderen, die es gegeben haben mußte? Ich hätte den Mann, bei dem ich jetzt lag, hassen und verachten müssen; statt dessen war ich nicht nur im Banne meines Körpers und meiner Sinne, sondern ich wußte auch, daß ich ihn liebte und immer lieben würde. Es war mir gleich, was für Verbrechen er begangen hatte. Wenn ich nur bei ihm bleiben könnte, würde sich alles ändern, ich würde alles ändern! Lucas liebte mich – er mußte mich lieben. Der Körper eines Mannes kann nicht lügen...
Vielleicht hatte ich mich doch bewegt, denn plötzlich hörte ich ihn: «Was ist mit dir? Plagt dich schon wieder der Hunger?»
«Nein, die Neugier. Ich möchte dich etwas fragen. Dein Großvater sagte mir...» Ich fühlte, daß er erstarrte, und ich sprach schnell weiter: «Lucas, willst du mir über Elmer Bragg Bescheid geben? Vom Marshal in Silver City erfuhr ich...»
«Ich weiß, was alle sagten. Und was sie dachten.» Er seufzte. «Also gut, Rowena. Du sollst es wissen. Ich wunderte mich schon, daß du mich nie fragtest, aber da ich annahm, daß du dir schon ein Urteil gebildet hattest, fand ich es überflüssig, dich umstimmen zu wollen. Aber wie es auch aussehen mag, ich habe ihn nicht umgelegt. Ich hörte selbst erst nachher davon.»
Ich schwieg; es beruhigte mich, daß er den Arm um mich gelegt hatte.
«Ich saß im Gefängnis, in einer kleinen Stadt in der Provinz Sonora, als er mich aufspürte. Weiß der Himmel, wie er das fertiggebracht hat. Ich war in Mexico in eine dumme Sache geraten, und es hieß, ich müßte im Gefängnis schmachten, bis ich die Buße, die man mir aufgebrummt hatte, bezahlen könnte oder abgearbeitet hätte. Mexikanische Gefängnisse sind nicht die angenehmsten der Welt, und ich ahnte, daß ich dort sitzen mußte, bis der ver-

dammte Alcalde festgestellt hatte, was für eine Belohnung jenseits der Grenze für meine Haut ausgesetzt worden war. Und dann tauchte Bragg auf. Ich hatte ihn seit dem Prozeß in Socorro nicht mehr gesehen. Gerade ihn hätte ich als letzten erwartet, und ich dachte zuerst, Shannon hätte ihn angestellt, mich zu suchen. Bis er von dir zu reden anfing. Er erzählte mir, du seist aus England gekommen, um dein väterliches Erbe anzutreten, und er habe von dir den Auftrag erhalten, Ermittlungen anzustellen. Er selbst wisse nicht genügend Bescheid, um dich richtig zu beraten, und an mir sei es nun, dafür zu sorgen, daß du beide Seiten der Geschichte hörtest. Dabei schmunzelte er die ganze Zeit ein wenig hinterhältig, als ob er etwas im Schilde führte. Ich weiß noch, er lachte sogar laut, als er sagte, es würde für mich wahrscheinlich eine angenehme Überraschung sein, dich kennenzulernen. Irgendwie ergrimmte mich das, und ich sagte ihm, ich traute ihm nicht, ich hielte ihn für übergeschnappt. Aber der alte Kauz ließ nicht locker. Wir redeten hin und her, und er hielt mir immerzu vor, mir bleibe keine andere Wahl. Er würde mich aus dem Gefängnis holen, wenn ich mein Ehrenwort gäbe, zu dir zu gehen und mit dir zu sprechen. Offen gestanden . . .» Lucas machte ein zerknirschtes Gesicht, «inzwischen hatte ich mir überlegt, was mir bevorstand, wenn Shannons Kopfjäger herausfanden, wo ich mich aufhielt, und darauf hatte ich keine große Lust. Also trafen Bragg und ich eine Vereinbarung, und am Abend desselben Tages war ich frei. Ich vermute, er hat einen Wärter bestochen; von ihm konnte ich es nicht erfahren, denn er war schon fort. Ich war also frei, hatte ein Pferd und eine Pistole, und ich ritt wie der Teufel, bis ich über die Grenze war.»

Ich glaubte ihm. Weiß Gott, ich *wollte* ihm glauben, doch als ich ihm in die offenen, grünlichen Augen blickte, sagte mir mein Gefühl, daß er wirklich die Wahrheit gesprochen hatte.

«Aber wer hat dann . . .»

«Meinst du, das hätte ich mich nicht auch gefragt? Und warum er meinen Namen genannt hat? Vielleicht wollte er mich warnen, oder es lag daran, daß er zuletzt mit mir zusammen gewesen war. Zum Teufel, vielleicht dachte er sogar, ich hätte auf ihn geschossen, wer kann es wissen? Die

Gegend dort ist das denkbar beste Versteck für Banditen und gesuchte Verbrecher. Was mich nur wundert – wieso war Bragg so unvorsichtig? Er wußte doch Bescheid über die Gefahren, die dort lauern.»

Mir lief es kalt über den Rücken. «Du meinst, es war jemand, den er kannte?»

«Oder zu kennen glaubte. Wie soll ich das wissen? Wenn man mich nicht auf beiden Seiten der Grenze gesucht hätte, wäre ich der Sache selbst nachgegangen. Auf jeden Fall hätte ich mich überzeugt, ob er wirklich tot war.»

«Was? Du hältst es für möglich . . .»

«Auch das weiß ich nicht. Ich weiß nur, was Flo mir sagte.»

«Flo?»

Er spürte wohl meine unwillkürliche Ablehnung, denn er umfaßte mich fester. «Es ist dir doch nicht neu, daß ich mich mit Flo traf. Natürlich hielt sie mich auf dem laufenden.»

«Du hast sie benutzt!»

«Allerdings, ich leugne es nicht. Mit Flo hatte ich noch ein Hühnchen zu rupfen, und als ich nach meiner Rückkehr hörte, daß sie ihren reichen Mann verlassen hatte und nach mir fragte . . . nun ja, da konnte ich nur daran denken, daß sie damals gelogen und behauptet hatte, ich hätte sie vergewaltigen wollen, wo sie doch in Wirklichkeit . . . Ja, ja, sie war damals erst fünfzehn, das wolltest du sagen, nicht wahr? Aber sie sah wie eine Frau aus, und sie kannte alle weiblichen Kniffe und Künste. Dafür sollte sie bezahlen, und deshalb benutzte ich sie. Ich wollte es auch Shannon heimzahlen. Das hast du gleich vermutet, nicht wahr? Du warfst es mir an den Kopf, als ich zu dir kam.»

«Warum kamst du überhaupt? Du warst frei, du brauchtest dein Versprechen nicht zu halten, wenn du anderes zu tun hattest.» Ich konnte nicht verhindern, daß meine Stimme zitterte. Warum war ich diesem Mann so ausgeliefert? Sogar als er kaltblütig zugab, sich auf berechnende Weise Flos Schwäche zunutze gemacht zu haben, fühlte ich mich an ihn gebunden.

«Ich halte mein Versprechen immer, wenn ich kann. Aber du hast mich oft dazu getrieben, daß ich wünschte, ich hätte Bragg zum Teufel geschickt. Ist dir klar, daß du mir von Anfang an nur Unglück gebracht hast?»

«Das ist ungerecht! Wenn du nicht nach Silver City gekommen wärst, um Todd Shannon zu töten . . .»
«Wieder falsch. Ich traf Ramon in Silver City, damit er dich kennenlernte. Und da brach die Hölle los.»
«Du warst aber mit Flo zusammen. Sie hat es selbst zugegeben, nachdem auf Todd geschossen worden war. Ich sah das zerwühlte Bett, und sie sagte, du wärst zu ihr gekommen. Aller Gefahr zum Trotz hättest du nicht ohne sie sein können.» Die Erinnerung daran war mir geradezu unerträglich.
«Das hat Flo behauptet? Oh, es sieht ihr ähnlich. Wenn du glaubst, ich hätte mit Flo geschlafen, wäre dann zum Fenster gegangen und hätte auf Shannon geschossen, dann bist du . . . Für wie dumm hältst du mich eigentlich? Mein Gott, in Silver City wimmelte es von Polizei und von Shannons Revolverhelden, und so gern ich Shannon auch niedergeknallt hätte, in Silver City wären mir seine Leute zuvorgekommen, bevor ich mich an ihn hätte heranmachen können. Ja, ich sprach mit Flo, aber ich ließ mich nicht in einem Hotelzimmer in die Falle locken. So weit traute ich ihr nicht über den Weg. Als der Schuß fiel, war ich längst auf dem Weg aus der Stadt, und ich lief weiter, als ich davon hörte. Ich war nicht der einzige, der den Kerl haßte. Jeder hätte es tun können und mir dann die Schuld zuschieben, weil man wußte, daß ich in der Stadt war. Wenn ich mich nicht gleich nach meinem Gespräch mit Ramon aus dem Staube gemacht hätte, wäre ich der Sündenbock gewesen. Niemand, auch du nicht, hätte sich die Mühe genommen, irgendwelche Fragen zu stellen.» Das sagte er ganz sachlich, wie man eine Tatsache feststellt, und mir graute bei dem Gedanken, was hätte geschehen können.
«Es wurde aber noch viel schlimmer, als Flo mit dir durchbrannte. Siehst du das nicht ein? Da war man sicher, daß ihr beide . . .»
«Was für einen Unterschied machte das? Es war schon ein Haftbefehl gegen mich erlassen, und als Flo auftauchte, sah ich darin eine Gelegenheit, es Shannon heimzuzahlen. Aber ich habe sie nicht aufgefordert, mit mir durchzubrennen. Ich war ja längst auf der Flucht. Sie hätte mich nur behindert. Das dumme war nur, daß ich ihr zuviel gesagt hatte. Damit hielt sie mich immer an der Kette und setzte

mir zu. So hatte ich ihr eines Tages gesagt, ich wolle nach Texas gehen und dort wieder ins Frachtgeschäft einsteigen, und ich hatte ihr eine Adresse angegeben, wo mich ein Brief von ihr erreichen würde. Ungefähr einen Monat später erhielt ich den Bescheid, eine Frau hätte nach mir gefragt, und man nannte mir das Hotel, wo sie abgestiegen war. Ich ging hin. Ich war einfach neugierig.» Ein bitterer Ton kam in seine Stimme. «Und da war sie. Sagte mir, sie wäre weggelaufen und hätte allen erklärt, sie sei mit mir durchgebrannt. Damals dachte ich, sie hätte mir in die Hand gespielt. Ich nahm sie mit. Aber wir haßten einander, lange bevor wir nach Kanada gelangten. Ich verlor sie nicht an den angeberischen Spieler. Ich hätte sie gar nicht einsetzen können, denn sie gehörte mir nicht. Längst gab es andere Männer. Ich glaube, sie mußte jedem Mann, den sie kennenlernte, ihre Unwiderstehlichkeit beweisen. Sie war wie ein Blutegel, immer gierig, immer aussaugend. Alles wollte sie für sich haben. Mich kümmerte es nicht, was sie tat, in wie vielen Betten sie lag. Ich brachte es nicht über mich, sie anzurühren oder mich von ihr anrühren zu lassen. Der Himmel mag wissen, warum sie so lange bei mir blieb. Eines Abends machte sie dann dem Mann schöne Augen, der beim Kartenspiel die Bank hielt. Sie war scharf auf ihn, das merkte man, und es reizte sie, daß er sie nicht beachtete. Er war Franzose, recht gut gekleidet, offenbar reich. Ich verlor, und als ich blank war, bot sie sich lachend als Einsatz an. Wieder verlor ich, und er nahm sie mit. Ich dachte, ich wäre sie endgütlig los, bis ich später hörte, was ihr widerfahren war und was die Leute sagten.»
Eine Kette von Ereignissen, scheinbar zusammenhanglos, und doch hatten sie mich hierher geführt. Wer hatte Bragg und Todd umbringen wollen? War Flos Unfalltod wirklich nur ein unglückseliger Zufall gewesen? Plötzlich fuhr mir etwas längst Vergessenes durch den Kopf, und ich sagte: «Mir ist soeben etwas eingefallen. Lucas, kanntest du einen Mann namens Pardee?»
Er erwachte aus seinem Sinnen und sah mich verwundert an. Der Feuerschein brachte die seltsamen grünlichen Lichter in seinen Augen zur Geltung. «Meinst du Gil Pardee? Den texanischen Revolverhelden, der für Shannon arbeitet?»

«Der für ihn gearbeitet hat.» Ich mußte mich überwinden, weiterzusprechen. «Ich habe ihn getötet, Lucas. Das war kurz vor meiner Reise nach Fort Selden. Ich war allein draußen, und er stellte sich mir in den Weg.»
Ich dachte an den Tag zurück, und ich hörte im Geist Gil Pardees hämische Stimme: «Du findest dich wohl zu gut für mich, was? Oder denkst du, ich wäre nicht imstande, eine Dame zu beglücken? Die kleine Flo hat das nicht gedacht! Sie war sogar recht zufrieden mit mir. Wollte noch mehr ...»
Pardee war draußen vor dem Hotel gewesen, nachdem auf Todd geschossen worden war. Nachher hatte ich ihn nicht mehr gesehen. Wenn er Flos Liebhaber gewesen war und gewußt hatte, daß sie nach Marks und meinem Fortgang allein im Hotel zurückgeblieben war ...
«Vielleicht hat es nichts zu bedeuten», sagte ich. «Warum hätte ausgerechnet Pardee Todds Tod wünschen sollen? Aber irgendein Mann ist bei Flo im Zimmer gewesen – in ihrem Bett! Und sie sah so schuldbewußt aus, erzählte so viele Lügen, lauter widerspruchsvolle, unglaubwürdige Erklärungen.»
Flo hatte gewußt, daß Lucas in Silver City war und daß man ihm die Schuld geben würde. Aber warum, warum? Auf diese Frage lief alles hinaus.
Nachdem ich Lucas Bericht erstattet hatte, sagte er nur mit verschlossener Miene: «Ist das alles?»
«Vielleicht hat es wirklich nichts zu bedeuten», antwortete ich. «Aber wenn Flo dachte, sie würde durch meine Verheiratung mit Todd um ihr väterliches Erbe kommen ... und du hattest ihr ja schon gesagt, daß du weggehen wolltest ...»
«Flo ist leider tot. Und Pardee ebenfalls. Und selbst wenn beide noch lebten, wer würde glauben, daß ich unschuldig bin?» Er sprach wieder ganz sachlich, ohne Zorn und ohne Selbstmitleid.
«Lucas ...»
«Laß gut sein, Rowena. Ich habe Bragg nicht umgebracht, und ich habe nicht auf Shannon geschossen. Aber was Todd Shannon betrifft, so habe ich mir schon vor langer Zeit gelobt, ihm den Garaus zu machen. Ich will ihn umbringen, aber nicht durch ein Fenster und nicht aus dem

Hinterhalt. Ich werde ihm eines Tages Aug in Auge gegenübertreten, und dann . . .»
«Nein, nein! Siehst du nicht, wie sinnlos das wäre! Selbst wenn es dir gelänge, würdest du dich damit selbst umbringen.»
«Komm, red nicht soviel.» Er verschloß mir den Mund mit einem Kuß.
Beim nächsten Erwachen merkte ich, daß Wind und Regen nachgelassen hatten. Warum mußte Glück immer von Furcht belastet werden? Die Wonne, die wir einander bereitet hatten, kam mir auf einmal zerbrechlich vor wie dünnes Kristallglas – allzu leicht zertrümmerbar durch das Leid, das unweigerlich folgen würde. Meine Arme umfingen meinen Geliebten, und ich drückte mich, Trost suchend, an ihn; doch schon beschlichen mich Traurigkeit und dumpfe Ahnungen. Ohne mir dessen bewußt zu sein, begann ich bereits zu leiden.

Fünfter Teil

Die bittere Zeit

Dreißigstes Kapitel

Der Aufruhr der Elemente legte sich zischend und grollend und hinterließ eine Stille, die nur von eintönigem Wassergetröpfel unterbrochen wurde. Die Außenwelt drang mit den ersten Sonnenstrahlen unauffällig in die Hütte ein. Die Zeit, die in der Schwebe gewesen war, schien nun bemessen zu sein.

Es bestand eine Spannung zwischen uns, die wir beide zu überspielen suchten. Lucas ging rastlos hin und her, schob die Sachen auf den Borden herum, öffnete Schachteln und fluchte, wenn er etwas nicht sofort fand. Sein bartstoppeliges Gesicht hatte einen abweisenden Ausdruck, der mich schweigen ließ, als er die blutbefleckte, zerrissene Hose anzog, die er am Abend der Fiesta getragen hatte. An der Art, wie er den rechten Arm bewegte, merkte ich, daß ihn die Schulterwunde immer noch schmerzte, aber ich tat, als kümmerte es mich nicht, und machte mich daran, eine notdürftige Mahlzeit zuzubereiten. Die Vorräte wurden knapp, auch der Tequila, mit dem wir uns gegen die Kälte gewappnet hatten. Ein Grund mehr, fortzugehen – aber wohin?

Ich wollte ihm nicht zeigen, wie bange mir ums Herz war, und ich nahm Zuflucht zu kühler Höflichkeit, die mich aber zu verlassen drohte, als ich sah, daß er sich einen Pistolengürtel umschnallte.

Am Nachmittag sagte er: «Ich muß ein bißchen hinaus.»

Diesmal wollte ich ihm gewiß nicht nachlaufen. Wir brauchten beide etwas Bewegungsfreiheit und Gelegenheit zum Nachdenken.

Er ließ die Tür offen, so daß der Sonnenschein hereinströmte. Am vorigen Abend hatten wir wieder eine Auseinandersetzung gehabt, bei der Lucas – nicht ich – betont hatte, man müsse praktisch sein. O Gott, wie ich dieses Wort haßte!

«Gibt es denn keine einzige vernünftige Frau?» Wie ein gefangener Berglöwe war er in dem kleinen Raum hin und her gelaufen. «Rowena, du weißt nicht, was du da redest. Ich kann nicht in deiner Welt leben, und du kannst nicht in meiner leben. Bevor das verdammte Gewitter uns hier einsperrte, hast du das selbst eingesehen. Ich kann dich nicht mitnehmen. Du würdest mich hindern, mir im Wege sein. Vergiß nicht, daß ich steckbrieflich gesucht werde und daß ein Preis auf meinen Kopf ausgesetzt ist. Wohin ich auch gehe, überall besteht die Möglichkeit, daß auf mich geschossen wird, und wenn du bei mir bist ...»

«Wir könnten weit weg gehen, wohin du nur willst, nach Kalifornien, sogar nach Europa, bis Gras über die Geschichte gewachsen ist.»

«Nein, ich mag nicht weglaufen, und ich mag mich nicht aushalten lassen.»

«Aber du bist doch jetzt auch auf der Flucht.»

«Das ist etwas anderes.»

«Du sagtest, mein Vater hätte es so gewollt, um der Fehde ein Ende zu machen. Du wolltest, daß ich Ramon heiratete.»

«Ramon wird nicht von der Polizei gesucht.»

Matt gesetzt. Die Stille war wie ein Schwert zwischen uns, bis ich sie brach. «Du hast Elmer Bragg nicht getötet und nicht auf Todd geschossen. Ist es dir etwa gleich, daß jeder sagt, du hättest es getan? Nimmt es dich nicht wunder, wer alles so sorgfältig eingefädelt hat, daß du als Sündenbock dastehst?»

«Doch, aber das will ich selbst herausfinden. Trotzdem will ich Shannon immer noch umbringen. Das hörst du nicht gern, was?»

«Allerdings. Du fühlst dich ja nicht meinetwegen dazu bewogen, sondern du willst es für Elena tun, nicht wahr? Um einer Sache willen, die sich vor vielen, vielen Jahren zugetragen hat, als wir beide noch nicht einmal geboren waren! Elena, immer Elena! Wie alt warst du, als du dich in sie verliebtest? Wie lange mußtest du warten und worauf? Liebt sie dich überhaupt? Oder sind damit Bedingungen verknüpft wie zum Beispiel Todd Shannons Ermordung?»

«Hör auf damit!»

Ich konnte jedoch nicht mehr zurück. «Wenn sie dich liebte, wäre sie mit dir weggegangen, überallhin mitgegangen. Warum hast du nicht dafür gesorgt, Lucas? Worauf wartest du immer noch?»

Er packte mich an den Schultern. «Genug davon!»

«Nein. Es wird Zeit, daß du der Wahrheit ins Gesicht blickst, und es wird Zeit, daß du ehrlich zu mir bist. Was bedeute ich dir, Lucas? Bin ich nur gut genug fürs Bett? Oder eine Waffe, die du gegen Todd Shannon benutzen willst? Oder ein Ersatz für *sie?*»
Er drückte den Mund in meine Haare, und diese Erinnerung sollte mir ein Talisman gegen meine Zweifel sein.
«Hör bitte auf, Rowena. Quäl mich nicht mehr.» Seine Stimme klang erstickt. «Ich bin nicht der Mann, den du brauchst. Du sagtest einmal, du wünschtest dir einen Mann mit Haut und Haar, den ganzen Mann. Das kann ich dir nicht geben. Ich kann dir nichts versprechen. Du fragst, was du mir bedeutest, und ich kann dir darauf nur antworten, daß Liebe nicht meßbar ist. Ich glaube, ich habe Elena geliebt, solange ich mich zu erinnern vermag, und ich weiß, daß ich dich begehre wie noch nie eine Frau. Was willst du von mir, Rowena? Du bist die einzige Frau, die mich nicht gefragt hat, ob ich sie liebe. Aber du setzt mir mit Fragen zu, auf die ich keine Antwort weiß, jedenfalls nicht die Antwort, die du hören möchtest. Ich finde die richtigen Worte nicht so leicht wie du. Ich bin nicht imstande, Gefühle auseinanderzunehmen und zu wägen.»
Das war alles gewesen, was er mir zu bieten hatte. Als er mich umarmte und küßte, wurde mir klar, daß ich mich damit begnügen mußte.
Jetzt aber, im hellen Sonnenschein, sah ich es anders an. Lucas hatte mir seine Liebe gestanden, soweit er es wagte, ohne sich in eine Lage zu bringen, in der ich Forderungen stellen oder ihn zu einer Entscheidung drängen könnte. Ich wollte ihn ganz haben, und er gab mir nur die magere Erklärung, daß er lieber auf mich verzichtete, als mich in Gefahr zu bringen.
«Ich lasse ihn nicht!» sagte ich laut vor mich hin. «Ich will um ihn kämpfen, und ich werde siegen. *Sie* soll ihn nicht haben!»

All meinen großen Worten zum Trotz fürchtete ich mich. Und als ich Elena Cordes zum erstenmal wieder in die unergründlichen dunklen Augen blickte, seit ich blindlings aus ihrem Hause in den Sturm hinausgelaufen war, da wurde mir elend zumute.

Elena, Jesus Montoya und Chato waren ausgeritten, uns zu suchen. Elena, schön und untadelig in ihrem dunkelroten Samtreitkleid, war nicht mehr dieselbe Frau, die mir von der Galerie aus in ohnmächtigem Zorn und in Verzweiflung nachgeschaut hatte. War sie auch damals seiner so sicher gewesen, daß sie mich hatte gehen lassen?
Ich konnte Lucas' Gesicht nicht sehen, als wir auf die Gruppe zuritten. Ich saß vor ihm im Sattel, und er hielt mich mit dem linken Arm fest. Über mein Aussehen machte ich mir keine Illusionen. Ich trug sein viel zu großes Hemd und eine schäbige Hose von ihm, die von einem roten Halstuch festgehalten wurde.
«Lucas! Gott sei Dank! Wenn du wüßtest, wie wir uns um dich gesorgt haben! Ich hätte jemand geschickt oder wäre selbst gekommen, aber die Überschwemmung . . .»
«Wie du siehst, ist Diablo nur bis zum Bauch naß geworden. Die Überschwemmung war also nicht ganz so schlimm», antwortete Lucas leichthin, aber ich fühlte, daß sein Arm mich fester umfaßte.
«Wenigstens bist du zurück, und du bist . . . ihr seid beide wohlauf.»
Montoya überspielte diesen peinlichen Augenblick, indem er rasch sagte: «Es ist nicht meines Amtes, hier als Gastgeber aufzutreten, aber da wir nun alle wiedervereinigt sind und ihr beide durchnäßt seid, halte ich es für angebracht, das glückliche Wiedersehen im Hause zu feiern.»
Ich kam mir wie eine Gefangene vor, die in ihre Zelle zurückgebracht wird, als wir zwischen Montoya und Elena weiterritten und Chato die Nachhut bildete. Ein leichter Wind wehte durch das Tal, und ich erschauerte.
«Armes Kind, du frierst. Wie gedankenlos von mir!» Elenas Stimme war ganz liebevolle Besorgnis, aber ihre Augen sprachen anders. «Hier, nimm meinen Schal. Lucas, was ist los mit dir? Du hättest besser für sie sorgen sollen, sie sieht so blaß und erschöpft aus.»
Ich hätte ihren weißen Schal gern abgelehnt, aber Lucas hatte ihn schon entgegengenommen und legte ihn mir um die Schultern. Er sagte nichts, aber seine Lippen berührten mein Haar. Wollte er mir Sicherheit verleihen, oder brauchte er sie selbst?
Jesus Montoya trug mich die Treppe hinauf; Luz folgte uns

mit zusammengekniffenen Lippen. Zweifellos wollte sich Elena selbst um Lucas kümmern. Der Abstieg über den schlüpfrigen Bergpfad und der Kampf gegen das immer noch durchs Tal schießende Wasser hatten uns beide angestrengt, und seine Schulterwunde blutete wieder.
Beim Absitzen wäre er fast umgefallen. Ich hatte gerade noch Zeit gehabt, ihm zuzuraunen: «Du darfst nicht über meinen Kopf hinweg bestimmen, was aus mir werden soll! Ich will dabei sein, wenn darüber gesprochen wird!»
Elena war das nicht entgangen. «Ihr verrückten Kinder! Wart ihr nicht schon leichtsinnig genug? Ihr könnt euch später streiten. Jetzt müßt ihr euch beide sofort umziehen und ausruhen!»
Lucas hatte sich mit halbgeschlossenen Augen an einen Pfeiler gelehnt. Schmerzte ihn die Wunde, oder hatte sich eine alte Wunde wieder geöffnet?
Da war Montoya schnell eingesprungen und hatte sich anerboten, mich hinaufzutragen, und ich hatte es mir gefallen lassen.
Nachdem er gegangen war, half Luz mir beim Ausziehen. «Du brauchst ein warmes Bad», sagte sie, «du frierst. Du hättest dir den Tod holen können. Warte, ich bringe dir heißes Wasser. Übrigens, Ramon . . .» Sie stockte und schickte sich zum Gehen an.
«Ramon?» Mir fiel auf einmal ein, daß er uns nicht begrüßt hatte. «Luz, was ist mit Ramon?»
Sie drehte sich bei der Tür um. «Er ging dich suchen. Ich glaube, er hatte ein schlechtes Gewissen. Ach, das war eine schreckliche Nacht! Elena führte sich wie eine Wahnsinnige auf, als wir es am nächsten Morgen erfuhren. Sie dachte zuerst . . .»
Ich ahnte, was sie meinte.
«Ramon wollte den Bach durchqueren, der sonst immer so seicht ist. Chato sagt, er war wie ein Wasserfall, und er muß Ramon weggeschwemmt haben. Oder der Baum, in den ein Blitz eingeschlagen hatte, riß ihn mit. Vielleicht hätte ich es dir lieber nicht sagen sollen. Aber . . .» Abrupt ging sie hinaus.
Ich war wie vom Donner gerührt. Würde Lucas mir die Schuld geben? Warum hatte Elena sich nichts anmerken lassen? Keine Spur von Kummer oder Trauer hätte vermu-

ten lassen, daß sie einen Sohn verloren hatte. Zählte für sie nur die Erleichterung, Lucas wiederzuhaben, so daß in ihrem Herzen kein Raum für andere Gefühle war?
Die Sehnsucht nach Lucas, nach seiner Nähe, überfiel mich schmerzlich. Und wenn er mich ebenso böse und vorwurfsvoll anschaute wie Luz? Mußte er mich jetzt nicht wirklich hassen? Im Geist sah ich ihn Elena in die Arme nehmen und sie trösten. Mein Schuldgefühl veranlaßte mich, mich selbst zu quälen, das wußte ich, aber ich war zerrissen von Verzweiflung. O Gott, warum hatte er mich hierher zurückgebracht?
Luz kam nicht nur mit heißem Wasser, sondern auch mit einer Tasse Schokolade. «Trink das zuerst», sagte sie, ohne mich anzusehen.
Als sie mich mit einem Schwamm wusch, waren ihre Hände zart. «Denk jetzt nicht darüber nach», sagte sie. «Du mußt dich erst erholen.»
Sie hatte recht. Es hatte keinen Zweck, wenn ich mich quälte; das Geschehene ließ sich nicht ungeschehen machen.

Einunddreißigstes Kapitel

Ein furchtbarer Alptraum suchte mich heim. Ich war umgeben von Lärm und Bewegung und einem orangeglühenden Feuer. Ich wurde von den Krallen eines Riesenvogels aufgehoben, und als ich fiel, sah ich gelähmt und machtlos aus abgründiger Tiefe den Boden mir entgegenkommen. Eine Weile war da nichts, nur beengende Dunkelheit, zuerst Hitze und dann Kälte. Ich hörte ein Knacken, fühlte ein Gerüttel, blickte auf und sah den Henker auf einem Podest stehen. Ich war in einem Karren und wurde zur Guillotine gefahren. Langsam und drohend nahm der Henker seine schwarze Kappe ab, und es war Ramons Gesicht. Ich hörte mich selbst schreien, und jemand hielt mir eine Tasse mit Blut an die Lippen.
Plötzlich war ich wach. Ich wußte es, obwohl meine Lider so schwer waren, daß ich sie nicht aufzuschlagen vermochte. Ich war immer noch in dem Karren, in dem Todes-

karren, und ich wurde gerüttelt. Ich muß doch tot sein, dachte ich und berührte mit der Hand meinen Hals. Nein, ich lebte. Ich fühlte Wind im Gesicht und unter mir Bewegung. Mit großer Mühe machte ich die Augen auf, und der Alptraum ging in Wirklichkeit über.
«Es tut mir leid, wirklich, daß es so sein mußte», sagte Luz kleinlaut. Sie sah blaß und verhärmt aus. «Du siehst doch ein, daß es besser war für dich. Du hättest dich sonst aufgeregt, hättest vielleicht eine Dummheit gemacht.»
«Du hast mir mit der Schokolade ein Betäubungsmittel eingegeben», stammelte ich. Der Kopf schmerzte mich, aber ich begann wieder zu denken, obwohl ich es gar nicht wollte.
«Das war die einzige Möglichkeit», rechtfertigte sie sich. «Du warst doch immer so vernünftig – da wirst du es wohl verstehen. Wolltest du ewig in dem Tal gefangen bleiben? Da Ramon tot ist . . .»
Ich unterbrach sie: «Weiß Lucas Bescheid?»
«Ob er Bescheid weiß? Es war ja sein Vorschlag.»
Die Augen fielen mir wieder zu, die Kopfschmerzen spalteten meinen Schädel. Nicht Lucas, nicht Lucas! schrie es in mir. Dann fiel mir ein, wie unerbittlich hart er gewesen war. Aber ohne vorher mit mir zu sprechen? Ohne Abschied? Oder hatte er erkannt, wem seine Gefühle galten, sobald er Elena wiedergesehen hatte, und mich so schnell wie möglich los sein wollen?
Später, als die Wirkung des Betäubungsmittels nachließ und ich zu Verstand kam, überlegte ich vernünftiger. Lucas war nach dem Ritt selbst halb bewußtlos gewesen. Angenommen, die betäubende Schokolade und meine Fortschaffung waren Elenas Einfall gewesen? Sie haßte mich, sie war auf mich eifersüchtig. Vielleicht war sie doch nicht so sicher gewesen, daß Lucas ihr gehörte, und hatte in mir eine gefährliche Nebenbuhlerin gesehen. An diesen Gedanken klammerte ich mich wie an einen Strohhalm.
Das Gefährt, das ich im Traum für einen Hinrichtungskarren gehalten hatte, war ein rohgezimmerter kleiner Planwagen. Ich erfuhr, daß ich zwei Tage lang bewußtlos gewesen war. Luz schien froh zu sein, daß ich nicht aufbegehrte, sondern anscheinend ruhig blieb.
«Jesus mußte dich oft tragen. Bei der Überquerung der

Schlucht band er sich das Seil um und hielt dich fest. Ich wurde beinahe eifersüchtig!»

Wie schnell sie ihre leidenschaftliche Verliebtheit in Lucas vergessen hatte! Konnte ich jemals aufhören, ihn zu lieben? Ich verbarg meine eigenen Gefühle und fragte nur: «Werdet ihr bald heiraten?»

Leicht verlegen und trotzig antwortete sie: «Sobald wir in Mexico sind. Jesus ist gut zu mir. Er läßt mich fühlen, daß ich eine Frau bin. Weißt du, daß er außer mir nie eine Frau heiraten wollte? Das besagt etwas. Nun muß ich mich nicht mehr für die gemeine Elena Cordes abplagen. Jesus hat mir ein großes Haus und Dienstboten versprochen.»

«Er scheint sehr ehrgeizig zu sein und ziemlich weitreichende Pläne zu haben», sagte ich. «Weißt du, was er mit mir vorhat?»

Sie erwiderte nur hastig, Montoya werde es mir selbst sagen, sobald er mit seinen Leuten zum Lager zurückkehre. Warnend fügte sie hinzu, Chato sei hiergeblieben, um uns beide zu bewachen, und ich wunderte mich, warum sie dachten, ich könnte fliehen wollen. Wohin hätte ich gehen können? Wir befanden uns immer noch in den Bergen. Ich hatte keine Ahnung, wo wir waren, und in welcher Richtung das Tal lag. An Lucas mochte ich nicht denken – allein dort mit Elena.

Luz war wieder freundlich zu mir, obwohl sie auf der Hut zu sein schien.

Nachträglich erkannte ich, daß ich viel zu ruhig war, als ob ich lange in einem Aufruhr der Gefühle gelebt hätte, so daß ich nun ausgehöhlt war. Ich hatte Lucas verloren. Im stillen hoffte ich zwar, er werde mich suchen, aber ich wußte, daß er es nicht tun würde. Selbst wenn er mich nicht hatte los sein wollen, mußte er sich sagen, daß es so am besten sei. Ich war wieder allein, gezwungen, mich durchzuschlagen, und dazu brauchte ich meinen ganzen Verstand. All dies dachte ich ohne Selbstmitleid; vielleicht gab ich mich aus Notwehr der Apathie hin. Ich rechnete damit, bald frei zu sein, denn ich nahm an, daß Montoya im Sinn hatte, die von Todd Shannon ausgesetzte hohe Belohnung zu fordern. Was sich daraus auch ergeben würde, ich war entschlossen, Todd nicht zu heiraten, obwohl Lucas, dem ich alles hatte geben wollen, aus meinem Leben gestrichen war.

Am Abend kehrten Jesus Montoya und die Comancheros ins Lager zurück. Die Männer waren bis an die Zähne bewaffnet.
Luz und ich blieben im Wagen, bis Montoya mich höflich ersuchte, mit ihm zu kommen. Er war galant, nahm meinen Arm und führte mich zum Feuer, wo das Geplauder und Gelächter der Männer augenblicklich verstummte. Alle musterten mich.
«Das ist die Frau, für die Shannon so viel Geld bezahlen will», sagte Montoya laut. «Es darf ihr kein Leid zugefügt werden. Wer es wagt, sie anzurühren . . .», seine weißen Zähne glänzten, «den werde ich töten. Das wollte ich nur klarstellen. Sie wird nicht wie eine Gefangene behandelt, sondern wie ein Gast. Verstanden?»
Anscheinend fühlte er sich seiner Herrschaft über die Männer sicher. Einige nickten, andere murmelten ein Ja, aber die Neugier in ihren Augen war geradezu greifbar.
Montoya trug dasselbe Reitkostüm wie bei der Fiesta. Der Silberschmuck auf seiner Brust glänzte, als er mich am Feuer vorbei ins Dunkle führte.
«War es nötig, mich so zur Schau zu stellen?»
«Es war nötig, die Leute zu warnen. Sie sind manchmal impulsiv. Wie ich Ihnen schon sagte, bewundere ich Sie sehr, Señorita.»
«Sie haben eine sonderbare Art, es zu zeigen», erwiderte ich. Was führte er im Schilde? Ich hatte das Gefühl, daß er Katze und Maus mit mir spielte, und ich wünschte, er käme zur Sache.
Er lachte leise. «Oh, Sie werden alles verstehen, wenn Sie es sich gut überlegt haben. Gestatten Sie, daß ich rauche?»
Ich nickte kurz. Die Glut der Zigarre erhellte sein Gesicht, als er paffte.
«Ich habe Sie von Anfang an für eine kluge, einsichtige Frau gehalten, und ich bin froh, daß Sie alles so ruhig hinnehmen. Natürlich muß ich mich bei Ihnen entschuldigen für die Art und Weise, wie ich Sie entführt habe, um . . . wollen wir sagen, um Sie zu retten? Glauben Sie mir, es ist nur zu Ihrem Besten.»
«Taten Sie es nicht um des Geldes willen?»
«Natürlich auch. Ich bin kein Philanthrop, bloß ein armer Mann, der sich den Lebensunterhalt verdienen muß. Señor

Shannon kann es sich leisten, Geld wegzugeben, und er wird es gern hergeben, wenn er Sie dafür zurückerhält. Auch meine Freundin Elena Cordes hat eingewilligt in Anbetracht der Tatsache, daß Ramon nicht mehr am Leben ist und Julio mehr daran liegt, bei seinem Stamm zu bleiben als das Land zurückzugewinnen ... was hätten wir also anderes tun können?»
«Sie vergessen Lucas», versetzte ich trotzig. «Sie war doch so versessen darauf, mich mit einem ihrer Söhne zu verheiraten – warum nicht mit Lucas?»
Mit übertriebener Nachsicht schüttelte er den Kopf. «Lucas ist nicht Elenas Sohn. Sie wollen doch nicht leugnen, daß Sie von der ... äh ... von der eigenartigen Beziehung zwischen den beiden etwas wissen, nicht wahr? Nun ja, Elena meinte, das könnte in Betracht gezogen werden, doch Lucas weigerte sich. Ja, so standen die Dinge.»
«Aber ...»
«Sie müssen sich nach den Tatsachen richten, Señorita. Oh, Sie sind stark genug! Lucas gefiel Ihnen. Trotz seinem rüden Benehmen gefällt er den meisten Frauen. Und Sie reizten ihn, zumal als er erfuhr, daß Sie Ramon heiraten sollten. Aber machen Sie sich nichts vor. Sie sehen, ich sage Ihnen ungeschminkt die Wahrheit. Lucas wird nie von Elena loskommen. Er verliebt sich in andere Frauen, kehrt jedoch immer zu Elena zurück. Wären Sie nicht mit Ramon verlobt worden, so hätte er sich gar nichts aus Ihnen gemacht.»
«Nein! Sie lügen mich an. Sie und Elena haben mich weggeschafft, weil sie auf mich eifersüchtig war. Sie befürchtete, daß Lucas und ich ...»
«Sie sagen, was Sie glauben wollen», unterbrach er mich brüsk. Der Rauch seiner Zigarre stach mir in die Nase. «Sie verschließen sich absichtlich vor der Wahrheit, aber meiner Meinung nach haben Sie längst erkannt, daß Ihnen aus einer Verbindung mit Lucas nur Leid erwachsen würde. Was haben Sie eigentlich erhofft? Daß Lucas Sie heiraten würde?» Er stieß ein rauhes Lachen aus. «Für so naiv halte ich Sie nicht. Eine Frau wie Sie würde sich nicht damit begnügen, die zweite Geige zu spielen. Hätten Sie gern als Gefangene gelebt, genau wie meine arme Luz, abhängig von Elenas Launen? Elena ist eine starke Persönlichkeit,

noch stärker als Sie. Und Lucas würde alles für sie tun. Begreifen Sie endlich?»
Als ich stumm den Kopf schüttelte, packte er mit stählernem Griff meine Hand.
«Muß ich mich noch deutlicher ausdrücken? Sie hassen Elena und geben ihr die Schuld. Gewiß, sie empfindet keine Liebe für Sie, aber sie fühlt sich Ihrem Vater aus Dankbarkeit verpflichtet, und deshalb willigte sie ein, Sie gehen zu lassen. Sie können von Glück sagen! Denn wenn sie darauf bestanden hätte, daß Sie Lucas heiraten, hätte er es getan – Elena zuliebe. Übrigens, was Lucas betrifft, so ist er ein toter Mann. Er ist schon jetzt so gut wie tot. Ich bin vorsichtig, aber Lucas ist leichtsinnig, selbst wenn ihm die Jäger auf den Fersen sind. Er will Shannon umbringen, doch es wird damit enden, daß Shannon ihn umbringen lassen wird. Das ist unvermeidlich. Aber solange er lebt, wird er Elena gehören.»
Die Apathie war von mir abgefallen, Verzweiflung ergriff mich. Jedes Wort, das Jesus Montoya auf mich abschnellte, durchbohrte mich wie ein Pfeil.
Montoya ließ meine Hand los, legte mir wie ein Beschützer den Arm um die Schultern und suchte mich zu besänftigen.
«Ich verstehe, daß Sie das alles nicht hören wollen, aber es mußte um Ihretwillen gesagt werden. Ich bringe Sie jetzt zum Wagen zurück, und Sie werden darüber nachdenken und vielleicht ein wenig weinen. Wenn Sie klug sind, vergessen Sie Lucas. Vergessen Sie alles, was geschehen ist, heiraten Sie Shannon, und Sie werden wie eine Königin leben. Eines Tages werden Sie an mich wie an einen Freund zurückdenken.»
Als Freund hatte sich Montoya bezeichnet . . . Während die Tage vergingen und wir auf dem «Schmugglerweg» nach Mexico reisten, begann ich mich zu fragen, warum er mir seine Freundschaft anbot, dieser seltsame, rätselhafte Mann, der sich selbst als mehr oder weniger skrupelloser Desperado bezeichnete. Was wollte er von mir?
Er hatte mir geraten, Lucas zu vergessen, dennoch schien es ihm Spaß zu machen, mich bei jeder Gelegenheit daran zu erinnern, wie töricht ich gewesen sei. Allerdings sei ich nicht die erste Frau, die körperliche Anziehung irrtümlicherweise für Liebe gehalten hätte. Vielleicht litte ich jetzt

nur aus gekränkter Eitelkeit. Ich sah darin eher so etwas wie eine Strafe. Denn mit der Zeit erhielt ich immer mehr Beweise, wie wenig ich Lucas bedeutet hatte.
Von Montoya erfuhr ich, daß er es übernommen hatte, das Silber zu veräußern, das damals ins Tal geschafft worden war.
«Sie haben sich also mit Lucas versöhnt», sagte ich. «Vermutlich werden Sie auch das Geld mit ihm teilen, das Sie für meine Freilassung bekommen.»
«O ja, das auch», antwortete er schmunzelnd. «Lucas hat es selbst vorgeschlagen, es ist also nichts dabei. Na, na, Sie brauchen mich nicht so entsetzt anzusehen – haben Sie sich das nicht längst gedacht? Sicher kennen Sie das Sprichwort, daß die Liebe zum Geld seltsame Bettgenossen macht.» Er wurde nachdenklich. «Geldgier, Liebe, Haß, das sind die stärksten Triebfedern, nicht wahr? Lucas hat alle diese Motive gehabt, Sie dürfen ihm deswegen keinen Vorwurf machen. Er ist, wie er nun einmal ist. Sie verstehen, nicht wahr?»
Ich glaube, das Blut wich mir aus dem Gesicht. «Wollen Sie damit sagen, daß alles aus Rachsucht entstand?»
«Genau. Ist Ihnen der Gedanke nicht selbst gekommen? Lucas liebt Elena, ob er es zugeben mag oder nicht. Und was den Haß anbelangt . . . Sie wissen ja, daß er Shannon haßt, mit dem Sie verlobt waren. Gibt es eine bessere Rache, als Shannon viel Geld für Sie bezahlen zu lassen und dann dafür zu sorgen, daß Shannon erfährt, daß Sie geschändet worden sind, wenn ich es so ausdrücken darf?»
«Das würde er niemals tun! So weit würde er nicht gehen. Sie überschätzen mein Verständnis, Señor.»
«Wie stolz Sie sind!» Montoya seufzte. «Das ist einer der Gründe, warum ich Sie so sehr verehre. Aber der Stolz hindert Sie an der Einsicht, mein Kind. Eines Tages werden Sie mir für meine Ehrlichkeit Ihnen gegenüber dankbar sein.»
Die langen Tage und die schlaflosen Nächte wurden mir zur Qual. Zum erstenmal in meinem Leben war ich in meiner Enttäuschung auf einem solchen Tiefpunkt angelangt, daß ich mir den Tod wünschte. Es war mir gleichgültig, was aus mir wurde.
Luz bezeigte mir Mitgefühl, aber auch sie konnte es nicht lassen, in meiner Wunde zu bohren. «Lucas war immer

selbstsüchtig, das ist mir jetzt klar», sagte sie etwa. «An mir kannst du sehen, wie leicht es ist, zu vergessen, wenn man einen Menschen hat, von dem man wirklich geliebt wird. Ich bin jetzt glücklich, und auch du wirst glücklich werden, wenn du erst erkennst, wie gut es das Schicksal mit dir gemeint hat.»

Warum mußte ich mich mit Erinnerungen quälen, die ich besser vergaß? Warum konnte ich die Tatsache nicht hinnehmen, daß ich betrogen worden war? Aber hatte ich mich nicht selbst betrogen? Lucas hatte mir nichts versprochen, sondern mir nur versichert, daß er mich körperlich begehrte. Ich mußte an seine zornigen Worte denken, damals als ich ihn so gereizt hatte, daß er mich küßte. «Ich bekomme jede Frau satt, wenn ich sie gehabt habe. Und wenn ich mit dir fertig bin, werde ich Shannon wissen lassen, wo du steckst, und von ihm Lösegeld verlangen. Dann bekommt er dich wieder. Vielleicht ein bißchen abgenutzt, aber gut genug für ihn!»

O ja, ich war gewarnt worden. So bitter die Einsicht auch sein mochte, ich mußte mir eingestehen, daß ich an allem selbst schuld war.

Zweiunddreißigstes Kapitel

Ich fand es lächerlich, daß ich erst den ganzen Weg nach Mexico machen mußte, um dann umzukehren, sobald die «Transaktion», wie Montoya sich ausdrückte, stattgefunden hätte. Er erklärte mir, es seien ausgeklügelte Vorsichtsmaßnahmen notwendig, weil er seinem Geschäftspartner nicht traute. «Wenn wir uns auf amerikanischem Hoheitsgebiet träfen, was würde Shannon dann hindern, mit einem Marshal und einem Haftbefehl für mich aufzutreten? Nein, wie gesagt, ich bin vorsichtig. In Mexico sind wir auf neutralem Gebiet. Ist das etwa nicht klug?»

«Wie gewöhnlich drücken Sie sich sehr klar aus», sagte ich gedehnt. Ich bemühte mich, wieder die kühle Gleichgültige zu spielen.

«Heute abend überqueren wir die Grenze», sagte er beschwichtigend, als ob ich mit meiner Frage Ungeduld bezeugt hätte, möglichst schnell in meine sichere und vertraute Umgebung zurückzukehren. «Morgen geht an Shannon die Nachricht ab, daß Sie wohlauf sind – und natürlich begierig, mit ihm wiedervereint zu sein. Vielleicht möchten Sie ihm selbst ein Briefchen schreiben, damit er von der Wahrheit überzeugt ist?»

Es berührte mich nicht weiter, daß ich noch eine Woche warten mußte. Noch einige Tage, in denen ich mich vorbereiten und wappnen konnte . . .

Etwas hatte ich gelernt: meinen eigenen Gefühlen zu mißtrauen. In den Armen meines Geliebten hatte ich von der Wahrheit nichts wissen wollen. Ich hatte körperliches Verlangen mit Liebe verwechselt und die Liebe zu einem Vorwand für körperliches Verlangen gemacht. Liebe! Ein viel mißbrauchtes Wort, das ich früher immer verachtet hatte. Ein Gefühl der Hilflosigkeit, des Ausgeliefertseins, das eine schmerzhafte Wunde hinterließ.

Trotz meiner vernünftigen Einsicht und meiner strengen Selbstkritik war es immer, wenn ich an Lucas dachte oder wenn von ihm gesprochen wurde, als ob ein Messer in meinem Herzen herumgedreht würde. Was nützte es, vernünftig zu denken, mir selbst und dem Dangerfield-Teufel in mir die Schuld zuzuschieben, wenn ich nicht aufhören konnte, zu *fühlen?* Die Erinnerungen nahmen mich in Beschlag, die Erinnerung an seine Zärtlichkeit und seine Leidenschaft, die Erinnerung an die Küsse und die Worte: «So. Sagt dir das etwas?» Aber hatte das für ihn mehr bedeutet als den Ausdruck einer aufwallenden Begierde?

Wie ich mein Fühlen auch benennen mochte, es hatte immer noch die Macht, mich zu verwunden und zu schwächen. Äußerlich ließ ich nichts davon merken, sondern trug eine Maske der Unangefochtenheit, aber innerlich konnte ich keine Gleichgültigkeit aufbringen.

Sicher argwöhnte Jesus Montoya, was sich unter meiner starren Haltung verbarg, zumal ich mich schon vor ihm verraten hatte, und er war kein Mensch, der etwas so leicht vergaß. Ich beschuldigte ihn einmal, sich die Schwächen anderer zwecks eigenen Gewinnes zunutze zu machen. Wie ich erwartet hatte, lächelte er nur schief.

«Meine liebe Señorita, warum auch nicht? Die Schwäche unserer Feinde macht uns stark, und durch Stärke gelangen wir zu Macht. Wie Ihr Teilhaber Shannon schon vor langer Zeit herausgefunden hat. Natürlich ist einem mit viel Geld geholfen. Ja, Sie sind im Reichtum geboren und aufgewachsen. Sie finden das selbstverständlich, nicht wahr? Nur die Reichen können ehrlich sagen, Geld bedeute ihnen nichts, und nur sie können es aus altruistischen Beweggründen hergeben.»

«Sie sind ja ein Philosoph», bemerkte ich.

«Freundlich von Ihnen, mich so zu nennen. Ich nenne mich einen Realist. Ich bin arm geboren, als Sohn eines Knechts, der für einen gewissen Don Emiliano auf dem Felde arbeitete, für einen stolzen Mann, der sich seines reinen spanischen Blutes und seiner hochgeborenen Abstammung rühmte. Er hatte schöne, verwöhnte Töchter, die ebenso hochfahrend waren wie er. Für die jungen Herrensöhne war es keine Sache, mit einer Magd im Stroh zu schlafen und dann lachend auf die Hazienda zurückzukehren; aber wehe dem Viehhirten, der sich unterstand, ein Auge auf die Tochter des Gutsbesitzers zu werfen, selbst wenn sie ihn dazu ermunterte. Der Sohn eines Knechts war weniger wert als ein gutes Pferd. Wie ein Hund wurde er ausgepeitscht. Aber bei manchen, bei Männern mit einem Funken Stolz, wirken sich derartige Bestrafungen als Ansporn aus. Wenn man arm gewesen ist, lernt man die Bedeutung des Geldes kennen – was man sich dafür kaufen kann. Und so, sehen Sie, besitze ich heute eine Estanzia, die einst einem spanischen Don gehört hat. Alles, was ihm gehörte, wurde mein, einschließlich seiner Töchter und seiner dicken Frau. Der arme Don Emiliano lebte nicht lange genug, um diese unglaubliche Veränderung mit anzusehen.» Er brach ab, betrachtete mich und stieß sein plötzliches, tonloses Lachen aus. «Wie ich sehe, haben Sie meiner kleinen Parabel aufmerksam zugehört. Hat sie Ihnen etwas beigebracht? Ihnen vielleicht die Augen geöffnet? Ja, Señorita, es gibt Menschen, die für Geld alles tun würden, für das, was man sich damit kaufen kann – Annehmlichkeiten, Macht . . .»

«Es verdirbt den Charakter!»

«Ja, in der Tat. Auch die Lauteren, die Anständigen. Sagt Ihnen das nichts?»

Ich blickte ihm in die Augen. «Ich glaube, Señor, entweder wollen Sie mich belehren oder mich warnen. Sie nannten

sich meinen Freund – seien Sie also ehrlich. Was von beidem bezwecken Sie?»
«Können Sie Ehrlichkeit wirklich ertragen? Ich möchte nicht, daß Sie meinen, ich triebe Sie absichtlich in Shannons Arme zurück.»
Mein Atem ging rascher. Ich wollte es hören und wollte es doch nicht.
«Was soll's, Señor? Wollen Sie bei Andeutungen und Ausflüchten bleiben? Wenn Sie wirklich mein Freund sind, sagen Sie mir die ungeschminkte Wahrheit.»
Halb verschlagen, halb forschend sah er mich an. «Also gut. Kennen Sie den Testamentsnachtrag Ihres Vaters? Hat Ihnen Lucas nichts davon erzählt? Sie machen ein erstauntes Gesicht. Aber ich sage Ihnen, es gab ein solches Dokument. Es war sein Letzter Wille oder sein Wunsch, wie man's nimmt. Als ich hörte, daß Sie Ramon heiraten würden, dachte ich, Sie wüßten darüber Bescheid. Ich würde Ihnen raten, nach der Rückkehr genauer nachzuforschen. Und mit Ihrem Vertrauen sparsamer umzugehen. Wenn Sie Hilfe brauchen, lassen Sie es mich wissen.»
«Das würde natürlich etwas kosten», spöttelte ich.
Er nickte. «Natürlich. Aber was sind ein paar Dollar unter Freunden? Ich habe nämlich das Gefühl, Señorita – nennen Sie es Intuition, wenn Sie wollen –, daß Sie Freunde benötigen, wenn Sie Ihre Feinde erst einmal erkannt haben.»
Ich holte tief Atem. «Und Lucas ist jetzt mein Feind?»
Er zuckte die Schultern. «Lucas hat seine Gedanken immer für sich behalten. Ich glaube, er selbst ist sein schlimmster Feind. Doch wenn Sie Todd Shannon tatsächlich heiraten . . . ich könnte mir vorstellen, daß Lucas keine Skrupel hätte, Sie zur Witwe zu machen. Und dann – Sie verstehen? – dann würde die ganze Ranch Ihnen gehören. Was für ein glücklicher und mächtiger Mann würde Ihr zweiter Gatte werden, he?»
Es war, als hätte ich einen Schlag erhalten. Ich rang um Fassung, um ihn nicht merken zu lassen, welche Wirkung seine Worte auf mich gehabt hatten. Nein, dachte ich wild, das wäre zu infam, zu ungeheuerlich . . . oder war es abgefeimt berechnet worden? Hatten sie beschlossen, nicht nur um mein Vermögen und meinen Anteil an der SD-Ranch zu spielen, sondern um das Ganze? Hatte meine unverhoh-

lene Zuneigung zu Lucas sie darauf gebracht? *Sie* – Elena und Lucas. Die schwarze Königin und ihr Springer. Und in diesem Spiel, von Kennern betrieben, war ich nur ein Bauer. Wie aber paßte Montoya hinein? Was war seine Rolle?

Er wurde mir immer rätselhafter. Er erzählte mir Parabeln, um mir klarzumachen, wie weit Ehrgeiz und Rachsucht den Menschen treiben konnten. (Ich hätte gern gewußt, was aus Don Emilianos schönen Töchtern geworden war, aber ich wagte nicht zu fragen.) Er brachte mich zu Todd zurück, deutete jedoch an, es wäre unklug, ihn zu heiraten. Er warnte mich sowohl vor Elena als auch vor Lucas, gab sich aber als ihren Freund aus. Und gleichzeitig bezeichnete er sich als meinen Freund. Was wollte er?

«Geld natürlich», antwortete er rundheraus. «Ich bin nicht mehr jung. Ich nehme eine Frau, die mir Kinder schenken wird. Muß ich da nicht vorsorgen? Es kommt hinzu, daß ich Sie bewundere, Señorita. Vom ersten Augenblick an spürte ich, daß Sie ein ungewöhnlicher Mensch sind. Sie haben alle Vorzüge – Intelligenz, vornehme Herkunft, Schönheit und . . . Reichtum. Eine Schande, das alles vergeudet zu sehen.»

«Sie haben den Ehrgeiz vergessen», sagte ich bitter, «und die Machtgier. Wie kommen Sie auf den Gedanken, daß ich mit schmutzigen Geschäften zu tun haben möchte? Ich kam hierher, weil mein Vater es wünschte. Ich wollte nur Ruhe finden, ja mich selbst finden. Statt dessen wurde ich in eine Fehde hineingerissen, die mich gar nichts anging. Ich habe festgestellt, daß meine Wünsche unerfüllbar sind – trotz all den Vorzügen, die Sie erwähnt haben. O Gott, ich habe es satt, benutzt und hin und her geschoben zu werden, damit andere ihren Ehrgeiz befriedigen können! Die SD-Ranch bedeutet mir nichts – wie sollte sie auch? Dies ist nicht meine Heimat, und die Streitereien fechten mich nicht an. Wenn ich meine Intelligenz benutzte, die Sie so bewundern, würde ich so bald wie möglich in ein Land mit zivilisierten Menschen zurückkehren.»

«Sagen Sie das alles, um mich zu überzeugen oder sich selbst?» Montoyas weiche Stimme hatte einen scharfen Ton angenommen. «Wollen Sie sich weiterhin etwas vormachen? Sie reden davon, vor Schwierigkeiten wegzulaufen, weil Sie hineinverwickelt sind. Hierher kamen Sie, um einem langweiligen Leben zu entgehen, nicht wahr? Und dahin wollen Sie zurück?»

Ich war bestürzt.

Er fuhr fort: «Und alle die Fragen, auf die Sie noch keine Antwort gefunden haben – sind Sie nicht neugierig, zu erfahren, warum Ihr Vater plötzlich einen Testamentsnachtrag aufgesetzt hat, von dem Sie offenbar nichts wissen? Es gibt auch einen Brief, den er kurz vor seinem Tod geschrieben hat – wissen Sie auch davon nichts? Nimmt es Sie nicht wunder, warum man Ihnen alle diese Dinge verheimlicht hat, und zu wessen Vorteil? Wieso ist Ihr Vater so plötzlich an einer Überdosis Laudanum gestorben, kurz vor Ihrer Ankunft? Er litt Schmerzen, ja, aber die Schmerzen war er gewöhnt, und er freute sich auf Sie ... was machte ihn im letzten Augenblick zu einem Feigling? Das sind die Fragen, die Mr. Bragg neugierig stimmten, und seine Neugier führte ihn zum Hinterhalt eines Mörders. Nun? Sie sind blaß geworden und reißen vor Entsetzen die Augen auf. Oder vor Furcht? Fürchten Sie sich vor dem, was Sie entdecken könnten?»

Erst nachträglich wurde es mir bewußt, aber nach diesem Gespräch, das mich zutiefst erschütterte, trat bei mir eine Wandlung ein. Ich traf eine Entscheidung, und damit nahm ich den Kampf mit der grausamen Härte der Wirklichkeit auf. Ich gestand mir meine Schwäche ein, und so fand ich die Kraft, die ich verloren zu haben glaubte. Das erkannte ich später, denn vorerst war ich von einer wunderlichen Benommenheit umfangen, die mich die folgenden Tage durchstehen ließ.

Montoya fand Gefallen an mir, so daß Luz bisweilen eifersüchtig wurde, doch wie gewöhnlich ließ sie sich leicht beschwichtigen, wenn ich sie darauf hinwies, daß sie bald eine Hausherrin mit Dienerschaft sein würde. Natürlich erzählte ich ihr nichts von meinen Gesprächen mit Montoya, der besser als ich wußte, welchen Einfluß er auf mich ausgeübt hatte.

Am letzten Abend vor unserer Trennung sagte er zu mir: «Wir werden Freunde bleiben, nicht wahr? Ich will Ihrem Wunsch gemäß nachforschen, ob und wie Mr. Bragg für seine Neugier bezahlen mußte. Und Sie suchen derweil die

Lösung der übrigen Rätsel. Ich freue mich darauf, wieder mit Ihnen in Verbindung zu treten, um zu beratschlagen, was unternommen werden muß.»
Ich gestand ihm nicht, daß ich mich davor fürchtete. Ich wollte nur an die unmittelbare Zukunft denken, an das Wiedersehen mit Todd Shannon. Ich war gespannt auf seine Reaktion, wohl auch auf meine eigene.
Diese Frage beschäftigte mich denn auch in der letzten Nacht, die ich in Montoyas Lager verbrachte. Draußen herrschte Unruhe; ich vermutete, daß seine Leute von einem Raubzug zurückgekehrt waren.
«Stört es dich nicht, daß dein Mann ein Comanchero ist?» hatte ich Luz einmal gefragt.
Sie hatte schulterzuckend geantwortet, das sei ihr Vater auch gewesen. «Männer sind Männer, und ich bin froh, daß Jesus ein ganzer Mann ist. Es ist mir gleich, was er treibt, wenn er nur jedesmal zu mir zurückkehrt.»
Warum konnte ich nicht ebenso denken?
Am folgenden Morgen brachen wir gleich nach dem Frühstück auf. Montoya hatte mir gesagt, der Treffpunkt sei in ein paar Stunden zu erreichen.
Ich war darauf gefaßt gewesen, Todd entgegentreten zu müssen. Statt dessen kam Mark, begleitet von fünf SD-Männern, die das von Montoya geforderte Gold in den Satteltaschen trugen.
Ich freute mich, ihn zu sehen. Der Arme wirkte vergrämt und machte einen müden Eindruck. Dennoch war er mir vertraut – Mark, der mir immer ein wahrer Freund gewesen war und dem ich nicht zu mißtrauen brauchte.
Er zog den Hut, und seine blonden Haare glänzten in der Sonne. «Rowena! Gott sei Dank bist du wohlauf. Wenn du wüßtest . . .»
«Ja, ich habe euch Sorgen gemacht, ich weiß», sagte ich mit erzwungener Fröhlichkeit. «Aber Señor Montoya war sehr ritterlich zu mir, und wie du siehst, ist mir nichts Schlimmes widerfahren.»
Mit dem ihm angeborenen Takt verzichtete Mark auf eine Weiterführung des Gesprächs und widmete sich erst der Abwicklung der Geschäfte. Nachdem Montoya die Goldstücke gezählt hatte, beugte er sich galant über meine Hand und winkte uns zum Abschied nach.

Ich sprach danach zuerst, in schärferem Tone, als ich es gewollt hatte: «Wieso ist Todd nicht selbst gekommen?»
Mark stammelte verlegen: «Ich . . . er . . . wir hatten in letzter Zeit Ärger mit Viehdieben, ganz zu schweigen von den Apachen. Zäune wurden demoliert, Häuser niedergebrannt. Vor kurzem hätte Victorio in eigener Person Santa Rita beinahe in Brand gesteckt. Es mußte also jemand auf der Ranch bleiben. Ich überredete meinen Onkel, mich dich holen zu lassen, weil ich . . . o Gott, du kannst dir nicht vorstellen, was für Vorwürfe ich mir gemacht habe! Ich hätte dich nicht allein gehen lassen dürfen, wäre ich doch nur mitgekommen . . .»
«Danke Gott, daß du es nicht getan hast! Ich habe gesehen, was mit den Männern geschah, die die Kutsche begleiteten – es war furchtbar.»
Sein sorgenvoller Blick hatte mir verraten, was er dachte. «Ach, laß das, Mark! Sehe ich aus, als ob ich mißhandelt worden wäre? Hast du geglaubt, ein gebrochenes Geschöpf wiederzufinden? Ich hatte Glück, mußt du wissen, denn die Bande, die mich gefangennahm, hat meinen Vater gekannt. Stell dir vor, der Schamane nannte ihn seinen Blutsbruder. Ich wurde als Gast behandelt. Niemand hat mir etwas angetan . . .»
«Ist das wahr, Rowena? Ja, du siehst unverändert aus, bist nur dünner geworden. Aber etwas spüre ich. Ich konnte dir immer anmerken, in welcher seelischen Verfassung du bist, erinnerst du dich? Auch jetzt fühle ich deine Verschlossenheit. In deine Augen ist etwas Argwöhnisches gekommen. Du siehst mich an, als ob du mir mißtrautest.»
«Es ist noch zu früh, Mark», erwiderte ich ausweichend. «Vielleicht kann ich später wieder mit dir reden, als ob nichts geschehen wäre, als ob ich wie geplant von einer kurzen Erholungsreise zurückgekehrt wäre. Bitte hab Geduld.»
Wir ritten dicht nebeneinander, und er berührte meinen Arm. «Entschuldige. Ich wollte nicht zudringlich sein. Ich dachte nur . . .» Er warf einen Blick auf die hinter uns reitenden Cowboys und fuhr leiser fort: «Ich dachte, wir sollten uns aussprechen, bevor du meinen Onkel wiedersiehst. Es gibt da gewisse Dinge, vor denen ich dich warnen muß. Du kennst ja meines Onkels Stolz und Jähzorn.»

Mir wurde bange zumute. «Das ist natürlich etwas anderes. Wenn ich etwas Wichtiges erfahren muß, dann komm bitte zur Sache und sag es mir. Von Geheimnissen habe ich genug!» Ich dachte an Montoyas Andeutungen. «Ist Todd nicht gekommen, weil er meint, ich sei vom halben Apachenvolk vergewaltigt worden? Hat das seinen Stolz verletzt? Dann wundert es mich, daß er so viel Lösegeld für mich bezahlt hat.»

Mark war offensichtlich verlegen. «Du hast dich zum Glück nie vor ihm gefürchtet, und wenn er dich wiedersieht, wirst du ihn sicher überzeugen können, daß an den Gerüchten, die wir gehört haben, nichts Wahres ist. Du darfst nicht zu schlecht von ihm denken, Rowena. Wenn Flos Brief nicht so spät gekommen wäre, hätten wir niemals . . .»

«Flos Brief?» fiel ich erstaunt ein. «Ist sie denn nicht tot? Wir erfuhren doch . . .»

«Nein, nein!» Er schüttelte den Kopf. «Es ist ein Brief, den sie vor ihrem Tod geschrieben hat. Es ist mir schleierhaft, warum er so lange gebraucht hat, und ich hätte ihn meinem Onkel unterschlagen und ihn verbrannt, wenn ich gewußt hätte, was darin stand. Sie muß nicht bei Verstand gewesen sein, das sagte ich meinem Onkel. Du weißt, wie sie war! Sie mochte dich nicht, war gegen dich, obwohl du ihr immer helfen und sie verstehen wolltest. Erinnerst du dich an den Brief, den sie mir geschrieben hat? Diesmal schrieb sie an Onkel Todd . . . mein Gott, wie erklärt man, was im Kopf eines geistesgestörten Menschen vorgeht? Der Brief war voller Entschuldigungen für ihr eigenes Benehmen, voller Schmähungen und Bezichtigungen gegen dich . . .»

«Gegen mich?» sagte ich entrüstet. «Was soll ich denn getan haben?»

Es fiel ihm schwer, mir Auskunft zu geben; er sprach stockend. «Ach, alles, was sie selbst getan hat. Sie wäre nur mit Luke Cord weggelaufen, weil du es vorgehabt hättest. ‹Ich tat es deinetwegen, liebster Pa›, schrieb sie wörtlich. Sie beschuldigte dich . . . mein Gott, ich bringe es kaum über mich . . . Sie beschuldigte dich, ein Verhältnis mit Pardee gehabt zu haben. Um ihn zum Stillschweigen zu bringen, hättest du ihn getötet. Auch mit mir hättest du . . . ach, du verstehst schon. Sie wußte, daß Cord eines Nachts in dein Schlafzimmer eingedrungen war, und daraus schlug sie Kapital. Er wäre dein Liebhaber gewesen. Gemeinsam hättet ihr den Plan gehabt, Onkel Todd in Silver City zu töten, und du hättest Cord zur Flucht verholfen. Endlose, schmutzige Anschuldigungen brachte sie vor!»

«Aber alles fügt sich recht gut zusammen, nicht wahr?» Ich wunderte mich selbst, daß meine Stimme ruhig und fast gleichgültig klang. «Ihr Wort steht gegen meins, und da sie tot ist, kann ich es nicht widerlegen. Wie schlau von ihr. Man könnte fast meinen . . .» Ich brach ab, denn fast hätte ich gesagt, was mir durch den Kopf gezuckt war: Man könnte fast meinen, sie wäre eine Hellseherin gewesen. Statt dessen fuhr ich schnell fort: «Und die Gerüchte – vermutlich waren sie ebenso vernichtend? Armer Mark, was hast du durchgemacht!»

«Sag das nicht, Rowena. Glaub ja nicht, daß ich mich von Gerede beeinflussen lasse! Ich sagte meinem Onkel rundheraus, daß Flo die Schuldige ist, nicht du. Immerhin kannte er sie. Er fing schon an mir zu glauben, aber dann . . .»

«Was dann? Sag es mir!»

«Dann hörten wir wieder etwas, aber diesmal konnten wir uns selbst überzeugen, daß es kein Geschwätz war. In Mexico war ein Comanchero verhaftet worden, der gestohlenes Silber verkaufen wollte. Er hatte eine Weiße bei sich, Jewel Parrish mit Namen. Sie benutzte die Gelegenheit, der Polizei zu sagen, sie sei mit dir zusammen gefangengenommen worden. Natürlich begaben wir uns sofort zu ihr, mein Onkel und ich. Wir fanden sie bei der Schutztruppe in Austin in Texas, und wir ließen uns alles von ihr erzählen.»

«Und?» half ich ihm weiter, als er wieder ins Stammeln geriet.

«O Gott, daß ich dir das alles sagen muß! Du mußt es richtig verstehen, sie beschuldigte dich nicht. Im Gegenteil, sie war voller Bewunderung für dich, für deine Charakterstärke und deinen Mut. Sie erzählte uns, was sich in dem Apachenlager ereignet hatte, und sie freute sich sogar für dich. Sie sagte, du hättest den Mann, der dich gekauft hat, gekannt und schienst gern mit ihm fortgegangen zu sein . . .»

Dreiunddreißigstes Kapitel

Die übrigen «Gerüchte», die ich Mark entlockte, hätte ich mir denken können. Hatte Montoya mich nicht gewarnt? Mich fröstelte trotz der Hitze, und die Erregung drohte mich zu ersticken, obwohl mein Kopf klar blieb und mir befahl, meinen Gefühlen keinen Ausdruck zu verleihen.
Mark versuchte mir das Schlimmste zu ersparen. Er hing mir treu an, trotz allem, und versicherte mir immerzu, er glaube an mich und auch sein Onkel werde nicht an mir zweifeln, wenn er erst mit mir gesprochen hätte.
«Man weiß doch, wie derartiges Gerede entsteht. Ein paar Andeutungen am Lagerfeuer. Ein Fremder, der in die Stadt reitet und in einer Bar SD-Cowboys trifft. Es war allgemein bekannt, daß die Apachen dich nach dem Überfall auf die Postkutsche gefangengenommen hatten, und zuerst hielt man dich für tot. Als die Vermutungen ergaben, was in Wirklichkeit geschehen war, setzte mein Onkel eine hohe Belohnung für deine Rückgabe aus . . . siehst du nicht, wie alles angefangen hat? Natürlich war so etwas einem gemeinen Kerl wie Luke zuzutrauen, der meinen Onkel haßt und zu allem imstande ist. Auch dich zu beschmutzen. Zu behaupten, du wärst seine Geliebte, und sich zu rühmen, er würde meinen Onkel zwingen, für dich zu bezahlen, um dich zurückzubekommen . . .»
«Ein bißchen abgenutzt, aber gut genug für ihn?» zitierte ich Lucas' Worte so bitter, daß Mark mich entsetzt ansah.
«Rowena, wie kannst du so etwas denken! Niemals hätte ich . . .»
«Doch, das kann ich, Mark. Wozu versuchen, unliebsame Tatsachen wegzudeuten? Doch, ich habe mich verändert, und du hast es bloß nicht gemerkt. Angenommen, alle diese Gerüchte sind wahr, wäre ich dann in den Augen deines Onkels ein gefallenes Mädchen? Vielleicht wäre es ihm lieber, ich hätte mich vor Scham und Demütigung umgebracht. Das hätte das Problem gelöst, was nun aus der armen Rowena werden soll, und dir würde viel Ärger erspart bleiben.»
«Großer Gott!» stieß er gepreßt hervor. «Denkst du wirklich so gering von mir, daß du meinst, meine Gefühle für dich könnten sich dadurch ändern? Du warst eine hilflose

Gefangene, und der Schweinehund hat sich das zunutze gemacht. Du Ärmste, wie mußt du gelitten haben!»
Ein solches Zartgefühl und Verständnis hatte ich von Mark nicht erwartet, und ich geriet außer Fassung. Ich schalt mich eine Heuchlerin. Warum bekannte ich ihm nicht die Wahrheit? Auch Todd schuldete ich sie. Ob aus Stolz oder aus Feigheit – ich schwieg.
Mark war unterwegs überaus rücksichtsvoll zu mir. Wenn ich in Gedanken versank, ließ er mich in Ruhe und schaute mich nur ab und zu besorgt an. Ich war lange Ritte gewöhnt, beachtete kaum das Vergehen der Zeit und spürte erst Müdigkeit, als wir nach dem Überqueren der Grenze in Deming anlangten.
Mark erklärte mir, daß wir hier übernachten würden. Am Morgen sollten noch mehr SD-Leute zu uns stoßen, größtenteils schwerbewaffnete Texaner.
Wie hatte Flo sie einmal genannt? Ich glaubte ihre spöttische Stimme zu hören: «Pas eigene inoffizielle Armee.» Ich schnitt eine Grimasse und sagte zu Mark: «Ich sollte mich wohl geehrt fühlen. Eine solche Eskorte!»
Er erwiderte sachlich: «Mein Onkel fand es notwendig. Er wollte es auf nichts ankommen lassen.»
«Daß ich entführt werde, nachdem er so viel Geld für mich bezahlt hat! Fragt sich, ob er zum Schluß findet, daß sich die Ausgabe überhaupt gelohnt hat.»
«Sei nicht so zynisch, Rowena.»
Ich hätte Mark sagen können, daß mein Zynismus lediglich ein Panzer gegen weitere Enttäuschungen war, doch wozu? Statt dessen sagte ich nur, ich sei müde und wolle früh schlafen gehen.
Wir verließen Deming im grauen Licht der Morgendämmerung und kamen kurz vor Mittag in Fort Cumming an. Den Major, der das Fort befehligte, kannte ich flüchtig, und er war ganz Galanteric, aber ich spürte hinter seiner lächelnden Höflichkeit die Neugier heraus. Daran mußte ich mich eben gewöhnen. Im ganzen Gebiet gab es keinen Menschen, der nicht wußte, was geschehen war, oder nicht wenigstens die Gerüchte gehört hatte. Mark und ich aßen mit dem Major und seiner Frau, und er bot uns für den Rest der Reise eine Eskorte an.
«Ist das wirklich notwendig?» fragte ich.

Die Frau des Majors, viel jünger als er und weniger diskret, sah mich groß an. «Aber gewiß doch! Sie können sich nicht vorstellen, was für Schwierigkeiten wir in letzter Zeit hatten. Nicht nur durch die Indianer, sondern auch durch Verbrecher und Aufständische. Ich habe das Fort seit Wochen nicht mehr verlassen, und mein Mann sagt . . .»
Der Major räusperte sich nachdrücklich. «Hrm . . . ja. Mr. Shannon ist sich darüber sicher klar. Ich kann Ihnen versichern, Lady Rowena, daß wir keine ungewöhnlichen Vorsichtsmaßnahmen ergreifen. Einige meiner Leute gehen ohnehin auf Patrouille, und es macht gar keine Umstände, wenn sie Sie ein Stück weit begleiten.»
Die Majorsgattin, die mich nach dem Essen in ihr Zimmer führte, zeigte sich recht gesprächig. Sie sah mir mit einer Mischung aus Mitleid und Neugier zu, als ich mir die Haare kämmte.
«Werden Sie nun wieder im Osten leben? Ich wünschte, ich wäre nie hierher gekommen. Es ist so einsam, und man fürchtet sich immerzu. Mir fehlen die wechselnden Jahreszeiten im Mittelwesten und sogar der Schnee. Wir lebten früher in Kansas, wo alles ganz anders war. Ich denke mir, Ihnen muß London mit all seiner Fröhlichkeit auch sehr fehlen. Ich würde so gern reisen, aber mein Mann sagt, mit dem Sold eines Majors ist das kaum zu machen.»
Mir tat die unzufriedene Frau leid, auch der Major, der für einen mageren Sold und sehr wenig Ruhm sein Leben aufs Spiel setzen mußte.
«London ist nicht fröhlicher als andere Städte», antwortete ich sachlich. «Es hängt davon ab, woran man Freude hat. Ich habe von jeher Freiluftleben und Sonnenschein geliebt. Ich bin in Indien aufgewachsen, wo es ganz ähnlich ist wie hier. Ja, ich werde wohl in Neu Mexico bleiben. Hier wird man herausgefordert und kann Abenteuer erleben, die es in der sogenannten zivilisierten Welt nicht gibt.»
Im Spiegel sah ich ihren erschrockenen Ausdruck. Warum war ich auf einmal so trotzig? Lag es nur daran, daß alle eine schamerfüllte, gebrochene Frau erwarteten?
Ich war in merkwürdiger Verfassung und verhielt mich auf dem letzten Stück Weges so still, daß ich sogar Marks Nachsicht auf eine harte Probe stellte.
Er regte sich auf, als ich darauf bestand, sofort in mein

eigenes Haus zu gehen, nicht in den *palacio,* wo Shannon mich erwartete.
«Aber warum, Rowena? Je früher du dich ihm stellst ... Soll er etwa denken, daß du ...»
«Daß ich mich schuldig fühle? Geh, ich bin nur müde und mag mich heute abend nicht herumstreiten oder mich verteidigen. Da Todd warten wollte, bis ich zu ihm gebracht würde, kann er auch noch etwas länger warten, bis ich bereit bin, ihn zu empfangen. Das kannst du ihm ausrichten. Ich habe keine Abbitte zu leisten. Ich lasse mich von deinem Onkel jetzt ebensowenig tyrannisieren wie früher.»
Ich war unvernünftig, das wußte ich selbst. Todd würde sich ärgern und seinen Zorn an Mark auslassen. Aber ich war wirklich müde, und Mark kannte mich gut genug, um nicht mehr in mich zu dringen.
So kehrte ich endlich heim. Heim – das Haus stand fest und vertrauenerweckend da. Es gehörte mir, es war mein Heim. Mit seinem üblichen Takt blieb Mark nur so lange, bis er sich vergewissert hatte, daß für mich gesorgt wurde.
Marta und Jules hatten Tränen in den Augen. Es kam mir seltsam vor, wieder Patrona genannt zu werden und Martas Geplauder zu hören, während sie mir von Zimmer zu Zimmer folgte und mich darauf aufmerksam machte, daß nichts verändert war, alles genauso wie an dem Tag, als die Patrona das Haus verlassen hatte.
«Wir wußten, daß Sie unversehrt und gesund zurückkommen würden, Ma'am», sagte Jules in einem Ausbruch ungewöhnlicher Redseligkeit. «Ich sagte zu Maria, wenn man herausfindet, daß die Patrona Guy Dangerfields Tochter ist, wird ihr kein Haar auf dem Kopf gekrümmt werden.»
Ich hätte die beiden umarmen können.
«Ihr Bett ist frisch bezogen. Ich habe es jeden Tag gelüftet», sagte Marta.
Ja, auch mein Schlafzimmer war unverändert. Meine Kleider hingen ordentlich im Schrank. Kaum zu glauben, daß ich fortgewesen war. Unwillkürlich blickte ich nach oben: Die Falltür, die aufs Dach hinaufführte, war sicher verriegelt.
O Gott, warum mußte ich zurückdenken?
Ich befahl Jules, den Riegel an der Falltür zu entfernen.
«Der Riegel soll weg? Aber, Ma'am»

Marta unterbrach ihn: «Willst du der Patrona wohl nicht widersprechen! Sie kann in ihrem Haus anordnen, was ihr beliebt.»
Ich gab mir den Anschein, als sähe ich den bedeutungsvollen Blick nicht, den die beiden austauschten. Was hatten sie gehört, was argwöhnten sie? Nun, das konnte ich später ergründen, vorläufig ersehnte ich nur ein heißes Bad, eine gute Suppe und mein eigenes Bett.
Ich schlief tief und traumlos, bis ich bei hellem Sonnenschein durch laute Stimmen geweckt wurde.
Gewöhnlich klopfte Marta immer erst an, bevor sie mein Schlafzimmer betrat, jetzt aber platzte sie herein und stieß hervor: «Der Patron . . . er ist hier und will unbedingt . . .»
Weiter kam sie nicht, denn Todd schob sie brüsk beiseite.
Todd Shannon, groß, blond und unbesiegbar aussehend wie eh und je, mit drohend zusammengezogenen buschigen Brauen. «Was soll das, was du mir hast ausrichten lassen? Bei Gott, Weib, es hätte mich nicht gewundert, wenn du dich vor mir verstecken wolltest, aber wie ich sehe, bist du noch genauso hochfahrend wie früher! Laß mich dir etwas sagen . . .»
Entrüstet richtete ich mich auf. «Und wie ich sehe, hast du dich nicht verändert! Hätte das, was du mir zu sagen hast, nicht warten können, bis ich angezogen bin und bereit, dich zu empfangen?»
«Du weißt verdammt gut, daß man mich nicht warten lassen darf, wie du es dir gestern abend herausgenommen hast! Ich lasse mich von dir nicht zum Narren halten! Steh mir also Rede und Antwort, wenn du es wagst! Ich warne dich, du wirst mir viel zu erklären haben!»
Angesichts seines Zornes wurde ich ganz ruhig. «Darf ich dich daran erinnern, daß du in meinem Hause bist, und wenn du dich nicht auf deine Manieren besinnst, wirst du es verlassen müssen, ohne die gewünschten Erklärungen erhalten zu haben. Ist das klar?»
Er sah aus, als wollte er mich ermorden. «Du . . . du . . .»
Ängstlich, einem braunen Schatten gleich, drückte sich Marta an ihm vorbei. «Ihr Morgenrock, Patrona», flüsterte sie.
Das schien ihn zur Besinnung zu bringen. Er preßte die Lippen zusammen, machte auf dem Absatz kehrt und rief mir

über die Schulter zu: «Ich warte draußen. In fünf Minuten, ob es dir paßt oder nicht, bin ich zurück, und wenn ich die gottverdammte Tür eintreten muß!»
Ich ließ ihm zehn Minuten Zeit zum Abkühlen. Ich zog mir absichtlich Bluse und Rock an, weil er mich nicht gern in der Bauerntracht sah. Er sollte merken, daß ich mir von ihm keine Vorschriften mehr machen ließ. Ich konnte mir nicht vorstellen, was mich dazu gebracht hatte, in die Heirat mit ihm einzuwilligen, und wie es möglich gewesen war, daß mich seine Persönlichkeit hingerissen hatte. Der Todd Shannon, den ich wiederfand, war ein anmaßender, aufgeblasener Tyrann, nach dessen Kopf alles gehen mußte.
Zur Begrüßung sagte er mißmutig: «Wie eine Magd siehst du in dem Aufzug aus. Hast du in einer solchen Tracht deinem halbblütigen Freund gefallen?»
«Nein», antwortete ich holdselig, «ihm war es lieber, wenn ich gar nichts anhatte. Wolltest du das hören?»
Er gab sich ungeheure Mühe, sich zu beherrschen. «Es ist also wahr. Ist es das? Verflucht, ich habe das Recht, zu wissen, was für ein Geschöpf ich gebeten habe, meine Frau zu werden. Tu also nicht so, als wüßtest du nicht, wovon ich rede!» Seine Stimme wurde wieder laut und polternd. «Du und Pardee ... Du und Cord ... weiß Gott, wie viele Apachen außerdem. Willst du mir die Wahrheit sagen, oder muß ich sie aus dir herausprügeln?»
«Leg Hand an mich, und du wirst es bereuen», erwiderte ich scharf. «Und bevor du mir wieder drohst, Todd, erinnere dich gefälligst, daß mir immer noch die halbe SD-Ranch gehört, und daß ich ebenso viele bewaffnete Leute anstellen kann wie du. Es wird Zeit, daß du erkennst, mit wem du es zu tun hast. Ich vermag mich zu wehren, wenn du Streit suchst.»
In seinen Zorn mischte sich Verwunderung. «Unterstehst du dich wirklich, mir zu drohen?»
«Ich gebe dir nur deine Drohungen zurück», sagte ich. «Siehst du nicht ein, daß es zu nichts führt, wenn wir uns streiten und gegenseitig beleidigen? Wenn du mir vernünftige Fragen gestellt hättest, anstatt mir Anklagen ins Gesicht zu schleudern ...»
«Was zum Teufel verstehst du unter vernünftigen Fragen?

Vernünftig ... nachdem ich zum Gespött geworden bin ... nachdem ich mich halbtot um dich gesorgt habe ... Wofür hältst du mich eigentlich? Für einen Schwachkopf wie meinen Neffen, der alles glaubt, was du ihm sagst, weil er in dich verliebt ist? O ja, die halbe Nacht ist er mir mit Erklärungen gekommen und hat sich für dich eingesetzt. Aber ich will diese Erklärungen selbst hören! Gibst du sie mir nun oder nicht?»
«Ich kann dir die Wahrheit sagen, obwohl du lieber etwas anderes hören würdest. Mußt du dabei stehen und mich böse anstarren?»
Schließlich hörte er mich an, mit verbissenem Gesicht und verkrampfter Haltung. Mir hingegen war es unmöglich, stillzusitzen; ich ging hin und her, während ich ihm so viel erzählte, wie ich mich getraute. Nicht alles – es gab Dinge, über die ich nicht sprechen konnte. Ich mochte nicht einmal darüber nachdenken. Mußte ich mich etwa schuldig fühlen, weil ich geliebt hatte? Todd hätte es nicht verstanden, er hätte nur wieder getobt. Ich ließ also meine eigenen Gefühle aus und erstattete nur einen trockenen Tatsachenbericht.
Abgesehen von einigen groben Einwürfen zu Beginn, war er in unheilvolles Schweigen verfallen; nur die Art, wie er an seiner Zigarre kaute, verriet die innere Anspannung. Ich selbst fühlte mich ausgehöhlt, als ich fertig war. Ich wäre gern allein gewesen.
«Ist das alles, was du mir zu sagen hast?»
«Mehr gibt es nicht zu erzählen. Du kannst mir glauben oder auch nicht, das ist dir anheimgestellt.»
Um seinen Mund zuckte ein dünnes Lächeln. «Ich werde dich wissen lassen, was ich glaube und was nicht – wenn ich darüber nachgedacht habe.»
Zu meiner Überraschung ging er ohne ein weiteres Wort, und seine plötzliche Ruhe setzte mir mehr zu als sein vorheriges Toben. Vielleicht hatte er das beabsichtigt. Ich hatte das Wiedersehen mit Todd hinter mir – was sollte ich nun tun? Ich rief mir ins Gedächtnis zurück, zu welchem Zweck ich hierher gekommen war. Die verlorene Kraft wiederfinden und die Antwort auf die vielen Fragen suchen. Der Wirklichkeit ins Auge sehen.

Vierunddreißigstes Kapitel

Nachdem ich gefrühstückt hatte, verlor sich das Unbehagen, das Todds Besuch mir bereitet hatte. Ich beschloß, das Versäumnis nachzuholen und mich mit den Tagebüchern meines Vaters zu befassen. Mit einem Bangen, das ich für eine Vorahnung hielt, holte ich sie hervor. Ich begann mit dem letzten Band.

Das ganze Leben eines Menschen war in diesen Bänden enthalten, alle sorgsam numeriert und in Leder gebunden. Das Leben meines Vaters und teilweise auch jener, die ihn ein Stück weit begleitet oder eine Rolle gespielt hatten. War es sträflicher Leichtsinn oder Faulheit von mir gewesen, daß ich die Lektüre immer wieder hinausgeschoben hatte? Oder Selbstsucht oder . . . Furcht vor dem, was sich mir offenbaren würde? Ich schämte mich. Er hatte mir alles gegeben, was er besaß, und dafür nur wenig von mir verlangt. Ich hatte nur an mich selbst gedacht, an meinen Ehrgeiz und meine Bedürfnisse, die mir wichtiger erschienen waren.

In meiner Unwissenheit hatte ich mich stark gefühlt und die Schwächen anderer verachtet. Jetzt aber, in Erkenntnis meiner eigenen Schwäche und meines Versagens, sah ich meinen Vater als Menschen, nicht mehr als ein Bild, als einen Menschen, der sich in der Liebe irren, der Eifersucht empfinden und sogar gewalttätig werden konnte. Hätte ich ihn doch nur persönlich kennengelernt!

Beim Weiterlesen sprang mir ein Name ins Auge:

«Heute brachte Lucas Ramon mit, einen liebenswerten jungen Mann mit untadeligen spanischen Umgangsformen. (Ob Rowena das wohl auch finden wird?) Ich muß von vorn anfangen und wieder ein Vater werden. Sie darf nicht gedrängt und an ihre Pflicht erinnert werden, wie es bei mir in der Jugend der Fall war. Aber wie günstig wäre es, wenn ihr Ramon ebenso gut gefiele wie mir. Allerdings befürchte ich, daß sie Lucas weniger leicht durchschaubar finden und ihn deswegen bevorzugen wird.»

Warum hatte er es *befürchtet?* Waren ihm Zweifel gekommen oder ein Verdacht, wie es um Lucas und Elena stand? Seite um Seite schrieb er von seinen Hoffnungen und Befürchtungen, von Plänen für meine Zukunft und mein

Glück. Nie erwähnte er seine Krankheit oder die Schmerzen, die er auszustehen hatte.

«Braithwaite schreibt, sie gelte als eine Schönheit und werde umschwärmt, bleibe aber immer kühl und zurückhaltend. Es gehe das Gerücht, sie habe sogar den Prinzen von Wales abgelehnt. Beaconsfield habe sie zu seinem Schützling erkoren und öffentlich erklärt, sie sei die intelligenteste Frau, die er kenne.»

War das wirklich ich gewesen, diese Frau, über die sich mein Vater so liebevoll und stolz äußerte? Wie weit zurück lag dieser Teil meines Lebens!

Braithwaite war offenbar sehr taktvoll gewesen. Anscheinend hatte er den Klatsch über mich und meinen Stiefvater mit Stillschweigen übergangen.

Auf den folgenden Seiten wurden Todd und Mark erwähnt.

«Todd hat so viel zu tun, daß er sich um einen alten Kranken nicht kümmern kann. Vielleicht bin ich für ihn schon tot. Todd ist vital und jugendlich geblieben. Sein Neffe Mark liegt mir mehr; er gleicht sehr seiner Mutter und ist ungemein wohlerzogen. Er spricht mit belustigter Zerknirschung von Corinne, die er sich hat entgehen lassen, weil er in ihr eher eine Schwester gesehen hat. Sie wurde, wie es nun einmal ist, von der Familie unter die Haube gebracht. Ob ich Rowena verständlich machen kann, was ich für sie arrangiert habe? Aber die Fehde *muß* beendet werden.»

Viele Sätze waren durchgestrichen, unleserlich. Es kam mir vor, als hätte mein Vater manchmal nicht gewußt, was er schreiben wollte. Alte Erinnerungen wechselten ab mit neuen Hoffnungen. Er beschrieb Alltägliches – Jules hatte neue Vorräte bestellt, ein Brief von Mr. Bragg, Mark zu Besuch, eine Partie Schach . . . Unwillkürlich schlug mir das Herz schneller, als Lucas' Name wieder auftauchte.

«Ich habe versucht, Lucas Vernunft beizubringen und zur Vorsicht zu raten, aber er hört nicht mehr auf mich. Irgend etwas nagt an ihm, er sagt mir jedoch nicht, was es ist. Ich habe das Gefühl, daß ich ihm entfremdet bin, obwohl er die Gefahr auf sich nimmt, mich zu besuchen. Was will er eigentlich? Ich habe ihm genügend Geld angeboten, ein neues Leben anzufangen, aber er lehnt mich ab und verschließt sich vor mir. Er sagt, Elena brauche ihn. Er haßt

Todd, und ich befürchte, dieser Haß wird sein ganzes Leben ruinieren.»

Wieder Nebensächlichkeiten und dann:

«Vielleicht ist es an der Zeit, bei meinem alten Freund, dem Schamanen, Rat zu suchen. Er ist viel weiser als ich. Ich war zu lange in diesen Mauern, allein mit meinen Gedanken und Eindrücken. Woher soll ich wissen, ob meine Tochter so empfinden wird wie ich? Wenn sie das liest, bitte ich sie, einem alten, kranken Mann die Zweifel zu verzeihen. Es muß doch eine Möglichkeit geben, dafür zu sorgen, daß der Gerechtigkeit Genüge geschieht. Ein Testamentsnachtrag, den Rowena vernichten kann, wenn sie will? Ich werde sicher klarer denken können, wenn ich die reine Bergluft eingeatmet und mit meinem alten Freund gesprochen habe.»

Danach kam eine Lücke, mehrere Seiten waren herausgerissen. Eine rätselhafte Lücke vor der letzten, verwirrendsten Eintragung. Die Schrift war schwer zu entziffern; offenbar hatte es ihn große Anstrengung gekostet, die Feder zu führen.

«Ich finde keine Ruhe nach meiner Rückkehr aus dem Gebirge, wo ich Frieden zu finden hoffte. Es ist meine eigene Schuld, was mußte ich auch in ihn dringen. Und nun habe ich ihm mein Wort gegeben, nichts zu sagen, außer wenn ich muß. Wie konnte ich nur so blind sein, wo ich doch die Wahrheit vor Augen hatte? Wie soll ich wissen, ob und wann ich sprechen *muß?* Wie soll ich Richter sein, wenn ich so stark beteiligt bin? Ich frage mich, ob ich mich von meinen Gefühlen und meinen eigenen Wünschen zu sehr beeinflussen ließ.

Kann ich jetzt noch etwas tun? Hat man mich absichtlich belogen, oder habe ich nichts wissen wollen von dem, was mir doch mein Verstand hätte sagen müssen?

Ach, warum stelle ich sie mir immer noch vor, wie sie war, als ich sie zum erstenmal sah? Kann ich nicht aufhören, sie zu lieben? Elena, ein wildes, urwüchsiges Kind mit dem Körper einer Frau, mit der Unschuld der Urwildheit, naiv und durchtrieben, ungestüm und sanft – und wie schön! Ich war gebannt von ihr, als ich sie das erstemal sah – bin ich jetzt noch immer verhext? Darf ich es ihr vorwerfen? Oder ihm? Wenn jemand weiß, wie leicht es ist, sie zu lieben und

durch sie aus dem Gleichgewicht gebracht zu werden, dann bin ich es.
Ich glaube nicht, daß Lucas auf mich hören wird, nicht einmal jetzt. Aber ich muß mit ihm sprechen, selbst wenn es ihn gegen mich aufbringt. Er muß das Unnatürliche seiner Verfangenheit einsehen, muß bekehrt werden.»
Weiter unten, nach ausgestrichenen Zeilen:
«Die Oedipus-Tragödie vollzieht sich. Ich hätte es längst spüren, erkennen müssen. Ich verliere den Zusammenhang. Um meiner Tochter willen darf das nicht sein. Sie muß die Wahrheit wissen und vorbereitet sein. Ich muß sie warnen vor . . .»
Die folgenden Zeilen waren so verwischt und unleserlich, als hätte er die Hand auf der Seite ruhen lassen, bevor die Tinte trocken war. Ich strengte meine Augen an, und ein paar Wörter konnte ich entziffern, aber ohne Zusammenhang, darunter meinen eigenen Namen, und schließlich mit Herzklopfen:
«Lucas ist . . .» Ist was? Was hatte mein Vater herausgefunden? Irgend etwas, das ihn aus der Fassung gebracht hatte.
«Haß zerstört . . . in seinem Fall könnte er weit gehen, es sei denn . . .»
Danach kam ein deutlicher Abschnitt, der hervorstach:
«Welche Folgen es auch haben mag, ich muß handeln, um Rowenas willen, auch um Todds willen. Was ich erfahren habe, ändert alles. Der Brief, den ich schrieb – ja, dieser Brief muß vernichtet werden. Später kann ich einen anderen schreiben, der alles erklären wird, aber damit muß ich warten, bis ich wieder klar zu denken vermag. Als erstes muß ich natürlich einen Testamentsnachtrag aufsetzen. Ich habe es zu lange hinausgeschoben. Es müssen Schritte unternommen werden, vielleicht läßt sich das Schlimmste verhindern. Nein, ich will es nicht als unvermeidlich hinnehmen. Lucas muß abgehalten werden . . .»
Ich starrte auf die Seite. Offenbar war das Tintenfaß umgestürzt, und wenn mein Vater imstande gewesen war, noch mehr zu schreiben, so hatte die Tinte alles ausgetilgt. Danach kamen nur noch unbeschriebene Seiten. Aber gerade diejenigen Zeilen, die mir Aufschluß gegeben und das Rätsel gelöst hätten, waren unwiederbringlich zerstört.
Das Geheimnis war noch beklemmender und beängstigen-

der geworden. Das Tagebuch brach plötzlich mit der unheilvollen Bemerkung ab: «Lucas muß abgehalten werden . . .» Irgendeinen Brief hatte mein Vater selbst vernichtet. Ob er einen neuen geschrieben hatte, wußte ich nicht.
Die Tatsachen, die sich zusammensetzen ließen, ergaben nicht viel Sinn. Vor welcher Wahrheit hatte sich mein Vater gefürchtet? Anscheinend hatte er etwas über Elena und Lucas erfahren, aber meines Erachtens waren sein Kummer und seine Enttäuschung noch tiefer gegangen. Jetzt war ich diejenige, die sich fürchtete, die Wahrheit zu ergründen, und die Gedanken, die mir kamen, zu verdrängen suchte.
Ich stand so abrupt auf, daß der Stuhl klappernd umfiel. Marta kam erschrocken herbei und sagte besorgt: «Ist Ihnen nicht gut, Patrona?» Mein Gesicht mußte mich verraten haben.
Ich schüttelte ungeduldig den Kopf. «Nein, mir fehlt nichts. Nur . . . Sei so gut, Marta, und hol Jules her. Ich muß euch beide etwas fragen.»
Das Unbehagen war ihnen anzumerken. Jules trug wohlweislich eine Maske der Gleichgültigkeit, Marta hingegen sah ängstlich aus.
Ich verlangte von ihnen Einzelheiten über den Tod meines Vaters zu wissen. Hatte man damit gerechnet? War ein Arzt bei ihm gewesen? War er an einer tödlichen Krankheit gestorben oder . . . Hier zögerte ich, weil Jesus Montoyas dunkle Andeutungen auf einmal Gewicht erhielten.
«Trat der Tod plötzlich ein, Jules? Hatte er sich vorher aufgeregt?»
Jules blinzelte, doch seine Antwort kam unumwunden: «Mr. Dangerfield war verändert, als er von seiner Reise in die Berge zurückkehrte, er war anders als früher, Ma'am. Er sah schlecht aus, und er ging immerzu hier im Zimmer herum. Manchmal dachte ich, er hätte die ganze Nacht nicht geschlafen. Wenn ich zu Bett ging, saß er immer noch am Schreibtisch, und wenn ich morgens hereinkam, stützte er den Kopf in die Hände, und neben ihm stand – mit Verlaub, Ma'am –, neben ihm stand eine leere Whiskyflasche.»
«Und er sagte nichts?»
«Einmal nahm ich mir die Freiheit, ihn selbst anzusprechen. Ob es nicht ratsam sei, den Arzt kommen zu lassen.

Mr. Shannon war damals auf einer Geschäftsreise, aber am Abend kam Mr. Mark, und sie sprachen lange miteinander. Danach schien Mr. Dangerfield etwas ruhiger zu sein. Aber in der Nacht . . .» Jules brach ab, als ob er ungern daran zurückdächte.

«Bitte weiter, Jules. Ich frage nicht aus Neugier, sondern ich habe meine Gründe, warum ich möglichst viel erfahren muß.»

«Jawohl, Ma'am.» Sein Ton war hölzern; es ließ sich nicht erkennen, wieviel er von alldem selbst begriff. «Er saß am Schreibtisch und schrieb in sein Buch, als ich hereinkam, um ihn zu fragen, ob er noch irgend etwas benötige. Ich brachte ihm seine Tropfen und den Kaffee, den er um diese Zeit immer trank. Er hob den Kopf und schaute mich an, aber es war, als sähe er mich gar nicht. Er sagte nur etwas davon, daß die Schmerzen schlimmer seien. Ich sollte ihm nur noch eine Flasche Whisky bringen, weil er die halbe Flasche, die noch da gewesen war, mit Mr. Mark ausgetrunken hatte. Sonst war nichts. Außer . . .»

«Außer was? Jules, ich muß alles wissen. Jede Kleinigkeit könnte wichtig sein.»

«Er bat mich, die Haustür offenzulassen. Sie wurde ohnehin selten abgeschlossen, denn Mr. Dangerfield kannte kein Mißtrauen. Er erwarte noch Mr. Bragg, sagte er, aber . . .»

Wieder zögerte er, doch bevor ich in ihn dringen konnte, platze Marta mit einem Redeschwall heraus: «Aber er kam nicht! Wir wissen genau, daß er am Abend nicht gekommen ist. Wenn er abends gekommen wäre, hätte er mit uns gesprochen und mich gebeten, ihm Tortillas zu machen. Das tat er immer. Nie besuchte er den Patron, ohne zu mir in die Küche zu kommen und in meine Töpfe zu gucken und mich zu necken.»

Mir wurde die Kehle trocken. Ich blickte von Marta zu Jules. «Wer . . .»

«In Wirklichkeit erwartete er Mr. Lucas», sagte Jules, der sich gefaßt hatte. «Aber er kam auch nicht, Ma'am. Mr. Bragg kam erst am Morgen, kurz nach fünf Uhr, und weckte uns. Er hatte Mr. Dangerfield gefunden. Er schien am Schreibtisch eingeschlafen zu sein, sein Kopf lag auf dem Buch, und das Tintenfaß war umgefallen.»

Es war mir, als hätte ich die endgültige Anklage gehört, die ich sowohl erwartet als auch gefürchtet hatte. Alle Gefühlsregungen schienen von mir gewichen zu sein, nur kalte Härte war zurückgeblieben, dazu klares Denkvermögen.
Ich brauchte nur noch wenige Tatsachen, um sicher zu sein. Für Marta und Jules bestand kein Grund, mich zu belügen. Beide hatten nur ungern gesprochen, hatten sich vorher in Schweigen gehüllt. Ich begann zu denken, daß sie die einzigen Menschen auf der Welt waren, denen ich trauen konnte.
All das ging mir durch den Kopf. Es kümmerte mich nicht, daß sie Tränen in den Augen hatte. Es behagte ihr nicht, welche Wendung das Gespräch genommen hatte, aber sie widersprach nicht, sondern ging still hinaus.
Plötzlich fiel mir Mark ein. Zufällig waren meine Augen auf das Schachbrett gefallen, und ich mußte an unser letztes Spiel denken, vor langer Zeit . . .
Mark, mein treuer Freund, der mir mit seinem gesunden Menschenverstand schon früher geholfen hatte. Mark, der mich liebte. Wie unnötig grausam war ich gestern zu ihm gewesen! Er war einer der letzten Menschen, die mit meinem Vater vor seinem Tod gesprochen hatten. Mark konnte mir bei der Entscheidung helfen, was zu tun war, ja, er konnte mir zu einem objektiven Standpunkt verhelfen.
Rasch sagte ich zu Jules, der immer noch an der Tür stand: «Warte einen Augenblick, Jules, bis ich einen Brief an Mr. Mark geschrieben habe. Einer der Cowboys soll ihn hinbringen. Und Marta soll für zwei Personen kochen.»
Jules schien etwas sagen zu wollen, besann sich aber anders und verbeugte sich nur höflich.

Fünfunddreißigstes Kapitel

Mark kam pünktlich, und ich freute mich, ihn zu sehen. Ich streckte ihm beide Hände hin, und als er sie nahm, leuchteten seine Augen auf. Ich kannte diesen Blick, doch jetzt war er mir nicht lästig, sondern ich brauchte ihn, weil er mein Selbstbewußtsein stärkte. Ich mußte daran erinnert werden, wer ich war, und daß ich wie Mark einer zivilisierten

Welt entstammte, in der Herkunft und Bildung Gewicht hatten.
Wie gewöhnlich war Mark untadelig gekleidet, und nicht zuletzt deshalb hatte ich große Toilette gemacht. Er forderte von mir keine Erklärung, warum ich so dringend nach ihm geschickt hatte, sondern geduldete sich und machte mir Komplimente über mein Aussehen. Wir tauschten Höflichkeiten aus, während Jules den Wein aus der Karaffe in die dünnstieligen Kristallgläser einschenkte. Wir unterhielten uns über New York und London, über Marks Mutter, die ihm immer Zeitungen schickte, manchmal längst überholte, darunter auch die «London Times». Er berichtete mir, was in den großen Theatern und Opernhäusern gespielt wurde, und erzählte mir Gesellschaftsklatsch.
«Meine Mutter schreibt, daß Corinne sie in alle Konzerte schleppt. Jack ist im Begriff, berühmt zu werden, und Corinne badet sich in seinem Glanz und sagt allen Leuten, wie klug sie doch gewesen sei, einen so begabten Mann zu wählen.»
Die komisch betrübte Grimasse, die Mark dabei schnitt, erinnerte mich daran, daß die Wahl der Familie zuerst auf ihn gefallen war, bis mein Vater Corinnes Mutter überredet hatte, ihr doch ihren Willen zu lassen und sie mit dem Kapellmeister zu verheiraten. Mark schien es allerdings nicht zu bedauern.
Er hob sein Glas. «Worauf wollen wir trinken, Rowena?»
«Auf die Außenseiter», antwortete ich lachend.
Aber er wurde auf einmal ernst und betrachtete mich über den Rand des Glases hinweg. «Du empfindest es also auch so? Ich fand von Anfang an, daß du nicht hierher gehörst, Rowena. Ebensowenig wie ich. Dennoch sind wir hier, festgehalten durch die Umstände . . .» Er schlug wieder seinen leichten Ton an: «Etwas Gutes hat es für mich doch gehabt, und das ist der Vorzug, dich kennengelernt zu haben.»
«Leider ist dein Onkel nicht mehr dieser Ansicht. Hoffentlich macht er dir das Leben nicht zu schwer. Ich hätte dich nicht gebeten, heute abend zu mir zu kommen, wenn ich nicht . . .»
«Oh, ich war schon auf dem Wege hierher, als ich Bill Klein traf», fiel er eifrig ein. «Glaubst du etwa, ich könnte fernbleiben, ob eingeladen oder nicht? Ich kenne Onkel

Todd, und ich weiß, daß ihn seine Selbstherrlichkeit blind macht gegen alles außer seinen eigenen Gefühlen. Er kennt kein Mitleid, kann sich nicht in andere versetzen. Ich hätte alles dafür gegeben, wenn ich dir die häßliche Szene hätte ersparen können, die er heute morgen aufgeführt haben muß; aber es steht mir nicht an, mich in Dinge zu mischen, die nur euch beide angehen.»
Ich stellte mein Glas so heftig ab, daß der dünne Stiel fast zerbrochen wäre. «Hat er dir nicht gesagt, daß es zwischen uns aus ist? Ich glaube, er ist jetzt mein Feind.»
Er sagte schnell: «Aber mich betrachtest du hoffentlich noch als deinen Freund. Was meinen Onkel betrifft, er war schon immer der Spielball seiner Stimmungen. Er flammt allzu rasch auf und tobt, aber später, wenn er Zeit zum Überlegen gehabt hat . . . Nun ja, ich bin nicht hergekommen, um meinen Onkel zu verteidigen, sondern um dich zu fragen, ob ich irgend etwas für dich tun kann.» Er beugte sich vor und füllte mein Glas, wobei er den Blick kaum von mir ließ. Dich plagt doch etwas, nicht wahr? Ich merke es dir an, obwohl du tapfer die Fröhliche und Sorglose spielst. Möchtest du nicht darüber sprechen?»
«O Mark, was würde ich nur ohne dich anfangen?» sagte ich wie schon so oft.
«Ich bin immer für dich da», sagte er schlicht, «und ich kann nur hoffen, daß du vor mir nie Hemmungen haben wirst.»
Nachdem das Eis gebrochen war, brauchte ich mir keinen Zwang mehr anzutun. Mark schwieg, während ich meinem Herzen Luft machte und endlich einmal alle Zurückhaltung vergaß. In meinem Eifer, es hinter mir zu haben, überschüttete ich ihn mit einem Wortschwall. Ich hielt mit nichts zurück und legte ihm einen lückenlosen Rechenschaftsbericht ab, was ich Todd gegenüber nicht vermocht hatte. Ich wollte mich nicht etwa reinwaschen, sondern ich stand zu meiner Schuld. Trotz allem, was ich gehört hatte, trotz allen Warnungen und wider meine Vernunft hatte ich geliebt und mich für stark genug gehalten, alle Hindernisse zu überwinden . . .
An dieser Stelle unterbrach mich Mark zum erstenmal. In sichtbarer Erregung stand er auf und ging hin und her, bis ich ihn bat, sich wieder zu setzen.

«Mein Gott, Rowena, warum machst du dir Vorwürfe? Du, eine wohlerzogene junge Dame, die nie solchem Verrat und so unseligen Umständen ausgesetzt war? Du warst das hilflose Opfer einer niederträchtigen Bande. Siehst du jetzt nicht, wie alles gekommen ist? Du hattest einen Schock nach dem andern erlitten, und er spielte mit deinem Mitgefühl. Du mußt dir selbst klarmachen, wie es dazu gekommen ist, daß du dir eingebildet hast, in diesen skrupellosen Schuft verliebt zu sein. Du wurdest von seinem Bruder vergewaltigt, dem sogenannten Ehrenmann, der dich heiraten wollte. Im Schockzustand liefst du weg. Und dann warst du tagelang allein mit einem Mann, der vor nichts zurückschreckt, wenn er sich einen Vorteil verschaffen kann, der nur das Gesetz des Urwalds kennt. Du gabst dich ihm hin, weil dir keine andere Wahl blieb. Sonst hätte er dich mit Gewalt genommen, und das wußtest du im Grunde. Hernach mußtest du alles vor dir selbst erklären und Entschuldigungen finden, die es dir ermöglichten, mit deinem Gewissen zu leben.»
«Nein, Mark!»
«Doch, so war es», sagte er fest. «Laß die Wahrheit gelten. Ein paar gestohlene Stunden im Gebirge mit einem Mann, den du kaum kanntest, der dich ebenso herzlos wegwarf, wie er dich genommen hatte. Du kannst das nicht für Liebe halten. Liebe braucht einen Halt, einen Boden, auf dem sie wächst. Benutz doch wie früher deinen Verstand! Ich habe ihn immer an dir bewundert. Und nun erzähle mir alles übrige, was passiert ist, und zwar rasch, ehe du den Mut verlierst.»
Bis zum heutigen Tage weiß ich nicht, woher ich dazu die Kraft nahm. Ich hörte mich sprechen, wie aus der Ferne, und ich erinnere mich kaum, was ich sagte; denn ich war innerlich in einem Aufruhr. Ich kam mir vor wie in einem Gerichtssaal, und Mark war mein Anwalt, der mir helfen wollte. Und als ich wiederholte, was ich in Erfahrung gebracht hatte, sah ich, was die Beweise bedeuteten. Alle Teilstücke fügten sich zusammen, so daß es keine andere Schlußfolgerung gab, als diejenige, die ich befürchtet und nicht hatte gelten lassen wollen.
Mark, jetzt wirklich ganz Jurist mit all seiner kalten Logik, zerriß den letzten Hoffnungsfaden, an den ich mich ge-

klammert hatte. «Du sagst, er hatte beteuert, daß er weder die Mordanschläge auf Mr. Bragg und meinen Onkel verübt noch Flo entführt hat? Aber, Rowena, siehst du denn nicht, warum er sich überhaupt die Mühe gemacht hat, es dir zu erklären, noch dazu so spät? Weil er dich längst eingeplant hatte. Vielleicht hoffte er, du würdest dich im Glauben an seine Unschuld nach deiner Freilassung für ihn einsetzen. Vielleicht wollte er dich auch dazu benutzen.»

Marks Worte waren wie Hammerschläge auf meinen Kopf, und ich preßte die Hände an die Schläfen. «Nein», flüsterte ich.

Mark fuhr mit fester Überzeugung fort: «Wenn er imstande war, deinen Vater umzubringen, der so viel für ihn getan hat, dann schreckte er auch vor nichts anderem zurück. Dein Vater hatte etwas Verdammenswertes erfahren, etwas so Enttäuschendes, daß er den Brief vernichtete, in dem er dich gebeten hatte, einen von Elena Cordes' Söhnen zu heiraten. Du wurdest erwartet, und du solltest nicht wissen, daß er sich anders besonnen hatte. Erkennst du jetzt, wie schlau Luke Cord alles eingefädelt hat? Ich hätte die Dienerschaft selbst befragen müssen, aber wir waren damals alle sehr ergriffen, und natürlich nahmen wir an, dein Vater hätte seine Medizin nicht genommen oder aber zuviel davon. Vielleicht hegte Mr. Bragg einen Verdacht und ist deshalb . . . Nun, das werden wir nie erfahren. Ich will dich nun nicht mehr quälen, geliebtes Herz. Genug für heute.»

Ich sagte matt: «Aber der Testamentsnachtrag . . .» Ich war auf den letzten Schlag gefaßt.

Sein Ausdruck änderte sich. Soeben hatte ich Zärtlichkeit und Mitleid in seinem Gesicht gelesen, jetzt bekam es etwas Wachsames. Er seufzte. «Ich hatte gehofft, du hättest diesen Punkt vergessen. Darüber wollte ich erst später mit dir sprechen, wenn du dich beruhigt hättest. Wie ich sehe, muß ich sauberen Tisch machen und dich um Verständnis bitten. Ich habe nämlich meinem Onkel versprochen, daß ich . . .»

Er blickte mir unverwandt in die Augen, während er die Lücke in meinem Wissen schloß.

«Es war kein eigentlicher Testamentsnachtrag, sondern ein Brief. Als Jurist warnte ich meinen Onkel allerdings, daß ein solches Schriftstück eines Todkranken vor Gericht als

rechtswirksamer Vertragsabschluß gelten könnte. Du warst ja damals noch eine unbekannte Größe. Dieser Brief – er hatte ihn sogar von Marta und Jules bezeugen lassen – konnte an und für sich als Testamentsnachtrag betrachtet werden.»
«Aber . . .»
«Ich weiß, was du fragen willst, und ich will dir alles erklären. Was meine Rolle dabei betrifft, so muß ich zu meiner Schande gestehen, daß ich mich von meinem Onkel überreden ließ, Stillschweigen zu bewahren. Doch als ich dich kennenlernte, war mir der Gedanke unerträglich, daß du dich verpflichtet fühlen könntest . . . o mein Gott, einen von *denen* zu heiraten oder sonst einen Teil deines Erbes stehlen zu lassen. Das war undenkbar. In diesem einen Punkt stimmte ich mit meinem Onkel darin überein, daß dein Vater mit seinem Gerechtigkeitsgefühl zu weit gegangen war.»
In dem Brief, den Todd verheimlicht hatte, begründete mein Vater seine Wünsche. Darin sagte er klipp und klar, wenn ich keinen von Alejandro Cordes' Nachkommen heiratete, vererbe er jedem von ihnen und auch Elena entweder Grund und Boden oder eine große Geldsumme. Heiratete ich aber einen der Brüder, so müßte ich den beiden andern eine erhebliche Geldsumme abtreten.
«Und dann, an jenem Abend, sagte er mir, ohne irgendwelche Gründe anzugeben, er habe sich anders besonnen und den Brief vernichtet. Ich war überglücklich! Verstehst du jetzt, warum ich es nicht nötig fand, ein solches Schriftstück zu erwähnen? Es war ja ungültig, und er sagte mir, er beabsichtige, einen Testamentsnachtrag zu machen, der alles klarstellen würde. Du solltest nicht mehr zu einer fragwürdigen Heirat gezwungen werden. Allerdings wollte er Ramon und Julio Cordes immer noch bedenken. Er wollte es Ramon ermöglichen, Studienreisen ins Ausland zu machen, und Julio fruchtbares Land zuteilen, damit Julio und seine Angehörigen ermuntert wurden, seßhafte Bauern zu werden, bevor sie umgebracht oder in ein Reservat eingesperrt würden. Du verstehst, ich wiederhole nur, was er zu tun beabsichtigte. Ob er noch die Zeit fand, dieses Schriftstück aufzusetzen, weiß ich nicht, jedenfalls habe ich es nie zu sehen bekommen. Was aber wesentlich ist: Diesmal wurde Luke Cord ausgelassen.»

In einem Winkel des Zimmers hörte ich die große Standuhr ticken und im Kamin ein Holzscheit knacken. Ich glaubte auch mein eigenes Herz schlagen zu hören.
Mark hatte schon früher recht gehabt. Mir genügte es für heute – für ein ganzes Leben. Es gab nichts mehr zu sagen außer banalen Dingen. Jules kam, um den Tisch abzuräumen und uns Kaffee zu bringen. Mark lehnte den Brandy ab, den ich ihm anbot, und sagte, er müsse gehen. Höflichkeitshalber lud ich ihn zum Übernachten ein, und zu meiner Überraschung nahm er an. Er müsse allerdings früh fortgehen, ich dürfe mich unter keinen Umständen stören lassen, er werde mich morgen abend wieder besuchen.
«Und dein Onkel?» fragte ich.
Wieder überraschte er mich mit seiner Antwort:
«Es kümmert mich nicht mehr, was mein Onkel denkt oder sagt!»
Wir waren beide aufgestanden, und ich hielt ihm die Hand zum Gutenachtsagen hin. Da nahm er mich in die Arme. Einen Augenblick lang bedeutete es für mich einen Trost, festgehalten zu werden, und ich lehnte den Kopf an seine Brust.
Mit einem unterdrückten Ausruf, der fast wie eine Verwünschung klang, schob er mich unvermittelt von sich. «Mach es mir nicht zu leicht, mich zu vergessen! Aber wenn du nicht mit meinem Onkel verlobt wärst . . .»
«Sagte ich dir nicht, daß das vorbei ist?»
«Ich möchte dich nicht noch mehr belasten, Rowena», unterbrach er mich in warnendem Ton, «aber es wäre klug von dir, nicht zu vergessen, daß mein Onkel nicht nur stolz, sondern auch eigensinnig ist. Ich glaube nicht, daß er dich so ohne weiteres freigeben und das Verlöbnis lösen wird. Natürlich bist du für ihn immer noch begehrenswert, trotz seinem Zorn, doch vor allem geht es ihm um die SD-Ranch. Er ist – das muß einmal gesagt werden – von dem Gedanken besessen, die ganze Ranch zu besitzen.»
Todds Motive waren mir gleichgültig. So oder so, ich fand es lächerlich, daß er denken könnte, ich würde mich seiner Entscheidung fügen, wenn er seine Rechte geltend machte. Ich nahm mir vor, das möglichst bald klarzustellen.
«Ich danke dir für alles, lieber Mark», sagte ich herzlich. «Ich weiß, wenigstens du meinst es gut mit mir.»

Obwohl er mir geraten hatte, auszuschlafen, stand ich früh auf, um ihm beim Frühstück Gesellschaft zu leisten. Wir sprachen nicht viel, jedenfalls nur über Nebensächliches, er schien geistesabwesend zu sein. Beim Abschied versprach er mir, abends für ein Schachspiel wiederzukommen.
Mehr um mich zu beschäftigen als aus Überzeugung nahm ich Bücher aus den Regalen, weil ich mir dachte, mein Vater könnte den Testamentsnachtrag in einem der Bände versteckt haben. Einige Antworten hatte ich nun gefunden – was sollte ich damit anfangen? Was sollte ich mit mir selbst anfangen?
Endlich beschloß ich, auszureiten und meinen Pflichten als Ranchbesitzerin nachzugehen. Ich durfte mich nicht wieder von Lethargie überwältigen lassen.
Aber ich war müde. Ich hatte schlecht geschlafen und war sehr früh aufgestanden. In halbwachem Zustand hatte ich mir Marks erbarmungslose logische Vorhaltungen ins Gedächtnis zurückgerufen, dann aber glaubte ich nackt in Lucas' Armen zu liegen und hörte seine Worte: «Noch nie habe ich eine Frau so sehr begehrt wie dich . . .» War auch das eine seiner Lügen gewesen? Ich glaubte ihm überhaupt nichts mehr, mißtraute ihm, aber wie konnte ich aufhören, ihn zu lieben? Trotz allem fühlte ich diese unerklärliche, unvernünftige Sehnsucht nach diesem Mann, der seine Liebe zu einer anderen Frau nie abgestritten hatte, der bereit gewesen war, für sie zu betrügen und sogar zu töten, und der aller Wahrscheinlichkeit nach den Tod meines Vaters verschuldet hatte.
Ich stellte die Bücher weg und befahl Jules, mir ein Pferd zu satteln. Ich hatte keine klare Vorstellung, wohin ich gehen und wie lange ich fortbleiben wollte. Die Mauern beengten mich, weil sie Erinnerungen weckten, die ich in meinem gegenwärtigen Zustand der Selbstverneinung nicht ertrug.
In dieser Stimmung traf ich wieder mit Todd Shannon zusammen.

Obwohl Jules widersprach, ritt ich allein aus. Ich schlug die Richtung nach Norden ein, den Bergen zu. Sonderbarerweise fürchtete ich mich nicht. Ich hatte das Gefühl, schon alles durchgemacht zu haben, und es scherte mich nicht, was als nächstes geschehen würde.

In einem Wäldchen sah ich auf einmal fünf Karabiner auf mich gerichtet, und Todd Shannon sagte voller Hohn: «Sagte ich euch Burschen nicht, ein Indianer macht keinen solchen Lärm?»

Ich zügelte mein Pferd. «Hast du erwartet, hier einen zu sehen?»

«Du ahnst nicht, was für Schwierigkeiten uns die Rothäute machen!»

Die Karabiner waren gesenkt worden. Todd und seine Leute tauchten hinter einem baufälligen Holzgebäude auf, dessen Tür in den Scharnieren hing.

Todd sagte zu den Männern: «Da lernt ihr endlich eure Herrin kennen. Ihr staunt wohl? Ganz allein kommt sie dahergeritten.» Er trieb sein Pferd näher zu mir.

Die vier Cowboys tippten sich verlegen an den Hut, und ich nickte ihnen zu.

«Das hier ist mein Grund und Boden, oder etwa nicht?» sagte ich zu Todd. «Übrigens reite ich gern ab und zu allein aus.»

«Genau wie Flo. Sie kam früher auch immer hierher.»

Da ging mir ein Licht auf. Ich betrachtete den Schuppen und versuchte mir vorzustellen, wie Lucas, damals fast noch ein Kind, Flo hier zu treffen pflegte. Hatte er sie damals gern gehabt? Und der mörderische Kampf, der hier stattgefunden hatte ... Flos Geschrei ... Und Lucas – was hatte er gedacht, was empfunden?

Ich saß ab. «Das wußte ich nicht. Aber ich hörte, was sich hier abgespielt hat.»

Todd schickte die Cowboys weg, und ich war mit ihm allein. Ich fühlte ihn dicht hinter mir, als ich zu der Tür ging. Ich wollte nicht hineingehen, aber ich war wie in einem Bann.

«So, du hörtest davon. Hat *er* es dir vielleicht erzählt?»

«Spielt das eine Rolle?»

«O ja! Ich mag nicht mehr um den heißen Brei herumgehen, und ich dulde keine Geheimnisse mehr zwischen uns.» Er legte mir die Hand auf die Schulter, und ich erstarrte. «Du hast mir allerlei erzählt, und vielleicht glaube ich einen Teil davon. Aber wenn wir heiraten sollen, müssen noch ein paar Dinge klargestellt werden.»
Ich machte mich von ihm frei. «Wir werden nicht heiraten! Nach allem, was du gedacht und was du gesagt hast . . . Wozu die Posse weiterspielen?»
«Und ich sage dir, du wirst mich nicht zum Gespött machen! Dir ist offenbar nicht klar, daß man hier in dieser Gegend sein Wort zu halten pflegt. Ich will dir alles verzeihen und es vergessen, was immer geschehen sein mag – vielleicht kannst du nichts dafür. Aber von jetzt an wirst du dir deine Selbständigkeit abgewöhnen, verstanden?» Er nahm seinen groben Ton an: «Und du hörst auf, Mark bei dir übernachten zu lassen! Ich will nicht, daß du noch mehr ins Gerede kommst.»
«Geht es dir nicht in den Kopf, daß ich nicht die Absicht habe, dich zu heiraten?» Ohne es zu wollen, wurde auch ich laut, wie um ihn zu überschreien. «Es war ein Irrtum – wir beide passen gar nicht zusammen. Du solltest froh sein, daß ich dich von allen Verpflichtungen mir gegenüber entbinde.»
«Das wagst du zu sagen, ausgerechnet du? O ja, du spielst gern das Blümchen Rührmichnichtan. Aber ich weiß, wie gern du nachgibst, wenn man dir den Mann zeigt! Ich habe mich zurückgehalten, weil du Guys Tochter bist. Aber vielleicht hat keiner von uns dich durchschaut, und du bist ein ebenso liederliches Weibsbild wie deine Mutter.»
Ich hatte nicht bedacht, wie stark und flink er war. Er packte mich an den Armen und drückte mich an die Bretterwand des Schuppens. «Jetzt . . .» flüsterte er frohlockend. «Jetzt wollen wir einmal sehen, ob du vergessen hast, wie es mit uns beiden ist.»
Mochte ich den Kopf auch drehen und wenden, um seinem Kuß zu entgehen, ich war ihm hilflos ausgeliefert. Ja, so war es auch früher gewesen, aber diesmal war es anders. Diesmal blieb ich ungerührt, so lange und so glühend er mich auch küßte.
Ich wehrte mich nicht mehr, und als er endlich den Kopf

hob und mich enttäuscht anblickte, sagte ich: «Da siehst du, daß es mich kalt läßt, wenn man mir den Mann zeigt. Und du, Todd, du willst mich gar nicht um meinetwillen. Warum gibst du es nicht zu? Du willst die SD-Ranch, und du glaubst, sie durch mich bekommen zu können, obwohl du dir aus mir persönlich nichts mehr machst. Leugne es nicht! Ich sehe es dir an. Warum gibst du nicht zu, daß es zwischen uns aus ist?»
Ich löste mich von ihm und ging zu meinem Pferd. Seine Stimme ließ mich stillstehen.
«Ich will dir etwas sagen, hör mir gut zu! Ganz gleich, ob ich mir etwas aus dir mache oder nicht, wir werden in einem Monat heiraten. Und ich werde dich zähmen wie jedes Füllen und dich deinen richtigen Platz lehren. Wenn dir das nicht paßt, kannst du ja gehen, zurück nach Europa meinetwegen. Aber die SD-Ranch gehört mir! Ich habe dafür gekämpft und geblutet, und niemand wird mir wegnehmen, was mir gehört, hast du verstanden?»
Er blieb mit gespreizten Beinen stehen, während ich ohne Hilfe aufsaß und wortlos wegritt.
Todd hatte mir sein Ultimatum gestellt. Wenigstens wußte er, was er wollte, und er würde darum kämpfen.
Konnte ich das auch von mir sagen?
In der folgenden Woche bekam ich es zu spüren, daß Todd seine Worte ernst gemeint hatte. Er drängte sich mir nicht mehr auf, in dieser Hinsicht verhielt er sich taktvoll. Aber auf vielerlei andere Weise wurde ich an meine unklare Stellung hier und an seine Macht erinnert. Zum Beispiel wurde ich verfolgt, wohin ich auch gehen mochte, und beobachtet. Wenn ich ausritt, tauchten immer zwei, drei Männer aus dem Nichts auf und folgten mir in einem bestimmten Abstand. Wenn ich mich ärgerlich dagegen verwahrte, tippten sie an ihren Hut, entschuldigten sich und sagten, Mr. Shannon habe befohlen, mich unter keinen Umständen ohne Eskorte zu lassen. Wenn ich mir ihre Begleitung verbat, verschwanden sie eine Zeitlang außer Sicht; doch ich wußte, daß sie irgendwo lauerten oder mich durch Feldstecher beobachteten.
Auch wenn mich Marta und Jules zum Postamt in Santa Rita begleiteten, sah ich die bekannten Gesichter der SD-Leute und das SD-Brandzeichen an den Pferden, die an den

Pfosten angebunden waren. Jules sagte mir, Todd hätte sogar nachts eine Wache vor meinem Hause aufgestellt – all dies natürlich zu meinem Schutz!
Ich beschwerte mich bei Mark, den ich jetzt nur noch selten sah. Er erklärte mir, Todd ließe ihn mit verschiedenen Aufträgen und Geschäftsreisen kaum zur Ruhe kommen. Gerade jetzt müßten allerlei juristische Angelegenheiten geordnet werden. Er war über die Lage ebenso unglücklich wie ich, obwohl er sich bemühte, gerecht zu sein.
«Ich weiß, wie verhaßt es dir ist, Rowena, doch in gewisser Weise ist es zu deinem eigenen Besten. Die Apachen werden mit ihren Überfällen immer kühner. Erst vorgestern haben sie einen kleinen Hof kaum achtzig Kilometer von hier entfernt überfallen. Und in dieser Gegend scheint eine gutorganisierte Bande von Viehdieben ihr Unwesen zu treiben. Hat Onkel Todd dir das nicht gesagt? Allein die SD hat in den letzten zwei Wochen über hundert Stück Vieh verloren. Man spricht davon, daß sich die Rancher zu einem Sicherheitsausschuß zusammentun sollen, weil die Soldaten von der Verfolgung der Indianer so in Anspruch genommen sind, daß sie das Riesengebiet nicht auch gegen Viehdiebe bewachen können.»
Der Hinweis auf die «gutorganisierte Bande» hatte mir Herzklopfen bereitet, und da Marks forschender Blick darauf schließen ließ, daß ich mich irgendwie verraten hatte, sagte ich schnell: «Ich lasse mir das aber nicht gefallen! Wenn Todd denkt, er könnte mich mit dieser Taktik zwingen, ihn zu heiraten . . .»
«Natürlich kann er dich nicht zum Heiraten zwingen», fiel Mark beschwichtigend ein.
«Ebensowenig kann er mich zwingen, seine Leute auf meinem Land zu dulden», fuhr ich unangefochten fort. «Angenommen, ich stelle eigene Cowboys an? Leute, die nur von mir Befehle entgegennehmen! Ich habe es satt, wie eine Gefangene bewacht zu werden.»
«Bitte sei vernünftig, Rowena, und richte dich nach den Gegebenheiten. Wie viele Männer in dieser Gegend würden sich von einer Frau befehlen lassen? Gewiß, mit Geld kannst du bewaffnete Banditen anheuern, aber vergiß nicht, daß diese Männer geborene Räuber sind, und was glaubst du wohl, wie lange könntest du sie allein im Zaume

halten? Du möchtest doch sicherlich keinen Krieg um Gebietsrechte anzetteln, mit all dem Blutvergießen, das er herbeiführt, nur weil mein Onkel darauf besteht, dich zu schützen? Ob Frau oder nicht, keine Seele würde deine Partei ergreifen. Du mußt einräumen, daß mein Onkel vorläufig im Vorteil ist. Wenn du nur Geduld hast . . .»
«Geduld! Damit dein Onkel meint, er könnte meinen Widerstand brechen oder mich vertreiben? Schon jetzt glaube ich manchmal verrückt zu werden. Worauf soll ich denn warten? Warum hat Montoya noch nichts von sich hören lassen. Und du mit deiner angeblichen Freundschaft, du läßt dich einfach herumkommandieren wie ein . . . ein . . .» Ich preßte die Hand vor den Mund, entsetzt über meine Worte.
Aber Mark blieb ganz gefaßt. «Wie ein Lakai, meinst du? Eines Tages werde ich dir beweisen, daß ich . . .»
«Mark, sei mir nicht böse – es tut mir leid! Ich wußte nicht, was ich sagte.» Ich wollte lachen, aber es wurde eher ein Schluchzen.
«Du hast zuviel durchgemacht. Wenn ich nur wüßte, ob Mr. Bragg noch am Leben ist, wo er steckt . . . Ich möchte dir so gern helfen.» Er schien es nicht zu beachten, daß ich ihn beleidigt hatte. «Da fällt mir etwas ein. Weil dir so viel daran liegt, will ich tun, was ich kann, um mit Montoya in Verbindung zu treten. Ich muß morgen nach Las Cruces gehen, und wenn's sein muß, bleibe ich dort einen Tag länger. Ich will mit ihm persönlich sprechen, wenn es sich irgendwie machen läßt. Ist Mr. Bragg noch am Leben, so werden wir ihn finden. Sonst stelle ich, sobald ich wieder in Boston bin, einen anderen Pinkerton-Mann an, der ermitteln soll, was mit Bragg geschehen ist.»
«Du willst nach Boston zurück?» fragte ich entgeistert. «Davon hast du nie etwas gesagt. Du kannst mich doch nicht hier allein lassen!» Ich reagierte wie ein verwöhntes, selbstsüchtiges Kind, aber sowie ich es erkannte, versuchte ich es rückgängig zu machen. «Entschuldige, ich habe einfach nicht daran gedacht, daß du hier nicht zu Hause bist, sondern in Boston eine Anwaltspraxis hast. Für wie egozentrisch mußt du mich halten!»
Er faßte mich an den Schultern und sah mich ernst an. «Rowena, ich wollte dich schon lange um etwas bitten, aber ich

fühlte mich zu unsicher. Jetzt hast du mir verraten, daß ich dir fehlen würde. Ist das möglich? Hör mich bitte an, und unterbrich mich nicht, bevor ich fertig bin, sonst werde ich nie mehr den Mut finden, es dir zu sagen. Du weißt, ich liebe dich, aber du weißt nicht, wie sehr. Laß mich es dir beweisen. Komm mit mir nach Boston zurück, bitte! Hier ist nicht dein Platz, ebensowenig wie für mich. Erinnerst du dich, daß du uns beide Außenseiter nanntest? Heirate mich, Rowena. Laß meinen Onkel sein Reich behalten, was macht das schon aus? Du hast hier nur unangenehme Erlebnisse gehabt, die du hinter dir lassen mußt. Du weißt, wie dein Vater gestorben ist, und du kennst seinen letzten Wunsch. Du kannst hier alles verwalten, ohne persönlich anwesend zu sein, und brauchst dann nicht mehr zu leiden. Selbst wenn du mich nicht heiraten magst, komm wenigstens mit mir nach Boston zurück. Nenne es Urlaub, wenn du willst. Meine Mutter wird dich gern bei sich aufnehmen, bis du dich entschieden hast. Siehst du nicht ein, wie unmöglich es für dich geworden ist, noch länger hier zu bleiben?»

Mir fiel nichts anderes ein, als matt zu erwidern: «Aber dein Onkel. Er würde mir niemals verzeihen.»

«Wenn ich dich nur habe, kann mir mein Onkel gestohlen bleiben mitsamt der Erbschaft, mit der er mich ködern will!» sagte er heftig. «Mein Gott, manchmal ist das alles wie ein Joch um meinen Hals! Wenn du nicht gewesen wärst, Rowena, hätte ich es niemals so lange hier ausgehalten. Bevor ich gehe – und ich muß bald gehen –, wirst du darüber nachdenken, was ich dir gesagt habe, ja? Jetzt brauchst du nicht zu antworten. Ich möchte, daß du deine Entscheidung mit Überzeugung triffst.»

So standen die Dinge bis zu dem Tage, an dem Lucas wieder in mein Leben trat – einen Tag vor Marks Rückkehr aus Las Cruces.

Siebenunddreißigstes Kapitel

Als Mark fort war, blieb mir viel Zeit zum Nachdenken. Seine Rückkehr aus Las Cruces verzögerte sich, und wenn ich mich auch fragte, was das wohl zu bedeuten haben mochte, war ich doch froh, auf mich selbst gestellt zu sein. Es war mir klar geworden, daß ich angefangen hatte, mich allzusehr an Mark zu klammern und bei ihm Trost zu suchen.

Vieles ging mir im Kopf herum. Da war Mark, der nach der Rückkehr eine Antwort von mir erwartete. Was sollte ich ihm sagen? Und da war Todd, der mich auf komplizierte Weise haßte und liebte. Er hatte mir eine einmonatige Gnadenfrist gewährt, meinen Entschluß zu fassen, entweder ihn zu heiraten oder wegzulaufen. Immer wenn ich an Todd dachte, erfaßte mich Ingrimm. Glaubte er wirklich, mich zur Heirat zwingen zu können? Ich sagte mir immer wieder, Todd sei ein Egoist, besessen vom Bewußtsein seiner Macht, gewöhnt, auf den Gefühlen anderer Menschen herumzutrampeln. Dennoch bereitete er mir Unbehagen. Es dünkte mich sonderbar, daß er sich von mir fernhielt, zumal Mark fort war. Er wußte genau, was ich tat, denn seine Leute beobachteten mich unablässig. Was hoffte er zu erreichen?

Ich gewöhnte mir eine Tagesroutine an, die ich fast automatisch einhielt. Ich ritt wie gewöhnlich aus und gab mir den Anschein, meine Wächter nicht zu beachten. Nachmittags las ich die Tagebücher meines Vaters, immer in der Hoffnung, ihn besser zu verstehen.

Ich hatte einen besonderen Grund, mich zu beschäftigen. Ich wollte mich nicht mit einem Verdacht befassen, der an mir nagte. Ich wich Martas besorgtem Blick aus, wenn sie mir morgens meine heiße Schokolade bringen wollte und ich sie kopfschüttelnd ablehnte oder die Tasse nach dem ersten Schluck wegschob. Nein, sagte ich mir, die Hitze war schuld, nichts anderes.

Seit Marks Abreise blieben sich alle Tage gleich, ohne die geringste Abwechslung, ohne irgendein Ereignis. Um so einschneidender war die Begebenheit, die schließlich eintrat.

Schon am Morgen, als ich erwachte, war es ungewöhnlich

heiß. Ich wusch mich mit kaltem Wasser, um mich ein wenig zu erfrischen. Zum Frühstück nahm ich nur zwei Scheiben Toast und Zitronenlimonade zu mir, bekämpfte die leichte Übelkeit, die mir danach zu schaffen machte, und ritt dann aus. Meine Eskorte fiel hinter mir zurück, und ich stellte Betrachtungen darüber an, was die Männer wohl tun würden, wenn ich immer weiterritt, soweit mich mein Pferd trug. Die Berge schimmerten in leichtem Dunst, und ich dachte daran, wie kühl und grün die dichtbewaldeten Hänge oben gewesen waren. Angenommen, ich kehrte dorthin zurück, diesmal freiwillig? Wie mein Vater es getan hatte, als er Frieden brauchte, mit Ausnahme des letzten Males, als er etwas erfahren hatte, das ihm schließlich den Tod brachte. Dieser Gedanke bewog mich, umzukehren, in mein verhältnismäßig kühles Schlafzimmer zu gehen, wo Marta mich erwartete und bei meinem Anblick mißbilligend den Mund verzog. Ich war durchschwitzt, die dünne Seidenbluse klebte mir am Rücken.

Marta half mir beim Umziehen, wobei sie unmutig murmelte: «Bei einer solchen Hitze geht man nicht reiten. Sie machen sich noch krank, und dann wird Mr. Mark uns die Schuld geben, weil wir nicht besser für Sie gesorgt haben.»

Teils um sie zu besänftigen, teils aus Ermattung willigte ich ein, mich hinzulegen. «Nur ausnahmsweise», sagte ich, als sie das Bett aufdeckte. «Eine solche Faulheit darf nicht Gewohnheit werden.»

Gegen meinen Willen fiel ich in Schlaf. Erst am Abend wachte ich auf. Auf dem Nachttisch brannte die Lampe, und Lucas lehnte an der Wand. Zuerst glaubte ich zu träumen. Er war wie ein Apachenkrieger nur mit einem Lendenschurz und kniehohen Mokassins bekleidet; an einem dünnen Riemen hing ein Medizinbeutelchen um seinen Hals.

Als ich ihm in die grünlichen Augen sah, bekam ich solches Herzklopfen, daß mir die Sinne fast vergingen, und ich dachte, das Trugbild werde verschwinden.

«Lucas?»

Meine Lippen formten den Namen, aber es kam kein Ton aus meiner Kehle.

Er kam mit seinen langen Schritten, die ich so gut kannte, auf mich zu. Auch seine Stimme war dieselbe, ein wenig

belegt, aber gefärbt von einer inneren Bewegung, die ich nicht zu ergründen vermochte, weil ich von meinen eigenen Gefühlen erschüttert wurde.
«Du schliefst so tief, Rowena, daß ich dich nicht wecken wollte. Ich . . .»
Ich erfuhr nie, was er hatte sagen wollen. Ich richtete mich auf, so daß das Laken von meinen nackten Brüsten abfiel wie die Erinnerung an alles, was ich in den letzten Wochen gehört und was ich gedacht und beschlossen hatte. Erst später kam mir die erschreckende Erkenntnis, daß man vor Sehnsucht blind und taub gegen alles übrige werden kann. Ohne mich zu besinnen, streckte ich die Arme aus und zog seinen Kopf zu mir herunter. Seine Küsse erwiderte ich ungestüm.
Er zog mich aus dem Bett und stellte mich auf die Füße. Meine Knie waren so schwach, daß ich mich an seinen vertrauten Körper lehnte, die Arme um seinen Hals schlingend. Ich erlebte wieder das Gefühl, das eigene Ich zu verlieren, hinausgetragen zu werden in eine Ferne, wo nichts Bedeutung hatte außer dem Verlangen nach Erfüllung. Das war es, wonach ich mich ohne Scham und Vernunft gesehnt hatte. Das war Wollust, Liebe – wie benennt man ein Gefühl? Ich wußte nur, daß ich in meinem selbstverfertigten Netz gefangen war, aus dem ich mich nicht hätte befreien können, wenn Lucas nicht den Bann gebrochen hätte, der mich hilflos machte.
Er ließ mich so plötzlich los, daß ich fast auf das Bett zurückgetaumelt wäre. Ich wußte nicht, daß seine Grobheit ohnmächtige Verzweiflung verdeckte. Ich empfand nur verletzten Stolz und Demütigung, weil ich in seinem Verhalten eine Ablehnung sah – kalt und berechnend wie ein Schlag ins Gesicht.
«Was soll das, was ich gehört habe? Du wirst nächste Woche Shannon heiraten? Bist du verrückt geworden?»
«Bist du deswegen gekommen?» Der Kopf drehte sich mir, und ich hörte mich lachen. «Es wundert mich, daß du damit deine Zeit vergeudest – ganz zu schweigen von der Gefahr, in die du dich begibst, wenn du hierher kommst. Dachtest du, du könntest mich hindern, zu tun, was ich will? Nur weil . . .» Fast hätte mich meine brechende Stimme verraten, aber ich holte tief Atem, bevor ich mit gespielter Ver-

achtung hinzusetzte: «Nur wegen der flüchtigen körperlichen Anziehung zwischen uns?»
«Soll das heißen, daß du nach all dem Shannon heiraten wirst?»
«Nach was, Lucas?» Ich ging zu meinem Toilettentisch, um räumlichen Abstand zu gewinnen; denn ich wußte, daß ich verloren sein würde, wenn er mich wieder berührte. Ich drehte mich um und blickte ihm in die grünen Augen, die im Lampenlicht wie die einer Wildkatze funkelten. «Glaubst du, daß das, was zwischen uns geschehen ist, dir das Recht gibt, Auskunft von mir zu verlangen? Es füllte einige Stunden, die sonst trostlos gewesen wären. Und dann, als du mich nicht mehr an einen deiner Brüder verheiraten konntest, dann schicktest du mich hierher zurück, für deinen Anteil an dem Lösegeld – oder hat dein Freund Montoya vergessen, ihn dir auszubezahlen? Ha, wenn das der Fall ist, hast du dir alle Mühe umsonst gemacht! Jetzt weiß ich nämlich über den Brief Bescheid, den mein Vater geschrieben hat. Ich weiß auch, daß er ihn vernichtet hat und warum. Und ich weiß . . . ich weiß . . .»
Allen Anstrengungen zum Trotz konnte ich nicht weitersprechen. Alles, was ich in den Tagebüchern meines Vaters gelesen, alles, was Mark mir so geduldig erklärt hatte, fiel mir ein, und es erfüllte mich mit Abscheu.
«Wovon redest du eigentlich?» fragte er betroffen. «Rowena . . .»
«Nein, nicht! Mach es nicht noch schlimmer, lüg nicht noch mehr! Ich habe inzwischen so viel über dich erfahren. Ich lasse mich von dir nicht mehr ausnutzen! Ich glaube, du hast Elmer Bragg umgebracht, weil er zuviel wußte – über den Brief, den mein Vater vernichtet hat, über den Testamentsnachtrag, der an dem Abend verschwand, als er . . . Lucas, hast du meinen Vater getötet? Hast du heimlich Laudanum in sein Glas getan? O Gott, er vertraute dir. Wenn ich denke, daß auch ich dir zu vertrauen begann, daß ich . . .»
«Genug davon!» Mit zwei langen Schritten war er bei mir und packte mich an den Schultern. Ich wollte mich ihm entwinden, aber er hielt mich schmerzhaft fest. Der Tischrand schnitt mich ins nackte Fleisch, aber weitaus schlimmer war es, daß Lucas mir so nahe war.

«Hör zu», sagte er kalt. «Ich verstehe nicht, worauf du hinauswillst, aber mir scheint, du glaubst, ich hätte deinen Vater getötet. Irgend etwas, wahrscheinlich lauter Lügen, die man dir eintrichterte, hat dir den Verstand geraubt, so daß du die Wahrheit nicht einmal erkennst, wenn du sie vor der Nase hast!»

«Wie kannst du es wagen . . .»

«Ich wage alles und jedes, wie es mir paßt, hast du das noch nicht gelernt?» Er schüttelte mich. «Wenn du etwas gegen mich hast, brauchst du nur zu schreien, und dann kommen Shannons Wächter herbeigelaufen. Warum rufst du sie nicht zu Hilfe? Oder befürchtest du, sie werden Shannon erzählen, daß sie seine zukünftige Frau in ihrem Schlafzimmer nackt mit einem mordenden Bastard gefunden haben?»

«Schweig!» Tränen des Zornes und der Demütigung blendeten mich. «Ich will nichts mehr hören. Ich will dich nie wiedersehen. Ich hasse dich, hast du verstanden? Ich hasse und verachte dich! Warum gehst du nicht zu Elena zurück und schwelgst in deiner schmutzigen Blutschande?» Ich schlug mit den Fäusten auf ihn ein, bis er mir die Arme an den Seiten festnagelte.

Seine Stimme war gefährlich milde. «Noch nicht. Erst muß ich mir selbst etwas beweisen – und dir.»

Jetzt trieb es mich wirklich, zu schreien, doch es wurde nur ein Wimmern, denn im gleichen Augenblick küßte er mich. Jede Abwehr wäre zwecklos gewesen. Gegen die verräterische Reaktion meiner eigenen Sinne vermochte ich nichts.

Als Lucas mich aufhob, sank mein Kopf schlaff an seine Schulter, und nachdem er mich aufs Bett gelegt hatte, konnte ich es kaum erwarten, bis er zu mir kam, ebenso nackt wie ich.

Was folgte war ein Akt wilder Leidenschaft, der keiner Worte, keines Vorspiels bedurfte. Es war Bedürfnis und die Reaktion darauf. Es war Verlangen, das sich im Höhepunkt erfüllte. Fragen und Antworten äußerten sich nur körperlich.

Danach war ich wie benommen. Ich verstand zuerst nicht, warum Lucas mich nicht wie sonst in den Armen behielt, sondern sich von mir freimachte und wortlos aufstand. Er tat es zart und leidenschaftslos. Als er auf dem Bettrand saß

und sich ruhig die Mokassins anzog, wurde mir bange. «Lucas . . .» Mein Flüstern war leiser als mein Herzschlag.
Er wandte mir das Gesicht zu, in dem kein Ausdruck zu lesen war. Ich mußte mir die Lippen befeuchten, bevor ich weitersprechen konnte.
«Lucas, willst du schon gehen?» Ich war mir selbst verhaßt, als ich meinen flehenden Ton hörte.
Er erhob sich und legte seinen Lendenschurz an. «Warum nicht? Jetzt hält mich doch hier nichts mehr, oder?» Als ob er die grausamen Worte bereute, fügte er ebenso ausdruckslos hinzu: «Ich dachte, das hättest du gewünscht. Außerdem würde sich Shannon sicher nicht freuen, wenn er morgen früh herkäme und mich hier fände. Vielleicht würde er dich dann nicht mehr heiraten wollen.»
Das Blut wich mir aus dem Gesicht, so daß ich mich ausgehöhlt fühlte. «Das würde dir so passen», sagte ich bitter. «Wahrscheinlich wirst du ohnehin dafür sorgen, daß er es erfährt, genau wie früher.»
Sekundenlang blitzten seine Augen, aber er antwortete mit der gleichen Ruhe: «Das ist wohl auch eine der Übeltaten, die ich begangen haben soll? Tut mir leid, daß ich keine Zeit habe, hierzubleiben und mich zu verteidigen. Nicht etwa, daß es überhaupt einen Sinn hätte, denn für dich scheint alles schon beschlossene Sache gewesen zu sein, bevor ich so dumm war, zu dir zu kommen.»
«Wenn nichts davon wahr ist, dann sag es mir! Wenn du mir erklären kannst . . .»
Er schnitt mir kühl das Wort ab: «Was erklären? All diese irrsinnigen Bezichtigungen, die du mir heute an den Kopf geworfen hast, oder das, was soeben geschehen ist? Nein, verdammt noch einmal. Seit wir uns das erstemal gesehen haben, fällst du Urteile über mich, fällst Urteile über jeden. Es wird Zeit, daß du es dir selbst erklärst, Rowena. Und betrachte dich dabei einmal ehrlich. Es gibt keinen Menschen, der vollkommen ist. Wenigstens habe ich das nie von dir verlangt oder es von dir erwartet. Aber du stellst dich über alle andern und ziehst deine eigenen Schlüsse . . . was berechtigt dich dazu?»
Ich preßte eine Hand an meine Kehle, um das beelendende Gefühl zurückzudrängen, das bei jedem seiner Worte in mir aufstieg. War das wahr? Sah er mich wirklich so?

Ich schüttelte den Kopf, wie um meine eigenen Gedanken zu verneinen. «Nein, das ist nicht wahr. Du bist ungerecht . . .»
«Du etwa nicht?»
Ich schrak vor seinem kalten Ton zurück. Dennoch konnte ich nicht schweigen. «Ich wollte ja nur Auskunft haben! Ist das am Ende unvernünftig?» Es kränkte mich, daß mir Tränen übers Gesicht liefen.
«Ich habe dir einmal geantwortet, Rowena», versetzte er müde. «Aber es war zwecklos. Was ich dir auch sage, du bezweifelst es, sobald ich fort bin. Es scheint mir für uns beide das beste zu sein, wenn ich aus deinem Leben verschwinde und von jetzt an für immer wegbleibe. Und genau das habe ich vor.»
Aus den Tränen war ein Schluchzen geworden, das mich würgte. Ich biß mich so fest auf die Unterlippe, daß sie blutete.
«Warum bist du heute abend hergekommen? Warum?»
Lucas war schon bei der Tür, drehte sich aber um. «Das ist jetzt unwichtig. Nenn es eine verrückte Anwandlung, wenn du willst.»
Eigentlich hatte ich sagen wollen: «Verlaß mich nicht!» Aber dazu war es nun zu spät. Ich hatte meine Frage gestellt, und er hatte es vorgezogen, sie nicht zu beantworten. Vielleicht fand er, daß ich keine Antwort verdiente.
Ich hörte ihn noch leise sagen: «Es tut mir leid, Rowena.»
Die Tür schloß sich hinter ihm, schloß einen Teil meines Lebens aus.
Schluchzend lag ich im Bett und wünschte, ich könnte sterben. So geschlagen war ich von meinem Gram, daß es mich nicht wundernahm, warum Lucas durchs Haus gegangen war, anstatt die Falltür zu benützen. Es ging mir erst auf, als Marta mit sorgenvoller Miene zu mir kam.
Durch meine verweinten Augen nahm ich sie nur als einen verwischten Fleck wahr, als sie zu mir trat. Als müßte sie ein Kind trösten, nahm sie mich in die Arme und wiegte mich.
«Weinen Sie, ja weinen Sie, das tut Ihnen gut, oh, Sie Ärmste! Ich weiß, wie schwer es ist, eine Frau zu sein, es schmerzt, nicht wahr?» Ihre beschwichtigende Stimme wurde ein wenig härter. «Diese Männer! Sie verstehen

nichts, alle sind sie selbstsüchtig. Ich habe es ihm auch gesagt. Ich sagte: ‹Warum bist du hergekommen wie ein Räuber, wie ein Apache, der sich in der Nacht verstecken muß, wenn du sie gleich wieder verläßt? Sie hat gerade genug Kummer mit dem Patron, der ihr droht, und mit Mr. Mark, der ihr Sachen in den Kopf setzt, die sie verwirren.› Ja, ich habe Lucas von jeher meine Meinung gesagt, und das weiß er.»

Sonderbarerweise wunderte ich mich über ihre Worte nicht. Natürlich mußten Marta und Jules längst hinter alles gekommen sein! Sie mußten ja die Gerüchte gehört haben, und zweifellos hatte mein Verhalten seit der Rückkehr ihren Verdacht bestätigt.

Da ich mich nicht mehr zu verstellen brauchte, fragte ich stockend: «Ist er . . . ist er wirklich fort?»

Sie streichelte unbeholfen meinen Kopf. «Ja, er ist gegangen. Jules rief die Wächter draußen zum Kaffee herein. Er könne nicht schlafen, sagte er zu ihnen. Während sie in der Küche saßen, ging Lucas. So leise wie ein Indianer. Machen Sie sich keine Sorgen, er wird sich schon durchschlagen. Er trug mir auf, nach Ihnen zu sehen. ‹Geh zu ihr, Marta›, sagte er. ‹Sie wird vielleicht eine Weile unglücklich sein, aber später wird sie einsehen, daß es so am besten ist.› Heilige Muttergottes, manchmal scheint es mir, daß Männer gar nichts verstehen!»

Achtunddreißigstes Kapitel

Ich weinte mich in Halbschlaf, und als ich am Morgen mein verschwollenes, kaum wiederzuerkennendes Gesicht im Spiegel betrachtete, wurde mir plötzlich so übel, daß ich mich am Tischrand festhalten mußte und wie ein Tier stöhnte.

Marta, die gerade gegangen war, um mir kaltes Wasser zu holen, kam schnell herbei, hielt mir den Kopf und strich mir die Haarsträhnen aus dem Gesicht, während ich mich übergab. Ich brauchte sie nachher nur anzusehen, um in ihrem mitleidigen Blick die Bestätigung meines ahnungsvollen Bangens zu lesen.

«Ich kriege ein Kind.»
Mark erblaßte vor Schrecken über meine unverblümte Aussage. Er war gleich nach der Rückkehr aus Las Cruces zu mir gekommen, und sofort fielen ihm meine geröteten Augen und mein fahriges Benehmen auf. Als er mich fragte, was mir fehle, fand ich es zwecklos, ihm auszuweichen.
«Mein Gott! Bist du sicher, Rowena?»
Ich hatte auf meine verschlungenen Hände niedergeblickt, die meine innere Erregung verrieten. Als ich aufschaute, glaubte ich einen merkwürdigen Ausdruck in Marks blauen Augen zu sehen. Doch schon zeigte er nur Besorgnis um mich, beugte sich vor und wiederholte: «Bist du sicher?»
Als ich nickte, sagte er so fest und hart, wie ich ihn noch nie gehört hatte: «Dann gibt es nur eines zu tun. Das wirst du wohl einsehen!»
Ich wußte jedoch nicht, was er meinte.
Er nahm meine Hände und sagte nachdrücklich: «Wir müssen heiraten. So bald wie möglich. Nein, Rowena, du darfst dich nicht widersetzen. Das ist die einzige Lösung, für dich und für . . . für das Kind, das du unter dem Herzen trägst. Es ist zu deinem Schutz.»
Natürlich widersetzte ich mich. Aber er zerschlug jedes Argument, das ich anführte. Ich müsse an meine Zukunft denken und an die Zukunft meines ungeborenen Kindes. Ich mochte nicht an Lucas denken, der mir keine Erklärung gegeben hatte und erbarmungslos mit mir umgegangen war. Der schlimmste Gedanke war die Frage: War das Kind vielleicht von Ramon? Lucas hatte mir den Rücken gekehrt, Mark nicht. Mark liebte mich, so wie ich war, mit all meinen Fehlern und trotz meiner peinlichen Lage.
Er hatte recht, es gab keinen anderen Weg. Ich mußte die Tatsache hinnehmen, daß ich in einer Männerwelt lebte, in der eine Schwangere ohne Ehemann, mochte sie auch ungeheuer reich und adlig sein, geächtet war. Davor konnte ich nicht weglaufen, und ich hatte es mir selbst zuzuschreiben.
In den folgenden Tagen war ich Mark nicht nur wegen seiner mir ganz neuen Charakterstärke dankbar, sondern auch wegen seiner Güte und seines Taktes. Nachdem ich mich

ins Unvermeidliche gefügt hatte, ließ ich ihn die Entscheidungen für uns beide treffen.
Wir sollten in drei Tagen getraut werden und die Flitterwochen in Boston verbringen. Danach wollten wir nach Neu Mexico zurückkehren. Nach Marks Dafürhalten durfte ich nichts von meiner Erbschaft einbüßen.
«Dein Vater hat es so gewünscht, Rowena», sagte er nachdrücklich, worauf ich nichts erwidern konnte, zumal er hinzufügte, Montoya habe ihm versprochen, uns nach der Rückkehr Neuigkeiten zu bringen. «Natürlich hat er viel zuviel Geld für seine Informationen gefordert, was immer sie sein mögen», sagte er leicht ergrimmt, «aber ich dachte, du würdest sicher einverstanden sein.»
Mir war das gleichgültig. Ich durchlebte diese Zeit wie in einem Nebel, als ob ich alles, was sich zutrug, nur träumte. Dank dieser seelischen Verfassung überstand ich eine unangenehme Auseinandersetzung mit Todd Shannon glimpflich.
Er war abwechselnd wütend, fassungslos und geringschätzig. Es machte mich stolz, wie mannhaft sich Mark ihm entgegenstellte.
«Rowena wird mich heiraten, fertig. Du mußt dich schon daran gewöhnen, denn wir werden Nachbarn sein – Teilhaber, Onkel Todd, ob dir der Gedanke behagt oder nicht. Ich erlaube dir nicht, sie weiterhin einzuschüchtern. Sie hat das Recht, ihre eigenen Entscheidungen zu treffen.»
«Du bist ein gottverdammter Narr, ein Schwächling, Mark!» donnerte Todd. «Wenn sie hinter meinem Rücken mit dir angebändelt hat, wird sie auch dich betrügen. Willst du das Indianer-Andenken übernehmen? Oder . . .», seine Stimme verschärfte sich, «hast du ihr vielleicht das Kind gemacht? Weißt du überhaupt, von wem die Brut ist?»
Nur um Marks willen platzte ich nicht mit der Wahrheit heraus. Todd sah mich an, und irgend etwas veranlaßte ihn, höhnisch zu lachen.
«Das ist es, ich wette! Mein edler Neffe. Vielleicht bist du gerissener, als ich gedacht habe. Auf diese Weise bekommst du die halbe Ranch, ohne auf meinen Tod warten zu müssen, und mit all dem Geld, das sie dir bringt, kannst du dich als Gouverneur zur Wahl stellen. Hat dir das nicht schon immer vorgeschwebt?» Wieder tat mir sein hämi-

sches Lachen in den Ohren weh. «Du meine Güte, vielleicht bist du doch viel mehr ein Shannon, als ich dachte!» Sein Gelächter verfolgte uns, als Mark mich schnell hinausführte.
«Rowena!»
Ich schüttelte den Kopf. «Nein, Mark du brauchst nichts zu sagen. Ich weiß doch, wie er ist. Mich berührt das nicht. In der Wut redet er sinnlos daher. Er legt es nur darauf an, andere zu verletzen.»
Mark schloß mich in die Arme und überschüttete mich mit Küssen. Eingedenk meiner Erfahrung mit Edgar Cardon ließ ich diese Liebesbezeugungen über mich ergehen.
Marta aber beschwor mich: «Warten Sie . . . o Gott, wenn Sie bloß warten wollten . . . ein paar Wochen . . . ein paar Tage . . .» Seit jenem Abend gab sie sich mir gegenüber mütterlich und nannte mich nicht mehr Patrona. «Er wird wiederkommen. Ich weiß, er liebt Sie – wie könnte er dagegen an? Manchmal sind die Männer eben störrisch.»
Ich ließ ihr ihre Illusion. Er war bei Elena, war dort, wo er hingehörte. In einem Punkt hatte Lucas recht gehabt. Wir lebten in verschiedenen Welten, er und ich, und obwohl ich nicht aufhören konnte, ihn zu lieben und mich nach ihm zu sehnen, mußte ich doch die Tatsache gelten lassen, daß ich nie mehr Vertrauen zu ihm haben konnte. Allzu viele Beweise gegen ihn lagen vor, und viele unerklärliche Vorfälle führten, zusammengenommen, zu einem verdammenden Urteilsspruch. Ich mußte ihn mir aus dem Kopf schlagen, etwas anderes blieb mir nicht übrig. Was das Kind anbelangte, das ich unter dem Herzen trug, so war es noch keine Wirklichkeit, sondern nichts als eine weitere unangenehme Tatsache, die ich hinnehmen mußte.
Die Tage vergingen schnell. Marta half mir beim Packen, wobei sie ärgerlich vor sich hin brummte, und ehe ich mich's versah, wurden Mark und ich in Kingston von einem Friedensrichter getraut, mit Fremden als Trauzeugen, und wir traten unsere Reise in die Zivilisation zurück an.
Es kam mir seltsam vor, die gleiche Reise, nur in umgekehrter Richtung, wie vor einigen Monaten zu machen. Noch seltsamer kam es mir vor, verheiratet zu sein und einen Goldreif am Finger zu tragen, der meinen neuen Zi-

vilstand bezeugte. Auch in mir vollzog sich eine Veränderung, ebenso in Mark. Nachträglich fällt es mir schwer, die Zeit oder den Tag zu nennen, wo mir diese Wandlungen zum erstenmal auffielen. Es lag wohl daran, daß ich ganz davon in Anspruch genommen war, mir unliebsame und schmerzliche Gedanken fernzuhalten. Ein- oder zweimal – dessen erinnere ich mich – bemerkte Mark lachend, er werde, wenn wir nicht mehr unterwegs wären, die Wände niederreißen, die ich um mich errichtet hätte. Ich meinerseits zog es vor, weder in die Zukunft noch in die Vergangenheit zu blicken.

Am Hochzeitsabend gab Mark mir nur einen zärtlichen Kuß und sagte, ich müsse Ruhe haben, weil wir am Morgen frühzeitig aufstehen sollten. Für mich war das ein weiteres Beispiel seiner Rücksichtnahme und Liebe. Ich hatte sogar ein schlechtes Gewissen, weil meine Reaktion nur ein Gefühl der Erleichterung war. Mark und ich waren so lange gute Freunde gewesen, daß wir uns wohl beide erst an die Tatsache gewöhnen mußten, daß ihm die Rechte eines Ehemannes zustanden. Als ich an diesem Abend Schlaf suchte, nahm ich mir fest vor, ihm eine gute Frau zu sein und ihm im Bett etwas vorzumachen, wenn ihn das beglückte.

Doch erst in Socorro machte Mark seine ehelichen Rechte geltend, und in dieser Nacht ging mir auf, daß ich mit einem Mann verheiratet war, von dessen Eigenschaften ich keine Ahnung gehabt hatte.

Aber ich eile voraus. Noch heute wundert es mich, wieso ich bestimmte Dinge nicht sah, die ich vor Augen hatte, und warum ich mich in den vier Tagen, die wir für die Fahrt bis Socorro brauchten, nie fragte, was für einen Grund mein Mann haben mochte, sich mit ein paar Küssen und geistesabwesend wirkenden Zärtlichkeiten zu begnügen. Rücksicht auf meinen Zustand und die Übelkeit, die mich fast unablässig plagte? Oder unendliche Geduld? Es ist leicht, diese Fragen nachträglich zu stellen. Damals war ich nur froh, in Ruhe gelassen zu werden.

Auf meine starke Konstitution und meine ausgezeichnete Gesundheit war ich immer stolz gewesen. Wie die meisten Menschen, die es nicht gewöhnt sind, krank zu sein, verachtete ich mich zwischen zwei Übelkeitsanfällen wegen meiner Schwäche. Ich wünschte mir sogar eine Fehlgeburt.

Alles wäre besser gewesen als diese fortwährende Erinnerung an die Zeit in meinem Leben, die ich vergessen wollte. Warum konnte ich nicht sein wie die indischen Bäuerinnen, denen nie übel wurde, und die am Tag nach der Entbindung schon wieder auf dem Felde arbeiteten?
«Weil du eben keine Bäuerin bist, sondern eine vornehme Dame», sagte Mark. Er war vom Nebenraum, wo er unsere Hochzeitsnacht verbracht hatte, in mein Schlafzimmer gekommen und hatte mich, halb angekleidet, im Kampf mit meiner Übelkeit gefunden.
Als ich erklärte, es werde mir gleich besser gehen, meinetwegen brauchten wir die Abreise nicht aufzuschieben, schüttelte er lächelnd den Kopf.
«Unsinn. Du mußt dir daüber klar sein, daß wir unbegrenzt Zeit haben. Leg dich wieder ins Bett. Ich ändere die Anordnungen.» Er sprach in so entschiedenem Ton, daß ich ihm zu meiner eigenen Verwunderung widerspruchslos gehorchte.
Es war fast Mittag, als wir aufbrachen; Marks «Anordnungen» bestanden darin, daß er eine eigene Kutsche gemietet und eine Eskorte von zähen Männern angeheuert hatte, die aussahen, als ob sie mit den Waffen, die sie trugen, umzugehen wüßten. Ich fragte ihn, wie er es fertiggebracht habe, all das in so kurzer Zeit aufzubieten.
«Das ist einer der Vorteile, daß mein Onkel mich immerzu auf Reisen geschickt hat. Ich lernte viele Leute kennen, darunter recht nützliche. So hat der Besitzer des Saloons gestern mir zu Ehren eine Art Polterabend veranstaltet und nun alles für mich in die Wege geleitet.» Er machte ein zerknirschtes Gesicht. «Du mußt entschuldigen. Ich sah, wie müde du warst und wollte dich nicht stören. Darum spielte ich mit einigen Freunden Poker, und als sie herausfanden, daß ich gerade geheiratet hatte, bestanden sie darauf, das Ereignis zu feiern.»
Ich nahm das hin wie alles übrige, und ich dachte mir auch nichts dabei, daß Mark die anderen Abende in der Schankstube des Hotels verbrachte. Der Tag war anstrengend genug für mich. Ich hielt es für meine Schuld, daß wir für die Fahrt nach Socorro vier Tage brauchten, denn jeden Morgen verzögerte sich die Abreise. Ich war Mark für seine Rücksicht dankbar.

Wir hatten immer nebeneinanderliegende Zimmer, und da ich vor Erschöpfung meistens sofort einschlief, ahnte ich nicht, wann Mark zu Bett ging. Er nahm jedoch die Gewohnheit an, mir morgens beim Ankleiden zuzuschauen. Obwohl mir das Unbehagen bereitete, sagte ich nichts. Schließlich war er mein Mann, und je eher ich mich an diesen Gedanken gewöhnte, desto besser. Ich mußte lernen, nicht zusammenzuzucken, wenn er sich vor dem Spiegel hinter mich stellte und meine bloßen Schultern und Arme streichelte.

«Du bist schön, Rowena. Wenn du wüßtest, was es für mich bedeutet, daß du mir gehörst. Meine Frau.»

Marks Hände waren weich, nicht schwielig, eher kühl. Manchmal kam es mir vor, als streichelte er mich ganz unpersönlich, wie man eine Statue oder einen kostbaren Besitz streichelt. Als hätte er meine Gedanken gelesen, sagte er einmal leise: «Ist es eine Sünde, Vollkommenheit zu bewundern? Du hast einen vollkommenen Körper, mein Liebes. So schlank. So fest. Ich möchte dich modellieren lassen, in feinstem Marmor. Natürlich unbekleidet – bist du schockiert? Ein solcher Körper braucht keine künstliche Drapierung.»

Was mir Unbehagen bereitete, das war die Art, wie er mich im Spiegel betrachtete, während er den Morgenrock hinunter schob und meine Brüste liebkoste, bis die Warzen hart hervorstanden. Unwillkürlich wich ich ihm seitwärts aus.

«Mark, ich . . .»

«Du bist scheu, Rowena. Was ist denn dabei, wenn sich ein Mann am Anblick seiner nackten Frau erfreut?»

Aber er trat zurück und schaute mir beim Ankleiden wortlos zu. Ich schalt mich töricht und hielt mir zum hundertsten Male vor, daß ich nun Marks Frau war und von Glück sagen konnte, daß er mir solche Geduld bezeigte.

Das war am Morgen vor unserer Ankunft in Socorro. Während ich in der Kutsche den Kopf an Marks Schulter ruhen ließ, ahnte ich nicht, daß sich dort alles ändern würde.

Sechster Teil

Das verworrene Netz

Neununddreißigstes Kapitel

Das Dorf Magdalena, wo wir übernachtet hatten, lag nur etwa vierzig Kilometer von Socorro entfernt, der alten Stadt am Rio Grande, die von vergangenem Glanz zu träumen schien. Jetzt bildete sie, wie Mark mir erklärte, den Treffpunkt für Viehzüchter, Landwirte und Geschäftsleute aus dem ganzen Lande.

Das zweistöckige Hotel, in dem wir abstiegen, war imponierender als die bisherigen Gasthäuser. Mark hatte die Zimmer vorausbestellt. «Die Suite für Frischvermählte», sagte er anzüglich.

Hier sollten wir drei bis vier Tage bleiben, damit ich Zeit hatte, mich von den Reisestrapazen zu erholen.

«Es wird dir in dieser Gegend gefallen, Rowena», sagte er. «Ich habe hier einen Freund, John Kingman, der auf der anderen Seite des Flusses eine große Ranch hat. Wir wollen ihn besuchen. Er hat eine entzückende Frau, eine französische Kreolin aus New Orleans.»

«Davon hast du mir gar nichts erzählt», versetzte ich ein wenig spitz.

«Es sollte eine angenehme Überraschung für dich werden.» Sein charmantes Lächeln entwaffnete mich. «Komm, gib's zu! Freust du dich nicht, ein paar Tage Ruhe zu haben?»

Ja, das mußte ich zugeben. Ich fand es himmlisch, ohne schlechtes Gewissen spät aufstehen zu können und wieder einmal Muße zu haben, anstatt in einer engen Kutsche dahinzuholpern.

Mark legte mir den Arm um die Schultern. «Mir wird es Freude machen, dir die Stadt zu zeigen – und natürlich auch, mich mit dir zu zeigen. Am Abend bummeln wir auf der Plaza. Das ist hier ein alter spanischer Brauch. Alle kommen aus dem Haus, Verliebte wechseln verstohlene Blicke, sowohl die Männer als auch die Frauen treten in ihren schönsten Kleidern auf.» Er musterte mich nachdenklich. «Ich möchte, daß du wie die Spanierinnen eine weiße Mantilla über deinem dunklen Haar und einen großen Kamm trägst. Nach der Promenade trinken wir Champa-

gner und essen in unserem Privatsalon. Alle Männer, die dich zu sehen bekommen, werden mich beneiden.»
«Du wirst selbst so galant wie ein Spanier», sagte ich verwundert.
«Wird das nicht Zeit? Ich muß mich erst daran gewöhnen, daß du mir gehörst, und daß ich das Recht habe, dir alle die Dinge zu sagen, die ich so lange verdrängt habe. Du hast alles, was ich bei einer Frau gesucht habe, Rowena.»
Wieder beschlich mich das Unbehagen, und ich mußte mich zu einem Lächeln zwingen. Wie albern von mir! Mark war mein Mann. Warum sollte er mich nicht ansehen, als ob er mich entkleidete? Auch das war sein gutes Recht, ich hatte es ihm selbst eingeräumt.
Bevor er mich einer Siesta überließ – er wollte sich derweil um die Unterbringung der Kutsche und der Pferde kümmern und für unsere Eskorte sorgen – hakte er mein Kleid auf.
«Ich werde dir nie erlauben, eine Zofe anzustellen», sagte er. «Ich genieße es so sehr, dich an- und auszuziehen, daß ich mir dieses Vorrecht nicht nehmen lassen will.»
Ihm zu Gefallen ließ ich mich von ihm in ein dünnes Negligé hüllen. Er zog die schweren, fransenbesetzten Vorhänge zu. Er deckte sogar mein großes Bett auf und schüttelte die Kissen.
Sowie er das Zimmer verlassen hatte, überkam mich Unruhe. Ich mochte diesen üppigen Raum mit dem roten Teppich und den goldgerahmten Spiegeln nicht. Die rot-goldene Tapete stieß mich ab. Auch das riesige Himmelbett mit der reichbestickten Decke ließ kein Behagen aufkommen.
Ich glaubte zu ersticken, und der Schweiß brach mir am ganzen Leibe aus. Die Übelkeit, die ich so sehr fürchtete, ballte sich wie eine Faust in meiner Magengrube. Ich brauchte frische Luft.
Ich fühlte den weichen Teppich unter den bloßen Füßen, als ich zum Fenster ging. Es war hinter dem Vorhang geschlossen. Mit einiger Mühe brachte ich es auf, wobei ich mich ärgerlich fragte, ob die Leute in dieser Stadt frische Luft scheuten. Als ich auf die Straße hinunterblickte, erkannte ich Mark in einer Männergruppe. Er war hutlos, seine hellen Haare glänzten in der Sonne. Einer der Män-

ner, ein behäbiger Herr in dunklem Anzug und mit Zylinder auf dem Kopf, drückte ihm die Hand und klopfte ihm herzlich den Rücken.
Merkwürdig, ich hatte nicht gewußt, daß Mark so viele Leute kannte. Er hatte nie von seinen Bekannten hierzulande gesprochen, nur von seinen Freunden in Boston und in New York. Einen Außenseiter hatte er sich genannt, und doch schien er mit allen gut Freund zu sein. Er warf den Kopf in den Nacken und lachte laut über etwas, das der ältere Herr gesagt hatte – so pflegte Todd zu lachen, bei Mark war es mir noch nie aufgefallen. Er hatte sich immer so zurückhaltend benommen. Seit unserer Verheiratung entfaltete er eine unbekümmerte Selbstsicherheit, die ihm bisher gefehlt hatte.
Allerdings hatte ich ihn immer nur im Schatten seines Onkels erlebt. Jetzt aber war er frei – wir waren es beide. Vielleicht entdeckte ich erst jetzt den wahren Mark, den vielversprechenden jungen Rechtsanwalt, von dem in Boston in so hohen Tönen gesprochen wurde, den Salonhelden, den sich alle heiratslustigen jungen Mädchen gern geangelt hätten. Ich durfte von Glück sagen, hielt ich mir wieder vor, während ich zusah, wie sich Mark und der behäbige Herr von der Gruppe lösten und in ernstem Gespräch die Straße hinuntergingen. Sie betraten ein Gebäude neben der Kanzlei des Stadtmarshals; ein schwungvoll beschriebenes Schild kennzeichnete es als die Bank von Socorro. Warum sollte Mark nicht zur Bank gehen? Zweifellos brauchte er Geld, um alle unsere Ausgaben zu bestreiten und um die Männer zu entlöhnen, die uns begleitet hatten.
Dann vergaß ich Mark, denn ich erkannte in dem Haus auf der anderen Seite der Marshalskanzlei das Gerichtsgebäude. Die beiden Häuser waren durch einen gedeckten Gehsteig verbunden. Ich dachte an die Geschichte, die ich vor langer Zeit gehört, als ich noch keinen der Beteiligten gekannt hatte. Ob mein Vater wohl in diesem Hotel gewohnt hatte, als der Prozeß gegen Lucas stattfand? Und Lucas – wie war er damals gewesen? Ich stellte ihn mir vor, wie er am Fenster seiner Zelle stand und nach den Bergen blickte, die seine Heimat waren. Vielleicht hatte er sich gefragt, ob er sie jemals wiedersehen würde ... O Gott, mußte mich denn alles an Lucas erinnern? Konnte ich es

nicht endlich hinnehmen, daß dieses Kapitel meines Lebens abgeschlossen war?

Was ich mir auch vorhalten mochte, es war schwer, sich nicht daran zu erinnern, zumal Mark die Rede darauf brachte.

Wie er es mir versprochen hatte, schlenderten wir abends auf der Plaza umher. Es dunkelte, wie ungeheure Schatten hob sich das Gebirge vom verblassenden Himmel ab. Mark zählte mir die spanischen Namen der einzelnen Bergketten auf: Magdalena, Las Galinas, Los Piños ... Er hatte mich mit Geschenken überrascht, einem mit Rubinen und Brillanten besetzten Kamm, einer weißen Mantilla aus feinster Spitze und einem weißen Seidenschal. Er hatte das Kleid ausgewählt, das ich tragen sollte, ein dunkelrotes, blau und grün durchwirktes Seidenkleid, das im Licht glitzerte. Ich hatte es noch nie getragen, weil es für meinen Geschmack zu auffallend und zu tief ausgeschnitten war, aber Mark liebte es, und er fand, ich sähe darin wie eine Spanierin aus. Er war sehr galant zu mir, hielt mich umfaßt und flüsterte mir zu, alle Männer beneideten ihn, und keine Frau könnte es mit mir aufnehmen. Ich wünschte, er hätte nicht die Gewohnheit angenommen, mir so übertrieben zu schmeicheln, denn ich wurde verlegen.

Überall wurden die Laternen angezündet. Cowboys im Sonntagsstaat kamen peitschenknallend in die Stadt geritten. Auf der Plaza, wo die Leute langsam im Kreis herumgingen, spielte eine Kapelle.

Uns beiden wurden viele neugierige Blicke zugeworfen, vielleicht weil wir solche Gegensätze waren, Mark so blond und ich so dunkel.

«Siehst du, mein Liebes? Du bist so schön, daß alle dich anstarren.»

«Ich schätze es nicht, angestarrt zu werden», erwiderte ich schärfer, als ich gewollt hatte. «Können wir uns nicht eine Weile setzen? Mir wird ganz schwindlig von dem Im-Kreise-Gehen.»

Er entschuldigte sich wegen seiner Rücksichtslosigkeit, und wir fanden eine Steinbank unter Bäumen. Eine Zeitlang saßen wir schweigend da, allein und doch nicht allein. Man hätte uns wahrscheinlich für ein Liebespaar gehalten, das einen stillen Winkel gesucht hatte.

Mark zog mich an sich. Ich fühlte seine Hand unter dem Schal über meinen Rücken gleiten, dann streichelte er meine Schulter und umfaßte meine Brust. Ich konnte es nicht verhindern, daß ich erstarrte. Ich sprach aus, was ich in letzter Zeit öfters gedacht hatte: «Manchmal habe ich das Gefühl, dich nicht wirklich zu kennen, Mark.»
«Und ich habe das Gefühl, dich schon immer gekannt zu haben. Aber nicht genug. Alle Menschen sind einander fremd, glaube ich. Die Ehe kann ein langweiliger Geschäftsvertrag zwischen zwei Menschen sein oder eine Entdeckungsreise. Wollen wir die nächsten Tage damit verbringen, einander zu entdecken, mein über alles geliebtes Weib?»
Ich machte große Augen. «So hörte ich dich noch nie reden, Mark. Ich glaube, du bist ziemlich unberechenbar.»
«Erschreckt dich das? Oh, wenn du wüßtest, wie verwirrt du aussiehst!» Er wurde beinahe lustig. «Wenigstens ist es mir gelungen, dein Interesse zu erwecken. Du hast nicht mehr den verlorenen Ausdruck. Arme Rowena, ist es wirklich so schwer, ihn zu vergessen?»
Ich verzichtete darauf, so zu tun, als wüßte ich nicht, was er meinte. «Hat man es mir angemerkt? Ich gab mir alle Mühe . . .»
«Vielleicht zu sehr. Früher oder später wirst du Luke Cord so sehen, wie er ist – gewissenlos, verbrecherisch. Dann wirst du deine Erlebnisse nicht mehr romantisieren, sondern zu deinem wahren Ich zurückfinden.»
«Ach, Mark . . .»
«Du mußt nicht denken, ich hätte aufgehört, dein Freund zu sein, nur weil wir jetzt Mann und Frau sind», sagte er sanft. «Um so mehr haben wir Grund, vollkommen offen miteinander zu sein. Es tut mir nicht weh, wenn du von ihm sprichst, Rowena, denn du gehörst mir, nicht ihm. Es wird der Tag kommen, an dem du dich von der Vergangenheit abkehrst.»
Seine zuversichtlichen Worte brachten mich in Verlegenheit, denn er ging ja von der Voraussetzung aus, daß Lucas mich mit Gewalt genommen hätte. Wie würde er denken, wenn er die Wahrheit wüßte? Durfte ich sie ihm sagen? Ich wäre versucht gewesen, reinen Tisch zu machen und ihm auch Lucas' letzten Besuch zu beichten, wenn Mark mich

nicht in diesem Augenblick geküßt hätte, stürmisch und besitzergreifend wie noch nie.
Ich wurde aus dem Gleichgewicht geworfen und litt unter diesem Gefühl. Als wir langsam zum Hotel zurückkehrten, sah ich dem weiteren Verlauf des Abends nicht ohne Bangen entgegen.
Zuerst gab es keine Überraschungen mehr. Mark hatte in einem Winkel des Speisesaals einen Tisch für uns reservieren lassen. Der Champagner war eisgekühlt, das Essen passabel. Zu Marks Belustigung trank ich ein bißchen zuviel. Vielleicht wollte ich mich für die vor mir liegende Probe wappnen – Mark hatte nicht erwähnt, daß er noch mit seinen Freunden zusammen sein wollte.
Er knüpfte kein vertrauliches Gespräch mehr an, sondern unterhielt sich mit mir wie schon so oft über Bücher und Theater. Dann brachte er die Rede auf seinen Anwaltsberuf. «Jurisprudenz hat mich von Anfang an interessiert, vielleicht weil in meiner Familie viele Juristen vorkommen.» Er sprach leichthin und drehte den Stiel seines Glases zwischen den Fingern. «Selbst wenn ich nicht beteiligt war, nahm ich bei jeder Gelegenheit an Gerichtsverhandlungen teil, vor allem bei schwierigen Prozessen. Die Territorialgerichte faszinieren mich, da geht es viel weniger förmlich zu als in den zivilisierteren Landesteilen. Ja, stell dir vor», fuhr er im gleichen zwanglosen Ton fort, «ich fuhr sogar mit meinem Onkel hierher nach Socorro zu Luke Cords Prozeß, allerdings um Jim Jennings zu hören, den Anwalt aus San Francisco, den dein Vater hatte kommen lassen. Kennst du die Geschichte?»
«Ja, Mr. Bragg erzählte sie mir, bevor ich nach Neu Mexico ging», antwortete ich hölzern.
«Cord war natürlich schuldig. Er hätte um der Gerechtigkeit willen gehängt werden müssen – dann wäre viel Unheil verhütet worden! Hat Bragg etwa gesagt, er sei unschuldig gewesen? Du armes Kind!» Mein Gesicht mußte mich verraten haben. «Auf Drängen deines Vaters sprach ich hinterher mit Flo. Er meinte nämlich . . . na ja, Flo war immer ein bißchen kokett gewesen. Du weißt ja, wie sie war. Dein Vater meinte, sie hätte aus Furcht vor meinem Onkel eine falsche Aussage gemacht. Aber sie schwor mir, der Kerl hätte sie vergewaltigen wollen.»

«Aber mein Vater . . .»
«Dein Vater wollte einfach nicht glauben, daß sein Schützling ihn belogen hatte. Der Sohn der Frau, die er liebte. Und Cord hatte natürlich seine eigenen Beweggründe, zu deinem Vater zu gehen, anstatt wegzulaufen. Wir kennen sie ja, nicht wahr? Der Brief und das Geld, das er zu erben hoffte. Er dachte wohl, durch den Einfluß deines Vaters könnte er ungeschoren davonkommen. Du hättest sein Gesicht sehen sollen, als der Richter das Urteil verkündete!»
«Müssen wir jetzt davon reden, Mark? Das ist doch alles Vergangenheit.»
«Um die Zukunft zu verstehen, muß man auch die Vergangenheit verstehen. Siehst du das nicht ein, Rowena? Wir sprechen nicht von einem ungerecht behandelten, hereingelegten Mann, sondern von einem kaltblütigen, berechnenden Verbrecher. ‹Und werdet die Wahrheit erkennen, und die Wahrheit wird euch frei machen.› Das ist ein tiefsinniger Bibelspruch.»
«Also gut!» Ich reckte trotzig das Kinn. «Ich lasse die Wahrheit gelten. Du hattest recht, und ich hatte unrecht, war einfältig und verblendet. Können wir jetzt bitte von etwas anderem reden, von etwas Angenehmeren?»
«Gern», sagte er liebenswürdig. «Ich wollte dich nicht aufregen. Du wirst schon dahin gelangen, daß es dich kalt läßt, wenn sein Name fällt. Wollen wir über Paris und London reden oder lieber zu Bett gehen?»
«Schlafen gehen», sagte ich ein wenig unsicher. «Ich habe zuviel Champagner getrunken.»
Mark trug mich über die Schwelle unserer Suite, weil dies, wie er sagte, unsere richtige Hochzeitsnacht sei. Damals war es mir nicht klar, aber ich hatte wieder einmal eine Schwelle überquert; denn ich sollte das wahre Wesen des Mannes kennenlernen, den ich geheiratet hatte.
«Ich bin ein Sinnenmensch», sagte er, indem er eine Lampe nach der anderen anzündete. «Überrascht dich das?»
Ich stützte mich mit einer Hand auf eine Stuhllehne und schaute ihm zu. Ich gab keine Antwort.
Er fuhr lächelnd fort: «Ich will ehrlich zu dir sein. Ich möchte, daß du mich verstehst, Rowena, wie ich auch dich ganz und gar verstehen möchte. Was du magst und nicht magst, was du dir wünschst und brauchst. Unsere Ehe soll

vollkommen werden. Wir werden Teilhaber, Liebende, Freunde sein und alles gemeinsam erreichen. Was glaubst du wohl, warum ich so lange nicht geheiratet habe? Ich suchte die vollkommene Frau, verstehst du, und ich glaube, in dir habe ich sie gefunden. Schönheit – ich liebe schöne Dinge, wußtest du das? –, Intelligenz und Witz, Stärke und Ehrgeiz, die Fähigkeit, alle Hindernisse und Schwierigkeiten zu überwinden . . .»
«Mark, du schmeichelst mir», unterbrach ich ihn leicht verzweifelt. «Ich werde deinem Ideal niemals entsprechen. Ich bin nicht vollkommen, das solltest gerade du wissen!»
«Jedenfalls bist du die einzige Frau, die ich mir jemals gewünscht habe», erwiderte er ernst, trat zu mir und hob mein Kinn in die Höhe. «Daß du als meine Frau hier bist, beweist es. Vom ersten Augenblick an war ich entschlossen, dich zu bekommen, und jetzt will ich von dir ebenso geliebt und bewundert werden.»
«Mark, ich . . .»
«Sei still», sagte er und drehte mich wie eine Puppe herum. «Es ist an der Zeit, deinen Körper zu lieben, wie er es verdient.»
Ohne zu wissen, wie mir geschah, stand ich vor dem Spiegel, zu benommen, etwas anderes zu tun als mich am Tischrand festzuhalten, während mein Mann mir die Haarnadeln aus der Frisur zog, eine nach der anderen, so langsam, wie er die Lampen angezündet hatte. Dann hakte er mein Kleid auf.
Das Seidenkleid fiel raschelnd um meine Füße nieder, hielt mich gefangen wie der Goldreif an meinem Finger. Mark zog mir das Hemd aus; ich spürte seine Finger auf der Haut. Im Spiegel nahm ich ihn nur verschwommen wahr – war es Mark oder Edgar? Meine Augen im Spiegel waren die Augen eines fremden Menschen; erschrocken starrten sie mich an.
«Saphire würden zu deinen Augen passen», hatte Edgar gesagt, und ich war eine Marmorstatue mit Edelsteinaugen.
Ich fühlte den groben Stoff seines Anzugs, als Mark sich an mich preßte, fühlte seine weichen Hände auf meinem schaudernden Fleisch.
«Schau!» flüsterte er. «Siehst du, wie schön du bist? All diese Lieblichkeit ist mein.»

Ich zitterte. Lucas, o Lucas, wo bist du? Deine rauhen Hände, dein harter Mund ... Ich schloß die Augen vor der Erinnerung und lehnte mich passiv an Mark.
Meine Gedanken zerflatterten. Zuviel Champagner ... Ich träumte das alles ...
«Etwas vergaß ich zu erwähnen, was ich bei der idealen Frau gesucht habe», hörte ich Mark leise sagen, während seine Hände tiefer glitten. «Sie muß in der Öffentlichkeit die vollkommene Dame sein, kalt und zurückhaltend. Aber in unserem Schlafzimmer meine Herrin und meine Hure ...»

Vierzigstes Kapitel

Am folgenden Morgen erwachte ich mit Kopfschmerzen, die sich anfühlten, als ob hundert Hämmer in meinen Schläfen klopften und mir den Schädel zerspalten wollten. Ich brachte die Augen kaum auf. Zuerst wußte ich gar nicht, wo ich mich befand, und als es mir einfiel, überkam mich eine Übelkeit, daß ich laut stöhnte. Mag sein, daß ich sogar schrie, denn auf einmal merkte ich, daß mir jemand den Kopf stützte und mir eine Schüssel hinhielt. Ich würgte und schnappte nach Luft, und es ekelte mich vor mir selbst, weil ich dem Zwang des Erbrechens hilflos ausgeliefert war. Schließlich sank ich ermattet in die Kissen.
«*Pauvre petite,* fühlen Sie sich jetzt besser?»
Ich konnte die Augen noch immer nicht öffnen. Ich bildete mir ein, in London zu sein, in meinem Schlafzimmer im Hause Cardon.
«Martine?»
Die Stimme, die mir antwortete, schien ein belustigtes Lachen zu unterdrücken. «Nein, nein, Sie verwechseln mich, *pauvre chérie.* Ich bin Monique Kingman, und wir kennen uns noch nicht. Aber ich habe schon viel von Ihnen gehört.»
Da zwang ich mich, die Augen aufzuschlagen. Über mir war ein apartes, sympathisches Gesicht. Sie hatte dichte kastanienbraune Haare und eine milchweiße Haut. Sonderbar, wieviel ich bemerkte. Ihre grünen Augen standen ein

wenig schräg, auch ihr Kleid war grün. Alles an Monique Kingman war, wie ich später feststellte, reizvoll und von pulsendem Leben.
«Bleiben Sie ganz still», ermahnte sie mich. «Ich hole schnell Ihren Mann.»
Kurz darauf beugte sich Mark mit besorgter Miene über mich. «Ich hatte ja keine Ahnung, Rowena ... Mein armes Kind, wie mußt du gelitten haben. Geht es dir jetzt wieder gut?»
Ich wollte mich aufrichten, aber er drückte mich sanft zurück. «Nein, bleib liegen.»
Ich überlegte krampfhaft. «Was war eigentlich los mit mir? Ich weiß nur, ich trank gestern abend zuviel Champagner, und noch nie fühlte ich mich so schlecht. Mark, ich kann mich nicht erinnern ...»
Doch, Bruchstücke tauchten auf. Der Spiegel ... Mark, der mich auszog und liebkoste ... das Schwindelgefühl, das alles ringsum kreiseln und unwirklich erscheinen ließ, und dann ...
«Der Champagner war leider nicht sehr gut, und ich hätte deinen Zustand bedenken sollen.» Er lachte plötzlich knabenhaft. «Du hast einen ziemlichen Schwips gehabt, mein Liebes. Schade, daß du dich nicht erinnern kannst. Um so deutlicher erinnere ich mich an alles.» Er beugte sich noch mehr herunter und flüsterte: «Noch nie habe ich eine so leidenschaftliche, ungehemmte Frau erlebt. Liebste, du warst wundervoll, genauso, wie ich es mir vorgestellt habe.»
War das möglich? Wieso konnte ich mich nicht erinnern? Aber der ganze Abend hatte etwas Verschwommenes. Er kam mir jetzt fast wie ein Traum vor, wie ein im Nachhinein beklemmender Traum, der sich nicht richtig fassen läßt.
Vergeblich grübelte ich darüber nach, als wir nachmittags zur Kingman-Ranch fuhren, die ungefähr fünfzig Kilometer von Socorro entfernt lag.
Mein Schweigen wurde mit meinem schlechten Befinden am Morgen erklärt. Alle bezeigten mir viel Geduld, und Mark drückte mir ab und zu beschwichtigend die Hand. Er schien sehr zuversichtlich und selbstsicher zu sein. Ich beobachtete ihn und hörte ihm zu, und ich konnte es kaum

fassen, daß ich ihn bezichtigt hatte, nichts anderes als der Lakai seines Onkels zu sein.
John Kingman war ein gut aussehender Mann von etwa fünfundvierzig Jahren. Monique, seine Frau, mußte mindestens zehn Jahre jünger sein als er. Zwischen ihnen schien eine mit Zuneigung gemischte Kameradschaft zu bestehen. Sie sprach lebhaft und gestikulierte dabei mit den Händen, wobei die Ringe an ihren langen, schlanken Fingern zur Geltung kamen.
Am Abend, als die Lichter angezündet worden waren, spielte sie auf dem Flügel, den ihr Mann für sie eigens aus Europa hatte kommen lassen. Noch heute muß ich immer, wenn ich ein Stück von Chopin höre, an Monique denken, deren kastanienbraune Haare das Licht auffingen, wenn sie den Kopf über die Tasten beugte.
Am ersten Abend trug sie Schwarz, das ihre Haut perlenzart schimmern ließ. Sie war bildhübsch, und sie spielte herrlich. Kein Wunder, daß John Kingman stolz auf sie war.
Das Gutshaus war geräumig, in texanischem Stil erbaut, wie mir Monique erklärte. «Ein typisches Ranchhaus», sagte sie, als sie mich herumführte, «nichts Besonderes.»
Ich fand es recht gemütlich. Das Gastzimmer, das Mark und mir zugewiesen wurde, war luftig; auf dem gewichsten Holzboden lagen bunte Teppiche. Ich versicherte Monique, daß ich mich hier viel wohler fühlen würde als in dem Hotelzimmer in Socorro.
Sie lachte und entblößte dabei weiße, ein wenig spitze Zähne. «Hoffentlich! Ich sagte Mark nämlich schon, Sie müßten länger bei uns bleiben. Ich fände es lächerlich, die weite Reise nach Boston zu machen, noch dazu in anderen Umständen, nur um gleich wieder umzukehren. Ich würde diesem Onkel nicht trauen. Ich halte diesen jähzornigen Mr. Shannon für skrupellos. Ich bezweifle, daß er Ihnen Ihr Erbe gönnt.»
Ich hatte das Gefühl, daß Monique ihre Meinung ungeschminkt zu sagen pflegte. Sie wußte Bescheid über meinen Zustand, und sie wußte auch, daß Mark und ich erst vor kurzem geheiratet hatten. Offenbar war sie nicht im geringsten schockiert.
Ich merkte überhaupt, daß Marks Freunde mehr von mir

wußten als ich von ihnen. Das zeigte sich schon am ersten Abend, als wir nach dem Essen noch um den Tisch saßen, während eine nette junge Mexikanerin abräumte. Wir tranken einen ausgezeichneten Cognac, der aus Frankreich stammte.
«Mark hat ihn uns aus Paris mitgebracht, zwei Kisten voll», sagte mir Monique. «Ist das nicht lieb von ihm?»
Ich blickte von ihr zu Mark. «Ich wußte gar nicht, daß du in Paris warst. Wir sprachen so oft von Europa, aber das hast du nie erwähnt.»
«Tatsächlich nicht? Du bist ein Schlimmer, Mark! Ja, natürlich war er in Paris, vor ungefähr zwei Jahren, glaube ich, und als er zurückkam, sprach er nur von Ihnen. Ich weiß noch, er sagte zu mir: ‹Monique, ich habe die Frau gesehen, die ich eines Tages heiraten werde.› Und er hat es tatsächlich getan!»
Mark war rot geworden. Bevor ich etwas sagen konnte, lehnte er sich vor und nahm meine Hand. «Das wollte ich dir gestern abend erzählen, aber ich vergaß es.»
Ich wollte vor unseren Gastgebern keine Szene machen und preßte die Lippen zusammen. Aber ich war zutiefst empört. Sowie wir allein in unserem Zimmer waren, fuhr ich ihn an: «Und du sprachst von unbedingter Ehrlichkeit zwischen uns! Wie konntest du nur? Die ganze Zeit gabst du vor, mein Freund zu sein, aber die ganze Zeit hast du mein Vertrauen getäuscht.»
«Du urteilst vorschnell. Das ist sonst nicht deine Art. Ich kann nicht so leicht vergessen, daß du Luke Cord immer verteidigt hast, auch dann noch, nachdem er dich auf gemeine Weise betrogen hatte.»
«Oh!» Es war mir, als hätte er mich geschlagen. «Wie lange willst du mir das noch vorwerfen, um deine eigene Perfidie zu bemänteln?»
«Bis ich dich überzeugt habe, daß er dein Mitleid nicht verdient! Bis du nur noch mit Ekel an ihn zurückdenkst. Siehst du denn nicht, daß ich alles nur deinetwegen tue und getan habe, Rowena?» Er ließ mir keine Gelegenheit für eine Entgegnung, sondern fuhr erregt fort: «Ja, ich sah dich in Paris, das erstemal im Theater mit deiner Mutter und deinem Stiefvater. Ich legte es darauf an, zu all den Bällen und Gesellschaften eingeladen zu werden, wo ich dich vielleicht

wiedersehen würde. Ich sah dein Bild in der Zeitung, das herrliche Porträt von dir, das jetzt in Venedig in der Privatsammlung des Fürsten d'Orsini hängt. Ich hörte, daß man dich Marmorgöttin nannte. Schon damals spürte ich, daß du nicht aus Stein bist, daß unter der kalten Oberfläche ein Vollweib steckt, ein leidenschaftlicher, blutvoller Mensch . . .»

Ich wich seinen Händen aus. «Das erklärt mir gar nichts. Warum hast du mir etwas vorgemacht, warum so getan, als ob . . .»

«Ich erkannte dich zuerst nicht wieder – in der häßlichen Aufmachung! Erinnerst du dich nicht, wie du aussahst, als du ankamst? Als du dann ein wenig auftautest, wollte ich nicht alles verderben, weil ich befürchtete, du würdest ebenso schlecht von mir denken wie von den übrigen Männern. Deshalb wartete ich ab. Was glaubst du denn, warum ich so lange auf der Ranch geblieben bin? Ich wartete, Rowena, und wir befreundeten uns. Ich schöpfte Hoffnung, aber ich wollte nichts überstürzen. Ich wußte, daß du Enttäuschungen erlebt hattest, und ich merkte, daß du mir mißtrautest.»

«Lächerlich!»

«Gib es doch zu, du mißtrautest mir. Und dann . . . Kannst du dir vorstellen, wie mir zumute war, als mein Onkel mir rundheraus sagte, er wolle dich haben? Er hätte dich geküßt, und du hättest ihn nicht abgewiesen! Er warnte mich, du gehörtest ihm, und nach einer Weile sah ich ein, daß es stimmte. Gewiß, zu zanktest dich mit ihm, lehntest dich gegen ihn auf und schworst, du würdest ihn niemals heiraten. Aber glaubst du, ich als Liebender hätte nicht gemerkt, daß du ihm verfallen warst? Ich versuchte dich zu warnen . . .»

«Ja, das tatest du», sagte ich dumpf. «Wie du auch versuchtest, mich vor Lucas zu warnen. Aber das erklärt noch immer nicht . . .»

«Darauf komme ich noch zu sprechen.» Marks Stimme wurde fester. «Setz dich neben mich aufs Bett.»

Die Erklärung klang ganz einfach und einleuchtend. Mark hatte sich in Paris auf den ersten Blick in mich verliebt und sich vergeblich bemüht, mir vorgestellt zu werden. Ich hatte ihn überhaupt nicht beachtet.

«Wieso auch? Du verkehrtest in ganz anderen Kreisen als

ich, Lady Rowena Dangerfield – und ich bloß ein Amerikaner der Mittelklasse auf Europareise. Was konnte ich tun, mich dir zu nähern?»
Schließlich hatte er doch einen Weg gefunden. Nachdem er ermittelt hatte, wer ich war, hatte er meinen Vater davon in Kenntnis gesetzt, daß mein Großvater gestorben war und ich nicht mehr in Indien lebte, sondern in London bei meiner Mutter und ihrem Mann.
«Du warst das? Und alles nur wegen der geringen Aussicht, daß ich einwilligen könnte, nach Amerika zu kommen?»
«Ich hätte jede Gelegenheit beim Schopf gepackt! Selbst wenn du nicht gekommen wärst, hätte es sich gelohnt, die Freude deines Vaters zu sehen, als ich es ihm sagte. Er konnte stundenlang von dir sprechen, Rowena!»
«Aber warum hast du mir das alles nicht längst erzählt? Wenigstens nachdem ich eingewilligt hatte, dich zu heiraten.»
«Verstehst du das nicht? Ich befürchtete, dich zu verlieren. Du hättest es mir ja übelnehmen können. Ich wollte warten, deiner sicher sein, deine Liebe gewinnen. Erst gestern nacht . . .»
«Ich möchte wissen, wie viele Geheimnisse du noch vor mir hast», unterbrach ich ihn müde.
Er zog mich auf die Füße. «Keine Geheimnisse. Nur Überraschungen, angenehme, wie ich hoffe. Und du, mein Liebes?»
«Offensichtlich weißt du von mir viel mehr als ich von dir», antwortete ich. «Und hinter das, was noch bleibt, wirst du sicher auch bald kommen.»
Es verhielt sich so, daß ich nicht mehr wußte, wie ich Mark behandeln sollte, und was ich von ihm zu erwarten hatte. Die Unsicherheit machte mir zu schaffen. Ich war froh, daß er nicht weiter in mich drang – aus Geduld oder aus Klugheit? –, sondern sich damit begnügte, mein Kleid aufzuhaken. Er sagte, er wolle draußen mit John Kingman eine Zigarre rauchen und etwas Geschäftliches mit ihm besprechen.
Als ich am folgenden Morgen erwachte, war er schon mit Kingman ausgeritten, und ich war fast den ganzen Tag mit Monique allein.
Ihre schrägen grünen Augen musterten mich, und sie

nickte. «Sie fühlen sich heute besser, nicht wahr? Jetzt sehen Sie eher so aus, wie Mark Sie beschrieben hat. Sie nehmen mir meine Offenheit hoffentlich nicht übel? Ich sage immer, was ich denke. Manchmal wird John deswegen böse. Aber ich sage ihm, wenn er mich nicht hinnimmt, wie ich bin, gehe ich einfach weg.» Sie streckte sich mit natürlicher Anmut. «Aber er braucht mich.»
Wir durchplauderten den Vormittag. Sie sei einsam, sagte mir Monique, aber sie kam mir eher wie eine selbstzufriedene Frau vor, die es gewöhnt war, ihren Willen durchzusetzen. Ich gewann den Eindruck, daß die Beziehung zwischen ihr und John Kingman einzigartig war. Sie erzählte mir von Reisen nach New Orleans und San Antonio, sogar nach San Francisco – aber getrennt. «Einer von uns muß immer hierbleiben und nach dem Rechten sehen.» Sie erwähnte auch, in einer vollkommenen Ehe spiele Eifersucht keine Rolle.
«Gibt es das überhaupt?» gab ich mit leichter Bitterkeit zurück.
«Warten Sie nur», sagte sie weise, «Sie haben noch viel zu lernen!»
Unvermittelt sprang sie auf die Füße, als könnte sie nicht lange stillsitzen, und schlug mir einen Spazierritt vor. «Nur ein kurzes Stück. Sie dürfen sich nicht überanstrengen.»
Ich blickte mich neugierig um. Die Mägde waren rundliche, liebenswürdige Mexikanerinnen, die Köchin eine grauhaarige Französin, die Monique aus Louisiana mitgebracht hatte. Die wenigen Männer, die draußen herumlungerten, sahen nicht wie Cowboys aus, eher wie Revolverhelden, die keine besonderen Pflichten zu haben schienen. Es fiel mir auf, wie abgelegen das Haus war. Es stand am Fuße des Vorgebirges auf einer kleinen Anhöhe, die Aussicht ins Estancia-Tal bot. Dahinter erhoben sich die dichtbewaldeten Berge der Los Piños-Kette und in der Ferne zur Linken das Manzano-Gebirge.
Als wir einen schmalen gewundenen Pfad hinunterritten, sagte Monique lachend: «Da sehen Sie, warum wir so selten Besuch bekommen. Unser Haus ist schwer zu finden und der Weg alles andere als angenehm. Das haben Sie gestern zu fühlen bekommen, nicht wahr?»
Gestern war mir auf der Fahrt so schlecht geworden, daß

ich die Umgebung überhaupt nicht beachtet hatte. Heute hingegen hatte ich einen klaren Kopf, und mir fielen seltsame Dinge auf, über die ich mich wunderte.
Eine Lichtung wurde von schwerbewaffneten Männern bewacht, die ihr Gewehr erst senkten, als sie Monique erkannten. Auf diesem einen Fleck waren viel zu viele Rinder zusammengedrängt, die verschiedene Brandzeichen trugen, obwohl eine ganze Menge gerade gebrandmarkt wurde, als wir vorbeikamen. Monique hielt an und stellte einige Fragen, klar und sachlich; dann ritten wir weiter durch dichten Wald und durchquerten einen seichten Bach, bis wir zu einer Rodung gelangten.
«Eine unserer Arbeiterbaracken», sagte Monique leichthin. «Hier wohnen auch ein paar von unseren Leuten, aber eigentlich unterhalten wir sie für . . . für Freunde, die vielleicht durchkommen und zwei oder drei Wochen lang an einem sicheren Ort bleiben wollen.»
An einem *sicheren* Ort? Ich machte wohl ein fragendes Gesicht, denn Monique lachte.
«Wie ich sehe, hat Mark Ihnen noch nichts erzählt. Vielleicht ist es ihm lieber, wenn ich es tue. Ich glaube, er traut sich nicht so recht. Ist das nicht albern?»
Ich pflichtete ihr bei. Ich wurde auf einmal ganz kalt und klarsichtig. Als wir zum Haus zurückritten, wobei Monique weitersprach, begann ich einiges zu verstehen. Es blieb Mark überlassen, mir nach seiner Rückkehr die übrigen Erklärungen abzugeben.

Einundvierzigstes Kapitel

War das wirklich der Mann, den ich in Gedanken oft «armer Mark» oder «lieber Mark» genannt hatte? Ich stellte eine gewisse Ähnlichkeit mit Todd fest. Mark war nicht mehr so in sich gekehrt, sondern legte Selbstbewußtsein, ja sogar Anmaßung an den Tag. Der Unterschied bestand allerdings darin, daß Mark viel intelligenter war als Todd. Er handelte überlegt und ließ sich von Vernunft und Logik leiten, wohingegen Todd meistens impulsiv seinen Gefühlen nachgab.

Plötzlich fand ich eine Erklärung für das Rätsel.
«Warum hast du mir etwas vorgemacht?» fragte ich Mark rundheraus.
Er spreizte die Hände. «Blieb mir denn etwas anderes übrig? Du weißt, wie Onkel Todd ist. Tyrannisch, gelinde gesagt. Ich war sein ‹Neffe, der Jurist›, und er hegte mir gegenüber Verachtung. Was hatte mein Vater viel erreicht, außer daß er kurz vor seinem Tod zum Richter ernannt worden war. Todd Shannon aber, der ungebildete, ungehobelte Kämpfer, hatte alles erworben: Landbesitz, Geld, Stellung, Macht. Ja, du hattest recht – ich sollte sein Lakai werden. Dankbar dafür, daß er mich zu seinem Erben erkoren hatte, weil es keinen anderen gab. Ich mußte Beruf und Laufbahn aufgeben, meine Freunde, die zivilisierte Lebensweise. Nur um hier seine Befehle zu befolgen und seine Aufträge auszuführen. Mußte tun, was er sagte, obwohl ich infolgedessen nicht mit dir zusammen sein konnte. Solange mir keine Wahl blieb, gehorchte ich. Aber ich lernte dabei. Genau wie du früher, Rowena.»
«Wie ich?»
Wir waren in unserem Schlafzimmer, und Mark packte mich so plötzlich, daß er mir einen Ärmel zerriß.
«Jawohl! Glaubst du etwa, ich wüßte nicht, daß du Sir Edgar Cardons Mätresse warst? Ich war in Paris, vergiß das nicht. Dort war er nicht so diskret. Am Rande von Paris gab es ein gewisses sehr exklusives, sehr teures Haus – erinnerst du dich? Dorthin nahm er dich einmal mit. Ich erkannte dich, obwohl du verschleiert warst. Ich folgte euch – auch ein neugieriger Besucher. Ich sah alles, was du sahst. Deine Reaktionen waren nicht zu erkennen, aber ich konnte sie mir vorstellen. Ich war faszinierter denn je. Ganz in deinem Bann. Verstehst du? Eine Frau, die ihre Gefühle verbergen, wie aus Marmor erscheinen und ihren Kopf zu ihrem Vorteil benutzen kann – begreifst du, warum ich dich so sehr bewunderte? Warum ich dich haben wollte? Du und ich, wir beide werden alles bekommen. Wir werden, wie du selbst gesagt hast, unser Reich erbauen.»
«Und Todd?» Das fragte ich ganz sachlich.
«Du liebst ihn nicht!» Mark lachte und zog mich enger an sich. «Außerdem hast du jetzt allen Grund, ihn ebenso zu hassen wie ich. Er hat allzu lange auf anderen Menschen

herumgetrampelt und nur nach seinem Kopf gelebt. Er braucht einen Denkzettel.»

«Ich kann das alles kaum glauben. Auch deine Veränderung nicht. Kenne ich dich überhaupt?»

«Du wirst mich schon kennenlernen. Und du wirst mir helfen, wie John von Montoya geholfen wird.»

«John Kingman ist gar kein richtiger Viehzüchter, nicht wahr?»

«Das hat Monique dir ja schon gesagt, es stimmt. John wurde aus Texas vertrieben. Er hatte für die Südstaaten gekämpft, und als er zurückkehrte, hatten Abenteurer aus dem Norden seine Ranch wegen Steuerhinterziehung beschlagnahmt. Dieser Vorwand wurde damals oft benutzt. Kannst du es ihm verargen, daß er erbittert ist?»

«Er wurde also ein Verbrecher.»

«Meinetwegen nenn ihn so. Bis er Monique kennenlernte. Sie war der Kopf hinter dem ganzen Unternehmen. Eine abgelegene Ranch. Ein Ort, wo Verfolgte sich verstecken konnten.»

«Hierher wird gestohlenes Vieh getrieben, mit neuem Brandzeichen versehen und auf den großen Märkten verkauft, wo niemand Fragen stellt. Ja, ich weiß; das erzählte mir Monique. Aber wir beide, Mark, was haben wir damit zu tun?»

«Du sagtest ‹wir›.» Er sah mich forschend an, und ich gab seinen Blick ohne Wimpernzucken zurück.

«Ich bin mit dir verheiratet. Es ist mein gutes Recht, zu erfahren, wohinein wir verwickelt sind.»

«Ja, das ist dein gutes Recht. O Rowena, Liebste, ich wußte, daß du mich verstehen würdest!»

Ich ließ seine feurige Umarmung über mich ergehen, und ich wehrte mich auch nicht, als er sich an meinem Kleid zu schaffen machte, das vorn zugeknöpft war.

«Ich muß dir etwas sagen», begann ich, nachdem ich das hinuntergefallene Kleid mit dem Fuß beiseite geschoben hatte. «Ich bin nicht leicht zu wecken, und ich gebe mich dir hin, wenn du mich haben willst. Aber ich werde dir nie etwas vormachen, wenn ich nichts fühle.»

«Und wie war es bei Cord, dessen Namen du vorige Nacht im Schlaf riefst, als ich dich liebkoste? Hat er deine schlummernde Leidenschaft geweckt?»

Ich merkte, daß ich vorsichtig sein mußte. «Bist du eifersüchtig, Mark?»
«Antworte mir!»
Ich wählte meine Worte mit Vorbedacht. «Anfänglich, ja. Ich ließ mich wohl aus Angst gehen. Aber später ... du weißt ja, wie es weiterging. Ich glaube, ich war ihm zu kalt.»
«Aber du sehnst dich nach ihm, du träumst von ihm. Ich muß die Wahrheit wissen, Rowena!» Sein Gesicht war gerötet, als er mir mit ungewöhnlicher Grobheit das Hemd über den Kopf zog.
Jetzt legte ich doch etwas Gefühl in meine Stimme. «Ja! Ist das nicht verständlich? Keine Frau liebt es, abgewiesen zu werden. Anders wäre es gewesen, wenn ich ihn abgelehnt hätte. Wenn er zu meinen Füßen gewinselt hätte, wäre es bei mir aus gewesen. Wenn du dir eine leidenschaftliche Frau wünschst, mußt du auch damit rechnen, daß sie eines Tages einen anderen Mann begehrt.» Ich rang mir ein Lachen ab. «Du meine Güte, wie würde Monique lachen, wenn sie wüßte, daß du eifersüchtig sein kannst! Sie sagte mir heute, wie verständnisvoll John ist, und daß sie ihn deswegen um so mehr liebt. Muß unsere Ehe von bürgerlicher Moral bestimmt werden?»
Die einzige Waffe, die ich gegen Mark hatte, war Vernunft. Auf seine verständigen Anschauungen bildete er sich viel ein.
«Ich würde auch volles Verständnis haben, wenn du mir untreu wärst», fuhr ich fort. «Sind wir Teilhaber oder nicht? Wenn du gern ein unterwürfiges, konventionelles Weibchen gehabt hättest, dann hättest du nicht mich wählen dürfen, zumal du mich so gut kennst.»
«Du bist auf einmal verändert, Rowena. Du bist nicht mehr das verlorene, unglückliche Mädchen, das bei mir Trost gesucht hat.»
«Das lag an dem Schrecken über meinen Zustand. Jetzt habe ich mich damit abgefunden. Nimmst du mich hin, wie ich bin?»
«Unter jeder Bedingung, solange du mir im Schlafzimmer gehörst.»
Ich verabscheute mich selbst, wußte mir aber nicht anders zu helfen. Als er das Spiel vor dem Spiegel wiederholte,

wünschte ich nur, ich könnte mich wieder mit Champagner betäuben.
Ich hörte ihn flüstern: «Wenn wir uns ein eigenes Haus bauen, müssen überall im Schlafzimmer Spiegel sein, die deinen vollkommenen Körper wiedergeben. Seidene Betttücher. Lampen mit rotem Schirm. Du wirst lernen – ich werde dich lehren, dich der rein sinnlichen Wollust hinzugeben . . .»
Statt dessen erlernte ich es, gefühllos zu bleiben. Marks Zärtlichkeiten erregten mich nicht, dafür lernte ich, sie passiv hinzunehmen. Wohl oder übel gab er sich damit zufrieden, doch um so ausgiebiger erging er sich in seinen Zukunftsplänen, in *unseren* Plänen, wie er sich ausdrückte.
Ich hörte ihm zu und fragte: «Warum ist dir die SD-Ranch eigentlich so wichtig? Ich dachte, deine Anwaltspraxis in Boston und das Leben in der Zivilisation lägen dir viel mehr am Herzen. Du sprachst sogar einmal von Europareisen.»
«Nach Europa können wir später reisen. Und was Boston anbelangt – was könnte ich dort mehr erhoffen, als einer von vielen Anwälten zu sein? Wenn ich alt bin, wie mein Vater vielleicht zum Richter ernannt werden? Rowena, das hier ist das Land der Zukunft, jetzt ist die Zeit zum Aufbauen. Nirgends in der Welt bieten sich derartige Möglichkeiten – riesiger Landbesitz für fast nichts. Die SD-Ranch ist bloß der Anfang, unser Sprungbrett. Der Kern, um den wir ein Reich errichten können, so riesig wie das Karls des Großen. Glaubst du, das hätten andere weitsichtige Männer nicht auch schon erkannt? Die Alte Welt wird bald übervölkert sein. Was meinst du wohl, warum Männer wie der Marquis de Mora, John Turnstall und auch dein eigener Vater ihre Heimat verlassen und hier Wurzeln geschlagen haben? Wir werden die neue Aristokratie sein. Es wird Zeit, daß Leute wie mein Onkel, die nur das Faustrecht kennen und glauben, sie könnten das mit brutaler Gewalt Erworbene mit dem Gewehr in der Hand für sich behalten, daß diese Leute abtreten.»
«Und wie willst du sie dazu bringen außer durch Gewalt?» entgegnete ich ziemlich scharf. «Du hast oft von der Achtung vor dem Gesetz gesprochen, Mark. Wie kannst du deine eigene Mißachtung rechtfertigen?»

«Mein Liebes, ich mißachte das Gesetz nicht. Ich kenne mich in der Gesetzgebung aus. Glaub mir, alles, was wir tun, wird ganz und gar legal sein. Zu Gewalttätigkeit wird es nicht kommen, sofern wir nicht dazu gezwungen sind, und zum Schluß werden wir diesem Territorium Gesetz und Ordnung bringen und es für Eigenstaatlichkeit rüsten.»
«Und du wirst sein erster Senator sein.»
«Mit dir an meiner Seite.» Mein Sarkasmus war an ihm abgeprallt. «Hab Vertrauen zu mir, mein Weib.»
Plötzlich fiel mir ein, was Montoya einmal über Ehrgeiz, Geld und Macht gesagt hatte. Auch der lautere Mensch sei mit genügend Geld zu bestechen. Mark hegte die Absicht, seine Träume mit Geld zu verwirklichen. Der Gedanke, daß es ihm gelingen könnte, erschreckte mich.
Ich war viel zu durchtrieben geworden, als daß ich ihn hätte merken lassen, daß ich seine Ansichten ganz und gar nicht teilte. Erstaunt und ungläubig hörte ich zu, wenn er sich abends mit John und Monique Kingman besprach. Ihre Pläne kamen mir wie ein wohldurchdachter militärischer Feldzug vor.
Zuerst sollten die «Raubritter» erledigt werden, Männer wie Todd Shannon, die dem Fortschritt im Wege standen. Es sollten Sicherheitsausschüsse organisiert werden, die die Aufgabe haben würden, die gesetzwidrigen Elemente aus dem Territorium zu vertreiben ...
Als ich bei dieser Erklärung ein skeptisches Gesicht machte, sagte Monique belustigt zu mir: «Ich weiß, was Sie denken! Aber bis dahin werden wir alle achtbare, gesetzestreue Bürger sein.»
«Und bis dahin?»
Sie erwarteten von mir derartige Fragen. Mark freute sich, daß ich an seinen Plänen Anteil zu nehmen schien. «Eine legale Revolution» nannte er es.
Mochten sie auch davon reden, die gesetzwidrigen Elemente auszumerzen, gerade diese Elemente wollten sie zur Erreichung ihres Zieles benutzen.
«Aber nur die Elite», sagte Monique mit leuchtenden Augen. «Ausgebildete Schützen, die gerissen genug waren, auf der richtigen Seite des Gesetzes zu bleiben.»
«Ein Söldnerheer?»
«Natürlich unter disziplinierter Führung», antwortete

Mark. «Wir kennen einige Männer, die bereits gutorganisierte Trupps zusammengebracht haben, lauter Leute, die den Führern gehorchen – selbstverständlich für eine bestimmte Beteiligung am Gewinn. Wir befassen uns nicht mit den Toren und Verbrechern, die um des Mordens willen oder in der Wut töten. Wir wollen selbstbeherrschte Männer, die in die Zukunft blicken.»
Sogar der wortkarge John Kingman ereiferte sich und sagte in leicht bitterem Ton: «Jeder Mensch träumt davon, sich eines Tages niederlassen zu können. Etwas zu besitzen, nicht mehr herumgetrieben zu werden. Nach einer Weile hat man es satt, immerzu Gefahr zu laufen.»
Monique fiel ein: «Das können Sie doch verstehen, nicht wahr, Rowena? Wir wollen denjenigen, die sich uns anschließen, Gelegenheit bieten, ein neues Leben anzufangen. Achtbar zu werden, aber genug Geld für ein angenehmes Dasein zu haben.»
«Rowena, du sollst unser Advokat des Teufels sein», sagte Mark scherzend. «Was für Einwände hast du jetzt?»
«Ich muß an ein chinesisches Sprichwort vom Ritt auf einem Tiger denken», sagte ich gedehnt. «Wie wollt ihr wissen, ob ihr imstande seid, diese Männer, die Waffen und die Erlaubnis zum Töten erhalten haben, im Zaum zu halten, wenn ihr euer Ziel erreicht habt?»
«Wer sagt denn, daß getötet wird?» versetzte Monique leichthin. «Nur im Notfall. Es wird genug für alle abfallen. Warum sollten wir uns wie Hunde um einen Knochen streiten?»
«Die Männer, die wir auswählen, werden intelligent genug sein, die Vorteile, die wir ihnen bieten, gegen die Nachteile abzuwägen, die sich ergeben würden, wenn sie allzu habgierig wären», sagte Mark, worauf ich keine Entgegnung mehr vorbrachte.
Als die Tage vergingen, wurde mir klar, ohne daß man es mir zu sagen brauchte, daß wir nicht nach Boston fahren würden. Marks Hinterlist offenbarte sich mir immer mehr. Er hatte von Anfang an vorgehabt, hierher zu reisen; aber sein Onkel nahm an, daß wir immer noch unterwegs waren. Schlau, schlau von Mark. Ich entdeckte fortwährend neue Seiten an ihm. Jedenfalls war er keineswegs der gutartige, schwache junge Mann, den ich in ihm gesehen hatte.

Natürlich hatte ich nur gesehen, was ich hatte sehen wollen. Ich durfte Mark nie mehr unterschätzen.
Sonderbarerweise glaubte ich an seine Liebe zu mir. Sie war bei ihm zu einer Besessenheit geworden wie sein Traum von der Macht. Es ging ihm nicht nur um das Geld, das ich ihm gebracht hatte; er wollte auch mich und meine Zustimmung zu seinen Plänen haben.
Jedenfalls war ich vorsichtig. Manchmal fürchtete ich mich fast, ließ es aber Mark nie merken. Ich erduldete seine perverse Art, seinen Geschlechtstrieb auszuleben, hielt jedoch Abstand von ihm. Wie ich ihn gewarnt hatte, machte ich ihm nichts vor, doch bisweilen schien es mir, daß gerade meine Kälte ihn ebenso aufpeitschte wie einst Sir Edgar.
«Meine liebliche Statue», flüsterte er. «Eines Tages werde ich dich zum Leben erwecken!» Vorläufig aber schien es ihm zu genügen, den Beweis zu haben, daß ich ihm gehörte, und mich nach Lust und Laune zu berühren und sich an mir zu ergötzen.
Ich hatte das Gefühl, immer tiefer in einen Alptraum zu sinken, aus dem es kein Entrinnen gab. Man ließ mich spüren, daß ich eine Gefangene war. Ich wurde nie allein gelassen. Wenn Mark und John Kingman zusammen aus dem Hause gingen, was häufig geschah, leistete mir Monique, ganz vollkommene Gastgeberin, Gesellschaft. Obwohl ich äußerlich Ruhe und Haltung bewahrte, war ich mit den Nerven fast am Ende.
So standen die Dinge, als ich Monique eines Nachmittags rufen hörte, wir hätten Besuch bekommen.

Zweiundvierzigstes Kapitel

Ich hatte mir angewöhnt, wie Monique nachmittags zu ruhen. Das gab mir einen Vorwand, eine Zeitlang allein zu sein; denn wenn Mark nicht irgendwo draußen war, saß er gewöhnlich mit John Kingman auf der spaliervergitterten rückwärtigen Veranda.
An diesem Nachmittag aber kam Mark zu meiner Überraschung leise ins Zimmer, wodurch ich aus dem Halbschlaf

aufschrak. Ich mußte seine Anwesenheit gespürt haben. Er blickte angespannt auf mich herunter.
«Warum hast du im Bett etwas an? Außer mir sieht dich hier niemand. Laß mich dir das Hemd ausziehen.»
An seinem Ton erkannte ich, was er vorhatte; seiner Worte hätte es gar nicht bedurft: «Ich kann mir an einem langweiligen Nachmittag nichts Angenehmeres vorstellen, als mit meiner schönen Frau zu buhlen.»
Ich schloß die Augen und wünschte, die Zeit würde schnell vergehen. Mit einem Gefühl der Erleichterung vernahm ich Moniques Stimme, und kurz darauf klopfte sie an die Tür.
«Kommt rasch, ihr Turteltauben!»
Obwohl ich widersprach, warf Mark mein zerknittertes Hemd beiseite und zog mir nur das dünne Baumwollkleid über, das ich am Vormittag getragen hatte.
«Liebchen, du brauchst dich deines prachtvollen Körpers nicht zu schämen. Außerdem sind es alte Freunde. Förmlichkeit ist nicht notwendig.»
Später machte ich mir bittere Vorwürfe, daß ich sein kaum unterdrücktes Frohlocken, mit dem er von «alten Freunden» sprach, nicht weiter beachtet hatte. Denn als wir auf die Terrasse traten – Mark hatte den Arm um mich gelegt –, sah ich als ersten Lucas und hinter ihm Jesus Montoya, den mein zerzaustes Aussehen zu belustigen schien, denn er betrachtete mich mit seinem schiefen Lächeln.
Ich brachte kein Wort heraus, und nach dem ersten Blick konnte ich nicht mehr zu Lucas hinübersehen. Ich war mir allzu sehr bewußt, wie wir wirken mußten, Mark mit Besitzerhaltung, ich notdürftig bekleidet – ein Liebespaar frisch aus dem Bett. Vielleicht wäre ich umgesunken, wenn Mark mich nicht so fest gehalten hätte.
«Wie schön, Sie wiederzusehen», sagte Montoya mit seiner seidenweichen Stimme. «Meinen Glückwunsch Ihnen beiden.»
Lucas schwieg, und ich – ich wünschte, der Erdboden würde sich öffnen und mich verschlingen.
«Besten Dank, Señor. Es freut auch meine Frau und mich, Sie wiederzusehen», hörte ich Mark antworten, worauf ich murmelte: «Besten Dank . . .»
Als ob wir bis jetzt für eine fotografische Aufnahme steif posiert hätten, entstand plötzlich Bewegung. Mark bot mir

einen Stuhl an, ließ aber die Hand auf meiner Schulter ruhen.
Ich dachte: Ruhig, ganz ruhg bleiben. Das ist wieder ein Schachzug von Mark, damit ich mich verrate . . . Ich holte tief Atem, um mein Herzklopfen zu beschwichtigen.
«Ich kam, sowie ich Ihre Nachricht erhielt. Sie sehen, Jesus Montoya vergißt seine alten Freunde nicht.»
Bildete ich es mir nur ein, oder schweiften Montoyas kohlschwarze Augen sekundenlang zu mir?
«Und wir freuen uns, daß Sie gekommen sind. Nach unserer Unterredung werden Sie sicher finden, daß sich die Mühe gelohnt hat.» Kingmans Worte hatten einen unverkennbaren Hintersinn.
«Das will ich hoffen!» Montoya wandte sich mit seiner üblichen übertriebenen Galanterie an Monique: «Madame, Sie sind jedesmal hübscher, wenn ich Sie sehe.»
«Sie sind ein Schmeichler, Señor!» Monique lachte, doch dann wurde ihre Stimme beinahe schmeichelnd: «Lucas, du sagst ja kein Wort. Du bist mir doch nicht noch immer böse?»
Es kam mir vor, als würde nur für mich ein Theaterstück aufgeführt, dessen Inhalt alle außer mir kannten.
«Einer so reizvollen Frau wie dir kann man nicht lange böse sein», gab Lucas zurück. «Aber spiel mir nie wieder einen solchen Streich wie das letztemal!»
Kingman lachte gemütlich. «Sie hat versprochen, sich anständig zu benehmen.»
Die beiden kannten sich also. Sie mußten sich sogar gut gekannt haben, denn sie duzten einander, und ihr Geplänkel war hintergründig. Ich haßte ihn. Ich haßte sie. Ich haßte alle. Am meisten zürnte ich mir selbst, weil ich allzu deutlich gezeigt hatte, wie erschüttert ich war.
«Da wir nun alle hier versammelt sind . . .» begann Montoya, aber Monique unterbrach ihn: «Das Geschäftliche nach dem Essen!» und John fügte hinzu: «Und vorher etwas zu trinken, um das Wiedersehen zu feiern. Was meinst du, Mark?»
Da Mark hinter mir stand, konnte ich sein Gesicht nicht sehen, aber ich fühlte, daß sich seine Finger verkrampften. Sonst verriet er keinerlei innere Bewegung, denn sein Ton war liebenswürdig. «Ein ausgezeichneter Gedanke. Aber

ich bin offenbar der einzige Mensch, der mit ... Señor Montoyas Freund nicht bekannt ist.»
«Wozu die Förmlichkeit?» sagte Montoya. «Lucas, Amigo, du kennst doch Mr. Mark Shannon?»
«Wir kennen uns vom Sehen», antwortete Lucas kurz. «Vor langer Zeit.»
«In Socorro, glaube ich. Doch wie Sie sagen, das ist lange her.»
Ich betrachtete Lucas, als hätte ich nach seinem Anblick gehungert und es erst jetzt gemerkt. Er hatte sich einen Bart wachsen lassen, der ihn älter und noch härter machte. Aber seine Augen und die leichte Anmut seiner Bewegungen waren unverändert. Schaute er mich überhaupt nicht an, weil er meinen Anblick nicht ertragen konnte?
Alle begannen gleichzeitig zu sprechen. Die meisten hatten sich gesetzt, und Jesus Montoya unterhielt sich mit John.
Unvermittelt stand ich auf und schüttelte Marks Hand ab. «Ich bitte, mich zu entschuldigen. Ich möchte mich zum Essen umziehen.»
Alle Köpfe wandten sich mir zu. Lucas bedachte mich nur mit einem flüchtigen Blick und setzte sich zu Monique, die mit gespielter Mütterlichkeit sagte: «Rowena fühlt sich nicht gut, seit sie hier ist. *Pauvre petite!*»
«Ich komme mit dir, mein Liebes», sagte Mark höflich.
Ich konnte es kaum erwarten, mit ihm allein zu sein.
«Rowena, verstehst du nicht, warum ich das tun mußte? Wenn du keine Gelegenheit hättest, ihn wiederzusehen und selbst festzustellen, wie er ist, könntest du nie von ihm loskommen. Die Wunde würde nicht heilen. Montoya gehört zu den Leuten, die ohnehin mit uns zusammenarbeiten sollen, und ich bat ihn nur, Luke Cord mitzubringen.»
«Und was erhofftest du? Daß er ablehnen würde? Daß Montoya ihn als Gefangenen herschaffen würde?»
«Das wäre vielleicht noch besser gewesen. Aber da er offensichtlich aus freien Stücken hier ist, gibt es nur eine Erklärung. Er interessiert sich für den Umsturz. Möglicherweise aus Rachsucht. Ach, Rowena», Mark seufzte, «siehst du es nicht selbst? Seit er weiß, daß du meine Frau bist, hat er das Interesse an dir verloren. Monique entspricht eher seinem Geschmack. Er konnte kaum die Augen von ihr lassen.»

«Du sagtest, du verabscheust ihn», erwiderte ich vorwurfsvoll. «Du weißt, was geschehen ist. Wie kannst du da Geschäfte mit ihm machen?»
«Ich bin ein zivilisierter Mensch, Rowena, und er ist ein Wilder. Vielleicht kann er uns nützlich sein. Es gibt noch einen Grund, daß ich ihn hier haben wollte. Ich liebe dich, und ich will nicht, daß Luke Cord zwischen uns steht. Ich hoffe, daß sich dir Gelegenheit bieten wird, ihn so zu sehen, wie er ist. Ein käuflicher Söldner. Ein unzivilisierter Mörder, der für Geld alles tun würde.» Mit ungewöhnlicher Härte fügte er hinzu: «Wenn ich nicht auf deine gesunde Urteilsfähigkeit vertraute, hätte ich ihn töten lassen.»
Ich wandte mich dem Spiegel zu und zwang mich, die Aufmerksamkeit auf meine Frisur zu richten. Wie ein in die Enge getriebenes Tier nahm ich mich zusammen.
«Je nun, es ist geschehen.» Ich zuckte die Schultern, als ob es mir nichts ausmachte. «Ich schätze es nur nicht, übertölpelt zu werden. Am wenigsten von meinem Mann.»
Ich fühlte seine warmen Lippen auf meinem Nacken. «Mein Engel! Verstehst du denn nicht?»
«O doch. Du bist eifersüchtig. Aber du hättest dich erinnern sollen, was ich dir gesagt habe. Der einzige Grund, warum Lucas mir . . . mir immer noch zu schaffen macht, ist der, daß er mich zuerst satt gehabt hat. Wenn es umgekehrt gewesen wäre . . .»
«Was meinst du damit?»
Ich lachte. «Da du dich zu meiner Zofe ernannt hast, leg mir bitte mein schönstes, verführerischstes Kleid heraus, ja? Vielleicht wird Monique es heute abend mit einer Nebenbuhlerin zu tun bekommen. Das heißt, wenn du so verständnisvoll wie John sein kannst.»
Ich betrieb wieder ein gefährliches Spiel des falschen Scheins. Ich kam mir vor wie die Seiltänzerin in glitzerndem Kostüm, die ich einmal im Zirkus gesehen hatte.
Wir waren aber nur zu fünft bei Tisch, als sich Montoya, elegant wie stets in seinem silberbestickten Reitrock, über Moniques Hand beugte, sagte er bedauernd: «Lucas läßt sich entschuldigen. Er hat einen alten Freund getroffen, einen eurer durchreisenden Gäste in der Baracke. Er will später zu uns kommen.»

Mark sah mich vielsagend an, und ich konnte seine Gedanken lesen: Wahrscheinlich wolle Lucas an einer so förmlichen Mahlzeit nicht teilnehmen, weil er keine Manieren habe. Aber ich war entschlossen, mich nicht mehr aus dem Gleichgewicht bringen zu lassen, und sagte zu Montoya, neben dem ich sitzen sollte, mir würde niemand fehlen, wenn ich einen so galanten Tischherrn hätte.
Monique hatte sich ebenfalls umgezogen, sie trug ein tief ausgeschnittenes grünes Seidenkleid, das ihre Figur und ihre milchweiße Haut zur Geltung brachte. Ihre Smaragdohrringe funkelten, wenn sie den Kopf bewegte, und ihr dichtes kastanienbraunes Haar glänzte im Kerzenlicht.
Ich trug das blaue Samtkleid – zum erstenmal wieder seit der «Fiesta» –, und ich fragte mich, ob Mark es wohl ausgesucht hatte, um mich zu erinnern – woran? Hatte ich seinen Charakter von jeher falsch beurteilt?
«Du bist das lieblichste Geschöpf der Welt», hatte er mir beim Befestigen der Brillanthaarnadeln zugeflüstert. Aber ich wollte von Lucas gesehen werden, damit ihm klar wurde, was er verloren hatte, und mußte mich nun auf sein späteres Erscheinen vertrösten. Ich war in sonderbarer Stimmung, meine Nerven waren zum Zerreißen gespannt. Heute abend wollte ich nicht jedermanns «arme Rowena» sein! Schlimmere Überraschungen konnte mir Mark nicht mehr bereiten, und ich wappnete mich innerlich gegen Lucas' kalten Blick.
Ich war wie ein Spieler, der nichts mehr zu verlieren hat und es sich leisten kann, leichtsinnig zu lachen, wenn die Kugel zum letztenmal kreist. Ich war dieselbe Frau wie einst als Geliebte meines Stiefvaters und als Todd Shannons Verlobte. Die Marmorgöttin ohne Herz. So kalt und berechnend, wie man mich zu sein bezichtigte.
Es berührte mich merkwürdig, daß ich mich mit einem Spieler verglichen hatte, denn nach dem Essen, als sich Lucas mit einer patzigen Entschuldigung wegen seiner Verspätung zu uns gesellt hatte, wurde gespielt. Es war Moniques Einfall. Sie hatte am Flügel gesessen, bis Lucas erschienen war, und nun sprang sie auf und klatschte in die Hände.
«Wir sind viel zu steif! Ihr Männer dürft nicht hinausgehen, um eure Zigarre zu rauchen. Laßt uns lieber spielen! Poker

– das ist noch spannender als Roulette. Können Sie Poker spielen, Rowena?»
«Das war eines der wenigen Laster, die mein Großvater hatte», antwortete ich. «Aber als er mir das Spiel beibrachte, warnte er mich und erzählte mir von einem Vorfahren, einem Lebemann zu Beginn des Jahrhunderts, der sein ganzes Vermögen beim Pokern verlor.»
«Wie aufregend! Und Sie, Rowena, sind Sie auch eine Spielernatur?»
Mir schien Moniques Frage eine geheime Bedeutung zu haben, aber ich tat, als merkte ich es nicht. «Mitunter. Steckt nicht in jedem Menschen ein Hasardeur?»
«Offenbar haben uns die Damen umgestimmt», brummte Kingman und stand auf, um die Karten zu holen.
Mark sah mich nachdenklich an, und Montoyas Augen, halb verborgen hinter einem dünnen Schleier von Zigarrenrauch, hatten etwas Unergründliches.
Zum erstenmal an diesem Abend sprach ich Lucas an. «Und du», sagte ich herausfordernd, «du hast dich überhaupt nicht geäußert. Vielleicht bist du ein schlechter Verlierer?»
«Jeder verliert irgendwann einmal», erwiderte er ausdruckslos. «Aber ich habe mich noch nie gefürchtet, es darauf ankommen zu lassen.» Hatten seine Worte einen Doppelsinn?
«Zuerst wollen wir die richtige Atmosphäre schaffen», rief Monique, «wie in den Saloons, die ihr Männer so gern besucht.» Sie warf ein grünes Tuch über den Tisch und dämpfte die Beleuchtung; nur den Kronleuchter ließ sie voll brennen. «So, ist das nicht besser?»
«In einem Spielsalon würden wir kaum mit Damen sitzen», bemerkte John Kingman leicht vorwurfsvoll.
«Aber, aber!» Ihre langen Ohrringe tanzten. «So leicht vergißt du? In New Orleans, wo wir uns kennenlernten, saßen an den Tischen immer hübsche Frauen, die euch Männer zu hohen Einsätzen anstachelten. Erinnerst du dich an den ‹Silberschuh›?»
Es war fast, als befänden sich die beiden allein im Zimmer.
«Das werde ich nie vergessen», sagte John ruhig. «Du verlorst alles an mich. Alles mitsamt deinen eigenen Silberschuhen. Und an dem Abend gingst du mit mir fort.»

«Ich bezahle meine Spielschulden immer!» Sie lachte und mischte die Karten so kunstfertig, daß sie durch ihre beringten langen Finger zu fliegen schienen. «Und ich habe es nie bereut, daß ich damals verlor. Aber heute abend ...» Ihr Ton wurde kokett: «Worum wollen wir heute abend spielen?»
«Warum nicht – um uns selbst?» schlug Montoya leichthin vor. Als alle ihn anschauten, wiederholte er: «Ja, warum nicht?» Er beugte sich zu Monique über den Tisch. «Sie wünschen ein Hasardspiel, nicht wahr? Und deshalb sind wir hier versammelt, für ein anderes Spiel, das ebenso gewagt ist. Interessant ist ein Hasardspiel nur, wenn es um einen hohen Einsatz geht, stimmt's?» Er lachte kurz und tonlos. «Wir sind uns ja nicht fremd, aber wenn wir Teilhaber bei einem Unternehmen sein sollen, bei dem Risiko und Gewinn gleich groß sind, müssen wir erst einmal feststellen, wer bereit ist, etwas zu wagen – wer sind die Kühnen, wer die Feiglinge? Ich schlage ein solches Spiel vor, einer gegen den andern, bei dem es um die eigene Person geht, natürlich einschließlich unserer Dienste.»
Ich bemühte mich, schon jetzt ein Pokergesicht zu machen, während ich in der folgenden Stille reihum blickte.
Moniques Augen glänzten fieberhaft, und sie atmete schneller. Ihr Mann sah nachdenklich aus, aber keineswegs bestürzt. Marks Gesicht war gerötet; er leerte sein Glas mit einem Zuge, als ob es Wasser, nicht Cognac enthielte.
Lucas runzelte die Stirn, und ich dachte, er wolle widersprechen, aber als er Montoyas belustigte Miene sah, preßte er die Lippen zusammen und schwieg.
Da Montoya seinen Vorschlag an Monique gerichtet hatte, antwortete sie für uns alle: «Ja! Ich bin dafür! Ich bin zwar eine Frau, aber feige war ich noch nie. Und wenn Sie verlieren, Señor Montoya, werden Sie dann für uns umsonst arbeiten?»
«Das würde von der Größe meines Verlustes abhängen – falls ich verliere.» Montoyas schiefes Lächeln erschien unter dem Schnurrbärtchen. «Und wenn ich gewinne, würde sich mein Lohn natürlich verdoppeln. Sind alle einverstanden? Bei diesem Spiel gibt es keine Ehepaare und Freunde mehr. Jeder spielt für sich selbst, und der Gewinner nennt seinen Preis.»

Dreiundvierzigstes Kapitel

Vielleicht stimmte mich der Cognac leichtsinnig, aber ich hatte das seltsame Gefühl, dies alles schon einmal erlebt zu haben. Alles kam mir bekannt vor, in gewisser Weise vorbestimmt.

Der polierte Messingkronleuchter warf helles Licht über das grüne Tischtuch, und die gespannten Gesichter der gebückt sitzenden Spieler lagen im Schatten. Ich mußte daran denken, daß mein Vater beim Pokern einen Mann getötet und mein leichtsinniger Vorfahr, der Schwarze Graf, wie er genannt wurde, sich das Leben genommen hatte, als ihm das Ausmaß seiner Verluste klar geworden war. Ob Lucas wohl daran dachte, was Flo widerfahren war.

Ich hatte einen erstaunlich klaren Kopf, während ich meine Karten und die Gesichter der anderen betrachtete. Das hatte mir mein Großvater beigebracht. Ich glaubte seine Stimme zu hören. «Beobachte immer ihre Gesichter, mein Kind. Sie sagen dir alles. Es gibt keinen Pokerspieler in der Welt, der sich nicht irgendwie verrät, auch wenn er ein ausdrucksloses Gesicht macht.»

In diesem Falle aber konnte ich in den Gesichtern ringsum nichts lesen. Noch nicht . . .

Mit einem kleinen Lachen, das ihre unterdrückte Erregung verriet, warf Monique einen ihrer Ringe auf den Tisch. «Das zur Eröffnung», sagte sie.

Das Spiel, das bis jetzt ein Spaß gewesen war, hatte im Ernst begonnen. Die Zeit verging, die verräucherte Luft wurde von Spannung geladen. Endlich konnte ich an der Art, wie die einzelnen spielten, ein gewisses Schema erkennen, obwohl die Karten zuerst gleichmäßig verteilt waren.

Lucas war übervorsichtig, wohingegen Monique leichtsinnig spielte. John bluffte nie. Montoya war ganz unberechenbar. Mark, der neben mir saß, schien nervös zu sein; mitunter sah ich seine Hände zittern.

Als ich feststellte, daß mir Fortuna günstig gesinnt war, begann ich an mein Glück zu glauben und tat mir keinen Zwang mehr an. Montoya durchschaute mich, sein forschender Blick verriet es mir. Die anderen betrachteten mich mit einer Mischung von Verwunderung und Hochachtung. Die Brillanten in meinem Haar gereichten mir zum Vorteil über alle, und ich fürchtete mich nicht, davon Gebrauch zu machen. Als ich unablässig gewann, reizte ich immer stärker, so daß sogar Monique über ihren Karten zu brüten begann.

«Ihre Frau versteht sich aufs Pokern», sagte John, indem er sein Blatt auf den Tisch warf.

«Das stelle ich auch gerade fest», gab Mark unbeteiligt zurück, so daß ich mich fragte, ob er wohl argwöhnte, was ich im Sinn hatte.

Ich sagte heiter: «Das ist nur das Glück des Anfängers. Ich glaube, heute abend kann ich nicht verlieren.»

Mark folgte Johns Beispiel und warf seine Karten mit einem Schulterzucken auf den Tisch.

Monique biß sich auf die Unterlippe und blickte zwischen mir und den Karten in ihrer Hand hin und her. Unbewußt berührte sie den Ohrring, der ihr noch geblieben war. Dann sagte sie spitz: «Sie haben heute abend zuviel Glück», und gab ihr Blatt ebenfalls aus der Hand.

Ich sah Montoya an.

Er lächelte schief. «Monique hat recht, Sie haben zu großes Glück. Und ich bin lieber vorsichtig.» Das Lächeln schien mir jedoch zu bedeuten, daß er wußte, was ich plante.

Jetzt blieb nur noch Lucas im Spiel. Dank seiner Vorsicht und Zurückhaltung beim Bieten hatte er fast ebensoviele Gewinne wie ich angehäuft. Aber ich hatte erst einen Brillanten verloren – an ihn –, und in meinem Haar staken noch neun.

«Und du?»

Diesmal hob er die Augen, und ich sah die grünen Lichter darin funkeln. «Ich glaube, du bluffst.»

Ich lachte und schob alles, was ich gewonnen hatte, in die Mitte des Tisches. «Dann beweis es – wenn du's wagst.»

Er saß in der Falle, und sein Gesicht wurde steinern. «Ich habe nichts mehr zu setzen.»

Die andern beobachteten uns stumm. Ich hörte Mark neben mir die Luft einziehen.

«Deine Pistole. Sie muß doch etwas wert sein.»

Sein Mund wurde schmal. Er zog die Pistole hervor und legte sie auf den Tisch.

Ich gab mir den Anschein, als stellte ich Berechnungen an.

Mark sagte scharf: «Das sind immer noch ungefähr fünf-

hundert Dollar zuwenig. Allein die Smaragde und der Brillantring sind über tausend Dollar wert!»
«Mark hat natürlich recht», sagte ich holdselig. «Ich muß überlegen. Ich möchte nicht ungerecht sein, zumal wenn man mich herausfordert.» Ich schaute Montoya ratsuchend an. «Was meinen Sie, Señor? Sie haben die Spielregeln festgesetzt. Schließen sie auch ‹Dienste› ein?» Er nickte, und ich wandte mich wieder an Lucas: «Dann will ich den Einsatz nennen. Wenn du nicht geblufft hast, wirst du meinen Vorschlag wohl annehmen.»
Monique klatschte in die Hände. «Bravo, Rowena!»
«Nenne ihn!» sagte Lucas gepreßt.
«Also gut. Wenn du gewinnst, gebe ich noch einen Brillant dazu. Aber wenn du verlierst – du bist doch hergekommen, um einen geschäftlichen Vorschlag zu hören, nicht wahr? –, wenn du verlierst, wirst du für mich arbeiten und meine Befehle befolgen. Deine Pistole hast du schon gesetzt. Als Sicherheit, bis du deine Schulden abbezahlt hast.»
Mark führte, glaube ich, die Entscheidung herbei, indem er lachte. «Wahrhaftig, Rowena, ich bin stolz auf dich!»
Lucas sagte beinahe wild: «Angenommen! Laß deine Karten sehen!»
Lächelnd legte ich drei Asse hin und dann, nach einer Pause, zwei Königinnen. Er wurde weiß, aber er legte, während rings um den Tisch ein Seufzen ging, mit gleichgültiger Miene seine Karten aufgeschlagen auf den Tisch.
«Drei Könige!» rief Montoya. «Ein Jammer. Aber du solltest nie gegen eine Frau bieten, Amigo, die so sicher auftritt. Ich hätte es dir voraussagen können.»
«Warum hast du es mir nicht gesagt? Bevor du das Blatt ausgeteilt hast?»
«Aber, aber», erwiderte Montoya vorwurfsvoll. «Wenn ich dich nicht besser kennte, würde ich meinen, du bezichtigst mich des Betrugs.»
«Ich finde, Ihr Freund ist ein schlechter Verlierer. Vielleicht erträgt er es nicht, wenn der Spieß umgedreht wird.» Zum erstenmal wies Mark vor anderen auf die Vergangenheit hin.
Ich sagte rasch: «Warum ist es Männern immer so zuwider, gegen eine Frau zu verlieren? Ich hatte heute abend doch nur Glück.»

Ohne an meinen tiefen Ausschnitt zu denken, beugte ich mich vor und schaufelte meine Gewinne ein. Die Pistole schob ich Lucas mit den Worten zu: «Du wirst sie brauchen, wenn du für mich arbeitest.»
Sekundenlang, als sich unsere Augen begegneten, fühlte ich mich in die Vergangenheit zurückversetzt. Als ob die Spannung fast unerträglich gewesen wäre, redeten alle auf einmal durcheinander.
Lucas steckte die Pistole wieder ein. John füllte die Gläser aufs neue, und Monique sagte: «Ich bin mir nicht klar, Rowena, ob Sie bloß Glück haben oder dazu auch noch sehr klug sind.»
John hob mir sein Glas zu. «Ich glaube, Mrs. Shannon hat beide Vorzüge.»
Vom Zigarrenrauch brannten mir die Augen, und der Cognac war mir leicht zu Kopf gestiegen. «Danke», sagte ich zu John, «es wird sich vielleicht zeigen, ob Sie recht haben.» Ich leerte mein Glas und stand auf. «Ich brauche frische Luft, und ich bitte, mich zu entschuldigen. Lucas, du begleitest mich. Die andern werden vielleicht weiterspielen wollen oder die Geschäfte besprechen, die ja vernachlässigt worden sind.»
Es wunderte mich, daß keiner, nicht einmal Mark, der automatisch aufgesprungen war und meinen Stuhl zurückgeschoben hatte, mich aufzuhalten suchte. Ich hörte Monique hinter mir hell lachen und schmollend sagen: «Die glückliche Rowena! Jetzt hat sie einen Leibwächter, der sie begleiten muß, wohin sie auch gehen mag.»
Montoya sagte beschwichtigend: «Mach kein so böses Gesicht, Amigo. Es war ein gerechter Wettkampf, und die Dame hat gewonnen. Du wirst mich doch nicht in Verlegenheit bringen, indem du dich ungalant benimmst?»
Ich rechnete nicht damit, daß Mark mir folgen würde. Die Neckereien der andern und sein eigener Stolz ließen es nicht zu. Ich drehte mich auch nicht um, um zu sehen, ob Lucas mir folgte oder nicht. Daß es der Fall war, merkte ich erst, als er die Tür hinter sich ins Schloß warf.
Ich ging über die Terrasse und stützte den Ellbogen auf die Holzbalustrade. «Hoffentlich bist du kein so schlechter Verlierer, daß du mir grollst. Es war deine eigene Schuld, weil du mir Bluff vorwarfst.»

So sarkastisch mein Ton auch war, ich konnte nicht verhindern, daß ich erschauerte, als er sich neben mir an die Balustrade lehnte. Ich wollte ganz kalt und ruhig bleiben. Ich wollte ihm zeigen, daß seine Nähe keine Wirkung mehr auf mich hatte.
«Ich hätte es mir denken können. Aufs Spielen hast du dich immer verstanden.»
Seine belegte Stimme war täuschend milde, aber ich hörte die Erbitterung heraus. «Wie ich mich erinnere, bist du derjenige, der sich aufs Spielen versteht.» Ich war entschlossen, mich zu äußern, bevor mein neuerworbenes Selbstvertrauen ins Wanken geriet. «Warum bist du hergekommen, obwohl du gelobt hattest, aus meinem Leben zu verschwinden? War es der Gedanke an den Nutzen, den du aus diesem verrückten Plan ziehen könntest? Oder war es die Vorstellung, dich endlich an Todd Shannon rächen zu können? Oh, ich vergaß . . . du liebst es ja nicht, deine Handlungsweise zu erklären. Vielleicht gibt es keine Rechtfertigung, die dich entlasten würde!»
«Du hast immer das Schlimmste von mir gedacht, wozu also? Du hast jetzt zu befehlen. Vielleicht bist du so gütig und sagst mir, was du vorhast.»
In seinem harten, bärtigen Gesicht war nichts zu lesen. Gegen meinen Willen fragte ich mich: Haßt er mich? Bedeute ich ihm wirklich gar nichts? Muß denn immer eine unüberwindliche Wand der Lügen und des falschen Scheins zwischen uns sein?
Ich wußte kaum, was ich sagte und warum; vielleicht gab ich nur meinen Gedanken in Worten Ausdruck. Ich hörte mich mit klarer, kalter Stimme sagen: «Erstens einmal sollst du mich küssen.»
«Willst du schon Vergleiche anstellen? In deinen Flitterwochen? Nach allem, was ich heute sah, kümmert sich dein Herr Gemahl recht gut um dich. Oder möchtest du feststellen, ob er eifersüchtig ist?»
«Fürchtest du dich davor? Nicht nötig. Mark ist sehr verständnisvoll, und ich konnte ja deine Gefühle für Elena auch verstehen . . .»
Ich schlang die Arme um seinen Hals, und es war wie an dem Tage, als wir uns zum erstenmal geküßt hatten und nur Elena zwischen uns stand. Fast spürte ich wieder den

Schmerz in meinen Fingern, als sie sein dichtes weiches Haar berührten. Ich mußte daran denken, daß er mich eine Hexe genannt hatte.

Auf einmal versanken Zeit und Raum. Ein Eisenband brach, das alle meine wahren Gefühle umschnürt hatte. Wie konnte ich nur vergessen haben? Wie konnte ich mir so lange etwas vormachen?

Manchmal weiß der Körper es besser als der Geist. Als Lucas mich küßte, vermochte er sich ebensowenig zurückzuhalten wie ich. Wenn die andern in diesem Augenblick auf die Terrasse gekommen wären, wir hätten uns nicht voneinander losreißen können. Ich hatte ihr Vorhandensein vergessen, hatte Mark vergessen, vergaß die Zweifel, die mich so lange gequält hatten.

«Um Gottes willen, Rowena, warum?» stieß Lucas zornig und traurig hervor. «Du und Mark Shannon! Als Marta es mir sagte, hätte ich euch in meiner Raserei alle beide töten können! Das verdammte Weib sagte, es sei nur meine Schuld. Vielleicht stimmt es . . . weil ich dir nicht gleich sagte, warum ich gekommen war. Aber als du mir alle die Vorwürfe an den Kopf warfst . . .»

«Du kamst zurück, um mich zu sehen?»

«Mein Gott, eine Frau sollte es doch wissen, wenn sie einem Mann den Kopf so verdreht hat, daß er nicht mehr vernünftig denken kann. Du wußtest es, und du . . . Was glaubst du wohl, wie lange ich dir hätte fernbleiben können?» Die bittere Anklage in seinem Ton ließ mich zusammenzucken. «Du brachtest es nicht einmal über dich, mir zu sagen, daß du mein Kind trägst, aber es fiel dir nicht schwer, dich an ihn zu wenden!»

«Bitte nicht, Lucas! Wenn du es gewußt hättest . . .»

«Ich weiß nur, was du mir gesagt hast. Wofür hast du mich gehalten? Als ich dich mit ihm sah . . . und wie du dich heute aufgeführt hast . . . Rowena, ich weiß nicht, was für ein Spiel du diesmal treiben wolltest, aber ich kann andern nicht so gut etwas vormachen wie du . . .»

Ich ertrug es nicht, noch mehr zu hören, und preßte die Lippen auf seinen Mund. Er stöhnte leise und drückte mich so fest an sich, daß ich beinahe keine Luft mehr bekam. «Glaubst du immer noch, daß ich dir etwas vormache?» fragte ich schließlich mit erstickter Stimme.

Er ließ mich los und trat zurück, als müßte er einen Abstand zwischen uns legen. «Mein Gott, ich weiß es nicht. Du bist so verflucht unberechenbar. Ich weiß nie, was ich von dir halten soll.» Er drehte sich mit flinken Fingern eine Zigarette, und als das Streichholz aufflammte, sah ich die vertrauten grünen Lichter in seinen Augen. Als ob er keine Pause gemacht hätte, fuhr er im gleichen sachlichen Ton fort: «Und ich bin noch immer nicht sicher.»

«Mir ergeht es mit dir ebenso», bekannte ich.

Drinnen im Haus ertönte Moniques helles Lachen.

«Du mußt hineingehen», sagte Lucas, «bevor dein Mann sich wundert, was du mit deinem Spielgewinn hier draußen so lange treibst.»

Warum mußte er mich an Mark erinnern?

«Aber wir müssen uns aussprechen. Bitte, Lucas!»

«Du hast zu befehlen.»

Es war fast, als hätte er beschlossen, nach dem Gesagten Abstand zu wahren. Ich war jedoch ebenso entschlossen, das nicht wieder zuzulassen.

«Wann?» drang ich in ihn.

«Vielleicht morgen. Ich will sehen.»

Irgend etwas warnte mich, nicht noch zudringlicher zu werden, obwohl ich es ungern dabei beließ. Ich wollte Gewißheit haben. Ich wollte seine Lippen noch einmal auf meinem Mund fühlen.

Er warf die Zigarette in hohem Bogen in die Dunkelheit. Ich hob die Hand und streichelte mit dem Finger seinen Mund. «Lucas . . .»

Mit einer Heftigkeit, die mich erschreckte, packte er meine Hand und zwang sie hinunter. «Nicht!» Es klang, als spräche er durch zusammengebissene Zähne. «Geh jetzt hinein, Rowena. Ich habe heute abend genug ertragen. Was stellst du dir eigentlich vor?»

Seine Finger umklammerten mein Handgelenk so fest, daß es weh tat. Aber ich begrüßte den Schmerz, weil er ihn mir zufügte und ich den Grund wußte.

«Glaubst du, ich gehe gern ins Haus zurück? O Lucas, werden wir nie aufhören, einander weh zu tun? Ich mache dir nichts vor – dir habe ich nie etwas vorgemacht. Nur mein Stolz veranlaßte mich, dich hassen zu wollen. Dir auch weh zu tun, wenn ich konnte, weil du mir weh tatest. Verstehst du, ich habe noch nie einen Mann geliebt, ich muß es erst lernen.»

«Laß gut sein, Rowena», antwortete er weniger barsch. «Du brauchst mir das nicht zu sagen. Ich wußte es schon immer, und doch mußte ich ... O Gott, wenn du wüßtest, wie durcheinander ich war! Aber morgen ...» Da küßte er mich, und sein Kuß war zärtlich und ungestüm zugleich. Als er mich losließ, sagte er grob: «Da! Nimm das heute nacht in dein Schlafzimmer mit!»

Es schienen nur ein paar Sekunden vergangen zu sein, als ich, immer noch an der Balustrade lehnend, dem Hufgeklapper lauschte, das sich entfernte, während mir seine Worte in den Ohren klangen.

Ich reckte mich, zog den Schal eng um meine Schultern, wie um die Kälte abzuwehren, die sich in mir ansammelte und sich um mein Herz schloß. Ohne mir Zeit zum Nachdenken zu lassen, begab ich mich in das Zimmer, wo mir Hitze und Zigarrenrauch entgegenschlugen. Jetzt mußte ich im Ernst Theater spielen, um sie alle zu täuschen.

Vier Augenpaare beobachteten mich, als ich gemessen hineinging. Moniques schräge grüne Augen blickten belustigt und gleichzeitig wissend. Montoya zeigte sein zynisches Lächeln. Johns Miene sagte mir nichts.

«Du meine Güte, immer noch bei der geschäftlichen Besprechung?» Ich ließ mich auf dem Stuhl nieder, den mir Mark steif hinhielt, ergriff den Fächer, den ich auf dem Tisch liegengelassen hatte, und fächelte mich lässig. «Es ist heiß hier drinnen nach der Kühle draußen.»

«Bist du weit gegangen?» fragte Mark, und es hörte sich an, als würden ihm die Worte aus der Kehle gepreßt.

«Nein», antwortete ich obenhin, «wir blieben auf der Terrasse und unterhielten uns. Ich wollte mir meine Abendschuhe nicht schmutzig machen.» Mit hochgezogenen Brauen blickte ich ringsum. «Warum sind alle so still? Aber Mark, du bist doch nicht etwa verstimmt? Ich dachte, du würdest die Spielregeln respektieren.»

Montoya vermittelte geschmeidig: «Wir machten uns Sorgen, weil mein eigensinniger Freund nicht gern Befehle befolgt. Am wenigsten, wenn eine Frau sie erteilt. Aber ich war sicher, Señora Rowena, daß Sie mit ihm keine Schwierigkeiten haben würden.»

Ich machte eine leichte Handbewegung, als ob etwas Unliebsames für mich damit abgetan wäre. «Wir hatten natürlich eine Auseinandersetzung. Immerhin gab er zu, auf gerechte Weise verloren zu haben. Ich glaube, wenn er seinen Ärger überwunden hat, wird er sein Wort halten.»
Moniques Lachen machte der leichten Spannung ein Ende. «Hab' ich's nicht gesagt? Rowena ist durchaus imstande, sich zu behaupten, das sagte ich zu diesen dummen Männern. Nun seht ihr, daß ich recht hatte.» Sie sah mich fast wie eine Verschwörerin an. «Da Sie heil und gesund zurückgekehrt sind, sollten wir nun schlafen gehen, ja? Wir haben einen langen Tag vor uns.»

Vierundvierzigstes Kapitel

Als wir allein waren, schlug Marks gleichgültige Haltung in unverhohlenen Ärger und in Eifersucht um. Ich konnte ihn nur beruhigen, indem ich ihn hochmütig und herablassend behandelte.
«Du liebe Güte, Mark, benimm dich nicht so kleinbürgerlich! Du hast offenbar vergessen, wen du geheiratet hast.»
Er hatte zuviel getrunken und konnte nicht sicher auf den Füßen stehen. «Nein, wahrhaftig nicht! Aber du? Und er?»
«Du hast ihn hierher geholt, Mark. Verdirb deinen glänzenden Einfall jetzt nicht mit alberner Eifersucht.» Ich spielte die Schmollende. «Du vertraust mir doch? Ich fange schon an, ihn mit deinen Augen zu sehen, und da mußt du mir die versprochene Gelegenheit zubilligen, ihn gefügig zu machen. Vielleicht kann ich ihn sogar dazu bringen, ein paar begangene Verbrechen zu gestehen.»
«Rowena, wenn ich denke . . .»
Ich wich seinen Händen aus und fuhr fort, die Brillantnadeln aus meinem Haar zu ziehen und in Seidenpapier zu wickeln, bevor ich sie in einem Lederetui verwahrte.
«Wenn du ihn fürchtest, Mark, warum schickst du ihn dann nicht weg? Sag ihm, wir hätten uns anders besonnen und benötigten seine Dienste nicht mehr.» Mein absichtlich gleichgültiger Ton erzielte die gewünschte Wirkung.
«Hol's der Teufel, natürlich fürchte ich ihn nicht – ein un-

gebildetes Halbblut, einen Kerl, der nicht einmal genügend Intelligenz hat, Befehle zu befolgen!» Er begann mein Kleid aufzuhaken und redete geradezu fieberhaft. «Ja, wir werden ihn benützen, uns seinen blinden Haß gegen meinen Onkel zunutze machen, seinen Hang zu Mord und Totschlag. Und er wird keine Ahnung davon haben! Wenn Luke Cord derjenige ist, der Todd Shannon umbringt, wird kein Mensch im ganzen Territorium daran zweifeln, daß er es aus Rachsucht getan hat. Und er wird dafür hängen! Dann sind alle Erinnerungen an ihn ausgelöscht, und nichts wird mehr zwischen uns stehen. Und es wird bald geschehen, mein Schatz, sehr bald.» Er lachte frohlockend. Mit lallender Zunge fuhr er fort: «Ich finde, du mußt es ihm vorschlagen. Er hat sich ja verpflichtet, deine Befehle zu befolgen. Für eine günstige Gelegenheit werde ich sorgen. Diesmal wird nichts schiefgehen! Siehst du bei all dem die feine Ironie des Schicksals?»
«Diesmal» hatte Mark gesagt. Was meinte er damit? War es möglich, daß . . . aber nein, einen solchen Gedankengang durfte ich jetzt nicht einschlagen. Noch hatte ich eine Rolle zu spielen. Ich rang mir ein Lächeln ab, als ich seinen Augen im Spiegel begegnete.
«Du bist noch schlauer, als ich dachte, Mark. Wann soll es denn geschehen?»
«Bald», murmelte er. Er schwankte, als er sich niederbeugte, um mich auf die bloße Schulter zu küssen. Mir graute vor ihm. «Bald», wiederholte er. «Es besteht kein Grund, noch länger zu warten. Übermorgen früh brechen wir hier auf. Du bist doch wieder reisefähig, nicht wahr?»
Zum Glück mußte ich in dieser Nacht nur ein paar täppische Liebkosungen eines Betrunkenen über mich ergehen lassen. Mark ließ sich leicht überreden, daß ich nun an der Reihe war, ihm ins Bett zu helfen, und ich zog ihm die Stiefel aus. Als ich mich neben ihn legte, ließ ich einen möglichst großen Zwischenraum. Doch bevor ich das Licht löschte, drehte ich mich zu ihm um und betrachtete ihn. Er hatte etwas Knabenhaftes mit seinen hochroten Wangen und dem schlaffen Mund. War das derselbe Mann, den ich einst für meinen besten Freund gehalten hatte? Den ich erst bemitleidet und dann trotz Gewissensbissen benutzt hatte? Wie gerissen, wie geduldig er gewesen war! Ich hatte ihm

vollständig vertraut, bis ich ihm allmählich hinter die Lügen und Schliche gekommen war. Ich hatte meinen Instinkt mißachtet, mich von scheinbaren Beweisen wider mein Gefühl leiten lassen. O Gott, warum? Weil Lucas kein Jurist war und aus Eigensinn meine Anschuldigungen nicht entkräftet hatte? Wie leicht und bequem war es, einem als Mörder gebrandmarkten Menschen weitere Verbrechen anzulasten. Und Mark – das ging mir auf einmal auf –, kein anderer als Mark hatte mich auf alle die Beweise hingewiesen, die Lucas zum Schuldigen stempelten. Ja, Mark hatte mich auch auf ebenso raffinierte Weise dazu gebracht, in seinem Onkel einen egoistischen, herrschsüchtigen Mann zu sehen, indem er so tat, als ob er Todd verteidigte. Wie konnte ich nur so blind gewesen sein? Ach, warum hatte ich mich hereinlegen lassen?
Ich brauchte keine Kopfschmerzen vorzuschützen, um am folgenden Morgen länger im Bett zu bleiben. Mein Aussehen verriet, daß ich eine schlaflose Nacht verbracht hatte. Marks Besorgnis wehrte ich mit der gereizten Bemerkung ab, er hätte mich mit seinem Hin- und Herwerfen nicht schlafen lassen. Er murmelte eine Entschuldigung und verließ mich mit der Erklärung, er habe mit John verabredet, die Reisevorbereitungen für den nächsten Tag zu treffen.
Nein, ich war noch nicht bereit, Mark gegenüberzutreten; ich war froh, ihn bis zum Nachmittag nicht sehen zu müssen. Langsam und schmerzvoll wurde mir klar, welche Torheit es von mir gewesen war, Mark zu heiraten. Ich hatte nicht nur meinen Namen aufgegeben, sondern auch meine Freiheit. Was sollte ich nun tun?
Eine Stunde später stand ich auf. Das freundliche Mädchen, das im Wohnzimmer Staub wischte, sagte mir, ich würde Monique auf der Terrasse finden.
«Ich bin faul», hörte ich Monique sagen. «Am liebsten würde ich den ganzen Tag hier liegen und schlafen.»
Sie dachte jedoch nicht daran, zu schlafen, denn sie war nicht allein. Angetan mit einer Seidenbluse und einer engsitzenden, ledernen Reithose saß sie auf der Balustrade und ließ das eine Bein baumeln. Neben ihr saß so dicht, daß sich die Schultern berührten, kein anderer als Lucas. Er hatte sich den Bart abgenommen. Er wirkte sorgloser, als ich ihn jemals gesehen hatte. Sein gewürfeltes Baumwoll-

hemd stand offen, das Halstuch war nachlässig geknotet. Eine Woge der Liebe und des Verlangens erfaßte mich.
Im nächsten Augenblick aber, als Monique seinen Arm berührte, überkam mich brennende Eifersucht. Ich verstand auf einmal, wie manche Frauen sagen konnten, sie würden ihrer Nebenbuhlerin am liebsten die Augen auskratzen.
Absichtlich knallte ich die Tür zu, und es freute mich, daß Monique zusammenzuckte. «Ach, Rowena! Ich hätte nicht gedacht, daß Sie so früh aufstehen würden. Haben Sie gefrühstückt? Möchten Sie ein Glas Tee?»
Lucas war auf die Füße gesprungen und half Monique hinunter, indem er sie umfaßte. Mir gegenüber war er nie so aufmerksam gewesen! Er begrüßte mich nur mit einem flüchtigen «Guten Morgen», das ich kühl zurückgab.
Moniques Augen gingen bösartig belustigt zwischen uns hin und her. «Lucas, mon cher, holst du bitte den Stuhl dort für Rowena? Ja, den bei der Tür. Sie sollte mit ihrem hübschen Kleid nicht auf der Balustrade sitzen.»
Lucas gehorchte ihr sofort. Ohne mein Schweigen zu beachten, fuhr sie munter fort: «Wir sind schon ausgeritten, Lucas und ich. Aber es wurde zu heiß, und ich habe für morgen noch so viel vorzubereiten. Mark hat Ihnen doch Bescheid gesagt, daß wir abreisen werden?»
«Ja, ich weiß. Aber Näheres hat er mir nicht gesagt.»
Lucas setzte sich auf die Balustrade und ließ einen Fuß auf dem Boden ruhen. Er war ohne Kopfbedeckung, sein Haar flammte bronzefarben in der Sonne. Ich hätte es gern gestreichelt.
«So sind die Männer», rief Monique mit gespielter Entrüstung. «Uns weihen sie nie ein. Leider muß John natürlich hierbleiben, aber wir werden uns die Zeit schon vertreiben, nicht wahr, Lucas?» Sie sah ihn kokett an.
«Wohin gehen wir?» fragte ich unumwunden.
«Wir übernachten morgen bei San Antonio», antwortete sie. «Das ist ein kleines Dorf nicht weit von Socorro. Danach durchqueren wir die Wüste, und in der Nähe von Carizozo treffen wir Montoyas Leute. Und dann . . . aber das übrige wissen Sie ja, Rowena. Sie kennen unsere Pläne.» Lachend sagte sie zu Lucas: «Rowena glaubt nicht an den Erfolg unseres Vorhabens. Vielleicht kannst du sie überzeugen, Lucas, daß ein Mißerfolg ausgeschlossen ist.»

Ich konnte es kaum glauben, daß sie mich mit ihm allein lassen wollte, aber es war tatsächlich der Fall.
«Ich muß packen gehen. Ihr beide habt wohl nichts dagegen, wenn ich euch eurem Schicksal überlasse.»
Kaum hatte sich die Tür hinter ihr geschlossen, da vergaß ich, daß ich noch soeben eifersüchtig gewesen war. Seine Arme umfingen mich, und ich fühlte seine Lippen an der Schläfe. Ich ließ meinen Gefühlen freien Lauf und bekannte ihm: «Ich hätte Monique umbringen können. Dich auch. Ich verliere den Verstand, scheint mir.»
«Was glaubst du wohl, wie mir gestern nacht zumute war? Zu wissen, daß du bei ihm lagst!»
Ich legte den Kopf in den Nacken. «Lucas, was wollen wir tun?»
«Du weißt, daß ich dir nichts zu bieten habe. Du weißt, was ich bin und wie mein Leben weitergehen wird. Vielleicht müssen wir ewig auf der Flucht sein und uns verstecken. Aber ich möchte dich haben, Rowena. Ich habe dagegen angekämpft und mir immer wieder gesagt, daß es so besser für dich ist.»
«Und ich . . . ach, ich möchte bei dir sein. Ich wollte es schon immer. Ich brauche dich, du bist der einzige Mensch, den ich brauche. Ich möchte dort sein, wo du bist, nachts in deinen Armen liegen, deine Kinder zur Welt bringen . . . alles andere ist mir unwichtig.»
Er lachte leise, aber es war nicht das zynische, bittere Lachen eines Mannes, der gelernt hat, keinem Menschen zu trauen.
«Du bist nicht bei Trost. Genau wie ich, wenn ich dich bitte, alles aufzugeben und mit mir wegzulaufen. Vielleicht wirst du dich anders besinnen, wenn du erst einmal erfahren hast, wie es ist. Aber wenn du mit mir kommst, werde ich dich nie mehr hergeben.» Er fragte ernst: «Rowena, bist du deiner Sache sicher? Hast du genügend Vertrauen zu mir?»
«Ich liebe dich. Genügt das nicht?»
«Dann laß uns miteinander reden. Es gibt einige Dinge, die du zuerst wissen mußt.»
Er hob mich auf die Balustrade und setzte sich neben mich. Er legte mir den Arm um die Schultern, sprach aber absichtlich trocken.

«Möglich, daß du dich anders besinnen wirst, wenn du erst mit Bragg gesprochen hast.» Er fühlte wohl, daß ich erstarrte, denn er hielt mich fester. «Er ist in Fort Selden. Er wollte, daß ich dich zu ihm bringe, damit er dir alles erklären kann. Jedenfalls sagte er das. Du weißt ja, wie er ist. Er sagt einem nur das Nötigste. Ich habe viel Zeit mit der Suche nach ihm vergeudet. Du hattest mir verdammt viele Fragen in den Kopf gesetzt! Ich sage es dir ehrlich, Rowena, bevor ich mit ihm sprach, war ich entschlossen, dich aufzugeben, damit du tun kannst, was du schon immer wolltest – deinesgleichen heiraten. Dann aber machte er Andeutungen über Mark Shannon. Er sagte wörtlich: ‹Es gibt Menschen, die so gerissen sind, daß sie eine Saat ausstreuen und abwarten, bis sie Wurzeln faßt. Die geduldigen Menschen sind die gefährlichsten.› Aber du machtest mich unsicher. Ich bin auch jetzt nicht sicher.»
«Aber ich», fiel ich nachdrücklich ein. «Ich habe vieles eingesehen.»
Trotzdem konnte ich es nicht über mich bringen, über Mark zu sprechen. Ich hatte ihn geheiratet, aber die Gründe, die ich mir eingeredet hatte, waren jetzt hohl und sinnlos. Lucas hatte Elmer Bragg gesucht und ihn gefunden. Wieso gerade in Fort Selden?
Diese Frage beschäftigte mich auf der langen Reise nach San Antonio besonders stark. Lucas wußte von Braggs Beweggründen nicht mehr als ich. Er konnte mir nur sagen, daß Elmer Bragg aus der Bewußtlosigkeit erwacht war, nachdem man ihn für tot gehalten und liegengelassen hatte, und daß seine Beine jetzt gelähmt waren, so daß er einen Rollstuhl oder zwei Krücken benutzen mußte. Aber seine Gebrechlichkeit hatte seine Entschlossenheit, Tatsachen zu ergründen, nicht beeinträchtigt. Jetzt wünschte er mit mir zu sprechen, aber ich mußte zu ihm kommen – nach Fort Selden.
Ich widersprach, das sei zu gefährlich, es bliebe Zeit, später mit Elmer Bragg in Verbindung zu treten. Ich war natürlich erleichtert, daß er lebte, aber ich hegte nur den einen Wunsch, möglichst weit von Neu Mexico weg zu kommen – mit Lucas. Für ihn war es viel zu gefährlich, mich nach Fort Selden zu bringen.
Ich hatte wohl vergessen, wie eigensinnig Lucas sein

konnte. An jenem Vormittag war uns keine Zeit mehr für Diskussionen vergönnt. Ich mußte sowohl Monique als auch Mark gegenüber die Harmlose spielen. Bei Mark war es leichter, als ich gedacht hatte, da Monique sich groteskerweise zu meiner Verbündeten machte.
«Sagen Sie ihm, Sie wären den ganzen Tag im Bett geblieben», riet sie mir. «Eine Schwangere kann immer etwas vorschützen, wenn's sein muß. Pauvre Rowena! Dachten Sie, ich hätte kein Verständnis? Jede verheiratete Frau braucht einen Liebhaber. Nur schade, daß Mark nicht so nachsichtig ist wie mein John. Aber Sie, Sie sind eine *femme du monde*, genau wie ich.»
Monique dachte viel praktischer, als es mir jemals möglich gewesen wäre. Auf der Fahrt im Planwagen nach San Antonio lernte ich sie besser kennen. Sie war amoralisch wie eine Katze, und sie genoß es, mich ebenfalls dafür zu halten. Mark hatte sich ihr vor etlicher Zeit einmal anvertraut, nachdem sie beide zuviel getrunken hatten.
«Ich fand Ihre Geschichte hochinteressant. Besonders als ich Sie dann kennenlernte. Ich glaube, Sie können so kalt erscheinen, weil Sie Engländerin sind. Kein Wunder, daß Sie eine so gute Pokerspielerin sind! Aber was nützt das? Man bekommt es satt, vor einem Spiegel geliebt zu werden. Alles Vorspiel und nachher nicht genug. Sie müssen wissen, ich verbrachte einmal ein Wochenende mit Ihrem Mann in San Francisco, und ich kann verstehen, daß Ihnen so etwas langweilig wird. Aber Lucas . . . ah, er ist ein ganzer Mann, *n'est-ce pas?* Eine Frau braucht Abwechslung, genau wie die Männer.»
Bevor wir an diesem Tag unseren Bestimmungsort erreichten, erfuhr ich, daß Monique in New Orleans im «Silberschuh» gearbeitet hatte, «oben», wie sie sich ausdrückte. Sie hatte die Gewohnheit, sich mit jedem Mann einzulassen, der ihr gefiel. Es tat ihr wohl, Gelegenheit zu einer offenen Aussprache mit einer Frau zu haben, und ich hütete mich, meine Eifersucht zu zeigen, als sie keinen Hehl daraus machte, daß sie auf Lucas noch immer versessen war.
«Es wird eine lange, lange Reise werden», sagte sie verschlagen. «Aber wenn wir beide uns gegenseitig helfen, können wir uns vor Langeweile bewahren.»

Fünfundvierzigstes Kapitel

Monique schmiedete also ihre Pläne, und ich schmiedete meine. Sie war keine Frau, für die ich Mitgefühl aufbringen konnte; denn sie wollte mich benutzen, wie auch ich ihren unerwarteten Bund mit mir zu nutzen gedachte. Es machte ihr Spaß, es so einzurichten, daß ich ein paar gestohlene Minuten mit einem Liebhaber verbringen konnte, weil wir auf diese Weise auf einer Ebene waren. Jedesmal wenn sie mir zublinzelte, schien sie zu sagen: «Wir sind doch nicht sehr verschieden, du und ich – die englische Lady und das Mädchen aus dem ‹Silberschuh›.»

Der Hitzedunst flimmerte über der staubigen Wüste; je höher die Sonne stieg, desto unerträglicher wurde die Hitze. Mark ritt zeitweise neben uns, meistens mit verdrossener Miene. Es fiel mir nicht schwer, in seiner Gegenwart Übelkeit zu heucheln.

«Gestern sagtest du, du seist durchaus reisefähig. Ich dachte, du hättest die Übelkeit überwunden.»

«Es ist die Hitze, Mark», begütigte Monique. «Wenn sie heute nacht gut schläft – sie soll bei mir im Wagen schlafen, Flitterwochen hin oder her –, dann wird es ihr morgen wieder gut gehen.»

Ich war ihr dankbar für die Schlauheit, mit der sie die Dinge handhabte, und als sie kurz darauf ganz unverhohlen mit Lucas flirtete, der nun neben uns ritt, brauchte ich mich nicht weiter anzustrengen, um so zu tun, als ob es mir gleichgültig wäre.

Ich hatte mich so sehr daran gewöhnt, von Verzweiflung erfüllt zu sein und mich innerlich aufzulehnen, daß mir bange zumute wurde, weil jetzt plötzlich alles reibungslos verlief.

Kurz vor Sonnenuntergang schlugen wir einige Kilometer von San Antonio entfernt das Lager auf. Es war eine öde Stelle, obwohl in der Nähe ein Wäldchen war, das einen Bach verbarg, einen der vielen kleinen Nebenflüsse des Rio Grande. Hier nahmen Monique und ich ein Bad, während Mark Wache stand.

Schwaches Licht sickerte durch das Laub der Bäume. Monique zog sich flinker aus als ich und warf ihre Kleider achtlos aufs Ufer.

«Machen Sie schnell, bevor es dunkel wird. Möchten Sie nicht auch schön sauber sein?» Ihre Worte hatten eine geheime Bedeutung, die mir nicht entging.
Ich folgte ihrem Beispiel und tauchte in dem seichten Wasser ganz unter, so daß ich mir nachher die nassen Haare aus dem Gesicht streichen mußte. In diesem Augenblick gewahrte ich Mark. Er stand nur ein paar Meter entfernt zwischen den Bäumen und schaute uns zu. Ich kannte die Röte seines Gesichts und den gläsernen Blick.
«Wie schön . . . die Dunkle und die Helle, zusammen.»
«Nein!» schrie ich unwillkürlich und wich zurück, so daß ich fast umgefallen wäre.
«Vorsichtig, *chérie*», mahnte Monique und legte den Arm um mich.
Ich hätte sie gern abgeschüttelt. Ich war nicht so naiv, ich wußte, daß alles abgekartet war. Ich wußte auch, was er wollte.
«Da du für meine Zärtlichkeiten zu müde warst, solltest du dich von Monique wecken lassen, wie wäre das? Zwei schöne Frauen . . . Magst du sie nicht berühren, Rowena? Bist du nicht neugierig, wie das sein würde?»
«Dräng sie nicht, Mark. Es ist zu plötzlich gekommen. Siehst du nicht, daß sie noch nicht bereit ist? Vielleicht später . . .»
Ich war so erstarrt, daß ich mich nicht zu bewegen vermochte. Ich sah Mark an. «Bitte geh», brachte ich mühsam hervor.
Er blinzelte, als ob er aus einer Trance erwachte. «Rowena . . .»
Wieder suchte Monique zu begütigen, teils belustigt, teils nachsichtig. «Ich sagte dir doch, Mark, sie ist noch nicht soweit. Laß ihr Zeit.» Sie streichelte mir tröstend die Wange. «So, mein Kleines. Schließlich seid ihr verheiratet. Es ist nichts dabei, wenn er dir beim Baden zusieht. Und mir macht es nichts aus. Ich bin stolz auf meinen Körper, und das solltest du auch sein.»
Als ich wieder zum Ufer blickte, war Mark verschwunden. Monique trocknete sich gelassen die Haare.
«Laß gut sein», sagte sie, als wir die Böschung erkletterten. «Heute nacht wirst du getröstet werden.» Sie schüttelte mißbilligend den Kopf. «Dieser Mark! Ich wußte natürlich,

daß er uns zusehen wollte. Aber zu erwarten, daß wir ihm ein Schauspiel liefern würden wie zwei *poules* . . . Wenn sich so etwas zwischen zwei Frauen ergibt, muß es aus eigenem Antrieb geschehen, nicht wahr?» Da ich nicht zimperlich erscheinen wollte, pflichtete ich ihr bei. Was hatte Mark ihr von mir erzählt, was erfunden?
Beim Abendessen tat er, als ob nichts geschehen wäre, und bezeigte mir die übliche Höflichkeit.
«Ich ließ den Wein im Bach kaltstellen», sagte er und hob sein Glas. «Auf zwei schöne und elegante Frauen!» Er legte den Arm um mich. «Und mein Kompliment für deinen Koch, Monique. Kaum zu glauben, daß er ein so ausgezeichnetes Essen über einem offenen Feuer zubereitet hat.»
«Oh, Henri kann überall kochen. Er ist aus Louisiana und französischer Abstammung.» Lächelnd fügte sie hinzu: «Wie ich.»
Ich hörte schweigend zu, als über die Maßnahmen für die Nacht und für die Weiterreise gesprochen wurde.
«Ich bezweifle, daß uns Indianer heute nacht angreifen werden», sagte Mark, «Fort Craig liegt zu nahe. Für alle Fälle werden die Leute abwechselnd wachen. Ich habe sie rings ums Lager aufgestellt. Unsere Damen brauchen sich also nicht zu fürchten.» Er sprach selbstsicher, fast anmaßend, als ob er sein Leben lang Befehle erteilt hätte. Er erinnerte mich wieder an seinen Onkel. «Du bist doch nicht nervös, mein Liebes?» Er streichelte meine Brust, wie um zu zeigen, daß ich ihm gehörte.
«O ihr Turteltauben!» spöttelte Monique. «Wo steckt eigentlich heute abend mein Gladiator? Ich hätte vor dem Schlafengehen gern einen Spaziergang mit ihm gemacht.»
«Meinst du den halbblütigen Leibwächter meiner Frau?» sagte Mark verachtungsvoll. «Ich habe ihn mit einigen Männern nach San Antonio geschickt; sie sollen sich dort umhören, was es Neues gibt. Hoffentlich hast du nichts dagegen, mein Liebchen. Er schien gern zu gehen – San Antonio hat eine Kaschemme mit billigem Fusel und hübschen Mädchen.»
«Du willst mich nur eifersüchtig machen», schmollte Monique. Dann lachte sie. «Es wird ja noch mehr Nächte geben.»
Als sie in den Wagen kletterte, hielt Mark mich zurück und

flüsterte mir zu: «Du gehörst mir, Rowena. Kein anderer darf dich haben. Hast du verstanden?»
Ich erduldete ihn stumm, bis er mich endlich losließ.
«Das hat aber lange gedauert», murmelte Monique, und ich hörte, daß sie sich auf ihrem Lager umdrehte. «Zieh dir etwas Hübsches an, Rowena. Oder am besten gar nichts. Dein Mann wird sicher bald eingeschlafen sein, ich ließ Henri ein Mittelchen in sein letztes Glas Wein schütten.»
Meine Nerven waren zum Zerreißen gespannt. Monique schien meine Freundin und Verbündete zu sein, aber wie weit durfte ich ihr trauen? Augenblicklich machte es ihr Spaß, die Kupplerin zu spielen, doch ich wußte aus Erfahrung, wie leicht ihre Stimmung umschlagen konnte. Ihren Gladiator hatte sie Lucas genannt. Unterwegs hatte sie mir erzählt, wie er zu dieser Bezeichnung gekommen war – die Geschichte von den beiden Verehrern, die sie absichtlich aufgehetzt hatte, bis sie ihn zum Kampf herausforderten, nur weil er sich geweigert hatte, ihnen den chinesischen Ringerstil zu zeigen.
«Joe und Magruder waren zwei klobige Iren, die sich um keine Regeln kümmerten, sondern einfach drauflosgingen. Aber Lucas . . . oh, noch nie hatte ich etwas so Aufregendes gesehen! Ja, John hat recht, es war wie in einem römischen Zirkus. Ein hitziger Kampf! Und dabei ging es um mich.»
Ich hatte sie nicht gefragt, ob der Sieger seinen Preis beansprucht hatte oder nicht. Jetzt aber fragte ich mich, ob Moniques Sensationslust und Freude an Intrigen sie nicht dazu verleiten könnte, uns zu verraten, nur um zu sehen, was dann geschehen würde.
Ich täuschte Gleichgültigkeit vor. «Nun, vielleicht findet er die Señoritas in San Antonio viel verführerischer als die Frau eines andern», sagte ich und zog mir ein einfaches Baumwollhemd an.
Ich hörte sie leise lachen. «Oh, er wird kommen. Ich glaube nicht, daß Lucas so uninteressiert ist, wie er tut. Augenblicklich bist du für ihn eine Herausforderung.»
«Augenblicklich könnte ich mich durch ihn herausgefordert fühlen», antwortete ich leichthin und drehte mich auf die Seite.
Natürlich fand ich keinen Schlaf. Ich lauschte den Stimmen draußen, bis sie verstummten und nur noch das Heulen der

Kojoten und das gelegentliche Stampfen der Pferde zu hören waren.
Wo war Lucas? Vielleicht hatte er in Anbetracht der aufgestellten Wachen entschieden, daß es zu gewagt sein würde, sich heute nacht mit mir zu treffen.
Ich erschrak, als ich einen plötzlichen kühlen Luftzug spürte. Ich hatte vergessen, daß Lucas so leise wie ein Apache sein konnte, wenn er wollte. Ich hüllte mich schnell in eine Decke.
«Seht zu, daß ihr zurück seid, bevor es hell wird», flüsterte Monique. «Amüsiert euch gut!»
Und dann wurde ich in ein Unternehmen gerissen, das mein ganzes Leben verändern sollte. Das wußte ich zwar nicht, aber wenn ich es gewußt hätte, wäre ich sicher nicht umgekehrt. Mittlerweile hatte ich nämlich gelernt, daß Glück bezahlt werden muß, oft mit Leid, und ich war bereit, für ein Glück mit Lucas jeden Preis zu bezahlen.
Am deutlichsten ist mir die Erleichterung in Erinnerung geblieben, die ich in jener Nacht empfand, als Lucas mich doch holen kam, die unsagbare Freude, die mich erfüllte, als er mich auf den Armen wegtrug. Er wußte natürlich, wo die Wachtposten standen, und trotz meines Gewichts in den Armen konnte er schneller und leiser laufen, als wenn er mich auf den Füßen mitgezogen hätte.
Wir gelangten endlich zu der Stelle, wo er die Pferde und einen Tragmaulesel zurückgelassen hatte.
«Die Pferde stammen aus der Wüste, und der alte Maulesel gehörte früher der Armee», erklärte er mir. «Wir müssen Wasser und Proviant mitnehmen, außerdem ein Gewehr und Munition.»
Wir mußten damit rechnen, verfolgt zu werden. Mark war zwar im Besitz meines Vermögens, aber er wollte auch mich haben. Die durchgebrannte Ehefrau . . . wir waren beide in Gefahr, Lucas noch mehr als ich, denn mich wollte Mark natürlich lebend wiederhaben.
Das alles ging mir durch den Kopf, und mir schauderte so sehr, daß die Decke von meinen Schultern glitt.
«Du meine Güte!» rief Lucas teils belustigt, teils verzweifelt. «Du bist immer halbnackt, wenn du weglaufen willst. Ein Glück, daß ich etwas zum Anziehen für dich mitgebracht habe.»

Zwischen uns war etwas anders geworden. Wir brauchten einander nicht mehr zu fragen, ob wir unser sicher seien, ob wir Vertrauen hätten. Fragen wie «Liebst du mich? Wie sehr? Wirst du mich immer lieben und zu mir halten?» mußten nicht mehr gestellt werden; darüber waren wir hinaus, denn alles war entschieden.
Ich hatte den Jornado del Muerte schon einmal durchquert, damals zu Fuß, doch diesmal drängte die Zeit. Wir ritten die ganze Nacht hindurch, ohne zu rasten. Unser Vorsprung und die Tatsache, daß sich Lucas in der Gegend wie ein Apache auskannte, gereichten uns zum Vorteil. Das wußte ich ebensogut wie er, und ich nahm mir vor, so stoisch wie eine Indianerin zu sein. Lucas sollte mich nicht als Last empfinden, die ihn auf der Flucht behinderte.
Eine Flucht war es wirklich – wir wurden gejagt, wenn wir es auch erst am zweiten Tage unserer Durchquerung der Wüste zu spüren bekamen.
Ich denke lieber an die Zeit davor zurück, wo es schien, als wären wir ganz allein in der weiten Wüste und ich mir vorkam wie ein Forscher auf einer Entdeckungsreise. Es lag nicht nur daran, daß ich das Leben in der Wüste besser zu verstehen begann, diesen eigenen Lebenszyklus, den die Apachen schon vor langer Zeit herausgefunden hatten, und der ihnen dazu verhalf, sich hier am Leben zu erhalten, nein, viel wesentlicher war es, daß ich nach dem Fall der Schranken zwischen uns Lucas verstehen lernte.
«Ich hatte das Gefühl, dich schon zu kennen, bevor ich dir begegnete. Aber da war es eher wie eine Geschichte, die ich gelesen hatte. Mr. Bragg wollte mich vor der Fehde warnen, doch sie kam mir unwirklich vor.»
Wir hielten Rast im Schatten riesiger Felsblöcke. Lucas streichelte mein Gesicht, wie um die Formen nachzuzeichnen.
«Du kamst mir auch unwirklich vor. Ich konnte nicht glauben, daß du die weite Reise von England gemacht hattest, ohne etwas von uns zu wissen. Und ich dachte, du würdest nicht bleiben.»
«Und als du mich kennenlerntest?»
Sein Lachen klang frei und unbeschwert, nicht mehr bitter oder höhnisch. «Du möchtest wohl hören, daß ich dich gern vergewaltigt hätte?»

«Lucas!»
«Wenn ich gewußt hätte, daß du eine Hexe bist, hätte ich mein schönes Gewehr behalten und dich von Julio kaufen lassen.»
Er warf sich über mich und erstickte meine Entgegnung mit seinen Küssen.
Wir sprachen nicht über Mark, und in mir schwelte immer noch eine geheime Furcht, die mich davon abhielt, Elena zu erwähnen. Es genügte, daß Lucas und ich beisammen waren. Wir wollten zuerst nach Fort Selden gehen, weil er darauf bestand; dort sollte ich mit Elmer Bragg sprechen und die Wahrheit erfahren, die ich bereits ahnte. Es mußte ja Mark sein. Nur Mark war gerissen, abgefeimt und geduldig genug. Lucas ließ sich leicht hinreißen und konnte gewalttätig werden, aber niemals so infam und verschlagen handeln wie Mark. Und wenn ich mit Bragg gesprochen hatte? Es war mir längst klar, daß Todd Shannon gewarnt werden mußte. Was ich auch gegen ihn haben mochte, das wenigstens verdiente er. Dafür würde Bragg sicher sorgen. Wie es weitergehen würde, wußte ich nicht; ich hatte Lucas nicht gefragt, wohin er mich zu bringen gedachte. Aber der Lederbeutel, den ich um den Hals trug, und in dem meine Initialen mit Blattgold eingeprägt waren, enthielt meine kostbarsten Juwelen.
Lucas hatte nur flüchtig gefragt: «Wohl dein Medizinbeutel?» und keine Antwort verlangt. Ich selbst interessierte ihn mehr als das, was ich am Leibe trug.
Ich sah wieder wie eine Apachin aus, angetan mit dem Rock und der hochgeschlossenen Bluse, die Lucas für mich aufgetrieben hatte, an den Füßen Mokassins, auf dem Kopf einen breitkrempigen Hut, unter dem meine geflochtenen Haare aufgesteckt waren. Was machte mir das aus? Ich war bereit, der Zivilisation den Rücken zu kehren und ohne Reue auf alles Gewohnte zu verzichten, solange Lucas mich nur haben wollte. Einen solchen Frieden hatte ich in dem Aschram gesucht, in den ich nach dem Tode meines Großvaters geflüchtet war. Eine kleine Hütte in den Bergen Indiens. Ein Ort, wo man sich von allen weltlichen Gütern lossagen mußte, um die ersehnte geistige Freiheit zu finden. Doch damals hatte ich eigentlich nicht gewußt, was ich mir vom Leben wünschte, was ich suchte. In einem anderen Ge-

birge hatte ich es gefunden, aber mich davon abgekehrt. Jetzt schien es mir, daß ich der Tatsache als Frau geboren zu sein, hatte entrinnen wollen.
Alle diese Überlegungen beschäftigten mich stark und ließen mich die Strapazen leichter erdulden. Wir ritten fast die ganze Nacht hindurch und rasteten in den heißen Tagesstunden. Gerade nach der kühlen Nacht war die Hitze schier unerträglich. Die Sonne prallte von dem Gestein ab. Sehr weit waren wir noch nicht gekommen, weil Lucas es für sicherer hielt, den Weg durch eine gefürchtete Gegend einzuschlagen, wo erstarrte Lava gespenstische Formationen bildete, Blöcke, deren Oberfläche mit messerscharfem Kies besetzt war. Vor uns türmten sich die zackigen Gipfel der Fra Cristobal-Berge. Ich sah Lucas stirnrunzelnd hinüberblicken.
«Vielleicht kommen wir schneller vorwärts, wenn wir sie umgehen, aber ich bin nicht sicher.» Er schien mit sich selbst zu sprechen, wobei er die Augen gegen das grelle Sonnenlicht zusammenkniff. «Ich habe so ein Gefühl . . .» Er war in diesem Moment ganz Apache, der nur seinem Instinkt folgte.
Als ich eine Bewegung machte, sagte er scharf: «Halt dich ganz still, Rowena, und bleib hier in Deckung. Ich will hinaufklettern und nachsehen, ob wir verfolgt werden.»
Ich hatte gelernt, keine Fragen zu stellen, und gehorchte wortlos. Mit dem Feldstecher in der Hand erkletterte er leichtfüßig den Hang eines alten Felssturzes. Ich bemühte mich, ganz regungslos zu bleiben. Die Wartezeit kam mir lange vor, allzu lange. Ich hielt das Gewehr, das Lucas mir gegeben hatte, auf den Knien und spannte alle Sinne an, Dennoch hörte ich ihn erst, als er beinahe vor mir stand.
«Lucas! Ich dachte schon . . .» Als ich seine Miene gewahrte, unterbrach ich mich: «Ist etwas?»
«Mir scheint, du liest in mir wie in einem Buch.» Er hockte sich neben mich. «Hör zu, Rowena, es ist noch schlimmer, als ich es mir ausgemalt habe, oder dein Mann ist noch gerissener, als ich es für möglich gehalten hätte. Jedenfalls stehe ich als der Dumme da.»
«Werden wir verfolgt? Damit hast du doch gerechnet.»
«Nicht mit einer solchen Verfolgung. Ich verstehe es nicht, es sei denn, er hat einfach verdammtes Glück gehabt. Es

sind Apachenspäher aus den White Mountains, nach dem Aussehen zu urteilen. Wenn überhaupt jemand, dann sind sie imstande, unsere Spur aufzunehmen.» Er drehte sich eine Zigarette, die erste seit unserem Aufbruch. «Dein Mann steckt also auch mit ihnen unter einer Decke. Nein, Rowena, damit habe ich nicht gerechnet.»

«Späher?» fragte ich erschrocken. «Meinst du Kundschafter der Armee?»

«Natürlich arbeiten sie für die Armee», erklärte er sachlich. «General Crook hat sie seinerzeit angeworben. Aber es ist nicht normal, sie so weit nördlich zu finden, denn soviel ich weiß, gehören sie zu Fort Craig. Ich kann mir nur vorstellen, daß man sie mit einem Sonderauftrag weit weg geschickt hat – vielleicht hat es im Reservat Warm Springs Unruhen gegeben. Und als sie nach Fort Craig zurückkehrten, erschien dort gerade dein Mann in wilder Aufregung.»

Ich dachte daran, wie sich Mark gerühmt hatte, alle wichtigen Leute zu kennen, und ich konnte mir gut vorstellen, daß es sich so zugetragen hatte.

«Er wird ihnen gesagt haben, du hättest mich mit Gewalt entführt», sagte ich gedehnt. «Ja, genauso würde Mark in seinem Stolz reden. Undenkbar, daß er eine Menschenseele wissen läßt, seine Frau sei ihm kurz nach der Hochzeit mit einem Liebhaber weggelaufen. Weißt du, was er wahrscheinlich als Grund angeben wird? Das hier.» Ich wies auf den Beutel, der mir schwer um den Hals hing. «Mein Schmuck. Ich dachte mir, wir könnten ihn vielleicht brauchen.»

«Dein . . .» Er mußte trotz allem lachen. «Man kann sich darauf verlassen, daß eine Frau an alles denkt!» Dann aber wurde er wieder ernst. «Ich glaube, es bleibt uns keine Wahl. Wir müssen in die Berge.»

Sechsundvierzigstes Kapitel

Auf welch verschiedene Weise kann man Schrecknisse in der Erinnerung nacherleben? Lucas sagte mir später, er hätte die leise, unangenehme Ahnung beachten müssen, die ihn beschlich, als wir die langsame, qualvolle Besteigung des vor uns aufragenden Berges begannen. Aber er sorgte sich um mich, und das San Andres-Gebirge, in dem er sich im Notfall lieber versteckt hätte, erhob sich jenseits einer verhältnismäßig flachen Wüste, die keinen Schutz und überhaupt kein Wasser bot. Die Fra Cristobal-Berge hatten wir direkt vor uns, und wenn wir sie bezwangen, gelangten wir zu Lucas' heimatlichen Schwarzbergen, die westlich davon lagen.

Wir konnten an diesem Tage nur noch kurze Ruhepausen einschalten. Das wußte ich, ohne daß es mir gesagt zu werden brauchte; denn unsere Verfolger, obzwar noch ziemlich weit von uns entfernt, würden sicher nicht rasten. Unseligerweise wußten wir beide nicht, daß eine noch größere Gefahr vor uns lag.

Es war später Abend, als es sich ereignete, und ich fiel vor Müdigkeit fast vom Pferd. Ich weiß noch, ich blickte empor zu den zackigen Graten, die in den letzten Sonnenstrahlen rot leuchteten, aber dunkle Schatten warfen. Wir folgten in einer engen Schlucht einem jahrhundertealten Indianerpfad, der düster und bedrohlich wirkte. Lucas, der mir vorausritt, zügelte plötzlich sein Pferd und nahm eine starre Haltung an. Ich trieb mein Pferd vorwärts.

Ohne den Kopf zu wenden, sagte er ruhig: «Widersprich mir nicht. Steig schnell ab, auf der rechten Seite, und rühr dich nicht!» Gleichzeitig ergriff er mit unglaublicher Schnelligkeit sein Gewehr, das er über dem Sattel getragen hatte.

Alles vollzog sich ganz rasch, eine Einzelheit ging in die andere über. Gewehrschüsse, ohrenbetäubend in der Stille, die zwischen den Felswänden widerhallten. Ich glitt vom Pferd und hielt mich am Zügel fest, das Reißen in den Armen kaum beachtend. Eine dunkle Gestalt stürzte links von uns von einem Felsen herab, aber ich schaute nicht hin, weil sich mein Pferd wild bäumte und ich nur daran dachte, es im Zaume zu halten.

Ich hörte einen markerschütternden Schrei und sah einen reiterlosen Gaul blindlings die Schlucht hinaufsprengen. Plötzlich, bevor ich seinen Namen rufen konnte, war Lucas neben mir und riß mich zu Boden. Über meinem Kopf prallte eine Kugel von der Felswand ab. Mein Pferd, das ich immer noch festhielt, sank langsam zusammen. Ich lag bäuchlings neben ihm, an den Felsen gepreßt. Warmes Blut rann über meinen Arm. Lucas schob mir ein Gewehr zu und flüsterte eindringlich: «Bleib liegen und rühr dich nicht vom Fleck! Aber ich möchte, daß du nach drüben hinaufschießt. Laß dir Zeit, feure in Abständen, damit er abgelenkt wird. Ich will hinauf und ihn überrumpeln.»
Ich war so gelähmt von Schrecken und Unglauben, daß ich kein Wort hervorbrachte, geschweige denn einen Widerspruch. Fast von einer Sekunde auf die andere wurde es noch dunkler. Lucas feuerte zweimal in rascher Folge, dann verschwand er von meiner Seite, während der Pulverrauch in der Luft hing.
Von irgendwo oben fiel ein Schuß, und eingedenk der erhaltenen Anweisung begann mein Kopf mechanisch zu arbeiten. Ich mußte schießen, um Lucas du decken. Ich ließ den Karabiner auf meinem verendeten Pferd ruhen und zielte sorgfältig auf die Stelle, wo weiße Rauchwölkchen aufstiegen. Ich hoffte, nicht laden zu müssen. Mein Arm, den die eine Kugel gestreift hatte, drohte schon zu erlahmen. Ich wollte nicht darüber nachdenken, ob Lucas Deckung gefunden haben mochte, bevor ihn eine der Kugeln getroffen hatte. Im stillen dankte ich dem Himmel, daß die Dunkelheit hier in den Bergen so schnell herabsank, und ich feuerte weiter, wobei ich dachte: Deinen Arm kannst du später verbinden, es ist ja nur ein Kratzer . . . Der Gewehrkolben stieß an meine Schulter, und der ätzende Pulvergeruch stieg mir in die Nase. Ich bemühte mich, die Zeitabstände gleichmäßig abzumessen und in die Felsennische oben auf der anderen Seite zu zielen, wo ich es aufblitzen sah. Der Scharfschütze sollte denken, er werde von Lucas beschossen. Ich hatte den Vorteil, in tiefem Schatten zu liegen, aber mehrmals pfiffen Kugeln knapp über meinen Kopf hinweg und prallten hinter mir an der Felswand ab. Es blieb mir keine Zeit, mich zu fürchten. Erst als irgendwo über mir ein erstickter Schreckensschrei ertönte, der jäh-

lings abbrach, setzte bei mir die Reaktion ein. Ich zitterte, und ich merkte, daß ich schluchzte, als mir Tränen über die schmutzigen Wangen liefen. Was war dort drüben geschehen? Wer hatte geschrien? Es wurde nicht mehr geschossen, und die Stille nach dem furchtbaren Schrei lastete schwer auf mir.

Mir kam es eine Ewigkeit vor, aber vielleicht waren nur Sekunden vergangen, als ich Lucas droben rufen hörte. «Rowena? Nicht mehr schießen! Es ist alles gut.» Kurz darauf hielt er mich in den Armen, und ich klammerte mich an ihn, als müßte ich mich vergewissern, daß er wirklich da war.

«Es kam alles so plötzlich, Lucas, daß ich es nicht fassen kann. Nein, ich weine nicht aus Angst, nur weil . . . weil ich so glücklich bin, daß ich dich heil und gesund wiederhabe!»

Er hob mit dem Finger meinen Kopf in die Höhe. «Wer außer einer törichten Frau würde vor Freude weinen?» Aber das sagte er nicht spöttisch, sondern zärtlich.

Erst nachdem er meine Wunde ausgewaschen und verbunden hatte, erzählte er mir die Zusammenhänge. «Zu unserem Glück waren es nur drei Mann. Den einen, den ich erwischte, sahst du ja selbst fallen. Den zweiten hatte ich so schlimm verletzt, daß er kaum noch atmete, als ich oben ankam. Aber ich brachte ihn zum Reden, bevor er den Geist aufgab.»

Mit Entsetzen sah ich im Geist alles vor mir.

«Mark Shannon ist nicht dumm, und bis jetzt hat er Glück gehabt. Er schickte seine besten Leute dort hinauf, während er mit Burris und Sonora sowie drei Apachenspähern aus Fort Craig unserer Spur folgte. Die Apachenspäher hatten Verwandte in Warm Springs besucht, und der Oberst meinte, es würde ihnen Spaß machen, eine entführte Frau aufzuspüren, wenn ihnen genügend Geld dafür geboten würde.»

Lucas berichtete ganz sachlich, aber ich zog scharf den Atem ein. «Das ist noch nicht alles», fuhr er fort, ehe ich sprechen konnte. «Auch die halbe Kavallerie sucht uns, aber dein Mann hat den von ihm bezahlten Leuten Befehl gegeben, einen Sprung voraus zu bleiben – und zuerst zu schießen.»

Es herrschte jetzt vollständige Dunkelheit, nur am klaren Himmel funkelten die Sterne. Lucas stand auf und sattelte das verendete Pferd ab. Er wollte mir wohl Zeit lassen, mich an den Gedanken zu gewöhnen, daß Mark auch meinen Tod wünschte.
Als mir das aufging, wunderte ich mich, warum ich alles nicht längst erkannt hatte. Ich wußte ja Bescheid über Marks Pläne, aber dazu kam, daß ich ihn seines Erachtens betrogen und öffentlich gedemütigt hatte. Er haßte mich jetzt mit derselben unnachgiebigen Verbissenheit, mit der er mich früher geliebt und umworben hatte.
Als wir aufbrachen, faßte ich diese Gedanken in Worte.
«Vergiß dein Vermögen nicht», sagte Lucas ruhig.
Daß ich daran nicht gedacht hatte! Ja, natürlich, mein Vermögen. Wenn Mark mich schon nicht haben konnte, dann wenigstens genügend Reichtum, um sich die ersehnte Macht zu erkaufen. Und mein Geld hatte er als Preis für meinen Tod ausgesetzt! Der Gedanke kam mir unwirklich vor. Alles kam mir unwirklich vor in diesen Stunden, während wir einen Fuß vor den andern setzten, beide seltsam ruhig. Die Pferde hatten wir verloren und den Maulesel aufgegeben, weil er uns nur gehindert hätte. Die Schüsse mußten in der weittragenden Wüstenluft gehört worden sein, und jetzt stürmten unsere Verfolger vermutlich vorwärts, um uns den Weg abzuschneiden. Der Blutverlust und die nervösen Reaktionen hatten bei mir eine gewisse Benommenheit bewirkt, so daß ich mit zynischer Belustigung dachte, es sei einmal etwas anderes, gejagt zu werden, statt selbst zu jagen. Sonderbar, sooft ich in Indien auf Tigerjagd gegangen war, nie hatte ich mir Gedanken darüber gemacht, was der Tiger wohl empfinden mochte.
Ich trug nur einen Wasserkanister und so viel gedörrtes Rindfleisch, wie meine Taschen fassen konnten. Lucas hatte ein Gewehr, zwei Pistolen, den Feldstecher und über der Brust zwei Gürtel mit Munition.
Für mich bedeutete es einen Trost, daß wir beisammen waren. Wir lieben uns, dachte ich. Selbst wenn das Schlimmste geschieht . . . Doch der Gedanke an den Tod kam mir unwirklich vor. Ich konnte mir nicht vorstellen, sterben zu müssen, und ich wollte nicht an die Möglichkeit denken, daß wir in die Enge getrieben waren.

Ich wußte nicht, wie viele Kilometer wir zurückgelegt hatten, als ich eine Ruhepause einschalten mußte. Trotz der Nachtkälte war ich schweißdurchnäßt. Lucas stützte mich, während ich nach Luft rang.
«Wohin . . .»
Er schien zu wissen, was ich fragen wollte. «Nach Fort Thorn. Es liegt jetzt am nächsten, und dort wird man uns kaum vermuten. Da wirst du in Sicherheit sein. Du mußt dafür sorgen, daß der Kommandant sofort nach Fort Selden depeschiert.» Er unterbrach sich: «Verdammt! Daß mir das nicht eingefallen ist. Der Telegraf. So hat er die Kavallerie von Fort Mccrae dazu gebracht, uns zu suchen. Wenn auch Oberst Poynter in Fort Selden benachrichtigt worden ist . . .»
«Du meinst, dann wird er uns ebenfalls suchen lassen? O Lucas!»
«Mach dir keine zu großen Hoffnungen, Rowena. Fort Thorn liegt am nächsten. Aber wenn ich dich dort abgeliefert habe . . .»
«Und du? Ohne dich gehe ich nirgendshin! Woher weißt du überhaupt, daß ich dort in Sicherheit wäre?»
«Sei still! Wir müssen weiter.»
Er wollte mir nicht antworten, und als wir weitergingen, hatte ich bald wieder Atemnot, so daß ich ohnehin nicht sprechen konnte.
Ich faßte es kaum, als ich sah, daß sich der Himmel rötete. Waren wir wirklich die ganze Nacht gewandert?
Im Schutze einer Felsennische durfte ich endlich ausruhen. Lucas gab mir die eine Pistole und verschwand. Ich war entschlossen, wach zu bleiben, aber vor Erschöpfung schlief ich doch ein, denn als nächstes wurde mir bewußt, daß Lucas mich rüttelte.
«Fehlt dir auch nichts, Rowena? Du mußt aufstehen!»
«Ja, gut», murmelte ich. Plötzlich war ich hellwach. «Warum machst du ein so sonderbares Gesicht?»
Aber wie meistens sprach er ohne Erregung, ganz sachlich. «Ich konnte nicht sehen, wie weit entfernt oder wie nahe dein Mann mit seinen Leuten ist. Vermutlich sind sie uns auf den Fersen – schon in den Bergen. Aber aus der Richtung von Fort Thorn kommen dir Freunde zu Hilfe. Todd Shannon. Was zum Henker hat er dort zu tun gehabt?»

«Todd?» sagte ich entsetzt. «Was sollen wir tun?»
«Fort Thorn ist immer noch der sicherste Ort für dich. So sehr ich Todd Shannon auch hasse, ich bezweifle, daß er dich kaltblütig niederschießen wird. Wir gehen also weiter nach Süden.»
«Es ist alles meine Schuld. Wenn ich nicht . . .»
Er zog mich in die Höhe und nahm mich in die Arme. «Niemand ist schuld. Auch ich nicht, obwohl ich nicht früher erkannt habe, wie sehr ich dich brauche, Rowena.»
Ich hatte das furchtbare Gefühl, daß wir Abschied nahmen, als wir uns küßten.
Die Berge waren kein Hafen, keine Zufluchtstätte, sondern eine Gefahr, weil sie auch unseren Verfolgern Deckung gaben. Aber wenn ich nicht dabei gewesen wäre, hätte Lucas ihnen entrinnen können. Ich war für ihn eine Last. Doch er hatte mich angenommen, hatte sich wie ein Apache mit mir vermählt. Und nachdem er die Verantwortung übernommen hatte, ließ er auch das Risiko gelten.
An dieser Stelle muß ich von Dingen berichten, von denen ich zu jenem Zeitpunkt nichts wußte. Todd Shannon hatte Bragg in Fort Selden aufsuchen wollen, befand sich aber zum Glück noch als Gast des Kommandanten in Fort Thorn, als die Depesche eintraf.
Im viel weiter entfernten Fort Selden wurde dieselbe Nachricht von Oberst Poynter und Elmer Bragg mit ganz anderen Gefühlen empfangen. Auch sie machten sich auf den Weg, aber später als die anderen. Am nächsten war uns natürlich Mark mit seinen Leuten.
Ich wollte mich nicht von Lucas trennen, ich wollte mit ihm sterben, wenn es denn sein mußte. Doch davon sagte ich ihm nichts.
Erst als die Schießerei begann, erfuhr er es. Wir waren an einem Ort, wo uns die Felsen auf drei Seiten Schutz boten. Lucas befahl mir, neben ihm zu bleiben, bis das Feuer aussetzte und er mich hinunterschicken konnte zu Todd und seinen texanischen Revolverhelden.
«Nein», entgegnete ich ruhig, «wenn du sterben mußt, Lucas, dann will ich mit dir sterben. Hast du wirklich geglaubt, ich würde mich von dir trennen?»
Ich kletterte mit der Pistole und einer Munitionshalfter den Hang hinauf. Der erste Mann, den ich traf, hatte mit mei-

nem Erscheinen sicher nicht gerechnet, als er uns von hinten beschlich. Ich erschoß ihn, ohne zu überlegen.
«Komm zurück, Rowena!» hörte ich Lucas rufen, und ich drehte mich nach ihm um. Da aber umklammerte mich ein Arm, und eine frohlockende Stimme krähte: «Wirf deine Waffe weg, Cord, oder sie bekommt eine Kugel in ihren schönen Leib!»
Fast gleichzeitig vernahm ich Marks Stimme, die ich kaum wiedererkannte, so abscheulich klang sie: «Ich gebe dir nur eine Chance, wenn du damit auf meinen Onkel schießt. Vielleicht lasse ich Rowena dann am Leben.»
Absichtlich erschlaffte ich, und als der Mann mich losließ, fiel ich zu Boden. Ich vernahm das wohlbekannte Pfeifen einer Kugel, und der Mann, der mich festgehalten hatte, sank mit einem gurgelnden Ton hinter mir auf das Gestein. Ich begriff, daß Lucas sein Gewehr abgefeuert hatte. Seine zweite Kugel traf Mark.
Mark lag weiter entfernt auf dem Boden. Die Sonne schien auf sein blondes Haar und auf die Blutlache, die sich langsam vergrößerte. Wenigstens war sein Gesicht mir abgewandt . . .
All dies bemerkte ich, bevor ich zu Lucas hinunterlief. Ich wunderte mich, daß er die Waffe nicht mehr in der Hand hatte und ganz steif dastand. Dann aber sah ich alle die Gewehre, die auf ihn gerichtet waren.
«Du mörderisches Luder!» ertönte Todd Shannons barsche Stimme. «Das hast du gewollt und geplant!»

Siebenundvierzigstes Kapitel

«Warum hörst du mich nicht an? Fürchtest du dich vor der Wahrheit? Willst du nichts davon wissen, daß du einmal im Leben unrecht gehabt hast?»
«Schweig und spar dir deinen Atem! Ich will, daß du Zeuge bist, wenn dein halbblütiger Liebhaber zu schreien anfängt, falls er nicht vorher erstickt ist.»
Todd kannte kein Erbarmen, das war ihm anzusehen. Ich hätte versucht, ihn zu töten, wenn er meine Hände nicht an seinen Sattelknauf gefesselt hätte.

«Es war Mark, du mußt es mir glauben, ich kann es beweisen! Bring uns wenigstens nach Fort Selden, ich bitte dich, Todd! Ich sage dir, dorthin müssen wir, Mr. Bragg . . .»
«Bragg kann mir seine angeblich so wichtige Mitteilung später machen, wenn ich getan habe, was ich schon längst hätte tun sollen. Merkst du, daß die Sonne schon heißer wird? Heiß genug, ihn bald auszutrocknen. Aber ich will nicht, daß er schnell stirbt, er soll vorher leiden.» Mir schauderte, und Todd lachte. «Willst du ihm noch einen Liebesdienst erweisen und ihn mit Wasser begießen? Dann könnt ihr sogar noch ein paar Worte wechseln, falls er noch zu reden vermag.»
Ich wünschte, Todd hätte mich im blinden Zorn über den Tod seines Neffen umgebracht oder bewußtlos geschlagen, wie er zuerst gedroht hatte. Statt dessen zwang er mich, an sein Pferd gefesselt zuzusehen . . .
Sie hatten Lucas das Hemd ausgezogen und mit erhobenen Armen an einem Riesenkaktus festgebunden, dessen Dornen ihm ins Fleisch drangen. Seinen Hals umschnürte ein Lederriemen.
In rasender, sinnloser Wut begann ich zu schreien.
Todd versetzte mir eine so heftige Ohrfeige, daß mein Kopf zur Seite flog. «So heilt man ein Weib von Hysterie», schnarrte er.
Lucas entpreßte seiner Kehle mühsam die Worte: «Schick sie weg. Sie hat nichts mit dem Haß zwischen uns zu tun, Shannon, das weißt du.»
«Bist du deshalb nicht mit ihr weggelaufen und hast meinen Neffen getötet?»
Ich hatte mich heiser geredet, um Todd zu erklären, wie Mark in Wirklichkeit gewesen war, und was er geplant hatte. Aber Todd wollte nichts davon hören. Als er mir nun die Hände losband und mir den Kanister reichte, sagte ich nichts mehr.
«Nur zu!» sagte er höhnisch. «Eigentlich solltest du entscheiden, ob dein Liebhaber ersticken oder verdursten soll. Geh zu ihm und sieh ihn leiden. Dieses Bild sollst du dein Leben lang vor Augen haben, du verräterisches, mörderisches Stück!»
Ich schwieg. Ich wollte so stoisch sein wie Lucas. Aber ich schwor mir, Todd umzubringen, wenn ich am Leben blieb.

Auf einmal verstand ich, wie es zu einer Blutfehde kommen konnte.
Lucas' Augen waren geschlossen. Er schlug sie auf, als ich seinen Namen flüsterte, und schaute mich an, doch er schien mich nicht zu erkennen. Mußte ich wirklich entscheiden, auf welche Weise er sterben sollte?
Ich hob den Kanister in die Höhe und ließ das Wasser auf seinen Nacken träufeln, so daß der Lederriemen naß wurde. Nur ein Aufschub . . .
Plötzlich wurde mein Arm gepackt, und Todd riß mir den Kanister aus der Hand. «Das genügt! Es soll ihm nicht leichtgemacht werden.»
Er zerrte mich weg, und er lachte schallend, als ich nach seinem Gewehr langte.
«Noch immer kampflustig? Ich muß sagen, so viel Mumm hätte ich dir doch nicht zugetraut. Hat er dich nicht gezähmt? Zu schade, daß er nicht sehen kann, wie zahm du geworden sein wirst, bevor ich mit dir fertig bin.»
Er hielt mich mit eisernem Griff fest und genoß es offensichtlich, daß ich verzweifelt versuchte, von ihm loszukommen.
«Schon einmal eine solche Wildkatze gesehen, Männer? Fast wie eine Apachin. Das kommt sicher davon, daß sie sich mit Indianern eingelassen hat. Wir müssen sie lehren, wieder halbwegs zivilisiert zu werden, was?»
Einer seiner Leute lachte, aber die anderen, die alle neben ihrem Pferd standen, verhielten sich ungewöhnlich still. Vermutlich bedachten sie, daß ich immerhin eine Weiße und jetzt, nach Marks Tod, wieder Herrin der SD-Ranch war. Vielleicht dachten sie an die Zukunft.
Todd brachte sein Gesicht in meine Nähe und knurrte mich an: «Nur schade, daß Elena Cordes nicht hier ist, um zu sehen, wie ihr Ältester stirbt.»
Diese Worte trafen mich wie ein Schlag, so daß ich erstarrte und fast gegen ihn fiel. «Lucas ist nicht Elenas Sohn.» Ich flüsterte es nur, doch dann schrie ich es ihm entgegen: «Lucas ist nicht Elenas Sohn!»
Seine Augen durchbohrten mich, und er schüttelte mich heftig. «Was zum Teufel hast du dir jetzt wieder ausgedacht?»
«Es ist wahr, es ist wahr! Mein Vater kam kurz vor seinem

Tod dahinter, und es steht alles in seinem Tagebuch, du kannst es selbst lesen, falls du der Wahrheit nicht ausweichen willst!» Auf einmal wurde mein Kopf ganz klar, Benommenheit und Verzweiflung wichen, und ich konnte ruhig sprechen, während ich ihn ansah. «Er sieht ihr überhaupt nicht ähnlich, seine Haare sind nicht schwarz. Lucas wurde von den Indianern adoptiert, er selbst ist kein Indianer. Er sieht aus . . .»

Aber ich wurde unterbrochen. Ich glaubte zu träumen, als eine bekannte, lange nicht mehr gehörte Stimme die Worte sagte, die sich blitzartig in meinem Geist geformt hatten.

«Er sieht Alma ähnlich, Todd, und auch dir um Augen und Kinn. Mir scheint, ihr wart alle blind.»

Todd stieß mich von sich, und ich wäre hingefallen, wenn mich nicht zwei Arme aufgefangen hätten. Ich hatte einen Menschen vor mir, den ich lange Zeit für tot gehalten hatte – Elmer Bragg. Mich schaute er nicht an, sondern er hatte nur Augen für Todd.

Todd war herumgefahren. Er ging zu Lucas, mit einem Messer in der Hand.

Oberst Poynter saß so steif zu Pferde, daß er an ein Denkmal erinnerte. Auch Todds Leute und die Soldaten, die mit Poynter wie aus dem Nichts erschienen waren, rührten sich nicht.

«Bragg, du warst von jeher ein neugieriger, lästiger Schnüffler. Wie kannst du dich unterstehen, Almas Namen zu nennen . . .» Todds heisere Stimme war kaum zu verstehen, sie bebte vor Zorn.

Bragg blieb ruhig und unangefochten. «Und du warst von jeher ein blinder, starrköpfiger Narr, Todd. Du magst nicht zugeben, im Unrecht zu sein. Nur zu, wenn du mußt. Spiel Elena in die Hände. Das war ja von Anfang an ihre Absicht. Sie erzog den Jungen dazu, dich zu hassen, um ihren Triumph zu genießen, wenn sie dir sagen kann, daß du deinen eigenen Sohn getötet hast.»

«Du lügst! Du willst mich hereinlegen, alle wollt ihr mich hereinlegen! Wollt einen Mörder retten, der den Sohn meines Bruders umgebracht hat!»

«Begreifst du denn nicht, daß der Sohn deines Bruders deinen Tod wollte, du Narr? Ist dir nicht klar, daß er deinen Teilhaber, Rowenas Vater, zu passender Zeit umgebracht hat? Nein, Todd, niemand belügt dich, du belügst dich nur selbst.»

Todds linke Hand krallte sich in Lucas' Haare, mit der rechten setzte er ihm das Messer an die Brust. Aber er zögerte, zuzustoßen.

Braggs ruhige Stimme durchschnitt die Stille: «Wenn er Mark getötet hat, wird er vor Gericht kommen, und wenn man ihn des Mordes für schuldig befindet, wird er gehängt werden. Willst du das Wagnis eingehen, nie Gewißheit zu haben? Oder zu spät hinter die Wahrheit zu kommen? Benutz deinen Kopf, Mann! Überlege! Wurde Almas Leichnam jemals gefunden? Oder das tote Kind? Nein, dir wurde gesagt, ihr Bruder habe die beiden beerdigt. Ein Sterbender sagte dir, er hätte deine Frau mit einem Pfeil in der Brust fallen sehen, das Kind im Arm. Alejandro wäre klagend zu ihr gelaufen. Denk nach, sage ich dir! Was geschah danach? Gesetzt den Fall, das Kind wäre am Leben geblieben? Erinnere dich, als Elena kam, um dir ihren Sohn anzubieten, nahmst du da nicht einfach an, sie meine das Kind, das sie unter dem Herzen trug? Du ließt sie überhaupt nicht ausreden. Wie hätte sie denn wissen können, daß das Kind ein Knabe sein würde? Noch etwas erfuhr ich von dem Schamanen, der Elenas Großvater ist. Wieso sagte Alejandro Cordes zu Lucas, er selbst sei schuld am Tod seiner Mutter? Das sind Beweise, Todd. Das alles sagte der Schamane deinem Teilhaber Guy Dangerfield, und das war einer der Gründe, warum Guy sterben mußte, bevor er dich und Lucas warnen konnte. Wenn du noch mehr Beweise brauchst, dann rate ich dir, einmal nachzusehen, was der Medizinbeutel enthält, den dein Sohn um den Hals trägt. Darin wirst du das silberne Medaillon finden, das er trug, als die Apachen ihn raubten, das Medaillon, das du seiner Mutter geschenkt hast.»

Todd war so erschüttert und unsicher, daß er mir fast leid tat. Ungläubig blickte er von Bragg zu Lucas. Ich glaube, zum erstenmal in seinem Leben fürchtete er sich, fühlte sich in die Enge getrieben durch eine erschreckende Tatsache nach der anderen und wußte nicht, was tun.

Er schlitzte den Medizinbeutel auf, und das Medaillon fiel auf seine Handfläche. Er blickte seinen Sohn an, den er beinahe getötet hätte, und weinte.

Achtundvierzigstes Kapitel

Von überallher kamen die Leute zur Gerichtsverhandlung nach Santa Fé, sogar Reporter aus Boston und aus San Francisco. Alle hatten von der Geschichte gehört oder gelesen. Mich hatte man wegen meiner Tapferkeit gerühmt, doch andrerseits meine Erlebnisse weidlich ausgeschlachtet, und wochenlang war darüber geklatscht worden.

Eine knappe Woche bevor Lucas nach Santa Fé reisen mußte, wurden wir von Oberst Poynter getraut; es war eine stille Hochzeit.

Ich selbst nahm an dem Prozeß nicht teil; ich hatte meine Zeugenaussage schriftlich gemacht. Man wollte auf meinen Zustand Rücksicht nehmen. Todd war natürlich dabei, ebenso Mr. Bragg. Sogar Elena hatte, wie mir gesagt wurde, ihr abgeschiedenes Tal verlassen, um nach Santa Fé zu gehen. Wie immer, wenn Elenas Name fiel, wurde mir unheimlich zumute. Was würden sie einander sagen? Lucas hatte mir nur erzählt, er habe sich mit ihr gestritten, als er erfuhr, was für einen bösen Streich sie und Montoya mir gespielt hatten. Aber das war nicht ihr erster Zwist gewesen, und nicht zum erstenmal war er im Zorn von ihr gegangen. Montoya hatte es mir selbst gesagt: «Er kehrt immer zu ihr zurück . . .» Ach, warum mußte ich jetzt daran denken?

Gerade in dem Augenblick, als ich daran dachte, fühlte ich, wie sich das Kind in meinem Schoß bewegte. Mein Kind . . . immer scheute ich mich, es unser Kind zu nennen, weil ich das Erlebnis mit Ramon nicht vergessen konnte.

Zu viele Zweifel, zu viele Befürchtungen, wenn Lucas nicht bei mir war, zumal wenn er sich dort befand, wo auch Elena war.

Wenn Marta kam, machte sie stets ein besorgtes Gesicht, und Tränen traten ihr in die Augen, wenn sie mich weinen sah. Ich weinte viel in dieser Zeit. Mein Zustand sei daran schuld – ach, ich hatte es satt, das zu hören!

Was sollten wir nach dem Prozeß tun – wenn es überhaupt ein Nachher gab? Lucas wollte nicht mit Todd sprechen, das hatte er mir mit finsterer Miene versichert, einen lebenslangen Haß könne man nicht so ohne weiteres begraben. Todd hingegen schien es gekonnt zu haben. Aber

Todd wünschte sich natürlich einen Erben, einen Sohn, der die SD-Ranch erben sollte, sein Reich, nach dem es so viele gelüstet hatte. Lucas wollte es jedoch nicht haben.
«Wenn es überstanden ist – das heißt, wenn ich freigesprochen werde –, kannst du wählen, ob du hierbleiben oder mit mir kommen willst, irgendwohin.» Als Lucas das sagte, war er wieder der Fremde mit dem harten, verschlossenen Gesicht, den ich zuerst kennengelernt hatte.
Kurz vor dem Ende des Prozesses in Santa Fé fand ich den Testamentsnachtrag meines Vaters. Er war hinter dem Schubfach eingeklemmt, in dem er seine Tagebücher verwahrt hatte. Dieses Schriftstück hatte Mark gesucht, wohl wissend, was es enthielt. Vielleicht war das einer der Gründe gewesen, warum er meinem Vater eine Überdosis Laudanum eingegeben und einen Mörder gedungen hatte, der Elmer Bragg aus dem Wege räumen sollte. Wie er auch Pardee gedungen hatte, Todd umzubringen.
Aber weder Bragg noch Mark hatte den Testamentsnachtrag gefunden. Mir war es vorbehalten, ihn zu finden, als ich das Schubfach nicht schließen konnte und es ganz herauszog, um nachzusehen, was hinuntergerutscht sein könnte.
Ich las ihn mehrmals durch. Wieviel Kummer und Schrecknisse wären mir erspart geblieben, wenn ich das Dokument früher gefunden hätte! Mein Vater hatte von dem Schamanen tatsächlich erfahren, daß Lucas Todd Shannons Sohn war, hatte aber schwören müssen, es geheimzuhalten. Ich konnte mir denken, wer Tinte über die wichtigsten Teile seiner Tagebücher ausgegossen und sogar ganze Seiten herausgerissen hatte, so daß nur diejenigen Eintragungen geblieben waren, die Lucas belasteten.
Natürlich mußte verhindert werden, daß er seinen eigenen Vater tötete! Und da war Elena, die mein Vater immer noch liebte, trotz der tiefen Enttäuschung, die sie ihm zugefügt hatte.
Er erklärte des langen und breiten seine Beweggründe für die Testamentsänderung. Um meinetwillen natürlich. Er bat mich um Verständnis. Die Hälfte der SD-Ranch sowie eine große Geldsumme sollten nämlich doch nicht an mich gehen, sondern an meinen Mann, wenn ich entweder Ramon oder Lucas heiratete.

Wenn ich keinen von beiden heiratete, sollte der Ranchanteil meines Vaters zu gleichen Teilen an Ramon und Lucas gehen. Auf diese Weise wollte er wahrscheinlich altes Unrecht wiedergutmachen.
Und Elena – ja, mein Vater kannte Elena! Vielleicht hatte er dem, was er zwischen Elena und Lucas geschehen sah, ein Ende machen wollen.
«Elena Cordes vermache ich fünfzigtausend Dollar sowie eine Lebensrente, die meine Tochter zu bestimmen hat, unter der Bedingung, daß sie Neu Mexico für immer verläßt.» Wohl um sie zu besänftigen, hatte er hinzugefügt: «Ein Juwel braucht eine seiner würdige Fassung. Du, Elena, wirst Europa im Sturm erobern.»
Kleinere Vermächtnisse folgten. Ein Stück fruchtbares Land in den Bergen für Julio, dazu Geld für den Ankauf von Pferden und Vieh. Legate an Jules und Marta sowie eines an seinen alten Freund Elmer Bragg.
Das war also mein Vater gewesen – ich hatte das Gefühl, ihn neuentdeckt zu haben –, mein Vater, den ich einer Infamie zufolge nicht hatte kennenlernen können, der mir aber durch seine nachgelassenen Schriften lebendig vor Augen stand. Mögen meine Kinder mich eines Tages auch durch meine Aufzeichnungen kennenlernen.
Ich faltete den zerknitterten Testamentsnachtrag sorgfältig zusammen und legte ihn weg. Marta, die neben mir stand, folgte meinem Blick zur Uhr und faßte meine bangen Gedanken in Worte.
«Jetzt ist das Urteil wohl gesprochen worden. Haben Sie Vertrauen, Patrona. Sie werden Ihren Mann bald wiederhaben.»
Das silberne Medaillon mit dem Bildnis des heiligen Christopherus hing an meinem Hals. Es fühlte sich kalt an, so kalt wie die Stunden, die vorübergehen mußten, bis ich den Wahrspruch erfuhr.

Hier enden die Tagebuch-Aufzeichnungen der Rowena Shannon, geborenen Lady Dangerfield.

Epilog

Silver City 1878

Sie hätten irgendein wohlhabendes Ehepaar sein können, ein Viehzüchter und seine Frau, zwischen denen ihr blondes Söhnchen im zweirädrigen Wagen saß. Dennoch setzte ihr Anblick die Klatschmäuler in der Stadt stets in Bewegung.

Madame Fleur, die vor der Tür ihres kleinen Geschäfts mit einer Kundin plauderte, hielt den Atem an, als sie die drei auf dem Weg zur Post vorbeifahren sah.

«Ei, haben Sie sie gesehen? Und der andere ist schon dort!»

«Meinen Sie Todd Shannon?» fragte die Kundin. «Du meine Güte! Er soll doch . . . ist es wahr?»

«Ja, ja, es ist wahr. Gab das einen Skandal! Ich kannte sie persönlich. Sie hat sich nicht sehr verändert. Sie hatte immer etwas Hochmütiges.»

«Aber . . .»

Madame Fleur duldete keine Unterbrechung. «Alles, was Sie gehört haben, ist wahr. Eine Kundin von mir fuhr eigens nach Santa Fé zu dem Prozeß, und sie hat mir alles erzählt. Er wurde freigesprochen, und alle nahmen an, er würde zurückkehren und auf der Ranch leben. Statt dessen ging er in die Berge, und seine Frau kam mit. Soviel ich weiß, haben sie dort eine kleine Ranch, aber niemand weiß mit Sicherheit, wo. Allerdings . . .» Madame Fleur senkte die Stimme zu einem Flüstern, «er ist ja bei den Indianern aufgewachsen, müssen Sie wissen. Und es stimmt, daß er im Gefängnis saß und geächtet war . . .»

Für Lucas war es immer noch ein sonderbares Erlebnis, durch eine Stadt zu fahren. Städte, zumal ein so geschäftiger, lärmiger Ort wie Silver City, vermittelten ihm immer das Gefühl der Unfreiheit.

Er sah seine Frau an und schnitt eine Grimasse. «Ich weiß wirklich nicht, warum ich mich von dir überreden ließ. Ich kenne deine Freunde ja gar nicht.»

«Corinne und Jack sind sehr nette Menschen», antwortete Rowena begütigend. «Außerdem bin ich stolz auf dich. Ist es nicht ganz natürlich, daß sich eine Frau mit ihrem Mann vor alten Freunden brüsten will?»

Er blickte ihr in die veilchenblauen, von dunklen Wimpern

umrahmten Augen, und auf einmal mußte er daran denken, wie ihm einst aus diesen Augen Haß entgegengesprüht war. Später aber hatten sie tiefste Besorgnis ausgedrückt, und ihre Stimme hatte angsterfüllt seinen Namen gerufen . . .

Das war seine letzte Erinnerung vor der Ohnmacht, die ihn umfing, als die Schmerzen unerträglich geworden waren. Nach dem Erwachen fielen Rowenas Tränen auf sein Gesicht, und immer wieder flüsterte sie seinen Namen.

Hernach konnte er wochenlang nicht sprechen. Das war vielleicht ganz gut, fand er selbst. Sonst hätte er viele böse Worte gesagt und geflucht.

Als er wiederhergestellt war, hatte Oberst Poynter sie getraut, und kurz darauf war er nach Santa Fé gebracht worden, um sich vor Gericht wegen Mordes an Mark Shannon zu verantworten.

Merkwürdig, dachte Lucas, wie eine Kleinigkeit eine ganze Flut von Erinnerungen auslösen konnte, die einem in der kurzen Zeit durch den Kopf gingen, die es brauchte, das leichte Gefährt um einen großen Rollwagen herumzulenken.

Ein Hut in einem Schaufenster und zwei Frauen, die sich glotzend nach ihnen umdrehten. Der Hut erinnerte ihn an Elena, und dieser Gedanke war immer noch schmerzhaft, obwohl der Schmerz nachließ. Elena, ein Traum, den jeder Mann hegt und an den er sich klammert. Lächelnd, lockend, gerade so viel gebend, daß er nicht aufhörte, sie zu begehren, und sie seltsamerweise zugleich haßte. Aber Elena war überwunden, und ihren Platz hatte Rowena eingenommen, die alles zu geben vermochte. Sie war ihm in die Bergeinsamkeit gefolgt und hatte den Gespenstern in dem Haus im Tal getrotzt. Dort brachte sie ihr Kind zur Welt, wobei nur er und eine alte Hebamme ihr beistanden.

Er war erschüttert. «Mein Gott, Rowena, ich wußte nicht, was ihr Frauen durchmachen müßt, wenn ihr ein Kind bekommt.»

«Ich wußte es auch nicht. Aber ich werde es wieder durchmachen, wenn du willst.»

Aber dieses Erlebnis brachte ihm sowohl seinen Sohn als auch Rowena näher, und es verbannte die Erinnerung an Elena in eine weitere Ferne.

Elena – abermals mußte er an sie denken, als er am Gefängnis vorbeifuhr. Er sah sich in der düsteren Zelle des Gefängnisses von Santa Fé; Elena erfüllte den engen Raum mit dem Duft ihres Parfüms, und sie trug den Hut, den er ihr in El Paso gekauft hatte.

«Du konntest es also doch nicht tun! Statt dessen ließt du dich fast von ihm umbringen – und alles nur wegen des Frauenzimmers, das du geheiratet hast!» Sie lachte so grell, daß er zusammenzuckte. «Um ihrem Kind einen Namen zu geben? Wolltest du edel sein? Oder hat sie dich ebenso schwach gemacht, wie ihr Vater war? Davon mußte ich mich hier überzeugen, verstehst du.»

«Nun hast du dich ja überzeugt.»

Ihre hohen Absätze klapperten auf dem Steinboden, als sie ungeduldig vor der Gittertür hin und her ging.

«Warum sprichst du so kalt mit mir? Was verbirgst du dahinter?» Sie blieb stehen und raunte ihm zu: «Glaubst du, du könntest mich jemals vergessen? Auch sie wirst du satt bekommen, wie du alle andern satt bekommen hast – wenn sie erst anfängt, dich zu langweilen.»

«Elena, weshalb bist du in Wirklichkeit hergekommen?» fragte er müde.

«Weshalb ist sie nicht hier? Doch, ich kam her, um mich zu überzeugen. Und ich wollte ihn sehen. Zum erstenmal, weißt du, seit . . .» Sie zeigte jetzt eine gewisse Erregung, und sie schien unsicher geworden zu sein. «Ist es wahr, daß er dich als seinen Sohn anerkannt hat? Das wundert mich eigentlich . . .»

«Bin ich sein Sohn?»

«Vermutlich. Alejandro sagte es. Aber nur um Almas willen, und weil er ein schlechtes Gewissen hatte, daß er dich gerettet hat. Du konntest ihn nie lieben, obwohl er immerzu von Pflicht redete. Mein armer Lucas, du hungertest nach Liebe, bis wir einander fanden, du und ich. Und jetzt . . .» wieder das Lachen, «jetzt sehnst du dich danach, mich in die Arme zu nehmen, nicht wahr? Zwischen uns ist etwas, das keine andere Frau zerstören oder wegnehmen kann. Merk dir das.»

Elenas Anwesenheit im Gerichtssaal verlieh einem Ereignis, das ohnehin schon aufgebauscht worden war, einen dramatischen Anstrich. Lucas vermochte nicht zu entscheiden, ob er sich wie ein Zuschauer oder wie ein ausgestelltes Monstrum auf einem Jahrmarkt vorkam. Allerdings war er weder aus Neugier hier noch um eine Rolle zu spielen. Wenn er in dem überfüllten Saal neben seinem Anwalt saß oder in seiner Zelle lag, fragte er sich manchmal, wer er eigentlich sei. In seinem ganzen Leben hatte es nichts anderes gegeben außer seiner Liebe zu Elena und seinem Haß auf Todd Shannon. Und nun war er plötzlich im luftleeren Raum, kannte sich selbst nicht mehr.

Als er aus Santa Fé zurückkehrte, um mit Rowena seine Pläne zu besprechen, nahm er an, daß sie bleiben würde, wo sie war, und warten, bis er später wiederkäme. So hätte sich Elena verhalten.

«Ich weiß noch nicht, wohin ich gehen werde. Oder was ich tun werde. Hol's der Teufel, ich weiß nicht einmal, wer ich bin, und was ich mir wünsche. Verstehst du das, Rowena? Ich muß mich selbst finden.»

«Gut, Lucas. Wann willst du gehen? Ich kann jederzeit bereit sein.»

Er hatte mit ihr gezankt, ihr sogar gedroht und alles versucht, sie von ihrem Entschluß abzubringen. Sie war mit ihm gegangen und war bei ihm geblieben.

«Dort sind sie.»

Jählings kehrte Lucas in die Gegenwart zurück und betrachtete mit zusammengekniffenen Augen das lachende junge Paar vor dem Postgebäude, bevor er den großen älteren Mann hinter den beiden erkannte.

Er fluchte leise vor sich hin. «Hätte ich mir eigentlich denken können.»

«Na und? Hast du gemeint, du könntest ihm für den Rest deines Lebens aus dem Wege gehen? Wovor fürchtest du dich, Lucas?»

Er sah Rowena entrüstet an und zerrte unwillkürlich an seinem schwarzen Halstuch, als ob es ihn würgte. «Manchmal verfügst du ein bißchen zu selbstherrlich über mich!»

Er ärgerte sich über sie und noch mehr über sich selbst. Glaubte Shannon am Ende, er, Lucas, scheue sich, ihm unter die Augen zu treten? Seltsam, er konnte in dem Mann nie seinen Vater sehen. Nur Shannon.

Der kleine Junge war aufgeregt aufgestanden. «Mama . . .?»

Rowena blickte über den Kopf des Kindes hinweg Lucas an. Er lächelte ein wenig verlegen, kletterte vom Wagen und band das Pferd am Geländer fest. Dann trat er zu Rowena und hob zuerst sie, dann das Kind herunter.
Die übliche neugierige Menschenmenge war diesmal größer, aber die Leute hielten Abstand und waren darauf bedacht, möglichst unauffällig zu gaffen.
«So etwas! Ist das nicht Todd Shannon und der dort sein Sohn? Die beiden sollen seit dem Prozeß vor einigen Jahren kein Wort miteinander gesprochen haben.»
«Und die Frau? War sie früher nicht mit Shannon verlobt?»
Die peinliche Stille, die der gegenseitigen Vorstellung folgte, wurde von der lebhaften Corinne gebrochen. Sie war unverändert, fand Rowena, nur ein wenig dicker geworden.
«Meine Güte, Rowena, ich kann es noch immer nicht fassen, daß du inzwischen Mutter geworden bist. Onkel Todd, der kleine Guy Ramon ist dir wie aus dem Gesicht geschnitten. Er hat deine Augen, aber sie sind nicht so steinhart ... oh!» Corinne schlug sich erschrocken mit der Hand auf den Mund. «Oh, Verzeihung! Ich habe Jack versprochen, meine Gedanken für mich zu behalten. Aber es kommt mir alles so seltsam vor. Wie ein Roman, aber für euch war die Geschichte sicher nicht so angenehm, wie sie sich lesen würde, nicht wahr? Ich meine ...»
«Corinne!» Jack Davidson war leicht errötet.
«Laß sie doch, Jack. Wenigstens spricht sie offen aus, was sie fühlt, und gerade das müssen die meisten von uns noch lernen», sagte Todd freundlich. Er schaute dabei seinen Enkel an, der seinen Blick treuherzig zurückgab. «Verstehst du Englisch, Junge?»
«Auch Spanisch und die Sprache der Apachen», fiel Rowena rasch ein.
Sie hat das alles geplant, dachte Lucas unwillig, zusammen mit ihrer Freundin. Zum Kuckuck mit den ränkeschmiedenden Weibern! Aber er konnte Corinne nicht böse sein, als er ihr halb verschmitztes, halb zerknirschtes Gesicht betrachtete. Sie war jedenfalls ehrlich, darin hatte Shannon recht.
«Sie sind ganz anders, als ich Sie mir vorgestellt habe», sagte sie nachdenklich zu ihm. «Sie erinnern mich an ... ja, an wen doch noch? Ich hab's! An den scheinbar so schrof-

fen Heathcliff in dem Roman ‹Wuthering Heights› von Emily Brontë. Nur daß Rowena beileibe nicht so sanft und treu ergeben ist wie Cathy, nicht wahr?»
Später sagte Lucas zu Rowena: «Nie habe ich eine so geschwätzige Frau wie deine Freundin Corinne kennengelernt.»
«Findest du wirklich? Ich dachte, sie gefiele dir. Du hast ja kaum ein Auge von ihr gelassen.»
«Ich war nur neugierig, wann sie sich verraten und damit herausplatzen würde, daß ihr ein abgekartetes Spiel mit mir getrieben habt. Warum habe ich mich nur von ihr dazu überreden lassen, heute abend mit der ganzen Gesellschaft zusammen zu essen?»
«Soll ich es dir sagen? Weil du Todd plötzlich als das gesehen hast, was er in Wirklichkeit ist – ein einsamer alter Mann. Weil er Guys Großvater ist, und weil wir beide kein Recht haben, ihn dieser Beziehung zu berauben. Ach, Lucas!» Impulsiv schlang sie die Arme um seinen Hals. «Denk an alle die Jahre, die mit Feindschaften und Mißverständnissen vergeudet worden sind! Und denk an das, was dein Adoptivgroßvater, der Schamane, einmal gesagt hat: ‹Man muß beide Seiten der Münze sehen.› Was für einen Grund hast du noch, Todd zu grollen?» Als sie seine Unschlüssigkeit spürte, fügte sie mit weiblicher Klugheit hinzu: «Als Montoya und Luz uns im Frühjahr mit ihren Kindern besuchten, warst du durchaus bereit, zu vergessen, daß er alles getan hat, was er vermochte, um uns zu trennen.»
«Du warst auch lieb und nett zu ihnen.»
«Ja, eben!»
Die untergehende Sonne schickte ihre letzten roten Strahlen durch die schmale Öffnung, die in den teilweise zugezogenen Vorhängen des Hotelfensters war, so daß das Lampenlicht im Zimmer verblaßte.
Sie blickten einander an. Es war, als ob Rowena wortlos sagte: «Ich liebe dich, und ich habe dich gewählt. In unserem Leben ist auch für andere Menschen Platz, da wir einer des anderen sicher sind.»
Nach alter Gewohnheit hob Lucas ihr Kinn mit einem Finger hoch und gab ihr einen Kuß. «Ein kleiner Vorgeschmack für später. Hol jetzt unser Kind, damit sich sein Großvater an ihm freuen kann.»